乾清宫空前巨震

第一章

一、第一次闯变

得到洛阳失守和福王被杀的消息，崇祯大哭。临步哽泣，拔

着而起，步行去奉先殿，对着万历神主嚎啕大哭。周后闻信，率领田、袁二妃和太子、二王，赶到奉先殿，但不敢仍入内，一齐跪在廊檐下劝崇祯回宫进膳，不要自伤玉体。劝着劝着，一齐大哭起来。因为皇帝和后、妃、太子都哭，众多随侍的太监和宫女无不哭泣。奉先殿从殿内到殿外，一片哭声。

一只乌鸦立在枯柏枝上看，忽然长叫几声，飞往别处。

崇祯又哭一阵，叫皇后起来，也跪在神宗的神主前行礼。他哽咽说：

"祖宗三百年江山，从来无此惨变。朕御极以来，敬天法祖，勤政爱民，未有失德。没想到流贼如此猖獗难制，祸乱愈演愈烈，洛阳失守，福王被戕。宗王死于流贼，三百年来是第一次。朕如何对得起二祖列宗，如何对得神宗皇帝！"说毕又大哭起来。

姚雪垠《崇祯皇帝·张献忠奇袭襄阳杀襄王》手稿节选

员外舒起来一封奏疏。这是洪承畴从山海关上的本。他近来因筹备军饷，尚未出关。抵御满洲，对崇祯说来也是关系国家存亡的大事。每次洪承畴的奏疏来到，不是要饷，便是要兵，使他既不愿看，又不能不看。现在他怀着惴惴不安的心情看完引黄，知道是为请求解除吃烟的禁令，并没提兵、饷的事，才放心地打开奏疏去看。奏疏中说："烟之为物，原不产于中国，故其名不见于载籍，并不见于李时珍之《本草纲目》。但万历时，自吕宋传入中国①，始则习染于江南沿海诸省，近则流传于北方，且为辽东戍卒所不可或缺之嗜。夫烟，其性辛温，虽有微毒，而有辟寒之功，能治风寒湿痹，山岚瘴雾。战场腐尸熏蒸，得此亦解毒防疫。故辽东戍卒，嗜此若命。"接着，他恳求皇上开恩，解除严禁之令，仍许北直及山东民间种植，并许商人自浙闽贩运。

①自吕宋传入中国——烟草原产于南美洲，公元1492年被哥伦布的船队从古巴带回西班牙。十六世纪下半叶输入法国和英国，十七世纪再输入土耳其和阿拉伯等国。1543年西班牙人占领菲律宾群岛，烟草传入吕宋。1575年西班牙开始与我国通商，烟草传入澳门，随后传入台湾，又自台湾传入福建的漳州、泉州，又传入浙江。约在天启年间（1621—1627）由南方军队传入辽东，同时在北方也开始栽种。

第　页　20×25＝500　　中国戏剧家协会武汉分会稿纸

姚雪垠《崇祯皇帝·紫禁城内外》手稿节选

崇禎皇帝

〈中〉紫禁城内外

姚雪垠 著

華文出版社
SINO-CULTURE PRESS

七

紫禁城内外

第 21 章

被围困的局面有两种：在崇祯十三年的春天，张献忠曾被包围在川、陕、鄂交界地方，李自成继续被围困在商洛山中，人人都看得清楚，但是崇祯皇帝被层层围困在紫禁城中，却不曾被人们看清楚。他自己只知道拼命挣扎，却对被层层围困的形势并不认识。

三月上旬的一个夜晚，已经二更过后了，崇祯没有睡意，在乾清宫的院子里走来走去。两个宫女打着两只料丝宫灯，默默地站在丹墀两边，其他值班伺候的太监和宫女远远地站立在黑影中，连大气儿也不敢出。偶尔一阵尖冷的北风吹过，宫殿檐角的铁马发出来叮咚声，但崇祯似乎不曾听见。他的心思在想着使他不能不十分担忧的糟糕局势，不时叹口长气。彷徨许久，他低着头，脚步沉重地走回乾清宫东暖阁，重新在御案前颓然坐下。

目前，江北、湖广、四川、陕西、山西、河南、山东、河北……半个中国，无处不是灾荒惨重，无处不有叛乱，大股几万人，其次几千人，而几百人的小股到处皆是。长江以南，湖南、江西、福建等地也有灾荒和骚乱，甚至像苏州和嘉兴一带的所谓鱼米之乡，也遇到旱灾、蝗灾，粮价腾涌，不断有百姓千百成群，公然抢粮闹事。自他治理江山以来，情况愈来愈糟，如今几乎看不见一片安静土地。杨嗣昌虽然新近有玛瑙山之捷，但是张献忠依然不曾杀死或捉到，左良玉和贺人龙等都不愿乘胜追剿，拥兵不前。据杨嗣昌的迭次飞奏，征剿诸军欠饷情况严重，军心十分不稳。虽然军事上已经有了转机，但如果军饷筹措不来，可能使剿贼大事败于一旦，良机再也不会有了。他想，目前只有兵饷有了着落，才能够严厉督责诸军克日进剿，使张献忠得不到喘息机会，将他包围在川、陕、鄂交界的地方歼灭，也可以鼓舞将士们一举而扫荡商洛山。可是饷从哪儿来呢？加征练饷的事已经引起来全国骚动，在朝中也继续有人反对，如今是一点加派也不能了。他在心中自问：

“国库如洗，怎么好呢？”

而且目前国事如焚，不仅仅杨嗣昌一个地方急需粮饷。一连几天，他天天接到各省的紧急文书，不是请饷，便是请兵。蓟辽总督洪承畴出关以后，连来急奏，说满洲方面正在养精蓄锐，准备再次入关，倘无足饷，则不但不能制敌人于长城以外，势必处处受制，要不多久就会变成不可收拾的局面。现在他又来了一封紧急密疏，说他自从遵旨出关，移驻辽东以来，无时不鼓舞将士，以死报国，惟以军饷短缺，战守皆难。他说他情愿“肝脑涂地，以报皇恩”，但求皇上饬令户部火速筹措军饷，运送关外，不要使三军将士“枵腹对敌”，士气消磨。这封密疏的措词慷慨沉痛，使崇祯既感动，又难过。他将御案上的文书一推，不由地长吁短叹，喃喃地自语说：

“饷呵，饷呵，没有饷这日子如何撑持？”

这一夜，他睡得很不安稳，做了许多噩梦。第二天早晨退朝之后，他为筹饷的事，像热锅台上的蚂蚁一样。想来想去，他有了一个比较能够收效的办法，就是叫皇亲贵戚们给国家借助点钱。他想，皇亲们家家“受国厚恩”，与国家“休戚与共”。目前国家十分困难，别人不肯出钱，他们应该拿出钱来，做个倡导，也可以使天下臣民知道他做君父的并无私心。可是叫哪一家皇亲做个榜样呢？

崇祯平日听说，皇亲中最有钱的有三家：一家是皇后的娘家，一家是田贵妃的娘家，一家是武清侯李家。前两家都是新发户，倚仗着皇亲国戚地位和皇后、田妃都受皇上宠爱，在京畿一带兼并土地，经营商业，十几年的光景积起来很大家产，超过了许多老的皇亲。武清侯家是万历皇帝的母亲孝定太后的娘家，目前这一代侯爷李国瑞是崇祯的表叔。当万历亲政①之前，国事由孝定太后和权相张居正主持，相传孝定太后经常把宫中的金银宝物运往娘家，有的是公开赏赐，有的是不公开赏赐，所以直至今日这武清侯家仍然十分富

①万历亲政——万历皇帝朱翊钧即位时只有十岁，受他的母亲监护。到他十六岁结婚后，她母亲才不再监护；到万历十年张居正病故，才由他直接掌管朝政。

有，在新旧皇亲中首屈一指。在这三家皇亲中能够有一家做个榜样，其余众家皇亲才好心服，跟着出钱。但是他不肯刺伤皇后和田妃的心，不能叫周奎和田宏遇先做榜样。想来想去，只有叫李国瑞做榜样比较妥当。又想着向各家皇亲要钱，未必顺利，万一遇到抵制，势必严旨切责，甚至动用国法。但是这不是寻常事件，历代祖宗都没有这样故事[①]，祖宗们在天之灵会不会见怪呢？所有的皇亲贵戚们会怎么说呢？这么反复想着，他忽然踌躇不决了。

第二天，华北各地，尤其是京畿一带，布满了暗黄色的浓云，刮着大风和灰沙。日色惨白，时隐时现，大街上商店关门闭户，相离几丈远就看不清人的面孔。大白天，家家屋里都必须点上灯烛。大家都认为这是可怕的灾异，在五行中属于"土灾"，而崇祯自己更是害怕，认为这灾异是"天变示儆"，有关国运。他在乾清宫坐立不安，到奉先殿向祖宗烧香祷告，求祖宗保佑他的江山不倒，并把他打算向皇亲借助的不得已苦衷向祖宗说明。他正在伏地默祷，忽听院里喀嚓一声，把他吓了一跳，连忙转回头问：

"外边是什么响声？"

一个太监在帘外跪奏："一根树枝子给大风吹断了。"

崇祯继续向祖宗祷告，满怀凄怆，热泪盈眶，几乎忍不住要在祖宗前痛哭一场。祝祷毕，走出殿门，看见有一根碗口粗的古槐枝子落在地上，枝梢压在丹陛上还没移开。他想着这一定是祖宗不高兴他的筹饷打算，不然不会这么巧，不早不晚，偏偏在他默祷时狂风将树枝吹断。这一偶然事件和两年前大风吹落奉先殿的一个鸱吻同样使他震惊。

大风霾[②]继续了两天，到第三天风止了，天也晴了。气温骤冷，竟像严冬一样，惜薪司不得不把为冬天准备的红箩炭全部搬进大内，供给各宫殿升火御寒。在上朝时候，崇祯以上天和祖宗迭次以灾异"示儆"，叫群臣好生修省，挽回天心，随后又问群臣有什么措饷办法。一提到筹措军饷，大家不是相顾无言，便是说一些空洞的话。有一位新从南京来的御史，名叫徐标，不但不能贡献一个主意替皇上分忧，反而跪下去"冒死陈奏"，说他从江南来，看见沿路

①故事——与"先例"同义。这是当时朝廷上的习用词。

②大风霾——刮黄沙尘，天昏地暗，古人叫做大风霾。

的村落尽成废墟，往往几十里没有人烟，野兽成群。他边说边哭，劝皇上赶快下一道圣旨罢掉练饷，万不要把残余的百姓都逼去造反。跟着又有几位科、道官跪奏河南、山东、陕西、湖广、江北各地的严重灾情，说明想再从老百姓身上筹饷万万不可。崇祯听了科、道官们的跪奏，彷徨无计，十分苦闷，同时也十分害怕。他想，如今别无法想，只有下狠心向皇亲们借助了，纵然祖宗的“在天之灵”为此不乐，事后必会鉴谅他的苦衷。只要能筹到几百万饷银，使“剿贼”顺利成功，保住祖宗江山，祖宗就不会严加责备。

他打算在文华殿召见几位辅臣，研究他的计划。可是到了文华殿他又迟疑起来。他担心皇亲国戚们会用一切硬的和软的办法和他对抗，结果无救于国家困难，反而使皇亲国戚们对他寒心，两头不得一头。他在文华殿里停留很久，拿不定最后主意。这文华殿原是明代皇帝听儒臣讲书的地方，所以前后殿的柱子上挂了几副对联，内容都同皇帝读书的事情有关，在此刻几乎都像是对崇祯的讽刺。平日“勤政”之暇，在文华殿休息的时候，他很喜欢站在柱子前欣赏这些对联，但今天他走过对联前边时再也没有心情去看。他从后殿踱到前殿，好像是由于习惯，终于在一副对联前边站住了。他平日不仅喜欢这副对联写得墨饱笔圆，端庄浑厚，是馆阁体中的上乘，也喜欢它的对仗工稳。如今他忍不住又看了一遍。那副对联写道：

四海升平　翠幄雍容探六籍
万几清暇　瑶编披览惜三余

看过以后，他不禁感慨地说：“如今还有什么‘四海升平’，还说什么‘万几清暇’！”他摇摇头，又背着手走往文华后殿。正要踏上后殿的白玉台阶，一抬头看见了殿门上边悬的横匾，上写着：“学二帝三王①治天下大经大法。”这十二个字分作六行，每行二字，是万历皇帝的母亲孝定太后的御笔。她就是武清侯李国瑞的姑祖母。崇祯感到心中惭愧，低头走进了后殿的东暖阁，默然坐了很久，取消了为向戚畹借助的事召见阁臣。

①二帝三王——二帝指尧、舜，三王指夏禹、商汤和周文王（或武王）。这是儒家所理想的上古君主。

崇祯怀着十分矛盾和焦急的心情回到乾清宫，又向御案前颓然坐下，无心省阅文书，也不说话，连听见宫女和太监们在帘外的轻微脚步声都感到心烦。他用食指在御案上连写了两个“饷”字，叹了口气。当他在焦灼无计的当儿，王承恩拿着一封文书来到面前，躬身小声奏道：

“启奏皇爷，有人上了一本。”

“什么人上的本？”

“是一个太学生，名叫李琎。”

崇祯厌烦地说：“我不看。我没有闲心思看一个太学生的奏本！”

王承恩又小声细气地说：“这奏本中写的是一个筹措军饷的建议。”

“什么？筹措军饷的建议？……快读给我听！”

李琎在疏中痛陈他对于江南目前局面的殷忧。他首先说江南多年来没有兵燹之祸，大户兼并土地，经营商业，只知锦衣玉食，竞相奢侈，全不以国家的困难为念。他指出秦、晋、豫、楚等省大乱的根源是大户们只知削小民、兼并土地，致使贫富过于悬殊。即使在丰收年景，小民还不免啼饥号寒；一遇荒歉，软弱的只好辗转饿死路旁，强壮的就起来造反。他说，今日江南看起来好像很平稳，实际上到处都潜伏着危机；如不早日限制富豪大户兼并土地，赶快解救小民的困苦，那么秦、晋、豫、楚瓦解崩溃的大祸就会在江南同样出现。他在疏中要求皇上毅然下诏，责令江南大户自动报出产业，认捐兵饷，倘有违抗的，就把他的家产充公，一点也不要姑息。另外，他还建议严禁大户兼并，认真清丈土地，以平均百姓负担。这一封奏疏很长，还提到历史上不少朝代都因承平日久，豪强兼并，酿成天下大乱，以致亡国的例子，字里行间充满着忠君忧国之情。

崇祯听王承恩读完这封奏疏，心中很受感动，又接过来亲自细看一遍。关于清丈土地的建议，他认为缓不济急，而且困难较多，没有多去考虑，独对于叫江南大户输饷一事觉得可行，也是目前的救急良策。当前年冬天满洲兵威胁京师的时候，卢象升曾建议向京师和畿辅的官绅大户劝输军饷，他也心动过，但不像现在更打动他的心。江南各地确实太平了多年，异常富庶，不像京畿一带迭遭清兵破坏，且连年天灾不断。他想，目前国家是这般困难，这般危急，叫江南大户们捐输几个钱，使国家不至于瓦解崩溃，理所应该。但是，冷静一想，他不能不踌躇了。他预料到，这事一定会遭到江、浙籍的朝臣反对，而住在大江以南的缙绅大户将必反对更烈。如今国家岁入大半依靠江、浙，京城的禄米[①]和民食，以及近畿和蓟、辽的军粮，也几乎全靠江、浙供应，除非已经到无路可走，万不得已，最好不惹动江、浙两省的官绅大户哗然反对，同朝廷离心离德。但是他又舍不得放弃李琎的建议。考虑再三，他提起朱笔批道：

> 这李琎所奏向江、浙大户劝输军饷一事，是否可行，着内阁与户部臣详议奏来。
>
> 钦此！

倘若崇祯在御批中用的是坚决赞同的口气，南方籍的大臣们尽管还会用各种办法进行抵抗，但也不能不有所顾忌。而且，倘若他的态度坚定，那些出身寒素的南方臣僚和北方籍的臣僚绝大部分都会支持他。但他用的是十分活动的口气批交内阁和户部大臣们“详议”，原来可以支持他的人们便不敢出头支持。过了几天，内阁和户部的大臣们复奏说李琎的建议万不可采纳，如果采纳了不但行不通，还要惹得江南各处城乡骚动。他们还威胁他说，如今财赋几乎全靠江南，倘若江南一乱，大局更将不可收拾。这些大臣们怕自己的复奏不够有力，还怕另外有人出来支持李琎，就唆使几个科、道官联名上了一本，对李琎大肆抨击。这封奏疏的全文已经失传了，如今只能看见下面的两段文字：

> 李琎肄业太学，未登仕籍，妄议朝廷大政，以图邀恩沽名。彼因见江南尚为皇上保有一片安静土，心有未甘，即倡为豪右报名输饷之说，欲行手实籍没之法[②]。此乃衰世乱政，而敢陈于圣人之前。小人之无忌惮，一至于此！

---

①禄米——发给文武百官的俸米。

②手实籍没之法——令业主自报田产以凭征税，叫做“手实”。所报不实便将田产充公（籍没）。此法最早出现于唐朝，宋朝也实行过。

根据乾清宫的御前近侍太监们传说，崇祯看了这几句以后，轻轻地摇摇头，从鼻孔里哼了一声，不自觉地小声骂道："这般臭嘴乌鸦！"显然，他很瞧不起这班言官，不同意他们说李琎的建议一无可取。停了一阵，他接着看下边一段妙文：

> 夫李琎所恶于富人者，徒以其兼并小民耳。不知郡邑之有富家，亦贫民衣食之源也。若因兵荒之故，归罪富家，勒其多输，违抗则籍没之，此秦始皇所不行于巴清①，汉武帝所不行于卜式②者也。此议一倡，亡命无赖之徒相率而与富家为难，大乱从此始矣。乞陛下斩李琎之头以为小人沽名祸国者戒！

看完了这一封措词激烈的奏本，崇祯对他们坚决反对李琎的建议感到失望，但是很欣赏那一句"不知郡邑之有富家，亦贫民衣食之源也"。他点点头，在心里说："是呀，没有富人，穷人怎么活呢？谁给他们田地去种？"他从御案前站起来，在暖阁里走来走去，考虑着如何办。过了一阵，他决定把这个奏本留中，置之不理。对李琎的建议，他陷于深深的苦闷之中：一方面他认为这个建议在目前的确是个救急之策，一方面他害怕会引起江南到处骚动，正像这班言官们所说的"亡命无赖之徒相率而与富家为难"。富家大户自来是国家的顶梁柱，怎么能放纵无业小民群起与大户为难？他决定不再考虑李琎的建议，而重新考虑向皇亲们借助的事。他认为别的办法纵然可行，也是远水不解近渴，唯有皇亲们都住在"辇毂之下"，说声出钱，马上就可办到。但这是一件大事，他仍有踌躇，于是对帘外侍候的太监说：

"叫薛国观、程国祥来！"

当时有七位内阁辅臣，崇祯单召见薛国观和程国祥是因为薛是首辅，程是次辅。另外，他还有一个考虑。薛国观是陕西韩城人，与江南大户没有多的关系，程国祥虽是江南上元人，却较清贫。当朝廷上纷纷反对向江南大户借

---

①巴清——巴寡妇清。秦始皇时为大富孀，巴（今四川东部）人，名清。

②卜式——西汉时人，以经营牧羊致富。

助军饷时，只有他二人不肯说话，受到他的注意。他希望在向皇亲们借助的事情上他们会表示赞助，替他拿定主意。他今天召见这两位辅臣的地方是在宏德殿，是乾清宫的一座配殿，在乾清宫正殿西边，坐北向南。他之所以不在乾清宫正殿的暖阁里召见他们，是因为他看见每日办公的御案上堆的许多文书就不胜心烦，没有等到他们进宫就跑出乾清宫正殿，来到宏德殿，默默坐在中间设的盘龙御座上，低头纳闷。

过了一阵，薛国观和程国祥慌忙来了。他们不知道皇上突然召见他们有什么重大事情，心中七上八下。在向皇上跪拜时候，薛国观误踩住自己的蟒袍一角，几乎跌了一跤，而程国祥的小腿肚微微打颤，连呼吸也感到有点困难。赐座之后，崇祯叹口气，绕着圈子说：

“朕召见先生们，不为别的，只因为灾异迭见，使朕寝食难安。前天的大风霾为多年少有，上天如此示儆，先生们何以教朕？”

薛国观起立奏道：“五行之理，颇为微妙。皇上朝乾夕惕[①]，敬天法祖，人神共鉴。古语云‘尽人事以听天命’，皇上忧勤，臣工尽职，就是尽了人事，天心不难挽回。望陛下宽怀，珍重圣体。”

崇祯说：“朕自登极至今，十三年了，没有一天不是敬慎戒惧，早起晚睡，总想把事情办好，可是局势愈来愈坏，灾异愈来愈多，上天无回心之象，国运有陵夷之忧。以大风霾的灾异说，不仅见于京师一带，半月前也见于大名府与浚县一带。据按臣韩文铨奏称，上月二十一日大名府与浚县等处，起初见东北有黑黄云气一道，忽分往西、南二方，顷刻间弥漫四塞，狂风拔木，白昼如晦，黄色尘埃中有青白气与赤光隐隐，时开时阖。天变如此，怎能叫朕不忧？”

薛国观又安慰说：“虽然灾异迭见，然赖皇上威灵，剿贼颇为得手。如今经过玛瑙山一战，献贼逃到兴归山中，所余无几，正所谓‘釜底游鱼’，廓清有日。足见天心厌乱，国运即将否极泰来。望陛下宽慰圣心，以待捷音。”

崇祯苦笑一下，说：“杨嗣昌指挥有方，连续告捷，朕心何尝不喜。无奈李自成仍然负隅于商洛山中，革、左诸贼跳梁于湖广东部与豫南、皖西一带，而

①朝乾夕惕——意思是朝夕勤奋戒惧，不敢懈怠。这是封建朝代歌颂皇帝的习用语。

山东、河南、河北到处土寇蜂起，小者占据山寨，大者跨州连郡。似此情形，叫朕如何不忧？加上连年天灾，征徭繁重，百姓死亡流离，人心思乱。目前局面叫朕日夜忧虑，寝食难安，而满朝臣工仍然泄泄沓沓，不能代朕分忧，一言筹饷，众皆哑口，殊负朕平日期望之殷！”

薛国观明白皇上是要在筹饷问题上征询他的意见，他低着头只不做声，等待皇上自己说出口来，免得日后一旦反复，祸事落到自己头上。崇祯见首辅低头不语，使一个眼色屏退了左右太监，小声说：

“目前军事孔急，不能一日缺饷。国库如洗，司农[①]无计。卿为朕股肱大臣，有何良策？”

薛国观跪下奏道：“臣连日与司农计议，尚未想出切实可行办法。微臣身为首辅，值此民穷财尽之时，午夜彷徨，不得筹饷良策，实在罪该万死。”

“先生起来。”

等薛国观叩头起来以后，崇祯不愿再同薛国观绕圈子说话，单刀直入地问：“朕欲向京师诸戚畹、勋旧[②]与缙绅借助，以救目前之急，卿以为如何？”

薛国观事先猜到皇上会出此一策，心中也有些赞同，但他明白此事关系重大，说不定会招惹后祸。他胆战心惊地回答：

“戚畹、勋旧，与国同休，非一般仕宦之家可比，容臣仔细想想。辅臣中有在朝年久的，备知戚畹、勋旧情况，亦望皇上垂询。”

崇祯明白他的意思，转向程国祥问：“程先生是朝中老臣，在京年久，卿看如何？”

程国祥在崇祯初年曾做言官，颇思有所建树，一时以敢言知名。后来见崇祯猜疑多端，刚愎任性，加上朝臣中互相倾轧，大小臣工获罪的日多，他常怕招惹意外之祸，遇事缄默，不置可否，或者等同僚决定之后，他只随声附和，点头说：“好，好。”日久天长，渐成习惯。由于他遇事不作主张，没有权势欲望，超然于明末的门户斗争之外，所以各派朝臣都愿他留在内阁中起缓冲作

---

①司农——户部。

②戚畹、勋旧——戚畹与戚里同义，即皇亲国戚的代称。勋旧指因先人有大功勋而受封世袭爵位的世家。

用，更由于他年纪较大，资望较深，所以他在辅臣中的名次仅排在薛国观的后边。因为"好，好"二字成了他的口头禅，同僚们替他起个绰号叫"好好阁老"。刚才进宫之前，一位内阁中书跪在他的面前行礼，哭着说接家人急报，母亲病故，催他星夜回家。程国祥没有听完，连说"好，好"。随后才听明白这位内阁中书是向他请假，奔丧回籍，又说"好，好"，在手本上批了"照准"二字。此刻经皇帝一问，他心中本能地警告自己说："说不得，可说不得！"不觉出了一身汗，深深地低下头去。崇祯等了片刻，等不到他的回答，又问：

"卿看向戚畹借助还是向京师缙绅大户借助？要是首先向戚畹借助，应该叫谁家做个榜样？"

程国祥跪在地上胆怯地说："好，好。"

崇祯问："什么？你说都好？"

"好，好。"

"先向谁家借助为宜？"

"好，好。"程的声音极低，好像在喉咙里说。

"什么？什么好，好？"

"好，好。"

崇祯勃然大怒，将御案一拍，厉声斥责："尔系股肱大臣，遇事如此糊涂，只说'好，好'，毫无建白，殊负朕倚畀之重！大臣似此尸位素餐，政事安得不坏！朕本当将尔拿问，姑念尔平日尚无大过，止予削职处分，永不录用。……下去！"

薛国观见崇祯盛怒，不敢替同僚求情，也有心将程国祥排出内阁，换一个遇事能对他有帮助的人，所以只不做声。程国祥吓得浑身颤栗，叩头谢恩，踉跄退出。回到家中，故旧门生纷来探问，说些安慰的话。国祥不敢将皇上在宏德殿所说的话泄露一句，提到给他的削职处分，只说"好，好"。当晚奉到皇上给他的削职处分的手谕，他叩头山呼万岁，赶快上了一封谢恩疏，亲自誊写递上。但是谢恩拜发之后，他忽然疑心自己将一个字写错了笔画，日夜害怕崇祯发现这个错字会给他重责，竟致寝食不安，忧惧疑成疾，不久死去。

却说程国祥从宏德殿退出以后，崇祯问薛国观想好了没有。国观看出来崇祯很焦急，左右更无一人，赶快小声奏道：

"借助的办法很好。倘有戚畹、勋旧倡导，做出榜样，在京缙绅自然会跟着出钱。"

崇祯叹口气说："这是一个不得已的办法，但怕行起来会有阻碍。"

薛国观躬身回奏："在外缙绅，由臣与宰辅诸臣倡导；在内戚畹、勋旧，非陛下独断不可。"

"你看，戚畹中谁可以做个倡导？"

"戚畹非外臣可比，臣不如皇上清楚。"

崇祯又问："武清侯李国瑞如何？"

"武清侯在戚畹中较为殷富，由他来倡导最好。"

"还有哪一家同他差不多的？"

薛国观明知道田妃和周后的娘家都较殷富，但是他不敢说出。他因武清侯同当今皇帝是隔了两代的亲戚，且风闻崇祯在信王府时曾为一件什么事对武清侯不满意，一直在心中存有芥蒂，所以他拿定主意除武清侯家以外不说出任何皇亲。

"微臣别的不知，"薛国观说，"单看武清侯家园亭一项，也知其十分殷富。他家本有花园一座，颇擅林泉之胜。近来又在南城外建造一座更大的花园，引三里河的水流进园中，真是水木清华，入其园如置身江南胜地。这座新花园已经动工了好几年，至今仍在大兴土木。有人说他有数十万家资，那恐怕是指早年的财产而言，倘若是他家今日散在畿辅各处的庄子、天津和江南的生意都算进来，一定远远超过此数。"

崇祯恨恨地说："没想到朕节衣缩食，一个钱不敢乱用，而这些皇亲国戚竟不管国家困难，如此挥霍！"停了片刻，他又说："李国瑞是朕表叔。今日倘非国库如洗，万般无奈，朕也不忍心逼着他拿出银子。"

"戚畹中哪一家同皇上不是骨肉至亲？总得有一家倡导才好。"

"卿言甚是，总得有一家倡导才好。朕久闻神祖幼时，孝定太后运出内帑不少。今日不得已叫他家破点财，等到天下太平之后，照数还他。不过此事由朕来做，暂不要张扬出去。"

薛国观退出以后，崇祯的眉头舒展了。他想，如果李国瑞能拿出银子，做个榜样，其他皇亲、勋旧和缙绅就会跟着拿出银子。京城里的榜样做好，外省就好办，几百万银子不难到手，一年的军饷就有了着落。他近来对薛国观有许多不满意地方，倒是赞助他向戚畹借助一事使他满意。

但是当崇祯在回乾清宫正殿时候，抬起头来无意中望见正殿内向南悬挂的大匾，不觉心中一动，刚才的决定登时动摇了。这匾上写的“敬天法祖”四个大字，是在崇祯元年八月间他吩咐当时擅长书法的司礼监掌印太监高时明写的。他望望这个匾，不能不想到祖宗朝都没有强迫戚畹借助的事。有三天时间，他为此事陷入了矛盾之中。但是这三天中，各地请饷请兵的奏疏像雪片飞来，逼得他毫无办法。恰巧到了第三天，他收到李国臣的一本密奏，内中说：“臣先父所留之家产不下四十万，臣当得其半。今请全献陛下，助国家充军饷，以尽臣之微忠。”这个李国臣就是李国瑞的庶兄，一向挥霍无度，常常为花钱事同武清侯李国瑞闹家庭纠葛。他同乾清宫的太监有认识的，起初风闻皇帝有向戚畹和缙绅借助的打算，他就动了念头；嗣后听说崇祯已决定在李国瑞的头上开刀，他就赶快上了这个密本，想趁机一则向李国瑞泄愤，二则赚得皇帝高兴。崇祯平日依靠东厂的侦察，对各家皇亲的阴私事知道很多，所以他看了李国臣的密奏之后，轻轻骂道：“不是东西！”然而他的犹豫也终止了。他将司礼监掌印太监王德化叫到面前，吩咐他立刻亲自去武清侯府，口传密旨，要李国瑞借助十万银子。王德化一出去，他就坐在御案前，对着旁边几上的九重博山宣炉，凝视着缥缈的轻烟出神，心中问道：

“会顺利么？嗯？”

乾清宫中的太监很多，本来用不着由王德化这个地位最高的太监头儿亲自去武清侯府传旨。崇祯满心希望第一炮顺利打响，所以破例派司礼监掌印太监亲自出马。约摸过了一个时辰，王德化回来了。崇祯急着问：

“怎么样，他愿意借助十万银子么？”

王德化躬身说：“奴婢不敢奏闻。请皇爷不要生气。”

“难道李国瑞竟敢抗旨？”

“方才奴婢去到武清侯府，口传圣旨，不料李国瑞对奴婢诉了许多苦，说他只能拿出一万两银子，多的实在拿不出来。奴婢不敢收他的银子，回宫来请旨定夺。”

“什么！他只肯拿出一万两？”崇祯把眼睛一瞪，猛一跺脚，骂道：“实在混账！可恶！竟敢如此抗旨！”

王德化本来也想趁机会在李国瑞身上发笔大财，不料他去传旨之后，李国瑞只送给他两千银子，使他大失所望。他当时冷笑说：“皇上国法无私，老皇亲的厚礼不敢拜领！”说毕，拂袖而去。如今见皇上动怒，他赶快又说：

“是的，李国瑞如此抗旨，实在太不为皇上和国家着想了。”

“他都说些什么？”

“他向奴婢诉苦说，连年灾荒，各处庄子都没有收成。在畿辅的几处庄子前年给满兵焚掠净尽，临清和济南的生意也给全部抢光。他本来还打算恳求皇上赏赐一点，没想到里头反来要他借助。他还说，皇上要是不体谅他的困难，他只有死了。”

崇祯在乾清宫大殿中走来走去，眼睛冒火，把太监们和宫女们都吓得屏息无声。他痛苦地想道：“我用尽了心血苦撑这份江山，不光为我们朱家一家好，也为着大家好。皇亲国戚世受国恩，与国家休戚相关。这个江山已经危如累卵，你做皇亲的还如此袖手旁观，一毛不拔！”一件不愉快的旧事突然浮上心头，更增加他的愤恨。这事已经过去十五年了。那时崇祯还是信王。虽系天启皇帝的同父异母兄弟，却因为魏忠贤和客氏擅权乱政，他住在信王府中也每天提心吊胆。为着给魏忠贤送一份丰厚的寿礼，信王府一时周转不灵，派太监去向武清侯借三万两银子，言明将来如数归还。谁知李国瑞对派去的老太监王宏诉了许多苦，只借给五千两。崇祯自幼就是心胸狭窄的人，这件事在当时狠刺伤了他的自尊心，直到他即位两年后还怀恨难忘，打算借机报复。后来年月渐久，国事如焚，这件事才在他的心头上淡了下去。这次向李国瑞借助军饷，原来丝毫也没有想到报复，不料李国瑞竟敢抗旨，这笔旧账就自然也在心头上翻了出来。

“一遇到我借钱，他总是诉苦！”他站住脚步，回头来对王德化说，“像他这号人，给他面子他不要，非给他个厉害看看他才会做出血筒子！”

“奴婢也看他是一个宁挨杠子不挨针的人。”

“去，告他说，要他赶快拿出二十万两银子，少一两也不答应！”

王德化走后，崇祯恨恨地冷笑一声。他从乾清宫大殿中走出来，走下丹陛，在院中徘徊。对于李国瑞的事，已没有转圜余地，非硬着手腕干下去不行，倘若虎头蛇尾，不但以后别想使皇亲、勋旧和缙绅们拿出一两银子，而且他做皇帝的尊严和威权也将大大受损。可是一想到不得不给武清侯严厉处分，他又在心里产生许多顾虑。正在这时，一阵北风徐徐吹来，同时传过来隐约的钟、磬声。大高玄殿的钟、磬声在大白天是传不到乾清宫的。崇祯感到奇怪，向一个太监问：

“这是什么地方的钟、磬声？”

“启奏皇爷，今天是九莲菩萨的生日，英华殿[①]的奉祀太监和都人们在为九莲菩萨上供。”

崇祯一惊，说：“我竟然忘记今天是她老人家的生日！”

九莲菩萨就是孝定太后。太后生前在英华殿吃斋礼佛多年，常坐一个宝座，刻有九朵莲花。宫中传说她死后成神，称她为九莲菩萨或九莲娘娘。除在奉先殿供着她的神主之外，又在英华殿后边建筑一殿，替她塑了一尊泥像，身穿袈裟，彩绘贴金，趺坐九莲宝座，四时祭奠，一如佛事。崇祯幼年曾亲眼看见她在英华殿虔诚礼佛，给他的印象很深。如今回忆着她的生前音容，想象着她会震怒，不能不加重了他对李国瑞问题的顾虑。

按照封建礼法，孝定太后已经死了二十多年，逢到她的生日，不必再由皇帝和皇后去上供，而事实上多年来崇祯已经不在她的生日去上供了。但今天崇祯的心情和平日很不同，他吩咐一个御前太监去坤宁宫传旨，要皇后率领田、袁二妃速去英华殿后殿代他献供。

命李国瑞献出二十万两银子的严旨下了以后，崇祯一方面等待着李国瑞如何向他屈服，一方面命东厂提督太监曹化淳和锦衣卫使吴孟明派人察听

---

①英华殿——在紫禁城内最西北角的一座宫院，神宗的母亲孝定太后晚年居住、礼佛、静修的地方。宫中传说孝定太后成了九莲菩萨。

京城臣民对这件事有何议论，随时报进宫中。为着“天变可畏”和各地灾情严重，崇祯在两天前就打算斋戒修省，只是想来想去，筹饷事没有一点眉目，他没法丢下不管，去静心过斋居生活。如今为着李国瑞的问题深怕祖宗震怒，很觉烦闷，才只好下定决心修省，希望感动上苍。于是他从昨晚起就开始素食，通身沐浴，今早传免上朝，并吩咐一个御前太监去传谕内阁和文武百官：他从今天起去省愆居静坐修省三日，除非有紧急军国大事，一概不许奏闻。吩咐毕，他在宫女们的服侍下匆匆地换上青色纯绢素服，先到奉先殿向列祖列宗的神主上香祈祷，又到奉先别殿向他的母亲孝纯太后的神主祷告，然后乘辇往省愆居去。

省愆居在文华殿后边，用木料架起屋基，离地三尺，四面通透悬空，象征着隔离尘世。在天启朝，省愆居不曾启用过，栏杆和木阶积满灰尘，檐前和窗上挂着蜘蛛网，木板地上散满了蝙蝠粪，屋前甬道旁生满荒草。到了崇祯登极，重新启用，经常收拾得干干净净。今天他走进省愆居向玉皇神主叩毕头，坐下以后，本来要闭目默想，对神明省察自己的过错，却不料心乱如麻，忽而想着这个问题，忽而想着那个问题。

中午，崇祯用的是最简单的素膳。虽然御膳房的太监们掌握着祖宗相传的成套经验，瞒上不瞒下，把一些冬菇、口蘑、嫩笋、猴头、豆腐、面筋、萝卜和白菜之类清素材料用鸡汤、鸭汤、上等酱油、名贵作料，妙手烹调，味道鲜美异常，素中有荤，但是因为崇祯心中烦闷，吃到嘴里竟同嚼着泥土一般。他随便动动筷子，就不再吃，只把一碗冰糖银耳汤喝了一半。太监小心地撤去素膳，用盘子捧上一盅茶。因为是在斋戒期间，用的茶盅也不能有彩绘，而是用的建窑贡品，纯素到底，润白如玉，比北宋定窑更好。崇祯吃了一口茶，呆呆地望着茶盅出神。茶色嫩黄轻绿，浮着似有似无的轻烟。轻烟慢慢散开，从里边现出来李国瑞的可厌的幻影和孝定太后坐在莲花宝座上的遗容。他的心一动，眼睛一眨，幻象登时消失。

他不能不关心军饷问题，特别是关心李国瑞的问题，不可能静心省察自己的过错。越是想着这些事，他越是不能在省愆居枯坐下去，决定将三天的斋戒修省改为一天，而对这一天也巴不得立刻红日西坠，快回乾清宫去处理要务。

由于常常睡眠不足，他禁不住在椅子上蒙眬入睡。他做了一些奇奇怪怪的梦，都与军饷有关。后来梦见成千上万的官军围着杨嗣昌的辕门鼓噪索饷。他看见杨嗣昌仓皇走出，百般抚慰，官兵鼓噪更凶，眼看就要酿成大祸，忽然杨嗣昌奔进宫来，到他的面前伏地叩头，恳求火速筹措军饷，而鼓噪声好像已经冲进皇城，逼近紫禁城外。他一惊而醒，出了一身冷汗。他隔着窗子望望太阳，不过申末酉初，觉得白日悠悠，这一天竟是特别的长！

一个近侍太监用银盆端来大半盆温水，跪在他的面前，另一个太监将一块素色贡缎盖在他的腿上，然后替崇祯将袖子卷起。像这样事情，平日都是宫女服侍，今日因为斋戒修省，宫女们不能跟随前来，只好全由太监来做。尽管这些近侍太监都是十七八岁的青年，面貌姣好，服饰华美，动作轻盈，崇祯仍不免觉得他们笨手笨脚，伺候得不能如意。他无可奈何，俯下身子洗了脸，轻轻地叹息一声。他究竟是为着太监们伺候得不如意而叹气，还是为着国事不遂心而叹气，没人知道。当盥洗的银盆和盖在腿上的素缎拿走以后，另一个小太监走来，在面前跪下，双手将一个永乐年间果园厂制的嵌着螺钿折枝梅花的黑漆托盘举起来。崇祯从托盘上取下茶杯，漱了口，仍旧放回盘中。回头向另一个大太监问：

“王德化在什么地方？”

“启奏皇爷，王德化刚才来到文华殿前边值房中等候问话，因皇爷修省事大，不敢贸然前来，奴婢也不敢启奏。”

这神秘的小木屋只供皇帝修省，不能谈论国事。崇祯想了会儿，决定破例在修省中离开一时，去文华殿问一问王德化，然后回来继续修省。他向玉皇的神主叩了三个头，便走出木屋了。

崇祯一到了文华后殿，向龙椅上一坐，便吩咐一个小答应将王德化唤到面前，焦急地问：

“昨天第二次传旨之后，李国瑞可有回奏么？”

王德化躬身回答：“启奏皇爷，李国瑞尚无回奏。”

“可恶！他家里有何动静？”

“午饭后曹化淳进宫来，因知皇爷正在修省，不敢惊驾，又出宫了。据化淳对奴婢言讲：自前日第一次传旨之后，李国瑞本人虽然待罪府中，不敢出头露面，却暗中同他的亲信门客、心腹家人，不断密议，也不断派人暗中找几家来往素密的皇亲、勋旧，密商办法。”

“商议什么办法？”

“无非是如何请大家向皇爷求情。但是皇亲、勋旧们将如何进宫求情，尚不清楚，横竖不过是替他向皇爷诉苦，大家也顺便替自己诉苦。”

“哼哼，我向谁诉苦呵！都是哪几家皇亲同李家来往最密？”

王德化明知道同李家关系最密的是皇后的父亲周奎，但是他决不说出。他并不是害怕素来不问朝政的皇后，更不是害怕周奎将来会对他如何报复，而是害怕皇上本人变卦。倘若在这件大事上他全心全意站在皇帝一边，将来皇上一旦变卦，后悔起来，他就会祸事临头。所以他笼统地回奏说：

“李国瑞是九莲娘娘的侄孙，世袭侯爵，在当今戚畹中根基最深，爵位最高，家家皇亲都同李府上来往较密，不止一家两家。”

崇祯又问：“京师臣民可知道这件事么？”

“启奏皇爷，世界上没有不漏风的墙，京师臣民都已经哄传开了。”

“臣民们有何议论？”

“据曹化淳向奴婢说，东厂和锦衣卫两衙门的打探事件的番子听到满城臣民都在纷纷议论，称颂陛下英明神圣，这件事做得极是。大家都说，这些年国家困难，臣民尽力出粮出饷，替皇上分了不少忧，他们这些深受国恩的皇亲国戚们早该报效了。如今皇上英明果断，叫他们为国出点钱，合情合理，大快人心。”

“还有什么议论？”

王德化知道皇亲中还有种种议论，但他不敢让崇祯知道，回答说没有别的议论了。崇祯叫他退出，又吩咐一个太监到内阁去将薛国观叫来。内阁在午门内左边，文华殿正南不远，所以薛国观很快就被叫来了。崇祯望着跪在地上的首辅问：

“朕昨日已二次严谕李国瑞为国输饷，为臣民做个榜样。看来李国瑞有意恃宠顽抗，大拂朕意。据先生看来，下一步将如何办好？在朝缙绅中有何看法？”

在这件案子上，薛国观是站在在朝的缙绅一边。两三天来，他接触到朝中同僚很多，不管是南方的或北方的，尽管平日利害不同，门户之见很深，唯独在这件事情上心中都同情皇帝的苦衷，赞成向戚畹开刀。他们希望皇上从戚畹和勋臣中筹到数百万银子以济军饷，使剿贼军事能够顺利进行，不必再向他们要钱；倘若万一皇亲和勋臣们用力抵抗，使皇上的这著棋归于失败，皇上也不好专向他们借助了。薛国观自然不肯将在朝缙绅的想法向崇祯说出，抬头奏道：

“在朝缙绅都知道当前国库如洗，皇上此举实出于万不得已。但事关戚畹，外臣不便说话，所以在朝中避免谈论。以臣看来，这一炮必须打响，下一步棋才好走。望陛下果断行事，不必多问臣工。”

崇祯点点头，又问了两件别的事，便叫薛国观退出去了。现在知道了京师臣民都对他衷心支持，称颂他的英明，使他增加了决心：如果李国瑞胆敢顽抗，就给以严厉处治。他担心几家较有面子的皇亲会出来替李家讲情，破坏他的捐饷大计。他越想越不放心，更没有心情回到木屋中继续独坐修省，便闷闷地踱出文华门，甩甩袍袖，乘辇回乾清宫去。

他刚刚换了衣服，坐在乾清宫大殿东暖阁的御案前边，王德化把李国瑞的一封奏疏同一叠别的文书捧送到他的面前。他原以为二次传旨之后，李国瑞尽管暗中有所活动，但无论如何不能不感到惶恐，上表谢罪。只要李国瑞上表谢罪，肯拿出十万两银子作个倡导，他不惟不再深究，还打算传旨嘉勉。万没想到，李国瑞在密本中不但对他诉苦，还抬出来孝定太后相对抗，要他看在孝定的情分上放宽限期，好使他向各家亲戚挪借三万两银子报效国家。崇祯看毕这封密奏，向王德化问道：

“这是才送来的？”

“是的，皇爷。”

“你看了么？”

“奴婢看过。”

崇祯将脚一跺：“哼，三万两，他倒说得出口！”

“是的，亏他说得出口。”

“朕倒要瞧瞧他胳膊能扭过大腿！”

这一件不愉快的事使崇祯连晚膳也吃不下。所好的是今日因为斋戒修省，晚膳只有十来样素菜，进膳的时候免掉了照例奏乐，耳边十分清静，他还能勉强地吃一点。刚刚用过晚膳，近侍太监奏称新乐侯刘文炳和几位皇亲入宫求见，现在东华门内候旨。崇祯想着他们一定是为替李国瑞求情而来，问道：

“还有哪几家皇亲同来？”

“还有驸马都尉巩永固，老皇亲张国纪，老驸马冉兴让。”

崇祯想道，倒是皇后的父亲周奎知趣，没有同他们一起进宫。他本来不打算见他们，但又想张国纪和冉兴让都是年高辈尊的皇亲，很少进宫，不妨听听他们说些什么。于是他沉吟片刻，吩咐说：

“叫他们在文华殿等候！”

第22章

武清侯的事件给在京戚畹中的震动很大，他们感到恐慌，也愤愤不平。有爵位的功臣之家，即所谓“勋旧”，也害怕起来。他们明白，皇上首先向戚畹借助，下一步就轮到他们。再者，戚畹和勋旧多结为亲戚，一家有难，八方牵连。所以那些在京城的公、侯、伯世爵对戚畹都表示同情，暗中支持，希望武清侯府用各种办法硬抗到底。皇亲们经过紧张的暗中串连，几番密商，推举出四个人进宫来替李家求情。其中班辈最高的是万历皇帝的女婿、驸马都尉冉兴让，已经六十多岁，须发如银。其次比较辈尊年长的是懿安皇后[①]的父亲、太康

①懿安皇后——天启的皇后张氏，崇祯的嫂子。

伯张国纪。他一向小心谨慎，不问外事，也不敢多交游。这次因为一则有兔死狐悲之感，二则李国瑞家中人苦苦哀求，周奎又竭力怂恿，不得不一反往日习惯，硬着头皮进宫。大家都知道崇祯的脾气暴躁，疑心很重，所以四个人在文华殿等候时候，心中七上八下，情绪紧张。

崇祯来到文华后殿，坐在宝座上了。四位皇亲首先在文华门的甬路旁跪着接驾，随即来到文华后殿向皇帝行了一跪三叩头礼。崇祯赐坐，板着脸孔问他们进宫何事。他们进宫前本来推定老驸马冉兴让先说话，他一看皇上的脸色严峻，临时不敢做声了。新乐侯刘文炳是崇祯的舅家表哥，本来是一个敢说话的人，但是他的亡妹是李国瑞的儿媳，因为有这层亲戚关系，也不便首先开口。驸马都尉巩永固是崇祯的妹夫，在这几个人中年纪最小，只有二十五岁，秉性比较爽直，平日很受崇祯宠爱。看见大家互相观望，都不敢开口，他忍不住起立奏道：

“臣等进宫来不为别事，恳陛下看在孝定太后的情分上，对李国瑞……”

崇祯截断他的话说：“李国瑞的事，朕自有主张，卿等不用多言。”

巩永固又说：“皇上圣明，此事既出自乾断[①]，臣等自然不应多言。但想着孝定太后……”

崇祯用鼻孔轻轻冷笑一声，说：“朕就知道你要提孝定太后！这江山不惟是朕的江山，也是孝定太后的江山，祖宗的江山。朝廷的困难，朕的苦衷，纵然卿等不知，祖宗也会尽知。若非万不得已，朕何忍向戚畹借助？”

刘文炳壮着胆子说：“陛下为国苦心，臣等知之甚悉。但今日朝廷困难，决非向几家戚畹借助可以解救。何况国家今日尚未到山穷水尽地步，皇上对李国瑞责之过甚，将使孝定太后在天之灵……”

崇祯摇头说：“卿等实不知道。这话不要对外人说，差不多已经是山穷水尽了。”他望着四位皇亲，眼睛忽然潮湿，叹口长气，接着说：“朕以孝治天下，卿等难道不知？孝定太后是朕的曾祖母，如非帑藏如洗，军饷无着，朕何

---

①乾断——封建社会，以乾卦代表男、天、君主，以坤卦代表女、地、皇后。事由君主决断叫做乾断。

忍出此一手？自古忠臣毁家纾难，史不绝书。李国瑞身为国戚，更应该拿出银子为臣民倡导才是，比古人为国毁家纾难还差得远哩！”

年长辈尊的驸马都尉冉兴让赶快站起来说：“国家困难，臣等也很清楚。但今日戚畹，大非往年可比。遍地荒乱，庄田收入有限。既为皇亲国戚，用度又不能骤减。武清侯家虽然往年比较殷实，近几年实际上也剩个空架子了。”

崇祯冷冷地微笑一下，说：“你们都是皇亲，自然都只会替皇亲方面着想。倘若天下太平，国家富有，每年多给皇亲们一些赏赐，大家就不会叫苦了。”

皇亲们都不敢再说话，低着头归还座位。崇祯向大家看看，问道：

“你们还有什么话说？”

大家都站立起来，互相望望，都不敢做声。巩永固知道张国纪是决不敢说话的，他用肘碰了一下老驸马冉兴让，见没有动静，只好自己向前两步，跪下奏道：

“臣不敢为李国瑞求情，只是想着李国瑞眼下拿二十万两银子实有困难。陛下可否格外降恩，叫他少出一点，以示体恤，也好使这件事早日了结？”

关于这个问题，崇祯也曾反复想过。他也明白如今要的这个数目太大，李国瑞实在不容易拿出来，但他不愿意马上让步，要叫李国瑞知道他的厉害以后再讨价还价。他冷笑说：

“一钱银子也不能少。当神祖幼时，内库金银不知运了多少到他们李家。今日国家困难，朕只要他把内库金银交还。”他转向冉兴让，问：“卿年高，当时的事情卿可记得？”

冉兴让躬身回答说：“万历十年张居正死，神祖爷即自掌朝政，距今将近六十年。从前确有谣传，说孝定太后常将内库金银赏赐李家。不过以臣愚见，即令果有其事，必在万历十年之前，事隔六十年，未必会藏至今天。”

“六十年本上生息，那就更多了。”崇祯笑一笑，接着说：“卿等受李家之托，前来讲情，朕虽不允，你们也算尽到了心。朕今日精神疲倦，有许多苦衷不能详细告诉卿等知悉。你们走吧。”

大家默默地叩了头，鱼贯退出。但他们刚刚走出文华门，有一个太监追出传旨，叫驸马巩永固回文华后殿。其余的皇亲们都暂时不敢走，等候召见。大家起初在刹那间都觉诧异，还有点吃惊。随即冉兴让和张国纪二人同时转念一想，认为一定是皇上改变了主意，李国瑞的事情有了转机，不觉心中暗喜，互相交换眼色。

崇祯已经离开御座，在文华后殿的中间走来走去，愁眉不展，一脸焦躁神气。看见巩永固进来，他走到正中间，背靠御案，面南而立，脸色严峻得令人害怕。巩永固叩了头，怀着一半希望和一半忐忑不安的心情跪在地上，等候问话。过了片刻，崇祯向他的妹夫问：

"皇亲们对这件事都有什么怨言？"

巩永固猛然一惊，叩头说："皇亲们对陛下并没有一句怨言。"

"哼，不会没有怨言！"停一停，崇祯又说："万历皇爷在世时，各家老皇亲常蒙赏赐。到了崇祯初年，虽然日子大不如前，朕每年也赏赐不少。如今反而向皇亲们借助军饷，岂能没有怨言？"

巩永固确实听到了很多怨言，最大的怨言是皇亲们都说宗室亲王很多，像封在太原的晋王、西安的秦王、卫辉的潞王、开封的周王、洛阳的福王、成都的蜀王、武昌的楚王等等，每一家都可以拿出几百万银子，至少拿出几十万不难，为什么不让他们帮助军饷？有三四家拿出银子，一年的军饷就够了。皇上到底偏心朱家的人，放着众多极富的亲王不问，却在几家皇亲的头上打算盘！就连巩永固自己，也有这样的想法。然而他非常了解皇上的秉性脾气，纵然他是崇祯的至亲，又深蒙恩宠，也不敢将皇亲们的背后议论说出一个字来。他只是伏地不起，默不做声。

崇祯见他的妹夫不说话，命他出去。随即，他心情沉重地走出文华殿，乘辇回乾清宫去。

已经是鼓打三更了，他还靠在御榻上想着筹饷的事。他想，今晚叫几位较有面子的皇亲碰了钉子，李国瑞一定不敢继续顽抗；只要明日他上表谢罪，情愿拿出十万、八万银子，他还可以特降皇恩，不加责罚。他又暗想，皇后的千秋节快要到了，向皇亲们借助的事最好在皇后的生日之前办完，免得为这件事闹得宫中和戚畹都不能愉快一天。

武清侯李国瑞因见替他向皇帝求情的皇亲们碰了钉子，明白他已经惹动皇上生气，纵然想拿出三五万银子也不会使事情了结。在几天之内，他单向皇上左右的几位大太监如王德化、曹化淳之流已经花去了三万银子，其他二三流的太监也趁机会来向他勒索银子。李国瑞眼看银子像流水似的花去了将近五万两，还没有一两银子到皇上手里，想来想去，又同亲信的清客们反复密商，决定只上表乞恩诉苦，答应出四万银子，多一两银子也不出了。他倚仗的是他是孝定太后的侄孙，当今皇上的表叔，又没犯别的罪，皇上平白无故要他拿出很多银子本来就不合道理，他拿不出来多的银子不犯国法。有的皇亲暗中怂恿李家一面继续软拖硬顶，一面想办法请皇后和东宫田娘娘在皇上面前说句好话。大家认为，只要皇后或十分受宠的东宫娘娘说句话，事情就会有转机了。

一连几天，崇祯天天派太监去催逼李国瑞拿出二十万两银子，而李国瑞只有上本诉穷。崇祯更怒，不考虑后果如何，索性限李国瑞在十天内拿出来四十万两银子，不得拖延。李国瑞见皇帝如此震怒和不讲道理，自然害怕，赶快派人暗中问计于各家皇亲。大家都明白崇祯已经手忙脚乱，无计可施，所以才下此无理严旨。他们认为离皇后千秋节只有十来天了，只要李国瑞抱着破罐子破摔，硬顶到千秋节，经皇后说句话，必会得到恩免。还有人替李国瑞出个主意：大张旗鼓地变卖家产。于是武清侯府的奴仆们把各种粗细家具、衣服、首饰、字画、古玩，凡是能卖的都拿出来摆在街上，标价出售，满满地摆了一条大街。隔了两天，开始拆房子，拆牌楼，把砖、瓦、木、石、兽脊等等堆了两条长街。在什物堆上贴着红纸招贴，上写着："本宅因钦限借助，需款火急；各物贱卖，欲购从速！"这是历朝从来没有过的一件大大奇闻，整个北京城都轰动起来。每天京城士民前往武清侯府一带观看热闹的人络绎不绝，好像赶会一般，但东西却无人敢买，害怕惹火烧身。士民中议论纷纷，有的责备武清侯这样做是故意向皇上的脸上抹灰，用要死狗的办法顽抗到底；有的说皇上做得太过分了，二十万现银已经拿不出来，又逼他拿出四十万两，逼得李武清不得已狗急跳墙；另外，一天清早，在大明门、棋盘街和东西长安街出现了无名揭帖，称颂当今皇上是英明圣君，做这件事深合民心。

这些情形，都由东厂提督太监曹化淳报进皇宫。崇祯非常愤怒，下旨将李国瑞削去封爵，下到镇抚司狱，追逼四十万银子的巨款。起初他对于棋盘街等处出现的无名揭帖感到满意，增加了他同戚畹斗争的决心。但过了一天，当他知道舆论对他的做法也有微词时，他立刻传旨东厂和锦衣卫，严禁京城士民"妄议朝政"、暗写无名揭帖，违者严惩。

崇祯原来希望在皇后千秋节之前顺利完成了向戚畹借助的事，不料头一炮就没打响，在李国瑞的事情上弄成僵局。尽管他要对皇亲们硬干到底，但是他的心中未尝不有些失悔。在李国瑞下狱的第二天，他几乎感到对李国瑞没有办法，于是他将首辅薛国观召进乾清宫，忧虑地问道：

"李国瑞一味顽抗，致使向戚畹借助之事不得顺利进行。不意筹饷如此困难，先生有何主意？"

薛国观心中很不同意崇祯的任性做法，但他不敢说出。他十分清楚，戚畹、勋旧如今都暗中拧成了一股绳儿，拼命抵制皇上借助。他害怕事情一旦变化，他将有不测大祸，所以跪在地上回答了一句模棱两可的话：

"李国瑞如此顽抗，殊为不该。但他是孝定太后的侄孙，非一般外臣可比。究应如何处分，微臣不敢妄言。"

听了这句回答，崇祯的心中十分恼火，但忍耐着没有流露。他决定试一试薛国观对他是否忠诚，于是忽然含着微笑问：

"先生昨晚在家中如何消遣？"

薛国观猛然一惊，心中扑通扑通乱跳。他害怕如果照实说出，皇上可能责备说："哼，你是密勿大臣，百官领袖，灾荒如此严重，国事如此艰难，应该日夜忧勤，不遑宁处，才是道理，怎么会有闲情逸致，同姬妾饮酒，又同清客下棋，直至深夜？"他素知东厂的侦事人经常侦察臣民私事，报进宫去。看来他昨晚的事情已经被皇上知道了，如不照实说出，会落个欺君之罪。在片刻之间，他把两方面的利害权衡一下，顿首说：

"微臣奉职无状，不能朝夕惕厉，加倍奋发，以纾皇上宵旰之忧，竟于昨晚偶同家人小酌，又与门客下棋。除此二事，并无其他消遣。”

“先生可是两次都赢在‘卧槽马’上？”

“不过是两次侥幸。”

崇祯不再对首辅生气了。他满意薛国观的回答同他从东厂提督太监曹化淳口中所得的报告完全相符，笑着点点头说：

“卿不欺朕，不愧是朕的股肱之臣。”

薛国观捏了一把汗从乾清宫退出以后，崇祯陷入深深的苦恼里边。两天来，他觉察出他的亲信太监王德化和曹化淳对此事都不像前几天热心了，难道是受了皇亲们的贿赂不成？他没有抓到凭据，可是他十分怀疑，在心中骂道：

“混蛋，竟没有一个可信的人！”

恰在这时，曹化淳来了。他每天进宫一趟，向皇上报告京城内外臣民的动态，甚至连臣民的家庭阴事也是他向宫中奏报的材料。近来他已经用了李国瑞很多银子，又受了一些公、侯勋臣的嘱托，要他在皇上面前替李国瑞多说好话。今天他在崇祯面前直言不讳地禀奏说：满京城的戚畹、勋旧和缙绅们为着李国瑞的事人人自危，家家惊慌。曹化淳还流露出一点意思，好像李国瑞并不像外边所传的那样富裕。

听了曹化淳的禀奏，崇祯更加疑心，故意望着曹化淳的眼睛，笑而不语。曹化淳回避开他的目光，低下头去，心中七上八下，背上浸出冷汗。他虽然提督东厂，权力很大，京中臣民都有点怕他，但他毕竟是皇帝的家奴，皇帝随时说一句话就可以将他治罪，所以他极怕崇祯对他起了疑心。过了一阵，崇祯忽然问道：

“曹伴伴①，日来生意可好哇？”

曹化淳大惊失色，俯伏在地，连连叩头，说：“奴婢清谨守法，皇爷素知，从不敢稍有苟且。实不知皇爷说的是什么事情。”

崇祯继续冷笑着，过了好长一阵，徐徐地说：“你要小心！有人上有密本，

---

①伴伴——明代宫中习惯，皇帝对年纪较长、地位较高的太监称呼伴伴，表示亲密。

奏你假借东厂权势，受贿不少，京师人言藉藉。”

“奴婢冤枉！奴婢冤枉！皇爷明鉴，奴婢实在冤枉！”曹化淳连声说，把头碰得咚咚响。

看见曹化淳十分害怕，崇祯满意了，想道：“这班奴婢到底是自家人，不敢太做坏事。”为着使曹化淳继续替他忠心办事，他用比较温和的口气说：

“朕固然不疑心你，不过你以后得格外小心。万一有人抓住你的把柄，朕就护不得你了。”

“奴婢死也不敢做一点苟且之事。”

“既然你不敢背着朕做坏事，那就好了。”

“万万不敢！”

“李国瑞下狱后情形如何？”

李国瑞正在患病，曹化淳本来打算向皇帝报告，但此刻怕皇上疑心他替李国瑞说话，不敢照实说出。他跪着奏道：

“他很害怕，总在叹气、流泪。别的情形没有。”

“你同吴孟明好生替朕严追，莫要姑息！”

“是，一定严追！”

李国瑞虽然下狱，但是李府的亲信家人和几家关系最密的皇亲们却按照商量好的主意，暗中加紧活动。他们已经知道，如若不是有薛国观的赞同，皇上未必就决定向戚畹借助。他们还风闻两个月前，有一天崇祯在文华殿召见薛国观，议论国事。当崇祯谈到朝廷上贪贿成风时，薛国观回答说：“倘使厂、卫得人，朝士安敢如此！”当时王德化侍立一旁，他原是东厂提督太监转为司礼监掌印太监，吓了一身冷汗。从那天以后，王德化和曹化淳都有意除掉薛国观。皇亲们现在决定：一方面利用王德化和曹化淳赶快除掉薛国观，使朝廷上没有一个大臣敢支持皇上向戚畹借助；另一方面，他们正在利用嘉定伯府和锦衣都督田府对皇后和田贵妃暗中求情。由于皇后的性情比较庄严，对她不能随便通过太监传话，所以皇亲们首先打通了承乾宫的门路。

近来，田宏遇曾经几次派总管暗中送礼给承乾宫的掌事太监，托他转恳贵妃在皇上面前替李国瑞说话。李国瑞家也给这个掌事太监送了不少银子。田妃深知崇祯最厌恶后妃们过问外事，但无奈她父亲几次托太监向她恳求，使她不好完全拒绝，心中十分为难。昨晚田皇亲府派人进献四样东西：一卷澄心堂纸，一册北宋精拓《兰亭序》，一方宋徽宗的二龙戏珠端石砚，一串珍珠念珠。这四样东西使田妃十分满意。田妃心想这澄心堂纸是南唐李后主所造的名贵纸张，在北宋已很难得，欧阳修和梅圣俞都曾写诗题咏，经过七百年，越发成了珍品，宫中收藏的已经找不到，不料田皇亲府有办法找来一卷送给她画画。北宋拓《兰亭序》虽然在宫中不算稀罕，但是她近两年来正在临摹此帖，喜欢收集不同的名贵拓本，这一件东西也恰恰投合了她的爱好。那一方端石砚通体紫红，却在上端正中间生了一个“鸲鹆眼”，色呈淡黄，微含绿意。砚上刻了两条龙，一双龙头共向“鸲鹆眼”，宛如戏珠。砚背刻宋徽宗手写铭文，落款是“大宋宣和二年御题”。那一串念珠是一百单八颗珍珠用金线穿成，下边一颗大如小枣，宝光闪灼，十分难得，而最罕见的是四颗黑珍珠，色如浓漆，晶莹照人。田妃近来不知怎地常有“人生如梦”和“祸福无常”的想法，对佛法顿生兴趣，有时背着皇帝焚香趺坐，默诵《妙法莲花经》。如今忽然得到这串念珠，真是喜出意外。她一点没有料到这四样东西都是武清侯府的旧藏，用她父亲田宏遇的名义献进承乾宫来。每一样东西都用锦匣装着，匣上贴着红色洒金笺，上边一行写道：“承乾宫贵妃娘娘赏玩。”下边一行写道：“臣田宏遇叩首恭进。”田妃把这四样东西欣赏、把玩很久，爱不释手，一股思念父母的感情涌上心头。母亲已经于前年死了，而父亲已十二年没见面了。明朝宫廷的家法极严，没有后妃省亲的制度。田妃只知道自从她成为皇上的宠妃以后，她的父母搬到东城住，宅第十分宏敞，大门前有一对很大的铁狮子，京城士民都将那地方叫做铁狮子胡同，但是她自己除看见过母亲一次之外，从来没机缘再见一家骨肉。甚至每次家中派人送东西进宫也只能到东华门内，不能到承乾宫同她见面。如今对着父亲送来的四样东西，在一阵高兴过后，跟着是心中酸楚，连眼圈儿也红了。

这时，宫女和别的太监都不在田妃身边。承乾宫掌事太监吴祥进来，向她躬身低声奏道：

“启禀娘娘，刚才老皇亲派来陈总管对奴婢说，李国瑞在狱中身染重病，命在旦夕，恳求娘娘早一点设法垂救。”

田妃没有做声，想了一阵，仍然感到为难，挥手使吴祥退出。替李国瑞说话还是不说？思前想后，她拿不定主意。她临着《兰亭序》写了二十多个字，实在无情无绪，便放下宫制斑管狼毫笔，走到廊下，亲自教鹦鹉学语。忽然宫门外一声传呼：

“万岁驾到！”

随着这一声传呼，在承乾宫前院中所有的宫女和太监都慌忙跑去，跪在甬路两边接驾，肃静无声。田妃来不及更换冠服，赶快走到承乾门内接驾。崇祯在田妃的陪侍下一边看花一边往里走去，忽然听见画廊下又发出一声喧呼：“万岁驾到！”他抬头一看，原来是一只红嘴绿鹦鹉在鎏金亮架上学话，不觉笑了，回头对田妃说：

“卿的宫中，处处有趣，连花鸟也解人意，所以朕于万几之暇，总想来此走走。”

田妃含笑回答：“皇上恩宠如此，不惟臣妾铭骨不忘，连花鸟亦知感激。”

她的话刚说完，鹦鹉又叫道：“谢恩！”崇祯哈哈地大笑起来，一腔愁闷都散了。

崇祯爱田妃，也爱承乾宫。

承乾宫的布置很别致。田妃嫌宫殿过于高大，不适合居住，便独出心裁，把廊房改成小的房间，安装着曲折的朱红栏杆，雕花隔扇，里面陈设着从扬州采办的精巧家具和新颖什物，墙上挂着西洋八音自鸣钟。嫌宫灯不亮，她把周围护灯的金丝去掉了三分之一，遮以轻绡，加倍明亮。她是个十分聪明的人，用各种心思获得崇祯的喜欢，使他每次来到承乾宫都感到新鲜适意。她非常清楚，一旦失宠，她和她的家族的一切幸福都跟着完了。当时因为到处兵荒马乱，交通阻塞，南方的水果很难运到北京，可是今天在田妃的桌子上，一个大玛瑙盘中摆着橘子和柑子。屋角，一张用螺钿、翡翠和桃花红玛瑙镶嵌成采莲图的黑漆红木茶几上放着一个金猊香炉，一缕轻烟自狮子口中吐出，袅袅上升，满屋异香，令崇祯忽然间心清神爽。

崇祯每次于百忙中来到田妃宫中，都会感到特别满意。田妃也常常揣摸他的心理，变换着宫中的布置。今天，崇祯在靠窗的一张桌子上看见了一个出自苏州名手的盆景，虽然宜兴紫砂盆长不盈尺，里面却奇峰突兀，怪石嶙峋，磴道盘曲，古木寒泉，梵寺半隐，下临一泓清水，白石粼粼。桌上另外放着一块南唐龙尾砚，上有宋朝欧阳修的题字。砚旁放着半截光素大锭墨，上有“大明正德[①]年制”六个金字，“制”字已经磨去了大半。砚旁放着一个北宋汝窑秘色笔洗，一个永乐年制的剔红嵌玉笔筒，嵌的图画是东坡月夜游赤壁。桌上还放着一小幅宣德五年造的素馨贡笺，画着一枝墨梅，尚未画成。崇祯向桌子上望了望，特别对那个紫檀木座上的盆景感到兴趣。他端详片刻，笑着说：

“倘若水中有几条游鱼，越发有趣。”

田妃回答说：“水里是有几条小鱼，皇上没有瞧见。”

“真的？”

田妃嫣然一笑，亲自动手将盆景轻扣一下。果然有几条只有四五分长的小鱼躲在悬崖下边，被一些绿色的鱼草遮蔽，如今受到惊动，立即活泼地游了出来。崇祯弯着身子一看，连声说好。看了一阵，他离开桌子，背着手看墙上挂的字画。田妃宫中的字画也是经常更换。今天在这间屋子里只挂了两幅画，都是本朝的名家精品：一幅是王冕的《归牧图》，一幅是唐寅的《相村水乡图》。后者是一个阔才半尺、长约六尺余的条幅，水墨浓淡，点缀生动；杨柳若干株，摇曳江干；小桥村市，出没烟云水气之中。画上有唐伯虎自题五言古诗一首。相村是大书画家兼诗人沈石田住的地方。石田死后，唐寅前去吊他，在舟中见山水依然，良友永逝，百感交集，挥笔成画，情与景融，笔墨之痕俱化。崇祯对这幅画欣赏一阵，有些感触，便在椅子上坐下去，叫宫女拿来曲柄琵琶，弹了他自制的五首《访道曲》，又命田妃也弹了一遍。

趁皇上心情高兴，田妃悄悄告诉宫女，把三个孩子都带了进来。登时，崇祯的面前热闹起来。崇祯这时候共有五个男孩子，两个女儿。这五个儿子，太子和皇三子是周后所生，皇二子和皇四子、皇五子都是田妃所生。皇二子今年

①正德——明武宗的年号（1506~1521年），以后的皇帝年号是嘉靖、隆庆、万历、泰昌、天启、崇祯。

九岁，皇四子七岁。他们都已经懂得礼节，被宫廷教育弄得很呆板。在奶子、宫女和太监们簇拥中进来以后，他们胆怯地跪下给父亲叩头，然后站在父亲的膝前默不做声。皇五子还不满五周岁，十分活泼，也不懂什么君臣父子之礼。崇祯平日很喜欢他，见了他总要亲自抱一抱，放在膝上玩一阵，所以唯有他不怕皇上。如今他被奶子抱在怀里，跟在哥哥们的后边，一看见父亲就快活地、咬字不清地叫着："父皇！父皇……万岁！"奶子把他放在红毡上，要他拜，他就拜，因为腿软，在红毡上跌了一跤。但他并不懂跪拜是礼节，只当做玩耍，所以在跌跤时还格格地笑着。崇祯哈哈大笑，把他抱在膝上，亲了一下他的红喷喷的胖脸颊。

崇祯对着美丽多才的妃子和爱子，暂时将筹不到军饷的愁闷撂在一边。他本有心今天向田妃示意，叫她的父亲借助几万银子，打破目前向戚畹借助的僵局。现在决定暂不提了，免得破坏了这一刻愉快相处。"叫田宏遇出钱的事，"他心里说，"放在第二步吧。"然而田贵妃却决定趁着皇上快活，寻找机会大胆地替李国瑞说一句话。她叫宫女们将三个皇子带出去，请求奉陪皇上下棋消遣，想让崇祯在连赢两棋之后，心中越发高兴，她更好替李国瑞说话。不料崇祯刚赢一棋，把棋盘一推，叹口气，说要回乾清宫去。田妃赶快站起来，低声问道：

"陛下方才那么圣心愉快，何以忽又烦恼起来？"

崇祯叹息说："古人以棋局比时事，朕近日深有所感！"

田妃笑道："如拿棋局比时事，以臣妾看来，目前献贼新败，闯贼被围，陛下的棋越走路越宽，何用烦恼？"

崇祯又啧啧地叹了两声，说："近来帑藏空虚，筹饷不易，所以朕日夜忧愁，纵然同爱卿在一起下棋也觉索然寡味。"

"听说不是叫戚畹借助么？"

"一言难尽！首先就遇着李国瑞抗旨不出，别的皇亲谁肯出钱？"

"李家世受国恩，应该做个榜样才是。皇上若是把他召进宫来，当面晓谕，他怎好一毛不拔？"

"他顽固抗旨，朕已经将他下到狱里。"

田妃鼓足勇气说："请陛下恕臣妾无知妄言。下狱怕不是办法。李国瑞年纪大概也很大了，万一死在狱中，一则于皇上的面子不好看，二则也对不起孝定太后。"

崇祯不再说话，也没做任何表示。虽然他觉得田妃的话有几分道理，但是他一向不许后妃们过问国事，连打听也不许，所以很失悔同田妃提起此事。他站起来准备回乾清宫，但在感情上又留恋田妃这里，于是背着手在承乾宫中徘徊，欣赏田妃的宫中陈设雅趣。他随手从田妃的梳妆台上拿起来一面小镜子。这镜子造得极精，照影清晰。他看看正面，又看看反面，于无意中在背面的单凤翔舞的精致图案中间看见了一首七绝铭文：

秋水清明月一轮，
好将香阁伴闲身。
青鸾不用羞孤影，
开匣当如见故人。

崇祯细玩诗意，觉得似乎不十分吉利，回头问道："这是从哪里来的镜子？"

田妃见他不高兴，心中害怕，躬身奏道："这是宫中旧物，奴婢们近日从库中找出来的。妾因它做得精致，又是古镜，遂命磨了磨，放在这里赏玩。看这小镜子背面的花纹图样，铭文格调，妾以为必是晚唐之物。"

"这铭文不大好，以后不要用吧。"

田妃恍然醒悟，这首诗对女子确有点不吉利，赶快接过古镜，躬身奏道：

"臣妾一向没有细品诗意，实在粗心。皇上睿智天纵，烛照万物。这小镜子上的铭文一经圣目，便见其非。臣妾谨遵谕旨，决不再用它了。"

崇祯临走时怕她为此事心中不快，笑着说："卿可放心，朕永远不会使卿自叹'闲身''孤影'。卿将与朕白发偕老，永为朕之爱妃。"

田妃赶快跪下叩头，说："蒙皇上天恩眷爱，妾愿世世生生永侍陛下。"

崇祯把田妃搀了起来，又说："卿不惟天生丽质，多才多艺，更难得的是深明事体。朕于国事焦劳中每次与卿相对，便得到一些慰藉。”

田妃把崇祯送走以后，心中有一阵忐忑不安，深怕自己关于李国瑞的话说得过于明显，会引起皇上疑心。但是她又想着皇上多年来对她十分宠爱，大概会听从她的意见，而不会对她有什么疑心。她又想，后天就是中宫的千秋节，阖宫腾欢，连皇上也要跟着快活一天，只要皇上趁着高兴把李国瑞从狱中释放，一天乌云就会散去。

午膳以后，崇祯略睡片刻，便坐在御案前处理军国大事。虽然筹饷的事情受到阻碍，但是首辅薛国观对他的忠心，连家中私事也不对他欺瞒，使他在愁闷中感到一些安慰。他默坐片刻，正要批阅文书，王德化和曹化淳进来了。他望着他们问：

“你们一起来有什么事？”

曹化淳叩了头，站起来躬身说：“奴婢有重要事密奏，乞皇爷不要生气。”

崇祯感到诧异，赶紧问：“密奏何事？”

王德化向左右使个眼色，那侍立在附近的太监和宫女们都立刻静悄悄地退了出去。

“到底有什么大事？”崇祯望着曹化淳问，以为是什么火急军情，心中不免紧张。

曹化淳跪下说：“启奏皇爷，奴婢侦察确实，首辅薛国观深负圣眷，贪赃不法，证据确凿。”

“啊？薛国观……他也贪赃么？”

“是的，皇爷。奴婢现有确实人证，薛国观单只吞没史堃的银子就有五万。”

“哪个史堃？”

“有一个巡按淮扬[①]的官儿名叫史堃，在任上曾经干没了赃罚银和盐课

①淮扬——明朝的扬州府和淮安府合称淮扬。

银三十余万，后来升为太常寺少卿，住在家乡，又做了许多坏事，被简讨[①]杨士聪和给事中张芳相继奏劾……”

“这个史堃不是已经死在狱中了么？”

“皇上圣明，将史堃革职下狱。案子未结，史堃瘐死狱中。史堃曾携来银子十余万两，除遍行贿赂用去数万两外，尚有五万两寄存在薛国观家，尽入首辅的腰包。”

“有证据么？”

“奴婢曾找到史堃家人，询问确实，现有史堃家人刘新可证。刘新已写了一张状子，首告薛国观干没其主人银子一事。”曹化淳从怀中取出状子，呈给崇祯，说：“刘新因是首告首辅，怕通政司不收他的状子，反将受害，所以将状子递到东厂，求奴婢送达御览。”

崇祯将状子看过以后，忽然脸色铁青，将状子向御案上用力一摔，将脚一跺，咬牙切齿地说：

“朕日夜焦劳，志在中兴。不料用小臣小臣贪污，用大臣大臣贪污。满朝上下，贪污成风，纲纪废弛，竟至如此！王德化……”

王德化赶快跪下。

崇祯吩咐：“快去替朕拟旨，着将薛国观削职听勘！”

“是，奴婢立刻拟旨。”

王德化立刻到值房中将严旨拟好，但崇祯看了看，却改变了主意。在刚才片时之间，他恨不得杀掉薛国观，借他的一颗头振刷朝纲，但猛然转念，此事不可太急。他想，第一，薛国观究竟干没史堃银子多少，尚需查实，不能仅听刘新一面之词；第二，即令刘新所告属实，但史堃原是有罪入狱，在他死后干没了他的寄存银子与贪赃性质不同；第三，目前为李国瑞事正闹得无法下台，再将首辅下狱，必然使举朝惊慌不安，倒不如留下薛国观，在强迫戚畹借助一事上或可得他与廷臣们的助力。他对王德化说：

“重新拟旨，叫薛国观就这件事好生回话！”

---

①简讨——翰林院官名。本作“检讨”，明末因避崇祯帝讳，改写为“简讨”，入清朝仍写作“检讨”。

王德化和曹化淳退出以后，崇祯又开始省阅文书。他看见有李国瑞的一本，以为他一定是请罪认捐。赶快一看，大失所望。李国瑞仍然诉穷，说他在狱中身染重病，恳求恩准他出狱调治。崇祯想起来上午田贵妃对他所说的话，好生奇怪。默想一阵，不禁大怒，在心中说：

"啊，原来田妃同外边通气，竟敢替李国瑞说话！"

他将李国瑞的奏本抓起来撕得粉碎，沉重地哼了一声，又将一只成窑茶杯用力摔到地上。那侍立附近的宫女和太监都吓得脸色灰白，不敢抬头望他。在他盛怒之下，他想到立刻将田妃"赐死"，但稍过片刻，他想到这样做会引起全国臣民的震惊和议论，又想起来田妃平日的许多可爱之处，又想起来她所生的三个皇子，特别是那个天真烂漫的五皇子，于是取消处死田妃的想法。沉默片刻，他先命一个太监出去向东厂和锦衣卫传旨，将李国瑞的全部家产查封，等候定罪之后，抄没入官。关于如何处分田妃，他还在踌躇。他又想到后天就是皇后的生日。他原想着今年皇后的生日虽然又得像去年一样免命妇朝贺，但是总得叫阖宫上下快快活活地过一天，全体妃、嫔①、选侍和淑女都去坤宁宫朝贺。在诸妃中田妃的地位最高，正该像往年一样，后天由她率领众妃、嫔向中宫朝贺，没想到她竟会做出这事！怎么办呢？想了一阵，他决定将她打入冷宫，以后是否将她废黜，看她省愆的情况如何。于是他吩咐一个御前太监立刻去承乾宫如何传旨，并严禁将此事传出宫去。这个太监一走，他心中深感痛苦，自言自语说：

"唉，真没想到，连我的爱妃也替旁人说话。我同李国瑞斗，斗到我家里来啦！"他摇摇头，伤心地落下泪来。

田妃刚才打发亲信太监出宫去将她已经在皇上面前替李国瑞说话的事情告诉她的父亲知道，忽然一个宫女慌忙启奏说御前太监陈公公②前来传旨，请娘娘快去接旨。随即听见陈太监在院中高声叫道："田娘娘听旨！"她还以为是关于后天庆贺中宫千秋节的事，赶快整好凤冠跑出，跪在阶下恭听宣

①嫔——明代皇帝的妻妾的名号是：皇后、皇贵妃、贵妃、妃、嫔、才人、婕妤、昭仪、美人、昭容、选侍、淑女。但嫔以下的等级不十分清楚。

②公公——对于年长的太监一般尊称公公。但是有官职的太监另有称呼。

旨。陈太监像朗诵一般地说：

“皇上有旨，田妃怙宠，不自约束，胆敢与宫外互通声气。姑念其平日尚无大过，不予严处，着即贬居启祥宫，痛自省愆。不奉圣旨，不准擅出启祥宫门！除五皇子年纪尚幼，皇上恩准带往启祥宫外，其余皇子均留在承乾宫，不得擅往启祥宫去。钦此！……谢恩！”

“谢恩！”田妃叩头说，声音打颤。

田妃突然受此严谴，仿佛一闷棍打在头上，脸色惨白，站不起来。两个宫女把她搀起，替她取掉凤冠，收拾了应用东西，把九岁的皇二子和七岁的皇四子留在承乾宫，自己带着皇五子，抽咽着走出宫门。明朝末年，每到春天，宫女们喜欢用青纱护发，以遮风沙。田妃临出宫时，向一个宫女要了一幅青纱首帕蒙在头上，皇二子和皇四子牵着她的衣裳哭。她挥挥手，叫两个太监将他们抱开。她熟悉历代宫廷掌故，深知不管多么受宠的妃子，一旦失宠，最轻的遭遇是打入冷宫，重则致死或终身没有再出头之日。一出承乾宫门，她不知以后是否有重回东宫的日子，忍不住以袖掩面，小声痛哭起来。

当天晚上，秉笔太监王承恩来乾清宫奏事完毕，崇祯想着王承恩一向奏事谨慎，颇为忠心，恰好左右无人，小声问道：

“你知道近来戚畹中有何动静？难道没有一个人愿意为国家困难着想么？”

王承恩躬身奏道：“奴婢每日在宫中伺候皇爷，外边事虽然偶有风闻，但恐怕不很的确。况这是朝廷大事，奴婢如何敢说？”

“没有旁人，你只管对朕直说。”

王承恩近来对这事十分关心，眼看着皇帝被孤立于上，几个大太监背着皇上弄钱肥私，没有人肯替皇上认真办事，常常暗中焦急。可是他出自已故老太监王安门下，和王德化原没有深厚关系，近两年被提拔为秉笔太监，在德化手下做事，深怕王德化对他疑忌，所以平日十分小心，不敢在崇祯面前多说一句话。现在经皇上一问，他确知左右无人，趁机跪下说：

“此事关乎皇亲贵戚，倘奴婢说错了话，请陛下不要见罪。目前各家皇亲站在皇爷一边的少，暗中站在李国瑞一边的多。……”

崇祯截住问：“朕平日听说李国瑞颇为骄纵，一班皇亲们多有同他不和的，怎么如今会反过来同他一鼻孔出气？”

“这班皇亲贵戚们本来应该是与国家同休戚，可是在目前国家困难时候肯替国家输饷的人实在不多。他们害怕皇上勒令李国瑞借助只是一个开端，此例一开，家家都将随着拿出银子，所以暗中多站在李家那边。”

“呵，原来都不愿为国出钱！”崇祯很生气，又问道：“廷臣们对这事有何议论？”

“听说廷臣中比较有钱的人都担心不久会轮到缙绅输饷，不希望李国瑞这件事早日有顺利结果；那些比较清贫的人，明知皇上做得很对，可是都抱着一个明哲保身的想法，力持缄默，没有人敢在朝廷上帮皇爷说话。”

“他们既然自己没钱，将来号召缙绅输饷也轮不到他们头上，为何他们也畏首畏尾，不敢说话？”

“古人说：疏不间亲。皇上虽然将李国瑞下了狱，可是他们有不便说话之处。”

崇祯心中很愿意看见有一群臣工上疏拥护他这件事做得很对，但是这意思他没法对王承恩说出口来。他想，既然有一班臣工们担心他在这事上虎头蛇尾，所以才大家缄默，冷眼观望，他更要把李国瑞制服才行。不然，他在文武群臣眼中的威信就要大为损伤，以后诸事难办。

“你知道内臣中有谁受了李家贿赂？”他突然问。

王承恩吃了一惊。他害怕万一有人窃听，不敢说出实话，伏地奏道：

“奴婢丝毫不知。”

“难道没有听到一些儿传闻？”

“奴婢实在不曾听到。”

崇祯沉默片刻，说：“知道你不会欺朕，所以朕特意问你。既然宫中人没有受李家贿赂的，朕就放心了。下去吧。”

王承恩叩了一个头，退出了乾清宫大殿，在檐前的一个鎏金铜像旁边被一位值班的随堂太监拉住。这位随堂太监是王德化的心腹人，姓王名之心，在宫灯影下对承恩含笑低语说：

"宗兄在圣上面前的回答甚为得体。"

王承恩的心中一惊，怦怦乱跳，没有说话，对王之心拱手一笑，赶快向丹墀下走去。因为国家多故，怕夜间有紧急文书或皇上有紧急召唤，秉笔太监每夜有一人在养心殿值房中值夜，如内阁辅臣一样。今夜是王承恩轮值，所以他出了月华门就往养心殿的院子走去。在半路上遇着王德化迎面走来，前后由家下太监随侍，打着几盏宫式料丝灯笼。王承恩带着自家的小太监肃立路旁，拱手请安并说道：

"宗主爷①还不回府休息？"

王德化说："今日皇上生气，田娘娘已蒙重谴，我怕随时呼唤，所以不敢擅归私宅。再者，后天就是中宫娘娘的千秋节，有些该准备的事情都得我亲自照料。"

"国家多事，宗主爷也真够辛苦。"

"咱们彼此一样。刚才皇上可问你什么话来？"

王承恩不敢隐瞒，照实回明。王德化点点头，走近一步，小声嘱咐说：

"皇爷圣心烦躁，咱们务必处处小心谨慎。"

"是，是。"

看着掌印太监走去几丈远，王承恩才敢往养心殿的院落走去。他自十二岁进宫，如今有十六年了，深知在宫中太监之间充满了互相嫉妒、倾轧和陷害，祸福无常。在向养心殿院子走去的路上，他心中庆幸自己刚才在皇上前还算小心，不曾说出来王德化和曹化淳等人受贿的事，在下台阶时不留意踏空一脚，几乎跌跤。

崇祯在问过王承恩以后，不再疑心左右的太监们有人受贿，心中略觉轻松些儿。但是军饷的事，李国瑞的事，田妃的事，薛国观的事，对满洲的战与和……种种问题，依然苦恼着他。他从乾清宫的大殿中走出来，走下丹墀，在院中独自徘徊，没有什么地方可去，感到十分寂寞和愁闷。过了一阵，他屏退

①宗主爷——明代太监们对司礼监掌印太监的尊称。

众宫女和太监，只带着一个小答应提着宫灯，往坤宁宫走去。

为着灾荒严重，战火不止，内帑空虚，崇祯在十天前命司礼监传出谕旨：今年皇后千秋节，一应命妇入宫朝贺和进贡、上贺笺等事，统统都免。但是在降下上谕之后，皇后的母亲、嘉定伯府丁夫人连上两本，请求特恩准她入宫朝贺，情词恳切。崇祯因皇后难得同母亲见面，三天前忽然下旨特许丁夫人入宫，但贺寿的贡物免献。他想，既然命妇中还有皇后的母亲入宫朝贺，就不应过分俭啬。

坤宁宫有三座大门：朝东，临东一长街的叫永祥门；朝西，临西长街的叫增瑞门；进去以后，穿过天井院落，然后是朝南的正门，名叫顺贞门。崇祯过了交泰殿，到了永祥门外，不许守门的太监传呼接驾，不声不响地走了进去。他原想突然走进坤宁宫使周后吃一惊，并且看看全宫上下在如何准备后天的庆贺。但是走到了顺贞门外，他迟疑地停住脚步。去年虽然皇后的千秋节也免去命妇朝驾，但永祥、增瑞两座门外和东、西长街上都在三天前扎好了彩牌坊，头两天晚上就挂着许多华贵的灯笼，珠光宝气，满院暖红照人。今年虽然也扎有彩坊，却比往年简单得多，华灯稀疏。他的心中一酸，回身从增瑞门走了出去，默默地回到乾清宫，在堆着很多文书的御案前颓然坐下。

一个太监见皇上自己没说今晚要住在什么地方，就照着宫中规矩，捧着一个锦盒来到他的身边跪下，打开盒盖，露出来一排象牙牌子，每个牌子上刻着一个宫名。如果他想今夜宿在什么宫中，就掣出刻有那个宫名的牙牌，太监立刻拿着牙牌去传知该宫娘娘梳妆等候。可是他跪了好大一会儿，崇祯才望望他，厌烦地把头一摆。他盖好锦盒，怯怯地站起来，屏息地退了出去。整个乾清宫笼罩着沉重而不安的气氛，又开始一个漫漫的长夜。

第 23 章

黎明时候，崇祯照例起床很早，在乾清宫院中拜了天，回到暖阁中吃了一碗燕窝汤，便赶快乘辇上朝。这时天还没有大亮，曙色开始照射在巍峨宫殿的黄琉璃瓦上。因为田妃的事，他今天比往日更加郁郁寡欢，在心中叹息说：“万历皇祖在日，往往整年不上朝，也很少与群臣见面，天启皇哥在日，也是整年不上朝，不亲自理事，国运却不像今日困难。我辛辛苦苦经营天下，不敢稍有懈怠，偏偏不能够挽回天心，国家事一日坏似一日，看不见一点转机。朕为着筹措军饷保此祖宗江山，不料皇亲国戚反对，群臣袖手旁观，连我的爱妃也站在外人一边说话！唉，苍天！苍天！如此坐困愁城的日子要到何时为止呢？”过了片刻，他想着督师辅臣杨嗣昌和兵部尚书陈新甲都是能够替他做事的人，新甲正在设法对满洲议和，难得有这两个对内对外的得力大臣，心中稍觉安慰。

今天是在左顺门上朝，朝仪较简。各衙门一些照例公事的陈奏，崇祯都不愿听；有些朝臣奏陈各自故乡的灾情惨重，恳求减免田赋和捐派，他更不愿听。还有些臣工奏陈某处某处“贼情”如何紧急，恳求派兵清剿，简直使他恼火，在心中说：“你们身在朝廷，竟不知朝廷困难！兵从何来？饷从何来？尽在梦中！”但是他很少说话，有时仅仅说一句：“朕知道了。”然后他脸色严峻地叫户部尚书和左右侍郎走出班来问话。因为他近来喜怒无常，而发怒的时候更多，所以这三个大臣看了他的脸色，都不觉脊背发凉，赶快在他的面前跪下。崇祯因向李国瑞借助不顺利，前几天逼迫户部赶快想一个筹饷办法，现在望着这三个大臣问道：

“你们户部诸臣以目前军饷困难，建议暂借京师民间房租一年。朕昨晚已经看过了题本，已有旨姑准暂借一年。这事须要认真办理，万不可徒有扰民之名，于国家无补实际。”

户部尚书顿首说：“此事将由顺天府与大兴、宛平两县切实去办，务要做到多少有济于国家燃眉之急。”

崇祯点点头，又说：“既然做，就要雷厉风行，不可虎头蛇尾。”

他又向兵部等衙门的大臣们询问了几件事，便退朝了。回到乾清宫，换了衣服，用过早膳，照例坐在御案前省阅文书。他首先看了薛国观的奏本，替自己辩解，不承认有吞没史堃存银的事。崇祯很不满意，几乎要发作，但马上又忍住了。他一则不愿在皇后千秋节的前一天处分大臣，二则仍然指望在向戚畹借助这件事情上得到薛国观的一点助力。在薛国观的奏书上批了“留中”二字之后，他恨恨地哼了一声，走出乾清宫，想找一个地方散散心，消消闷气。一群太监和宫女屏息地跟随背后，不敢让脚步发出来一点微声。到了乾清门口，一个执事太监不知道是否要备辇侍候，趋前一步，躬身问道：

“皇爷要驾幸何处？要不要乘辇？”

崇祯彷徨了。从乾清宫往前是三大殿，往后走过交泰殿就是皇后的坤宁宫，再往后是御花园。他既无意去坤宁宫看宫女和太监们为着明日的千秋节忙碌准备，更无心情去御花园看花和赏玩金鱼。倘在平日，他自然要去承乾宫找田妃，但现在她谪居启祥宫了。袁妃那里，他从来兴趣不大；其余妃嫔虽多，他一向都不喜欢。停住脚步，抬头茫然望天，半天默不做声。正在这时，忽然听见从东边传来一阵鼓乐之声。他回头问：

“什么地方奏乐？”

身边的一个太监回奏：“明日是皇后娘娘陛下的千秋节，娘娘怕明日的事情多，今日去奉先殿给祖宗行礼。”

“啊，先去奉先殿行礼也好！”崇祯自言自语说，同时想起来皇后是六宫之主，他应该将处分田妃的原因对她说明，并且也可告诉她，由她暗嘱她的父亲嘉定伯周奎献出几万银子，在戚畹中做个榜样。这样一想，便走出乾清门了。

从乾清宫去奉先殿应该从乾清门退回来，出日精门往东，穿过内东裕库后边夹道就到。但是因为他心思很乱，就信步出了乾清门，然后由东一长街倒回往北走。到日精门外时，他忽然迟疑了。他不愿去奉先殿打乱皇后的行礼，而且也不好在祖宗的神主前同皇后谈田妃的事和叫戚畹借助的事。于是他略微停了片刻，继续往北走去。太监们以为他要往坤宁宫去，有一个长随赶快跑到前面，要去坤宁宫传呼接驾。但崇祯轻轻说：

“只到交泰殿坐一坐，不去坤宁宫！”

在交泰殿坐了片刻，他的心中极其烦乱，随即又站立起来，走出殿外，徘徊等候。过了一阵，周后从奉先殿回来了。周后看见他脸色忧郁，赶快趋前问道：

“皇上为何在此？”

“我听说你去奉先殿行礼，就在这里等你。”

周后又胆怯地问：“皇上可是有事等我？”

“田妃谪居启祥宫，你可知道？”

“我昨日黄昏前就听说了。”周后低下头去，叹了口气。

“你知道我为什么处分她？”

“皇上为何处分田妃，我尚不清楚。妾系六宫之主，不能作妃嫔表率，致东宫娘娘惹皇上如此生气，自然也是有罪。但愿皇上念她平日虽有点恃宠骄傲的毛病，此外尚无大过，更念她已为陛下养育了三个儿子，五皇子活泼可爱，处分不要过重才好。”

“我也是看五皇子才只五岁，所以没有从严处分。”

“到底为了何事？”

“她太恃宠了，竟敢与宫外通声气，替李国瑞说话！”

周后恍然明白田妃为此受谴，心中骇了一跳。自从李国瑞事情出来以后，她的父亲周奎也曾暗中嘱托坤宁宫的太监传话，恳求她在皇帝面前替李国瑞说话。她深知皇上多疑，置之不理，并申斥了这个太监。今听崇祯一说，便庆幸自己不曾多管闲事。低头想了一下，她壮着胆子解劝说：

“本朝祖宗家法甚严，不准后妃干预宫外之事。但田娘娘可能受她父亲一句嘱托，和一般与宫外通声气有所不同。再者，皇亲们都互有牵连，一家有事，大家关顾，也是人之常情。田宏遇恳求东宫娘娘在皇上面前说话，按理很不应该，按人情不足为奇。请皇上……”

崇祯不等皇后说完，把眼睛一瞪，严厉责备说：“胡说！你竟敢不顾祖宗家法，纵容田妃！”

皇后声音打颤地说：“妾不敢。田妃今日蒙谴，也是皇上平日过分宠爱所致。田妃恃宠，我也曾以礼制裁，为此还惹过皇上生气。妾何敢纵容田妃！”

崇祯指着她说：“你，你，你说什么！”

皇后从来不敢在崇祯的面前大声说话，现在因皇帝在众太监和宫女面前这样严厉地责备她，使她感到十分委屈，忽然鼓足勇气，噙着眼泪颤声说：

“皇上，你忘了！去年元旦，因为灾荒遍地，战火连年，传免了命妇入宫，只让宫眷们来坤宁宫朝贺。那天上午，下着大雪。当田妃来朝贺时，妾因气田妃一天比一天恃宠骄傲，有时连我也不放在眼里，皇上你又不管，就打算趁此机会给田妃一点颜色看看，以正壶范。听到女官传奏之后，我叫田妃在永祥门内等候，过了一阵才慢慢升入宝座，宣田妃进殿。田妃跪下叩拜以后，我既不留她在坤宁宫叙话，也不赐坐，甚至连一句话也不说，瞧着她退出殿去。稍过片刻，袁妃前来朝贺，我立刻宣她进殿。等她行过礼，我走下宝座，笑嘻嘻地拉住她进暖阁叙话，如同姐妹一般。田妃这次受我冷待，本来就窝了一肚子气，随后听说我对待袁妃的情形，更加生气。到了春天，田妃把这事告诉皇上。皇上念妾与皇上是信邸患难夫妻，未曾震怒，却也责备妾做得有点过分。难道是妾纵容了她么？”

平日在宫中从来没有一个人敢反驳崇祯的话。他只允许人们在他的面前毕恭毕敬，唯唯诺诺。此刻听了皇后驳他的话，说是他宠惯了田妃，不禁大怒，骂了一句“混蛋”，将周后用力一推。周后一则是冷不防，二则脚小，向后踉跄一步，坐倒地下。左右太监和宫女们立刻抢上前去，扑倒在地，环跪在崇祯脚下，小声呼喊：“皇爷息怒！皇爷息怒！”同时另外两个宫女赶快将皇后搀了起来。周后原来正在回想着她同皇帝在信王邸中是患难夫妻，所以被宫女们扶起之后，脱口而出地叫道：“信王！信王！”掩面大哭起来。宫女们怕她会说出别的话更惹皇上震怒，赶快将她扶上凤辇，向坤宁宫簇拥而去。崇祯望一望脚下仍跪着的一群太监和宫女，无处发泄怒气，向一个太监踢了一脚，恨恨地哼了一声，转身走向乾清宫。

回到乾清宫坐了一阵，崇祯的气消了。他本想对皇后谈一谈必须向戚畹借助的不得已苦衷，叫皇后密谕她的父亲拿出几万银子作个倡导，不料他一阵暴怒，将皇后推到地上，要说的话反而一句也没有说出。他后悔自己近来的脾气越来越坏，同时又因未能叫皇后密谕周奎倡导借助，觉得惘然。他忍着烦恼，批阅从各地送来的塘报和奏疏，大部分都是关于灾情、民变和催请军饷的。有杨嗣昌的一道奏本，虽然也是请求军饷，却同时报告他正在调集兵力，将张献忠和罗汝才围困在川、鄂交界地方，以期剿灭。崇祯不敢相信会能够一战成功，叹口气，自言自语说：

“围困！围困！将谁围困？年年都说将流贼围困剿灭，都成空话。国事如此，朕倒是被层层围困在紫禁城中！”

周后回到坤宁宫，哭了很久，午膳时候，她不肯下床用膳。坤宁宫中有地位的宫人和太监分批到她寝宫外边跪下恳求，她都不理。明代从开国之初，鉴于前代外戚擅权之祸，定了一个制度：后妃都不从皇亲、勋旧和大官宦家中选出，而是从所谓家世清白的平民家庭（实即中产地主家庭）挑选端庄美丽的少女。凡是成了皇后和受宠的妃子，她们的家族便一步登天，十分荣华富贵。周后一则曾在信邸中与崇祯休戚与共，二则她入宫前知道些中等地主家庭的所谓“平民生活”，这两种因素都在她的思想和性格中留下烙印。平时她过着崇高尊严的皇后生活，这些烙印没有机会流露。今天她受到空前委屈，精神十分痛苦，这些烙印都在心灵的深处冒了出来。她一边哭泣，一边胡思乱想。有时她回想着十六岁被选入信邸，开始做信王妃的那段生活，越想越觉得皇上无情。有时想着历代皇后很多都是不幸结局，或因年老色衰被打入冷宫，或因受皇帝宠妃谗害被打入冷宫，或在失宠之后被废黜，被幽禁，被毒死，被勒令自尽……皇宫中夫妻无情，祸福无常。

大约在未时过后不久，坤宁宫的掌事太监刘安将皇后痛哭不肯进膳的情形启奏崇祯。崇祯越发后悔，特别是明日就是皇后的千秋节，怕这事传出宫去，惊动百官和京城士民，成为他的“盛德之累”。他命太子和诸皇子、皇女都去坤宁宫，跪在皇后的面前哭劝，又命袁妃去劝。但周后仍然不肯进膳。他在乾清宫坐立不安，既为国事没办法焦急，也为明天的千秋节焦急。后来，眼看快黄昏了，他派皇宫中地位最高的太监王德化将一件貂褥，一盒糖果，送到坤宁宫。王德化跪在周后面前递上这两件东西，然后叩头说：

“娘娘！皇爷今日因为国事大不顺心，一时对娘娘动了脾气，事后追悔不已。听到娘娘未用午膳，皇上在乾清宫坐立不安，食不下咽，连文书也无心省览。明日就是娘娘的千秋节，嘉定伯府的太夫人将要入宫朝贺，六宫娘娘和奴婢们都来朝贺。恳娘娘为皇上，为太夫人，也为明日的千秋节勉强进一餐吧！”

周后有很长一阵没做声，王德化也不敢起来。她望望那件捧在宫女手中的貂褥，忽然认出来是信王府中的旧物，明白皇上是借这件旧物表示他决不忘昔年的夫妻恩情，又想着明日她母亲将入宫朝贺，热泪簌簌地滚落下来，然后对王德化说：

“你回奏皇上，就说我已经遵旨进膳啦。”

“娘娘陛下万岁！”王德化叫了一声，叩头退出。

周后尽管心中委屈，却一刻没有忘掉她明天的生日。虽说因为国运艰难，力戒铺张，但宫内宫外的各项恩赏和宫中酒宴之费，估计得花销三四万银子，对皇上只敢说两万银子，不足之数由她私自拿出一部分，管宫庄①的太监头子孝敬一部分。她将坤宁宫掌事太监刘安叫到面前，问道：

“明天的各项赏赐都准备好了么？”

刘安躬身说：“启奏娘娘陛下，一切都准备好了。”

周后又问：“那些《金刚经》可写成了？”

管家婆吴婉容从旁边躬身回答：“原来写好的一部经卷已经装潢好了，今日上午送进宫来。因娘娘陛下心中不快，未敢恭呈御览。其余的二十部，今日黄昏前都可以敬写完毕，连夜装潢，明日一早送进宫来，不误陛下赏赐。”

周后轻声说：“呈来我看！”

吴婉容躬身答应一声“遵旨！”向旁边的宫女们使个眼色，自己退了出去。一个宫女赶快用金盆捧来温水，跪在皇后面前，另外两个宫女服侍她净手。吴婉容也净了手，然后捧着一个长方形的紫檀木盒子进来，到周后面前跪下，打开盒盖。周后取出经卷，眼角流露出一丝若有若无的笑意。这经卷是折叠式的，前后用薄板裱上黄缎，外边正中贴一个古色绢条，用恭楷写着经卷全名：《金刚般若波罗蜜经》。打开经卷，经文是写在裱过的黄色细麻纸上，字色暗红，字体端正，但笔力婉弱，是一般女子在书法上常有的特点。周

①宫庄——垄断在皇家手中的大量土地统称皇庄，其中直接归坤宁宫及其他宫所有的称为宫庄。

后用极轻的声音读了开头的几句经文：

“如是我闻，一时，佛在舍卫国，祇树给孤独园，与大比丘众，千二百五十人俱。……”

她显然面露喜色，掩住经卷，交给旁边一个宫女，对刘安称赞说：“难得这都人有一番虔心！”

刘安躬身说：“她能发愿刺血写经，的确是对佛祖有虔诚，对娘娘有忠心。”

周后转向管家婆问：“我忘啦，这都人叫什么名字？可赏赐了么？”

吴婉容跪奏：“娘娘是六宫之主，大事就操不完的心，全宫中的都人在一万以上，自然不容易将每个名字都记在心中。这个刺血写经的都人名叫陈顺娟。前天奉娘娘懿旨，说她为娘娘祈福，刺血写成《金刚经》一部，忠心可嘉，赏她十两银子。奴婢已叫都人刘清芬去英华殿称旨赏赐。陈顺娟叩头谢恩，祝颂娘娘陛下洪福齐天，万寿无疆。”

周后又说：“另外那二十个刺血写经的都人，每人赏银五两。她们都是在宫中吃斋敬佛的，不茹腥荤，每人赏赐蜜饯一盒。陈顺娟首先想起来为本宫千秋节发愿刺血写经，做了别的都人表率，可以格外赏她虎眼窝丝糖一盒。”

“是，领旨！”吴婉容叩头起身，退立一旁。

刘安跪下奏道：“启奏娘娘陛下，隆福寺和尚慧静定在明日自焚，为皇爷、皇后两陛下祈福，诸事都已安排就绪。”

周后在几天前就知道此事，满心希望能成为事实，一则为崇祯和她的大明的国运祈福，二则显示她是全国臣民爱戴的有德皇后，连出家人也甘愿为她舍身尽忠，三则皇上必会为此事心中高兴。她望望刘安，轻轻叹息一声，说：

“没想到和尚是方外之人，也有这样忠心！他可是果真自愿？”

刘安说：“和尚虽然超脱尘世，遁入空门，到底仍是陛下子民。忠孝之心，出自天性，出家人也无例外。慧静因知皇爷焦劳天下，废寝忘食，娘娘陛下也日夜为皇爷分忧，激发了他的忠义之心，常常诵经念咒，祈祷国泰民安。今值皇后陛下千秋节将临，如来佛祖忽然启其阿耨多罗三藐三菩提[①]心，愿献肉身，为娘娘祈福，这样事历朝少有。况和尚肉身虽焚，却已超脱生死，立地成佛，这正是如来所说的'入无余涅而灭度之'[②]的意思。"

周后心中高兴，沉默片刻，说："既然如此，我也不必下懿旨阻止了。"

刘安又说："娘娘千秋节，京师各寺、观[③]的香火费都已于昨天赏赐。隆福寺既有和尚自焚，应有格外赏赐布施，请陛下谕明应给银两若干，奴婢遵办。"

周后心中无数，说："像这样小事，你自己斟酌去办，用不着向我请旨。"

刘安说："这隆福寺是京中名刹，也很富裕，不像有些穷庙宇等待施舍度日。不论赏赐布施多少，都是娘娘天恩；赏的多啦，也非皇爷处处为国节俭之意。以奴婢看来，可以格外恩赏香火费两千两，另外赏二百两为慧静的骨灰在西山建塔埋葬。"

周后点点头，没再说话。她在心中叹息说："如今有宫女们虔心敬意地刺血写经，又有和尚献身自焚，但愿能得西天佛祖鉴其赤诚，保佑我同皇上身体平安，国事顺遂！"

刘安叩头退出，随即以皇后懿旨交办为名，向内库领出两千二百两银子，自己扣下一千两，差门下太监谢诚送往隆福寺去，嘱长老智显老和尚给一个两千二百两银子的领帖。谢诚又扣下五百两银子，只将七百两银子送去。智显老和尚率领全体和尚叩谢皇后陛下天恩，遵照刘安嘱咐写了收领帖交谢诚带回。智显长老确实不在乎这笔银子，他只要能够同坤宁宫保持一条有力的引线就十分满意，何况因举行和尚自焚将能收到至少数万两银子的布施。

次日，三月二十八日，皇后的生日到了。

天色未明，全北京城各处寺、观，钟磬鼓乐齐鸣，僧、道为皇后诵经祈

①阿耨多罗三藐三菩提——这是梵语音译，义译是"无上正等正觉"，也就是佛教所谓真性、佛性。

②入无余涅而灭度之——入于不生不死，除灭化度（连用佛法感化超度也不需要了）。这是佛教想象人死后入于"不生不死"的境界。

③观——读去声。道教的庙宇称为观。

福。万寿山（景山）西边的大高玄殿和紫禁城内的英华殿，女道士们和宫女们为着表现对皇后特别忠心，午夜过后不久就敲钟击磬，诵起经来。从五更起，首先是太子，其次是诸皇子、皇女，再其次是各宫的妃、嫔、选侍等等，来到各色宫灯璀璨辉煌、御烟缥缈、异香扑鼻的坤宁宫中，在鼓乐声中向端坐在正殿宝座上的皇后朝贺。在崇祯的众多妃嫔中，只有袁妃有资格进入殿内行礼，其余的都按照等级，分批在丹墀上行礼。前朝的妃子都是长辈，礼到人不到。懿安皇后是皇嫂，妯娌伙本来可以来热闹热闹，但她是一个年轻的寡妇，一则怕遇到崇祯也来，叔嫂间见面不方便，二则她一向爱静，日常不是写字读书，便是焚香诵经，所以也不来，只派慈庆宫的两位女官送来几色礼物，其中有一件是她亲手写在黄绢上的《心经》[①]，装裱精美。周后除自己下宝座拜谢之外，还命太子代她赴慈庆宫拜谢问安。田妃谪居启祥宫省愆，不奉旨不能前来，只好自称"罪臣妾田氏"上了一封贺笺。皇五子慈焕由奶子抱着，后边跟着一群小太监和宫女，也来朝贺。周后虽然平日对田妃的恃宠骄傲感到不快，两宫之间曾经发生过一些风波，但是前日田妃因李国瑞的事情蒙谴，她心中暗暗同情，是她们的家运和国运将她们的心拉近了。如今看见田妃的贺笺和五皇子，她不禁心中难过。她把慈焕抱起来放在膝上，玩了一阵，然后吩咐奶子和宫女们带他往御花园玩耍。

一阵行礼之后，天色已经大亮了。周后下了宝座，更衣，用膳。稍作休息，随即有坤宁宫的管家婆吴婉容请她将各地奉献的寿礼过目。这些寿礼陈列在坤宁宫的东西庑中，琳琅满目。在宫内，除懿安皇后和几位长辈太妃的礼物外，有崇祯各宫妃嫔的礼物。宦官十二监各衙门掌印太监、六个秉笔太监、宫中六局执事女官，以及乾清宫、坤宁宫、慈庆宫、承乾宫、翊坤宫、钟粹宫等重要宫中的掌事太监和较有头脸的宫女，太子和诸皇子、皇女的乳母，都各有贡献，而以王德化和秉笔太监们最有钱，进贡的东西最为名贵。东厂提督和一些重要太监，在京城以外的带兵太监和监军太监，太和山提督太监、江南织造太监，也都是最有钱的，贡物十分可观。所有在外太监，他们的贡物都是在

①《心经》——全名为《般若波罗蜜多心经》，简称《心经》。

事前准备好，几天前送进宫来。周后随便将礼物和贡物看了看，便回到正殿，接受朝贺。当时宫里宫外的太监和宫女约有两万左右，但是有资格进入坤宁宫院中跪在丹墀上向皇后叩头朝贺的太监不过一千人，宫女和各宫乳母不过四五百人。太监和宫女中有官职的，像外廷一样，都有品级。今日凡是有品级的，都按照宫中制度穿戴整齐，从坤宁宫院内到东、西长街，一队一队，花团锦簇，香风飘荡。司礼监掌印太监俗称内相，在宫中的地位如同外朝的宰相，所以首先是王德化向皇后行三跪九叩大礼，其次是东厂提督太监曹化淳，然后按衙门和品级叩拜贺寿，山呼万岁。太监行礼以后，女官照样按宫中六局衙门和品级行礼，最后是各宫奶母行礼。坤宁宫院内的鼓乐声和赞礼声，坤宁宫大门外的鞭炮声，混合一起，热闹非常。足足闹腾了半个多时辰，一阵朝贺才告结束。周后回到坤宁宫西暖阁，稍作休息，由宫女们替她换上大朝会冠服，怀着渴望和辛酸的心情等候着母亲进宫，但是也同时挂心隆福寺和尚自焚的事，怕有弄虚作假，成了京师臣民的笑柄。她将刘安叫到面前，问道：

"隆福寺的事可安排好了？"

刘安躬身回奏："请娘娘陛下放心，一切都已经安排就绪。在隆福寺前院中修成一座台子，上堆干柴，柴堆上放一蒲团。慧静从五更时候就已登上柴堆，在蒲团上闭目打坐，默诵经咒，虔心为娘娘祈福。京中士民因从未看见过和尚自焚，从天一明就争着前去观看，焚香礼拜，布施银钱。隆福寺一带人山人海，拥挤不堪。东城御史与兵马司小心弹压，锦衣卫也派出大批旗校兵丁巡逻。"

周后又问："宫中是谁在那里照料？"

刘安说："谢诚做事细心谨慎，十分可靠，奴婢差他坐镇寺中照料，他不断差小答应飞马回宫禀报。"

周后转向吴婉容问："那些刺血写经的都人们，可都赏赐了么？"

吴婉容回答："奴婢昨晚已经遵旨差刘清芬往英华殿院中向她们分别赏赐。她们口呼万岁，叩头谢恩。"

周后向刘安问："隆福寺定在几时？"

刘安回答："定在巳时过后举火，时候已经到了。"

周后低声自语说："啊，恰巧定在一个时间！"

隆福寺钟、磬、笙、箫齐奏，梵呗声调悠扬，气氛极其庄严肃穆。大殿前本来有一个一人多高的铸铁香炉，如今又在前院正中地上用青砖筑一池子，让成千成万来看和尚自焚的善男信女不进入二门就可以焚化香、表。在二门内靠左边设一长案，有四个和尚照料，专管接收布施。香、表已经燃烧成一堆大火，人们还是络绎不绝地向火堆上投送香、表。长案后边的四个和尚在接收布施的银钱，点数，记账，十分忙碌，笑容满面。巳时刚过，在北京城颇受官绅尊敬的老方丈智显和尚率领全寺数百僧众，身穿法衣，在木鱼声中念诵经咒，鱼贯走出大殿，来到前院，将自焚台团团围住，继续双手合十，念诵经咒不止。前来观看的士民虽然拥挤不堪，却被锦衣旗校和东城兵马司的兵丁从台子周围赶开，离台子最近的也在五丈以外。也有人仍想挤到近处，难免不挨了锦衣卫和兵马司的皮鞭、棍棒，更严重的是加一个在皇后千秋节扰乱经场的罪名，用绳子捆了带走。

慧静和尚只有二十三岁，一早就趺坐在柴堆顶上的蒲团上边。他有时睁开眼睛向面前台下拥挤的人群看看，而更多的时间是将双目闭起，企图努力摆脱生死尘念，甚至希望能像在禅堂打坐那样，参禅入定。然而，他不仅完全不能入定，反而各种尘念像佛经上所说的"毒龙"，猛力缠绕心头。一天来他的喉咙已哑，说不出话。他现在为着摆脱生死之念和各种思想苦恼，在心中反复地默默念咒：

"揭谛揭谛，波罗揭谛。波罗僧揭谛。菩提萨婆诃！"

他常听他的师父和别的有功德的老和尚说，将这个"般若波罗蜜多咒"默诵几遍，就可以"五蕴皆空①"，尘念尽消。但是他念到第五遍时，忽然想起来他的身世、他的父亲、他的母亲和一双兄妹……

他俗姓陈，是香河县大陈庄人，八岁上遇到大灾荒，父母为救他一条活命，把他送到本处一座寺里出家。这个寺也很穷。他常常随师父出外托钵化

---

①五蕴皆空——佛教的所谓五蕴是指：身体的物质存在；感觉；意念和想象；行为；对事物的认识、判断。佛教徒想做到这一切全不存在，就叫做五蕴皆空，也就是寂灭、涅的意思。

缘，才能勉强免于饥寒。十二岁那年，遇到兵荒，寺被烧毁，他师父带着他离开本县，去朝五台，实际就是逃荒。他随师父出外云游数年，于崇祯六年来到北京，在隆福寺中挂搭。他师父的受戒师原是隆福寺和尚，所以来此挂搭，比一般挂搭僧多一层因缘。寺中执事和尚因他师徒俩做事勤谨，粗重活都愿意做，又无处可去，就替他们向长老求情，收他们作为本寺和尚。慧静自从出家以后，就在师父的严格督责下学习识字，念经，虽在托钵云游期间也不放松。他比较聪慧，到隆福寺后学习佛教经典日益精进，得到寺中几位执事和尚称赞。十八岁受戒，被人们用香火在他的头上烧成十二个小疤瘌。他的师父来到隆福寺一年后就死了。在隆福寺的几百和尚中，和世俗一样勾心斗角，并且分成许多等级，一层压一层。他师徒二人在隆福寺中的地位很低。尽管他学习佛教经典十分用功，受到称赞，也不能改变他所处的低下地位，出力和受气的事情常有他的份儿，而有利的事情没有他的份儿。他把自己的各种不幸遭遇都看成是前生罪孽，因此他近几年持律[①]极严，更加精研经、论，想在生前做一个三藏俱足[②]的和尚，既为自己修成正果，死后进入西方极乐世界[③]，也为着替他的父亲和兄、妹修福，为母亲修得冥福。

自从他出家以后，只同父亲见过一面。那是五年前，父亲听说他在隆福寺，讨饭来北京看他。听父亲说，他母亲已经在崇祯七年的灾荒中饿死了；哥哥给人家当长工，有一年清兵入塞被掳去，没有逃回，至今生死下落不明；他的妹妹小顺儿因长得容貌俊秀，在她十四岁那一年，遇着“刷选”宫女，家中无钱行贿，竟被选走，一进宫就像是石沉大海，永无消息。他无力留下他的父亲，也无钱相助，只能同父亲相对痛哭一场，让父亲仍去讨饭。

十天前，寺中长老对他说皇后的千秋节快到了，如今灾荒遍地，战乱不止，劝他献身自焚，为皇后祝寿，为天下百姓禳灾。跟着就有寺中几位高僧和较有地位的执事和尚轮番劝他，说他素有慧根，持律又严，死后定可成佛升

---

①律——佛教的戒律。

②三藏俱足——佛教的“经”“律”“论”三部分称为三藏（音 zàng）。精通这三部分就叫做三藏俱足。

③西方极乐世界——佛教所幻想和宣传的乐土，又称净土，类似基督教所宣传的天国、天堂。

天；他们还说，芸芸众生，茫茫尘世，堕落沉沦，苦海无边，实在没有什么可以留恋的，不如舍身自焚，度一切苦厄，早达波罗蜜[①]妙境。他们又说，他自焚之后，骨灰将在西山建塔埋葬，永为后世僧俗瞻仰；倘若有舍利子[②]留下来，定要在隆福寺院中建立宝塔，将舍利子珍藏塔中，放出佛光，受京城官民世代焚香礼拜。经不住大家轮番劝说，他同意舍身自焚。但是他很想能够再同他的父亲见一次面，问一问哥哥和妹妹的消息。他不晓得父亲是否还活在世上，心想可能早已死了。为着放不下这个心事，三天前他流露出不想自焚的念头。寺中长老和各位执事大和尚都慌了，说这会引起“里边”震怒，吃罪不起，又轮番地向他劝说，口气中还带着恐吓。虽然他经过劝说之后，下狠心舍身自焚，但长老和各位执事大和尚仍不放心。昨夜更深人静，台上的木柴堆好了，特意将柴堆的中间留一个洞，洞口上放一块四方木板，蒲团放在木板上，悄悄地引他上去看看，对他说，倘若他临时不能用佛法战胜邪魔，尘缘难断，不想自焚，可以趁着烟火弥漫时拉开木板，从洞中下来，同台下几百僧众混在一起诵经，随后送他往峨眉山去，改换法名，别人绝难知道。由于他几天来心事沉重，寝食皆废，精神十分委顿。昨天长老怕他病倒，亲自为他配药，内加三钱人参。他极其感动，双手合十，口诵“南无阿弥陀佛[③]！”服药之后，虽然精神稍旺，可是他的喉咙开始变哑。连服两剂，到了昨日半夜，哑得更加厉害，仅能发出十分微弱的声音。别人告他说，大概是药性燥热，他受不住，所以失音。

暮春将近中午的阳光，暖烘烘地照射在他的脸上。他又睁开眼睛，向潮涌的人群观望。忽然，他看见了一个讨饭的乡下老人很像他的父亲，比五年前更瘦得可怜，正在往前挤，被别人打了一掌，又推了一把，打个趔趄，几乎跌倒，但还是拼命地往前挤。他不相信这老人竟会是他的父亲，以为只是佛家

①波罗蜜——梵语音译，意译就是彼岸。宗教称灵的世界为彼岸，即人欲净尽的世界，是与尘世（此岸）相对而说的。

②舍利子——和尚的身体焚化后偶尔在骨灰中遗留的小结晶体，一般多为白色，也偶尔有黑色和红色的。

③南无阿弥陀佛——“南无”是梵语音译，有归命、敬礼等义。“阿弥陀”也是梵语音译，意译就是无量，含有无量寿和无量光二义。“南无阿弥陀佛”是佛教徒常用的一句颂词。

所说的“幻心”，本非实相。过了片刻，他明白他所看见的确实是父亲，完全不是“幻心”。他的心中酸痛，热泪奔流，想哭，但不敢哭。他不想死了，不管后果如何也要同父亲见上一面！

他正在心中万分激动，想着如何不舍身自焚，忽然大寺中钟、鼓齐鸣，干柴堆周围几处火起，烈焰与浓烟腾腾。他扔开蒲团，又拉开木板，发现那个洞口已经被木柴填实了。他透过浓烟，望着他的父亲哭喊，但发不出声音。他想跳下柴堆，但是袈裟的一角当他闭目打坐时被人拴在柴堆上。他奋力挣扎，但迅速被大火吞没。最后，他望不见父亲，只模糊地听见钟声、鼓声、铙钹声、木鱼声，混合着几百僧众的齐声诵赞：

“南无阿弥陀佛！”

当隆福寺钟、鼓齐鸣，数百僧众高声诵赞“南无阿弥陀佛”的时候，坤宁宫又一阵乐声大作，四个女官导引周后的母亲丁夫人入宫朝贺。

往年命妇向皇后朝贺都是在黎明入宫。今天因命妇只有丁夫人一人，而皇后又希望将她留下谈话，所以命司礼监事前传谕嘉定伯夫人。巳时整进西华门，巳时三刻入坤宁宫朝贺，并蒙特恩在西华门内下轿，然后换乘宫中特备的小肩舆，由宫女抬进右后门休息。她所带来的仆从和丫环一概不能入内，只在西华门内等候。等到巳时三刻，由坤宁宫执事太监和司仪局女官导引，并由两个服饰华美的宫女搀扶，走向增瑞门。然后由一位司赞女官[①]将丁夫人引入永祥门，等候皇后升座。趁这机会，丁夫人偷偷地向坤宁宫院中扫了一眼，只见在丹陛下的御道两边立着两行宫女，手执黄麾、金戈、银戟、黄罗伞盖、绣旛、锦旗、雉扇、团扇、金瓜、黄钺、朝天镫[②]等等什物，光彩耀日，绚烂夺目。她的心中十分紧张，不禁突突乱跳。

有两个女官进入坤宁宫西暖阁，奏请皇后升座。皇后一声不响，在一群

①司赞女官——属尚仪局（女官六局之一）。另外太监也有赞礼官。担任这一类官职的，容貌和声音都经过特别挑选。

②朝天镫——仪仗的一种，即镫仗。形似倒立马镫，铜制，鎏金，下有长柄。

肃穆的女官的导从[①]中出了暖阁。她想到马上就可以看见母亲，心中十分激动。等她升入宝座以后，四对女官恭立宝座左右，两个宫女手执绣凤黄罗扇立在宝座背后，将两扇互相交叉。十二岁的太子慈烺和皇二子、皇三子侍立两旁。一位面如满月的司赞女官走出坤宁宫殿外，站在丹墀上用悦耳的高声宣呼："嘉定伯府一品夫人丁氏升陛朝贺！"恭候在永祥门内的丁夫人由宫女搀扶着，毕恭毕敬地穿过仪仗队，从旁边走上汉白玉雕龙丹陛，俯首立定。尽管坤宁宫正中间宝座上坐的是她的亲生女儿，但如今分属君臣，她不敢抬头来看女儿一眼。周后还是几年前见过母亲一面，如今透过丹墀上御香的缥缈轻烟看出来母亲已经发胖，加上脚小，走动和站立时颤巍巍的，非有人搀扶不行，远不似往年健康，不禁心中难过。她向侍立身旁的一位司言女官小声哽咽说："传旨，特赐嘉定伯夫人上殿朝贺！"懿旨传下之后，丁夫人激动地颤声说："谢恩！"随即由宫女们搀扶着登上九级白玉台阶，俯首走进殿中，在离开皇后宝座五尺远的红缎绣花拜垫前站定。从东西丹陛下奏起来一派庄严雍容的细乐，更增加了坤宁宫中的肃穆气氛。在丁夫人的心中已经将李国瑞的事抛到九霄云外，提心吊胆地害怕失仪，几乎连呼吸也快要停止。

丁夫人依照司赞女官的鸣赞，向皇后行了四立拜，又跪下去叩了三次头。另一位立在坤宁宫门外的司赞女官高声宣呼："进笺！"事先准备在丹墀东边的笺案由两个宫女抬起，两个女官引导，抬到坤宁宫正殿中。这笺案上放着丁夫人的贺笺，照例是用华美的陈词滥调恭祝皇帝和皇后千秋万寿，国泰民安。贺笺照例不必宣读。司赞女官又高声赞道："兴！"丁夫人颤巍巍地站起来，又行了四立拜。

当看着母亲行大朝贺礼时，周后习惯于君臣之分，皇家礼法森严，坐在宝座上一动也不能动，但是心中感到一阵难过，滚落了两行眼泪。等母亲行完大礼，她吩咐赐座。丁夫人再拜谢恩就座，才敢向宝座上偷看一眼，不期与皇后的眼光遇到一起，赶快低下头去。

站在门槛外边的司礼监掌印太监王德化怕皇后一时动了母女之情，忘了

---

①导从——在前边的是导，在后边的是从。

皇家礼仪，赶快进来，趋前两步，躬身奏道：

"朝贺礼毕，请娘娘陛下便殿休息。"

周后穆然下了宝座，退入暖阁，在一群宫女的服侍下卸去大朝会礼服，换上宫中常服：头戴赤金龙凤珠翠冠，身穿正红大袖织金龙凤衣，上罩织金彩绣黄霞帔，下穿红罗长裙，系一条浅红罗金绣龙凤带。更衣毕，到偏殿坐下，然后命女官宣召嘉定伯夫人进内。丁夫人又行了一拜三叩头的常朝礼，由皇后吩咐赐座、赐茶，然后才开始闲谈家常。周后询问了家中和亲戚们的一些近况。丁夫人站起来一一躬身回奏。在闲话时候，丁夫人一直心中忐忑不安，偷偷观看皇后的脸上神色，等待着单独同皇后说几句要紧体己话的机会。

周后赏赐嘉定伯府的各种东西，昨日就命太监送去，如今她回头向站在背后的吴婉容瞟一眼，轻声说："捧经卷来！"吴婉容向别的宫女使个眼色，自己轻脚快步出了便殿。另外两个宫女立刻去取来温水、手巾，照料丁夫人净手。随即吴婉容捧着一部黄绫封面的《金刚经》回来，在丁夫人面前向南而立，声音清脆地说："嘉定伯夫人恭接娘娘恩赏！"丁夫人赶快跪下，捧接经卷，同时叫道："恭谢娘娘陛下天恩！"吴婉容含笑说："请夫人打开经卷看看。"丁夫人恭敬而小心地将经卷打开，看见用楷书抄写的经文既不像银朱鲜红，也不是胭脂颜色，倒是红而发暗。吴婉容没有等她细看，便将经卷接回，说："谢恩！"丁夫人赶快伏地叩头，口呼"娘娘陛下万岁"，然后由两个宫女搀扶起身，行了立拜。皇后重新赐座以后，对她的母亲说：

"今年千秋节，因国家多事，一切礼仪从简，该赏赐的也都省去了十之七八。难得有一些都人怀着一片忠心，刺血写经，为我祈福。先由一个名叫陈顺娟的都人写了一部《金刚经》，字体十分清秀，我留在宫中。随后又有二十名都人发愿各写一部，我就拿出十部分赐几家皇亲和宫中虔心礼佛的几位年长妃嫔，另外十部日后分赐京城名刹。但愿嘉定伯府有这一部难得的血写经卷，佛光永照，消灾消难，富贵百世。"

丁夫人起身回答："上托娘娘洪福，臣妾一家安享富贵荣华。今又蒙娘娘赐了这一部血写经卷，必更加百事如意，不使娘娘挂心。"

吴婉容在一旁向皇后说道："启奏娘娘陛下，方才的这部《金刚经》已交太监送往西华门内，交嘉定伯府入宫的执事人收下，恭送回府。”

周后轻轻点头，又对她的母亲说：“隆福寺还有一个和尚舍身自焚，为本宫和皇上祈福，这忠心也十分难得。”

丁夫人说：“隆福寺今日有和尚舍身自焚，几天来就轰动了京城臣民。像这样历代少有的盛事，完全是皇上和娘娘两陛下圣德巍巍，感召万方，连出家人也激发了这样忠心！”

周后面露喜色，叹息说：“但愿佛祖保佑，从今后国泰民安。”

丁夫人一再上本恳求入宫朝贺，实为着要当面恳求皇后在皇帝前替武清侯府说句好话。京城里各家有钱的皇亲也都把希望寄托在她的这次进宫。趁着皇后面露喜色，丁夫人赶快将话题引到在京城住家的亲戚们身上。刚谈了几句闲话，忽听永祥门有太监高声传呼：“接驾！”随即院中鼓乐大作。周后赶快离座，带着宫女们到院中接驾去了。

崇祯因昨夜几乎通宵未眠，今天的脸色特别显得苍白。到正殿坐下以后，他看见周后的眼睛红润，感到诧异，问道：

“今天是你的快活日子，为什么难过了？”

周后笑着说：“我没有难过。只因为轻易看不见我的母亲，乍然看见……”

“她已经来了？”

“已经来了。”

“叫过来让我见见。”

崇祯升了宝座。丁夫人被搀过来行了常朝礼，俯伏在地。崇祯赐座，赐茶，随便问了几句闲话。丁夫人不敢在皇上面前久留，叩头出去。宫女们引她到坤宁宫东边的清暇居休息。

崇祯留在坤宁宫同皇后一起吃寿宴。在坤宁宫赐宴的有皇太子、诸皇子和十二岁的长平公主[1]，另有袁贵妃和陈妃。皇亲中的命妇只有丁夫人。妃以

---

①长平公主——崇祯的长女。

下各种名号的嫔御也就是一般所说的姬妾，都没有资格在坤宁宫赐宴，也不需要她们来坤宁宫侍候。皇后另外赐有酒宴，由尚膳监准备好，送往各人宫中。长辈方面，如刘太妃和懿安皇后等，皇后命尚膳监各送去丰盛酒席，并命皇太子前去叩头。各位前朝太妃和懿安皇后又派宫女来送酒贺寿。皇太子、诸皇子、公主、袁妃、陈妃、丁夫人等都依次向皇帝和皇后行礼，奉觞祝寿。各等名号嫔御，也依次来坤宁宫行礼奉觞。然后是王德化、曹化淳，六位秉笔太监、各监衙门的掌印太监、宫中六局掌印女官，以及乾清、坤宁、慈庆、承乾、翊坤、钟粹等重要宫中的掌事太监和女官，也都依次前来行礼奉觞。但是地位较低的嫔御，所有执事太监和女官，都不能进入殿中，只分批在殿外行礼。他们在鼓乐声中依照赞礼女官的鸣赞行礼，跪在锦缎拜垫上向皇帝和皇后献酒。女官从他们的手中接过来华美的黄金托盘，捧进殿中，跪在御宴前举到头顶。另有两个女官将盘中的两只玉斝取走。又有一对女官换两只空的玉斝放在盘子上。一般时候，崇祯和周后并不注意谁在殿前行礼和献觞，那些玉斝中的长春露酒也都由站在身边侍候的宫女接过去倾入一只绘着百鸟朝凤的大瓷缸中。倘若崇祯和周后偶然向殿外行礼献觞的人望一眼，或一露笑脸，这人就认为莫大恩宠。在太监中，也只有王德化、曹化淳等少数几个人得到这种“殊遇”。

吴婉容在太监们献酒时候，退立丹墀一边，等候偶然呼唤。一个身材苗条的宫女笑嘻嘻地用托盘捧着一个大盖碗来到她的面前，打开描金盘龙碗盖，轻声说：

“婉容姐，请你尝一尝，多鲜！皇爷和娘娘只动动调羹就撤下来了，还温着呢。”

吴婉容一看，是一碗嫩黄瓜汤，加了少许嫩豌豆苗，全是碧绿，另有少许雪白的燕窝丝和几颗红色大虾米。她笑一笑，摇摇头不肯尝，小声赞叹说：

“真是鲜物！”

身材苗条的宫女说：“如今在北京看见嫩黄瓜确实不易，所以听御膳房的公公们说，这一碗汤就用了二十多两银子。”

“怎么这样贵？”

"听说尚膳监管采买的公公昨天在棋盘街见有人从丰台来，拿了三根嫩黄瓜，要十两银子一根。采买公公刚刚说了一句价钱太贵了，那人就自己吃了一根，说：'我不卖啦，留下自己吃！'采买公公看这人也是个无赖，怕他会真的把三根都吃掉，只好花二十两银子将两根买回，为的是今日孝敬娘娘吃碗鲜汤，心中高兴。外加别的佐料，所以这一碗汤就花去了二十多两。"

吴婉容伸伸舌头，笑着说："真是花钱如水！好，请费心，将这碗汤放到我的房里桌上去吧。"

又一个宫女来到吴婉容的身边，将她的袖子一拉，凑近她的耳朵小声嘀咕几句。她的脸色一寒，向另外两个宫女嘱咐一声，便走出坤宁宫院子，往英华殿的院子跑去。

住在英华殿院落中吃斋诵经的陈顺娟本来就体弱多病，近两个月刺血写经，身体更坏，十天前就病倒了。为着皇后的千秋节来到，没有人在皇后前提到此事。陈顺娟原是坤宁宫中宫女，同吴婉容感情不错，去年因为久病，自己请求到英华殿长斋礼佛。今日英华殿掌事太监因见她病势沉重，怕她死在宫中，要送她去内安乐堂①。虽然她苦苦哀求留下，但碍于宫中规矩，未蒙准许。她又要求在出宫前同吴婉容见一面，得到同意。吴婉容看见她躺在床上，脸色蜡黄，消瘦异常，不禁心酸。她握住吴婉容的手，滚下热泪，有气无力地说：

"吴姐，他们今天要送我到安乐堂去，这一生再也看不见你了。"她哽咽不能成声，将婉容的手握得更紧。

吴婉容落泪说："你先去安乐堂住些日子，等娘娘陛下高兴时候我替你说句话。她念你刺血写经的忠心，大概会特下懿旨放你出去。你出去，趁年纪还轻，不管好歹许配了人家，也算有出头之日，不枉这一年长斋礼佛，刺血写经！"

陈顺娟哭着说："吴姐啊，我已经不再想有出头之日了！我大概只能挣扎

---

①内安乐堂——在金鳌玉蛛桥西，棂星门北，羊房夹道。明朝这一带是宫中禁地。凡宫女有病、年老或有罪，送至内安乐堂住下。如不死，年久发往外浣衣局劳动。

活两三天；三天后就要到净乐堂[①]了！”

二人握手相对而泣。过了一阵，陈顺娟从枕下摸出一包银子，递给婉容，说：

“吴姐，你知道我是香河县离城二十里大陈庄人。我入宫时候，虽然家中日子极苦，父母却是双全。我原有两个哥。我的二哥八岁出了家，后来随师父往五台山了。我一进深宫八年，同家中割断音信。这八年，年年灾荒，不知家中亲人死活。八年来每次节赏的银子我都不敢花掉，积攒了十几两银子，加上皇后陛下昨天赏赐的十两银子，共有二十三两三钱……”

吴婉容突然不自觉地小声脱口而出：“一碗黄瓜汤钱！”

陈顺娟一愣：“你说什么？”

吴婉容赶快遮掩说：“我想起了别的事，与你无干。你要我将这二十三两三钱银子交给谁？”

陈顺娟接着说：“我的好姐姐，你也是小户人家出身，同我一样是苦根上长的苗子，所以你一向对我好，也肯帮助别的命苦的都人。你在坤宁宫中有面子，人缘也好。请你托一个可靠的公公，设法打听我一家人的下落，将银子交给我的亲人。这是救命钱，会救活我一家人的命。我虽死在这不见天日的地方，也不枉父母养育我到十四岁！”陈顺娟抽泣一阵，忽然注意到从坤宁宫院中传来的一派欢快轻飘的细乐声，想起来酒宴正在进行，便赶快催促说：“吴姐，你快走吧。一时娘娘有事问你，你不在坤宁宫不好。”

吴婉容噙着泪说：“是的，我得赶快回去。还有二十个刺血写经的都人姊妹，听说有的人身体也不好，可是我来不及看她们了。”

陈顺娟说：“我临走时她们会来送别的，我替你将话转到。她们也都是希求生前能够蒙皇后开恩放出宫去，死后永不再托生女人，才学我刺血写经。再世渺茫难说，看来今生也难有出头之日！”她喘口气，又说：“听说今日隆福寺有一个和尚为替娘娘陛下祈福，舍身自焚，看来我们的刺血写经也算不得什么。”

---

①净乐堂——在西直门外不远地方。凡宫女和太监死后如无亲属在京，尸首送此焚化。

吴婉容心中凄然，安慰说："你们的忠心已蒙皇后赏识，心中高兴。至于慧静和尚的舍身自焚，自然也是百年不遇的盛事，娘娘当然满意。"

陈顺娟的心中猛一震动，睁大眼睛问："那和尚叫什么名字？"

"听说名叫慧静。"

陈顺娟更觉吃惊，浑身发凉。但她随即想着二哥随师父去五台山没有回来，与隆福寺毫无关系，天下和尚众多，法名相同的定然不少，就稍微镇静下来，有气无力地说：

"吴姐，你快走吧！"

吴婉容叹一口气，洒泪而别。刚到坤宁门外，遇到了谢诚从隆福寺回来，同刘安小声谈话方毕。她同谢诚是对食，说话随便，轻轻问道：

"谢公公，和尚自焚的事情如何？"

谢诚说："已经完啦。恰好他的老子从香河县讨饭来京看他，要是早到半日，这事会生出波折。"

吴婉容的心一动，忙问："这和尚不晓得他老父亲来京么？"

"他老父刚到，火就点着了。我站在近处，看见他举止异常，好像是望见了他的父亲，可是已经晚啦。"

"他难道不呼喊他的父亲？"

谢诚用极低的声音说："他头两天误吃了暗药，喉咙全哑了，叫不出也哭不出声。"

吴婉容的眼睛一瞪，将脚跟一跺，低声说："你，还有隆福寺的老和尚，什么佛门弟子，高僧法师，做事也太——太——太狠啦！"

谢诚使眼色不让她多说话，随后嘲讽说："世间事……你们姑娘家懂得什么！"

吴婉容一转身走进坤宁门，将银子交给一个宫女暂时替她收起来，然后定定神，强作出满面喜悦，走上丹墀，站在坤宁宫正殿檐下的众宫女中间侍候。她偷眼望见皇上替皇后斟了一杯酒，带着辛酸的心情笑着说：

"如今国事大不如昔，事事从俭，使你暂受委屈。但愿早日天下太平，丰丰盛盛地替你做个生日。"

皇后回答说："但愿从今往后，军事大有转机，杨嗣昌奏凯回朝，使皇上不再为国事忧心。"

宴毕，崇祯匆匆去平台召见阁臣，商议军国大事。袁妃等各自回宫。周后带着母亲来到西暖阁，重叙家常。这儿是她的燕坐休息之处，在礼节上可以比便殿更随便一些，女官们不奉呼唤也不必前来侍候。丁夫人见田贵妃果然没有来坤宁宫，证实昨天关于田娘娘受谴的传闻，使她对于自己要说的话不免踌躇。谈了一阵家常闲话，她看左右只有两个宫女，料想说出来不大要紧，便站起来小声细气地说：

"臣妾这次幸蒙皇帝和皇后两陛下特恩，进宫来朝贺娘娘陛下的千秋节，深感皇恩浩荡，没齿不忘。家中有一件小事，想趁此请示陛下懿旨。"

周后有点不安地望着母亲："同李皇亲家的事有关么？"

"是，娘娘陛下明鉴。臣妾想请示娘娘陛下……"

"唉！皇上为此事十分生气。倘若是李家让你来向我求情，你千万不要出口。"

丁夫人吓了一跳，心中凉了半截。在入宫之前，人们已经暗中替她出了不少主意，替她设想遇到各种不同情况应该如何说话，总之不能放过朝贺皇后的这个极其难得的机会。丁夫人怔了片刻，随即决定暂不直接向皇后求情，拿一件事情试探皇后口气。她赔笑说：

"臣妾何人，岂敢在陛下前为李家求情。"

"那么……是什么事儿？"

"李皇亲抗旨下狱，家产查封。他有一个女儿许给咱家为媳，今年一十五岁，尚未过门。此事应如何处分，恳乞陛下懿旨明示。"

周后想了一下，叹口气说："人家当患难之际，我家虽然不能相助，自然也无绝婚之理。可用一乘小轿将这个姑娘取归咱家，将来择吉成亲。除姑娘穿的随身衣裙之外，不要带任何东西。"

"谨遵懿旨。"丁夫人的心中凉了，知道皇上要一意孤行到底，难以挽回。

周后又嘱咐一句："切记，不要有任何夹带！"

丁夫人颤声说："臣妾明白，决不敢有任何夹带。"

周后又轻轻叹口气，说："皇上对李家十分生气，对你们各家皇亲也很不满意。你们太不体谅皇上的苦衷了！"

丁夫人心中大惊："娘娘陛下！……"

周后接着说："皇上若不是国库如洗，用兵吃紧，无处筹措军饷，何至于向皇亲国戚借助？各家皇亲都是与国同体，休戚相共。哪一家的钱财不是从宫中赏赐来的？哪一家的爵位不是皇家封的？皇上生气的是，国家到了这样困难地步，李皇亲家竟然死抗到底，一毛不拔，而各家皇亲也竟然只帮李家说话，不替皇家着想。皇上原想着目前暂向皇亲们借助一时，等到流贼剿灭，国运中兴，再大大赏赐各家。他的这点苦心，皇亲们竟然无人理会！"

丁夫人望望皇后脸上神色，不敢再说二话。恰在这时，司仪局女官进来，跪在皇后面前说：

"启奏娘娘陛下，嘉定伯夫人出宫时刻已到，请娘娘正殿升座。"

周后为着向皇亲借助军饷一事，弄得相持不下，单从这一件事上也露出败亡征兆，她肚里还有许多话想对母亲说出，但碍于皇家礼制，不能让母亲多留，只好哽咽说：

"唉，妈，你难得进宫一趟，不知什么时候咱母女再能见面！"

丁夫人含泪安慰说："请陛下不必难过。要是天下太平，明年元旦准许命妇入宫朝贺，臣妾一定随同大家进宫，那时又可以同娘娘陛下见面了。"

"但愿能得如此！"

丁夫人向她的女儿跪下叩头，然后由宫女搀扶着，退到坤宁宫丹陛下恭立等候。

周后换上凤冠朝服，走出暖阁，在鼓乐声中重新升入宝座。太子和皇子、皇女侍立两旁。众女官和执事太监分两行肃立殿门内外，另外两个宫女打着交叉的黄罗扇立在宝座背后。一个司仪女官走到丹陛下宣呼：

"嘉定伯夫人上殿叩辞！"

丁夫人由两个宫女搀扶着走上丹墀，又走进正殿，在庄严的乐声中随着司仪女官的唱赞向她的女儿行了叩拜礼，然后怀着失望和沉重的心情退出，毕恭毕敬地穿过仪仗，被搀出坤宁门，不敢回头看一眼。乐声停止，周后退入暖阁，更衣休息。掌事太监刘安进来，向她启奏隆福寺和尚慧静舍身自焚的“盛况”。周后问：

“慧静临自焚时说什么话了？”

刘安躬身说：“慧静至死并无痛苦，面带微笑，双手合十，稳坐蒲团，口念经咒不止，为皇爷和娘娘两陛下祈福。真是佛法无边，令人不可思议！”

周后满意，轻轻点头，从眼角露出微笑，刚才心上的许多不快都消失了。她挥手使刘安退出，重新净手，打开陈顺娟用血写的经卷，看着一个个殷红的字，想到刘安的话，又想着自己定会福寿双全，唤起了虔诵佛经的欲望，随即轻声念道：

“如是我闻……”

李国瑞在狱中听说田贵妃为他的事只说了一句话就谪居启祥宫，皇后不敢替他说话，十分惊骇，感到绝望，病情忽重，索性吞金自尽。锦衣卫使吴孟明同东厂提督太监曹化淳秘密商定，只向崇祯奏称李国瑞是病重身亡，隐瞒了自尽真相，以便开脱他们看守疏忽的责任。崇祯得知李国瑞死在狱中的消息，心中很震动，赶快到奉先殿的配殿中跪在孝定太后的神主前焚香祈祷，求她鉴谅。他仍不愿这件事从此结束，想看看皇亲们有何动静。过了一天，他把曹化淳叫进宫来，问他李国瑞死后皇亲们有何谈论。曹化淳因早已受了皇亲们的贿赂和嘱托，趁机说：“据东厂和锦衣卫的番子禀报，皇亲和勋旧之家都认为皇上会停止追款，恩准李国瑞的儿子承袭爵位，发还已经查封的家产。”崇祯将曹化淳狠狠地看了一眼，冷笑一下，说：

“去，传谕锦衣卫，将李国瑞的儿子下狱，继续严追！”

曹化淳跪下说：“启奏皇爷，奴婢听说，李国瑞的儿子名叫存善，今年只有七岁。”

“啊？才只有七岁？……混蛋，还没有成人！”

崇祯无可奈何地摇摇头，叫曹化淳起去。过了片刻，他吩咐将李府的管事家人下狱，家产充公。猜到皇亲们会利用李国瑞的死来抵制借助，他下决心要硬干到底，非弄到足够的军饷誓不罢休。他又向曹化淳恨恨地问：

“前些天京中士民说皇亲们在同朕斗法，可是真的？”

曹化淳躬身说：“前几天百姓中确有此话，奴婢曾经据实奏闻。”

崇祯冷笑一声，说：“朕是天下之主，看他们有多大本领！将李家的案子了结以后，看哪一家皇亲、勋旧敢不借助！皇亲们同朕斗法？笑话！”

他摆一摆下颏使曹化淳退出去，然后从椅子上跳起来，在乾清宫中激动地走来走去。

第 24 章

由于杨嗣昌的督师，明朝政府在对农民起义的军事上有了一些起色，暂时还居于优势。到崇祯十三年夏秋之间，将张献忠和罗汝才为首的几支农民军逼到川东，四面围堵，大部分已经投降，罗汝才也正在准备投降，被张献忠及时阻止。张献忠为摆脱明军压力，拉着罗汝才奔往四川腹地。李自成销声匿迹，不再为人注意。然而这只是局部的表面现象。实际上，明朝政权从来没有像在崇祯十三年夏秋间陷入全面的深刻危机。从军事上来看，十三年来崇祯一直陷于既要对付大规模农民起义，又要对付日趋强大的清朝的军事压力。到了目前阶段，四川战事胜负未决，前途变化莫测，而山东、苏北、皖北、河北南部、四川北部和河南、陕西各地，到处有农民战争。山东西部、南部和徐州一带的农民大起义，严重威胁着明朝中央政权赖以生存的南北漕运[①]。在山海关外，崇祯为防备清兵再次南下，催促洪承畴指挥十几万大军向松山[②]、杏山和塔山一带进兵，谋解锦州之围，但是军心不齐，粮饷补给困难，几乎等于是孤注一掷。从财政经济来看，长江以北的半个中国，尤其是黄河

---

①漕运——明代将江南大米和其他物资从运河运往北京，称为漕运，为朝廷生命所系。

②松山——原叫松山堡，在锦州西南三十里处。是明朝宣德年间为军事需要而建筑的一座小城，置中屯前千户所于此。今为松山镇所在地。

流域各省，由于长期战乱，官军纪律败坏，烧杀淫掠，官府横征暴敛，加上各种天灾人祸，农业生产受到极大破坏，人民死亡流离，往往村落为墟，人烟断绝。到了十三年夏秋之间，不但黄河中下游和淮河流域各省的旱灾和蝗灾特别惨重，而且朝廷所依赖的江南也发生了旱灾和蝗灾，苏州府等地粮价飞涨，城市中发生了多起抢粮风潮。在这种情况下，朝廷的军费开支反而增加，所以财政方面确实快到了山穷水尽地步。军事和财政经济两方面的严重危机，加深了朝廷上的政治危机，一方面表现为崇祯皇帝因借助军饷问题同皇亲、勋旧展开的明争暗斗，另一方面因对拯救危亡的看法不同，崇祯同一些朝臣发生直接交锋。

对于当时明王朝所面临的空前危机，皇亲和勋旧这一个只讲究养尊处优的阶层感受最浅，而在朝臣中却有很多人比较清楚，有些人深为国事担忧。受全面危机的压力最大的是崇祯皇帝。现在他正在为克服这一可怕的危机而拼命挣扎，不过有时他还在幻想做一个“中兴之主”，口头上也时常这么说。尽管他不敢想，更不肯说有亡国可能，但这种深藏在心中的无限忧虑和时常泛起的悲观情绪使他更变得刚愎任性，心狠手辣，决不允许任何朝臣批评和阻碍他的行事。

抄家的上谕下了以后，锦衣卫和东厂自然是雷厉风行，趁机发财。住在京城的所有皇亲、勋旧越发兔死狐悲，人人自危。大地主官僚们也担心将来轮到向他们借助，都觉得皇帝未免太任性行事。但廷臣们都害怕皇上震怒，不敢进谏，只是冷眼看这事将如何结局。皇亲们却不能等待，赶快联名上了一封奏疏，恳乞皇上开恩，念李国瑞已死狱中，停止抄家，使其子存善袭爵，以慰孝定太后在天之灵。崇祯一向迷信鬼神，想到孝定太后，心中不免犹豫，打算借着十几家皇亲联名上疏求情的机会赶快转圜，暂停抄家。但过了半天，他想不出另外的措饷办法，各地军事形势又逼得他坐立不安，想来想去，还是决定寸步不让，非将这第一炮打响不可。他在奏疏上用朱笔批“留中”二字，扔向一旁，心中叹息说：“唉，你们这班皇亲国戚、勋旧世家，真是糊涂！你们的富贵自何而来？倘若朕的江山不保，你们不是也跟着家破人亡？皮之不存，毛将焉附！”他又暗恨薛国观，倘若不是他当时赞同向李国瑞头上开刀，另外想一个筹饷办法，何至于今日进退两难！

又过三天，他正在乾清宫中发闷，秉笔太监王承恩送来了一叠文书。他先看了几封奏疏，都是攻击杨嗣昌的，说了一些杨嗣昌的短处，认为他督师剿贼很难成功。其中有詹事府少詹事黄道周的一封奏疏，措词特别激烈。他抨击杨嗣昌加征练饷，引荐陈新甲做兵部尚书是为暗中同满洲议和准备，又攻击杨嗣昌继母死后没有回原籍奔丧守孝，而是"夺情视事"。崇祯看了前几封奏疏已经很生气，看了黄道周的奏疏更加愤怒，在心中恨恨地说：

"这个黄道周，才回京不久，竟敢上疏胡言，阻挠大计，博取清直敢言之名，殊为可恶！"

他没有批语，也没有心情再看别的奏疏，站起来来回走动，脚步特别沉重。忽然，他忍不住叹口气，说出一句话：

"朕的为国苦心，黄道周这班人何曾知道！"

黄道周和崇祯一样，一心要维护摇摇欲倒的明朝江山，但是他坚决反对崇祯的几项重大措施。他不敢直接批评皇帝，只好激烈地批评杨嗣昌的误国。他反对加征练饷，在一定程度上代表了中小地主阶级的利益，但中心目的是害怕朝廷为此而失尽人心，将广大没有造反的百姓逼迫到造反的路上。崇祯为同意加征练饷的事，在去年已引起朝议哗然，但这是出于形势所迫，好比明知是一杯鸩酒，也只好饮鸩止渴。崇祯在心里说："你们这班朝臣，只会放空炮，没有一个人能想出更好的办法！"关于同清朝秘密议和的事，崇祯最忌讳有人说出，而偏偏黄道周在疏中公然抨击。崇祯一直认为：满洲人原是大明臣民，只是到了万历中叶以后，因边臣"抚驭"失策，才有努尔哈赤之叛，逐渐酿成近二十年来之祸。如今同满洲暗中议和实是万不得已。宋与金的历史，对崇祯说来，殷鉴不远，而他绝不愿在臣民心目和后代史书中被看成是懦弱无能的君主。自从前年由杨嗣昌和高起潜主持，开始暗中同清方议和，他就不许用"议和"一词，只许用"议抚"一词。黄道周在疏中直然不讳地批评杨嗣昌同满洲议和，深深地刺伤了他这个自认为"天下共主"和"千古英主"的自尊心，何况他迫切希望赶快能够同满洲休兵罢战，暂时摆脱两面用兵的困境，以便专力围剿农民起义军。这是他的至关重要的救急方略，不料黄道周竟然如此不达事理，不明白他的苦心！他看得很清楚，满朝大臣中没有一个人在做事干练和通权达变上能够比得上杨嗣昌的。他不允许任何人借弹劾杨嗣昌的题目干扰加征练饷和对满方略，更不许在目前川、鄂一带军事胜利在望的关键时刻，有谁肆无忌惮地攻讦杨嗣昌，要将他赶下台去。他回到御案前重新坐下，又向黄道周的奏疏望了一眼，偏偏看到了抨击杨嗣昌“夺情”的几句话，不禁从鼻孔冷笑一声，心中说：

“朕以孝治天下，这样事何用你妄肆攻讦！自古大臣死了父母，因国事鞅掌，出于皇帝诏旨，不守三年之丧，‘夺情视事’或‘夺情起复’的例子，历朝皆有，连卢象升也是‘夺情’！倘若杨嗣昌和陈新甲都去守三年之丧，你黄道周能够代朕督师么？能够任兵部尚书么？……可笑！”

他又从御案上拿起来一封奏疏，是礼部主事吴昌时讦奏薛国观纳贿的事。吴昌时原是行人司的一个行人，这行人是正九品的低级闲官儿，没有什么大的出息。朝廷遇到颁行诏敕，册封宗藩，慰问，祭祀，出使藩夷等事，派行人前往或参加。去年，吴昌时趁着京官考选的机会，托人向薛国观说情，要求帮助他升转为吏科给事中。薛国观收下他的礼物，口头答应帮忙，但心中很轻视他这个人。考选结果，吴昌时升转为礼部主事，大失所望。吏部是一个热衙门，全国官员的除授、调任、升迁、降职和罢免，都归吏部职掌。吏科给事中虽然按品级只是从七品，却在朝廷上较被重视，是所谓“言官”和侍从之臣，不但对吏部的工作有权监督，且对朝政有较多的发言机会，纳贿、敲诈、勒索的机会较多，前程也宽。礼部主事虽然是正六品，但礼部是个冷衙门，而主事是“部曹”，即事务官，所以反不如从七品的给事中受人重视。吴昌时没得到他所理想的职位，认为是薛国观出卖了他，怀恨在心，伺机发泄。近来他风闻皇上因李国瑞的事对薛国观心怀不满，并且皇戚们同几个大太监暗中合谋，要将薛国观逐出朝廷，他认为时机到来，上疏揭发薛国观的一件纳贿的事，尽量夸大，进行报复。崇祯正想借一个公开题目将薛国观逐出内阁，看了这封弹章，不待审查清楚，也不待薛国观自己奏辩，便决定从严处分。他立刻提起朱笔，写了一道手谕：

薛国观身任首辅，贪渎营私，成何话说！着五府、九卿、科、道官即速议处奏闻！

崇祯命一个太监立刻将手谕送出宫去，又继续批阅文书。有十来封奏疏都是畿辅、山东、河南、陕西、湖广和江南各省地方官吁请减免钱粮和陈报灾情的奏疏，其中有一本是畿辅和山东士民一千多人来到京城上的，痛陈这两省地方连年灾荒，加上清兵焚掠和官军供应浩繁的情况。他们说："百姓生计，已濒绝境；倘不速降皇恩，蠲免新旧征赋，杜绝苛派，拨款赈济，则弱者辗转死于道路，而强者势将群起而走险，大乱将愈不堪收拾矣。"崇祯看完了这个奏本，才知道畿辅和山东士民有千余人来到京城上书，一时不知道应如何处理。恰巧东厂提督太监曹化淳来乾清宫奏事，崇祯就向他问道：

"曹伴伴，畿辅和山东有千余士民伏阙上书，你可知道？"

曹化淳躬身回奏："奴婢知道。这一千多士民在三天前已经陆续来京，第一次向通政司衙门递本，因有的奏本不合格式，有的有违碍字句，通政司没有收下。他们重新联名写了一本，今日才送到御前。"

"都是真的良民么？"

"东厂和锦衣卫侦事番子随时侦察，尚未见这些百姓们有何轨外言行。他们白天有人在街上乞食，夜间就在前门外露宿街头。五城御史与五城兵马司随时派人盘查，亦未闻有不法之事。"

崇祯向站在身边伺候的秉笔太监王承恩问："朕不是在几个月前就降旨恩免山东和畿辅的钱粮了么？"

秉笔太监回奏："皇爷确实免过两省受灾州、县钱粮，不过他们的本上说'黄纸虽免，白纸[①]犹催'。看起来小民未蒙实惠。"

崇祯不再问下去，挥手使曹化淳和王承恩退出。他知道百姓们所奏的情形都是真的，然而他想：目前军饷无着，如何能豁免征派？国库如洗，如何有钱赈济？他提起朱笔，迟疑一阵，在这个本上批道：

①黄纸、白纸——黄纸指皇帝诏书，白纸指地方官吏的文书、告示等。

览百姓每[1]所奏，朕心甚悯。着户、兵衙门知道，究应如何豁免，如何赈济，妥议奏闻。百姓每毋庸在京逗留，以免滋事，致干法纪。

钦此！

他下的这一道御批只是想把老百姓敷衍出京，以免“滋事”。他深感样样事都不顺心，无数的困难包围着他，不觉叹口长气。为图得心中片刻安静，他竭力不再想各省灾荒惨重的问题，略微迟疑一下，另外拿起一封洪承畴从山海关上的奏本。每次洪承畴的奏疏来到，不是要饷，就是要兵，使他既不愿看，又不能不看。现在他怀着惴惴不安的心情看完引黄，知道是专为请求解除吃烟的禁令，并没有提兵、饷的事，才放心地打开奏疏去看。原来在半年以前，他认为“烟”和“燕”读音相同，“吃烟”二字听起来就是“吃燕”，对他在北京坐江山很不吉利，便一时心血来潮，下令禁止吃烟，凡再吃烟和种植烟草的杀头。但烟草从吕宋传进中国闽、广沿海一带已经有八十年以上历史，由戚继光的部队将这种嗜好带到长城内外，也有七十年的历史，所以他的上谕不但行不通，反而引起驻扎在辽东的将士不满。现在洪承畴上疏说“辽东戍卒，嗜此若命”，请求他解除禁烟之令，仍许北直和山东民间种植，并许商人自浙、闽贩运。崇祯将这封奏疏放下，心中叹道：

“吃烟，吃烟！难道真有人来吃燕京？唉，禁又禁不住，不禁又很不吉利！”

两天以后的一个早晨，五凤楼上传出来第一通鼓声。文武百官陆续进入端门，都到朝房等候。有些人在窃窃私语，议论着新增的练饷所引起的全国舆论哗然，百姓更加同朝廷离心的情况；有的在闲谈着湖广和四川等地的战争消息；还有人在谈论着近来的满洲动静。但人们今天最关心的是练饷。尽管许多人嘴里不谈，心上却挂着这件大事。他们避而不谈，只是怕惹祸罢了。

---

①每——同“们”。元、明人常把“们”字写成“每”字。“们”是当时人民群众新造的字，尚不十分流行。

今天是常朝，比每天“御门[①]决事”的仪制隆重。早在五更之前，六只大象就已经由锦衣官押着身穿彩衣的象奴从宣武门内西城根的象房牵到，在午门前的御道两侧悠闲地走动着。午门上二通鼓响过之后，六只大象自动地走到午门的前边，站好自己位置，每一对左右相同，同锦衣旗校一起肃立不动。三通鼓响过以后，午门的左右偏门掖门一齐打开了（中门是御道，平时不开）。一队锦衣将军、校尉和旗手走进午门，在内金水桥南边，夹着御道，分两行整齐排列，肃立不动。校尉手执仪仗，旗手专执旗帜。同时担任仪仗的一群太监从宫中出来，在丹墀下边排班站定。班尾是两对仗马，金鞍、金镫、黄丝辔头、赤金嚼环。尽管崇祯在上朝前总是乘辇，从不骑马，但是四匹漂亮而驯顺的御马总是在三六九上朝前按时牵到伺候，成为仪仗的组成部分。另外四个太监拿紫檀木雕花马凳，以备皇帝上马时踏脚，站在仗马旁边。夹着丹陛左右，肃立着两行扈驾侍朝的锦衣将军，穿铁甲，佩弓、矢、刀、剑，戴红缨铁盔帽。又过片刻，午门上钟声响了。文武百官匆匆地从朝房中走出，从左右掖门入内。当最后一个官员进去以后，一对一对大象都把鼻子互相搭起来，不许再有人随便进去。

文武百官到了皇极门外，按照文东武西，再按照衙门和品级区别，排成两班，恭立在丹墀之上。四个御史官分班面向北立，负责纠仪。

当文武百官在五更入朝时候，一千多畿辅和山东士民由二十几位老人率领，来到长安右门外边。曾经率领乡里子弟打过清兵的姚东照老先生也参加了。他们绝大部分是濒于破产的中小地主，但他们所代表的利益大大超出了他们所属的阶级，也反映了农民、中小商人和手工业主的利益。昨天上午他们见到了皇上的御批，使他们大为失望。他们这一群老人当即又写了一封痛陈苦情的奏本，送往通政司。通政司因皇上已有旨叫他们“毋庸逗留”京城，且见奏本中有些话说得过于激切，不肯收下。他们不管如何恳求，都无用处。他们无奈，便趁着今天是常朝的日子，头顶奏本，“伏阙上书”。古代的所谓阙就是宫门。拿明朝说，就是午门。但如今老百姓向皇帝“伏阙上书”，不惟望不见

①御门——崇祯平日上朝（“常朝”）和召见臣工的地方，多在建极殿右边的右后门，俗称“平台”。

午门，连承天门也无法走近，只能跪伏在长安右门以外。明代的文武官员多住西城，从长安右门入朝。百姓们原希望有哪位内阁辅臣、都察院左右都御史或哪位尚书、侍郎大人怜念小民，收下他们的奏本带进宫去，呈给皇上，谁知守门的锦衣官兵压根儿不许他们走近长安右门，用水火棍和刀、剑将他们赶散。一见大官来到，把他们赶得更远。长安右门外有一座登闻鼓院，小厅三间向东，旁有一小楼悬鼓，有科、道官员在此轮流值日。按照明朝法律规定：百姓有冤，该管的衙门不替申理，通政司又不为转达，百姓一击登闻鼓，值日官员就得如实上报皇帝。但是今天，登闻鼓院附近站立的锦衣旗校特别多，一个个如狼似虎，打得百姓们不能走近。百姓们见长安右门不行，就从棋盘街转过大明门，来到长安左门。在这里，他们遇到的情形一样。有些老人已经完全绝望，但有些老人仍不死心。他们率领大家避开中间的路，跪得离东长安门稍远一点，见从东城上朝的官员过尽，只好恳求守门的锦衣官员收下他们的奏本送进宫中。锦衣官员唯有斥骂，并不肯收。他们想，就这样跪下去，迟早会有人怜悯他们，将他们“伏阙上书”的事上奏皇帝。他们跪得很乱。有人过于饥饿，跪不稳，倒了下去。有人身体虚弱得很，发出呻吟。

在紫禁城内，文武百官排班站定以后，有一个太监走出皇极门，手中拿一把黄丝静鞭，鞭身一丈三尺，梢长三尺，阔有三寸，用蜡渍过，安着一尺长的朱漆木柄，上刻龙头，涂以金漆。他走至丹墀一角站定，挥起静鞭在空中盘旋几下，用力一抽。鞭声清脆，响彻云霄。连着挥响三次，太监收起静鞭，走下丹墀站定。于是，午门内寂静无声，仪仗森森，气象肃穆。

过了片刻，内官传呼“驾到！”崇祯头戴翼善冠，身穿圆领绣龙黄罗袍，面带忧容，在一大群服饰华美的太监们的簇拥中乘辇出来。由翰林、中书、科、道各四人组成的导驾官员，从皇极门导驾而出，步步后退，将龙辇导向御座。文武百官躬身低头，不敢仰视。崇祯下了辇，升入御座，这御座在当时俗称金台。在他的面前是一张有黄缎绣龙围幛的御案。离御案三尺远有一道朱漆小栏杆，以防某一个官员正跪在地上奏事时突然扑近御座行刺。当崇祯坐下以后，有三个太监，一人擎着黄缎伞盖，两人擎着两把黄罗扇，从东西两边陛下上来，站在崇祯背后。他们将黄伞盖擎在御座上边，那两把黄罗扇交叉着擎在他的身后，警惕地保卫着他的安全。如果看见哪一个臣工在御案前奏事时妄想行刺，两个执黄罗扇的太监只须手一动，一道铁线圈会自动落下，从扇柄上露出利刃。原来还有九个锦衣力士手执五把伞盖和四把团扇，立在御座背后和左右。后来因为皇帝对锦衣力士也不放心，叫他们都立在丹陛下边。在"金台"背后和左右侍立的，如今只有最亲信的各种执事太监了。

仪表堂堂、声音洪亮的鸿胪寺官高唱："入班行礼！"随即文武百官面向金台，依照鸿胪寺官的唱赞，有节奏地行了一拜三叩头的常朝礼，然后分班侍立。一位纠仪御史跪下奏道：

"今有户部主事张志发，平身起立时将笏落地，事属失仪，合当拿问。请旨！"

崇祯因昨夜几乎通宵未眠，精神疲倦，只低声说了一两句话，群臣都未听清。一位容貌丰秀、身穿圆领红罗朝服、蓝色鹦鹉补子，腰束镶金带，专管上朝传宣的随堂太监，从御座旁向前走出几步，像女人的声音一般，朗朗传旨：

"皇上口谕，姑念他事出无心，不必拿问；着即罚俸三月，以示薄惩。谢恩！"

崇祯手足浮动，似乎十分焦急，心不在焉地看见一位年约六十多岁的老臣从班中踉跄走出，匍匐跪下，颤声奏道："微臣朝班失仪，罪该万死。蒙陛下天恩浩荡，不加严罚，使微臣生死难报，敬谨叩谢皇恩！"然后他流着泪，颤声高呼："万岁！万岁！万万岁！"崇祯仍然心不在焉，脸上除原来的忧郁神色外，没有别的表情。

当张志发谢恩站起来的时候，崇祯的眼光正在向左边文臣班中扫去。他没有看见首辅薛国观，明白他是因为受了弹劾，"注籍"[①]在家。又一位鸿胪寺官跪到面前，向他启奏今日在午门外谢恩和叩辞的文武官员姓名和人数，同时一个随侍太监将一张红纸名单展开，放在御案上。他仅仅向名单扫了一眼，又向午门外望了一下。因为距离午门远，他只看见左右两边门洞外都跪伏着人。鸿胪寺官随即起身，退了几步，面向午门高呼："午门外谢恩叩辞官员行

---

①注籍——朝臣受了弹劾，如果情节较重，就不再上朝，在家等候处理，在大门上贴"注籍"二字，避免与人来往。

礼！”当午门外的文武官员们正在依照另一个鸿胪寺官的唱赞，遥遥地向他行五拜三叩头礼时，他又向午门外望一眼，跟着抬起头来，望了望午门的城头和高楼。暗云低沉，雷声不住。他忽然又重复了经常在心头和梦中泛起的渺茫希望：要是杨嗣昌能够成功，将张献忠和李自成拿获解京，他率领太子和诸皇子登上午门“受俘”，该有多好！

又是照例地五府、六部等衙门官跪奏例行公事，崇祯都不大在意。他正要向群臣宣布对薛国观的处罚，忽然听见从远处隐隐约约地传过来嘈杂的人声，这在承天门附近是极其稀有的现象。他猜到定是那畿辅和山东来的“无知愚民”不肯离去，不禁皱皱眉头，心中怒恨，想道：“他们竟敢抗旨，仍在京师逗留！”但是他没有忘记要臣民们看他是“尧、舜之君”，所以他忍着心中怒气，将户部尚书和侍郎们叫到面前，带着悲天悯人的神色，慢慢说道：

“朕一向爱百姓犹如赤子。有些州、县灾情实在太重的，你们斟酌情形，钱粮是否应该减免，详议奏闻。”随着一阵南风，东长安门的隐约人声继续传来。他忍不住问：“这外边的人声可是上书的百姓么？”

跪在地上的户部尚书李待问抬头奏道：“是山东和畿辅的百姓父老，因灾情惨重，征派不止，来京城吁恳天恩，豁免征派，火速赈济。”

崇祯又一次将眉头皱起，沉默片刻，对站在身旁的一个太监说：“你去口传圣旨，百姓们所奏的，朕已知道了。朕深知百姓疾苦，决不许地方官再事征派。至于赈济的事，已有旨着各有司衙门从速料理，不得迟误。叫百姓们速回原籍，不许逗留京师，滋生事端，致干法纪，辜负朕天覆地载之恩。”

他随即叫五府、九卿、科、道官来到面前。霎时间，被叫的朝臣们在御案前的小栏杆外跪了一片，连轻声的咳嗽也没有。他的脸色格外冷峻，充满怒气，眉宇间杀气腾腾。众文武官深知他喜怒无常，都把头低下去，等候着不测风云。有些胆小的朝臣，不禁小腿肚轻轻打颤。天色已经大亮，乌云比黎明前那一阵更浓，更低，压着五凤楼脊。天边响着沉闷的雷声。他向天上望望，又向群臣扫了一眼，说：

“朕叫你们会议薛国观应如何处分，昨日看你们议后所奏，颇从轻议，显系姑息。薛国观身任首辅，不能辅朕振刷朝政，燮理阴阳，佐朕中兴，反而营私贪贿，成何话说！本应拿问，交三法司[①]从严议罪；姑念他其他恶迹尚不显著，着即将他削籍了事，不许他逗留京师。你们以后做事，决不要学他的样儿！”

众文武叩头起去，退回朝班。有些朝臣本来有不少重要事要当面陈奏，因见皇上如此震怒，便一声不响了。冷场片刻，崇祯正要退朝，忽然远处的人声更嘈杂了，而且还夹杂着哭声。他大为生气，眼睛一瞪，说：

“锦衣卫使在哪里？”

锦衣卫使吴孟明立刻从武臣班中走出，跪到他的面前。他先向群臣们感慨地说：

“朕自登极以来，敬天法祖，勤政爱民，总是以尧、舜之心为心，务使仁德被于四海。只因国事杌陧，朕宵衣旰食，总想使天下早见太平，百姓们早登衽席。今日赋税科派较重，实非得已。不想百姓们只看眼前一时之苦，不能替朕的万世江山着想。”他转向吴孟明说：“你去瞧瞧，好生晓谕百姓，不得吵闹。倘若仍敢故违，统统拿了！”

那些使皇帝生气的一千多百姓代表从天不明就“伏阙上书，跪恳天恩”，跪过长安右门又跪长安左门，得不到一位大臣的怜悯，收下他们的奏本送到皇帝面前。他们只能望见外金水桥和桥前华表，连承天门也不能完全望见。上朝时，他们听见了隐约的静鞭三响，随后就一切寂静。好像紫禁城是一个极深的海，而他们远远地隔在海外。长安门、承天门、端门和午门，每道门是一道隔断海岸的大山，使人望而生畏，无法越过。人们的腿跪得麻木，膝盖疼痛。有些人只好坐下，但多数人仍在跪着。有的人想着家乡惨状，呼天无门，在绝望中默默流泪。过路人愈聚愈多，在他们的背后围了几百人，有的完全是看热闹，有的深抱同情，不断地窃窃私语。几次因守卫长安左门的锦衣旗校要驱散众人，发生争吵。突然，一个太监走出，用尖声高叫：“有旨！”所有坐着的赶快跪下，连那些看热闹的人们因躲避不及，也慌忙跟着跪下。太监口传了“圣旨”以后，转身便走。百姓们有的跪在后边，心中惊慌，并未听清“圣

①三法司——都察院、刑部、大理寺，统称三法司。

旨”内容，只听清“钦此”便完了。但多数人是听清了的，等太监一走，不禁失声痛哭。姚东照老头子登时心一横，虎地跳起，抢过来奏本自己捧着向长安左门追去，大声呼叫：“公公！公公！”只见一道红光一闪，一个锦衣旗校一棍子打在他的头上。他的眼前一黑，天旋地转，身子摇晃，倒在地上，那一字一泪的哀痛奏本仍然紧握在他的手中，而鲜血从头上奔流。老百姓见此情形，胆小的起来乱跑，胆大的扑向前去救他，并且叫道：“你们打死人了！打死人了！”锦衣旗校怕百姓冲进长安左门，一齐向前，用力狠打，赶散百姓，并且逮捕了二十几个人，说他们在宫门外聚众暴乱，送进狱中。东长安街上，一片奔跑声，呼打声，哭叫声。很多商店见街上大乱，赶快关门。胆大的人们聚立在远处观看，有些老人滚下热泪，有些人摇头叹气，姚东照被几个上书百姓冒死救出，抬到东江米巷一个僻静地方放下。大家把他围着，有的含着悲愤的眼泪，有的发出恨声。他醒了过来，睁开眼睛望望大家，叹一口气。他知道自己的伤很重，快要死了。一句话从他的心上蹦出：“大明不亡，实无天理！”但是不肯说出口，跟着又昏过去了。……

锦衣卫使吴孟明走出东长安门时，“伏阙上书”的百姓已经被驱散了，地上留下了几只破鞋和撕碎的奏本。他命令一位锦衣卫指挥同知率领锦衣旗校会同五城兵马司务须将来京上书的山东、畿辅百姓驱逐出内外两城。

当吴孟明走下皇极门丹墀时候，崇祯正要退朝，忽然从文臣班中走出来一位五十多岁的老臣，到御案前的朱红栏杆外跪下。崇祯一看是前日上疏反对加征练饷和攻击杨嗣昌的黄道周，立刻动起火来。不等这位老臣张口，他神色严厉地问：

“你的奏本朕已看过，另有何事要奏？”

黄道周伏地说：“微臣求皇上停征练饷，严惩杨嗣昌以谢天下。布宽仁之政，收拾已溃之人心。”

崇祯因为生气，手脚更加浮动，说：“朕因为虏、寇猖獗，兵、饷俱缺，故去年不得已用辅臣杨嗣昌之议，增加练饷。朕何尝不爱民如子？何尝不深知百姓疾苦？然不征练饷即无法更练新兵，不更练新兵即无法内剿流寇，外御东虏，不得已采纳杨嗣昌之议，暂苦吾民一时。尔等做大臣的，处此国家困难之日，不务实效，徒事攻讦，深负朕意。今嗣昌代朕在外督师，沐雨栉风，颇著辛劳。原来在房县一带的九股流贼，已经纷纷请降；献贼自玛瑙山败后，也成了釜底游鱼，与罗汝才被困于鄂西川东一带，不得逃逸。李自成仍被围困在商洛山中，不日即可就歼。倘朝廷内外不和，动辄掣肘，必将使剿贼大事，功亏一篑。你前日疏中说杨嗣昌建议加征练饷是流毒天下，如此肆意攻讦，岂是为国家着想？”他转向群臣，接着说：“朕切望文武臣工，不论在朝在外，都能和衷共济，万不要各立门户，徒事攻讦。”

崇祯满以为他的这些话可以使黄道周不再与他廷争，也使别的朝臣不敢跟着说话。但是黄道周既没有被说服，也没有被他压服。黄道周的性格非常倔强，又自幼熟读儒家的经史书籍，只想着做个忠臣，学古代那些敢言直谏之士，把“文死谏，武死战”的话当做了为臣的金科玉律，很喜欢苏轼的诗句“居官死职战死绥”。更重要的一点，他出身寒门，又常被贬斥，接近地主阶级的下层。明代末年，朝廷实行了“一条鞭”的聚敛办法，将丁役钱和一切苛捐杂派都并入田赋征收。大地主多为豪绅之家，既享有免役权，也能借官府和胥吏舞弊，将部分田赋负担转嫁到无权无势的中小地主身上。这一阶层和有少量土地的农民，既是官府敲剥聚敛的对象，也是大户进行土地兼并的对象，加上战乱和天灾，随时都有境况沦落，甚至倾家破产和死亡流离的可能。这一阶层加上有少量土地的农民，在人数上仅次于佃农和雇农，所以他们的动向会影响明朝的存亡。崇祯皇帝将豪绅大户看成国家的支柱，而黄道周却将中小地主加上有少量土地的农民看成国家的支柱。他所说的“小民”，就是指的这两个阶层的人，都是直接担负着加征田赋之苦。听了崇祯的话以后，他觉得自己的一片忠心没被皇上理解，立即抬起头来说：

“陛下！臣前日疏中云‘杨嗣昌倡为练饷之议，流毒天下，民怨沸腾’，实为陛下社稷着想，为天下百姓着想，并非有门户之见，徒事攻讦。臣二十年躬耕垄亩，中年出仕，两次削夺，今已五十余矣。幸蒙陛下圣恩宽大，赦臣不死，使臣得以垂老之年，重瞻天颜。臣即竭犬马之力，未必能报皇恩于万一；如遇事缄默，知而不言，则何以报陛下？何以尽臣职？增加练饷一事，实为祸国殃民之举。臣上月来京，路经江北、山东、畿辅，只见遍地荒残，盗贼如毛，白骨被野。想河南、陕西两省情况，必更甚于此。盗贼从何而来？说到究底，不过是因为富豪倚势欺压盘剥，官府横征暴敛，使小民弱者失业流离，饿死道旁，而强者铤而走险，相聚为盗。臣上次削夺之后，归耕田园，读书讲学，常与村野百姓为伍，闻见较切，参稽往史，不能不为陛下社稷忧。请陛下毅然下诏，罢练饷以收民心，斩杨嗣昌之头以为大臣倡议聚敛者戒！”

崇祯厉声说：“你是天子近臣，不能代朕分忧。别人拿出筹饷练兵办法，你说是祸国殃民之举，这不是徒事攻讦是什么？加征练饷是朕亲自裁定。你说这个办法不好，哪是你的好办法？”崇祯怒不可遏，将桌子一拍，喝道：“说！”

满朝文武见皇帝如此震怒，个个惊恐失色，替黄道周捏了一把冷汗。紫禁城上空滚动着沉闷的雷声。黄道周前天上疏时已经将最坏的结果作了估计，所以现在他只是想着这正是忠臣死谏的时候，心中并无生死顾虑，倔强地望着皇帝，慷慨回奏：

“臣自幼读圣贤书，考历代治乱兴亡之由，深知今日政事，以苛察聚敛为主。苛察繁则人人钳口，正气销沉；聚敛重则小民生机绝望，不啻为渊驱鱼，为丛驱雀。臣今日尚见有山东与畿辅百姓伏阙上书，他日必将失尽人心，连愿意前来上书的人也没有了。杨嗣昌的加征练饷办法是使朝廷饮鸩止渴……”

崇祯截断他的话头，说：“休再啰唆！朕因流贼猖獗，东事[①]日急，内外交困，不得不百计筹饷。不料朕向戚畹借助，戚畹抗旨；向百姓加赋，百姓怨言。你是天子近臣，也对加征练饷肆口诋毁，比为鸩毒。哼哼，成何话说！你如此诋毁练饷，试问你有何良策助朕筹饷练兵，以救目前危急？不筹饷，不练兵，罢掉杨嗣昌，派你代朕督师，你能将张献忠、李自成诸贼迅速剿灭或献俘阙下，清国家腹心之患？你不顾朕日夜为国事焦忧，妄肆攻讦，忠君爱国之心何在？哼！”

黄道周说：“臣今日所言者，正是出自一片忠君爱国之心。流贼祸国，致

---

①东事——指辽东问题、满洲问题。

劳宸忧，臣何尝不欲食其肉而寝其皮。至于东虏为患，臣平日既忧且愤，独恨杨嗣昌只知与东虏暗中议款，全忘《公羊》'尊王攘夷'之教。今日人心溃决……"

崇祯又截断说："我问你有何好办法筹饷练兵！"

黄道周说："大抵额设之兵，原有额饷。如今兵多虚冒，饷多中饱。但求认真实练，则兵无虚冒，饷自足用。所以核实兵额，禁绝中饱，即可足兵足饷。若兵不实练，虚冒与中饱如故，虽另行措饷，搜尽百姓脂膏，亦无裨益。目前不是无饷练兵，而是缺少清白奉公、认真做事的人。如得其人，则利归公家；不得其人，则利归私室。今日百姓负担之重，为祖宗列朝数倍。皇上深居九重，何能尽知？左右近臣，有谁敢据实奏闻！因陛下天威莫测，使耿介者缄口不言，怕事者唯唯诺诺，而小人则阿谀奉承。皇上左右之人，动不动就称颂陛下天纵英明，明察秋毫，而实在背后各自为私，遇事蒙混，将陛下孤立于上。行间每每掩败为胜，杀良冒功；到处人心涣散，不恨贼而恨兵；官以钱买，将以贿选。凡此种种，积弊如山，皇上何曾洞知？今日臣不避斧钺之诛，冒死直言，恳皇上三思！"

崇祯按捺着一腔怒火，又问："你如何说今日百姓负担之重为祖宗列朝数倍？"

道周说："万历时，因辽东军事日急，于正赋之外，每年增抽五百二十万两，名曰辽饷，百姓已经不堪其苦。皇上御极之初，又增加辽饷一百四十万两。崇祯十年，杨嗣昌定了三个月灭贼的期限，增剿饷二百八十万两，原说只征一年。陛下皇皇诏书中也说'暂苦吾民一年耳'。今已四年，并未停征。不意去年又加征练饷七百三十万两。合辽饷、剿饷、练饷共一千六百七十万两，均在正赋之外。请皇上勿再竭泽而渔，杀鸡取卵，为小民留一线生机！"

崇祯被刺到疼处，想大发作，但因为黄道周是当时全国闻名的儒臣，素为清议所推重，只好再忍耐一下。他用手在御案上毫无目的地画来画去，过了片刻，冷笑说：

"你所说的尽是书生之见，知经而不知权。你只看百姓目前负担很重，不知一旦流贼肃清，即可长享太平之乐。你只看练饷增赋七百三十万两，数目很大，不知赋出于土田，土田尽归有财有势之家所有。百亩田只增银三四钱，不惟无害于小民，且可以稍抑富豪兼并。”

黄道周立即回奏：“国家土田，确实兼并成风，富者田连阡陌，贫者无立锥之地。然历朝田赋积弊甚深，有财有势者上下其手，多方欺隐，逃避征赋，土田多而纳粮反少；贫家小户则不敢欺隐，无力逃避，不惟照实纳粮，且受势豪大户转嫁之苦，往往土田少而纳粮反多。况田赋之外，每遇差科[①]，贪官污吏放富欺贫。故富者愈富，贫者愈贫。昔日中产之家，今多化为贫民，不恨贼而恨官府。陛下说增加田赋可以稍抑大户兼并，这是杨嗣昌去年面奏皇上之言，真是白日说梦，以君父为可欺，以国事为儿戏！”

崇祯喝道：“不必再说，下去！”他看见黄道周不肯起去，便接着训斥说：“国事日非，大臣们应该和衷共济，方不负朝廷厚望。你遇事攻击杨嗣昌，岂非私心太重，忽忘国家困难？如此哓哓争辩，泄汝私恨，殊失大臣体统！”

黄道周说：“臣只知为百姓生计着想，为皇上社稷着想，不知何谓私心。”

崇祯说：“朕听说你平日讲学常讲天理人欲，徒有虚名！朕闻凡事无所为而为者，谓之天理；有所为而为者，谓之人欲。多一分人欲便损一分天理。天理人欲，不容并立。三年前汝因不获入阁，遇事即攻击杨嗣昌，难道是无所为么？”

崇祯自认为是以孔孟之道治天下，而黄道周是当时有名的理学大儒，所以故意拾取宋儒朱熹常讲的“天理人欲”的牙慧，批评黄道周，好像忽然找到了一件锋利武器。然而黄道周今天在他面前犯颜廷争的是万分急迫的实际问题，所以不愿多谈“天理人欲”的道理，倔强地回答说：

“臣，臣，臣如何可以不言？臣读书数十年，于天人义利之辨，稍有所知。惟以忠君爱民为心，不以功名爵禄为怀。臣多年躬耕田垄，胼手胝足，衣布衣，食粗食，清贫自守，不慕荣利，天下人所共闻，岂因未曾入阁而始攻嗣昌！”

崇祯自知责备黄道周有点理亏，虽然神色仍然十分严峻，却用稍微缓和

①差科——差役和杂派。差，音chāi。

的口气说："清白操守，固是美德，但不可傲物，不可朋比。古人说伯夷为圣之清者，你比伯夷如何？朕知道你有操守，故屡次将你斥逐，究竟还想用你。没想到你偏激矫情，任性放肆，一至于此！姑念你是讲官，这一次宽恕了你。以后不准再攻讦大臣，阻挠大计。下去吧！"

黄道周担心朝政这样下去，将有亡国之祸，所以才昧死直陈，希望有所挽救。他是宁死也不愿看见大明亡国的。现在见皇上并不体谅他的忠心，又不许他继续说话，他几乎要痛哭起来，大声说：

"陛下！臣句句话都是为君为国，不存半点私心。'夫民犹水也，水能载舟，亦能覆舟'。臣恐陛下如此一意孤行，必将使人心尽失，四海鼎沸，国事更不可收拾！"

"出去候旨！"

"征练饷，祸国殃民。臣今日不言，臣负陛下，亦负天下万民。陛下今日杀臣，陛下负臣！"

黄道周虽然没有明言将会亡国，但是崇祯十分敏感，从"臣负陛下"四个字听出来这种含意，不禁勃然大怒，动了杀他的心，拍案喝道：

"黄道周！尔如此胡搅蛮缠，争辩不止，全失去臣子对君父体统，实在可恶！你自以为名望甚高，朕不能治你的罪么？哼！少正卯也是闻人，徒以'心逆而险，行僻而坚，言伪而辩，记丑而博，顺非而泽'，不免孔子之诛。今之人多类此者！"

"臣平日忠孝居心，无一毫偏私，非少正卯一类人物。"

崇祯一想，黄道周是个大儒，确实不是少正卯一类人物，所以尽管十分震怒，却是表现了破天荒的容忍，打算把黄道周喝退出朝，再议他一个罪名，贬他到几千里外去做个小官，永远不叫他重回朝廷。他怒视着黄道周，厉声喝道：

"黄道周出去！"

黄道周叩头起来，两腿酸麻，艰难地扭转身，踉踉跄跄地向外走去。崇祯望着他的脊背，想着自己对国事万般苦撑竟不能得他这样的大臣谅解，不由地叹口气，恨恨地说：

“黄道周一生学问，只学会一个‘佞’字！”

道周立刻车转身，重新跪下，双手按地，花白的长须在胸前索索颤抖。他沉痛而倔强地说：

“皇上说臣只学成一个‘佞’字，臣愿把‘忠、佞’二字对皇上剖析一下。倘若说在君父前独立敢言算是佞，难道在君父前谗谄面谀为忠么？忠佞不别，邪正淆矣，如何能做到政事清明！”

“你不顾国家急难，不思君父忧劳，徒事口舌之争以博取敢谏之名，非‘佞’而何？”

“陛下所信者唯杨嗣昌。先增剿饷，继增练饷，均杨嗣昌所建议。杨嗣昌对东虏不知整军经武，大张挞伐，只一味暗中求和。他举荐陈新甲为本兵，实为继续向东虏议和计。似此祸国殃民，欺君罔上之人，而陛下宠之，信之，不以彼为佞臣。臣读书一生，只学会犯颜直谏，并未学会逢迎阿谀，欺君罔上，竟被陛下目为佞臣。……”

崇祯大喝道：“给我拿了！如此狂悖，拿下去着实打！”

登时上来几个锦衣力士将黄道周从地上拖起来，推了出去。崇祯拍着御案咆哮说：

“着实打！着实打！”

满朝文武都震惊失色，颤栗不止，连平日与黄道周毫无来往的人们也害怕他今天会死于廷杖[①]之下。黄道周被踉跄地拖出午门，摘掉朝冠，扒掉朝服，推倒在地。他想着自己死于廷杖之下不足惜，可惜的是大明的国运不可挽回了。于是他挣扎着抬起头来，向午门望一眼，没有说别的话，只是喘着气呼喊两声：

“天乎！天乎！”

从文班中慌忙走出一人，年约四十多岁，中等身材，身穿六品文官的鹭鸶补服，到御案前一丈多远的地方跪下，叩个头，呼吸急促地说：

①廷杖——明朝皇帝往往在朝廷殿阶下用棍子打朝臣，名叫廷杖。中叶以后，行刑处移到午门外边。

"乞皇上姑念黄道周的学问、操守为海内所钦，今日在皇上面前犯颜直谏，纯出于忠君爱国赤诚，宽饶了他。倘若黄道周死于杖下，反而成就了他的敢谏之名，垂之史册亦将为陛下圣德之累。"

崇祯认得他是户部主事叶廷秀，厉声说："黄道周对君父狂悖无礼，杀之不足蔽其辜。你竟敢替他求情，定是他的一党！"

叶廷秀叩头说："臣与黄道周素不相识。"

"胡说！既敢为他求情，必是一党。拿下去着实打！"

不容分辩，叶廷秀登时被锦衣拿了，拖往午门外边。叶廷秀因在户部做官，对于农村崩溃情形知道较深，平日较一般朝臣头脑清醒。本来他想趁机向皇上陈述他对国事的看法，竟然连一点意见也没有来得及说出口来。

左都御史刘宗周由于职掌都察院，对朝廷敝政知道得较多且深，又因不久前从他的故乡绍兴来京复职，沿途见闻真切。处处灾荒惨重，人心思乱，以及山东和江北各地农民起义势如燎原，给他的震动很大，常怀着危亡之感。现在文武百官都吓得不敢做声，他一则不愿坐视大明的江山不保，二则想着自己是左都御史，不应该缄口不言，于是迈着老年人的蹒跚的步子走出班来，跪下叩头。他还没有来得及张嘴说话，崇祯愤愤地问：

"你是想替他们求情么？"

刘宗周回答说："叶廷秀虽然无罪，但因为他是臣的门生，臣不敢替他求情。臣要救的是黄道周。道周于学问无所不通，且极清贫，操守极严，实为后学师表。臣知陛下对道周并无积恨在心，只是因他过于戆直，惹陛下震怒，交付廷杖。一旦圣意回转而道周已死于廷杖之下，悔之何及！"

"黄道周狂悖欺君，理应论死！"

"按国法，大臣论死不外三种罪：一是谋逆，二是失封疆，三是贪酷。道周无此三罪。此外，皇上平日所深恶痛绝者是臣工结党，而道周无党。道周今日犯颜直谏，是出自一片是非之心，如鲠在喉，不得不吐，丝毫无结党之事。如说道周有党，三尺童子亦不肯信。臣与道周相识数十年，切知他实在无党。"

"今日不打黄道周，无法整肃朝纲。你不必多说，下去！"

“臣今年已六十三岁，在世之日无多……”

“下去！”

“愿陛下……”

“下去！”

“愿陛下为尧、舜之主，不愿陛下有杀贤之名。陛下即位以来，旰食宵衣，为国忧勤，至今已十三年了。然天下事愈来愈坏，几至不可收拾，原因何在？臣以为陛下求治太急，用法太严，颁布诏令太繁，进退天下士太轻。大臣畏罪饰非，不肯尽职；一二敢言之臣，辄蒙重谴；故朝廷之上，正气不伸，皇上孤立。”

“胡说！朕何尝孤立？从万历以来，士大夫喜好结党，互相倾轧，已成风气。朕对此深恶痛绝，不稍宽容。这正是要伸正气，正士风。汝素有清直之名，岂能不知？显系与黄道周一鼻孔出气！……下去！”

“臣今日不将话说出来，死也不退。”

“你还要唠叨些什么？”

“臣以为目前大局糜烂，其症结在正气不伸，皇上孤立，故天下有人才而不得其用，用而不能尽其力；有饷而不能养兵，额多虚冒；有将而不能治兵，有兵而不能战，常以杀良冒功为能事。黄道周适才所奏，虽过于戆直，然实为救国良药。古人云，良药苦口利于病，忠言逆耳利于行。陛下若想收已失之人心，必须以尧、舜之心行尧、舜之政。若仍严刑峻法，使直言者常获重谴；日日讲聚敛，使百姓生机愈困；则天下事不堪问矣！”停了停，咽下去一股热泪，他抬起头继续说：“陛下痛愤时艰，锐意求治，而二帝三王之道未暇讲求。……”

“非是朕不讲求，而是诸臣负朕。”崇祯忽然转向内侍问：“黄道周打了没有？”

王德化跪下回奏：“现在就要行刑。”

“快打！不要姑息！”崇祯回头来望着刘宗周，气呼呼地说：“你们这班有名望的儒臣，只会把错误归给朝廷，博取高名。今日朕不责你，你也莫再啰唆。下去！”

“既然陛下重责黄道周，臣愈不能不将话说完。说出之后，虽死无憾。”

“你如此执拗，着实可恼！好吧，等打了黄道周、叶廷秀之后，再容你说。暂且起去！”

“臣话未说完，死不起去。”

“那你就跪着等候。”

雷声在紫禁城的上空隆隆响着。午门外的西墀下早已做好了行刑的准备，只是锦衣卫使吴孟明和监刑的东厂提督太监曹化淳想着皇上听了左都御史刘宗周的求情可能赦免黄、叶二人的廷杖，所以迟迟没有动刑。如今一声吆喝，廷杖就开始了。

作为崇祯的心腹和耳目，曹化淳坐在午门前的西墀上，监视行刑。吴孟明坐在他的右边，指挥行刑。大约有三十名东厂太监和锦衣卫的官员侍立在他们左右。在西墀下边站着一百名锦衣旗校，穿着有很多褶儿的猩红衣服，手执朱红大棍。黄道周被脸朝下按在地上。他的手和脚都被绑牢。有四个人用绳子从四面牵拽，使他的身子不能转动。当崇祯在金台上说出来“快打，不要姑息”的话以后，立刻就由随侍太监将这句话传出午门。吴孟明知道刘宗周求情不准，便对众旗校厉声吩咐：

“搁棍！”

“搁棍！！”站在下边的一百名旗校同声呼喊，声震午门。

喊声刚住，一个大汉从锦衣旗校队中走出，将一根红漆大棍搁在黄道周的大腿上。吴孟明喝一声“打！”下边一百名旗校齐声喝“打！”开始打起来。打了三下，吴孟明为着怕曹化淳在皇上面前说他坏话，大声喝：“着实打！”一百名旗校齐声喝：“着实打！”每打五下换一个行刑的人，仍像从前一样地吆喝一次“着实打”。吴孟明深知黄道周是当代大儒，不忍心使黄道周立刻死于杖下，所以总不喝出“用心打”三个字。如果他喝出这三个字，行刑的旗校只须几棍子就会结果道周的性命。曹化淳明白吴孟明的意思，他自己同黄道周也素无积怨，并不说话。

黄道周的脸碰在地上，鼻子和嘴唇碰破，斑白的胡须上染着鲜血。在受刑中他有时呼喊“苍天！苍天！”有时呼喊“太祖高皇帝”或“二宗列祖”，却没有一句哀怜求饶的话。他的叫声逐渐衰弱。被打到四十棍以后，便不知道疼痛，不省人事，只仿佛听见远远的什么地方有微弱的吆喝声，同时仿佛觉得两腿和身子随着每一下打击震动一下。又过片刻，他的感觉全失了。

锦衣旗校用凉水将黄道周喷醒，因皇帝尚无恩旨赦免，只好再打。打到六十棍时，黄道周第二次死过去了。监刑太监曹化淳吩咐停刑，走到皇帝面前请旨，意思是想为黄道周留下来一条性命。崇祯的怒火丝毫未消，决心要把黄道周处死，给那些敢触犯“天威”的大小臣工做个样子。他只向曹化淳瞟了一眼，冷冷地说：

“再打二十！”

黄道周又一次被人用凉水喷醒，听说还要受杖，他只无力地呼叫一声：

“皇天后土！……”

廷杖又开始了。黄道周咬紧牙关，不再做声，心中但求速死。吴孟明有意关照，所以这后来的二十棍打得较轻。打过之后，黄道周的呼吸只剩下一股游丝般的幽幽气儿。人们按照廷杖老例，将他抬起来向地上摔了三次，然后往旁边一扔。虽然吴孟明使眼色叫大家轻轻摔，但是摔过之后，他第三次死了过去。一个旗校又替他喷了凉水，过了很久才看见他慢慢苏醒。

叶廷秀被打了一百棍子。亏他正在壮年，身体结实，只死去一次。等曹化淳报告两个罪臣都已经打毕，崇祯只轻轻说了两个字：“下狱！”然后把愤怒的眼睛转向刘宗周。这个老臣在地上跪有半个多时辰了。

“你还有什么话说？”崇祯用威胁的口气问。

刘宗周抬起头来说：“方才午门外杖责二臣，喊声动地，百官颤栗。今日对二臣行刑，天暗云愁，雷声不歇，岂非天有郁结之气不能泄耶？黄道周学养渊深，并世无二；立身行事，不愧古人；今以垂老之年蒙此重责，故天地为之愁惨。臣不为道周惜，而为陛下惜，为国法惜，也为天下万世惜！”说到这里，他觉得鼻子很酸，喉咙壅塞，几乎哽咽起来，只好略停片刻，然后接着说：“昔魏征面斥唐太宗，太宗恨之，曾想杀之而终不肯杀，反且宠之，重之。汉武帝恶汲黯直谏，将汲黯贬出长安，实则予以优容。陛下既然想效法尧、舜，奈何行事反在汉、唐二主之下？这是老臣所惶惑不解的！至于……”

崇祯不等他说完就大声喝道：“尽是胡说！听说汝平日讲学以诚敬为主。对君父如此肆意指责，诚敬何在？”

宗周说：“臣在朝事君之日不多，平日岁月大半在读书讲学，也确实以诚敬为主，并着重慎独功夫。数十年来身体力行，不敢有负所学。臣向来不以面从为忠，故今日不避斧钺，直言苦谏。在君父面前当言不言，既是不诚，亦是不敬。臣今生余日无多，愿趁此为陛下痛陈时弊……”

崇祯将御案一拍，喝道：“不准多说！尔与黄道周同恶共济，胆敢当面责备君父，实在可恶之极！着即革职，交刑部从重议罪。给我拉下去！”

刘宗周被拖出午门以后，崇祯在心中悻悻地说：“唉，没想到朝纲与士风竟然如此败坏！这些大臣们目无君父，不加严处，如何了得！”他向内臣们瞟一眼，无力地低声吩咐：

“宣诸臣近前来，听朕面谕。”

文武百官听了宣召，无声地走到栏杆前边。勋戚、内阁辅臣和六部尚书靠近栏杆立定，其余百官依次而立，班次不免稍乱。御史和鸿胪官股栗屏息，忘记纠仪。全体朝臣除宽大朝服的窸窣声和极其轻微的靴底擦地声，没有任何别的声音。崇祯向大家的低垂着的脸孔上看了看，没有马上说话。刚才他的眼睛里愤怒得好像要冒出火来，现在虽然怒气未消，但多了些痛苦和忧郁神色。他心中明白，尽管他把黄道周和叶廷秀行了廷杖，把刘宗周交刑部议罪，尽管他也看得出如今恭立在他面前的文武百官大部分吓得脸色灰白，连大气儿也不敢出，但是他知道自己的雷霆之威并没有慑服黄道周等三个人，也没有赢得百官的诚心畏服。他从大家的神色上感觉到自己是孤立的，似乎多数文武还不能真明白他的苦衷。在平日上朝时他说话往往口气威严，现在他忽然一反往常，用一种很少有的软弱和自责的口气说：

“自朕登极以来，内外交讧，兵连祸结，水旱洊臻，灾异迭见。朕夙夜自思，皆朕不才，不能感发诸臣公忠为国之心；不智，不能明辨是非邪正，忠奸贤愚；不武，不能早日削平叛乱，登吾民于衽席。此皆朕之德薄能寡，处事不明，上负神明，下愧百姓，故‘皇天现异，以戒朕躬’！”

百官很少听到皇上在上朝时说过责备自己的话，很多人都心中感动。但是大家也都明白他此刻如此，另一个时候就会完全变个样儿，所以只有一个朝臣向崇祯说几句阿谀解劝的话，别人都不做声。

崇祯喝了一口茶，又说："人心关系国运，故有时人心比天心更为可怕。有一等人，机诈存心，不能替君父分忧，专好党同伐异，假公济私。朝廷不得已才行一新政，他们全不替国家困难着想，百般阻挠，百般诋毁。像这等人，若论祖宗之法，当如何处？看来这贼寇却是易治，衣冠之盗甚是难除。以后再有这等的，立置重典。诸臣各宜洗涤肺肠，消除异见，共修职掌，赞朕中兴，同享太平之福。"

全体文武跪奏："谨遵钦谕！"

崇祯叫大家起来，又戒谕他们不要受黄道周和刘宗周二人劫持，同他们一样目无君父，诽谤朝廷，阻挠加征练饷，致干重谴。最后，他问道：

"你们诸臣还有什么话说？"

几位阁臣趁机会跪下去为刘宗周求情，说他多年住在绍兴蕺山[①]讲学，只是书生气重，与黄道周原非一党，请皇上对他宽宥。崇祯说：

"自从万历以来，士大夫多有利用讲学以树立党羽与朝廷对抗，形成风气，殊为可恨。这刘宗周多年在蕺山讲学，是否也有结党情形？"

一位阁臣奏道："刘宗周虽在蕺山讲学多年，天下学者尊为蕺山先生，尚未闻有结党情形。"

崇祯想了想，说："念他老耄昏聩，姑从诸先生之请，暂缓议罪。他身居都宪[②]，对君父如此无礼，顿忘平生所学。着他好生回话。如仍不知罪，定要加重议处，决不宽容！"

他还要对叶廷秀的事说几句话，但是刚刚开口，一阵狂风夹着稀疏的大雨点和冰雹，突然来到。五凤楼上，雷电交加。一个炸雷将皇极门的鸱吻击落，震得门窗乱动。那个叫做金台的御座猛烈一晃，同时狂风将擎在御座上的黄罗伞向后吹倒。崇祯的脸色一变，赶快站起，在太监们的簇拥中乘辇跑

①蕺山——在绍兴北郊，上有蕺山书院，为刘宗周讲学地方。

②都宪——都察院左都御史的简称。

回乾清宫。群臣乱了班次，慌张地奔出午门。那威严肃穆的仪仗队也在风、雨、冰雹、雷电中一哄跑散。

回到乾清宫以后，崇祯对于刚才雷震皇极门，动摇御座，以及狂风吹倒黄罗伞这些偶然现象，都看做大不吉利。他的心情十分灰暗，沉重，只好去奉先殿向祖宗的神灵祈祷。

第 25 章

刘宗周侥幸没有交刑部议罪，回到家中。朝中的同僚、门生和故旧有不少怕事的，不敢前来探看；有的只派家人拿拜帖来问问情况，表示关怀。但是亲自来看他的人还是很多。这些人，一部分是激于义愤，对刘宗周怀着无限的景仰和同情，由义愤产生胆量；一部分是平日关系较密，打算来劝劝刘宗周，不要再触动上怒，设法使这件事化凶为吉。刘宗周深知皇上多疑，耳目密伺甚严，对所有来看他的人一概不见，所有的拜帖一概退回，表示自己是戴罪之身，闭门省愆。

从朝中回来后，他就一个人在书房中沉思。家人把简单的午饭替他端到书房，但他吃得很少，几乎是原物端走。刘宗周平日照例要午睡片刻，所以在书斋中替他放了一张小床。今天，他躺下去不能成寐，不久就起来，时而兀坐案前，时而迈着蹒跚的脚步踱来踱去，不许家人打扰。起初，家人都以为他是在考虑如何写本，不敢打扰他；到了后半晌，见他尚未动笔，全家人都感到焦急和害怕起来。他的儿子刘汋字伯绳，年约四十上下，在当时儒林中也稍有名气，随侍在京。黄昏前，他奉母命来到书房，毕恭毕敬地垂手立在老人面前，说道：

“大人，我母亲叫儿子前来看看，奉旨回话之事不宜耽搁；最好在今日将本缮就，递进宫去，以释上怒。”

宗周叹口气说：“我今日下朝回来，原是要闭户省愆，赶快写本回话，然默念时事，心情如焚，坐立不安。你回后宅去对母亲说，如何回话，我已想定，今晚写本，明日天明递进宫去，也不算迟。”

刘汋不敢催促父亲，又说：“母亲因皇上震怒，责大人好生回话，心中十分忧惧。她本要亲自来书斋看看父亲，儿子因她老人家感冒才好，今日风雨交加，院中积水甚深，把她老人家劝住。她对儿子说，自古没有不是的君父，望大人在本上引罪自责，千万不必辩理。国事败坏如此，非大人只手可以回天；目前但求上本之后，天威稍霁，以后尚可徐徐进谏。”

宗周痛苦地看了儿子一眼，说：“读书人如何在朝中立身事君，我全明白，不用你母亲操心。”

刘汋低下头连答应两个“是”字，却不退出。他心中有话，不知是否应该禀告父亲。老人看出他似乎欲言又止，问道：

“你还有什么话想说？”

刘汋趋前半步，低声说：“大人，从后半晌开始，在我们公馆附近，以及东西街口的茶楼酒肆之中，常有些形迹可疑的人。”

老人的心中一惊，随即又坦然下去，慢慢问道：“你如何知道？”

“儿子出去送客，家人上街买东西，都曾看见。左右邻居也悄悄相告，嘱咐多加小心。儿子已命家人将大门紧闭，以后再有朝中哪位老爷来公馆拜候，或差人送拜帖前来，一概不开大门。”

刘宗周点点头，感慨地说：“想必是东厂和锦衣卫的人了。”

“定然是的。”

“皇上如此猜疑大臣，如此倚信厂、卫，天下事更有何望！”停了一会儿，老人又对儿子说：“圣怒如此，我今日不为自身担忧，而为黄、叶二位性命担忧。晚饭后，你亲自去镇抚司衙门一趟，打听他们受刑以后的情况如何。”

“大人，既然圣上多疑，最恨臣下有党，儿子前往镇抚司好么？”

“满朝都知我无党。此心光明，可对天日。你只去看一看石斋先生死活，何用害怕！”

刘汋见父亲意思坚决，不敢做声，恭敬退出。关于上本回话的事，他只好请母亲亲来婉劝。

到了晚上，刘宗周开始起草奏疏。窗子关得很严。风从纸缝中打阵儿吹进，吹得灯亮儿摇摇晃晃。他的眼睛本来早就花了，因灯亮儿不断摇晃，写字越发困难。倘若是别的大臣，一定会请一位善做文章的幕僚或门客起个稿子，自己只须推敲推敲，修改一下，交付书吏缮清。但刘宗周自来不肯这样。他每次上本，总是怀着无限诚敬，自己动笔，而且先净手，焚香，然后正襟危坐，一笔不苟地起稿。何况这封疏关系重大，他更不肯交别人去办。

他刚刚艰难地写出两段，他的夫人冒着雨，由丫环梅香搀扶着，来到书房。他停住笔，抬起头望了望，问道：

"这么大的雨，满院都是水，你感冒才好，来做什么？"

老夫人颤巍巍地走到书桌旁边坐下，轻轻地叹口气，说："唉，我不放心呀！今日幸亏众官相救，皇上圣恩宽大，没有立刻治罪，叫你下来回话。你打算如何回话？"

"你放心。我宁可削职为民，断不会阿谀求容，有负生平所学，为天下后世所笑。"

老夫人忧愁地说："唉，天呀，我就知道你会要固执到底！这样岂不惹皇上更加震怒？"

他故意安慰她说："皇上是英明之主，一时受了蒙蔽，此疏一上，必能恍然醒悟。"

"虽说皇上圣明，也要防天威莫测。万一他不醒悟怎么好？"

"忠臣事君，只问所言者是否有利于国，不问是否有利于身。当国势危急之日，不问自身荣辱，直言极谏，以匡朝廷之失，正是吾辈读书人立朝事君之道。朝廷设都御史这个官职，要它专纠百司[①]，辨明冤枉，提督各道[②]，为天子耳目风纪之官。我身为都宪，倘遇事唯唯诺诺，畏首畏尾，不能谏皇上明正赏罚，不能救直臣无辜受谴，不能使皇上罢聚敛之议，行宽仁之政，收既失之人心，不惟上负国恩，下负百姓，亦深负平生所学。"

"你说的道理很对，可是，我怕……。唉，你已经是六十多岁的人啦，还能够再经起一次挫折？如蒙重谴，如何得了啊！"

---

①百司——指所有衙门，也指百官。

②各道——指全国十三道御史和按察使。

"正因为此生余日无多，不能不忠言谏君。"

"我怕你早晨上本，不到晚上就会像石斋先生一样。今日下半天，东厂和锦衣卫侦事件的人们就在附近不断窥探；听仆人们说，直到此刻，夜静人稀，风雨不住，还时有形迹可疑的人在门前行动。圣心猜疑如此，全无优容大臣之意，我劝你还是少进直谏吧。留得性命在，日后还有报主之日。"

"胡说！纵死于廷杖之下，我也要向皇上痛陈时弊。你与我夫妻数十年，且平日读书明理，何以今日如此不明事理？去吧，不要再说了！"

老夫人见他动了怒，望着他沉默一阵，用袖子揩揩眼泪，站了起来。她还是想劝劝丈夫，但是话到嘴边又咽了下去，摇摇头，深深地叹息一声，然后扶着丫环的肩膀，颤巍巍地离开书房，心中想到：一场大祸看来是逃不脱了！

刘宗周拨大灯亮，继续起稿。他深知大明江山有累卵之危，而他宁死也不愿坐视局势日非而缄口不言。他想着近些年皇上重用太监做耳目；把心腹太监派去监军，当做国家干城；又以严刑峻法的刑名之学作为治国大道，不但不能使政治清明，反而使政令陷于烦琐。这样，就只能使国事一天比一天坏，坏到今日没法收拾的局面。……想到这些，他愤慨而痛心，如同骨鲠在喉，非吐不快，于是直率地写道：

> 耳目参于近侍，腹心寄于干城；治术杂刑名，政体归丛脞。天下事日坏而不可收拾！

窗外的雨声越发大了。雷声震耳，房屋和大地都被震动。闪电时时照得窗纸猛然一亮。灯光摇摆不停。刘宗周放下笔，慢慢地站起来，在布置得简单而古雅的书房中走来走去。许许多多的重大问题都涌现心头，使他十分激动，在心中叹道："如此下去，国家决无中兴之望！"他越想越决意把朝廷的重大弊政都写出来，纵然皇上能采纳十分之一也是好的。他一边迈着蹒跚的步子踱着，一边想着这封疏递上以后会不会被皇上采纳，不知不觉在一个书架前站住，仿佛看见自己被拖到午门外，打得血肉狼藉，死于廷杖之下，尸首抬回家来，他的老伴伏尸痛哭，抱怨他不听劝阻，致有此祸……

过了一阵，他把拈着白须的右手一挥，眼前的幻影登时消失。他又踱了几步，便回到桌边坐下，拿起笔来，心中一阵刺痛。一种可能亡国破家的隐痛，过去也出现过，而此时更为强烈。他不由地脱口而出地小声说：

"写！我一定要照实地写！"

他正在写着崇祯皇帝的种种错误行事，朝廷的种种弊政，突然一个特别响的霹雳在窗外爆炸，震得灯亮儿猛地一跳，几乎熄灭。狂风夹着倾盆大雨猛洒在屋瓦上、葡萄架上、庭院中的砖地上，发出海潮似的声音。刘宗周望望窗子，想着今夜北京城内不知会有多少人家墙倒屋塌，不觉叹口气说：

"不是久旱，便是暴雨成灾！"

他想起来前年秋天从浙江奉召来京时在长江以北所见的城乡惨象。淮河以南，几百里大水成灾，白浪滔天，一望无际，许多村庄仅仅露出树梢和屋脊。入山东境，大旱百日以上，禾苗尽枯，而飞蝗由微山湖荒滩上向东南飞翔，所过之处遮天蔽日，寸草不留。沿运河两岸，流民成群，男女倒毙路旁的到处可见。离运河十里之外，盗匪多如牛毛。尽管灾荒如此严重，但官府征派，有加无已。加上兵勇骚扰，甚于土匪。老百姓逃生无门，很多人只得投"贼"。到京之后，在召对时向皇上扼要奏陈，当时皇上也为之动容，深致慨叹。随后不久，畿辅和山东又经受了清兵烧杀掳掠的浩劫。他想，倘若朝政不认真改弦易辙，这风雨飘摇的江山还能够撑持多久？

他迅速走回桌旁坐下，加了两根灯草，提起笔来。可是他的眼睛昏花得实在厉害，低头看纸像隔着一层雾。勉强写了几个字，感到很吃力，心中说："唉，真是老了！上了这一本，即令不蒙重谴，再向皇上痛切进言的时候就没有啦！"忽然鼻子一酸，热泪盈眶，面前的什物全模糊了。

刘宗周正苦于写字艰难，书房门响了一下，刘汋进来，回身将雨伞放在门外，将门掩好。晚饭后，他到一位都察院的官员家里，约这位平日同镇抚司有熟人的官员陪他一道，去镇抚司狱中探听黄道周和叶廷秀二人情形，刚刚回来。老人一见他进来，没等他开口就急着问：

"石斋先生的情形如何？"

“还好。儿子亲自到了北司[①]探听，听说因为得到锦衣卫使吴大人的关照，狱中上下对他和叶先生都另眼相看，不会给他们苦吃。”

“我担心石斋受这样重杖，入狱后纵然不再吃苦，也不会活几天了。可惜，他的绝学[②]还没有一个传人！”

“请大人放心。厚载门[③]外有一位医生姓吕名邦相，善治棒伤，在京城颇有名气。这位吕先生已经八十多岁，早已不再行医。今日听街坊邻居谈论石斋先生为谏征练饷事受了廷杖，性命难保，就雇了一乘小轿到了北司，由孙子搀扶着进到狱中，替石斋先生医治。他在石斋先生的伤处割去许多烂肉，敷了药，用白布裹了起来，又开了一剂汤药。据北司的人们说，只要七天内不化脓溃烂就不要紧了。”

“谦斋的伤势不要紧吧？”

“叶先生的伤也不轻，不过有吕先生医治，决无性命危险。请大人放心。”

刘宗周啊了一声，略微有点放心。叶廷秀是他的得意门生，在学问上造诣很深，自从天启中成了进士，十几年来在朝做官，立身行事不辜负他的教导。尤其叶与黄确实素无来往，今天在皇上盛怒之下敢于挺身而出，救护道周，这件事使刘宗周极其满意。想了一下，他对儿子说：

“谦斋做了多年京官，家中人口多，一向困难，如今下狱，定然缺钱使用。你明天给他家里送三十两银子，见他的老母和夫人安慰几句。”

刘汋恭敬地答应一声，随即问道：“大人要不要吃点东西？”

“不用。快去净净手来，我口授，你替我写。我毕竟老了，在灯下越发眼花得不能写字！”

刘汋还没有走，丫环梅香打着明角灯，把书房的门推开了。后边是老夫人，由一个打伞的丫环搀扶着，而她自己端着一小碗莲子汤，愁眉深锁地走了

①北司——锦衣卫所属管监狱的衙门有北镇抚司和南镇抚司。通常所说的镇抚司狱即属于北镇抚司。

②绝学——黄道周在哲学思想上属于主观唯心主义，在当时以精于《易经》著称，被认为有独到的研究。

③厚载门——元代皇城的北门叫做厚载门，明代改称北安门（清代改称地安门），但当时人们习惯上仍称为厚载门。

进来。刘赶快迎上去，用双手接住小碗，说道：

“下着雨，你老人家吩咐丫环们端来就行了，何必亲自送来？”

老夫人向丫环挥一下手，说：“你们把灯笼放下走吧。”望着丫环们走后，她回头来噙着眼泪对儿子说：“趁着雨已经下小了，我来看看你父亲，今晚再服侍他一次。我服侍他几十年，万一这封疏惹皇上震怒，我再想服侍他也不能了。”

刘汋望望母亲，又望望父亲，双手捧着莲子汤碗放到父亲面前，转回头来安慰母亲说：

“你老人家不必担心。皇上圣明，明天看见儿父的疏，圣怒自然就息了。”

“唉，妄想！伴君如伴虎，何况你父亲耿介成性，如今他不但不认罪，还要痛陈朝廷的弊政！”

刘宗周不愿让夫人多说话，对儿子说：“汋，你把母亲送回后宅休息，净过手快来写字！”

老夫人很想坐在书房中陪着老头子熬个通宵，但是她知道老头子决不答应，而且她也不愿在这大难临头的时候徒然惹老头子生气。几十年来，她在儒家礼教的严格要求下过生活，是一位标准的贤妻良母，如今既然丈夫不听她的劝告，又不愿她留在身边，她只好离开书房。当儿子搀着她慢慢地走出书房时，她忍不住回头望望丈夫，低声说：“莲子汤快凉啦，你快吃吧。”她的心中一酸，两行热泪簌簌地滚落下来，轻声地自言自语说：“遇着这样朝廷，有什么办法啊！”回到后宅上房，她在椅子上颓然坐下，对儿子哽咽说：

“你父亲的本明日递进宫去，定会有大祸临头。你今夜能劝就劝劝他不要多说朝廷不是，如不能劝，就连夜做点准备。”

刘汋的脸色灰白，勉强安慰母亲说：“请母亲不要过于担忧……”

刘汋净了手，回到书房。宗周在书架前来回踱着，用眼色指示他在桌边坐下。他不敢坐在父亲常坐的椅子上，用双手将父亲所著的《阳明传信录》一书从桌子右端捧起来放到别处，然后搬一个凳子放在桌子右首，恭恭敬敬地坐了下去。把父亲已经写出的部分奏稿看了一遍，他不由地出了一身热汗，站起来胆怯地说：

“大人，你老人家这样对陛下回话，岂不是火上浇油，更激陛下之怒？”

刘宗周在圈椅上坐下去，拈着花白长须问：“屈原的《卜居》你可背得出来？”

“还能够背得出来。”

“屈子问卜人道：‘宁正言不讳以危身乎？将从俗富贵以偷生乎？’假若是问你，你将何以回答？”

刘汋垂手恭立，不敢回答，大珠汗不住从鬓边滚出。

老人说：“像黄石斋这样的人，敢在皇上面前犯颜直谏，正是屈子在《卜居》中所说的骐骥。你要你父亲‘宁与骐骥亢轭[①]乎？将随驽马之迹乎？’”

刘汋吞吞吐吐地说：“皇上的脾气，大人是知道的。恐怕此疏一上，大人将有不测之祸。”

老人说：“我也想到这一点。可是流贼之祸，方兴未艾；东虏窥伺，犹如北宋之末。我只想向皇上痛陈求治之道，改弦易辙，似乎尚可收桑榆之效。都察院职司风宪，我又身居堂官[②]，一言一行都应为百官表率。古人说：‘疾风知劲草。’又云：‘岁寒知松柏之后凋！’遇到今日这样大关节处，正要见大臣风骨，岂可苟且求容！”

“大人的意见自然很是。不过，皇上一向不喜欢逆耳之言……”

“住口！今日国势如此危急，我不能为朝廷正是非，振纪纲，使皇上行尧舜之政，已经是罪该万死，岂可再畏首畏尾，当言不言？我平生讲学，惟在‘诚’‘敬’二字。言不由衷，欺骗皇上，即是不诚不敬。事到今日……（他本想说已有亡国之象，但没有说出口。）如果我只想着明哲保身，我这一生所学，岂非尽伪？死后将何以见东林诸先烈于地下？你的话，真是胡说！”

“儿子不敢劝大人明哲保身，只是……”

老人严厉地看儿子一眼，使他不敢把话说完，然后叹了口气，很伤心地说：“我教你半生，竟不能使你成为君子之儒！读圣贤书，所学何事？遇到大关

①亢轭——亢同“抗”，亢轭是并驾齐驱的意思。

②堂官——主管长官，掌印堂。

节处，竟然患得患失，亏你还是我的儿子！”

刘汋垂手而立，低着头，不敢看父亲，不敢做声；汗珠直冒，也不敢用手擦。过了一阵，见父亲不再继续斥责，虽然心中实认为父亲过于固执和迂阔，但也只得喃喃地说：

“请大人不要生气。儿子见道不深，一时错了。”

“你不是见道不深，而是根本没有见道。以后好生在践履笃实处下工夫，不要光记得书上的道理。坐下去，听我口授，写！”

等儿子坐下以后，刘宗周没有马上口授疏稿，忽然伤心地摇摇头，用沉痛的浙东口音朗诵出屈原的四句诗①：

余固知謇謇之为患兮，
忍而不能舍也。
指九天以为正兮，
夫惟灵修②之故也。

停了片刻，他把已经想好的一些意见对儿子慢慢地口授出来，而一经出口，便成了简练有力的文章。虽然他提不出一个裕饷强兵的建议，但是他的每一句话都指出了当时朝廷所推行的有害于民、无救于国的政令和积弊，许多话直率地批评到皇帝身上。过了一阵，他停下来望着儿子问：

“都写了么？”

“都写了。”刘汋实在害怕，随即站起来看看父亲的激动神色，大胆地问：“大人，像这样责备朝廷的话敢写在疏上么？”

“只要有利于国，为什么不敢说？咳，你又怕了！”

“皇上刚愎好胜，讳言时弊，大人深知。像这般痛陈时弊的话，虽出自一片耿耿忠心，也恐不能见谅于上，徒招不测之祸。请大人……”

---

①四句诗——这是《离骚》中的诗句。
②灵修——指君王。

“杨椒山[①]劾严嵩，杨大洪[②]劾魏阉，只问是非，不问祸福；杀身成仁，为天地留正气。何况今日并无严嵩、魏忠贤，而今上又是大有为之君，我身为大臣，岂可缄默不言？坐下去，接着写吧。”

他每口授一段便停下，叫儿子念一遍让他听听，然后接着口授。幸亏他的老眼昏花，看不见儿子的手在微微打颤。全疏口授毕，他叫儿子从头到尾慢慢地读一遍，修改了一些用字和句子，又口述了贴黄内容，然后叫儿子拿出书房请门客连夜誊清。

窗外雨已停止，只是天上还不断地响着遥远的雷声。鸡叫头遍的时候，刘汋把誊好的奏疏拿进书房，叫醒坐在圈椅中刚刚蒙眬睡去的老人，将疏捧到他的面前。他用双手接住，在灯下仔细地看了一遍，又看看本后贴黄，全部恭楷端正，点画无一笔误，然后轻声说道：

“随我到正厅去！”

刘宗周由儿子打着灯笼引路，来到正厅，面北恭立。老仆人不等吩咐就端来了一盆清水，整理香案。刘宗周先把奏疏摆在香案上，净手，焚香，向北行了一拜三叩头礼，然后叫仆人赶在黎明时候到会极门将奏疏递进宫去。这时，彻夜未曾合眼的老夫人由一个丫环扶着，从后宅来到正厅，看着丈夫“拜表”，不敢吭声；等仆人捧疏离去，不禁落下热泪，长叹一声。刘宗周望望她，想对她说一句安慰的话，但一时不知怎么说好，转身回书房去，等待着皇上治罪。

昨日黄昏因为下雨，乾清宫中更加昏暗，一盏一盏的宫灯全都点了起来。一个太监来到崇祯身边，问他是否“用膳”。他摇摇头，说道：“急什么！”随即他想到曹化淳应该进宫来了，抬头问道：

“曹化淳还没来么？”

“曹化淳进宫多时了。只因皇爷正在省阅文书，不敢惊驾，在值房等候呼唤。”

“叫他来！”

---

①杨椒山——杨继盛字仲芳，号椒山。嘉靖时弹劾奸相严嵩十大罪，受廷杖，下狱，被杀。
②杨大洪——杨涟字文儒，号大洪，天启时弹劾魏忠贤二十四大罪，惨死狱中。

曹化淳每天黄昏前照例要进宫一趟，有时上午也来，把崇祯所需要知道的事情秘密奏闻。有时没有重要事情，倘若皇帝高兴，他就把侦事番子们所禀报的京师臣民的隐私事告诉皇帝，而崇祯对臣民的隐私细故也很感兴趣。为着使东厂太监起到耳目作用，夜间只要曹化淳写一纸条，隔着东华门的缝隙投进来，立刻就会送到乾清宫。现在他望着跪在面前的曹化淳，问道：

"你知道黄道周这个老家伙在狱中说些什么话？"

曹化淳回答说："据侦事番子禀报，黄道周抬进镇抚司时，看见狱门上有'白云库'三个字，叹口气说，'这是周忠介和周宗建①两先生死的地方'！"

"可恶，他把自己比做周顺昌他们了。还说了些什么话？"

"他进狱后又说了一句话，奴婢不敢奏闻。"

"他又说了句什么话？你快说出吧，我不罪你。"

"他说：'皇上是尧、舜之君，老夫得为关龙逢、比干②足矣。'"

崇祯大怒，把御案一拍，骂道："可恶！这个老东西把朕视为桀、纣之君，真真该死！该死！"

"请皇爷息怒，不要同他一般见识。"

"刘宗周在做什么？都是什么人前去看他？"

"听说刘宗周回家以后，闭门省愆，谢绝宾客。有些同僚和门生前去探问，他全不接见。"

"哼，他只要畏惧知罪就好。我等着他如何回话！"

晚膳以后，他考虑着对黄道周如何处治。他曾经想过将黄道周移交刑部以诽谤君父的罪名问斩，但随即觉着不妥，那样，不但会有许多人上本申救，而他自己在史册上将留下杀戮儒臣的恶名。反复想了一阵，他忽然有了主意，就在一张小黄纸条上写道：

黄道周、叶廷秀，即予毕命，只云病故。谕吴孟明知道！

---

①周忠介、周宗建——周顺昌谥号忠介，天启朝吏部主事。周宗建是天启朝御史。二人均被魏忠贤惨杀于镇抚司狱中。

②关龙逢、比干——关龙逢因谏夏桀王被杀，比干因谏殷纣王被杀。

他把这个密谕看了看，外加密封，叫一个亲信的御前太监马上去亲手交给吴孟明，不许让任何人知道。

吴孟明捧着密旨一看，吓得脊背上冒出冷汗。将传密旨的御前太监送走以后，他一个人在签押房中盘算。他想，黄、叶二人都是有名的朝臣，而黄更是当代大儒，海内人望，不惟桃李满天下，而且不少故旧门生身居显要。如果把他们二人在狱中害死，他不但生前受举国唾骂，死后也将遗臭万年。况且，皇上的脾气他非常清楚：做事常常反复，自己又不肯落半句不是。倘若过些时朝局一变，有人替黄道周和叶廷秀鸣冤，皇上是决不会替他吴某受过的。到那时，他怎敢把密旨拿出来替自己剖白？不管将来朝局怎样变，只要正气抬头，他都会落到田尔耕和许显纯[①]的下场。这太可怕了。可是现有皇上密旨，怎敢违抗？

吴孟明彷徨很久，思前想后，决定暂不执行密旨。他看见密旨上并没有限他今晚就将黄等结果，事情还有挽回余地。当夜他就写好一封密疏，五更时派长班到会极门递进宫中。疏中有这样的话："即令二臣当死，陛下何不交付法司明议其罪，使天下咸知二臣死于国法？若生杀出之卫臣与北司，天下后世谓陛下为何如主？"天色刚明，他就找东厂太监曹化淳去了。

在崇祯朝，锦衣卫和东厂都直接对皇帝负责。但吴孟明认为曹化淳毕竟是皇上的家奴，所以对曹化淳处处表示尊敬，不敢分庭抗礼。遇到有油水的大案子，他受贿多了，也不惜分给东厂太监。另外，东厂的把柄很多，瞒不住吴孟明，曹化淳也怕得罪了他，说不定什么时候自己也会吃亏。因此他对吴孟明也很好，遇事互相维持。他听了吴孟明谈了皇上的密旨以后，也赞同吴的谨慎处理，并答应亲自进宫去探一探皇上看过吴的回奏以后有什么动静，如果皇上对吴不满，他就设法相救。

吴孟明的密奏恰恰打中了崇祯的忌讳。崇祯一心要让后世称他为圣君，为英明之主，像这样命锦衣卫暗中害死两个儒臣，载之史册，确实不算光彩。可是昨天黄道周廷争的倔强劲儿，实在使他痛恨，而叶廷秀竟然敢替他说话，

①田尔耕、许显纯——魏忠贤的心腹爪牙。田任锦衣卫使，许掌北镇抚司。崇祯登极后将他们杀了。

公然偏党，也不可饶。想来想去，不处死这二人他实不甘心。他正在沉吟，曹化淳进宫来了。平日，他把东厂和锦衣卫倚为心腹和耳目，但是对它们都不是完全放心，时常利用这两个机构互相监视。现在他有点疑心吴孟明受了廷臣嘱托，不完全是替他的"圣名"着想。听曹化淳奏完了几件事情之后，崇祯问他：

"曹伴伴，你同吴孟明常来往么？"

曹化淳躬身奏道："东厂与锦衣卫，一属内臣，一属外廷，只有公事来往，并无私人来往。"

"朕想问你，吴孟明这个人办事如何？"

"俗话说，知子莫若父，知臣莫若君。陛下天纵英明，烛照幽隐，自然对吴孟明十分清楚。据奴婢看来，吴孟明倒是个小心谨慎、肯替陛下做事的人。"

"你知道吴孟明受贿么？"

曹化淳心中吃惊，说道："历朝锦衣卫使，不受贿的极少。自陛下登极以来，历任锦衣卫使尚不敢干犯法纪。奴婢也曾密饬侦事人暗中访查，尚未听到吴孟明贪贿情节。既然皇爷问起，奴婢再多方密查就是。"

崇祯没有做声。曹化淳也不敢多说一个字。他一走，崇祯就派原来给吴孟明送密旨的亲信太监去把密旨要回，由他亲自烧毁。

他决定把黄道周和叶廷秀的案子暂且搁下，让他们在镇抚司狱中吃苦，不杀也不放。想着近来他自己肝火很旺，在上朝时容易暴怒，有时对臣工拍案喝责，还有些事处置时不暇三思，事过不免后悔，所有这些，传到后世都会是"圣德之玷"。左思右想，满怀烦恼，不觉长叹。他把王德化叫到面前，说道：

"你派人到翰林院去，把近两年的《起居注》[①]取进宫来，替朕好生看看。倘有记得不实之处，务必仔细改正，以存信史。"

王德化完全懂得他的意思，奏道："皇爷是尧、舜之君，敬天法祖，勤政

①《起居注》——记载皇帝日常言行的册子。

爱民，可为万世人君楷模。倘史臣们有记载不实之处，奴婢自当谨遵钦命，细心改正。”

崇祯又想了想，说：“你替我传谕史官们，国家大政，有内阁红本①及诏谕在，日后修实录②可为依据。从今日起，这《起居注》不用记了。”

王德化走后不久，刘宗周的奏疏就送到了崇祯面前。同时送来的，还有一本是兵部题奏的陕西巡抚的紧急军情塘报。崇祯先拿起刘宗周的本，在心中说：

“哼，这个本到如今才送进宫来！我倒要看看你怎样回话！”

崇祯没有料到，刘宗周在疏中不但不向皇帝引罪自责，反而批评了朝廷的许多弊政，甚至直接批评了君父。崇祯还没有看完这封大胆的奏疏，已经怒不可遏，提起朱笔，想批交刑部从重议罪，但是忍一忍，将笔放下，继续看下去。刘宗周批评皇上经常用诏狱对待臣民，每年亲自断狱数千件，失去了“好生之德”。在政事上不顾大体，苛求琐屑末节，使政体挫伤。对地方官吏不问别的，只看完不成钱粮的就予以治罪，于是做官的越发贪污，为吏的越发横暴，逃避田赋的情况越发严重。对百姓“敲扑”繁多，使民生越发凋敝。用严刑峻法和沉重聚敛苦害百姓，所以盗贼一天比一天多。在军事上，他批评说：由皇上派遣太监监视军务，使封疆之臣没法负起职责。于是总督和巡抚无权，而武将一天比一天怯懦。武将怕死，士兵骄横，朝廷的威令行到督、抚身上也无济于事。朝廷勒限平贼，而军中每日杀良冒功，老百姓越发遭受屠戮。他接着恳求撤销监视太监，增加地方官的责任，征聘天下贤士，惩办贪酷官吏，颁布维新的政令。他最后恳求说：

> 速旌死事督臣卢象升而戮误国奸臣杨嗣昌以振纪纲。释直臣黄道周以开言路。逮一贯杀良冒功之跋扈悍将左良玉以慰中原之民心。停练饷之征，下罪己之诏，以示皇上维新之诚。断和议之念以示有敌无我。防关以备反

---

①红本——官员的奏疏统称“本”，经皇帝（或司礼监秉笔太监代他）用朱笔批过的叫做红本，存在内阁。

②实录——每一皇帝死后，史官们把这一朝的大事编纂成书，叫做实录。

攻[①]。防通、津、临、德[②]以备虏骑南下。

崇祯看完奏疏，不觉骂了一句："该死！"这一段奏疏中最刺痛他的话是要求他"下罪己之诏"。他想，国势如此，都是文武诸臣误国，他自己有什么不是？难道十三年来他不是辛辛苦苦地经营天下，总想励精图治，而大小臣工辜负了他的期望？其次最刺伤他的话是关于同满洲议和的问题。刘宗周像黄道周一样在奏疏中竟然使用"和议"二字，这是有意刺他，而且不但替已经死去的卢象升说话，还想阻挠今后再同满洲进行"议抚"，反对他的谋国大计。他在盛怒之下，在御案上捶了一拳，一跃而起，在乾清宫中绕着柱子走来走去。他一边走一边恨恨地想：如今国事败坏至此，没有人肯助他一臂之力，反而只看见皇亲们对他顽抗，大臣们对他批评，归过于他，老百姓不断来向他"伏阙上书"，而各地文官武将们只会向他报灾，报荒，请饷，请兵，请赈！

他不管刘宗周对朝政的激烈批评正是要竭忠维护他的大明江山，决定对刘宗周从严处分，使臣工们不敢再批评"君父"。于是他回到御案，提起朱笔，在刘的奏疏后边批道：

> 刘宗周回话不惟无丝毫悔罪之意，且对朝廷狂肆抨击，对黄道周称为直臣，为之申救。如此偏党，岂堪宪职[③]？着将刘宗周先行革职，交刑部从重议罪！

阁臣们和刑部尚书、侍郎等进宫去跪在崇祯面前替刘宗周恳求从宽处分，情辞恳切。随后辅臣们也一起进宫求情，反复劝谏。崇祯的气慢慢消了，只将他"从轻"处分。

经大臣们尽力营救，次日早饭过后，刘宗周接到了削籍的"圣旨"。大臣削籍，本来可以一走了事，用不着去午门前叩辞皇帝，称做"辞阙"。但是刘宗

---

①防关以备反攻——关指山海关。当时山海关仍是明朝对付清兵的重镇，支援辽东各城，而对历次南下清兵起到一定的牵制作用。这句话是建议加强山海关的防务，使以后南下的清兵不能从南边进攻（反攻）山海关。

②通、津、临、德——通州、天津、临清、德州，都是当时明朝对付南下清兵的战略要地。

③宪职——指都御史的官职。

周尽管对朝政十分失望，对皇帝却怀着无限忠心。他所属的大地主阶级和他这样数十年沉潜于孔孟之道的儒臣，同腐朽透顶的大明帝国有着血肉关系，也是大明帝国的真正支柱。他想着自己以后很难再回朝廷，担心自己的生前会遭逢“黍离之悲”[①]，于是就换上青衣小帽，到午门前边谢恩。他毕恭毕敬地跪在湿地上，向北五拜三叩头，想着国事日非，而自己已是暮年，这次回籍，恐怕以后再没有回朝奉君之日了。想到这里，两行热泪夺眶而出，几乎忍不住痛哭失声。

朝中的同僚、属吏、门生和故旧，知道刘宗周削了职，就要离京，纷纷赶到公馆看他，还要为他饯行。他一概不见，避免任何招摇。在他去午门谢恩时，已经吩咐家人雇了一辆轿车在公馆后门等候。这时他同夫人暗暗地走出后门，上了车，出朝阳门赶往通州上船。

运河上黄水暴涨，浊浪滔滔。幸喜新雨之后，炎热顿消，清风徐来。他穿一件半旧的湖绉圆领蓝色长袍，戴一顶玄色纱巾，像一般寒士打扮，坐在一只小船上，悠然看着运河两岸景色，对夫人说：“我常想回蕺山书院，今日蒙恩削籍，方得如愿！”绍兴北乡蕺山一带秀丽的山光水色，那些古老的寺院建筑和王羲之的遗迹，从前师徒朋友们读书论道的生活，历历地浮现在他的眼前。过了一刻，他想起来黄道周和叶廷秀尚在狱中，将来未知死活，十分放心不下。又想着自己一片忠心报主，原想对时事有所匡救，竟然削籍而归，忧国忧民的心愿付之东流，不禁心中刺疼。在离开午门时，他曾经于感怀万端中想了几句诗，现在他就磨墨展纸，提笔足成七律一首：

望阙辞君泪满袪，
孤臣九死罪何如！
常思报主忧怀切，
深愧匡时计虑疏。
白发萧萧清禁外，
丹心耿耿梦魂余。

---

①黍离之悲——亡国的悲痛。

蕺山去国三千里，
秋雨寒窗理旧书。

他把这首诗琅琅地读了两遍，加上一个《谢恩口占》的题目，交给夫人去看。他心中明白：各地民变正在如火如荼，绝无办法扑灭，杨嗣昌必将失败，以后局面更难收拾，他回到家乡未必能过着著书讲学的安静生活，说不定会做亡国之臣。他也明白：倘若不幸国破君亡，他素为“纲常名教”表率，到时候只能为国尽节，断无在新朝苟活之理。想到这地方好像预感到天崩地陷，既恐怖又伤心，默默不语。于是他手扶竹杖，独立船头，向着昌平十二陵一带的山色凝望。本朝二百七十年的盛衰史涌现心头，怀古思今，怆然泣下。

崇祯常常疑心臣下结党，对刘宗周也很不放心。他想着刘宗周不仅在全国士林中声望很高，而且在朝中故旧门生很多，又官居左都御史高位，不会没党。他叫东厂和锦衣卫加紧侦伺，只要查出京城中有人为宗周大事饯行，或说出抱怨朝廷的话，立即拿办。所以当刘宗周走的这天，东厂和锦衣卫的侦事番子布满了刘宗周的住宅附近以及从北京到通州运河码头。刘宗周从通州开船之后，曹化淳和吴孟明分别将他出京的情况面奏崇祯。崇祯这才放了心。他向吴孟明问：

“薛国观离京了么？”

吴孟明回奏说：“薛国观今天早晨离京，回他的韩城原籍，携带行李很多。他系因贪贿罪削职回籍，所以朝中同僚无人敢去送行，只有内阁中书王陛彦前去他的住宅，在后门口被守候的锦衣旗校抓到，下到镇抚司狱中。”

崇祯说：“要将这个王陛彦严刑拷问，叫他供出薛国观的纳贿实情。凡平日与薛国观来往较多的朝臣，都须暗中侦明他们是不是也通贿了。近两三天中，京师臣民中有何议论？”

吴孟明知道：皇亲们听说薛国观削职回籍，暗暗称快。士民中有各种议论，有的批评朝廷无道，摧残敢言直臣，有的批评黄道周和刘宗周都是书呆子，不识时务，只懂得“愚忠”二字，还有的批评皇帝刚愎任性，不讲道理，今后国事更不可为。东厂和锦衣卫在这两天内已经抓了十几个妄议朝政的士民，将有的人打得半死，有的人罚了款，有的人下到狱中。但是所有百姓们议论朝政的话和抓人的事，吴孟明都不敢向崇祯奏明，反而胡诌说京城百姓都称颂皇上英明，对国事有通盘筹划，可惜黄道周和刘宗周只凭书生之见，不体会皇上的治国苦心，当面归过君父，受处分是理所当然。崇祯听了吴孟明的胡诌，心中略觉轻松，叫吴孟明退出。但他又怕受吴的欺瞒，等曹化淳进宫时又向曹化淳询问京城百姓的议论。曹、吴二人原是商量好的，所以曹的回奏几乎同吴的话完全一致。崇祯很喜欢曹化淳的忠诚，心里说："内臣毕竟是家奴，比外臣可靠！"他重新考虑着军饷问题，绕着乾清宫的柱子不停走动，自言自语地说：

"军饷，还得用借助办法。李国瑞的家产已经抄没了，下一次叫哪一家皇亲开头呢？"

第 26 章

一转眼，又是两个月过去了。

在这段时间里，崇祯得到飞奏，知道李自成已经从商洛山中突围出来，奔往鄂西。他很生气，下旨切责陕西、三边总督郑崇俭防范不严，使围歼李自成的事"功败垂成"。他又命杨嗣昌火速调兵围堵，不让李自成与张献忠在鄂西一带会合。但是他也明白，如今不管他的圣旨如何严厉，在行间都不能切实遵办。所以除为筹饷苦恼之外，又增添了新的忧虑。

崇祯认为，经过他对李国瑞家的严厉处分，如今再提借助，皇亲们决不敢再事顽抗。但他没有将重新向皇亲们借助的主意找任何大臣密商，而只在无意中对一两个亲信大太监露了口风。

崇祯的这个机密打算，很快地传到了戚畹中间，引起来很大惊慌。皇后也知道了。她不是从崇祯身边的亲信太监口中知道的，而是因为派坤宁宫的刘太监去嘉定伯府赏赐东西，嘉定伯周奎悄悄地向刘太监询问是否知道此事，刘太监回到坤宁宫后，就将这个消息以及戚畹人人自危情形，暗向皇后奏明。

周后又命刘太监向皇帝身边的亲信太监暗中打听，果然不差，使她不能不格外地忧虑起来。

近些日子，她本来就在为田妃的事情忧虑。为田妃忧虑，也有一半是为她自己的命运忧虑。自从田妃谪居启祥宫后，她看出来皇上越发每日郁郁寡欢。在一个月前，他在所谓“万几之暇”，也常来坤宁宫玩玩，或者晚上留住在坤宁宫中，以排遣他的愁闷情怀。可是近来他总是独自闷在乾清宫中，除上朝和召见大臣外就埋头省阅文书，有时在宫中独自走来走去。坤宁宫他虽然还来，但是比往日稀少了。至于别的宫院，他更少去，也不宣召哪个妃嫔到乾清宫的养德斋去。为着撑持这一座破烂江山，周后自然担心崇祯会闷出病来。更使她担心的是皇上可能下诏选妃。这事情在宫中已经有了一些猜测，乾清宫的宫女们也看出来皇上已有此意。周后决不希望再有一个像田妃那样的美人入宫。田妃虽然很美，但是田妃原是她同皇帝在崇祯元年一起从众多入宫被选的姑娘中选出来的，所以田妃始终对她怀着感恩的心情，尽管有时恃宠骄傲，却不敢过于放肆。再者，她比田妃只年长一岁，这也是田妃不能够专宠的重要原因。她今年已经三十岁了，倘若皇上再选一个像田妃那样美丽而聪明的妃子进宫，年纪只有十七八岁，就可能独占了皇上的心。这样的前途使她想着可怕。她十分明白，从来皇帝的宠爱是最不可靠的。就拿田妃说，那一天上午皇上还去承乾宫散心，告诉田妃说她永远不会失宠，可是下午就将她贬居冷宫。周后还听到乾清宫的宫女们传说，当时皇上十分震怒，曾有意将田娘娘“赐死”，至少削去她的贵妃称号，后来想到她所生的几个皇子和皇女，才转了念头，从轻处分。田妃的遭遇，难道不会落到她正宫娘娘的身上么？自古以来，皇后被废黜，被杀害，或只顶一个皇后的空名义而过着幽居生活的并不少啊！

当周后正在忧心忡忡的日子，崇祯即将再次向戚畹借助的消息传到了她的耳中，就使三股忧虑缠绕到一起了。她心中盘算，再一次借助，皇上一定会命她的父亲在戚畹中做个倡导。她听说，上次借助从武清侯府开始，戚畹和勋旧就有闲言，说皇上放过有钱的至亲，却从远亲头上开刀，未免不公。她知道她父亲是一个十分吝啬的人，在借助的事上决不会做一个慷慨的出血筒子。倘若惹皇上震怒，很可能迁怒于她。倘若她的父亲受到严厉处分，更会牵连到她作为皇后的处境。一旦她的处境不利，皇上又选了稚年美慧的宠妃，不但她自己的命运更可怕，连她的儿子的太子地位也会摇动。田妃有时虽然使她不高兴，但毕竟不是赵飞燕一流女子。倘若宫中进来一个像赵飞燕那样的人，她同田妃就会落得像许皇后和班婕妤①的可怜下场。这么想着，她开始同情并且喜欢起田妃来了。

想了两天，周后决定一面暗中嘱咐她的父亲千万不要惹皇上生气，另一方面，她必须赶快解救田妃，使皇上和田妃和好如初。她早就明白，皇上很想念田妃，只是因为没有人从中替田妃求情，所以皇上不肯将田妃召回，才生出重新下诏选妃的念头。倘若这时候由她出面转圜，不惟皇上会对她高兴，也将使田妃永远对她感恩。

这是一个淡云笼罩的夏日，略有北风，并不太热。用过早膳以后，周后命宫女刘清芬送几件东西往太子居住的钟粹宫中，看太子是否在读书，然后传谕备辇，要往永和宫去。坤宁宫的掌事太监刘安感到诧异，躬身奏道：

“永和宫中虽然如今百花盛开，也很凉爽，只是不曾好生布置。娘娘陛下突然前去赏花，恐有不便。可否改日前去？”

周后说：“不要布置，我马上前去瞧瞧。”

刘安熟知皇后平日看花总要约袁妃一道，忙问：“要宣袁娘娘一起去么？”

“不用。谁都不要告诉！”

于是周后上了凤辇，在一大群太监和宫女的簇拥中出了坤宁宫。所有的太监和宫女对皇后的如此突然决定去永和宫看花，也不约其他娘娘陪侍，都觉十分奇怪。

周后在永和门外下了凤辇，在百花丛中巡视一遍，作了一些指示，叫掌管永和宫养花的太监头儿按照她的“懿旨”重新布置，限在三天以内完成。她出

① 许皇后和班婕妤——许是汉成帝的第一个皇后，班是妃子（婕妤是妃下边的一种名号）。后因赵飞燕入宫受宠，许后被废，赵立为后，班也失宠，退侍太后于长信宫。

了永和宫，想就近亲自去太子宫中看看。她想确实知道太子是否每日读书，所以她不许太监们前去传呼接驾，而且叫随驾的大部分太监和宫女都回坤宁宫去。当她快到钟粹宫时，原去钟粹宫送东西的宫女刘清芬迎面来到，跪在道旁接驾。皇后问道：

"长哥在做什么？"

刘清芬迟疑一下，回答说："长哥刚才读了一阵书，此刻在院中玩耍。"

皇后没再说话。凤辇也未停留，一直抬进钟粹宫二门以内。等钟粹宫的太监喊出"接驾"二字，她已经从凤辇中走下来，望着慌忙跪在地下接驾的太子和许多太监、宫女，一言不发，神气冷若冰霜。过了一阵，她回头来向刘清芬严厉地问：

"长哥显然是早就在院中打闹玩耍，你怎么敢对本宫不说实话？"

刘清芬虽然只有十六岁，但熟知宫中规矩森严，皇后一句话就可以将她置于死地。看见皇后如此盛怒，她伏俯地上，浑身哆嗦，不敢回答。周后望着太子冷笑一声，回头对刘清芬说：

"我知道你的错误不大，姑且从宽处分。你自己掌嘴！"

刘清芬用左右手连打自己脸颊，不敢轻打，大约每边脸打到十下，两颊和两掌已经红肿，方听见皇后轻声说："起去！"她赶快叩了三个头，口呼"谢恩！"爬起来退到后边。周后这时已经坐在一把椅子上，对着太子责备说：

"你是龙子龙孙，金枝玉叶，今日已为长哥，日后就是天下之主，怎么能同奴婢们摔起跤来？皇家体统何在？你虽然年纪尚小，也应该处处不失你做太子的尊严。就令是别的皇子，就令是尚未封王的皇子，也应该知道自己是龙子龙孙！"

周后不再深责太子，因为她认定主要错误是在太子左右的太监和宫女身上。她重新望一望刚才同太子摔跤并将太子摔倒后压在下边的那个小太监，叫他抬起头来。那是一个面貌俊秀、身材匀称、生着一双虎灵灵大眼睛的十二岁孩子，吓得脸色煞白。周后问道：

"你个小贱人知道是跟谁摔跤么？"

小太监伏俯地上说："回奏娘娘陛下，奴婢是跟长哥殿下摔跤。奴婢该死！奴婢该死！”

周后说：“哼哼，你也知道他是长哥殿下！你们这班小贱人在侍候长哥读书之暇，陪着长哥玩耍是可以的，但怎么敢同他摔跤？怎么敢将他摔倒后压在他的身上？他虽小，可是东宫之主，国之储君；你是服侍他的奴婢！”

小太监连连叩头说：“奴婢该死！奴婢该死！”

周后回头对随侍前来的刘安说：“将他拉出宫去，乱棍打死！”

小太监一听说要将他处死，哀哭恳求皇后开恩，并哭求太子替他求情。太子慈烺平日最喜欢同这个小太监一起玩耍，赶快向皇后叩头恳求说：

“恳母后陛下开恩！刚才的事，都是孩儿不是。这个小奴婢原不敢同孩儿摔跤，是孩儿骂他几次，他才跟孩儿摔跤的。”

周后向慈烺看了一眼：“不许多嘴！”她又催身边的掌事太监说：“快命人将他拉出宫去，赶快处死！”

钟粹宫全体太监和宫女都明白太子所说的是实话，都跪在地上求皇后息怒开恩，留这个小太监一条“微命”。但周后盛怒未息，既不说赦免小太监的死，也不叫太子起来。刚才被责罚打自己嘴巴的小宫女刘清芬，两颊还在火辣辣地发疼，但确实知道小太监无罪，忍不住轻轻将吴婉容的衣襟拉了一下，用含泪的眼睛恳求她赶快跪下去替小太监说话乞恩。但是平日同她像亲姊妹一般相好的吴婉容竟然一动不动。她第二次拉一下吴的衣襟。“管家婆”回头来看她一眼，紧紧地咬着下嘴唇，同时将大眼睛半闭一下。这是暗号，使刘清芬恍然明白。这位被皇后信任的大宫女平日深恐几个同她亲密的宫女们获罪，曾暗中叮嘱她们：皇后陛下每当皇上来坤宁宫住宿时，就现出一副温柔贤良的面孔，太监和宫女们在她的面前多说几句话并不碍事；当皇后对着众多宫眷、命妇、太监和宫女摆出十分端庄高贵的面孔时，大家在她的面前言语动作就得格外谨慎；另外当皇后心中烦恼或者当什么人触犯皇后的尊严时候，谁在她的面前一不小心就会祸从天降，切记不要轻易说话，纵然天塌下来也只装没有看见。吴婉容还同大家姊妹们约定了几个暗号，以便互相关照，希望大家在这动辄得咎的深宫里平安无事，日后或许能熬到个出头之日。现在刘清芬看见“管家婆”姐姐的暗号，心头一凉，不觉浑身打个寒战，暗中悲痛小太监死得冤枉。

幸而由于钟粹宫中全体太监和宫女的叩头乞恩，周后没有再催促将小太监拉去处死。她不愿这件事闹得太大，会传到乾清宫中，对她和太子都有不利。但是她也不愿意让这个小孩子长留在太子身边。她看见这孩子脸孔清秀，眼有神采，口齿伶俐，倘若自幼就同慈烺狎昵惯了，等到慈烺登极之后，必会引导慈烺玩耍游乐，由他来擅权乱政，像魏忠贤那样。趁着众人替他乞求开恩，她宣旨饶他一死，罚他去昌平守陵，永远不许进宫。她正等着这个小太监叩头谢恩，没想到这小孩竟然哭着说：

“伏奏娘娘陛下，恳陛下赐奴婢在宫中自尽，不去昌平守陵。”

周后诧异，问道：“你为什么宁愿死不去守陵？”

有片刻工夫，这小太监伏地不语，只是哭泣。原来他是河间府人，明朝太监多出在河间一带。三年以前，他的父亲因为家中日子不好过，在亲戚们的暗中撺掇之下，将他捆绑起来，不管他如何呼天叫地，哭死哭活，被大人们硬是按着他净了身[①]。半年之后，一位亲戚将他带来北京，转托与宫中太监有瓜葛的乡亲帮忙，将他送进宫中，去年又被挑选来钟粹宫，服侍太子。他虽然年龄不大，却是一个十分聪明有志气的孩子。刚被净身之后，他才九岁，曾几次打算跳井自尽，被大人发觉了，对他看守很严。入宫以后，他改换了打算。想着父母若不是日子十分困难，也不会先卖了他的姐姐，后来又对他下此毒手。他也看见，母亲在他净身后哭过多次，有时在夜间将他哭醒。所以后来他为着能够养活父母和弟妹们，反而希望能够进入皇宫。进宫以后，他听说几年前同乡中有两个人净身后不曾选上，只好住在皇城内有堂子[②]的佛寺中为前来洗澡的太监擦背，这种人俗称“无明白”，勉强混碗饭吃，因而他对自己的能够进宫感到庆幸。去年被挑入钟粹宫，他越发高兴，小心翼翼地服侍太子，对长辈太监也极恭顺，只求日后在宫中有个好的出路，挣钱养活父母和弟妹们的心愿不致落空。如今一听皇后说要将他送往昌平守陵，他觉得这样就一切完了，不如早死为好。周后见他竟敢以一死来对抗“懿旨”，愈不愿他将来再回到太

①净身——阉割。

②堂子——澡堂，明代又叫做混堂。

子身边，对坤宁宫掌事太监说：

“这小贱人既然不愿去昌平守陵，你们就送他去西山守陵吧。”

刘安和几个较年长的太监都知道所谓去西山守陵，是守景帝陵或什么王、妃、公主等坟，远不如在昌平十二陵做一个守陵太监有出息。大家又赶快替他求情并责备他说：“娘娘陛下已经开恩，饶你不死，口降懿旨送你去昌平守陵，真是天恩高厚，你还不赶快谢恩！”小太监明白皇后的“懿旨”已无可改变，只好叩头谢恩，又向太子叩头，向坤宁宫和钟粹宫的掌事太监叩头，然后由一个太监带着他收拾了行李，离开钟粹宫。

当小太监离开的时候，周后才命太子起来，随即对那个看太子摔跤的宫女说：“你比长哥年长三四岁，我原以为你比较懂事，又读过书，所以挑选你服侍太子。今日长哥同奴婢摔跤，十分失体，你不但不曾谏阻，反而看见长哥跌倒后拍手大笑。你知罪么？”

这个宫女早已看透了宫中的处处虚假，人与人勾心斗角，争风吃醋，彼此倾轧，动不动就会大祸临头，所以在皇后处分那个无辜小太监时她已经打好了主意，一经问她是否知罪，她就立刻叩头回答：

“奴婢罪该万死，恳乞娘娘陛下开恩超生。奴婢愿去大高玄殿做女道士，每日焚香诵经，恭祝皇上和皇后两陛下万寿无疆。”

周后看着这个宫女面目俊俏，又比太子年长，生怕她再过两年会勾引太子“宠幸”，所以也巴不得使她趁早离开太子宫中，所以听了她的回奏，当即点头说：

“你愿意去大高玄殿学道修行，也是好事。本宫恩准了你，马上就叫人送你前去。刚才的罪，恩予免究。”

宫女叩头谢恩，又照例向太子叩头，向一些有地位的太监和宫女叩头，然后去收拾自己的东西。

周后又另外处分了几个宫女和太监。因为钟粹宫的掌事太监王明礼平日老成忠实，当太子同小太监摔跤时他正往乾清宫送太子近来所写的仿书，周后到后才回，所以周后只将他申斥一顿，未予责罚。周后吩咐所有太监和宫女不许将这事传到乾清宫，然后回坤宁宫去。

第二天上午，崇祯实在烦闷得要死，来到坤宁宫中。周后陪着他站在院子里看宫人们采茉莉，心中打算着要帮助田妃的事。正在这时，忽然从天空落下来一阵悦耳的银铃声，引得她和崇祯都仰头观看。天上湛蓝如海，没有纤云，但见一群鹁鸽，大部分洁白如雪，夹杂着少数灰色的、杂色的，在宫殿的上边盘旋，愈飞愈高，向西苑的方向飞去，最后连几点淡淡的影子也融进太空，只有隐约的银铃声还没有完全消失。他们都知道这一群鹁鸽是袁妃放的。她在翊坤宫为着排遣寂寞，养了一群鹁鸽，修了一座放鸽台，每当风日清和的早晨，亲自站在台上放鸽。周后看过鸽群飞往西苑以后，对崇祯含笑说：

"皇上，你刚才说你在乾清宫闷得心慌，想去一个什么地方散散心又觉得无处可去。袁妃那里，陛下一个月难得去一次，别的宫中陛下更不肯去，难道这三宫六院就没有一个可以解闷的地方？"

崇祯摇摇头，苦笑一下，叹口长气。他几乎想说出来川、鄂一带战事迟迟没有重大捷报和军饷困难的情况，但是话到口边就咽下去了。他是决不许后妃们过问国事的，也不许她们打听。周后不敢直接提起田妃，先从袁妃引头，说：

"我记得皇上去年夏天有一晚在翊坤宫看见袁妃在月下穿一件天水碧蝉翼纱宫衫，觉得很美，第二天皇上还对我赞不绝口。你今天既然很闷，懒得省阅文书，何不到翊坤宫玩玩，让袁妃再穿了那一件天水碧宫衫让皇上瞧瞧？"

"唉，到翊坤宫也不能使我解闷。"

"袁妃和田贵妃同时入宫，是我同皇上亲自挑选的。论容貌，袁妃虽不是国色，可也是不易多得。只是她性情过于敦厚一些，不善于先意承旨，所以皇上有时觉得她不十分有趣。其实，这恐怕正是她的长处。"周后打量了一下崇祯的神色，又笑着说："哟，我又想起来一个人儿，她一定能够替皇上解闷。派都人去把她召来好么？"

"你说的是谁？"

皇后赔笑说："此人虽然平时有恃宠骄傲的毛病，且不该为李家事说了错话，但罚在冷宫省愆已经有两个多月，深自悔罪。在众多妃嫔中只有她多才多艺，琴、棋、书、画都会，又能先意承旨。我将她召来当面向陛下谢罪好么？”

崇祯的心中很想看见田妃，但是他知道田妃为替李家说一句话蒙谴的事早已传了出去，不如让她在启祥宫多住些日子，好使李家和那些皇亲们不敢抱任何妄想。沉吟片刻，他慢慢地回答说：

“我今天事多，等几天吧。”

崇祯刚说完这句话，王德化来到坤宁宫，向他启奏巩驸马和几位皇亲入宫求见，在文华殿前候旨。崇祯问：

“有哪些皇亲同来？”

“有新乐侯刘文炳，老皇亲张国纪，老驸马冉兴让。”

“他们来是为李国瑞的儿子求情么？”

“大概是的。”

“去，向他们传旨：倘若是为李存善的事，不要见我！”

王德化走后，崇祯想到了田妃所生的五皇子慈焕。他非常喜爱这个五岁的孩子，常常在烦闷的时候命宫女到启祥宫传旨，叫奶母和宫女们将慈焕送到乾清宫来玩耍一阵。近七八天因为五皇子患病，他没有再看见，心中确实想念，每天总要命太监或宫女到启祥宫询问病情。昨天得知慈焕的烧已减退，仍由太医们每日两次入宫，悉心医治。他现在向皇后问道：

“今日慈焕的病可又轻了一些？”

周皇后回答：“今早田妃命都人前来启奏，说慈焕昨晚服药之后，虽然回头，尚未完全退烧。”

崇祯生气地说：“这太医院的人们真是该死，竟然不能将这孩子的病早日治好！”

皇后笑着说：“皇上也听说京城有‘三可笑’的谚语，‘光禄寺的茶汤，武库司的刀枪，太医院的药方’。这几天，都是太医院使①亲率四名御医给慈焕诊病，斟酌脉方，非不尽心，可惜他们这些官儿们的本领反不如民间郎中。限

①太医院使——太医院的主管官，正五品，也是御医。

于皇家的祖宗规矩，民间郎中自来不能召进宫来。”

崇祯经皇后提起那三句京城谚语，也略微笑了笑，随即无可奈何地摇摇头。周后为着替崇祯解闷，命宫女们将范选侍和薛选侍召进坤宁宫，为皇上弹琵琶。她们学琵琶都是田妃教的，被认为是田妃的“入室弟子”。崇祯不听则已，听她们弹过一曲《汉宫秋月》后反触起许多心事，不胜怅惘。周后趁机小声问道：

“皇上，你要是觉得她们弹得不好，我叫都人去将田娘娘召来为皇上弹一曲解闷如何？”

崇祯摇摇头，没有做声，脸上也没有一丝默然同意的表情。周后命两位选侍去便殿吃茶，又挥退左右的宫女和太监，向崇祯说：

“皇上，你一身系天下安危，如此终日寡欢，万一有损圣体，这个艰难局面如何支撑？”

崇祯不语，只轻轻叹口长气。

周后想了想，觉得机不可失，又说：“听说永和门百花盛开，比往年更好。我吩咐奴婢们布置一下，后天同袁妃陪侍皇上去赏花如何？”

崇祯不好辜负周后的好意，点头同意。

周后送走崇祯以后，正要休息，忽然看见钟粹宫的掌事太监王明礼在院中同刘安私语。她命宫女将王明礼叫到面前，问他有何事启奏。王明礼来坤宁宫本来是要向皇后启奏那个被罚去昌平守陵的小太监昨天出了北安门①后，奋身投入御河，打捞不及，已经死了。但是刘安对他说：“娘娘陛下这两日正在心烦，这是什么芝麻子儿大的事，也值得前来启奏！”所以他跪在皇后面前堆着笑容奏道：

“今早奴婢听乾清宫的御前牌子说，昨晚皇爷于万几之暇，看了长哥的十天仿书，圣心喜悦，龙颜含有笑容。奴婢不敢隐瞒，特来启奏娘娘陛下。”

周后信以为真，微微一笑，随即吩咐吴婉容拿出一些绸缎匹头和各种糖果，派四个宫女拿去赏赐钟粹宫的宫女和太监，另外也赏赐太子一些东西。

---

①北安门——清代改称地安门。

两天以后，周后用过早膳，在宫女们的服侍下换好衣服。明代历朝宫眷的暑衣遵照“祖制”，从来没有用纯素的，素葛也只有皇帝用，其余的人，包括皇后在内，都不敢用。两年前周后偶然用白纱做了一件长衫，不加任何彩饰，穿了以后请崇祯看。崇祯不但没有责备，反而十分喜欢，笑着说：“真像是白衣大士！”从此，不但周后喜欢在夏天穿纯素的纱衫和裙子，而且所有的宫眷们都仿效起来，把将近三百年的宫中夏衣的祖宗制度稍稍改变。

夜间微雨已晴，宫槐格外浓绿。皇后穿着纯素衫裙，不戴凤冠，只用茉莉花扎成一个花球，插在云鬟上；襟上也戴了一个小花球，用珍珠围绕一圈。宫女们打扮得花枝招展，擎着作简单仪仗用的羽扇、团扇和黄罗伞，捧着食盒，簇拥着皇后的凤辇来到乾清宫。袁妃已经在日精门外恭候。走进乾清宫同崇祯见了面，一同乘辇往永和门。在永和门下辇之后，崇祯走在前边，后边跟着周后、袁妃，一大群太监和宫女，缓步踱入花园。这儿不但有很多奇花异草，争芬斗妍，还有许多盆金鱼，都是些难得的名品。在花园的一角有一个荼豆架，下边放着一张藤桌，四把藤椅。藤桌上放着一把时壶[①]和四个宜兴瓷杯。按照封建贵族和士大夫的趣味说，这布置也算得古朴风雅，颇得幽野之趣。一道疏篱将荼豆架同花园隔开，柴门半掩。柴门上绕着缠松。竹篱上爬着牵牛。那些门、竹篱和荼豆架，都是周后依照自己幼年时候在老家宜兴一带所得的印象，吩咐永和宫的养花太监们在春天用心布置的。今天按周后的预先吩咐，在小花园一角的古松下，太湖石边，放了一张檀木琴桌，上边摆着一张古琴，一个宣德铜香炉，另外放一个青花瓷绣墩。

崇祯在宫中生活，到处是繁缛的礼节，单调而庄严的黄瓦红墙，案上又是看不完的各种不愉快的文书，忽然来到这样别致的一个地方，连说“新鲜，新鲜”。周后趁着他有些高兴，含笑说：

“皇上，难得今日赏花，可惜三宫[②]中独少东宫田妃。她在启祥宫省愆多

①时壶——明朝中叶，宜兴人时大彬以制造茶壶著名，其所制茶壶被人们称为时壶，明末为收藏家所珍视，每一壶值百两银子以上。

②三宫——明代承乾宫为东宫娘娘所居，翊坤宫为西宫娘娘所居，合坤宁宫（中宫）为三宫。

日，颇知悔过，也很思念陛下。我叫都人去把她召来，一同赏花如何？”

崇祯不说不行，也不说行。周后同袁妃交换了一个微笑的眼色，立刻派宫女用袁妃的辇去接田妃。

田妃很快地乘辇来了。衣裙素净，没有特别打扮，仅仅在鬓边插了一朵相生粉红玫瑰。她向皇帝和皇后行了礼，同袁妃互相福了福，拉着袁妃的手立在皇后背后。崇祯望望她，登时为她的美丽心中一动，但表面上仍然保持着冷淡神情，只是不自觉地从嘴角泄露出一丝若有若无的笑意。田妃回避开他的眼光，低下头去，努力不让眼泪滚出。周后满心想使崇祯的心中愉快，说：

“田贵妃，今日难得皇上来永和门赏花消遣，你给皇上弹奏一曲何如？”

田妃躬身回答：“谨遵懿旨。”随即她对随侍的一个宫女吩咐：“快去启祥宫将我的琵琶取来。”

周后说：“不用取琵琶。坤宁宫有旧藏古琴一张，原是北宋内廷珍物，上有宋徽宗御笔题字。我已命都人摆在那株松树下边，你去试弹一曲。这张古琴留在我那里也没有用，就赐给你吧。”

“谢皇后陛下赏赐！”田妃跪下哽咽说，趁机会滚出来两串热泪。

田妃走到太湖石边坐下，定了弦，略微凝神静坐片刻，使自己心清气平，杂念消退，然后开始弹了起来。她对于七弦琴的造诣虽不如对琵琶那样精深，但在六宫妃嫔和宫女中没有第二个人可以及得上她。她为着使崇祯高兴，先弹了一曲《烂柯游》。这支琴曲是崇祯在前几年自己谱写的，听起来枯燥、沉闷、单调、呆板，令人昏昏欲睡，但是等田妃弹毕，所有随侍左右的太监和宫女都向崇祯跪下齐呼：“万岁！万岁！”稍停一下，田妃重调丝弦，接着弹了一曲《昭君怨》。人们听着听着，屏息无声，只偶尔交换一下眼色。从皇帝、皇后，下至宫女，没有人动一动，茶豆叶也似乎停止了摆动，只有田妃面前的宣德铜香炉中袅袅地升着一缕青烟。弹毕这支古曲以后，田妃站起来，向崇祯和周后躬身说：

“臣妾琴艺，本来甚浅，自省愆以来，久未练习，指法生疏，更难得心应手。勉强恭奏一曲，定然难称圣心，乞皇上与皇后两陛下恕罪。”

周后向崇祯笑着问：“皇上，你觉得她弹的如何？”

"还好，还好。"崇祯点头说，心中混合着高兴与怅惘情绪。

周后明白田妃故意弹这一支古宫怨曲来感动皇上，她担心皇上会因此心中不快，赶快转向田妃说：

"我记得皇上平日喜欢听你弹《平沙落雁》，你何不弹一曲请皇上听听？"

田妃跪下说："皇后陛下懿旨，臣妾岂敢不遵。只是因为五皇子的病，臣妾今日心绪不宁，实在不适宜弹《平沙落雁》这样琴曲。万一弹得不好，乞两位陛下鉴谅为幸。"

崇祯忙问："慈焕的病还不见轻么？"

田妃哽咽说："这孩子的病忽轻忽重，服药总不见效。这几天，臣妾天天都在为他斋戒祷告。"

崇祯决定立刻去看五皇子的病，便不再看花听琴，带着皇后、袁妃同田妃往启祥宫去。

五皇子慈焕刚刚退了高烧，从昏迷中醒了过来。崇祯和周后都用手摸了摸病儿的前额，又向乳母和宫女们问了些话。他在启祥宫坐了一阵，十分愁闷，命太监传谕在南宫建醮的一百多名僧道和在大高玄殿的女道士们都替五皇子诵经禳灾。

这天晚上，崇祯又来到启祥宫一趟。看见五皇子病情好转，只有微烧，开始吃了一点白糖稀粥，并能在奶母怀中用微弱的声音向他叫一声"父皇"，他的心中略觉宽慰，立刻命太监到太医院去，对太医院使和参加治疗的四位御医分别赏赐了很多东西。他本来想留在启祥宫中，但因为田妃正在斋戒，他只好仍回乾清宫去。

田妃在五皇子住的屋子里坐到二更时候，看着他的病情确实大轻，睡得安静，才回寝宫休息。又过了许久，玄武门正打三更。启祥宫中，除几个值夜的宫女和太监之外，所有的人都睡熟了，十分寂静。明朝宫中的规矩极严。宫眷有病，太医不能进入宫中向病人"望，闻，问，切"，只能在宫院的二门外听太监传说病情，然后处方。五皇子是男孩，可以由太医们直接切脉诊病。为着太医们不能进入启祥宫的二门，田妃从他患病开始就将他安置在二门外的西庑中，叫奶子和四个贴身服侍的宫女陪着他住在里边。其余服侍五皇子的宫女们都住在内院。东庑作为每日太医们商议处方和休息的地方，并在东庑中间的墙上悬挂着一张从太医院取来的画轴，上画着一位药王，腰挂药囊，坐在老虎背上，手执银针，斜望空中，而一条求医的巨龙从云端飞来，后半身隐藏在云朵里边。每日由奶子和宫女们向神像虔诚烧香。太监们多数留在承乾宫，少数白天来到启祥宫侍候，晚上仍回承乾宫去。如今半夜子时，在这二门外的院落中，只有奶子和两个在病儿床边守夜的宫女未睡。奶子命一个宫女蹑脚蹑手地走到院中，听听田妃所住的内院中没有一点声音，全宫中的宫女都睡得十分踏实，于是奶子变得神色紧张，使了一个眼色，同两个脸色灰白、心头乱跳的宫女向暗淡的灯影中消失了。

院中月光皎洁，黑黢黢的树影在窗上摇晃。屋中，黑影中有衣服的窸窣声，紧张的悄语声。一丝北风吹过，窗外树叶发出飒飒微响，使悄语声和衣服的窸窣声登时惊得停止。屋中出奇的寂静，静得瘆人。过了片刻，她们重新出现在慈焕的床边，但已经不是奶子和宫女，而变成了一位身穿袈裟模样的女菩萨和两个打扮奇怪的仙女。她们将慈焕摇醒，使他完全清醒地睁开眼睛。在一盏明角宫灯[①]的淡黄色的光亮下，病儿看清楚这三个陌生可怕的面孔和奇异的装束，大为惊恐，正要大哭，一个仙女怒目威吓说："不许哭！你哭一声我就咬你一口！"病儿不敢哭了，只用恐怖的眼睛望着她们。装扮菩萨的奶子注视着病儿的眼睛，用严厉的口气说："我是九莲菩萨。我是九莲菩萨。皇上待外家刻薄，我要叫他的皇子们个个死去，个个死去。"她说得很慢，很重，希望每个字都深印在小孩的心上。说过三遍之后，她问："你记住了么？"这声音是那么冷酷瘆人，使病儿不觉打哆嗦，用哭声回答："记……记住了。"旁边一个宫女严厉地问："你记了什么？学一遍试试！"病儿颤抖地学了一遍。另一个宫女威吓说："记清！九莲菩萨要叫你死，也叫个个皇子都死！"病儿再也忍耐不住，哇一声大哭起来。一个宫女将他身上的红罗被子一拉，蒙住了他的头。病儿不敢探出头来，在被中怕得要死，大声哭叫。过了一阵，蒙在他头上

①明角宫灯——用白色羊角薄片粘接起来做的灯笼。

的被子拉开了。他重新看见床边站着最疼爱他的奶母和两个最会服侍他的都人。他哭着说："怕呀！怕呀！"浑身出汗，却又不住哆嗦。奶子将他抱起来，搂在怀中，问他看见了什么。病儿一边哭一边断断续续地说他看见了九莲菩萨，并将九莲菩萨的话反反复复地述说出来。奶子和两个值班的宫女都装做十分害怕，一再叫病儿说清楚。病儿看见他的奶母和宫女们也都害怕，越发恐怖，又连着重复几次。奶子赶快将另外几个年长的宫女都叫起来，大家都认为五皇子确实看见了孝定太后显灵，围着他没有主意。田妃被哭声惊醒，命一个宫女跑来询问。奶子慌忙跟着这个宫女进入田妃寝宫，奏明情况。田妃大惊，随着奶子和宫女奔了出来。

不管田妃和奶子如何哄，如何向神灵祈祷许愿，病儿一直不停地哭，不断地重复着九莲菩萨的话，但愈来声音愈嘶哑，逐渐地变得衰弱，模糊，并且开始打颤地手脚悸动，随后又开始浑身抽搐。大家慌忙将解救小儿惊风的丸药给他灌下去，也不见效。折腾到天色黎明，病儿的情况愈不济事了。田妃坐在椅子上绝望地痛哭起来，趁着皇上上朝之前，命一个宫女往乾清宫向崇祯奏明。

崇祯刚在乾清宫院中拜过天，吃了一碗燕窝汤，准备上朝，一眼扫到御案上放的一个由司礼监秉笔太监昨夜替他拟好的上谕稿子，内容叫在京的各家皇亲、勋旧为国借助。他因为还要在上边改动几个字，口气要严厉一点，以防皇亲们妄图顽抗，所以他暂时不叫文书房的太监拿去誊缮。他心中想道：

"我看再不会有哪家皇亲敢违抗朕的严旨！"

当他步下丹墀，正要上辇时候，忽见启祥宫的一个宫女惊慌跑来，跪在他的面前说五皇子的病情十分严重，已经转成惊风。崇祯大惊失色，问道：

"你说什么？昨晚不是已经大好了么？为什么突然转成惊风？"

跪在地上的宫女回答说："五皇子殿下昨晚确实大好了，不料三更以后，突然大变。起初惊恐不安，乱说胡话，见神见鬼，随即发起烧来。如今已经转成惊风，十分不好。"

崇祯骂道："混蛋！五岁的小孩，知道什么见神见鬼！"

他来不及叫太监备辇，起身就走。一群太监和宫女跟在背后。有一个太监赶快走到前边，向启祥宫跑去。出月华门向北走了一箭多远，崇祯才回头来对一个太监吩咐：

“快去午门传谕，今日早朝免了。”

田妃跪在启祥宫的二门外边接驾。因为前半夜睡得迟，又从半夜到现在她受着惊恐、绝望和痛苦的折磨，脸色憔悴苍白，眼皮红肿，头发蓬乱。崇祯没有同她说话，一直往五皇子住的地方走去。

五皇子躺在床上，正在抽风，神志昏迷，不会说话。因为皇上进来，奶子和几个宫女都跪在地上，不敢抬头。崇祯俯下身子看一看奄奄一息的病儿，又望望哭得像泪人儿一样的奶子，询问病情为什么竟变得如此突然。奶子和宫女们都伏地不敢回话。田妃在一旁躬身哽咽说：

“陛下！太医们昨日黄昏曾说，再有一两剂药，慈焕就可痊愈。为何三更后突然变化，臣妾也很奇怪。臣妾到二更时候，见慈焕病情确实大轻，睡得安静，才回寝宫休息。刚刚睡熟，忽被哭声惊醒，随即听都人们说慈焕半夜醒来，十分惊惧不安，如何说些怪话。臣妾赶快跑来，将慈焕抱在怀中，感到他头上身上发烧火烫，四肢稍发凉，神情十分异常，不断说些怪话。臣妾害怕他转成惊风，赶快命奶子将婴儿镇惊安神回春丹调了一匙，灌了下去，又用针扎他的人中。谁知到四更天气，看着看着转成了惊风……”

“为什么不早一点奏朕知道？”

“臣妾素知皇上每夜为国事操心，睡眠很晚，所以不敢惊驾，希望等到天明……”

崇祯不等田妃说完，立刻命一个太监去传太医院使和医官们火速进宫，然后又责问田妃：

“你难道就看不出来慈焕为什么突然变化？真是糊涂！”

田妃赶快跪下，颤栗地哽咽说：“臣妾死罪！依臣妾看来，这孩子久病虚弱，半夜里突然看见了鬼神，受惊不过，所以病情忽变，四肢发冷，口说怪话。”

“他说的什么怪话？”

“臣妾不敢奏闻。”

“快说出来！”

“他连说：‘我是九莲菩萨，我是九莲菩萨。皇上待外家刻薄，我要叫他的皇子们个个死去。’”田妃说完，伏地痛哭。

崇祯的脸色如土，又恐怖又悲伤地问：“你可听清了这几句话？”

田妃哭着说：“孩子说话不清，断断续续。臣妾听了几遍，听出来就是重复这两句话。”

崇祯转向跪在地上的奶子和几个宫女们：“你们都听见了么？”

奶子和宫女们以头触地，颤栗地回答说“是”。崇祯明白这是为着李国瑞的事，孝定太后“显灵”，不禁捶胸顿足，哭着说：“我对不起九莲菩萨，对不起孝定太后！”他猛转身向外走去。当他出了启祥宫门时，又命一个太监去催促太医们火速入宫，并说：

“你传我口谕，倘若救不活五皇子，朕决不宽恕他们！”

他回到乾清宫，抓起秉笔太监昨夜替他拟的那个上谕稿子撕毁，另外在御案上摊了一张高约一尺、长约二尺、墨印龙边黄纸，提起朱笔，默思片刻，下了决心，写了一道上谕：

> 朕以薄德，入承大统。敬天法祖，陨越是惧。黾勉苦撑，十有三载。天变迭见，灾荒洊臻。内有流寇之患，外有胡虏之忧。百姓死亡流离，千里为墟。朕中夜彷徨，五内如焚；避殿省愆，未回天心。近以帑藏枯竭，罗掘术穷，不得已俯从阁臣之议，而有借助之举。原期将伯助我[①]，稍纾时艰；孰意苦薄皇亲，弥增朕过。忆慈圣[②]之音容，宁不悲痛？闻表叔之薨逝，震悼何极！其武清侯世爵，即着由国瑞之子存善承袭，传之万代，与国同休。前所没官之家产，全数发还。於戏，国家不幸，事多乖张；皇天后土，实鉴朕衷！

他在慌乱中只求挽救慈焕性命，竟不管外戚封爵只有一代，传两三代已是“特恩”，他却写成了“传之万代”的糊涂话。他将亲手写成的上谕重看一遍，

①将伯助我——语出《诗经》，意译是：请长者助我。

②慈圣——指孝定太后。

命太监送往尚宝司，在上边正中间盖一颗“皇帝之宝”，立刻发出。太监捧着他的手诏离开乾清宫后，崇祯掩面痛哭。他不仅仅是为爱子的恐将夭折而哭，更重要的是他被迫在皇亲们的顽抗下败阵，还得对孝定太后的神灵低头认错，而借助的事情化为泡影。

哭了一阵，崇祯乘辇去奉先殿祈祷，又哭了一次。他特别在孝定太后的神主前跪着祈祷和哭了很久。离开奉先殿以后，他匆匆乘辇往启祥宫，但是刚过螽斯门[①]，就听见从启祥宫传出来一阵哭声。他知道五皇子已经死了，悲叹一声，立刻回辇往乾清宫去。

已经是仲秋天气，紫禁城中的槐树和梧桐树开始落叶，好似深秋情景。一天午后，崇祯在文华殿先召见了户部尚书李待问，询问借用京城民间房租一年的事，进行情况如何。关于这事，京城中早已议论纷纷，民怨沸腾。从崇祯八年开始，就在全国大城市征收间架税（即近代所谓房捐），虽然别的城市没有行通，北京城里有房产的一般平民却每年都得按房屋的多寡和大小出钱。如今要强借房租一年，所以百姓们都把“崇祯”读做“重征”。那些靠房租生活的小户人家更是心中暗恨。但是李待问不敢将实情奏明，只说还算顺利。随即崇祯又召见了兵部尚书陈新甲，密询了对满洲议和的事，知道尚无眉目，而川、鄂交界一带的军情也没有多大进展。他回到乾清宫，对着从全国各地来的军情和报灾文书，不禁长叹。他暂时不看堆在案上的这些文书，将王承恩叫到面前，吩咐去找礼部尚书传他的口谕，要将五皇子追封为王，命礼部速议谥号和追封仪注回奏。王承恩刚走，已经迁回承乾宫一个月的田妃跟着皇后来了。田妃对他叩了头，跪在地上没有起来。皇后说：

“皇上，承乾宫今日又出了两桩意外的事，贵妃特来向陛下奏明，请旨发落。”

崇祯突然一急，瞪着田妃问：“什么意外的事？”

田妃哽咽说：“臣妾罪孽深重，上天降罚，一些不祥之事都出在臣妾宫

---

①螽斯门——紫禁城内西二长街的南门，启祥宫在它的紧西边。

中。自从慈焕死后，他的奶母神志失常，经常哭泣，近日回家治病，没想到竟然会在今日五更自缢而死。她的家人将她自缢身死的事报入臣妾宫中不到半日，有两个原来服侍慈焕的都人也自缢死了。”

崇祯感到吃惊，也很纳罕。他明白这件事很不平常，宫中像这样半日内三个人接连自尽的事从来没有，必然有特别文章。打量田妃片刻，觉得不像与她有什么关系。他忘叫田妃起来，只顾猜想，却百思不得其解。他根本没有想到，李国瑞的家人和另外一家皇亲暗中买通了五皇子的奶母，又经过奶母买通了两个宫女，玩了这一诡计。奶子原以为现拿到一万多两银子与两个宫女分用，对五皇子也无大碍，等五皇子十岁封了王位，她就以亲王奶母的身份享不尽荣华富贵。不意久病虚弱的五皇子竟然惊悸而死，更不意曹化淳前天晚上派人到她的家里去敲诈五千两银子，声言要向皇上告密，所以她就上吊死了。消息传进承乾宫，那两个宫女认为事情已经败露，也跟着自尽。曹化淳虽然侦查出一点眉目，但因为这案子牵涉几家皇亲，包括田妃的娘家在内，还牵涉到承乾宫的一个太监，此人出于他的门下，所以就对崇祯隐瞒住了。

崇祯从椅子上跳起来，急躁地来回走动。他害怕这事倘若在臣民中传扬开去，不管人们如何猜测，都将成为“圣德之累”。这么一想，他恨恨地跺跺脚，叹口长气。于是命田妃起来，然后对皇后说：

“奶子抚育慈焕五载，义属君臣，情犹母子。一旦慈焕夭殇，她悲痛绝望，为此而死，也应予优恤表彰。可由你降一道懿旨，厚恤奶子家人，并命奶子府[①]中供其神主，以资奖励。那两个自尽的都人，对五皇子志诚可嘉。她们的遗体不必交净乐堂焚化，可按照天顺前宫人殉葬故事[②]，好生装殓，埋在慈焕的坟墓旁边，就这样发落吧。”

周后和田妃领旨退出乾清宫，尽管都称颂皇上的处置十分妥当，却没有消除她们各自心中的迷雾疑云。

---

①奶子府——明代供应宫中奶母的机关，经常准备有四十名奶母住在里边。地址在东安门北边，今灯市西大街即其所在地。

②宫人殉葬故事——故事即旧例。明朝前期，每一皇帝死后都有许多宫眷（妃子和宫女）殉葬。到英宗临死时，谕令不要宫眷殉葬，从此终止了这一野蛮制度。天顺为明英宗第二个年号。

黄昏时候，锦衣卫使吴孟明来到乾清宫，向崇祯禀报薛国观已经于今天下午逮到北京，暂时住在宣武门外一处僧舍中。崇祯的脸色阴沉，说：

"知道了。你暂回锦衣卫候旨。"

两个月前，薛国观被削籍为民，回陕西韩城原籍。崇祯心中明白关于薛国观贪贿的罪案，都难坐实，所以仅罚他赃银九千两。在当时贪污成风，一个大臣即令确实贪贿九千两，也是比较小的数目，没有处死的道理。只是由于五皇子一死，崇祯决定杀他以谢孝定太后"在天之灵"，命锦衣飞骑追往他的原籍，将他逮进京来。

晚上，浓云密布，起了北风，淅淅沥沥地下起雨来。约摸二更时候，崇祯下一手诏将薛国观"赐死"。将近三更时候，奉命监视薛国观自尽的御史郝晋先到僧舍。薛国观仓皇出迎，问道：

"君半夜冒雨前来，皇上对仆有处分么？"

郝晋说："王陛彦已有旨处决了。"

薛猛一惊："仆与王陛彦同时处决么？"

郝晋说："不至如此。马上就有诏来。……"

郝晋的话还未说完，一位锦衣卫官带着几名旗校到了。那锦衣卫官手捧皇帝手诏，高声叫道：

"薛国观听旨！"

薛国观浑身颤栗，立即跪下，听锦衣官宣读圣旨。圣旨写不出将他处死的重大罪款，只笼统地说他"贪污有据"。手诏的最后写道："着即赐死，家产籍没。钦此！"薛国观听到这里，强装镇定，再拜谢恩，随即从嘴角流露出一丝冷酷的微笑，说："幸甚！幸甚！倘若不籍没臣的家产，不会知道臣的家底多大！"他直到现在还不知道自己被处死的真正原因，于是从地上站起来，叫仆人拿出一张纸摊在几上，坐在椅子上提笔写了一行大字：谋杀臣者，吴昌时也！锦衣旗校已经在屋梁上绑好一根丝绳，下边放着三块砖头。郝晋因见丝绳很细，说道：

“相公[①]身子胖大，恐怕会断。”

薛国观起初对于死十分恐怖，现在好像看透了一切，也预料崇祯未必有好的下场，心情忽然镇定了。他从椅子上站起来，亲自站在砖头上将丝绳用力拉了三下，说：“行了。”郝晋和锦衣旗校们没有人能理解他在临死的片刻有些什么想法，只见他似乎并无戚容，嘴角又一次流露出隐约的冷笑。他将脖子伸进丝绳套里，将脚下的砖头踢倒。

崇祯登极十三年来杀戮的大臣很多，但杀首辅还是第一次，所以他坐在乾清宫的御案前批阅文书，等候锦衣卫复命。三更过后不久，两个值班的司礼监秉笔太监走到他跟前，启奏锦衣卫官刚才到东华门复命，说薛国观已经死了，并将薛国观临死时写的一句话摊在御案上。崇祯看了看，问道：“这吴昌时好不好？”虽然两位秉笔太监和侍立身边的两个太监都知道吴昌时在朝中被看成是阴险卑鄙的小人，但他们深知皇上最忌内臣与外廷有来往，处处多疑，所以都说不知道，不曾听人谈过。

因为薛国观已经“赐死”，崇祯认为他已经替五皇子报了仇，已经对得起孝定太后的在天之灵，心中稍觉安慰。但立刻他又想到军饷无法筹措，纵然抄没薛国观的家产也不会弄到多少钱，心头又转而沉重起来，怅惘地暗暗感慨：如果薛国观像严嵩等那样贪污得多，能抄没几百万两黄金和几千万两银子也好了！思索片刻，他将一大堆吁请减免征赋的奏本向旁边一推，不再去看，提起朱笔给户部写了一道手谕，命该衙门立即向全国各地严催欠赋，不得姑息败事。

他又想应该在宫中撙节一切可以撙节的钱，用在剿灭张献忠和李自成的军费上。从哪儿撙节呢？想来想去，他想到膳食费上。不久前他看见光禄寺的奏报：他自己每月膳费一千零四十六两，厨料在外，制造御酒灵露饮的粳米、老米、黍米都不算在内；皇后每月膳费三百三十五两，厨料二十五两八钱；懿安皇后相同；各妃和太子、皇子们的膳费也很可观。但是他不能削减皇后的膳费，那样会影响懿安皇后。皇后不减，各妃和太子、皇子等自然也不能减

---

①相公——古人对宰相的称呼。

少。他只能在自己的膳费上打主意。他想到神宗朝御膳丰盛，为列朝所未有，却不支光禄寺一两银子。那时候内臣十分有钱，御膳由司礼监掌印太监、秉笔太监、东厂提督太监轮流备办，互相比赛奢侈。每个太监轮到自己备办御膳，还收买一些十分名贵的书画、玉器、古玩，进给万历皇帝“侑馔”，名为孝顺。天启时也是如此。他登极以后，为着节省对办膳太监的不断赏赐，同时也因为他深知这班大太监们的银子都来路不正，才把这个旧例禁止。可是现在他怀念这一旧例。他想着这班大太监都明白目前国家有多么困难，命他们轮流备办御膳，可以不必花费赏赐。想好以后，他决定明天就告诉王德化，仍遵祖制由几个地位高的内臣轮月备办御膳，免得辜负内臣们对他的孝顺之心。

他带着未看完的一叠文书回到养德斋。该到睡觉的时候了。但是他的心情极坏，又想起来向戚畹借助这件事，感到懊悔，沉重地叹息一声，恨恨地说：

“薛国观死有余辜！”停一停，又说：“要不是有张献忠、李自成这班流贼，朕何以会有今日艰难处境！”

不知什么时候，崇祯在苦恼中蒙眬入睡。值夜的宫女小心地把他手中的和被子上的一些文书收拾一下，放在檀木几上，又替他把身上的黄缎盘龙绣被盖好。因为门窗关闭很严，屋里的空气很不新鲜，令人感到窒息。她不声不响地走到窗前，看看御案上宣德炉中的龙涎香已经熄灭，随即点了一盘内府所制黑色龙盘香。一股细细的青烟袅袅升起，屋里登时散满了沁人心脾的幽香。她正要走出，忽听崇祯愤怒地大声说道：“剿抚两败，贻误封疆，将他从严惩处！”她吓了一跳，慌张回顾，看见皇上睡得正熟，才端着冰凉的宣德炉，踮着脚尖儿走了出去。

窗外，雨声淅沥，雷声不断。雨点打在白玉阶上，梧桐叶上，分外地响。风声缓一阵，紧一阵，时常把雨点吹过画廊，敲在窗上，又把殿角的铁马吹得叮叮咚咚。崇祯因为睡眠不安，这些声音时常带进梦中，扰乱心魂。四更以后，一阵雷声在乾清宫的上边响过。他从梦中一乍醒来，在风声、雨声、闷雷声和铁马叮咚声中，听到一个凄惨的颤栗哭声，以为听见鬼哭，惊了一身冷汗。定神细听，不是鬼哭，而是从乾清宫院外传来的断续悲凄的女子叫声：

“天下~~~太平！　……天下~~~太平！……天下~~~太平！……”

他明白了。宫中为使用需要，为宫女设一内书堂，由司礼监选择年高有学问的太监教宫女读书，读书成绩好的宫女可以升为女秀才，再升女史；犯了错误的就得受罚，轻则用戒方打掌，重则罚跪孔子神主前。还有一种处罚办法是命受罚的宫女夜间提着铜铃打更，从乾清宫外的日精门经过乾清门到月华门，来回巡逻，一边走一边摇铃，高唱“天下太平”。今夜风雨昏黑，悲惨的叫声伴着叮当叮当的铜铃声断续地传进养德斋。崇祯静听一阵，叹口气说：

“天下哪里还有太平！”

他望着几上堆的一叠紧急文书，心思转到国事上去，于是风声、雨声、雷声、铃声，混合着凄惨叫声，全在他的耳旁模糊了。他起初想着遍地荒乱局面，不知如何收拾；过了一阵，思想集中在对张献忠和李自成的军事上，心情沉重万分。正在想着剿贼毫无胜利把握，忽然又听见那个小宫女在乾清宫院外的风、雨、闷雷声中摇铃高唱：

“天下~~~太平！……天下~~~太平！……”

十三年来他天天盼望着天下太平，可是今夜他害怕听见这句颂词，不觉狠狠地朝床上捶了一拳，随即吩咐帘外的太监说：

“传旨叫她睡觉去吧，莫再摇铃喊‘天下太平’了！”

八

李自成破洛阳杀福王

第 27 章

崇祯虽然绝对没有料到李自成会突然照准他的腰窝里狠揍一拳，打得他闪腰岔气，但是他由于多年经验，常有些不祥的预感压在心头。他担心杨嗣昌在四川追剿张献忠的军事行动会突然出了坏的变化，担心洪承畴在辽东支撑不住，担心山东的变乱正在如火如荼，扑灭不了，可能截断漕运，尤其使他常常不能放心的是李自成。自从李自成从武关突围之后，只知道他过了汉水，半年多来竟然没有再得到一点消息，不知道他潜伏在什么地方，会不会突然出来，打乱目前朝廷专力追剿张献忠的作战方略。

近来他每天五更照例在乾清宫丹墀上焚香拜天时候，总在替上述担心的事儿虔诚祈祷。他连做梦也没有想到，李自成已经到了河南很久，到处饥民响应，迅速发展了十几万人马，并且已经破了宜阳和永宁，正在向洛阳逼近。他每次在向上天默祷时，都祷告上天使李自成永远不会再起，无声无息地自然消灭。他希望过若干日月以后忽来某处地方奏报，说李自成确实已经病死了。

崇祯十四年正旦早晨，四更多天，北京全城的爆竹声就热闹起来。紫禁城中也燃放爆竹，但为着怕引起火灾，向来不许多放，所以不能同外边的热闹情况相比。等玄武门刚打过五更鼓声，皇城内外，所有的庙宇都钟鼓齐鸣，英华殿因为在紫禁城内，钟、磬、笙、箫、木鱼、云板声配合着诵经、梵呗声，一阵阵传送到乾清宫内。崇祯早已起床，穿着常朝服，到玄极宝殿隆重行了拜天礼，然后回到乾清宫，坐在正殿宝座上受后妃和皇子、皇女朝贺，然后受宫中较有地位的太监朝贺。天色微明，他喝了一碗冰糖燕窝汤，吃一块虎眼窝丝糖，作为早点。太监们按照宫中风习，在他的御案摆了个“百事大吉盒儿”，内装柿饼、荔枝、龙眼、栗子、熟枣。但是他只望一望，并没有吃，却心中叹道：

"唉，什么时候能看见百事大吉！"宫女们替他换上了一套正旦受朝贺的古怪衣帽，名叫衮、冕。但见那个叫做冕的古怪帽子用皂纱做成，顶上盖着一个长形板子，有一尺二寸宽，二尺四寸长，薄的铜板做胎，外蒙细绫，黑表红里，前圆后方，前后各有十二串叫做旒的东西，就是用五彩丝绳串的五彩玉珠，每一串十二颗。红丝带儿做冕系，束在下巴底下，带着白玉坠儿。长形板子两边各有一条黑色丝绳挂着一个绵球，一个黄玉坠儿。那叫做衮的古怪衣服是黑色的，上绣八样图案：肩上绣着日、月、龙，背上绣着星辰和山，袖子上绣着火、五色雉鸡、老虎和长尾猿。至于下边穿的十分古怪的裤子、蔽膝、鞋、袜、大带、玉佩，等等，不用写了。这冕和衮的制度都是从西周传下来的，改变不大。做皇帝的是非遵古制不行，不然就不像皇帝了。宫女们替他穿戴好这一套古怪的冠服之后，崇祯便走出乾清宫，坐上步辇，往皇极殿受百官朝贺。

尽管国事如焚，诸事从简，但是今日毕竟是正旦受朝，所以皇家的虚饰派头仍然同往年一样。在昨天，尚宝司就在皇极殿中央设好御座，设宝案于御座东，香案于丹陛南。教坊司设中和韶乐于殿内东西两边，面朝北向。今日黎明，锦衣卫从丹墀、丹陛，直到皇极门外，分两行摆满了各种各样的卤簿[①]、仪仗，一片锦旗绣幡，宝气珠光，金彩耀目。典牧所陈仗马、犀、象于文、武楼南，装饰华美，双双相对，肃穆不动。丹墀内东边靠北首站立司晨郎，掌管报时。两个纠仪御史立在殿外丹墀的北边。四个鸿胪寺的赞礼官：两个立在殿内，两个立在丹墀北边。另外有传制、宣表等官，恭立殿内。所有这些官员，都是成双配对，左右相向；蟒袍玉带，服饰鲜美；仪表堂堂，声音洪亮。

午门上第一通鼓声响过，百官朝服整齐，在午门外排班立定，而崇祯也到了中极殿坐在龙椅上稍候。第二通鼓声响过，百官从左右掖门进来，走上丹墀，文左武右，面向北，分立丹墀东西。第三通鼓声响过，钟声继起。导驾等执事官到了中极殿前叩头。崇祯重新上辇，往皇极殿去。

跟着在皇极殿行大朝贺礼，无非是一套代代沿袭的繁杂礼仪，在时作时止的音乐声中像演戏一样。中间，有一个殿外赞礼官高声唱道："众官皆

①卤簿——皇帝的全部仪仗。

跪！”所有文武官员一齐跪下。赞礼官又高声唱道：“致贺词！”随即有一个礼部官员代表百官在丹陛中间跪下，先报名“具臣”某某，接着背诵照例的典雅贺词：

“兹遇正旦，三阳开泰，万物咸新。恭维皇帝陛下，膺乾纳祜，奉天永昌。寇盗不兴，灾荒永弭，四夷宾服，兵革敉平。圣世清明，国家有万年之安；皇恩浩荡，黎民荷无量之福！”

随着赞礼官的高声唱赞，又是一阵俯伏、拜、兴①之类的花样以及两次乐作、乐止。然后传制官在皇帝前跪奏：“请传制！”照例不必等候皇上说话他便叩头起身，另一传制官由左边门走出大殿，到了丹陛，面向东立，口称“有制！”外赞礼官高声唱道：“跪！”群臣皆跪。赞礼官随即又唱：“宣制！”传制官高声背诵：

“履端②之庆，与卿等共之！”

赞礼官照例又高唱“俯伏”，“兴”，“乐止”。接着又唱：“出笏！”文武百官都将象牙的和竹的朝笏取出，双手举在面前。又跟着赞礼官的唱赞，鞠躬三次，舞蹈。有些年老文臣，在拜舞时动作笨拙，蹒跚摇晃，险些儿跌跤。赞礼官又唱：“跪！”又唱：“山呼！”百官抱着朝笏，拱手加额，高呼“万岁！”赞礼官再唱：“山呼！”百官再呼：“万岁！”第三次唱：“再山呼！”百官高呼：“万万岁！”文武百官每次呼喊“万岁”，教坊司的乐工、仪仗队、锦衣力士以及所有太监，一齐呼喊，声震午门。一直心思抑郁的崇祯皇帝，只有这片刻才感到一丝欣慰，觉得自己真正是四海共主。

又一套行礼之后，仪礼司官到皇帝前跪奏礼毕，然后奏中和韶乐《定安之曲》。乐止，响了静鞭。按照惯例，这时皇帝应该从宝座起身，尚宝卿捧宝，导驾官前导，到中极殿中稍作停留，然后回乾清宫去。然而他想好了一个新点子，走下宝座后面向南正立，向一个御前牌子瞟一眼，轻声说：

“召阁臣来！”

听到太监传谕，几个辅臣不知何故，十分惊慌，由首辅范复粹率领，踉跄

---

①兴——封建时代行礼，叩了头起身叫做兴。

②履端——一年初始，元旦。古人推算历法叫做推步或简称步。“履”即步的意思。

躬身从左边门进来。崇祯叫他们再往前进。他们走至殿檐，行叩头礼毕，跪着等候皇帝说话。

崇祯又说："阁臣西边来！"

辅臣慌忙起立，仍然不明白皇上是什么意思，打算分成东西两班走近皇帝面前。崇祯又说一句："阁臣西边来！"随即有一个太监过来，将辅臣们引到西边立定。勋臣们一则没有听清，二则怕皇上怪罪，一直跟在辅臣们后边趋进，行礼，这时也小心翼翼地立在西边，不敢抬头。

崇祯略露不满神色，轻声说：

"勋臣们东边去！"

等勋臣们退往东边，崇祯又叫阁臣们走近一点，然后语气沉重地说：

"自古圣帝明王，皆崇师道。今日讲官称先生，犹存遗意。卿等即朕师也。敬于正月，端冕而求。"于是他转身向西，面向阁臣们一揖，接着说："《经》言，'修身也，尊贤也，敬大臣也，体群臣也'。朕之此礼，原不为过。自古君臣志同道合，天下未有不平治者。"他的辞色逐渐严峻，狠狠地看了大家一眼，又说："职掌在部、院，主持在朕躬，调和①在卿等。而今佐朕中兴，奠安宗社②，万惟诸先生是赖！"

诸阁臣跪伏地上，以头触地。范复粹代表大家说："臣等菲才，罪该万死。今蒙皇上如此礼敬，实在愧不敢当。"

崇祯说："先生们正是朕该敬的，该敬的。如今张献忠已经被逼到川西，歼灭不难；李自成久无下落，大概已经身死众散。中原乃国家腹心之地，多年来各股流贼纵横，糜烂不堪。近据河南抚臣李仙风及按臣高名衡奏报，仅有小股土寇滋扰，已无流贼踪迹。看来国事确实大有转机，中兴确实在望。今日为一年之始，望先生们更加努力，不负朕的敬礼与厚望。先生们起来！"

崇祯看着阁臣们叩头起来以后，自己也在音乐声中离开皇极殿。

当他重新在中极殿稍停时候，他的心情忽然变得十分沉重。虽然他刚才对着阁臣们说大局如何变好，但是他明白历年来他产生过无数希望都像空中

---

①调和——调整或协调各种问题而加以治理。此词与今日词义稍有不同。

②宗社——宗庙和社稷，代表皇统。

缥缈的海市蜃楼，眨眼化为乌有，而眼前仍然横着一个没法处理的破烂与荒乱世界。他又想着自己刚才向辅臣作了一揖，说的那几句“尊师重道”的话，确实像古时的“圣君明王”，必会博得臣民们的大大称赞，也将被史官大书一笔。但同时他也暗想，这些辅臣们没有一个能够替他认真办事的，将来惹他恼了，免不了有的被他削职，有的下狱，有的可能受到廷杖，说不定还有人被他赐死！……

他不停地胡思乱想，竟忘从宝座上起身了。一个太监走到他的脚前跪下，用像女人般的声音怯怯地奏道：

“启奏皇爷，该起驾回宫了。”

“啊？”崇祯好像乍然醒来，一面起身一面向一个司礼监秉笔太监轻轻地问：“杨嗣昌和河南巡抚可有什么新的军情奏报？”

司礼太监躬身回答：“请皇爷放心。杨嗣昌在四川剿贼得手，无新的奏报。河南平静无事，所以地方官们也没有军情急奏。”

他自言自语说：“啊啊，没有奏报！河南平静无事！”

被称为东京开封的这座古代名城，当李闯王兵临洛阳城下时候，正在过着梦境一般的早春。杏花正开，大堤[①]上杨柳的柔条摇曳，而禹王台和繁塔寺前边的桃树枝上都已经结满花苞，只待春风再暖，就要次第开放。这是开封城最后一个繁华的早春。不久，战火就烧到开封城下。连经三次攻守战役，开封就毁灭了，当年这座城市的面貌就再也看不见了。

自从金朝于1161年迁都开封之后，用力经营，虽没有恢复北宋的旧观，但在长江以北，它要算最大最繁华的都市了。又经过七十三年，到金朝被元朝灭亡时候，因为金哀宗事先逃到蔡州（今汝南），所以开封虽然也遭到战争破坏，但尚不十分严重。当然，它从此不再作为一个国家的首都，也不能保持昔日的气象和规模。在元、明两朝交替的当口，徐达兵至陈桥，元朝的守将不战而降，使这座名城未遭受兵火破坏。朱元璋将他的第五子朱橚封在开封，称

①大堤——护城堤，距城三里。

为周王，将北宋的宫城建为周王府。从明初到此时，又经过将近三百年没有战争，开封城内一直是歌舞升平。它位居中原，黄河离北门只有七八里，从睢州通往南方的运河大体上仍旧可以通船，有水陆交通之便，所以商业繁盛，使西安远远地落在它的后边，洛阳更不能同它相比。近几年来，因为各州、府、县受战乱摧残或严重威胁，有钱的乡绅大户逃来省城的日多，更使开封户口大增，大约有百万人口，而市面也更加繁华。

上自周王府，下至小康之家，今年的新年仍然在欢乐中度过。除夕开始，满城鞭炮不断，到元旦五更时更加稠密。天色刚麻麻亮，周王拜天之后，率领各位郡王、宗人、仪宾[①]、文武官员，在承运门拜万岁牌。礼毕，转到存信殿，坐在王位上受朝贺。贺毕，赐宴。此后，诸王贵戚，逐日轮流治宴，互相邀请，直到灯节，并无虚日。第二代周王名朱有燉，谥号宪王，会度曲填词，编写了许多剧本，府中养了男女戏班，扮演杂剧、传奇，在全国十分有名。如今周王府中的声妓之盛虽然不如前代，但仍为全国各地王府所不及。从破五以后，每日从黄昏直到深夜，王府中轻歌曼舞不歇，丝竹锣鼓之声时时飘散紫禁城外，正如一首大梁人的诗中所说的："宫中日夜闻箫鼓，记得宪王新乐府。"偏偏从初一到破五，接连下两次大雪，街巷中冻死了不少逃荒的灾民和本地饥民，麇集在繁塔寺（那里设有施粥厂）附近的灾民冻死更多。每日讨饭的饥民络绎街巷，啼饥号寒之声不绝于耳。但是这情况并非今年所独有，大家习以为常，所以并不妨碍汴梁的繁华，更不妨碍王府、乡宦和有钱人家的新年欢乐。

虽然李自成来到豫西以后连破几十个山寨，平买平卖，开仓放赈，饥民从之如流，人马迅速壮大，这一类消息不断地传到省城开封，但是人们并没有特别重视，也不肯信以为真。特别是王府、官府和乡绅大户，更不相信。他们不相信的理由是：第一，李自成连一座城池也没有破过，可见他的兵力微不足道；第二，他们说，李自成始终徘徊于豫西山中，不敢向灾情略轻的豫中平原来，足见其无力"蹂躏"中原。一直到了十二月中旬，关于李自成的真实消息逐

①仪宾——明制，亲王和郡王的女婿称为仪宾。

渐被开封所知，不仅有地方府、州、县官的火急禀报每日飞进省城，还有士绅的很多求救书信，尤其是红娘子破了杞县和李信兄弟往豫西去投李自成，这才引起了巡抚和布、按各衙门的重视。但经封疆大吏们商议之后，都同意巡抚李仙风和布政使梁炳的主张，暂时不向朝廷如实奏闻，免得皇上不但不会派来救兵，反而会降一道严旨，限令他们将李自成火速剿灭。

破五前一天，宜阳和永宁两城失守的消息报到开封，使住在省城中的封疆大吏们开始感到情况严重。但是他们不相信李自成有力量攻破洛阳，仍然决定暂时不惊动朝廷，将两城失守和万安王被杀的事压了几天才向朝廷奏报，却不提洛阳如何危急，不提请兵。为着洛阳是藩封重地，福王是皇上亲叔父，与万安王的地位大不相同，李仙风不能不飞檄驻在洛阳的警备总兵王绍禹"加意防守，不得有失"。至于王绍禹这个老头子是否胜任，手下兵力如何，他就不问了。

在李自成加紧准备围攻洛阳和活捉福王的时候，开封的上层社会完全沉溺在灯节的狂欢中。从正月十四日起，全城以周王府为中心，大大地热闹三天。为着张灯结彩、燃放焰火、大摆酒宴，全城花费的银子无法计算。周王府的花园中扎有鳌山一座，高结彩棚，遍张奇巧花灯，约有万盏，与天上星月争辉，如同白昼，使人们看起来眼花缭乱。在鳌山下边，利用原有的苍松翠柏，又栽了许多竹竿，扎成九曲黄河，河两岸尽是柏枝、花灯，曲折回环。当李自成召开军事会议的元宵节晚上，周王朱恭枵在宫中酒宴刚罢，乘坐小辇，以代彩船，游赏"黄河"。辇前细乐、滚灯引驾，并有提炉、香盒，沉香细烟氤氲，与宫女、内监的衣香、脂粉香相混，香风远飘数十丈远。细乐声与环佩叮咚声交织，时时点缀着细语轻笑。周王的小辇在宫女和太监的簇拥中缓缓前行，后边跟随着一群郡王和国戚，再后是一大群宫中臣僚。游毕九曲"黄河"，周王沿着铺有红毡和悬灯结彩的石级乘辇登山，在亭子上摆好的王座坐下，然后，由王府承奉和典礼官迎接诸郡王和国戚步行登山，陪他饮宴看戏。先是王府男女戏班和学习歌舞的宫女们轮番登台演奏，领受赏赐，最后由皇帝敕赐的御乐登台，演奏拿手节目，直到鸡叫方歇。他做梦也没有想到，就在这个时候，李自成为进攻洛阳派遣的第一支部队，即张鼐率领的两千骑兵，已经从得胜寨出发了。

元宵之夜，开封城中和五关[①]，又冻饿死不少灾民。在大相国寺院中和热闹的州桥、寺桥一带，常有逃荒的父母牵着啼哭打颤的小儿女，立在不会被看焰火的游人踏伤的街旁的灯光之下，在小儿女的头上插着草标。另外在那些鞭炮声音寥落，没有彩棚、游人，不被华灯照耀的穷街僻巷里，居民们为着旧年的债务未清，荒春即将来到而愁眉不展，唉声叹气。就在这一社会层中，关于李闯王在豫西的种种消息，正在迅速传播，甚至猜想着和议论着李闯王会不会攻破洛阳。在一间没有点灯的小屋里，三个孩子已经在啼哭中睡去了，男人对着他的妻子悄声说：

“豫西一带穷百姓的运气倒好，遇到了李闯王这个救星。”

女人推他一下，说：“老天爷，这是要命的话，你活得不耐烦啦！”

男人还想再说话，但是忍一忍不再提这一章，改换口气说：

“咱们穷人家愁得要死，你听外边有多么热闹！”

城中的乡宦大户们共有梨园七八十班，小吹打二三十班，使全城处处有灯火的地方都飘荡着雅俗唱腔和锣鼓丝管之声。各庙宇都有灯棚。各大户和稍稍殷实之家的庭院中都挂着花灯，门前挂着彩绘门灯，争放火箭、花炮。城中和关厢很多地方焰火很盛，燃放着火盔、火伞、火马、火盆、炮打襄阳、五龙取水、花炮、起火、三起三落、炮打飞鼠、炮打花灯、水兔子入水穿波……争奇斗巧，不惜银钱。最为奇观的是，铁塔上一层层周围遍点灯盏，随风飘动，灿烂突兀，上接浮云，与天上疏星相乱。

十六日晚上，月下游人更多。男女成群结队，络绎街道，或携酒鼓吹，施放花炮，或团聚歌舞，打虎装象，琵琶随唱。约摸到二更时候，巨室大家的女眷出游，童仆提灯，丫环侍婢簇拥相随，一群群花团锦簇，香风扑鼻。这一类轻易不出三门四户的大家女眷，平日出门得放下车帘轿帘，难得每年有个灯节，可以大胆地徘徊星月之下，盘桓灯辉之中，低言悄语，嬉笑嘤嘤。这叫做“游走百病”，还得拥拥挤挤地过一道桥，据说可以一年中不得腰疼病。所谓

①五关——开封有五门，故有五关。

“开封八景”之一的“州桥明月”，最为吸引游人，桥上拥挤得水泄不通。

这时，周王借共同听戏赏月为名，将几个封疆大吏召进宫中，先在花园中的畅心阁赐宴。宴毕，赐茶，拈着花白胡须问道：

“寡人近日听说，李自成攻破永宁之后，假行仁义，无知愚民受其欺哄，裹胁日众。先生们看，闯贼是否有进攻洛阳之意？”

几位封疆大吏当周王问话时都已经恭敬起立。等周王问毕，巡抚李仙风因自己官职最高，赶快躬身回答：

“卑职等身负封疆重任，只因兵饷两缺，未能早日剿灭流贼，致有永宁、宜阳等城失陷，万安郡王被害，知县武大烈等死节，百姓惨遭屠戮。卑职等已上奏朝廷，听候严加治罪。今蒙王爷殿下垂询，更觉惶恐。但河南府城，万无一失，请王爷不必担忧。目前杨阁部正在四川围剿献、曹二贼，已将二贼逼入川西，甚为得手。一俟献贼歼灭，杨阁部即可挥大军出川，清剿中原流贼。闯贼屡败之余，幸逃诛戮，只剩五十骑奔入河南。目前虽然伪称仁义，煽惑百姓，裹胁日众，似甚嚣张，然皆一时乌合之众，不足为虑。杨阁部大军一到，廓清不难。”

周王微微点头，又说：“本藩恪守祖训，一向不过问地方军政大事。然洛阳是亲藩封地，只怕万一有失，亲藩受惊，皇上震怒，对先生们也不甚好。”

李仙风又回答说：“河南府城高池深，户口数万，兵勇众多，道、府官员俱在，与永宁大不相同。况福王金钱粮食极多，紧急时不患无守城之资。职抚前已奏请皇上，命王绍禹为洛阳警备总兵，专职镇守，拱卫福藩。前南京兵部尚书吕维祺亦在洛阳城内，颇孚众望，必能倡导绅衿，捍卫桑梓。洛阳城决无可虑，谨请殿下放心。”

周王面露微笑，说：“只要能如先生所言，洛阳万无一失，寡人就不为开封担心了。”

话题转到今年的元宵灯火上，谈了一阵，便换了酒菜听戏，没有人再担心李自成会有意攻破洛阳。

在洛阳，从十二月中旬起，人们就天天谈论李自成，真实消息和虚假传说混在一起，飞满全城。虽然有洛阳分巡道、河南府知府和洛阳警备总兵会衔布告，严禁谣言，但谣言越禁越多。文武衙门不敢对百姓压得过火，只好掩耳不管。实际上，一部分关于李自成的消息就是从文武衙门中传出来的。和往年大不同的是，往年飞进洛阳城中的各种谣传十分之九都是对农民起义军的歪曲、中伤、诬蔑和辱骂，而近来的种种新闻和传说十分之九都是说李自成的人马如何纪律严明，秋毫不犯，如何只惩土豪大户，保护善良百姓，如何开仓放赈，救济饥民，以及穷百姓如何焚香欢迎，争着投顺，等等。飞进洛阳城中的传说，每天都有新的，还有许多是动人的小故事，而且故事中有名有姓，生动逼真，叫听的人不能不信。

关于李自成的传说，有不少是混合着穷苦百姓的感情和希望，真实的事情未必尽都被众人知道，而哄传的故事未必不含着虚构的、添枝加叶的地方。在洛阳城内，只有上层统治阶级不愿听到称颂李闯王的各种传说，对那些消息感到恐惧和殷忧。曾做过南京兵部尚书的吕维祺在洛阳的缙绅中名望最大，地位最高。他从南京回到洛阳这几年来，平时多在他自己创立的伊洛书院讲学，但地方上如有什么大事，官绅们便去向他求教，或请他出面说话。所以他虽无官职，却在关系重大的问题上比现任地方官更起作用。明代的大乡宦多是如此。一天下午，他忧心如焚，在伊洛书院中同一群及门弟子闲谈。这一群弟子中有不少是重要绅衿，有的已经做了官，近来罢官家居。吕维祺今日从程朱理学谈起，但是他和弟子们都无心像往日一样“坐而论道”，很快就转到当前的世道荒乱，李自成声势日盛等种种情况，同弟子们不胜感慨。有一个弟子恭敬地说道：

“闯贼趁杨武陵追剿献贼入川，中原兵力空虚，封疆大吏都不以流贼为意，突然来到河南，号召饥民，伪行仁义。看来此人确实志不在小，非一般草寇可比。老师望重乡邦，可否想想办法，拯救桑梓糜烂？倘若河洛不保，坐看李自成羽毛丰满，以后的事就不堪设想了。”

吕维祺叹口气说：“今日不仅河洛局势甚危，说不定中原大局也将不可收拾。以老夫看来，自从秦、晋流贼起事，十数年中，大股首领前后不下数十，唯有李自成确实可怕。流贼奸掳烧杀并不可怕，可怕的是他们不奸掳烧杀，同朝廷争夺人心。听说李自成原来就传播过‘剿兵安民’的话，借以煽惑愚民。近来又听说闯贼散布谣言，遍张揭帖，说什么随了闯王就可以不向官府纳粮，他自己也在三年内不向百姓征粮。百姓无知，听了这些蛊惑人心的话，自然会甘愿从贼。似此下去，大乱将不知如何了局。老夫虽然忧心如焚，然身不在位，空言无补实际，眼看着河洛瓦解，洛阳日危，束手无策！”

另一个弟子说：“传闻卢氏举人牛金星投了闯贼，颇见信用；他还引荐一个江湖术士叫宋献策的，被闯贼拜为军师。又听说牛金星劝闯贼不杀举人，重用读书人。这些传闻，老师可听说了么？”

吕维祺点点头，说：“宋献策原是江湖术士，无足挂齿。可恨的是举人投贼，前所未闻。牛金星实为衣冠败类，日后拿获，寸斩不蔽其辜！”

头一个弟子说：“洛阳为藩封重地，福王殿下……”

一个老家人匆忙进来，向吕维祺垂手躬身说：“禀老爷，分巡道王大人、镇台王大人、知府冯大人、推官卫老爷、知县张老爷，还有几位地方士绅，一同前来拜见，在二门外边等候。”

吕维祺一惊，立即吩咐：“请！”他随即立起，略整幞头，对弟子们说：“他们约同前来，必有紧急要事。请各位在此稍候，我还有话向各位一谈。”说毕，便走往二门去迎接客人。

以分巡道王胤昌为首的几个文武官吏加上几位士绅，被请进书院的客堂坐下。仆人献茶一毕，王胤昌带头说：

“今日洛阳城中谣言更盛，纷纷传说李自成将来攻城。望城岗的墙壁上早晨撕下了无名揭帖，说李闯王如何仁义，只杀官不扰平民，随了闯王就不交纳钱粮，不再受官府豪绅欺压。据闻南阳各地愚民受此煽惑，信以为真，顿忘我大明三百年雨露之恩，纷纷焚香迎贼，成群结队投贼。宜阳和永宁两县，城外已经到了流贼，城内饥民蠢蠢思动。昨夜两县都差人来府城告急，都说危在旦夕。洛阳城内，也极其不稳。刚才各位地方文武官员与几位士绅都到敝分司衙门，商议如何保洛阳藩封重地。商量一阵，一同来求教先生，只有先生能救洛阳。”

吕维祺说："学生自从罢官归来，优游林下[1]，惟以讲学为务。没想到流贼猖獗，日甚一日，眼见河洛不保，中原陆沉。洛阳为兵家必争之地，亦学生祖宗坟墓所在地。不论为国为家，学生都愿意追随诸公之后，竭尽绵力，保此一片土地。诸公有何见教？"

知府冯一俊说："目前欲固守洛阳，必须赶快安定军心民心。民心一去，军心一变，一切都完。闯贼到处声言不杀平民，只杀官绅。一旦洛阳城破，不惟现在地方文武都要杀光，恐怕老先生同样身家难保。更要紧的是福王殿下为神宗皇帝爱子，当今圣上亲叔。倘若洛阳失守，致使福藩陷没，凡为臣子，如何上对君父？况且……"

吕维祺截断知府的话，说："目前情势十分急迫，请老父台直说吧，其他道理不用提了。"

冯一俊不再绕弯子，接着说："洛阳存亡，地方文武有守土之责，不能推卸。然值此民心思乱、军心动摇之时，存亡实决于福王殿下。洛阳百姓们说，'福王仓中的粮食堆积如山，朽得不能再吃。可是咱们老百姓流离街头，每日饿死一大批。老子不随闯王才怪'！……"

总兵王绍禹插言："士兵们已经八个月没有关饷，背地里也是骂不绝口。他们说，'福王的金银多得没有数，钱串儿都朽了。咱们快一年没有关饷，哪个王八蛋替他卖命守城'！我是武将，为国家尽忠而死，份所应该。可是我手下的将士不肯用命，叫我如何守城？"

分巡道王胤昌接着说："目前唯一救洛阳之策，只有请福王殿下打开仓库，拿出数万两银子犒赏将士，拿出数千担粮食赈济饥民。舍此最后一着棋，则洛阳必不可守，福王的江山必不可保，我们大家都同归于尽！"

由于王胤昌的语气沉痛，听的人都很感动，屋子里片刻沉默，只有轻轻的叹息声。吕维祺拈须思量，慢慢地抬起头来问道：

"诸公何不将此意面启福王殿下？"

王胤昌说："我同王总镇、冯知府两次进宫去求见殿下，殿下都不肯见。

---

①林下——并非真的山野或乡下，而是指不再做官，闲居在家。

今日官绅集议，想不出别的办法，只得来求先生进宫一趟。”

吕维祺说：“诸位是守土文武，福王殿下尚不肯见，我以闲散之身，前去求见，恐怕更不行吧？”

胤昌说：“不然，不然。先生曾为朝廷大臣，且为理学名儒，河洛人望。福王殿下平日对先生十分尊重，断无不肯面见之理。”

知县张正学从旁劝驾：“请大司马务必进宫一趟，救此一方生灵。”

官绅们纷纷怂恿，说福王定会见他，听从他的劝告。吕维祺慨然说：

“既然各位无缘面启福王，痛陈利害，学生只好试试。”

送走官绅客人之后，他对弟子们说了他要去求见福王的事，弟子们都很赞成，都把洛阳存亡指靠他这次进宫。随即他换了衣服，坐轿往王宫去了。

隔了一道高厚的红色宫墙，将福王府同洛阳全城划成了两个天地。在这个小小的圈子里，仍然是酒色荒淫、醉生梦死的无忧世界。将落的斜阳照射在巍峨的黄色琉璃瓦上，阴影在一座座的庭院中渐渐转浓，有些彩绘回廊中阴气森森。正殿前边丹墀上摆的一对铜鼎和鎏金铜狮子也被阴影笼罩。在靠东边的一座宫院中传出来笙、箫、琵琶之声和檀板轻敲，曼声清唱，而在深邃的后宫中也隐约有琵琶之声传出，在宫院的昏暗的暮烟中飘荡。

在福安殿后边的一座寝宫中，福王朱常洵躺在一把蒙着貂皮锦褥的雕花金漆圈椅中，两腿前伸，将穿着黄缎靴子的双脚放在一张铺有红绒厚垫的雕花檀木矮几上。左右跪着两个宫女，正在替他轻捶大腿。另外两个宫女坐在两旁的矮凳上，每个宫女将他的一只粗胳膊放在自己腿上，轻轻捶着。他是那样肥胖，分明右边的那个略微瘦弱的宫女被他的沉重的胳膊压久了，不时偷偷地瞟他一眼，皱皱眉头。他的滚圆的大肚子高高隆起，像一口上百人煮饭用的大锅反扣在他的身上，外罩黄袍。在他的脚前一丈远的地方，拜垫上跪着一群宫女装束的乐妓，拿着诸色乐器，只有一个女子坐在矮凳上弹着琵琶，另一个跪着用洞箫伴奏。福王闭着眼睛，大半时候都在轻轻地扯着鼾声，有时突然鼾声很响，但随即就低落下去。当一曲琵琶弹完之后，福王也跟着停止打鼾，微微地睁开眼睛，用带着睡意的声音问：

“熊掌没熟？”

侍立在背后的一个太监走前两步，躬身回答：“启禀王爷，奴婢刚才去问了问，熊掌快炖熟啦。”

“怎么不早炖？”

“王爷明白，平日炖好熊掌都得两个时辰，如今已经炖一个多时辰了。”

司乐的宫女头儿见福王不再问熊掌的事，又想蒙眬睡去，赶忙过来跪下，柔声问道：

“王爷，要奏乐的奴婢们退下么？”

福王又睁开因酒色过度而松弛下垂的暗红眼皮，向她望一眼，说：

“奏一曲《汉宫秋月》，筝跟琵琶。”

抓筝的乐妓调整玉柱，轻试弦音，忽然承奉刘太监掀帘进来，向福王躬身说：

“启禀王爷，吕维祺进宫求见，已经等候多时。”

福王没有做声，重新闭起眼睛。抓筝的和弹琵琶的两个女子因刘承奉使个眼色，停指等候。屋中静了片刻，刘承奉向前再走一步，俯下身子说：

“王爷，吕维祺已经等候多时了。”

福王半睁倦眼，不耐烦地说：“这老头儿见寡人有什么事儿？你告他说，寡人今日身子不舒服，不能见他。不管大事小事，叫他改日再来。”

刘承奉略露焦急神色，说：“王爷，吕维祺说他今日进宫，非见王爷不可，不面见王爷他死不出宫。”

“他有什么事儿非要见到寡人不可？”

“他说王爷江山能否保住，在此一见。他是为王爷的江山安危，为洛阳全城的官绅百姓的死活进宫来求见王爷殿下。”

福王喘口气，说：“洛阳全城的官绅百姓的死活干我事！啊，你们捶、捶，继续轻轻捶。寡人的江山是万历皇上封给我的，用不着他这个老头儿操心！”

“不，王爷。近来李闯王声势很大，兵马已到宜阳、永宁城外，声言要破洛阳。吕维祺为此事求见王爷，不可不见。”

朱常洵开始明白了吕维祺的进宫求见有些重要，但仍然不想接见。他近来可能是由于太胖，也可能还有别的什么毛病，总觉得瞌睡很多，头脑发昏，四肢肌肉发胀，所以经常需要躺下去，命四个生得很俊的宫女替他捶胳膊、腿。现在逼着他衣冠整齐地离开寝宫，到前院正殿或偏殿去坐得端端正正地受吕的朝拜，同他说话，多不舒服！在片刻间他想命世子①由崧替他接见，但是他听见东宫里正在唱戏，想着自从几个月前新从苏州买来了一班女戏子，世子每日更加沉溺酒色，倘若世子在吕维祺的眼前有失检言行，颇为不美。想了一阵，他对承奉说：

"等一等，带吕维祺到福安殿见我！"

他在几个宫女的帮助下艰难地站立起来，换了衣冠，然后由两个太监左右搀扶，到了福安殿，在王位上坐下。两旁和殿外站了许多太监。吕维祺被带进殿内，行了跪拜礼。福王赐座，赐茶，然后问道：

"先生来见寡人何事？"

吕维祺欠身说："目前流贼云集宜阳、永宁城外，旦夕破城。流贼声言俟破了这两座县城之后，即来攻破洛阳。洛阳城中饥民甚多，兵与民都无固志，怨言沸腾，多思从贼。官绅束手无策，坐待同归于尽。王爷藩封在此，原期立国万年，倘若不设法守城，江山一失，悔之何及！如何守城保国，时急势迫，望殿下速作决断！"

福王略觉吃惊，喘着气问："洛阳是亲藩封国重地，流贼敢来破城么？"

"流贼既敢背叛朝廷，岂惧亲藩？崇祯八年高迎祥、李自成等流贼破凤阳，焚皇陵，殿下岂已忘乎？"

"寡人是今上皇叔，流贼敢害寡人？"

"请恕维祺直言无隐。听说流贼向百姓声言，要攻破洛阳，活捉王爷殿下。"

福王浑身一颤，赶快问："此话可真？"

"道路纷传，洛阳城中虽三尺童子亦知。"

---

①世子——法定继承王位的儿子。这个世子朱由崧即后来的南明弘光帝。

福王一阵心跳，喘气更粗，又问："先生是个忠臣，有何好的主意？"

"王府金钱无数，粮食山积。今日维祺别无善策，只请殿下以社稷为重，散出金钱养兵，散出粮食济民。军心固，民情安，洛阳城就可坚守，殿下的社稷也稳如泰山。否则……大祸不堪设想！"

福王心中恍然明白，原来是逼他出钱的！他厌烦地看了吕维祺一眼，说："地方文武，守土有责。倘若洛阳失守，本藩死社稷，他们这班食皇家俸禄的大小官儿也活不成。纵令他们有谁能逃出流贼之手，也难逃国法。先生为洛阳守城事来逼寡人，难道守城护藩之责不在地方文武的身上么？先生既是忠臣，为何不去督促地方文武尽心守城，保护藩封？"

吕维祺起立说："殿下差矣！正是因为洛阳文武无钱无粮，一筹莫展，才公推维祺进宫向殿下陈说利害，恳请殿下拿出一部分库中金钱，仓中粮食，以保洛阳，保社稷。殿下如仍像往年那样，不以社稷为念，将何以见二祖列宗于地下？"

朱常洵愤然作色，说："近年水旱不断，盗贼如毛，本藩收入大减，可是宫中开销仍旧，入不敷出，先生何曾知道！请先生休再帮那班守土文武们说话，替他们开脱罪责。他们失守城池，失陷亲藩，自有大明国法在，用不着你入宫来逼寡人出钱出粮！"说毕，向两个太监示意，将他从王座上搀扶起来，喘着气往后宫去了。

吕维祺又吃惊又失望地望着福王离开福安殿，不禁叹口长气，顿了顿足，洒下眼泪，心中叫道：

"洛阳完矣！"

吕维祺同福王见面的当日晚上，袁宗第率领的一支义军奉闯王之命攻破宜阳，杀了知县唐启泰，对百姓秋毫无犯。这消息迅速传进了洛阳城中，证实了李闯王"只杀官，不杀平民"的传闻不假。又过几天，永宁失守和万安王被杀的消息传进了洛阳城中，人人都清楚，李闯王下一步就要来洛阳了。

洛阳在年节中同开封完全像两个世界。穷百姓怀着殷切的心情等待李闯王的大军来到，而官绅和大户都怀着惴惴忧惧的心情等待着大祸临头。洛阳城中，自元朝至今将近四百年间，从来没有一个春节过得像今年这样暗淡、萧条、草率。

吕维祺仍然是洛阳官绅的重心，被看做洛阳安危所系的人。正因为他居于如此举足轻重的地位，所以他下决心要与洛阳共存亡，决不逃走。但是他明白新安和洛阳两县百姓对他本人和他的家族积怨甚深，所以他狠心拿出来几百石杂粮在城内放赈，希图在穷人中买一个慈善之名。另外，他以个人名义给巡抚、布政使和按察使写信，请他们火速派兵救援洛阳。

福王虽然不得不相信李闯王要攻洛阳，但是他仍然指望有守土之责的地方文武会慑于国法，也为保自己身家性命，出死力固守城池，等待救兵。正月初十以后，义军的游骑每日出没于洛阳郊外，风声更加紧急。一天下午，他由两个太监搀扶着，巡视仓库。他叫典库官打开一座被叫做东二库的大屋子，看看里边堆满金银和铜钱，心中说："这都是神宗皇帝辛辛苦苦从全国弄到手的，赐给了寡人，也有些是寡人三十年来自己经营的家产，我连一个钱也不给人！"他希望过此一时，洛阳太平无事，他还要拚命从王庄、王店、茶引和盐引等方面聚敛钱财。他同他的父亲一样，金钱聚敛得越多越感到称心。

过了灯火稀疏的元宵节，李自成的义军已经占领了洛阳附近的延秋、龙门和洛河南岸的许多村镇，准备攻城。福王将分巡道王胤昌、总兵王绍禹、知府冯一俊等叫进宫去，问他们关于守城的事。王胤昌已得到巡抚李仙风的火急书信，内称他已率领大军自黄河北岸星夜西来，嘱洛阳文武官督率全城军民固守待援。他将这些连他自己也半信半疑的话启禀福王。福王的心情为之一宽，点头说：

"李巡抚倒是个大大的忠臣。事定之后，寡人要向皇上题本，重重奖赏他的大功。"

王绍禹趁机起立说："洛阳守城官兵，欠饷日久，咸有怨言。请王爷殿下速速发出几万饷银，以固军心。"

福王喘着气说："你们，一提到守城就要银子，要银子！你们不晓得寡人的困难，好像王宫中藏有摇钱树、聚宝盆！"

王胤昌说："倘无银子，便没人肯替殿下守城。"

福王说：“李仙风不是要星夜赶来么？”

“但恐巡抚兵马未到，洛阳已经破了。”

福王想了想，说：“那，那，那如何是好？……寡人为念将士辛苦，特赐一千两银子犒劳好啦。”

王绍禹说：“数千将士，一千两银子如何敷用？卑职实在没法向将士们说话，鼓起士气守城。”

福王又想一下，说：“我赏三千两如何？再多一两就没有了！”

大家不再恳求，叩头辞出。随即有太监将三千两银子送到镇台衙门，王绍禹自己留一千两，送一千两给分巡道，拿一千两犒赏将士。士兵们骂得更凶，有人公然说不再守城的话。王绍禹只好佯装不知，守城事听天由命。

正月十九晚上，李自成的大军已经将洛阳包围，即将攻城。福王得到禀报，大为惊慌，将几个亲信太监叫到面前，边喘气边声音打颤地说：

“你们要想法儿救寡人逃出洛阳。我不惜金银重赏，快救寡人……”

第 28 章

关陵庙中有一座大的道院，如今腾出来一部分作为李闯王暂时居住的地方。一部分随来的亲将和标营亲军都在大庙的两廊和山门下歇息。门外有一条东西小街，有几家小饭铺，在通往龙门和洛阳的官道旁也有饭铺，如今都驻扎着李闯王的标营亲军。所有战马，在遛过一阵之后，都拴在柏树林中和小街后边喂草料。再往东边，在东西小街的尽头，还有许多帐篷，驻着一队骑兵，是袁宗第派驻此地拱卫闯王行辕的。他们于昨日上午就来了，打扫了庙里庙外，又为闯王的亲军准备好柴草。龙门又名伊阙，自古是军事要道，袁宗第也派有少数人马驻扎。从关陵前边望去，可以望见龙门北头小街上露出来一面红旗，而伊水东岸的香山脚下也有一片帐篷和几面随风招展的红旗。

早饭早就准备好了。闯王等漱洗一毕，就坐下去吃早饭。在吃饭时候，他向军师问：

“那从潼关进来河南的一股变兵可接上头了?”

献策回答:“因为他们提前奔进洛阳,我们来不及派人接头。不过袁将军已暗中嘱咐我军在洛阳城中的细作,散布流言,然后鼓动这一支变兵献城投降。”

闯王问:“散布的什么流言?”

“只说河南巡抚与陕西总督都有上奏,奉旨‘着将为首十人捕获归案,枭首示众,不得宽纵’!还说王绍禹已奉巡抚密檄,拟于洛阳解围之后,遵旨拿办,不许一人漏网。”

李岩说:“按道理讲,陕西总督与河南巡抚题奏上去,有圣旨下到开封,再由开封密檄洛阳防守总兵,来往颇费时日。说王绍禹现在已接到巡抚密檄,恐不可信。”

献策笑了起来,说:“足下,你这是书生之见,洛阳百姓和潼关叛兵却不会如此看的。如今兵荒马乱,谣言丛生,任何无根之言都容易被人轻信。何况那几百杀官叛兵,正在疑神疑鬼,听风是雨,无事尚且惊慌自扰,一听这个谣言,岂有不信之理?等他们能够冷静剖析,知是谣言,那已经是破洛阳多日以后的事了。”

听献策这么一说,大家也笑了起来。正吃饭间,袁宗第又派人飞马前来禀报:偃师县已经于昨夜一鼓而破,未损失一兵一卒。活捉了贪官徐日泰,在衙门前边斩首,同时杀了县丞白世禄、训导刘恒等三四个民愤较大的人,对平民秋毫无犯。大家听了,知道一切都遵照闯王将令,马到成功,十分高兴。

吃毕早饭,李自成同宋献策等重新洗手,到大殿中向关公焚香礼拜,然后看了看大殿后边的冢子,又向当家方丈询问了这庙宇的历史和近来的香火情形。他已经知道李过尚未来到洛阳城外,而刘宗敏、袁宗第和牛金星今天上午又率领一支骑兵去洛阳城周围察看,所以他决定趁此机会让随来的将士们在此地休息半天,并吩咐中午这顿饭到未时以后吃,好使大家多睡一睡。他自己十分疲乏,一躺下去便很快睡熟了。

但是他们只睡了一个多时辰,全都醒了。眼看着就要攻破洛阳,大家都怀着兴奋的情绪,考虑着许多问题,不肯多睡。现在离吃午饭的时间还早,李自成带着宋献策和李岩等出庙走走。他们先在关陵的小街上看看，遇到一群小孩子在一辆空牛车上玩耍，有一个十来岁的孩子领头唱道：

吃他娘，
穿他娘[①]，
开了大门迎闯王。
闯王来时不纳粮！

闯王听了，哈哈大笑，对宋献策和李岩们说："林泉[②]到得胜寨以后编的歌谣，传得真快，这里的小孩子都唱起来啦！"

宋献策向孩子们笑着问："你们还会唱别的歌谣么？"

孩子们看见这一群很不一般的义军将士，有点羞怯，不肯再唱，还有的跳下车跑了。闯王和献策等望着孩子们大笑起来，边谈话边继续向前走去。他们走了不过一箭之地，却听见孩子们又唱了一首歌谣：

朝求升，
暮求合，
近来贫汉难存活。
早早开门拜闯王，
管教大小都欢悦。

李闯王和宋献策等回到行辕门外，骑上战马，去游龙门。这个举国著名的古迹名胜地方，宋献策和尚炯在十年前都游过，昨天宋献策和刘宗敏、牛金星又一起从这里经过，倒是李闯王和李岩是闻名已久而未曾一至，所以特别兴致勃勃。他们到龙门山北头的小街上下了马，率领一部分亲兵步行前进。龙门山崖上石窟中佛像众多，李自成等实在没法仔细观看，只在奉先殿盘桓较久，赞赏那十分巍峨壮观的大佛像和左右天王、力士像。有一个身材高大的亲

①吃他娘，穿他娘——这是河南群众的口头语，意思是没吃的，没穿的，但用的是谩骂口吻，表现了群众的怨怒感情。

②林泉——李岩的字。

兵去抱一尊天王像的小腿，仅仅能够两手合拢。从奉先殿回来走不多远，他们到一座临着山崖的佛寺中休息。这座佛寺占地不大，但建筑玲珑，布局紧凑，禅堂清幽。有一道泉水从院中流出，从一只花岗石龙口喷出，泄入伊河。老和尚将李闯王等迎进方丈，一一献茶，十分恭敬。闯王问到龙门古迹的历史和近来香火情况，老和尚诉起苦来，说有些佛像受风雨剥蚀，损坏日多，虽然有檀越布施，但是杯水车薪，总不能将损坏的佛像都修补起来。闯王明白了他的意思，叫吴汝义取出二十两银子布施，嘱他先拣那些吃紧的地方整修一下，等到天下太平以后再大大整修。

闯王准备动身回关陵，却不见尚炯在那里，连尚炯的亲兵们也一个不见。有一个亲兵禀报说：从奉先殿往南去有一个石窟，石壁上刻满了各种药方，老神仙正在那里仔细观看药方。闯王笑一笑，命亲兵去请他快来。随即他同李岩一边闲谈，一边走出方丈。临着路边，以悬崖为屋基，有三间倒座禅堂，陈设雅致，原是接待从洛阳来的官绅和一班有钱人用的，现在亲兵们都在里边休息。宋献策对闯王说：

“昨天我同捷轩、启东从这里经过，也在这寺里休息吃茶。那三间禅堂的墙壁上有不少题字，有的出自名手，题的诗和字都很好。启东一时高兴，也在墙壁上题了几首七绝。何不趁着子明尚未转来，进去一看？”

闯王连声说：“好，好，进去看看。”

他们步入禅堂。满屋亲兵立刻肃然退出，站到院中。自成将整个禅堂打量一眼，看见中间后墙上供着一轴观音像，一副对联，神桌上摆一只蓝花白瓷香炉，两边山墙上挂着条幅和对联，而除此之外，墙壁上确实有许多题字和题诗。他随着宋献策走到牛金星的题诗地方，看见有三首七言绝句，墨迹很新，题目是《随大军过龙门题壁》，下署“辛巳孟春，戎马书生题”一行小字，然后他回过来从第一首依次往后看。宋献策边看边按照平仄调子吟出声来。那三首诗是这样写的：

丽日光华明剑戟，春风浩荡入丝缰。
云霓企望来汤武，到处壶浆迎闯王。

踏破群山不觉险，龙门北进接康庄①。
三军争指关陵近，隐约城楼即洛阳。

百代中原竞逐鹿，关河离乱又沧桑。
沉沦周鼎②今何在？自古洛阳是帝乡。

吟诵完了，宋献策连声称赏，说这三首诗写得很好，雍容凝重，颇有宰相气派，非一般诗人之诗。他同牛金星、李岩都是朋友，所以在闯王面前总是对他们美言称赞。尤其因他是被牛金星推荐到闯王帐下，很得信任，拜为军师，不能不私心感激金星。他心中明白，金星的第三首诗是希望闯王在洛阳建都。虽然他从军事着眼不赞成目前就把洛阳作为建都之地，但因为他是河南人，所以从将来说，他巴不得李自成在洛阳建都。自成读完这三首题壁诗，一边仔细咀嚼这后一首的意思，一边听献策称赞，含笑点头，又转头望望李岩。李岩很注意第三首诗中所流露的希望闯王建都洛阳的思想，不好表示意见。他虽然建议李闯王在宛、洛建立一个立脚地，但是他不主张闯王过早地正式称王。他想，如果破了洛阳后，牛金星拿出来这个建议，被闯王采纳，将是很大失策。李自成见他看着墙壁不语，笑着问：

"林泉，你何不也题诗一首？"

李岩赶快说："我平日文思迟钝，看见启东这三首题诗，更不敢动笔胡诌了。我近来才知道启东写的是苏体③，功底很深。就以这题壁诗的书法说，虽不是他的精心之作，率笔写成，在许多题诗中间也算得是凤毛麟角。"

正谈论间，尚炯回来了。他们走出寺门，别了老和尚，信步向北走，一面欣赏香山风景，一面谈论龙门的军事形势。但是李自成听着宋献策、李岩和医生谈话，心中在想着一些重大问题。在得胜寨过年节的时候，宋献策、李岩和牛金星都向他提出来据宛、洛，收河南以争天下的重要意见，又提出建立名号代替闯王称号，今天看牛金星的题壁诗，这些事必将在攻破洛阳之后，再次向

---

①康庄——"康庄大道"的略语。从龙门到洛阳，道路平坦宽阔。
②周鼎——周天子的传国鼎，相传为夏禹所铸，共有九个，象征国统和皇权。
③苏体——北宋以后，临摹苏轼书法的人不少，称他的书法为苏体。

他提出。可是看李岩刚才的意思，又分明对牛金星的希望建都洛阳的主张不置可否。现在已经进兵到洛阳城下，只要没有意外枝节，明天夜间就可以攻破洛阳。像这些十分重大的问题，不能不引起他反复考虑。

他们走到龙门北头的小街上，就遇见刘宗敏派来的亲将李友问闯王下午是否到望城岗去。如果闯王不能前去，他就同牛先生和众将领在晚饭后赶来关陵，计议攻城诸事，并请闯王亲自向众将发布军令。李自成听了以后，说：

"你回去禀报刘爷，我在酉牌时候，同军师和李公子赶到望城岗，还要到洛阳城外看看，然后同众将领会商军事。补之已经到了么？"

"到了。他的骑兵已经有一部分从新安来到洛阳西门外，其余的黄昏可以全到。在永宁的骑兵，今日下午也陆续到了。"

李自成不再询问，立刻上马，赶回关陵。

太阳还有树梢高的时候，李自成带着军师和李岩，从关陵到达洛河附近。这里有一条小街名叫望城岗，离洛阳南门数里。袁宗第的老营驻扎在这条街上。牛金星和刘宗敏也在此地，偕同袁宗第部署进攻洛阳军事。袁宗第的大部分人马和张鼐率领的人马，都已经驻在洛阳城外一二里内，而张鼐本人就驻在洛阳西门外的周公庙。现在实际上留驻在望城岗的部队不到七百人，但是因为它是袁宗第的老营所在地，全营辎重堆放在望城岗关帝庙中，所以部队支领东西，传送命令，禀报事情，来往频繁，使这个小街道顿然热闹。百姓们因为亲眼看见李闯王的部队平买平卖，又是才关了饷银，所以不惟街上的几家小铺都大胆开市，还吸引了附近的肩挑小贩纷纷来赶做买卖。街外边，离河岸不远有一座洛神祠，那小小的天井院落里和庙门外都是从洛阳城附近来的百姓，熙熙攘攘，络绎不断。他们有的是来投军，有的是来控诉他们所受王府、官吏、乡宦和豪绅们的鱼肉之苦。这些前来投军和告状的百姓，将城中的各种情况都清清楚楚地说了出来。袁宗第特意派一个小校同一个办文墨的先生率领二十个弟兄住在洛神祠中，接见前来投军和告状的百姓，免得他们都拥向老营。

李自成在袁宗第的老营中稍坐片刻。听宗第将进攻洛阳城的军事部署简单地禀报一下，便趁着太阳未落，驰往洛阳城下。刘宗敏、袁宗第、牛金星、宋献策、李岩等都跟他一道。他们在二三百骑兵的簇拥中从洛阳的南门走到西门，又走到西北城角。太阳已经落到涧河岸上，天色已暗，北邙山在北边变成了一道黑咕出律的暗影。洛阳已经合围，北郊的不少村落和通往孟津的大道上都有火光。城头上也点了灯笼火把，还有人语、柝声，不断从城上传来。李自成从原路回到望城岗。虽然在天黑以前他没有来得及将洛阳城周围的地势都看一遍，但主攻的地方是在北门，这一带的地势他已经完全清楚。

晚饭以后，李自成在望城岗主持军事会议，将一应有关如何破城，在破城后如何维持城中秩序，以及其他重大事项，都做了详细商议，由闯王做出决定。闯王见将士们连日辛苦，像李过已经三天三夜不曾睡觉，另外还有一部分人马明天才能陆续赶到，所以决定明日一天按兵不动，让将士们好生休息，同时将闯王的几条禁令由各营将领传谕下边的大小头目和士兵，“务必一体凛遵勿违”。袁宗第向闯王问：

“破了洛阳之后，你的行辕安在什么地方？”

没有等闯王回答，几个将领都说闯王应该从关陵移驻福王府中，说那里地方宽大，舒服，又说闯王苦战了十几年，明日破了洛阳，理应搬进福王宫中。闯王望望牛、宋和李岩，又望望刘宗敏和李过等几位大将，但大家都不做声。闯王的脸色严肃，对众将领说：

“破城之后，行辕移驻洛阳城外的周公庙中。如今天下未定，我正要和将士们同甘共苦，岂可贪图舒服！”

宋献策立刻点头说：“闯王所言甚是。行辕暂设在周公庙最好。凡不是必须驻扎城内的人马，亦一律不许入城，方好使城内安堵如常，市廛不惊。”

牛金星接着说：“闯王行辕暂驻周公庙，实为英明之见。昔汉高祖初到咸阳，不留在秦宫休息，还军霸上，与父老约法三章，为史家所称道。今闯王不住福王宫，暂留城外，也有汉高祖不住咸阳宫的意思。倘若将来据河洛以争中原，建名号以符民望，这现成的福王宫自然是也要用的。”

李自成用满意的眼神看一看牛、宋二人，但没做声。大家接着又商议别的问题。会议一直开到三更以后，才告结束。袁宗第的老营司务命火头军准备了一大锅羊肉熬红白萝卜，每个人喝了两大碗，浑身暖和。喝完羊肉汤，众将领纷纷回营。闯王请牛金星、宋献策和李岩也先回关陵休息。闯王等牛、宋和李岩走后，向院中叫了一声：

"张鼐！"张鼐回身进来，站在他的面前。他面带微笑地看着张鼐，慢慢地说："小鼐子，你跟了我六七年，如今已经长成大人啦。这次攻洛阳，我叫你率领中军营精兵前来，这是第一次给你重要差遣，把你当重要将领使用。你要是砸了锅，我可是不答应的。你知道么？"

张鼐严肃地回答说："知道，闯王！我要是不能遵照闯王的将令把事情办好，从今往后，请闯王再也不要给我重要差遣！"

刘宗敏在一旁笑了一声，骂道："你这小子，说得倒轻松！如今是打仗，闯王交给你的差事就是军令，军令大如山。你出了差错，要按军法治罪哩！"

张鼐说："是，请按军法治罪。"

闯王点点头，说："你明白这一点就行了。我现在再对你说一遍，必须句句照办，不可有误。第一，明天黄昏，你将手下人马分作两支，一支留在西关，一支开往北关，等候破城。第二，不管是北门先开，西门先开，你的骑兵都要立即冲进城内。今晚会议上已经商定，在破城那一刻，冲入城时，其他各营人马都向你的骑兵让路。要迅疾，要像箭出弦上，不可有片刻耽搁。这就需要你事前在西关和北关整队等待。万一城上向外打炮，也不可乱了队伍。"

张鼐心情激动地说："是，是。"

闯王接着说："第三，你的骑兵一冲进城去，要立刻奔到王宫，先占据王宫的午门、东华门、西华门、后门。王宫很大。你一定要不使一个乱兵进入王宫，放火抢劫。不论军民，有敢闯入王宫放火抢劫的，当场斩首。第四，你事先安排好，冲入城门以后，立刻要分出几支骑兵占据通衢要道、十字街口，并有骑兵不断在大街小巷巡逻，严禁烧、杀、奸淫、抢劫。一边巡逻，一边传谕我的禁令。如有违反的，不论是溃散官军，或是我们自己的弟兄，都一律就地正法，枭首示众。第五，福王父子，罪大恶极，一定得捉拿归案。破城之后，他父子必然要逃出王宫。不管他们上天入地，非捉到不可！虽然各营将士都要捉拿福王父子，可是你的骑兵先冲进城，占据王宫，所以倘若没有福王父子，我惟你是问。在兵荒马乱中，如果你不能把他们父子全都捉到，至少得把福王本人捉到。逃走福王本人，我决不答应！”

张鼐回答说：“除非他生出两只翅膀，我决不会使他逃掉！”

刘宗敏在一旁说：“小鼐子，要是逃走了朱胖子，你小心闯王会砍掉你的脑袋！”

闯王脸色严峻地看了张鼐一眼，接着说：“第六，必须将吕维祺给我捉到，不使他逃出城去。”

张鼐说：“是，我一定把吕维祺捉到，其余的官绅也决不放走一个。可是我担心四个城门……”

闯王说：“刚才会议已经决定，南门、东门由你汉举叔派兵把守，西门、北门由你补之大哥派兵把守。倘若福王父子和吕维祺由城门逃走，罪不在你。”

李过对张鼐说：“城中百姓认识吕维祺的人很多，我断定他不敢走出城门。张鼐，只要吕维祺藏在城内，你无论如何也要把他捉到。”

闯王问：“我吩咐你的话都记清楚了么？”

张鼐说：“都记清了。一共七桩事情，第一……”

闯王笑笑，挥手使他停住，说：“记清就行。快回周公庙休息去吧。”张鼐说声“是！”精神抖擞地转过身子，快步走出。一会儿就听见一阵马蹄声奔驰而去。闯王叫道：

“双喜！”

李双喜应声而来，垂手立在闯王面前。闯王连打几个喷嚏，微露出困乏神色，袁宗第关心地说：

“你怕是伤风了。”

闯王说：“有一点儿。不要紧。双喜，刚才我分派你的事情你记清了么？”

双喜回答：“明天我从汉举叔营中抽调一千步兵、一支驮运队，从补之大哥营中抽调一百名骑兵，编成一个辎重营。进城之后，先派兵将公私仓库、大官、乡宦、富豪住宅看守起来。天明以后，分头将以上各处粮食、财物查抄、清点、登账，运到一个地方看管。另外派出三百弟兄、十名书办，交给张鼐，专门清点王府财物，归类，登账，封存。”

闯王问："洛阳城内的官吏、乡宦、富豪的姓名住址，你抄好清单没有？"

双喜说："汉举叔的文书先生已经抄好一份交给我了。"

闯王又连打两个喷嚏，擤了清鼻涕，口气沉重地说："双喜，你是第一次学着办这样大的事情，这比你率领几百骑兵冲入敌阵，砍杀一阵，困难得多。洛阳是一个富裕城池，福王是一个最富的王。从前万历皇帝百般搜刮，等福王来洛阳时，几乎把宫中积蓄财富的一半运到了洛阳。这件事，你做得好，我们几十万大军的粮饷和洛阳饥民赈济，都不发愁。你大概在几天之内能够办完？"

双喜说："我想要五天光景。"

闯王说："我给你七天时间。在这七天内，凡是领取赈粮、赈款、军饷、各种用费，都到你那里支领。你要随时登账，不可有错。办事人员不够，我另外给你。这担子比你去冲锋陷阵的担子难挑，吃力得多，懂么？"

双喜回答说："我懂。我一定要把事情做好。"

李自成摆手使双喜退出，随即向刘宗敏、李过和袁宗第问："你们还有什么话要说？今晚所决定的事，有没有不妥当的？"

袁宗第抢着说："闯王，看牛先生的意思，想饶吕维祺一条狗命。这个人是洛阳最大的乡宦，除福王外也是最大的财主。他注《孝经》，讲理学，满口孔孟之道，可是不知多少小百姓的土地被他家巧取硬夺，百方吞占。他家佃户过着牛马不如的日子，被他家庄头豪奴催租逼债，常常卖儿卖女，可是他佯装不知，又是放赈救灾，修盖书院讲学，这不是刽子手披着袈裟念经？像这样人，为什么要饶他狗命？难道李闯王日后坐天下还缺少一个兵部尚书？"

李过接着说："我是才从新安来。新安百姓提到吕维祺一家，恨之入骨。平日百姓们受尽欺压，忍气吞声，连屁也不敢放。我一到新安，把吕家的人都捉了起来。老百姓知道闯王的手下将士都是来除暴安良的，纷纷拦住马头告状。吕维祺的弟弟名叫维祜，做过知县，已经给我斩首示众，为民除害。今晚牛先生的意思是想留下吕维祺，利用他的名望号召中原士大夫前来归顺，这意思何尝不好，只是咱们破开洛阳，光杀福王，不杀一个大乡宦，也不能稍平民愤，不能够狠狠地压下去乡绅土豪的气焰。"

闯王点点头，转望宗敏。刘宗敏没有说话，伸出巨大的右手，轻轻地做一个砍头的动作。虽然他面带微笑，态度轻松，但是闯王完全看出他的意思是坚决要杀，十分干脆。于是李自成轻轻地拍一下膝盖，说：

"杀，决定杀！启东原想留下他以为号召，也是为着咱们早成大事。文武之间有时意见不同，常常难免。你们是老八队的老人，都是我的亲信大将，对新来的读书人要处处尊重。文武们要一心一德，取长补短。我们对启东更应以师礼相待。"

宗敏问："杀吕维祺要出罪状么？"

"不用了。百姓都明白他罪有应得，会拍手称快；为官为宦的、缙绅大户，会觉得兔死狐悲。我已经请林泉明日写一个《九问九劝》的稿子，将来在洛阳城内传唱，把一些道理讲给百姓听。为什么杀吕维祺，这道理也包含在《九问九劝》里，用不着再写罪状啦。"

鸡子已经啼叫了。李自成十分困乏，骑上乌龙驹，带着吴汝义、双喜和大群亲兵，在月光下奔回关陵。

李岩所草拟的《九问九劝》是一份重要的宣传文件。它是依照闯王的意思，用河南人所熟悉的瞽儿词的调子，向老百姓问了九个问题，劝百姓九件事。这九个问题中包括一问为什么有少数人田土众多，富比王侯，而很多老百姓贫无立锥之地？二问为什么富豪大户，广有田地，却百方逃避赋税，把赋税和苛捐杂派转嫁到平民百姓身上，朝廷和官府全不过问？三问老百姓负担沉重，都为朝廷养兵，为什么朝廷纵容官兵到处奸淫妇女，抢掠财物，焚烧房屋，杀良冒功，专意残害百姓？四问为什么朝廷上奸臣当道，太监用事，而地方上处处贪污横行，贿赂成风，使百姓陷于水深火热之中而皇帝置若罔闻？五问为什么朝廷用科举考试，而做官为宦的或者是不辨麦黍的昏聩无用之辈，或者是狗彘不如的谄媚小人，而真正人才和正人君子却没有进身之路？……一连串问了九个问题，包括有一条是指问明朝一代代皇帝大封子侄为王，霸占了全国良田无数，骑在百姓头上，作威作福，再过几代，全国土地还能够剩下多少？这九个问题，问得痛快淋漓，深深地打中了当时的弊政。跟着是九劝：

一劝百姓赶快随闯王，不纳粮，不当差，不做官府的鱼肉和富豪大户的牛马；二劝百姓随闯王，剿官兵，打豪强，为民除害；三劝百姓随闯王，杀贪官，除污吏，严惩不法乡宦，申冤雪恨……到最后一劝是劝百姓随闯王打进北京，夺取江山，建立个政治清明的太平天下。李岩把稿子写好以后，把宋献策请去，帮他推敲推敲，略作润色，然后呈给闯王。

李自成之所以叫李岩起草，一则因深知李岩很有才学，在杞县曾写过一篇有名的《劝赈歌》，也因为李岩对朝政积弊、百姓疾苦十分清楚。果然，这一篇《九问九劝》的稿子他看了后大为满意，有许多句子使他反复诵读，频频点头。牛金星看了稿子，也连声称赞，并且说：

“白乐天写的诗，老妪皆懂。林泉写的这《九问九劝》，定能在百姓中到处传唱。”

听了这句话，李自成立即吩咐李强将李岩所起的《九问九劝》稿子拿去交给随营文书们用大字连夜抄出几十份，以备明日分贴洛阳城里城外。

第 29 章

黄昏以后，刘宗敏和袁宗第来到洛阳西关，李过和张鼐来到北关。李过和袁宗第的骑兵都改作步兵，携带着云梯，按照白天选好的爬城地点，等候在城壕外的民宅院内。掩护爬城的弓弩手和火铳手都站立在临近城壕的房坡上，只等一声令下，千百弓、弩和火铳对准城头齐射。张鼐的骑兵列队在西关和北关的大街上，肃立不动，而他本人却立马北关，注目城头，观察着守城的官军动静。虽然曾经同城内的官军接上线，官军情愿内应，但是城外义军仍然做好了不得已而强行爬城的准备。

大约在一更时候，有人在西门北边的城头上向城外呼唤：“老乡，辛苦啦！想进洛阳城玩玩么？”

城壕外的屋脊上立刻有人回答说：“老乡，你们也辛苦啦。我们正在等着进城，你们一开门，我们就进去。老乡，劳劳驾，把城门打开吧。”

城上笑着回答说："你们想得怪美！我们得进宫去问一问福王殿下。他要是说可以开城门，我们就开；他要说不能开，我们就得听他的。他今天拿出来一千两白花花的银子犒赏我们，官长一个人分到一两，少的八钱，当兵的每个人分到了一钱多一丁点儿银子，咋好不替他守城？咋好不替他卖命？"

城上城外，一片笑声。有片刻工夫，城头上在纷纷议论，城壕外也在纷纷议论。随即，城外边有人亲热地叫声"老乡"，说：

"听说福王的钱多得没法数，比皇帝的钱还要多。你们怎么不向他要呀？嫌肉太肥么？怕鱼刺扎手么？"

城上回答说："嗨，老乡，我们要，他能给么？福王爷的银钱虽然堆积如山，可是他还嫌向小百姓搜刮得不够哩！王府是狗衙门，只进不出。我们如今还穿着国家号衣，怎么办呢？等着瞧吧。"

城外问："老乡，听你的口音是关中口音，贵处哪里？"

城上回答："不敢，小地名华阴。请问贵处？"

城下答："呀，咱们还是小同乡哩！我是临潼人，可不是小同乡么？"

城上快活地说："果然是小同乡！乡亲乡亲，一离家乡更觉亲。大哥，你贵姓？"

城下："贱姓王。你呢？"

城上："贱姓十八子。"

城下："啊，你跟我们闯王爷原是本家！"

城上："不敢高攀。不过一个李字掰不开，五百年前是一家。"

城下："小同乡，你在外吃粮当兵，日月混得还好吧？"

城上："当兵的，过的日子还不是神仙、老虎、狗！"

城下："怎么叫神仙、老虎、狗？"

城上："不打仗的时候，也不下操，游游逛逛，自由自在，没人敢管，可不是赛如神仙？看见百姓，愿杀就杀，愿烧就烧，愿抢就抢，见大姑娘小媳妇就搂到怀里，她不肯就白刀子进去，红刀子出来，可不比猛虎还凶？一旦打了败仗，丢盔抛甲，落荒而逃，谁看见就赶，就打，可不是像夹着尾巴的狗一样？"

城上城下，一阵哄笑。跟着，城上有人低声警告说："道台大人来了，不要说话！”那个华阴人满不在乎地说：“管他妈的，老子现在才不怕哩！他不发老子饷，老子骂几句，看他能够把老子的×咬了！”他的话刚落音，旁边有人显然为表示支持他，故意大声说：

“如今李闯王大军围城，他们做大官儿的身家难保，也应该识点时务，杀杀威风，别他妈的把咱们小兵们得罪苦了。阎王无情，休怪小鬼无义！”

城下故意问：“老乡们，有几个月没关饷了？”

城上那个华阴人调皮地回答说：“唉，城下的老乡们，你听啊！……”

城上正要用一首快板说出官军欠饷的情况，忽然有一群人在月光下大踏步走了过来，其中有一人向士兵们大声喝问是谁在同城外贼人说话，并威胁说，再敢乱说，定要从严追究。那个华阴人大胆地迎上去说：

“道台大人，你来得正好。我们的欠饷到底发呀不发？”

分巡道王胤昌厉声回答说：“目前流贼围城，大家只能齐心守御，岂是鼓噪索饷时候？贼退之后，还怕不照发欠饷，另外按功升赏么？”

华阴人高声嚷叫说：“从来朝廷和官府的话都算放屁，我们当兵的根本不信。你现在就发饷，不发饷我们就一哄而散，休想我们守城！弟兄们，今夜非要王道台发饷不可，休怕做大官儿的在咱们当兵的面前要威风，以势压人！”

城头上一片鼓噪索饷，有很多人向吵嚷处奔跑，又有人从人堆中挤出来，向北门跑去。鼓噪的士兵将王胤昌和他的左右随从们裹在中心，一边谩骂着，威胁着，一边往西北城角移动。西门外，袁宗第含着笑看看刘宗敏，说：

“咱们快进城了。”

宗敏笑着回答：“快到时候了。你吩咐弟兄们再同城上搭话，准备抬云梯靠城。”

北门外，李过和张鼐立马北关，起初只听见西城头上和城外不断说笑，后来听见士兵鼓噪，吵吵嚷嚷地向北城走来，而北城也有人在奔跑，呼叫，有人喊着：“给兵主爷[①]让路！闪开！闪开！”又一群人匆匆地往西北城角赶去，显

---

①兵主爷——明代下级军官和士兵对总兵的一种尊称。

然是总兵王绍禹亲自去解决纠纷。张鼐急不可耐，向李过小声问：

"大哥，趁这时叫弟兄们靠云梯爬城怎样？"

李过冷静地回答说："莫急，莫急。很快会让你顺利进城，连一支箭也用不着放。"

张鼐说："趁现在城上士兵鼓噪索饷，我们的弟兄蜂拥爬城，城上决不会有人抵抗。快一点儿进城不好么？"

李过倾听着西北城角的吵嚷，注目城上动静，嘴角流露出若有若无的一丝微笑，犹不在意地回答说："快了，快了。你听着城内的二更锣声。大概快到二更了吧？大概快啦。"

总兵官王绍禹在一群亲将亲兵的簇拥中骑着马奔往西北城角。由于他的心情恐慌、紧张，加上年老体虚，呼哧呼哧直喘气。这西城和北城的守军全是他自己的部队，他得到禀报说那胁持王胤昌、大呼索饷的还是他的镇标亲军。他想趁着士卒刚刚鼓噪的千钧一发时机，亲自去解救王胤昌，使事情不至于完全决裂。当他走进鼓噪人群时，看见变兵们紧扭着分巡道的两只胳膊，一把明晃晃的大刀举在他的脖颈上，喝叫他赶快拿出饷银，饶他性命。王胤昌吓得牙齿打颤，说不出话来。王绍禹想说话，但士兵们拥挤着，喧闹着，使他没有机会说话。王绍禹身边的中军参将大声叫道："总兵大人驾到！不要嚷！不要嚷！不得无理！"立刻有一个士兵愤怒地反驳说：

"现在李闯王的人马就在城下。我等出死力守城，有劳有苦不记功，叙功升官没有我们的份儿。我们若要撒手放开，破城陷藩[①]与我们××相干！事到如今，哪怕他总爷？兵爷？"

一个军官怕王绍禹吃亏，推他说："此刻不是老总兵说话的时候，赶快离开！"

王绍禹的一部分亲兵随在士兵群中鼓噪，一部分簇拥着他的坐骑从城角小路下城，赶快逃走。有人举刀去杀王胤昌，被王的亲兵挡了一下，砍成重伤。那个亲兵随即被变兵杀死，而王本人却在混乱中被左右救护，逃下城去。这

①陷藩——陷没藩王。

时城内有打二更的锣声飞向城头和城外。二更锣声敲响时，只见几个骑马的变兵从西城向南城奔驰，同时大呼："闯王进城了！闯王进城了！"城头上守军乱跑，有人逃命，有人成群结伙地滚下城去，争先奔往福王府抢劫财宝。

看见城头杀人，同时又听见城内传出来二更锣声，袁宗第和李过同时下令将士们立刻用云梯登城。从西城到北城，同时有三十多个云梯转瞬间抬过干涸的城壕，靠上城墙。将士们矫捷地鱼贯登城。在前边的将士们都是将大刀衔在嘴里，以备在刚上城头时倘若需要砍杀，免得临时从腰间抽刀会耽误时间。片刻过后，北城楼开始着火，烈焰冲天而起。在火头起时，一群变兵将北门打开，向外大叫："快进城！快进城！"张鼐见吊桥尚未放下，而桥两边干城壕中密密麻麻地奔跑着李过的步兵，呐喊着，打着唿哨，蜂拥爬城，他不能使骑兵同步兵争路，便在马上大声喝令开城的变兵："快放吊桥！快！快！"恰在这时，李自成派几个亲兵飞马来到北门和西门外，传下口谕：破城之后，对城中所有现任大小文武官员，除非继续率众顽抗，一概不加杀害，也不拘捕，只不许随便出城。闯王还传谕入城将士，要将这一条军令在满城晓谕周知。将士们听到之后，都觉诧异，不明白闯王为何如此宽容。张鼐虽也不明白闯王的用意，但他的部队是主要的进城部队，所以马上将闯王的军令传达全营知悉。他听见背后在嘁嘁喳喳议论，回头说："不许说话！遵照闯王的军令就是！"北关的吊桥落下来了。张鼐将马镫一磕，同时将宝剑一挥，大声下令："进城！"他首先率领亲兵们奔过吊桥，冲进瓮城。城楼正在大火燃烧，时有飞瓦和燃烧的木料落下。一个火块恰好从张鼐的面前落下，几乎打着马头。他用剑一挥，将落在空中的火块打到一旁，回头大叫一声："快！"他自己首先冲进城去，大队骑兵跟在背后，奔腾前进。奔到十字街口，张鼐又将剑一挥，大声说："分开！"于是骑兵分开，各队由头目率领，执行指定的任务。他自己率领三百名骑兵向福王府飞驰而去。

当将士们开始登上城头的时候，刘宗敏就派人飞马去向闯王禀报。西门因为掌管钥匙的军官逃走，临时寻找铁锤砸锁，所以过了一刻钟才打开城门。张鼐的留在西关等候的一支骑兵首先进城，布满城内的街巷要道。按照事先商定，袁宗第和李过的人马只有一部分占领洛阳四门和登城巡逻，大部分留在城外。刘宗敏和袁宗第等张鼐的骑兵都进城以后，带着一大群亲兵进城。走没多远，在十字街口正遇着李双喜率领一支骑兵和大约有两百步兵，匆匆向右首转去。刘宗敏叫住他，问：

“南门已经打开了？”

双喜回答说：“南门、东门都打开了。城中的穷百姓一看见北门起火，就立刻驱散官兵、衙役，绑了洛阳知县，打开南门。东门是潼关来的叛兵打开的，知府也被他们抓到了。”

宗敏又问：“你的人马进来了多少？”

双喜说：“我先带进来二百骑兵、五百步兵，现在正在分头将全城文武官员、乡宦、富豪们的住宅前后门看守起来，任何人不准出进，到天明后开始抄查。”

刘宗敏一摆手，让双喜的人马过去。随即他同袁宗第来到福王府的西华门外，看见那里已经有张鼐的骑兵守卫，街上杀死了两个进府抢劫的官军。他们下了马，正要进宫去，看见李过从里边出来。袁宗第急着问：

“福王捉到了么？”

李过说：“他妈的，福王父子都跑啦！”

宗敏问：“张鼐在哪里？”

李过说：“他一面继续在宫中各处搜查，一面抓了一些太监审问。”

他们三个人一时相对无言，都默思着福王父子如何能够逃走和会逃往何处。正在这时，一小队骑兵从西华门外经过，走在最后的是小头目，怀抱闯王令箭，最前边的是一个声音洪亮的大汉。那大汉敲着铜锣，高声传呼闯王的安民晓谕。

等这一小队骑兵走过以后，李过急着出北门去部署将士们分头搜索福王父子，赶快上马而去。袁宗第也上马奔出西门。刘宗敏走进西华门，想找张鼐问清情况。可是一到宫城以内，到处是殿宇楼阁，曲槛回廊，也到处有张鼐手下的将士把守宫殿门户，有些人在院中匆匆走动。刘宗敏没有工夫看福王宫中的巍峨建筑和豪华陈设，喝住一个正在搜查的小校，怒气冲冲地问：

“张鼐在哪里？”

这个小校看见总哨刘宗敏如此生气，吓得变颜失色，赶快垂手肃立，回答说小张爷在望京门审问太监。刘宗敏又厉声问道：

“什么望京门？在哪儿？”

“就是宫城后门。”

宗敏骂道：“妈的，后门就是后门，什么望京门！远不远？从哪儿走？”

小校说：“有一里多路。宫院中道路曲折，门户很多。我派人给总哨刘爷带路，从这西甬路去较近。”

刘宗敏回头对亲兵们说：“去西华门外把马匹都牵来！”

小校赶快说：“马匹骑着走宫城外边，绕道后门，反而快一些。小张爷有令，不论何人马匹，不得走进宫城。”

刘宗敏看见这个小校竟然敢说出来张鼐的将令阻止他牵马进宫，不觉愣了一下，但刹那间就在心中笑了，暗暗称赞说：“小鼐子，这孩子，行啦。”他向背后的亲兵们做个手势，说：

“马匹不要进宫，去几个弟兄牵着绕到后门。”他又对小校说：“快叫人给我带路！”

刘宗敏随着引路士兵，带着一群亲兵，穿过一条长巷，转了两个弯，过了两三道门，看见一座高大的房屋，门上用大锁锁着，门外有五六个弟兄守护。他问了一下，知道这里叫做西三库，藏的全是上等绫罗绸缎，各种玛瑙、翡翠、珊瑚、玉器、金、银、铜、漆古玩和各种名贵陈设。有三个穿着官军号衣的尸体躺在附近。他继续匆匆往前走，从后花园的旁边绕过，看见有些弟兄打着灯笼火把在花园假山上下、鹿圈前后、豹房左右，到处寻找。鹿圈的门曾经打开过，有几只梅花鹿已经冲出圈来，在林木中惊慌乱窜。一过花园，又穿过一架白玉牌坊，就到了宫城的后门里边。负责把守宫城后门的李俊听说刘宗敏来到，赶快来见。近来刘宗敏已同他厮熟，神色严峻地问道：

“子英，张鼐在哪里？”

李俊回答说：“小张爷率领一支骑兵出城去了。”

宗敏问：“查到一点儿踪迹么？”

李俊回答："刚才小张爷审问一群太监，知道破城时候，福王父子和老王妃、小王妃都换了衣服，由亲信太监和一群拿重金收买的卫士护送，从这后宫门分三批出去上了城。只是这留下的太监都不是亲信太监，不许跟随，所以出宫以后的踪迹他们也不清楚。小张爷已经派了十起将士趁着月光在城上城下搜索，又派了一队骑兵去截断去孟津过河的道路，他自己押着几个太监也出城去了。"

宗敏问："福王的老婆、媳妇都逃走了？"

李俊回答："是。趁着混乱，都逃出宫了。"

宗敏大怒，拍着腰刀骂道："混蛋！你们这一群将领是干什么的？你们是想死么？为什么让福王一家人从后门逃走？你说！你不要想着我不会先斩了你！"

李俊见宗敏如此盛怒，十分惊骇，但他竭力保持镇定，回答说："请总哨息怒，这事情罪不在我，也不在小张爷身上。攻城时候，原是没料到西城门打开较晚，所以最初只从北门冲进来一千多骑兵。到了离北门不远的十字街口，兵马分成几股，有的去占据钟楼、鼓楼和重要街口，有的去各重要衙门，有的去打开监狱。小张爷怕宫城的卫士会拼命抵抗，自己率领三百骑兵直奔午门，我也跟他一道去攻午门。另外一百骑兵奔往东华门，一百骑兵奔往西华门，李弥昌率领一百骑兵来夺望京门。没想到这后宫门东西两边的街上有闸子门[①]不能通过。等费力砍破了西边闸子门，又遇着几百乱兵从城上下来，打算进宫抢劫，有的已经蜂拥进宫。他们在后宫门外阻止道路。喝令他们散开，他们不惟不听，还拿着刀枪对抗。李弥昌没有办法，下令冲杀，当场杀死了十几个乱兵，杀伤了不少，才将乱兵驱散。等小张爷和李弥昌从前后两路进入宫中，福王父子和两个王妃已经找不到了。"

刘宗敏想了想，怒气稍息，说："叫别人留守这里，你立刻多带骑兵去帮同张鼐寻找。你将我的话传给张鼐，别人跑了犹可，福王这老狗必得找到。逃走了福王，我禀明闯王，非砍掉你们的头不可！"等李俊答应一声"遵令！"转

①闸子门——横街栅栏门，河南人叫做闸子门。

身要走，宗敏又叫住他，走近一步放低声音说："子英，我如今不是把你当做从杞县来的客人看待，是把你当做闯王的部将看待。你要明白，这个福王，他是崇祯的亲叔父，民愤极大。咱们破洛阳为着何来？闯王将活捉福王的重担子交给张鼐和你们一群将领挑，倘若逃走了福王，你们如何向闯王交账？如何对河南百姓说话？如何对全军将士说话？子英，尽管张鼐是在闯王和我的眼皮下长大的，他的两个哥哥都是跟着闯王阵亡的，闯王和高夫人把他当儿子看待，你是林泉的叔伯兄弟，李弥昌他们又都是在闯王手下立过战功，在潼关南原出死力保护闯王突围的，可是今晚倘若逃走了福王，这不是一件小事。向来闯王的军法无私，我老刘执法如山，你们不可忘记！"

听了刘宗敏的话，李俊感到事情确实十分严重，而且深为激动，刚才在心中产生的那一缕委屈情绪跑到爪哇国了。他高声回答说："请总哨刘爷放心！不管他福王上天入地，我们一定要将他捉拿归案。总哨的吩咐，末将一字一句都传给小张爷知道。闯王的军令森严，赏罚无私，总哨执法如山，末将等不敢忘记！"

他转身大踏步走出望京门，将守门的事情交给一个头目，留下五十名骑兵，将原来他率领的骑兵和西门打开后又来到的骑兵，足有四五百人，全部带上，飞马出城而去。随即刘宗敏也走出宫门，看见他的几名亲兵已经将马匹都从西华门牵来了。他望望附近地上躺着的一些死尸，还有被砍成重伤的乱兵在墙角呻吟，又看见不远处的北城头上已经有兵士巡逻。他转回头来向簇拥在背后的亲兵们看了一眼，用低沉而威严的声音说：

"上马！"

从昨天晚上到今天清晨，刘宗敏曾三次派人飞马向闯王禀报，所以关于义军攻进洛阳后的重要情况，他全都知道。现在李自成从关陵往洛阳，队伍的前边是手持长枪的三百骑兵，每四人并辔前进。在他和牛金星等人的背后是一大群亲兵亲将。那长枪的枪杆、枪头的长度一律，将士们左手揽缰，右手持枪，枪尾插在马鞍右边安装的铁环子上，枪杆直立，所以在初春的阳光下看去像一队十分整齐的枪林，随着马的行走而波动。那磨利的枪头和猩红色的枪缨，以及紧随着他的银枪[①]、白鬃的“闯”字大旗和红伞银浮图[②]，在阳光中特别耀眼。

李自成像往常一样，穿一身青布箭衣，披一件羊皮斗篷，戴一顶北方农民喜欢戴的半旧白毡帽，上有红缨。他原来知道洛阳百姓和他的将领们要在洛阳南门外迎接他，却没有料到有成百成千的穷百姓来到洛河北岸上迎他。他又看见，在傍洛河的小街上和直到洛阳南关的大路两旁，都有百姓迎接，每隔不远就为他摆着香案，为他的士兵们准备着热茶桶和稀饭桶。他的人马沿路不停，缓辔前进。闯王不断打量着路两旁的欢迎百姓，为着不使百姓害怕，他特地在脸上挂着温和的微笑。经过多年的奋战、坎坷和挫败，今日胜利地走进曾经是九朝建都的名城洛阳，又加上洛阳百姓如此在路旁欢迎，他没法不感到心中激动。

离洛阳城门大约有两三里远的地方，李双喜和张鼐飞马前来迎接，而刘宗敏、袁宗第、李过和大群将领都在南关外立马迎候。李自成在将领们的簇拥中穿过南关，看见所有店铺都开门营业，门前摆着香案，门头上贴着用黄纸写的一个“顺”字，或写着“顺民”二字，而跪在道路两旁迎接的老百姓的帽子上也大部分贴着一个“顺”字。两三年来，他有时也想着将来会夺得江山，建立新朝，但是他将来用什么国号，却没有想过。就在这刹那之间，他的脑海里闪出来“大顺朝”三个字，同时想到了“应天顺人”这句成语。但是他没有机会多想，已经来到洛阳南门。他抬头望了一眼，看见城墙很高，城楼巍峨，城门洞上边有一块青石匾额，上刻“长夏门”三个大字。刚看清这三个大字，他的乌龙驹已经走进城门洞了。

刘宗敏等将闯王接进道台衙门。这是刘宗敏暂时驻的地方，在这里主持全城的军事、政治。李闯王离开关陵之前，已经知道福王和吕维祺都在黎明时候捉到。福王带着两三个心腹太监出城后藏在东郊迎恩寺中，被附近百姓看见，禀报张鼐，将他捉到；吕维祺正要缒城逃走，被张鼐的士兵在北城头上捉到。闯王望着张鼐问：

---

①银枪——指旗杆上端安装的银枪尖。

②银浮图——浮图是梵语音译，即塔。银浮图是伞上边的银制塔形装饰物。

“福王的世子朱由崧，还有老王妃、小王妃，如何逃走了？”

张鼐很害怕，赶快回答说：“现在已经查明，福王世子没有跟他老子一道，他事先躲在安国寺，出城后由护送的卫士背着他逃到一个小村庄名叫苗家海，被我们的巡逻弟兄看见。弟兄们正要追上去捉拿他，他们从老百姓家里抢了一匹马，上马逃走了。当时弟兄们不晓得他是何人，所以没有继续追赶。天明后在邙山脚下一个乱葬坟园中捉到了一个护送他的人，才知道他就是福王世子。老王妃和小王妃也是在混乱中缒城逃走，现在还没有查出下落。我没有捉到福王世子，请闯王从严治罪。”

闯王沉默片刻，说：“只要捉到福王这个主犯，也就算了。现在既然城中的秩序如常，你将李公子的几百骑兵交还给他。他今天下午做好准备，从明天开始由他主持，分别在三个地方赈济洛阳饥民。”他转向刘宗敏：“大军进洛阳以后杀了多少人？”

宗敏说：“城上杀了几个人，有的是乱兵杀的。福王宫中和宫门外边死了三十几个人。乱兵进去时杀死了一些人，有的乱兵又给我们就地正法了。”

闯王点头，又问：“百姓看见捉到吕维祺有何话说？”

宗敏说：“我询问他家中的一些丫环、仆人，还有一些街坊邻居，知道吕维祺确实纵容悍奴恶仆欺压百姓，洛阳人敢怒不敢言。将他捉到以后，百姓拍手称快。”

闯王转向牛金星问：“你看，吕维祺肯投降么？”

牛金星已经不敢再流露救吕维祺的思想，回答说：“吕维祺曾为朝廷大臣，又以理学自命，一定不肯投降。既是小民恨之刺骨，杀了算啦。”

刘宗敏、袁宗第、李过都同时绽开笑颜，说：“牛先生说的是，杀了算啦。”宋献策和李岩也一齐点头。李自成见文武意见一致，心中高兴，微笑点头，又问：

“在洛阳的现任文武官员有逃掉的没有？”

宗敏回答：“所有大小现任文武官员全未逃脱，都拘留在各自家中，听候处置。”

闯王又向双喜询问了查抄福王府和各大乡宦豪门的进行情况，便将话题转到了如何放赈，如何扩大部队的问题上去。午饭以后，他将李岩留在道台衙门准备放赈的事，然后带着刘宗敏、牛金星、宋献策和袁宗第离开道台衙门。

李闯王一起人步行往福王宫去，亲兵们牵着战马走在后边。当他们走到王宫前边时，看见宫墙上也贴着《九问九劝》，挤着看的人更多，有些人挤不进去，只好站在人堆背后，踮着脚尖，伸着脖子，从人们的头上或头和头的空隙间往前看。有些听的人们不住点头，还有的忍不住小声说："好！好！说得痛快！"百姓们看见闯王等走近时，都转身迎着他们肃立无声，目送着他们过去。这种情形，在洛阳城中也是破天荒的。往日，倘若是王爷出宫，事先要清道静街，不准闲人窥看；街上的人们如果回避不及，都得在街旁俯伏跪地，不许抬头。如果是巡抚来到洛阳，街上也得静街，跪迎，在巡抚的八抬大轿前走着卫队、仪仗，还抬着香炉，里边烧着檀香，并有人鸣锣喝道。即令是小小的洛阳知县上街，也要坐四人轿，有一群衙役前呼后拥，有一人高擎着青布伞（作为仪仗用的）走在轿前，而跑在最前边的两个衙役擎着虎头牌，一个牌上写着"回避"，一个牌上写着"肃静"，在虎头牌前边还有一个衙役一边跑一边打锣，一边吆喝，使街上走动的百姓赶快往街边回避。如今百姓们却看见李闯王是另一个样儿：衣饰俭朴，随便步行，既无如狼似虎的兵丁前呼后拥，也不鸣锣喝道，驱散街上百姓，有时还面带微笑地望望百姓，分明是叫大家不要害怕。等闯王一起人走进福王宫后，有一个听人念《九问九劝》的白须老人禁不住叹息说：

"我活了七十多岁，头一次看见有这样的平民王！"

福王宫是将原来的伊王宫扩充改建而成，差不多将一座洛阳城占去了三分之一。李自成在宫中只走了一半地方，看见到处是雕梁画栋，金碧辉煌，向牛金星等叹口气说：

"你们看，这宫城中不知有多少亭台楼阁，单是一座房子盖成，加上里边陈设，花的钱就需要千百家中人之产。建成全部福王府，该花去多少银钱？该浪费多少民力？该使多少人倾家破产？多少工匠民夫被折磨死去？妈的，他们朱家在全国有几十处王府，单只这一项，就会使人心离散，民怨沸腾！"

李自成出了金碧辉煌的福王府，上马往周公庙了。事后，百姓们得知李闯王不肯留在王府，将行辕扎在周公庙，感到意外，也更增加了对闯王的敬佩。

李自成带着刘宗敏、袁宗第和牛、宋二人到了周公庙，立即商议明日杀福王的事，决定明日由闯王亲自在福王宫迎恩殿审问，然后推出洛阳西门斩首，派李过监斩，并决定今晚就由牛金星准备好处决福王的告示，以便明日上午在洛阳城内外到处张贴。商议完这事以后，闯王向宗敏问：

“吕维祺捉到后你问过没有？”

宗敏说：“我今天忙得连放屁的工夫都没有，还没有审问这个老狗。”

闯王又问：“张鼐捉到他以后，他说了什么话没有？”

宗敏说：“听张鼐告我说，天明时候，将他从北城墙根押往周公庙来，在西大街遇见福王，他叫着说，‘王！死生有命，纲常至重，反正都是死，不要屈膝于贼’！可是福王这老狗早吓得魂不附体，呼哧呼哧喘气，连路也几乎走不动，只是抬头望望他，根本没有听清他说的啥话！”

闯王望着牛、宋二人问：“你们看，吕维祺何时处决？”

金星因闯王这一问，又动了救吕维祺的念头，说：“吕维祺在海内尚有人望……”

宗敏立刻截住说：“狗屁人望！只不过是他披着一张道学夫子的皮，他的狐群狗党们替他吹捧，有些人不知底细，受了哄骗。试问问洛阳的黎民百姓，哪个人真正打心眼儿里跟他一气？他们吕家，倚势欺人，坑害百姓，谁人不知？别说众百姓没有谁跟他一气的，连他的众多家丁、仆人也没有一个跟他一心的。弟兄们在北城根找到他时，他身边的家丁、仆人们将他扔下，跑散得一个也不留。他跑也跑不动，只好蹲在枯草里等待就擒。冤有头，债有主。砍树，要拣大的砍。他是洛阳一带顶大的乡宦，顶大的土豪劣绅，许多土豪劣绅的总靠山。不杀他，杀谁？”

闯王说：“吕维祺非杀不可。我是问何时处决。”

宗敏说：“现在就杀，免得以后洛阳会有人替他求情。今日杀吕维祺这条狗，明日杀福王那条狗，让洛阳百姓们出出气吧。”

闯王望着牛金星："谁提审？启东主持好么？"

金星害怕落个杀吕维祺之名，赶快说："吕维祺是卸任的兵部尚书，又是河洛人望，自然以闯王亲自坐堂审问为宜。"

袁宗第摇头说："今日闯王声威与往日不同，处决这条老狗，用不着亲自审问。倘若牛先生不愿主持，我看捷轩哥坐堂最好。"

宗敏毫不迟疑，说："好，这件小事情交我办吧。"

宗第说："他叫福王不向咱们屈膝，大概他不会向你下跪，还会大骂。你得准备用刑。"

宗敏把眼睛一瞪，说："他敢？他要敢，老子就有办法叫他老实！"

过了片刻，吕维祺从囚室中提出来，押进周公庙的二门。他第一眼看见的是大殿前的卷棚下摆一张方桌，桌后坐着一个杀气腾腾的人，怒目望他。他猜想这定然是李自成亲自审他，不禁脊背发凉。檐前夹道站着两行武士，一色手执明晃晃的大刀，肃静无声。他更觉害怕，但是他没有忘孔子"杀身成仁"的古训，竭力使自己保持镇定。因为从二门到大殿前有相当距离，使他有不少胡思乱想的机会，忽而想着应如何不屈，如何慷慨尽节，忽而又后悔自己不该留在洛阳守城，致有今日。偶一抬头，他望见大殿正中高悬的朱漆金字匾额"礼乐垂统"，忽然想起来一个月前曾与洛阳官绅士大夫议定，二月间将由他主持周公的春祀大典，届时凡参与盛会的每人送给一部他著的《孝经本义》，借以教忠劝孝，挽救世道颓风，不料局势变化得如此迅速，瞬息沧桑！他刚刚在心中叹息说："完了！完了！"已经被押到了大殿卷棚前台阶下站住，跟着有人命他跪下。他不肯跪，仍然牢记着自己是明朝大臣，不可对"贼"屈膝。但左右的武士又连声喝叫，使他心惊肉跳，两腿打颤，不敢看那些晃动的刀光剑影，更不敢正视一下坐在椅子上的人的威严神色。他低着头，只不跪下。士兵们见他不肯跪下，将他的头猛一按，同时照他的腿肚上踢了一脚，喝一声"跪！"吕维祺扑通一声双膝跪地，俯下身子，但还在心中鼓励自己说：

"我是朝廷大臣，理学名儒，纲常名节至重……"

刘宗敏厉声问："吕维祺！你一生又做官，又讲学。做官欺压百姓，讲学欺哄士民。今日你被老子捉到，死在顷刻。你在洛阳一带盘剥穷人，欺压小民，罪恶滔天，死有余辜。你的这些罪恶，铁证如山，老子今日不必审问。老子是铁匠出身，是大老粗，偏要问你，你在南京丢掉兵部尚书的乌纱帽，回到洛阳，立社[①]讲学，到底为着什么？你是想赚取一个讲学的好名声，掩着你和你们一家人的种种罪恶？你是想抬高身价，再到朝廷做个大官，帮助崇祯镇压全国百姓么？赶快从实招供，不许吞吞吐吐！说出真心实话，老子不会叫你吃苦。要不，看老子会活剥你的皮！”

吕维祺颤声说：“老夫讲学，只为传孔孟之道，以正人心，挽颓风，振纪纲……”

刘宗敏不等他说完，冷冷一笑，嘲笑说：“我活了三十多岁，跑遍数省，还没有看见你们口里常说的‘道’是什么样儿，什么颜色，多么轻重，值几个钱一斤。天下老鸹一般黑，尽都是强凌弱，富欺贫；官绅逞凶，黎民遭殃；口中仁义道德，行事男盗女娼。我压根儿没看见你们的道在哪里！”

吕维祺抬起头来反驳说：“不然，不然。天下万世所以常存而不毁者，只为此道常存。此道之存，人心之所以不死也。近日流贼遍地……”

宗敏将桌子一拍，大喝道：“住口！不许你再说‘流贼’！再说出一个‘贼’字，老子立刻拔掉你的舌头！”

吕维祺浑身哆嗦，不再做声。当他从囚室中提出来审问之前，曾经反复想过如何在李自成面前不屈膝，不失节，不丧失大臣体统，要在青史上留下个“骂贼而死”的美名。他为着鼓励自己，曾经将文天祥的《正气歌》在心中默诵一遍。几十年来他很喜欢《正气歌》的一些句子，如“为张睢阳齿，为颜常山舌”；又如“孔曰成仁，孟曰取义，而今而后，庶几无愧”。到了现在，这一切对他都没有什么帮助。他明白自己不应该跪在地上，而应该跳起来大骂“流贼”，宁叫打掉牙齿，割掉舌头，至死骂不绝口，“杀身成仁”，树立“天地正气”。然而周围的刀光剑影，威严神色，竟使他浑身软弱，失去跳起来大骂的勇气。刘宗敏对他怒视片刻，恨恨地哼了一声，骂道：

“你王八蛋饱读诗书，啥鸡巴理学名儒，可是在真正大道理上你懂得个

---

①社——吕维祺在南京立丰艺大社，回洛阳立伊洛会，都是他的讲学机构。

×！无数百姓，被逼无奈，起来跟随闯王造反。活不下去，起来造反，就是天经地义，合情合理。我们闯王的宗旨是打富济贫，开仓赈饥；专杀贪官污吏和土豪劣绅，为百姓申冤报仇；免征钱粮，剿兵安民；对百姓平买平卖，秋毫无犯；日后打进北京，重建太平治世。这就是上顺天命，下应人心。你说我们是贼么？放你娘的屁！我们的造反就是起义，我们的大军就是义军，就是天兵。我们的李闯王所到之处，老百姓夹道欢迎，说是救星到了。我们的李闯王就是当今圣人，也就是你们读书人最景仰的尧、舜、禹、汤。只是你们这班读书人，死不悔悟，只知道替桀、纣尽忠，硬是不认识当今的汤、武，把当今的大圣人骂为'流贼'。吕维祺，你说，我们闯王的行事，哪一点不比你们崇祯强过万倍？呸！你们上自皇帝、藩王，下至文武官员、乡绅、土豪，也连你这样披着道学皮的乡宦在内，只会吮民脂膏，敲剥百姓，弄得有天无日，世道不像世道，处处哭声，人人怨恨，男不能耕，女不能织，卖儿卖女，死亡流离……你们他妈的是真正民贼，是吃人虎狼。老子问你，你一家人在洛阳、新安两县共霸占多少土地？"

吕维祺平生第一次受到这样的训斥和辱骂，但他不敢回骂，只是倔强地回答说："我家虽有地二三百顷，然或为祖上所遗，或为近世所买，均有红契①文约，来路清楚，并无强占民田之事。"

刘宗敏问："你家祖上是种田的？还是做工匠手艺的？"

吕维祺回答："老夫祖上十代，均以耕读传家。"

刘宗敏问："自家耕田？"

吕维祺答："虽非亲自牵牛掌犁，然而经营农事，亦谓之耕。自古有劳心劳力之分，君子小人之别。故樊迟问稼，夫子称之为小人。牵牛掌犁乃是小人之事，应由庄客佃户去做，非田地主人应做之事。《诗》云'彼南亩，田至喜'。这田就是经管小人耕种的农官。后世废井田为私田，土地主人亦犹古之农官，教耕课织，使佃农免于饥寒，有何罪乎？"

刘宗敏竭力忍耐，冷笑着问："你自己下过地么？手上磨有膙子么？"

①红契——明代各县衙门设税课局，为民间房地文契盖印，抽值百分之三。红契就是盖过印的文契。

吕维祺回答：“老夫幼而读，壮而仕。出仕以尽忠君父，著书讲学以宣扬孔孟之道。一生立身处世，无愧于心。今日不幸落入你们手中，愿杀就杀，请勿多问。”

刘宗敏将桌子一拍，跳了起来，提起右脚踏在桌上，用两个指头向吕维祺的脸上一指，吓得吕维祺赶快低下头去。宗敏指着他的头顶大声说：

“老狗！我现在就要杀你，以平民愤。你知道你的罪恶滔天么？”

吕维祺知道自己马上就要死了，壮着胆子说：“我知道。第一，我是朝廷大臣；第二，我是圣人门徒，平生著书讲学，宣扬仁义，教导忠孝。有此二罪，所以该杀。”

宗敏呸了声，将唾沫隔桌子吐在吕维祺头上，骂道：“老狗！竖起你的狗耳听着！你们吕家几代以来，有钱有势，一贯鱼肉乡民，祸害地方。你们用重租高利，盘剥小民，霸占民田，逼死人命。因为官官相卫，府县官不敢过问，也不愿过问，使受害小民一家家冤沉海底，无处申雪。自从李闯王来到河南府地方，百姓们才如见天日，纷纷奔赴义军中控告你们一家罪恶。你说你平生替孔夫子宣扬仁义，教忠劝孝，尽是说人话，做鬼事，饿老虎口念‘阿弥陀’。你有几百家佃户，终年辛苦，出的牛马力，吃的猪狗食，一年三百六十天难得一天温饱。一到春荒，许多大人小孩出外讨饭，许多人向你家磕头求情，借钱借粮。你家每年放青麦账照例是小斗出，大斗入，外带高利盘剥。越是青黄不接，要命关头，利钱越高。倘若到麦收后无力偿还，你家管账先儿就将算盘一打，走笔转账，利变成本，本再生利，像驴子打滚一样。穷人家死了人，死了牛，也得到你家求情借阎王债。不知多少穷家小户因为还不清你家的青麦账、阎王债，有的人上吊投崖，有的锒铛入狱，有的卖活人妻，卖儿卖女，妻离子散。这，这，这就是你们的圣人之教，仁义之行，忠恕之道！你们家中，在总管之下有账房，有十几个管庄头子，每个庄头之下又有向佃户们催租收租的账先儿，掌斗掌秤的大小伙计，还有跑腿的，尽是无赖。你家豢养的这班爪牙，好似虎、豹、豺、狼，又像催命判官，专会刻苛穷人，敲诈勒索，淫人妻女。你放纵他们经管几百顷田地，虐害穷人，这就是孔夫子传授给你的仁义！佃户们不惟交租五成，逢年过节，照规矩必向你家送礼。遇到你家和管庄头子家有红白喜事，还得送礼。你家随时需要人力，不管叫谁，谁就得来，替你家白做活，不要你家分文。去年春天，你家在新安和洛阳两处修盖高楼大厦五十多间，除请了十个木匠师傅，不是全靠佃户们白替你家做活？从脱坯烧砖，到砌墙上瓦，铁木小工，运送材料，用去了上万个工，车牛不算。你家没有花一个工钱。这就是你吕维祺老杂种口口声声讲烂了的仁义道德！”

吕维祺分辩说：“圣人云，‘无君子莫治野人，无野人莫养君子’。天经地义，自古如此。况且……”

刘宗敏截住说：“佃户们是野人？你倒是他妈的吃人生番！放你祖宗八代的屁！”

吕维祺已经知道这审问他的人大概就是刘宗敏，心中想道：“我堂堂朝廷大臣，竟然跪在李自成手下的贼将面前！”他害怕吃苦，不敢不跪，但听了刘宗敏的怒斥，又不甘心。明知自己必死无疑，他鼓起勇气替自己分辩说：

“老夫不幸今日落在你们手中，早将生死置之度外。士可杀，不可辱，请不要对老夫肆口谩骂。况且老夫去年盖房子正值春荒，年馑劫大，叫佃户们出力做活，使他们不至于饥饿而死，也不会出外逃荒，流离失所，为非作歹，触犯国法，亦出自老夫一片仁心。至于叫佃户们做活不付工钱，自古如此，岂是老夫例外？一个月前，老夫出私粮两百余石赈济洛阳饥民，口碑载道，万民感戴，将军可曾闻乎？”

刘宗敏用鼻孔冷笑一声，说：“他妈的！你披着理学名儒的皮，肚子里装满了歪理。盘剥穷人，又叫人家白替你下死力修盖房屋。你家住高楼大厦，画栋雕梁，人家住茅庵草舍，不蔽风雨，还说是你的一片仁心！这话你怎么说得出口？真是该死！老子知道你上个月曾拿出两百多石发了霉的杂粮赈济饥民，你用的什么心，难道老子不明白？你是看见我们义军声势浩大，洛阳十分吃紧，害怕义军来攻城时饥民内应，所以你先请求福王出钱出粮赈饥，见他一毛不拔，你不得已才只好将自家仓中的粮食拿出两百多石放赈，想拿这一点发霉的陈粮一则在大户中作个倡导，二则买住洛阳穷人的心，保住洛阳不破。往日你不放赈，为什么直到情势紧急时你才放赈？你家数代，盘剥小民不知多少万石，到了刀临头上，想拿出两百多石杂粮骗住洛阳城中饥民，当做买命钱，行么？真会打算！”宗敏将桌子一拍，愤怒得胡须支奓，大声喝问：“吕维祺！你说是也不是？着实招来！”

吕维祺低头不语，背上冒着冷汗。刘宗敏并无意等待吕维祺招供，正要宣判，忽然从二门口传进来一句撕裂人心的喊冤声：

“将军爷呀……小民冤枉！”

刘宗敏向二门一望，对左右轻声说：“带喊冤人！”

片刻之间，一个衣服破烂、面有饥色、鬓发灰白的老妇被带到丹墀上来，跪到地上，叩头悲呼：“将爷呀，小民两年来冤沉海底，无处控告。求将爷为民做主，为我这个孤寡无依的苦老婆子申冤！”

宗敏问：“你有什么冤？”

老婆子颤声哭诉：“我一家三代种吕府的地，住在北邙山上，离黄河不远。俺村庄的十几家全是吕府佃户，替吕府做牛做马。两年前，冬月天气，吕府去人到俺村里说，吕尚书家的太夫人忽然想吃新鲜的黄河鲤鱼，街上没卖的。尚书叫我们村里人打开黄河冰凌捉几十条鲤鱼送到府上。我的儿子掉进冰凌下边淹死了，他爹冻伤，到吕府哀求赏副棺材，赏点银子埋殡，被吕府管家为积欠旧债骂了一顿，勉强赏了五两银子，还说这是吕府无量恩德。他爹生了闷气，又哭儿子，一病不起，含冤而死。我讨饭进城，控告吕府害死民命。无奈吕府势大，府、县官都不肯管，使小民哭天无路。将爷呀，恳求你明镜高悬，照见百姓苦情，叫吕维祺替我的儿子偿命，替俺孩子他爹偿命。我就是死到阴曹地府，也不忘你的大恩。求将爷为小民申冤！”

刘宗敏气得咬牙切齿，向吕维祺问：“老贼！你说有无此事？”

吕维祺推诿说：“此系家人所为，老夫亦有所闻。”

“狗屁！你只是也有所闻？你在冰冻天气想孝敬你妈吃黄河鲤鱼，有这事么？”

“此事属实，原是老夫的一片孝心，没想到有人失足落水……”

宗敏将桌子猛一拍：“狗屁！不打开冰凌捉鱼，如何能落进水里？那么冷天，你想行孝，为何不自己去破冰捉鱼？”

“老夫是读书做官的人，不会打开黄河坚冰。”

“你们读书人瞎编的《二十四孝》上不是有王祥卧冰么？你想行孝，为何不去黄河卧冰？”

“……”

二门口又有几个人接连喊冤，声声刺人心肺。刘宗敏传令将喊冤的人们全放进来，霎时间在丹墀上跪了一片。他们一个接一个控诉吕府罪恶，有些事情骇人听闻。刘宗敏没有等控诉完，对百姓们说：

“我也是受苦出身的人，你们受吕维祺一家人的苦我完全明白，全无虚告。我奉闯王之命，今日将吕维祺判处死刑，家产抄没，所有田地归佃户和穷乡亲们自耕自食。”转身向吕维祺宣布说：“吕维祺！你老狗血债累累，罪恶滔天，本该凌迟处死，姑念你在洛阳日子不久，从宽判为斩刑，立即处决！”他向左右一望，大声喝令：“刀斧手！快将这老狗推出斩首！他要是胆敢在临死前骂出一声就多砍十刀，骂十声多砍一百刀。快斩！”

吕维祺立刻被两个士兵从地上拖起，剥去外衣，五花大绑，脖后插上由随营文书刚才准备好的亡命旗。他不敢骂出一句，越发浑身颤栗不止，但竭力保持镇定，鼓励自己不要出丑。当他正要被推着走下台阶时，听见刘宗敏又叫他转来，声音并不像刚才那样的怒如虎吼，心中不禁一闪：“莫非不杀我了？”刘宗敏等他被重新带到面前，用压抑的口吻说：

“吕维祺，你是进士出身，理学大儒，我刘宗敏是打铁的出身，斗大的字儿认识不过两牛车。可是在将你押赴刑场之前，我还有几句话要教训你。我听说你讲学很重《孝经》，还著了一本什么鸡巴书呈给崇祯。天下每年不知有多少做父母的饿死，冻死，被官军杀死，被大户欺压死，被官府残害死，留下孤儿弃女，向谁行孝？千千万万的黎民百姓寒无衣，饥无食，如何行孝？你家奴婢成群，一呼百应。这班大小奴婢们卖身到你家，谁能够孝敬自己的亲生父母？你平日讲孝道，不是满口放屁么？我的老娘也是饿死的。我没法替她行孝。我现在杀你这种乡宦豪绅，就是替我的老娘报仇，也是替她老人家行孝。管你什么理学大儒，兵部尚书，在我刘宗敏面前算不了毛灰！”他将下巴一摆：

“赶快推出斩了，替洛阳一带百姓申冤！”

吕维祺重新被推走，还在竭力保持镇定，只求不失去朝廷大臣体统。但是他模糊地感到自己在裤子里洒出小便，大腿上有一股湿热向小腿奔流。当走出周公庙大门的刹那间，他在心中问道：

“我不是在做梦吧？难道这就是慷慨成仁么？……”

第二天，即正月二十二日，阳光明媚，天无纤云，显得特别温暖。昨天处决吕维祺的事情使洛阳百姓大为轰动，但人们并不满足，都在等候啥时候处决福王。今天一清早就哄传着将在正当午时出斩福王的消息，所有的大街小巷都沸腾起来。约莫巳时刚到，那处决福王朱常洵的布告，上列着福王的十大罪款，已经在城内大街上和四关张贴出来。人们听说将福王判处死刑的法堂就设在福王宫迎恩殿前，而处决他的地方就是西关外的旧刑场，所以巳时左右，从周公庙到王宫，到刑场，到处挤满了等候观看的男女老少。特别是刑场周围，更是人山人海。

当福王朱常洵从周公庙押往法堂，从西关和西大街走过时候，沿路两旁百姓不断地有人发出恨骂。有一个人咬牙切齿地对着他骂道：

“你妈的作威作福，竟然也有今天！”

李自成提前来到宫中，一面巡视查抄王府财物粮食情况，一面等候审讯福王。当一个将领向他禀报说福王已经提到时，闯王回头轻声说：“升堂！”一声传呼，随即从迎恩殿的汉白玉陛阶下边响起来一阵鼓声。李自成率领刘宗敏、牛金星、宋献策等文武大员，缓步走出便殿，从一个叫玉华门的西角门来到迎恩殿。这迎恩殿是王府主殿，十分雄伟，黄琉璃瓦闪耀金光。殿里正中间设一朱红檀木描金镂花王座，上铺黄缎座褥。前檐有七尺深，斗拱，飞檐，彩绘承尘，四根一人抱不住的朱漆柱子。当年建成王宫时候，一位大学士奉万历皇帝“圣旨”撰写了一副对联，极尽歌颂之能事。如今这朱漆描金云龙对联被义军士兵在上边涂了两块马屎，仍然悬挂在中间的两根柱子上：

福祉满河洛普天同庆

王业固嵩岳与国并休

迎恩殿的前檐外是三级汉白玉台阶。台阶下是一片平台，俗称丹墀，磨光的青石铺地，左右摆着鎏金香炉、大鼎、仙鹤。丹墀三面都围着汉白玉栏板，云龙柱头，雕刻精美。平台前是七级石阶。下了石阶，正中间是一条宽阔的石铺甬路，把院子平分两半。甬路两边院中栽着松、柏，两边是厢房，俗称朝房。这个院子的正门叫做迎恩门，也是五间盖着黄琉璃瓦的楼房，下有并排三座六扇朱漆大门。出了迎恩门外是一个很大的院子，两边有廊房、钟楼和鼓楼，正门就是端礼门。在端礼门和迎恩门之间有并排三座白玉雕栏拱桥。修建福王府时特地从洛阳城西的涧河引来一股水，进城后流在地下，到迎恩门外的院中时变为明流，改名福水，所以这三座桥就叫做洪福万年桥，简称洪福桥。今天闯王特谕守卫将士，可以放百姓进入午门和端礼门，直到迎恩门外。这时，迎恩门六扇巨大的带钉朱门大开。迎恩门外密密麻麻地拥挤着看审问福王的百姓。迎恩门内，甬路两边，每边站立着两百士兵，靠近迎恩门那一端的一律手执长枪，靠近丹墀这端的一律手执宝剑，而迎恩门也有众多士兵守卫，不许百姓进来。王座抬放在迎恩殿的门外檐下，王座前摆一长桌，挂着绣缎桌围，也是迎恩殿中的原有陈设。东西两边各摆三把太师椅，都有猩红坐垫。鼓声停止，李自成在王座上坐下，然后牛金星、宋献策、李岩在东边坐下；刘宗敏、袁宗第、李过在西边坐下。

坐定以后，牛金星向背后轻声说："带犯人！"立刻，站在檐下的中军吴汝义一声传令，接着丹墀下几个人齐声高呼："带犯人！"声音威武洪亮，惊得在迎恩殿脊上晒太阳的一群鹁鸽扑噜而起，盘旋着向后宫飞去。

福王从西朝房中押出来了。有两个身材魁梧的士兵在左右架着他，一直架上丹墀，双膝跪下，俯伏地上，离闯王的案子大约有一丈远近。闯王厉声喝问：

"朱常洵，你犯下弥天大罪，民怨沸腾，今日有何话说？"

福王不住叩头，声音哆嗦地说："小王有罪，小王实实有罪。哀恳大王饶，饶命！小王……"

闯王又厉声问："狗王！我问你，你老子坐天下四十多年，百般搜刮天下百姓，有一半金银财宝都给了你，运来洛阳，又替你霸占了两万顷膏腴良田，封你为福王，你这福从何而来？”

福王叩头出血，哆嗦说：“小王有罪。小王有罪。小王没福，该死。恳大王饶小王狗命。”

闯王又问：“你的福是从天上掉下来的？是从地上冒出来的？到底是从哪里来的？说！快说！”

福王哆嗦说：“小王该死。这福字是小王封号，小王实实没福。”

闯王见他语无伦次，答非所问，将惊堂木猛一拍，大喝道：“混蛋！你不肯照实供认，本帅替你说出！你的福就是作威作福，残害百姓，金衣玉食，荒淫无耻。你的银钱无数，珠宝如山，单说仓库中的粮食就有几十万石。你这福，既不是从天上掉下来的，也不是从地下冒出来的，完全来自老百姓身上。你的每一件珠宝，每一两银子，每一颗粮食，都浸透了天下百姓的汗水、眼泪、鲜血。你个狗王知呀不知？”

福王叩头说：“小王有罪。小王有罪。这都是万历皇爷所赐。小王该死。”

闯王又喝道：“你身为亲王，富甲天下，当如此饥荒年景，不肯发分毫库中金银，不肯散一粒粮食，赈济饥民，你该不该死？”

福王哆嗦说：“恳大王饶命。恳大王……”

闯王大喝道：“拉下去，将这个奴才狠打四十板子，然后再问！”

左右侍卫一声吆喝，将福王拖下丹墀，剥掉衣服，按在甬路中间，扒开裤子，露出来雪白的肥大屁股。迎恩门外千头攒动，一片拥挤。站在丹墀下的小将一声喝令“行刑”，那个手执长竹板的士兵开始打起来。他胸中充满仇恨，每一下都打得很重。福王本来早已吓得半死，加上平日荒淫过度，身体虚损，又自幼娇生惯养，所以受不了皮肉之苦，起初还拼命哀呼，等打到二十多下时已经声音渐弱。闯王和行刑士兵都以为他是假装的，继续狠打。打到三十多下，竟然没有声音了。行刑士兵用手摸摸他的鼻子，快要没有气了。一名小校立刻取来半碗冷水，向福王的前额上喷上两口，使他苏醒。犯人重新被带上来，瘫软地伏身跪在闯王面前，浑身哆嗦，低声哀恳饶命。闯王大声说：

“朱常洵！按你罪恶如山，本当千刀万剐，凌迟处死，方能稍泄民愤。本帅姑且从宽，判为斩首，立即处决。”他随即命令：“刀斧手，快将这狗王押赴西关刑场！”

左右侍卫立刻将福王重新五花大绑，并将他的松散的头发挽到头顶，插上亡命旗，推拥着向午门外走去。而在门外不远的大街上，正在将王府的地亩账册、霸买的田契、奴仆卖身文约等等，烧成一堆大火，纸灰飞扬。百姓围观得拥挤不透，个个称快，有不少人激动得流下热泪。

从洛阳西大街到西门外刑场，街道两旁早已站满了百姓，看福王怎样被押赴刑场。刑场上，每隔五步站一步兵，不让群众挤近监斩台和台前的一片空场；刑场外圈，在拥拥挤挤的人群背后，每隔十来步站一个骑兵。监斩台的两边和背后，整整齐齐地站立着一层步兵、一层骑兵，步内骑外，肃静无声。所有这些步兵和骑兵，都穿着绵甲，外罩深蓝衵。衵的前后心都有一块圆形白布，绣着“闯”字。箭上弦，刀出鞘，威风凛凛。这监斩台是原有的一个土堆，本来很小；昨日下午，李过派一百名弟兄添土，打夯，整平，比原来增大一倍。

监斩台下，刑场周围，旌旗飘扬，刀、枪、剑、戟耀眼。老百姓望着这威武森严场面，情绪振奋，感慨万端。有一个花白胡须的庄稼老头小声叹息说：

“唉，这个杀场，自古以来只杀老百姓，不知屈死了多少性命，从来连一个官儿也没杀过，今日却要杀王了。连福王也可以杀，从前我连想也不敢想！”

旁边一个生着连鬓胡子的中年人用鼻孔哼了一声，接着说：“管他妈的啥金枝玉叶，龙子龙孙，封王封侯，为官为宦，平日作威作福，耀武扬威，骑在老百姓的头上过日月，只要犯到闯王手里，都不值一个皮钱。在永宁，不是已经杀过万安王么？别看福王是‘当今’的亲叔父，一刀下去，喀嚓一声，同样脑袋落地，血溅黄沙，尸首扔给狗吃，有鸡巴‘福大命大’！”

另一个中年人愤愤地说：“自古是富了王侯，苦了百姓。天下乱了这十几年，也只有李闯王真能替穷百姓申冤报仇！”

在附近一个地方，也有几个人在小声谈话。一个瘦弱的、手拄拐杖的老人说：

“从前，每年只在冬至杀人。从崇祯七年以后，每年四季都杀人。从前人命关天，把人判了死罪，还得层层上详，等候刑部批下，才能冬至处决。后来杀人像杀鸡狗！……”老人叹口气，接着说：“就在这个地方，有一年就杀过几百人。小百姓遇到灾荒，饿得没办法，偷一点，抢一点，不论罪大罪小，十之八九都判成死罪，也不上呈刑部候批，说杀就杀，据说这是‘治乱世用重典’。有一阵天天杀人，我亲眼看见有一批就杀了二十七个，里边有妇人、小孩。”

旁边一个人忍耐不住说：“杀的全是穷百姓！”

一个有瘿脖子的中年人说：“所以大家都说闯王来得好。闯王一来，就把世道翻了个儿。昨日杀吕尚书，今日杀福王。人家只杀官，不杀百姓。”

一个脸孔浮肿的青年饥民从旁插了一句：“这才叫替天行道！”

突然，从城内奔出来一群百姓，同时传过来一阵锣鼓声和军用喇叭声，使刑场周围挤满的百姓登时激动起来，转过身子，万头攒动，齐向城门张望。过了片刻工夫，一阵马蹄声响，一面大旗前导，接着五十名骑兵簇拥着李过出了城门，向杀场奔来。李过到监斩台前下马，登上台去，坐在中间，左右侍立着几位偏将和别的头目。老百姓想看清楚监斩的这位将领，有的知道他是李过，有的误以为他是刘宗敏，都想往前挤，后边的推动前边，可是前边的被步兵挡住，不许向前。你拥我挤，秩序乱了起来。李过下令叫前边的十排人就地坐下，才恢复了刚才的会场秩序。

但是不过片刻工夫，场中的秩序又乱了起来，刚才坐在地上的人们也纷纷起立。所有的人们都向城门张望，个子矮的人们就踮着脚尖，伸长脖颈，仰着下巴。从西门走出一队人马，押着福王来了。

走在前边的是二十名步兵，分成两行，张弓搭箭，虎视左右和前方。接着，又是二十名步兵，一色手执红缨长枪。跟着，两名刀斧手带推带架着福王出来。再后边又是二十名步兵，手执宝剑。最后是一名小将，同亲兵们骑着战马。多数人都没有看见过福王是什么样儿。整年他不一定出宫一次；纵然出宫，人们都得回避；回避不及，也只能俯首跪在街旁，不许抬头望他。如今凡是没有看见过他是什么样子的，都想看个清楚；那些曾经有幸偷看过他的，也想看一看他在临刑以前是什么情形。刑场上拥挤得更凶了。有的体弱的被挤个趴叉。步兵从几十层人堆中分开一条路，将犯人押解到监斩台前，喝令跪下。他往地上一跪，几乎倒下。一个刀斧手踢他一脚，喝道：“跪好！”他猛一惊，似乎有点清醒，勉强用两手按地，保持半跪半伏的样子。人群里有人不自禁地骂道：

“他妈的，孬种！”

原来拥挤在王宫前边的百姓们赶来迟了，得到守城义军允许，从西门内奔上城墙，挤满了西门右手的一段城头，隔城壕俯瞰刑场。当有些百姓还在陆续上城时候，午时已到，从监斩台的后边向空中发出一声炮响，震得全场一惊，有两三匹战马振奋嘶鸣。炮声刚过，李过喝令刀斧手准备行刑。两个刀斧手将福王从地上拖起来，推到离监斩台五丈以外，使他面朝正南，对着百姓跪下。第二声炮响了。站在右边的刀斧手将犯人脖颈后插的亡命旗拔掉，扔到地上，随即走开。犯人已经失去了勉强自持能力，瘫在地上。刑场上万头攒动，屏息无声。第三次炮声一响，站在犯人左边的刀斧手用左手将犯人的发髻一提，同时喝道：“跪好！”说时迟，那时快，人们只看见阳光下一道白光一闪，福王朱常洵的头颅飞落地上，一股鲜血迸出三尺以外。从刑场到城头，看斩的百姓们迸发出震天动地的齐声喝彩：

“好！！！”

担任行刑的这个刀斧手向前两步，弯腰提起来福王的头，走向监斩台去。遵照李过的命令，这头将带进城去，悬挂在宫门前的华表上，即古人所说的“枭首示众”。在刑场中间担任警戒和维持秩序的步兵都撤到监斩台下，听任百姓观看福王的尸体。在前边的百姓们一拥而上，立刻将福王的衣服和裤子剥得精光。有人剖开他的胸膛，挖出心肝拿走。有人从他的身上割走一块肉。顷刻之间，尸首被分割得不成样子，而后边的百姓们继续往前边拥挤。

李过带着几个偏将走下监斩台，上了战马，喇叭一吹，锣鼓开路，率领着步、骑兵回城而去。将走近城门口时，遇见从城内走出一个小校，捧着闯王的一支令箭，后边跟着一个太监模样的中年人，还有一个中年和尚和两个青年和尚，他们的背后跟着一辆牛车，载着一具桐木白棺材。他们避到路边，等候李过带着人马过去。李过驻马向捧令箭的小校问：

“他们是什么人？”

小校回答：“回将爷，这个人是福王宫中的承奉太监，那位师父是迎恩寺的方丈，法名道济，刚才他们到东华门向闯王乞恩，要来收殓福王的尸首，已蒙闯王恩准。不过闯王说，他们可以先将福王的身子收殓，福王的头要悬挂三天以后才能给他们。他们害怕福王的民愤很大，会将他们打死，所以求闯王发下令箭，好来收尸。”

李过点了一下头，策马进城。

九

张献忠奇袭襄阳杀襄王

第 30 章

洛阳失守和福王被杀的消息是在崇祯十四年二月中旬到了北京的。消息之所以迟，是因为洛阳已经没有地方官向朝廷飞奏，而是住在开封的封疆大吏得到确实消息之后，才向北京发出十万火急的塘报和奏本。洛阳的事，几天来北京朝野已经有些传闻，但是谁也不肯相信，认为是不可能的。在李自成破洛阳之前，住在北京的人们心中只有个张献忠，知道李自成名字的人很少，原来知道他的人也几乎把他忘了。如果仅仅是破永宁这个县城也不会引起北京朝野的注意。十几年来，内地州、县城池失守，成为常事，在北京确实早已算不得重要新闻。李自成的人马在永宁杀掉一个万安王，才使这件事有新闻价值。但是万安王毕竟是一位不重要的郡王，又同当今皇上不是近族，所以这件事在北京不能成为轰动的新闻。关于李自成是从什么地方和什么时候到河南的，有多少人马，如何行事，几乎没有人关心。直到破洛阳和杀福王的消息正式报到北京，才真像是晴天霹雳，使大家猛一震惊。从此以后的十来天内，不论是在大小衙门，王、侯、贵戚邸宅，茶馆酒肆，街巷细民，洛阳事成了中心话题。

崇祯得到飞奏是在快进午膳时候。他登时脸色大变，头脑一蒙，几乎支持不住，连连跺脚，只说："嗨！嗨！嗨！"随后放声大哭。他从来没有在乾清宫中这样哭过，使得乾清宫的大小太监和宫女都十分惊慌，有头面的都跪在地上劝解，没有头面的都在帘外和檐下屏息而立。一个站在檐下的老太监，曾经服侍过万历和天启，一向不大关心宫外的事，总以为虽然有战乱和天灾，大明江山的根基如铁打铜铸般的牢固。他日夜盼望能亲眼看见国运中兴，此刻忽然知道洛阳的消息，又见皇上如此痛哭，忍不住哽咽流泪，不忍再听，脚步蹒跚地走到僻静地方，轻轻地悲叹一声，不自觉地说道：

“唉，天，可是要塌下来啦！”

崇祯哭了一阵，一则由于司礼监掌印太监王德化也闻信跑来，跪在他的面前劝解，二则想着必须将洛阳事禀告祖宗神灵，还要处理洛阳的善后事儿，便止了哭，挥退众人，孤独地坐在乾清宫西暖阁的御榻上沉思。

午膳时候，撤去了照例的奏乐，将几十样菜减到十几样，叫做“撤乐减膳”，表示国有不幸，皇帝悲痛省愆。崇祯正在用膳，忽然又想起洛阳的事，悲从中来，簌簌泪下，投箸而起。原想午膳后休息一阵，方去禀告祖宗神灵，现在实在难以等待，他也不乘辇，步行去奉先殿，跪在万历的神主前嚎啕大哭。

周后听到消息，传旨田、袁二妃，太子和永、定二王赶快来到坤宁宫，率领他们赶到奉先殿。因为不奉诏不得入内，便一齐跪在殿门外，劝皇上回宫进餐，不要过于悲伤，损伤“圣体”。崇祯哪里肯听，反而哭得更痛。皇后等劝着劝着，一齐大哭起来。因为皇帝、皇后、皇贵妃、贵妃[①]、太子和二位小王都哭，众多随侍的太监和宫女无不哭泣。从殿内到殿外，一片哭声，好像就要亡国似的。

院中有四棵古柏，其中一棵树身最粗，最高，相传在嘉靖年间曾经遭过雷击，烧死了一边树枝，但到万历初年大部分的枯枝重新发芽，比别的枝叶反而更旺。宫中的老太监们说，这一棵古柏有祖宗神灵呵护，从它的荣枯可以占验国运。近几年，不知什么缘故，从树心开始枯死，使得大半树枝都枯死了。就在那最高处的枯枝上，有一个乌鸦窝。如今那只乌鸦在窝中被哭声惊醒，跳上干枝，低头下望片刻，忽然长叫两三声，飞往别处。

崇祯又哭一阵，由太监搀扶着哽咽站起，叫皇后和田、袁二妃进去，也跪在万历的神主前行礼。等她们行礼之后，他对她们哽咽说：

“祖宗三百年江山，从来无此惨变。朕御极以来，敬天法祖，勤政爱民，未有失德。没想到流贼如此猖獗难制，祸乱愈演愈烈，竟至洛阳失守，福王被

---

①贵妃——袁妃已经晋封为贵妃。

戕。亲王死于流贼，三百年来是第一次。朕如何对得起神宗皇爷！”说毕又大哭起来。

他为着向上天加重“省愆”，不仅“撤乐减膳”，连荤也不吃了。虽然他平日非荤不饱，对完全素食很不习惯，但是他毅然下了决心，传谕御膳房，百日之内不要再为他预备荤菜。三天以后，皇后怕损伤他的身体，率领田、袁二妃来乾清宫劝他停止素食。他摇头拒绝劝解，含着泪叹口气说：

“朕年年剿贼，天天剿贼，竟得到这样结果！朕非暗弱之君，总在为国焦劳，励精图治，可惜上天不佑，降罚朕躬。朕不茹荤，不饮酒，只求感格①上苍，挽回天心耳。你们好不晓事，不明白朕的苦衷！”

为着福王的世子朱由崧和福王妃都逃到豫北，还有其他逃出来的宗室亟待救济，而国库十分空虚，崇祯只得在宫中筹款。他自己拿出体己银子一万两，皇后拿出四千两，田妃三千，袁妃二千，太子一万，慈庆宫懿安皇后一千，加上慈宁宫皇祖宣懿惠康昭妃和皇考温定懿妃各五百，共凑了三万一千两银子，命司礼监太监王裕民前往豫北慰问王妃、世子，赈济诸逃难宗室。又命老驸马冉兴让代表他往太庙祭奠二祖列宗的神灵。

一则饮食失常，二则连夜失眠，崇祯的脸颊一天比一天消瘦憔悴，眼窝深陷，双眼周围发暗。一天下朝之后，他无处可以解闷，便到慈宁宫去看宣懿惠康昭刘太妃。她已经八十五岁，身体尚健，神志清楚。如今在老妃中以她的年纪最大，辈数最尊。她自己不曾生过儿女，一生为人谨厚，爱抚诸王。天启和崇祯都是幼年失母，住在慈宁宫受她抚养，叫她奶奶。天启和崇祯两朝都无太后，就由她掌太后玉玺。今天崇祯的精神是那样不济，刚坐下说了几句闲话，眼睛就打旋，连打两个哈欠，又勉强支持片刻，靠在榻上，蒙眬睡去。刘太妃不许惊动他，命宫女在他的身上搭一条黄缎绣凤薄被。两个宫女在左右静立伺候，等着崇祯醒来。过了一阵，崇祯伸个懒腰，揉揉干涩的眼睛，坐了起来，自己用手整一整帽子，向刘太妃凄然说：

“奶奶，神祖时候，海内少事，做皇上多么安心！到了孙子，多灾多难，苦

---

①感格——感通。古人将格字如此用法，出于《尚书·说命》：“格于皇天”。

苦支梧[①]，没有法儿。这两夜省阅文书，不曾合眼。心中烦闷，往往吃不下饭。自以为不过是三十岁的人，可是为国事消磨，体力未老先衰，竟然在太妃前昏然不能自持，一至于此！”

刘太妃无话安慰，叹息一声，老泪在有皱纹的脸上纵横奔流。崇祯也伤心地哭了很久。侍立左右的宫女们都低下头去，有的落泪，有的虽然恨这深宫的幽居生活，在皇帝和太妃的面前也不得不装作要落泪的样儿。

十天以后，李自成进攻开封的飞报到了北京。崇祯大骂河南巡抚李仙风该杀，下旨严加切责，命他火速回救开封，立功赎罪。又下旨将警备洛阳总兵王绍禹逮京斩首。他很担心开封失陷，中原大局从此不可收拾，在乾清宫俯案哭泣，还不住捶胸顿足，仰天悲呼：

“苍天！苍天！你不该既降生一个献贼，又降生一个闯贼！”

周后见崇祯长期素食，为国操劳，身体日损，眼看会支持不住。她自己几次去乾清宫劝解，又吩咐田妃和袁妃前去劝解，也命王德化等几个较有头面的大太监多次劝解，全然无效。周后无可奈何，才想到乾清宫的掌事宫女魏清慧伺候皇上最久，可能会想个主意使皇上停止吃素，便派一个小宫女将她叫来。她跪在皇后的榻前叩头以后，皇后叫她起来，望着她口气温和地说：

“皇上长久吃素，眼看他的御体消瘦，精神大不如前。你是乾清宫的管家婆，服侍皇上多年，皇上的秉性脾气你很清楚。你想想，有什么好法儿劝皇上停止吃素？”

魏清慧说：“奴婢也在皇爷面前劝过多次，无奈皇爷执意不再茹荤，实在难劝。奴婢为此事日夜发愁，没有法儿可想。唉！”

皇后说：“我知道你是个细心机灵的姑娘，所以从你十五岁起就派你到乾清宫管家，平日对你另眼看待。乾清宫的都人很多，本宫只把你放在心上，这你自己也是知道的。如今你若能想办法使皇上重新茹荤，也算不辜负我的恩待，事后我也要重重赏你。”

魏宫人含着眼泪说：“娘娘厚恩，奴婢永世难忘。各种办法奴婢都想过，

---

①支梧——支撑。

苦无妙计。有一个办法怕未必能成，所以奴婢不敢说出。”

“快快说出吧。倘若能成，就是你为皇家立了一功。”

魏宫人低头不语。

坤宁宫的管家婆吴婉容在一旁说：“魏姐，既然你想了一个办法，为什么不敢说出？快说吧，说错啦娘娘不会怪罪你。”

魏清慧犹豫一下，向皇后说：“万一张扬出去，皇爷知道是奴婢出的主意，将会吃罪不起。”

皇后说：“这屋中只有我们三个人，断无人张扬出去。”

魏宫人悄悄说出来她的计策，使周后的心中豁然一亮，轻轻点头，随即命吴婉容去叫掌事太监刘安前来商量。

第二天中午，周后命御膳房早早地做好两样崇祯往日最喜欢吃的荤菜，送进坤宁宫，换到坤宁宫专用的银器中，到午膳时重新蒸热，派吴婉容送到崇祯面前的御膳桌上，跪下说：

“启奏皇爷，皇后娘娘为皇爷亲手做了两样小菜，命奴婢捧呈御前，恳皇爷看娘娘一番至诚，随便尝尝。”

从银碗盖中冒出来荤菜的香味，刺激得崇祯往肚子里咽下去一股口水。但是他仍然不肯动荤，挥手命魏宫人端走，魏清慧在吴婉容的旁边跪下，恳求说：

“请皇爷莫辜负皇后娘娘的一片心意！”

正在这时，一个太监来到崇祯身边，躬身呈上一封文书，说道：

“启奏皇爷，这是瀛国太夫人上的本，要不要此刻就看？”

崇祯一听说是他的外祖母上的奏本，不知何事，立刻就看。这奏本中说她昨夜梦见孝纯皇太后[①]归省，告她说皇帝十分消瘦，不禁悲泣，并且说：“替我告诉皇帝，赶快开荤，莫要过于自苦。”奏本中劝崇祯停止吃素以慰先太后

---

①孝纯皇太后——崇祯的生母刘氏，入宫后封为淑女。当时崇祯的父亲尚是太子，她在太子的群妾中名位较低，并不受宠。不久，惹怒崇祯的父亲，受谴责而死，可能是自尽，在宫中保密。后来，崇祯长成少年，封为信王，她才被追封为妃。到崇祯即位，上尊谥为孝纯皇太后，其母受封为瀛国夫人。

的心。崇祯看毕，以为他的亡母真托梦给他的外祖母，心中十分感动，涌满两眶热泪，叹了口气。一个尚膳太监趁机会揭开银碗盖，果然是两样精致的荤菜。崇祯掂起两头镶金的象牙筷，迟疑一下，望一望那一碗用乳白的鱼翅、鲜红色的火腿精肉丝、五六只雪白的鸽蛋，加上若干片翠绿的莴苣（这是丰台农民在地窖中培育的特别时鲜）烧出的美味，上边撒一点点极嫩的韭黄。这碗美味，是周后的往年发明，并赐它一个佳名叫"海陆同春"。它的色、香、味都曾为崇祯赞赏。崇祯正要伸出筷子夹菜，忽然停顿一下，含着泪对左右的太监和宫女说：

"朕为着圣母[①]和皇后，勉为动荤！"

跪在地上的魏清慧和吴婉容都叩头轻呼"万岁！"然后起立。其他在左右伺候的太监和宫女也都喜上眉梢，轻呼"万岁！"

膳后，崇祯在养德斋稍作休息，又在乾清宫正殿徘徊一阵，然后决定明日召见若干朝臣，专处理洛阳的事。但他无心省阅文书，怀着又恨又气的心情，自言自语地小声说道：

"奇怪呀奇怪！人们不是说李自成早就给消灭了么？"

次日，即二月二十四日，上午辰时刚过，几位内阁辅臣，礼部尚书和左右侍郎，兵部尚书，礼、兵两科的几位给事中，河南道御史和湖广道御史等，还有年高辈尊、白发垂胸、仪表堂堂的老驸马冉兴让，奉召进宫。他们先在皇极门内的金水桥外会齐，穿过宏政门、中左门，到了右后门。门内就是皇帝经常召对臣工的地方，俗称平台。昨夜传谕说今日在此召对，但这里冷冷清清，只有一位太监在此等候。他对众官员说，因御体偶感不适，改在乾清宫中召见。于是这一群朝臣继续往前走，绕过建极殿的背后，进入乾清门。门外有两个高大的鎏金狮子，左右各一，在太阳下金光闪烁。平日，如果朝臣们有机会奉召来乾清宫，如心情不太紧张，总是忍不住向这两个狮子偷瞟几眼，欣赏它们的神态优美，前朝的能工巧匠竟然将雄壮、威武、秀丽与活泼统一于一身。但今天

---

①圣母——指崇祯的母亲。

他们都没有闲情欣赏狮子，在太监的带领下继续前进。因为国家遭到惨重事变，皇上的心情极坏，所以大臣们的心中十分惴惴不安，怕受严责，而不负责任的科、道官们也半真半假地带出忧戚的神情，同时在心中准备着一有机会就要向他们所不喜欢的杨嗣昌攻击，博取“敢言”的好名声。

进入乾清门就是御道，两边护以雕刻精致、线条厚重而柔和的白玉栏杆和栏板。群臣从御道的两侧向北走，直到崇阶，也就是南向的丹陛。中间是一块巨大的石板，雕刻着双龙护日，祥云满布，下有潮水。结构严密、完整，形象生动。群臣低着头从两旁的石阶上去，到了乾清宫正殿前边的平台，即所谓丹墀。丹墀上有鎏金的铜龙、铜龟、铜鹤，都有五尺多高，成双配对，夹着御道，东西对峙；另外还有宝鼎香炉，等等陈设。群臣一进乾清门就包围在一种十分肃穆与庄严的气氛中，愈向前走愈增加崇敬与畏惧心情，一到乾清宫正殿前边，简直连大气儿也不敢出了。

太监没有带他们走进正殿，却带他们从正殿檐外向东走去，到了东角门。有几个人胆子较大，抬头看见墙上贴着一张已经褪了色的黄纸帖子，上写：“贞侍夫人传圣谕，东角门内不准喧哗。”因为深宫事秘，与外廷几乎隔绝，看了这张帖子的人们都不知道这被称做贞侍夫人的是谁。但是大家心中明白，必是皇上平日心情烦乱，又要省阅文书，所以不许太监、宫女在这角门内大声说话。角门旁边有一座小建筑，垂着黄色锦帘，门额上悬一小匾，上写昭仁殿。太监连揭两道锦帘，大家躬身进去。向东，又连揭两道锦帘，群臣进到最里边的一间，才到了皇帝召见他们的地方。崇祯面容憔悴，坐在铺有黄缎褥子的御榻上。榻上放一张紫檀木小几，上边摆几封文书，还有一只带盖的茶碗放在莲叶形银茶盘上。左边悬一小匾，是崇祯御笔书写的“克己复礼”四字。等群臣叩头毕，崇祯叫他们起来，然后叹口气，神情忧伤地说：

“朕御极十有四年，国家多事，又遇连年饥荒，人皆相食，深可悯恻。近日，唉，竟然祸乱愈烈，流贼李自成攻陷洛阳，福王被害。”他的眼圈儿红了，伤心地摇摇头，接着说：“孟子说，‘亲亲而仁民，仁民而爱物’。连亲叔也不能保全，皆朕不德所致，真当愧死！”忽然他的鼻子一酸，抽咽起来，泪如奔泉。

驸马冉兴让和首辅范复粹赶快跪下，劝他不要悲伤，说这是气数所致。崇祯止了哭，揩揩眼睛和脸上泪痕，接着哽咽说：

“这……说不得都是气数。就是气数，亦须人事补救。这几年，何曾补救得几分啊！”

另外几位大臣听皇上的口气中含有责备之意，赶快跪下，俯伏在地，不敢做声。崇祯今日无意将责任推到他们身上，挥手使他们起来。他从几上拣起兵科给事中张缙彦的疏和河南巡按御史高名衡的疏，翻了一翻，叫张缙彦到他的面前跪下，问道：

“尔前疏提到河南的事，现在当面奏来。”

张缙彦叩头说：“洛阳失陷，福世子下落传说不一。臣思当此时候，亲藩所在，关系甚重。臣见抚、按塘报，俱未言之详细确凿。臣是河南人[①]，闻福世子现在孟县。”

“你怎么知道的？”

“孟县人郭必敬自臣家乡来，臣详细问他，是以知道。他在孟县亲见世子身穿孝服，故知福王殿下遇害是真。”

崇祯长叹一声，落下热泪。

张缙彦又说：“福王为神宗皇帝所钟爱，享国四十余年。今遇国变，王身死社稷。凡葬祭慰问，俱宜从厚。”

崇祯点头：“这说的是。”

范复粹跪奏：“福王有两个内臣，忠义可嘉。”

崇祯说：“还有地方道、府、县官及乡宦、士民，凡是城破尽节的，皆当查明，一体褒嘉。”

范复粹暗觉惭愧，叩头而退，心中责备自己：“唉，我怎么只想到两个内臣！”

次辅陈演在一旁躬身说：“福王身殉社稷，当立特庙。”

---

①河南人——张缙彦是河南孟县（今孟州市）人。

崇祯没有做声。

科臣[①]李焻出班跪奏："凡是用兵，只有打胜仗才有军威。督师杨嗣昌出兵至今，一年有余，惟起初报了玛瑙山一次小捷，近来寂寂无闻，威势渐挫。须另选一位大将帮他，方好成功。"

崇祯听出这话中实有归罪杨嗣昌以夺其兵权的意思，说道："督师去河南数千里，如何照管得到？虽鞭之长，不及马腹。你们说话，亦要设身处地，若只凭爱憎之见，便不是了。"

李焻说："正因其照管不来，故请再遣大将。"

崇祯不想对李焻发怒，敷衍一句："也遣了朱大典[②]，这便是大将。"李焻起身后，崇祯向群臣扫了一眼，问道："李自成是从何处来到了河南？"

又一位兵科给事中章正宸见机会已到，躬身奏道："听说贼是从四川来的。"

兵部尚书陈新甲立在一旁，赶快纠正说："贼从陕西来，非从四川来，非从四川来。"

崇祯不再理会，想着张献忠在开县境内战败官军的事已有塘报，此时可能已到川东一带，便望着陈新甲问道：

"张献忠现在何地？"

陈新甲跪下说："自从官军猛如虎一军在开县黄陵城受挫之后，尚无新的塘报。"

崇祯怒形于色，又问道："献贼在达州、开县之间，万一逃出，岂不夔、巫震动？夔州可有重兵防守？"

"万元吉可能现在夔州。"

"可能！杨嗣昌远在重庆，万元吉奉督师命追剿献贼。开县败后，他到底到了何地？如何部署追堵？如何扼献贼东逃入楚之路？你都知道么？"

陈新甲颤栗说："万元吉尚无续报到部，臣实不知。"

---

①科臣——六科给事中的简称。李焻是兵科给事中。

②朱大典——金华人。崇祯十四年六月受命总督江北、河南、湖广军务。在此次召对时，他的官职是总督漕运兼巡抚庐、凤、淮、扬四府，镇凤阳。

崇祯严厉地望着陈新甲说："卿部职司调遣，赏罚要严，须为朕执法，不得模棱。此后如姑息误事，皆卿部之罪！"

陈新甲叩头说："臣身为本兵，奉职无状，致使洛阳失陷，亲藩遇害，四川剿局，亦有小挫，实在罪该万死。今后自当恪遵圣谕，执法要严，赏罚要明，使行间将帅不敢视国法如儿戏。川楚剿局，尚未大坏；亡羊补牢，未为迟也。伏乞陛下宽心等待，不要过劳宸忧。"

崇祯命他起去，又翻了翻几上放的几封奏疏，很不满意地摇摇头，说："闯贼从洛阳往汝州南去（他不明白攻汝州的是李自成派出的一支故意迷惑官军的偏师），李仙风却领兵往黄河北来，明是规避，害怕与贼作战。就拿高名衡说，先报福王尚在，后报遇害，两报矛盾，也太忙乱了！"随即向阁臣们问道："福世子谕扎内言闯贼'杀王戮官'，在河南府境内更有何王被害？"

几位阁臣都说没有听说。崇祯不放心，又问一次。他们仍说不知。张缙彦走出班来，跪下奏道：

"正月初三日[①]贼破永宁，内有万安王被杀。他是伊王[②]一支的郡王。"见皇上不再追问，他接着说："洛阳失陷，凡王府宫眷，内外官绅士民，焚劫甚惨。此时贼虽出城，生者无所养，死者无所葬，伤者无所调治。皇上已发河南赈济银三万两，合无[③]先调用三五千两，专济洛阳，收拾余烬，以救燃眉？"

崇祯说："河南到处饥荒，别处亦都是要紧。朕再措发，即着钦遣官带去。"

召见已毕，诸臣重新叩头，鱼贯退出，到东角门立了片刻，见皇上不再叫回，才放下心，走出宫去。

从这次召对以后，朝中就开始纷纷议论，攻击陈新甲和杨嗣昌。有些人说，李自成是张献忠手下的一股，既然张献忠逃入四川，足见李自成是从四川到河南的。又有人说，李自成曾经被官军围在川东某地。突围而出，奔入河南

---

①正月初三日——李自成破永宁是崇祯十三年十二月二十七日。张缙彦所说的是传闻之误。大概正月初三是杀万安王的日子。

②伊王——朱元璋的第二十五子封为伊王。

③合无——可否。

（关于这川东某地，辗转附会，经过了几个月的添枝加叶，形成了一个被围困于“鱼复诸山”的完整故事）。人们说，陈新甲为着掩盖杨嗣昌的罪责，所以说李自成是从陕西到河南的，不是来自四川。陈新甲听到那些攻击他的话，一笑置之。他是本兵，军事情况知道的较多。他曾得到报告：去年秋天，陕西兴安一带的汉南各县曾有李自成的小股人马出没打粮，后来又有一股人马从武关附近奔入河南，从来没有李自成到川东的事。崇祯的心中也清楚李自成不曾到过川东，所以以后朝臣们纷纷攻击杨嗣昌时，没有一个人敢对他提出李自成自川入豫的话。

在崇祯召见群臣的第二天，老驸马冉兴让就奉钦命率领一群官员和太监王裕民前往豫北去了。

崇祯仍是寝食不安，焦急地等待着各地消息，最使他放心不下的是关于开封的守城胜败、张献忠和罗汝才的行踪、杨嗣昌的下一步“剿贼”部署，还有辽东的危急局势，山东等地的军事和灾荒……

愈是中原大局糜烂，崇祯愈担心张献忠由川入楚的消息。大约十天以前，他得到杨嗣昌自四川云阳来的飞奏，知道张献忠同罗汝才在开县黄陵城打败堵截的官军，将从夔州境内出川。杨嗣昌在奏疏中说他自己正在从云阳乘船东下，监军万元吉从旱路轻骑驰赴夔州，以谋遏阻“献贼”出川之路。崇祯十分害怕湖广局势也会像河南一样，不断地在心中问道：

“张献忠现在哪里？献贼可曾出川？”

如今，张献忠和罗汝才已经胜利出川，来到兴山县境，香溪旁边休息。

兴山，这是张献忠和罗汝才熟悉的地方。如今春天来了，香溪两岸，景色分外美丽。虽然每日赶路很紧，将士们十分辛苦，骡马都跑瘦了，但是士气却十分高涨，精神焕发。不过半年以前，罗汝才和张献忠受到杨嗣昌的大军压迫，不得已从这里相继进入川东。当时，各家农民军众心不齐，各有各的打算。献忠只同汝才的关系较好，而同其他各家根本没法合作，所以一方面他处在明军的四面压迫之下，一方面又在起义的各家中感到孤立。杨嗣昌把他视为死敌，正在用全力对付他，并且在川东摆好口袋，逼迫他非去不可，单等他进去后就束紧袋口，将他消灭。自从他在巫山、大昌之间同“曹操”会师，到如今仅仅半年时间，局面大变，杨嗣昌的全部军事方略被摧毁了，督师辅臣的声威完蛋了，几百万两银子的军事开销付之东流，十几万人马征调作战，落了个鸡飞蛋打，而他却胜利出川，重入湖广，从此如龙跃大海，再也不怕被官军四面包围。

人马停在昭君村和附近的村庄打尖，并不攻兴山县城，为的是不要耽误时间，也不要损伤一个将士。当将士们都在休息时候，张献忠拍一拍徐以显的肩膀，两人离开老营，也不要亲兵跟随，站在离老营不远的香溪岸上说话。水清见底，在他们的脚下奔流，冲着溪中大石，溅出银色浪花，又翻过大石倾泻而下，发出小瀑布那样澎湃之声。溪前溪后，高山重叠，林木茂盛，处处苍翠。不断有鸟声从竹树中间传来，只觉宛转悦耳，却看不见在何树枝上。他们的对面是一处小小的临水悬崖，布满层层苔藓，老的深暗，新的鲜绿，苔藓剥落处又露出赭色石面。悬崖上边被年久的藤萝盘绕，好似一堆乱发，而在藤萝丛中伸出一根什么灌木斜枝，上边有若干片尚未转成绿色的嫩红叶芽，生意盎然。另外，在悬崖左边有一丛金黄耀眼的迎春花倒垂下来，倒映在流动的清水里边。几条细长的鱼儿在花影动荡的苍崖根游来游去。徐以显猜到献忠要同他商量何事，但不由自己点破，先望望面前风景，笑着说：

“这搭儿山清水秀，怪道出了王昭君这样的美人儿！”

献忠骂道：“又是一个老臊胡！你莫学‘曹操’，不打仗的时候，什么大事不想，只想着俊俏的娘儿们！”他随即哈哈一笑，风吹长须，照入流水。“伙计，咱们到底打败了杨嗣昌这龟儿子，回到湖广。你说，下一步怎么办？”

徐以显猜到献忠的打算，但不说出，侧着头问：“你说呢？”

献忠在军师的脸上打量一眼，正要说话，看见两名弟兄走来，站在近处的溪边饮马。一匹白马，一匹红马，前蹄踏进溪中，俯首饮着清水。因很快就要继续赶路，马未卸鞍，只是松了肚带，铜马镫搭在鞍上。献忠挥挥手，使他们将战马牵向别处去饮，然后对军师低声说：

“咱们既然要整杨嗣昌，一不做，二不休，索性狠整一下。去戳他王八蛋的老窝子行不行？”

徐以显迅速回答："对，一定要打破襄阳！"

献忠点头，问："你也想到去破襄阳？"

以显想了一下说："襄阳防守很严，只可智取，不可力攻。趁眼下襄阳人还不知道咱们已经出川，也许可以成功，不妨试试。"

献忠兴奋地说："对，对。趁着咱们出川的消息襄阳不知道，襄阳也还不知道杨嗣昌在黄陵城打了败仗的消息，咱们突然破了襄阳城，不愁他杨嗣昌不捏着鼻子哭！"

徐以显冷笑说："要是杨嗣昌失掉襄阳，倒不是光哭一通可以拉倒，崇祯会叫他的脑袋搬家哩。"

献忠将大腿一拍，说："老徐，你算是看准啦！对，咱俩就决定走这步棋，将杨嗣昌逼进酆都城！伙计，怎么咱俩都想到一个点子上？"

"我是你的军师，不是饭桶。"

他们互相望着，快活地哈哈大笑。献忠随即问道：

"老徐，咱们今天到兴山城外，听到老百姓谣传河南方面的一些消息，说自成在去年十一月间到了河南，到处号召饥民，如今已经有二十多万人马，又传说他在一个月前破了永宁，杀了万安王，近来又破了洛阳。你觉得这些消息可靠么？"

徐以显叹口气，心有遗憾地回答说："你同自成都不是平凡人物，只要得到机会，都能成大气候。谣言说自成在河南如何如何，我看是八九不离十。只是，谣传他如今有二十多万人马，我想不会。顶多十万上下。他先到南阳府地面，如今又到了洛阳西南，都在豫西，年荒劫大，饿死人的年景。你想想，专靠打破山寨，惩治富家大户，又要赈济饥民，又要养兵，如何能养活二十多万人马？"

献忠点点头，说："对啦，恐怕是连影子有二十多万人马！"

以显接着说："近几年，自成一直很倒霉，受的挫折不少，差一点儿完事啦。如今忽然交了庚字运，到了河南，如鱼得水，一下子有了十来万人马，看起来他要做一篇大文章啦。"

献忠骂道："这大半年，咱们将杨嗣昌引入四川，把几省的官军拖住不放，有的给咱们打败了，有的给拖垮了，余下的给拖得精疲力尽。自成这小子躲在郧阳深山里，等待时机，突然跳出来拣个便宜。这能够算他有本领么？”

“大帅当断不断，放虎归山。倘若采纳以显的主张，何至有今日后悔！”

“老子那时不忍心下毒手，以义气为重嘛。”

“我的‘六字真言’中没有‘义气’二字。”

“他已经羽毛丰满，咱们怎么办？”

“我们如破襄阳，也可以与他势均力敌。以后大势，今日尚难预料，我们扩充人马要紧。”

张献忠同徐以显回到老营，将破襄阳的打算悄悄同“曹操”和吉珪商量。“曹操”自然赞成。献忠谈到李自成破了洛阳的传闻，忍不住破口大骂，还说：

“‘曹操’，咱们拼命打了一年半的仗，便宜了李自成。我不信他有天大本领！”

“曹操”说：“不过自成真要破了洛阳，对咱们也有好处。”

张献忠用鼻孔哼了一声，说：“咱们在四川同杨嗣昌死打活拼，他却到河南拣便宜，这就是古话说的‘鹬蚌相持，渔人得利’，对咱们有鸡巴好处！”

“曹操”笑着摇头说：“不然，敬轩。咱们在湖广、四川打得杨嗣昌焦头烂额，他又在河南点把火，叫崇祯八下捂不住，败局从此定了。你想，自成在河南放的这一把大火，难道对咱们没有好处？”

献忠说：“好啦，老哥，你想当和事佬，也好，眼下还是对付崇祯和杨嗣昌要紧。往后的事，骑毛驴儿念唱本，走着瞧。说不定，你日后会知道他的厉害哩。”

汝才哈哈一笑，没再说话。他近几天已经觉察出来，献忠因为打了胜仗，说话时越发盛气凌人了。献忠见他不再谈李自成，便转向吉珪说道：

“子玉，你是主意包，多谋善断，请你同曹帅再商量一下往襄阳这步棋吧。”

吉珪赶快说：“大帅过奖，实不敢当。奔袭襄阳，抄杨嗣昌的老窝子，真是妙策，非敬帅没人能想得出来，亦无人敢如此想。”

献忠心中得意，又问：“你看，李自成能成功么？”

“请敬帅不要只看一时，误以为李自成破洛阳后声势大振，就是成功之象。其实不然。秦亡之后，项羽分封诸侯，凌驾群雄，叱咤风云，天下诸侯王莫敢不惟项羽之马首是瞻。刘邦偏处汉中，终灭项羽。王莽篡汉，赤眉、铜马共奉更始为帝，入据长安，俨然已有天下，终被光武剪除。故先得势者未必成功，徒为后来真命天子清道耳。李自成目前得势，远不能与项王、更始相比，有何惧哉！可喜敬帅得我们曹帅尽力辅佐，何患不得天下？请敬帅放心。”

献忠斜着眼睛问：“你说的是真话？”

“对敬帅岂敢有假。”

献忠哈哈大笑，亲切地拍拍吉珪的肩膀，同徐以显走了。到没人处，他对徐以显说：

“看来老吉果然不是草包。”

“我不是说过么？此人不像曹帅，不可不防。曹帅有时颇有诡计，亦甚狡猾，但有时粗疏，容易露底。吉珪确实城府深沉，真心思点滴不肯外露。”

他们匆匆地吃了东西，便率领人马继续赶路。

从他们出发的昭君村到当阳，四百多里，山路崎岖，还要翻过一些大山，却只用两天时间就赶到了。杨嗣昌在张献忠离开泸州以后，就已经考虑到张献忠和罗汝才会出川奔入湖广，传檄下县，预为防备，当阳县也在十天前就接到了紧急檄文。守当阳城的是都司杨治和降将白贵。杨治倒不算什么，那个白贵原是“曹操”率领的房均九营的一营之主，深知献忠和汝才用兵情形，所以守城严密，使献忠和汝才无隙可乘。他们决定不攻当阳，在关陵休息一夜，然后分兵两支：罗汝才率领曹营人马沿沮水小路往西北去，重经远安，向房县方面进兵，牵制最近驻兵房县以西的郧阳巡抚袁继咸，使之不能够驰援襄阳，而张献忠率领西营将士从当阳西北渡过漳河，绕过荆门州，交上从荆门往襄阳的大道，由于地势比较平坦，以一日夜三百里的速度前进。

这时候，杨嗣昌正在长江的船上，从夔州瞿塘峡放船东下。江流湍急，船如箭发。如今他必须以最快的速度赶到沙市，方能知道张献忠和罗汝才的行踪，决定继续追剿方略。他孤独地坐在大舱中，久久地望着窗外江水，不许人进来惊动。后来他轻轻地叹口气，自言自语地说道：

“皇上，臣力竭矣！”

去年五月，他将各股农民军逼到川东一带，大军四面围堵，惠登相和王光恩等股纷纷投降，罗汝才也已经决定投降。他想，只剩下张献忠一股，已经被包围在夔、巫之间的丛山中，不难歼灭。无奈首先是四川巡抚邵捷春不遵照他的作战方略部署兵力，其次是陕西将领贺人龙和李国奇两镇将士在开县鼓噪，奔回陕西境内，使堵御西路的兵力空虚。张献忠对罗汝才又劝说又挟制，使罗汝才不再投降，合兵一处，突入四川内地。他亲自赶往重庆，打算将张、罗驱赶到川西北的偏远地方，包围歼灭。无奈将不用命，士无斗志，尚方剑不起作用，一切堵剿谋划全都落空。半年之间，张献忠和罗汝才从川东到川北，回攻成都，又顺沱江南下，到川西泸州，再从川西回师北上，绕过成都，东趋通江，迅速南下，行踪诡秘，消息杳然，过了端日，突然在开县黄陵城出现，消灭了总兵猛如虎率领的堵截部队，从夔州、大昌境内出川。他奉命督师至今，费了上百万银子的军饷，一年半的心血，竟然毁于一旦！他望着江水，继续想了很久，苦于不知道张献忠将奔往何处，也苦于想不出什么善策，觉得心中有许多话要向朝廷申诉，可是常言道“一出国门，便成万里”，如今只好听别人的攻讦！他的心情颓丧，十分沉重，不自觉地小声叫道：

“皇上！皇上！……”

半年以来，许多往事，不断地浮上心头。去年九月，他从三峡入川的情景，历历如在眼前……

去年九月上旬，杨嗣昌从夷陵乘船西上，于九月十一日到了巫山城外，船泊江边，没有上岸，只停了一晚就继续西上。

在川东投降的各营农民军中，杨嗣昌最重视的是王光恩这一营，在大船上特予接见，给以银币，好言抚慰。王光恩叩头涕泣，发誓效忠朝廷，永无二心。他的手下原有六千人，近来死、伤和逃散的约有一半。杨嗣昌命他挑选一部分精兵随军追剿，其余的由他率往郧阳、均州驻扎，整顿训练，归郧阳巡抚调遣。他问道：

“你可知道李自成现在何处？”

王光恩恭敬地回答说："自从舍弟光兴在竹山境内的大山中同李贼见面之后，只知李贼后来继续向西北逃去，却不知他逃往何处。他的人马很少，十分饥疲，八成潜伏在陕西和湖广交界地方。"

杨嗣昌觉得放心不下，沉吟说："倘能招他出降，就可以为朝廷除一隐患。"

王光恩说："末将深知李贼秉性脾气与曹贼大不相同，也与八贼不同。他不管如何挫败，如何艰难困苦，从不灰心丧气，更莫说打算投降。想招他出降，实不容易。"

"既然他冥顽不化，死不肯降，那就稍缓时日，俟剿灭献贼之后，再分兵将他围歼不迟。你在郧、均一带驻扎，万勿大意；务要多派细作，侦伺他的下落，提防他突然窜出，攻破城池。"

"谨遵大人钧谕，末将绝不敢疏忽大意。"

接见了王光恩以后，杨嗣昌就在大船上批阅文书。他知道张献忠和罗汝才已经于初六日破了大昌之后，继续向西。他还不明白张、罗的作战意图，但是更证实了他原来对幕僚们说过的一句话："倘献、曹二贼合股，则剿局必多周折。"当天夜里，他同幕僚们商议之后，连着发出了两道十万火急檄文：一道给驻扎在竹山境内的左良玉，命他星夜驰赴秭归，使张献忠不得从夔东重入湖广；一道给邵捷春，命他坚守梁山，使张献忠不能够奔袭重庆。他虽然不能不想到夔州十分吃紧，但因为万元吉驻在夔州城内，使他比较放心。另外，他在军事上仍有获胜信心，命一位幕僚拟了一个布告稿子，说明督师辅臣亲率大军入川，痛剿残"寇"；凡愿投降的一概免死，妥予安插，惟张献忠一人不赦。他还叫另一位幕僚拟就了一个捉拿张献忠的檄文稿子，要使老百姓容易吟诵、记忆和流传。这位幕僚依照当时习惯，用《西江月》词牌很快地拟好檄文稿子，呈到他的面前。他拈须轻声念道：

不作安分降将，
效尤奋臂螳螂。
往来楚蜀肆猖狂，

弄兵残民无状。
云屯雨骤师集，
蛇豕奔突奚藏？
勉尔军民捉来降，
爵赏酬功上上。

布告和檄文的稿子都连夜交给后边一只大船上的刻字匠人，命他们连夜刻出来，大量印刷。

第二天黎明，巫峡中黑森森的。只听得三声炮响，最前边的一只大船上鼓角齐鸣。稍过片刻，船队起锚，开始向夔州进发。巫山县文武官吏、士绅和王光恩等新降将领，跪在岸上送行。但杨嗣昌没有走出船舱，只是命一位中军参将站在船头上传谕地方官绅免送，严守城池要紧。每一只大船都有许多灯笼火把，照耀江中，照出大小旗帜飘扬，像一条一里多长的巨龙，在激流中艰难地蜿蜒西上，十分壮观。为着早到夔州，今天每只船都增加了纤夫。在悬崖峭壁的半腰间，稀疏的灯笼在暗影中飘摇前行，纤夫的号子声此起彼伏。杨嗣昌从船窗中探出头来，向下看，水流汹涌，点点灯火在波浪中闪动，几丈外便是一片昏黑；往上看，黑森森高峰插天，在最高的峰尖上虽然已经有轻淡的曙色和霞光，但是看来非常遥远，并不属于这深而窄的、随时都有沉舟危险的峡中世界。船一转头，连那染有曙色的峰尖也看不见了。他一路上已经经过不少暗礁险滩，从此到夔州还要经过瞿塘，绕过滟滪堆，一处失误，便将在艰险的征途上死于王事。他正在胡思乱想，忽然听见从高处悬崖上落下来几声猿猴的啼叫，声音清苦。他的心中一动，叹息一声，不觉吟道：

巴东三峡巫峡长，
猿鸣三声泪沾裳！

由于心情沉重、悲凉，杨嗣昌无心再看江景，将头缩回舱中。他昨夜同幕僚商议军事，睡眠很少，想趁这时再倚枕假寐片刻。但刚刚闭上眼睛，种种军事难题一股脑儿涌上心头，同时从舱外传进来猿声、水声、橹声、船夫的号子声，使他的心神更乱。他迅速起床，唤仆人进来替他梳头，同时在心中叹道：

"朝中诸公，有几个知道我的为国苦心！"

……

仅仅经过半年，杨嗣昌由希望到失望，到失去信心。这时他还不知道洛阳失守，不知道河南的局势已经大变，他所关心的只是张献忠和罗汝才的行踪，所以急于赶到沙市，重新部署军事。他在当时满朝大臣中不愧是一个精明能干的人，去年从夷陵入川以后，尽管鄂北郧、襄一带已无义军活动，但是他不能忘怀襄阳是军事上根本重地，而且是亲藩封地。他命襄阳知府王述曾负责守护襄阳城，但是他常常感到放心不下，几次亲自写信给王述曾，嘱咐他切不可疏忽大意。

现在因张献忠已经出川，他又想到襄阳，更加放心不下，但没有对任何幕僚提及。在半夜就寝时候，从夔州上船的监军万元吉和另外几位亲信幕僚都已离开，只有儿子杨山松尚未退出。他趁左右无人，叹口气小声问道：

"你看王述曾这个人如何？"

山松恭敬地回答说："大人最有知人之明，用王述曾做襄阳知府自然比前任为好。他年轻有为，敢于任事，又为大人亲手提拔，颇思感恩图报。只是听说自从大人离开襄阳后，他有时行为不检，不似原先勤谨。还听说他有时借亲自查狱为名，将献贼的两个美妾从狱中提出问话。倘若日子久了，难免不出纰漏。"

杨嗣昌说："目前战局变化无常，襄阳守臣须得老成持重方好；倘稍轻浮，纵然平日尚有干才，也易偾事。所以襄阳这个地方，我有点放心不下。"

山松说："大人何不火速给王知府下一手教，嘱其格外小心谨慎，加意城守①，严防奸细？"

杨嗣昌摇摇头，轻声说："此时给王知府的书信中不写明川中战局变化，他不会十分重视。对他说明，亦有不便。目前正是谣言纷起时候，万不可使襄阳知道真相，引起人心惊慌，给住在襄樊的降人与流民②以可乘之机。且朝廷

①城守——义同守城。此词最初见于《汉书》，遂为后代士大夫所习用，显示吐词古雅。

②流民——当时河南灾荒比湖北惨重，所以很多灾民逃到襄樊一带。

上很多人出于门户之见，不顾国家安危利害，惟以攻讦为能事。倘若我们自己不慎，将新近川中战局的变化传了出去，被京师言官知道，哗然相攻，而皇上又素来急躁，容易震怒……”杨嗣昌不再说下去，无限感慨地叹口长气。

山松问：“如不趁此时速给王知府下手教，嘱其小心城守事宜，万一献贼窜出四川如何？”

嗣昌沉默一阵，说：“目前献、曹二贼也是疲于奔命，人马更少，只剩下三四千人，纵然能逃出四川，未必敢奔袭襄阳；纵然奔袭襄阳，只要襄阳城门盘查得严，奸细混不进去，也会万无一失。王知府虽然有些轻浮，然张兵备①素称老练。看来我的担心未免是过虑了。”

杨山松见父亲的心情稍安，也很困倦，便轻脚轻手地退了出去。

有一些可怕的预感压着杨嗣昌的心头。过了很久，他苦于睡不着觉，索性起身出舱，站立船头。皓月当空。江风凄冷。两岸黑黝黝高山突兀。船边激浪拍岸，澎湃作响。他望望两岸山影，又望望滔滔江水，感到前途莫测，但又无计可想。他的老仆人杨忠和儿子山松站立在背后，想劝他回舱中休息，却不敢做声。过了很久，他们听见他轻轻地叹口气，吐出来四个字：

“天乎！天乎！”

第 31 章

杨嗣昌的船队从夔州东下的十天以前，二月初四日快到黄昏时候，有一小队官军骑兵，共二十八人，跑得马匹浑身汗湿，驰至襄阳南门。襄阳因盛传洛阳失陷，四川战事不利，所以近几天来城门盘查很严，除非持有紧急公文，验明无误，一概不许入城。这一小队骑兵立马在吊桥外边，由为首的青年军官走近城门，拿出督师行辕的公文，证明他来襄阳有紧急公干。守门把总将公文仔细看了一遍，明白他是督师行辕标营中的一个小军官，官职也是把总，姓刘，

①张兵备——襄阳兵备道张克俭。

名兴国，现年二十一岁。但守门把总仍不放心，抬头问道：

“台端还带有什么公文？”

刘兴国露出轻蔑的神气，拿出来一封火漆密封的火急文书，叫守门军官看看。守门军官看正面，是递交襄阳兵备道张大人的，上边注明“急密”二字，背面中缝写明发文的年月日，上盖督师辅臣行辕关防。他抬起头来对刘兴国说：

“请你稍候片刻，我去禀明黎大人，即便回来。”

从督师行辕来的青年军官不高兴地说：“怎么老兄，难道我们拿的这堂堂督师行辕公文是假的么？”

守门军官赔笑说：“莫见怪，莫见怪。公文自然是真的，只是需要禀准黎大人以后，才能开门。”

“老兄，这是紧急文书，误了公事，你我都吃罪不起！”

“不会误事。不会误事。黎大人就坐在城门楼上，我上去马上就来。”

杨嗣昌驻节襄阳时候，每个城门都有一位挂副将衔的将军负责，白天就坐在城门楼上或靠近城门里边的宅院中办公。自从杨嗣昌去四川以后，因襄阳一带数百里内军情缓和，各城门都改为千总驻守，惟南门比较重要，改为游击将军。这位游击将军名叫黎民安，他将呈上的公文正反两面仔细看了一遍，看不出可疑地方，但还是不敢放心，只好亲自下了城楼，站在城门洞里，将前来下公文的青年军官叫到面前，将他浑身上下打量一眼，问道：

“你是专来下这封公文么？”

刘兴国恭敬地回答：“是，大人。”

将军说：“既是这样，就请在南关饭铺中休息等候。我这里立刻派人将公文送进道台衙门。一有回文，即便交你带回督师行辕。”

青年军官暗中一惊，赶快说：“回大人，我是来襄阳火急调兵，今晚必得亲自到道台衙门，将兵符呈缴道台大人，不能在城外等候。”

将军问：“有兵符？”

“有，有。”青年军官随即从怀中取出一半兵符呈上。

黎将军很熟悉督师行辕的兵符式样，看明白这位青年军官带来的一半兵符不假，而且兵符是铜制的，别人在仓促之间也无法伪造。他的脸上的神色开始松和了，说道：

“你在吊桥外饭铺中稍候片刻，也叫弟兄们吃茶休息。我立刻亲自将公文、兵符送进道台衙门，当面呈上。兵符勘合不误，即请老弟带着弟兄们进城去住。这是公事手续，不得不然。”

青年军官说：“既是这样，只得从命，但请将军大人速将公文、兵符送呈道台大人面前。”说毕，行个军礼，便转身过吊桥去了。

张克俭的道台衙门距离南门不远，所以过了不多一阵，黎将军就从道台衙门骑马回来，差人去将等候在吊桥外的青年军官叫到面前，说道台大人拆看了阁部大人的火急文书，又亲自勘合了兵符，准他们进城住在承天寺，等候明日一早传见。将军随即问道：

“你带来的是几名弟兄？”

“回大人，连卑职在内，一共二十八人。”

“一起进城吧，我这里差人引你们到承天寺去。”

当刘兴国率领他的二十七名弟兄走进城门往承天寺去时，黎将军又将他叫住，稍微避开众人，小声问道：

“这里谣传四川战局不利，真的么？”

青年军官说：“请大人莫信谣言。四川剿贼军事虽不完全顺利，但献、曹二贼决难逃出四川。阁部大人正在调集人马，继续围剿，不难全部歼灭。要谨防奸细在襄阳散布谣言惑众！”

黎将军点头说：“是呀，说不定有奸细暗藏在襄阳城内，专意散布流言蜚语。前天有人劝知府王老爷要格外小心守城，王老爷还笑着说，‘张献忠远在四川，料想也不会从天上飞来’！我也想，担心张献忠来襄阳，未免也是过虑。”

青年军官说：“当然是过虑。即令张献忠生了两只翅膀，要从四川飞到襄阳来也得十天半月！”

将军微笑着点点头，望着这一小队骑兵往承天寺方向走去。

一线新月已经落去，夜色更浓。张献忠率领一支一千五百人的骑兵，正在从宜城去襄阳的大道上疾驰。离襄阳城不到十里远了，他忽然命令队伍在山脚下停住休息。因为已经看见襄阳南门城头上边的灯火，每个将士都心中兴奋，又不免有点担心，怕万一不能成功，会将已经进入襄阳城内的弟兄赔光。但是献忠的军纪很严，并没人小声谈话。将交三更时候，献忠大声吩咐："上马！"这一支骑兵立刻站好队，向襄阳南门奔去。

因为离战争较远，襄阳守城着重在严守六个城门，盘查出入，对城头上的守御却早已松懈，每夜二更过后便没有人了。当张献忠率领骑兵离文昌门（南门）大约二里远时，城上正打三更。转眼之间，承天寺附近火光突起，接着是襄王府端礼门附近起火，随后文昌门内火光也起。街上人声鼎沸，有人狂呼道台衙门的标营哗变。守南门的游击将军黎民安率领少数亲兵准备弹压，刚在南门内街心上马，黄昏时进城来住在承天寺的二十几名骑兵冲到。黎民安还没有弄明白是怎么回事，措手不及，被一刀砍死，倒下马去。他的左右亲兵们四下逃窜。转眼之间，这一小队骑兵逼着没有来得及逃走的守门官兵将城门大开，放下吊桥。张献忠挥军入城，分兵占领各门，同时派人在全城传呼："百姓不必惊慌，官兵投降者一概不杀！"在襄阳城内只经过零星战斗，数千官军大部分投降，少数在混乱中缒城逃散。襄阳城周围十二里一百零三步，有几十条街巷，许多大小衙门，就这样没有经过大的战斗就给张献忠占领了。

张献忠进入文昌门后，首先驰往杨嗣昌在襄阳留守的督师行辕，派兵占领了行辕左边的军资仓库，然后策马往襄王府去。到了端礼门前边，迎面遇见养子张可旺从王府出来，弟兄们推拥着一个须发尽白的高个儿老人。献忠在火光中向老人的脸上看了一眼，向可旺问：

"狗王捉到了？"

可旺回答："捉到了。王府已派兵严密看守，不许闲杂人出进。"

献忠说："好！快照我原来吩咐，将狗王暂时送往西城门楼上关押，等老子腾出工夫时亲自审问。"

他没有工夫进王府去看，勒马向郧、襄道衙门奔去。道台衙门的大门外已经有他的士兵守卫，左边八字墙下边躺着两个死尸。他下了马，带着亲兵们向里走去，在二门里看见养子张文秀向他迎来。他问道：

“张克俭王八蛋捉到了么？”

“回父帅，张克俭率领家丁逃跑，被我骑兵追上，当场杀死。尸首已经拖到大门外八字墙下，天明后让众百姓看看。”

献忠点点头，阔步走上大堂，在正中坐下。随即养子张定国走进来，到他的面前立定，笑着说：

“禀父帅，孩儿已经将事情办完啦。”

献忠笑着骂道：“龟儿子，你干的真好！进城时没遇到困难吧？”

定国回答：“还好，比孩儿原来想的要容易一些。多亏咱们在路上遇见杨嗣昌差来襄阳调兵的使者，夺了他的兵符，要是单凭官军的旗帜、号衣和咱们假造的那封公文，赚进城会多点周折。”

献忠快活地哈哈大笑，随即从椅子上站起来，拍着定国的肩膀说：“好小子，不愧是西营八大王的养子！你明白么？顶重要的不是官军的旗帜号衣，也不是公文和兵符，是你胆大心细，神色自然，使守城门的大小王八蛋看不出一点儿破绽，不能不信！”

他又大笑，又拍拍定国的肩膀，说：“你这次替老子立了大功，老子会重重赏你。你进城以后，如何很快就找到了咱们的人？”

定国说：“我带着几个亲兵去杏花村吃晚饭，独占一个房间，我刚进去，管账的秦先儿就向我瞄了几眼。随后跑堂的小陈跟进来问我要什么酒菜，看出来是我。从前孩儿两次来襄阳办事，同他见过面。我悄悄告他说咱们的人马今夜三更进城，要他速做准备，临时带人在城内放火，呐喊接应。他对孩儿说，他常去府班房中给潘先生送酒菜，马上将这个消息告诉潘先生知道，好在班房里做个准备。他还对孩儿说，防守吕堰驿①一带的千总吴国玺今天带家丁二十余人来襄阳领饷。他的家丁中有人与秦先儿暗中通气，早想起事，总未得手。秦先儿同他们约好，一到三更，就在他们住的阳春坊②一带放火，抢占东门。要不是城中底线都接上了头，单靠孩儿这二十八个人，也不会这么

①吕堰驿——在襄阳东北七十里处，去新野的中间站。

②阳春坊——襄阳东门叫阳春门，东门内一条胡同叫做阳春坊或阳春胡同。

顺利。”

献忠说：“好，好，办得好。老潘他们在哪里？”

白文选提着宝剑正踏上台阶，用洪亮声音代定国回答说：“潘先生以为大帅在襄王府，同两位夫人进王府了。后来他们听说大帅在这里，马上就来。”

献忠一看，叫道：“小白，你来啦！王知府捉到了么？”

白文选回答说：“跑啦，只捉到推官邝曰广，已经宰啦。”

“王述曾这龟儿子逃跑啦？怎么逃得那么快？”

“破城时候，他同推官邝曰广正在福清王府陪着福清王和进贤王的承奉们玩叶子，一看见城中火起，有呐喊声，便带领家丁保护两位郡王逃走，逃得比兔子还快。我到府衙门扑个空，又到福清王府，听说他已逃走，便往北门追赶。到临江门[①]没有看见，听人说有二三十人刚跑出圈门。我追出圈门，他们已经逃出拱辰门，从浮桥过江了。我追到浮桥码头，浮桥已经被看守的官兵放火在烧。邝曰广跑得慢，在拱辰门里边被我抓住，当场杀死。”

献忠顿脚说：“可惜！可惜！让王述曾这小子逃脱了咱们的手！”

文选接着说：“我转回来到了县衙门，知县李天觉已经上吊死了，县印摆在公案上。听他的仆人说，他害怕咱们戮尸，所以临死前交出县印。”

献忠骂道：“芝麻大的七品官儿，只要民愤不大，咱老子不一定要杀他。倒是王述曾这小子逃走了，有点儿便宜了他！”

等了片刻，不见潘独鳌来到，张献忠忍不住骂了一句：“他娘的，咋老潘还不来！”他平常就有个急躁脾气，何况今夜进了襄阳城，事情很多，更不愿在道台衙门中停留太久。他用责备的口气问白文选：

“你不是说老潘马上要来见我么？”

白文选回答：“潘先生说是马上要来见大帅。他现在没赶快来，说不定那几百年轻囚犯要跟咱们起义的事儿拖住了他，一时不能分身。”

献忠将大手一挥说：“年轻的囚犯，愿投顺咱们的就收下，何必多费

---

①临江门——襄阳城的正北门叫做临江门。城东北角加筑一小城，内门叫做圈门，正对圈门的北门叫做拱辰门，俗称大北门；小城的东门叫做震华门。

事儿！”

张定国说：“潘先生在监中人缘好，看监的禁卒都给他买通了，十分随便，所以结交了不少囚犯中的英雄豪杰。如今见父帅亲自破了襄阳，不要说班房中年轻的愿意随顺，年老的，带病的，都想随顺，缠得潘先生没有办法。孩儿刚才亲眼看见潘先生站在王府东华门外给几百人围困在核心，不能脱身。”

献忠一笑，说：“他妈的，咱们要打仗，可不是来襄阳开养济院的！”

他吩咐张定国立刻去东华门外，帮助潘独鳌将年轻的囚犯编入军中，将年老和有病的囚犯发给银钱遣散。然后他对白文选说：

“小白，跟老子一起到各处看看去。有重要事情在等着老子办，可没有闲工夫在这搭儿停留！”

献忠大踏步往外走去。白文选紧跟在他的身边。后边跟着他们的大群亲兵。文选边走边问：

“大帅，去处决襄王么？”

献忠用鼻孔哼了一声，说：“老子眼下可没有工夫宰他！”

他们在兵备道衙门的大门外上了战马，顺着大街向一处火光较高的地方奔去。城内到处有公鸡啼叫，而东方天空也露出鱼肚白色。

天明以后，城内各处的火都被农民军督同百姓救灭，街道和城门口粘贴着张献忠的安民告示，严申军纪：凡抢劫奸淫者就地正法。告示中还提到襄阳现任官吏和家居乡绅，只要不纠众反抗天兵，一律不杀。有几队骑兵，捧着张献忠的令箭，在城关各处巡逻。一城安静，比官军在时还好。街上店铺纷纷开市，而一般人家还在大门口点了香，门额上贴“顺民”二字。

西营的后队约三千人，大部分是昨日早晨袭破宜城后随顺的饥民，在辰巳之间来到了。献忠命这一部分人马驻扎在南关一带，不要进城，同时襄阳投降的几千官军和几百狱囚已经分编在自己的老部队中，将其中三千人马开出西门，驻扎在檀溪西岸，直到小定山下，另外两千多人马驻扎在阳春门外。这两处人马都有得力将领统带，加紧操练，不准随便入城。襄阳城内只驻扎一千精兵和老营眷属，这样就保证了襄阳城内秩序井然，百姓安居如常。襄阳百姓原来都知道张献忠在谷城驻军一年多，并不扰害平民，对他原不怎么害怕，现在见他的人马来到襄阳确实军纪严明，不杀人，也不奸淫抢劫，家家争着送茶，送饭，送草，送料。

献忠因樊城尚在官军手中，只有一江之隔，而王述曾也逃到樊城，所以他在早饭前处理了部队方面的重大事情之后，又亲自登上临江门城头向襄江北岸望了一阵，又察看了北城地势，下令将文昌门和西门上的大炮移到夫人城①和拱辰门上，对准樊城的两处临江码头。浮桥在西营人马袭破襄阳后就被樊城官军烧毁，所以只需要用大炮控制对岸码头，防止樊城方面派人乘船来袭扰襄阳。

从北门下来，张献忠回到设在襄王宫中的老营，由宫城后门进去穿过花园，到了襄王妃居住的后宫。敖氏和高氏等五位夫人已经换了衣服，打扮整齐，在王府宫中等他。当敖氏和高氏等看见他走进来时，都慌忙迎了上来，想着几乎不能见面，不禁流出热泪。献忠笑着向她们打量片刻，特别用怀疑的眼神在敖氏的焕发着青春妩媚的脸上多打量一眼，然后对她们嘲讽地说：

"你们不是又回到老子身边么？酸的什么鼻子？怕老子不喜欢你们了？放心，老子还是像从前一样喜欢你们。妈的，娘儿们，没有胡子，眼泪倒不少！你们的眼泪只会在男人面前流，为什么不拿眼泪去打仗？"这最后一句话，引得左右人忍不住暗笑。他转向一个老营中的头目问道："潘先生在哪里？怎么没有看见？"

"回大帅，潘先生在前边承恩殿等候。"

献忠立刻走出后宫，穿过两进院落，由后角门走进承恩殿院中，果然看见潘独鳌站在廊庑下同几个将领谈话。献忠一边走一边高兴地大叫：

"唉呀，老潘，整整一年，到底又看见你啦！我打后宫进来，你不知道吧？"

①夫人城——襄阳城西北角加筑的一个小城，突出大城之外。东晋初年，苻坚派兵来攻，守将朱序的母亲率婢女和城中妇女所筑，所以叫做夫人城，后经历代修缮。

潘独鳌边下台阶迎接边回答说："刚听说大帅到了后宫，我以为大帅会坐在后宫中同两位夫人谈一阵话，所以在此恭候，不敢进去。"

献忠已经抓住了独鳌的手，拉着他走上台阶，说："我哪有许多婆婆妈妈的话跟她们絮叨？还是咱们商量大事要紧。你们大家吃过早饭没有？"

同众将和潘独鳌站在一起的马元利回答说："同潘先生一起等候大帅回来用饭。"

"好，快拿饭。老子事忙，也饿得肚子里咕噜响。看王府里有好酒，快拿来！军师在干什么？怎么还不来？他在襄阳城中有亲戚么？"

马元利说："杨嗣昌在襄阳积存的军资如山，王府中的财宝和粮食也极多。军师怕分派的将领没经验，会发生放火和抄抢的事儿，他亲自带着可靠将士，将这些地方查看一遍，仓库封存，另外指派头目看守，他还指派头目去查抄各大乡宦巨富的金银财宝，还要准备今日先拿出几十担粮食向城中饥民放赈，忙得连早饭也顾不上吃。"

献忠点头说："他娘的，好军师，好军师。快派人请他回来，一起吃早饭。"他转向潘独鳌，眼睛里含着不满意的嘲笑，说："老潘，好伙计，你可不如他。你在杨嗣昌面前说的什么屁话，老子全知道。不过，你放心，过去的事儿一笔勾啦。我这个人不计小节，还要重用你。这一年，你坐了监，也算为咱老张的事儿吃了苦啦。"

潘独鳌满脸通红，起初他的心好像提到半空中，听完献忠的话，突然落下来，又羞愧，又感动，吃吃地说：

"我初见杨嗣昌的时候实想拿话骗他，并非怕死，只不过想为大帅留此微命，再供大帅驱使耳。俗话说，路遥知马力，日久见人心。独鳌有生之年，定当……"

献忠笑着说："不用说啦。不用说啦。小事一宗，我说一笔勾就算勾啦。啊，老徐，你回来得好，正等着你吃早饭哩！"

徐以显在查封王府财宝时已经同潘独鳌见了面。他现在不知道献忠刚才说的什么话，为着给潘吃一颗定心丸，拉着潘的手说：

"老潘，咱们大帅常常提到你，总说要设法救你，今日果然救你出狱了。

大帅的两位夫人在狱中幸得足下照顾，都甚平安，这也是你立的一功。”

因为承恩殿太大，早饭摆在东配殿中。张献忠给潘独鳌斟了满杯酒祝贺他平安无恙。潘独鳌也回敬献忠，祝贺大捷。陪坐的众亲将一同干杯。献忠快活地向大家问：

“你们猜猜，杨嗣昌下一步会走什么棋？”

众人说猜不准，反正他没有什么好棋可走，大概会被崇祯逮京问罪，落得熊文灿那样下场。献忠又望着潘独鳌：

“老潘，你说？”

潘独鳌笑着说：“据我看，杨嗣昌已经智尽力竭，连陷两座名城，失陷两处亲藩，必将走自尽一途。”

献忠愕然：“啊？你说清楚！”

独鳌重复说：“洛阳确实于上月二十四日夜间失守，李自成杀了福王。如今又失了襄阳，襄王也将成大帅的刀下鬼。崇祯岂能轻饶他？即令崇祯有意活他，朝廷中门户之争一向很凶，平时他就是众矢之的，岂不乘机群起攻击，将他置于死地而后快？但杨嗣昌不像熊文灿那样懦弱，所以我猜他八九成会自尽而死。”

献忠瞪大眼睛问：“洛阳的消息可是真的？”

独鳌点头说：“昨日我在狱中听说，襄阳道、府两衙门已差人探明是千真万确。”

献忠骂道：“他妈的，老子在路上听到谣传，还想着不一定真。瞧瞧，气人不气人？咱们又迟了一步，果然给自成抢在前头啦！”

马元利说：“虽然李帅先杀了明朝亲藩，走在咱们前边，但襄王也是亲王。”

献忠说：“襄王虽然也是亲王，可是福王是崇祯的亲叔父，杀福王更能够为百姓解恨，更够味道！”片刻沉默过后，他接着说：“也好，咱们捉到襄王也是一头大猪①。自成杀了福王，崇祯未必会要杨嗣昌的命。咱杀了襄王，这襄

①猪——谐音“朱”。崇祯十六年张献忠向武昌进兵，武昌百姓流传一句话：“一群猪，屠夫来了！”指楚王宗族即将被杀。

阳是杨嗣昌自己管的地方，崇祯岂能不要他的八斤半？咱们快吃饭，快办事，打发襄王这老杂种上西天！”

匆匆吃毕早饭，张献忠命人在承恩殿前廊下摆了一把太师椅，自己先坐下，然后吩咐将襄王朱翊铭押来，跪到阶下。襄王叩头哀求说：

“求千岁爷爷饶命！”

献忠说：“操他娘，你是千岁，倒叫我千岁！我不要你别的，只借你一件东西。”

襄王说：“只要千岁饶命，莫说借一件东西，宫中金银宝玩任千岁搬用。”

献忠冷笑说：“哼，我现在已经占了襄阳，占了你的王宫，你有何法禁我搬用？老子不承你这个空头情！只一件东西，你必得借我一用。”

襄王颤声说：“不知千岁所要何物。只要小王宫中有，甘愿奉献。”

“宫中有的，我自然不用向你借。我借你的头，行么？”

襄王叩头说：“恳千岁爷爷饶命！饶命！”

献忠说：“为这件事，你不用叩头求饶。我原是想杀杨嗣昌，可是他在四川，我杀不到，只好借借你的头。我砍掉你的猪头，崇祯就会砍掉他的狗头。我今日事忙，废话少说，马上就借。”他向亲兵叫道：“快拿碗酒来！”一个亲兵立刻将早饭剩下的酒端来一碗，并且依照献忠的眼色，端到襄王身边。献忠笑着说：“王，请喝下去这碗酒，壮壮胆，走出城西门将脖子伸直点儿！”

襄王仍在叩头，却被左右士兵从地上拖起。他们也不勉强他喝下送命酒，推着他踉跄地走出被火烧毁一角的端礼门，把他同他的侄儿贵阳王朱常法一起推出襄阳西门斩首。当他们由白文选率领五十名弟兄押赴西门外刑场时，沿途一街两行百姓争着观看，有几百人跟出西门。很多人拍手称快，有人骂道：

“这两只猪，可逃不脱屠刀啦！”

张献忠一面派出一支三百人的骑兵由小路越过南漳，日夜赶路，往南漳西南歇马河附近去迎接“曹操”，一面从襄王的钱财中拨出十五万两银子赈济穷人，并在襄阳城中和四郊征集骡马、粮食，招收新兵。

“曹操”从当阳沿着沮水向房县的方向前进，到了歇马河附近就停下来，等候襄阳消息。驻军房县和竹山之间的郧阳巡抚袁继咸因手下人马单弱，不敢向“曹操”进攻，却没料到张献忠会智取襄阳。“曹操”看见派来迎接的骑兵，全营振奋异常，星夜赶路，于初七日黄昏来到襄阳，与献忠会师。献忠在襄王宫中治了盛大宴席，一则为“曹操”和曹营中的重要将领们接风，二则庆贺联军打败杨嗣昌和袭破襄阳。在宴席上，大家又谈论一阵杨嗣昌，嘲笑他刚出北京和来到襄阳时有多么神气，有多大抱负，后来如何挨四川人的骂，如何指挥不了左良玉和贺人龙这班跋扈悍将。他们还谈到张定国如何射杀四川老将张令，以及女将秦良玉如何只经一战，三万人全军覆没，一生威名扫地。将领们的兴头极高，加上张献忠平时对将领们十分随便，谈笑风生，骂人也骂得俏皮，所以大庭中热闹非凡。潘独鳌同罗汝才坐在一起，他给汝才敬了一杯酒，开玩笑说：

“曹帅，秦良玉大概还年纪不老，风韵犹存，你为何不将她活捉过来？”

汝才笑一笑说：“你以为秦良玉还不老么？她比我的妈还老，已经是六七十岁的老奶奶啦，还说屁风韵犹存！”

潘独鳌说：“不会吧？崇祯二年她带兵到北京勤王。崇祯在平台召见，赐她御制诗四首，一时朝野传诵。我记得那四首中有这样句子：‘学就西川八阵图，鸳鸯袖内握兵符。’‘蜀锦征袍手制成，桃花马上请长缨。’还有：‘凯歌马上清吟曲，不似昭君出塞词。’‘试看他年麟阁上，丹青先画美人图。’看崇祯在这些诗句中用的都是艳丽的字眼，我猜想秦良玉那时不过二三十岁，不仅武艺好，容貌也美。如何现在就六七十了？”

献忠不禁哈哈大笑，说：“老潘，你真是聪明一世糊涂一时！崇祯住在深宫里，兵部尚书事前只对他说女将秦良玉带兵来京勤王，并没有告诉他说秦良玉那时是一个五十多岁的老太婆，他的左右太监们都不清楚。他当晚就在乾清宫诌起诗来，第二天平台召见，将这四首诗赐给秦良玉。因为他是皇上，不惟秦良玉感激流涕，就是朝野上下也都认为这是秦良玉的莫大荣幸，谁也不敢说皇上诌的诗驴头不对马嘴。天下事，自古如此。他崇祯住在深宫中，外边事全凭群臣和太监们禀奏，能够知道多清？就像咱们同杨嗣昌怎么打仗这样大事，他能知道个×！”

这几句话引起来一阵哄堂大笑。

第二天，张献忠派少数人马乘船渡江，饥民和士兵内应，在樊城的明朝文武官吏逃走，没有费一枪一刀就占了樊城，修复了浮桥。罗汝才的人马在襄阳休息一天。献忠将在襄阳所得的新兵、金银、粮食和骡马分给汝才一部分。曹营将士都认为西营发了大财，曹营分得的太少，暗中怨忿。“曹操”的几个亲信将领对他说：“大帅，你也该在张帅面前争一争，不能够他们西营吃饱了肉，扔给咱们曹营几根骨头！”“曹操”的心中也很不平，但是他不许将领们乱说，叫大家忍耐一时，将领们退出后，他悄悄向吉珪说：

“子玉，敬轩如今志得意满，看来他不再将咱们曹营放在眼里啦！”

吉珪说：“目前还不到同西营散伙时候，对此事万勿多言，忍为上策。等待时机一到，再谋散伙不迟。”

“曹操”又感慨说：“李自成破洛阳，杀福王。张敬轩破襄阳，杀襄王。转眼之间他们二人声威大震，倒是我罗汝才没出息，像是吹鼓手掉井里——响着响着下去啦！”

吉珪冷笑说：“塞翁失马，安知非福？我看未必天意即便亡明。将军不为已甚，为来日留更多回旋余地，岂不甚好？”

“曹操”望着吉珪片刻，忽有所悟，轻轻点头。

当日夜间，因听说左良玉统率两万人马从鄂西追来，离襄阳只有一百多里，驻扎在襄阳城郊的联军，全数移到樊城，烧了浮桥，并且在离开前放火烧了襄阳府和停放襄王尸首的西城楼。

初九一早，联军数万人马离樊城向随州进发。路过张家湾时，太阳出来了。罗汝才策马追上献忠，并辔而行，在鞍上侧身问道：

“敬轩，听说自成杀了福王以后，一直逗留在洛阳未走，大赈饥民，人马增加极快。你看他下一步将往哪搭儿？”

献忠摇头说：“难说，这家伙，眼看他的羽毛丰满啦，反而把咱们撇在后头！”停一阵，他又快活起来，回头说：“曹哥，说实话，我此刻倒不想自成的事，是想着另外一位朋友，一位没有见过面的朋友，你猜是谁？”

“谁呀？”

“杨文弱！曹哥，你想，咱们这位对手如今是什么情形？你难道不关心么？”

罗汝才哈哈地大笑起来。

十

杨嗣昌沙市自尽

第 32 章

今天是二月三十日，杨嗣昌来到湖北沙市已经三天了。

沙市在当时虽然只是荆州的一个市镇，却是商业繁盛，在全国颇有名气。清初曾有人这样写道："列巷九十九条，每行占一巷；舟车幅凑，烦盛甲宇内，即今之京师、姑苏皆不及也。"因为沙市在明末是这般富裕和繁华，物资供应不愁，所以杨嗣昌将他的督师行辕设在沙市的徐园，也就是徐家花园。他当时只知道襄阳失守，襄王被杀，而对于洛阳失陷的消息还是得自传闻，半信半疑。关于襄阳失陷的报告是在出了三峡的船上得到的。猛如虎在黄陵城的惨败，已经使杨嗣昌在精神上大受挫折；接到襄阳失守的报告，他对"剿贼"军事和自己的前途便完全陷入绝望。在接到襄阳的消息之前，左右的亲信们就常常看见他兀坐舱中，或在静夜独立船头，有时垂头望着江流叹气。在入川的时候，他常常在处理军务之暇，同幕僚和清客们站在船头，指点江山，评论形胜①，欣赏风景，谈笑风生；有时他还饮酒赋诗，叫幕僚和清客们依韵奉和。而如今，他几乎完全变了。同样的江山，同样的三峡奇景，却好像跟他毫无关系。出了三峡，得到襄阳消息，他几乎不能自持。到沙市时候，他的脸色十分憔悴，左右亲信们都以为他已经病了。

今日是他的五十四岁生日。行辕将吏照例替他准备了宴席祝寿，但只算是应个景儿，和去年在襄阳时候的盛况不能相比，更没有找戏班子唱戏和官妓歌舞等事。他已经有两天没有吃饭，勉强受将吏们拜贺，在宴席上坐了一阵。宴席在阴郁的气氛中草草结束。他明白将吏们的心情，在他临退出拜寿的节

①形胜——指地势险要。

堂时候，强打精神，用沉重的声音说：

“自本督师受任以来，各位辛苦备尝，原欲立功戎行，效命朝廷。不意剿贼军事一再受挫，竟致襄阳失陷，襄王遇害。如此偾事，实非始料所及。两载惨淡经营，一旦付之东流！然皇上待我恩厚，我们当谋再举，以期后效。诸君切不可灰心绝望，坐失亡羊补牢之机。本督师愿与诸君共勉！”

他退回处理公务和睡觉的花厅中，屏退左右，独坐案边休息，对自己刚才所讲的话并不相信，只是心上还存在着一线非常渺茫的希望。因为他吩咐不许有人来打扰他，所以小小的庭院十分寂静，只有一只小鸟偶尔落到树枝上啁啾几声。他想仔细考虑下一步怎么办，但是思绪纷乱。一会儿，他想着皇上很可能马上就对他严加治罪，说不定来逮捕他的缇骑已经出京。一会儿，他幻想着皇上必将来旨切责，给他严厉处分，但仍使他戴罪图功，挽救局势。一会儿，他想着左良玉和贺人龙等大将的骄横跋扈，不听调遣，而四川官绅如何百般抵制和破坏他的用兵方略，对他造谣攻击。一会儿他猜想目前朝廷上一定是议论哗然，纷纷地劾奏他糜费百万金钱，剿贼溃败，失陷藩王。他深知道几十年来朝野士大夫门户斗争的激烈情况，他的父亲就是在门户斗争中坐了多年牢，至今死后仍在挨骂，而他自己也天天生活在门户斗争的风浪之中。“那些人们，”他心里说，“抓住这个机会，绝不会放我过山！”他想到皇上对他的“圣眷”，觉得实在没有把握，不觉叹口气，冲口说出：

“自来圣眷都不是一成不变的，何况今上的秉性脾气！”

他的声音很小，没有被在窗外侍候的仆人听见。几天来缺乏睡眠和两天来少进饮食，坐久了越发感到头脑眩晕，精神十分萎惫，便走进里间，和衣躺下，不觉蒙眬入睡。他做了一个噩梦，梦见他已经被逮捕入京，下在刑部狱中，几乎是大半朝臣都上疏攻他，要将他问成死罪，皇上也非常震怒；那些平日同他关系较好的同僚们在这样情况下都不敢做声，有些人甚至倒了过去，也上疏讦奏，有影没影地栽了他许多罪款。他又梦见熊文灿和薛国观一起到狱中看他，熊低头叹气，没有说话，而薛却对他悄声嘱咐一句：“文弱，上心已变，天威莫测啊！”他一惊醒来，出了一身冷汗，定神以后，才明白自己是梦了两个死人，一个被皇上斩首，一个赐死。他将这一个凶梦想了一下，心中叹息说：

“唉，我明白了！”

前天来沙市时，船过荆州，他曾想上岸去朝见惠王[①]，一则请惠王放心，荆州决可无虞，二则想探一探惠王对襄阳失陷一事的口气。当时因忽然身上发冷发热，未曾登岸。今天上午，他差家人杨忠拿着他的拜帖骑马去荆州见惠王府掌事承奉刘古芳，说他明日在沙市行过贺朔礼之后就去朝见惠王。现在他仍打算亲自去探一探惠王口气，以便推测皇上的态度。他在枕上叫了一声：“来人！”一个仆人赶快小心地走了进来，在床前垂手恭立。杨嗣昌问杨忠是否从荆州回来。仆人对他说已经回来了，因他正在睡觉，未敢惊驾，现在厢房等候。他立刻叫仆人将杨忠叫到床前，问道：

“你见到刘承奉没有？”

杨忠恭敬地回答：“已经见到了刘承奉，将老爷要朝见惠王殿下的意思对他说了。”

杨嗣昌下了床，又问：“将朝见的时间约定了么？”

杨忠说：“刘承奉当即去启奏惠王殿下，去了许久，可是，请老爷不要生气，惠王说……请老爷不要生气，不去朝见就算啦吧。”

嗣昌的心中一寒，生气地说：“莫啰唆！惠王有何口谕？”

杨忠说：“刘承奉传下惠王殿下口谕，‘杨先生愿见寡人，还是请先见襄王吧’。”

听了这话，杨嗣昌浑身一震，眼前发黑，颓然坐到床上。但是他久作皇上的亲信大臣，养成了一种本领，在刹那间又恢复了表面上的镇静，不曾在仆人们面前过露惊慌，失去常态。他徐徐地轻声说：

“拿洗脸水来！”

外边的仆人已经替他预备好洗脸水，闻声掀帘而入，侍候他将脸洗好。他感到浑身发冷，又在圆领官便服里边加一件紫罗灰鼠长袍，然后强挣精神，踱出里间，又步出花厅，在檐下站定。仆人们见了他都垂手肃立，鸦雀无声，仍像往日一样，但是他从他们的脸孔上看出了沉重的忧愁神色。行辕中军总

---

①惠王——万历皇帝第六子，名朱常润。后逃到广州，被清朝捕杀。

兵官和几位亲信幕僚赶来小院，有的是等候有什么吩咐，有的想向他有所禀报。他轻轻一挥手，使他们都退了出去。一只小鸟在树上啁啾。一片浮云在天空飘向远方，随即消失。他忽然回想到一年半前他临出京时皇帝赐宴和百官在广宁门外饯行的情形，又想到他初到襄阳时的抱负和威风情况，不禁在心中叹道："人生如梦！"于是他低着头退入花厅，打算批阅一部分紧急文书。

他在案前坐下以后，一个仆人赶快送来一杯烫热的药酒。这是用皇帝赐他的玉露春酒泡上等高丽参，他近来每天清早和午睡起来都喝一杯。他喝过之后，略微感到精神好了一些，便翻开案上的标注着"急密"二字的卷宗，开始批阅文书，而仆人为他端来一碗燕窝汤。他首先看见的是平贼将军左良玉的一封文书，不觉心中一烦。他不想打开，放在一边，另外拿起别的。批阅了几封军情文书之后，他头昏，略作休息，喝了半碗燕窝汤，向左良玉的文书上看了一眼，仍不想看，继续批阅别的文书。又过片刻，他又停下来，略作休息，将燕窝汤吃完。他想，是他出川前檄令左良玉赴襄阳一带去"追剿"献忠，目前"追剿"军事情况如何，他需要知道。这么想了想，他便拆开左良玉的紧急机密文书。左良玉除向他简单地报告"追剿"情况之外，却着重用挖苦的语气指出他一年多来指挥失当，铸成大错。他勉强看完，出了一身大汗，哇的一声将刚才吃的燕窝汤吐了出来。他明白，左良玉必是断定他难免皇帝治罪，所以才敢如此放肆地挖苦他，指责他，将军事失利的责任都推到他的身上。他叹口气，恨恨地骂道："可恶！"无力地倒在圈椅的靠背上。

立刻跑进来两个仆人，一个清扫地上脏东西，一个端来温开水请他漱口，又问他是否请医生进来。他摇摇头，问道：

"刚才是谁在院中说话？"

仆人回答："刚才万老爷正要进来，因老爷恰好呕吐，他停在外边等候。"

杨嗣昌无力地说："快请进来！"

万元吉进来了。他是杨嗣昌最得力的幕僚，也是最能了解他的苦衷的人。杨嗣昌急需在这艰难时刻，听一听他的意见。杨嗣昌点首让坐，故意露出来一丝平静的微笑。万元吉也是脸色苍白，坐下以后，望望督师的神色，欠身问：

“大人身体不适，可否命医生进来瞧瞧？”

嗣昌微笑摇头，说：“偶感风寒，并无他病，晚上吃几粒丸药就好了。”他想同万元吉谈一谈襄阳问题，但看见元吉的手里拿有一封文书，便问：“你拿的是什么文书？”

万元吉神色紧张地回答说：“是河南巡抚李仙风的紧急文书，禀报洛阳失守和福王遇害经过。刚才因大人尚未起床，卑职先看了。”

杨嗣昌手指战抖，一边接过文书一边问：“洛阳果然……？”

万元吉说：“是。李仙风的文书禀报甚详。”

杨嗣昌浑身打颤，将文书匆匆看完，再也支持不住，顾不得督师辅臣的尊严体统，放声大哭。万元吉赶快劝解。仆人们跑出去告诉大公子杨山松和杨嗣昌的几个亲信幕僚。大家都赶快跑来，用好言劝解。过了一阵，杨嗣昌叫仆人扶他到里间床上休息。万元吉和幕僚们都退了出去，只有杨山松留在外间侍候。

晚饭时，杨嗣昌没有起床，不吃东西，但也不肯叫行辕中的医生诊病。经过杨山松的一再恳劝，他才服下几粒医治伤风感冒的丸药。晚饭过后，他将评事万元吉叫到床前，对他说：

“我受皇上恩重，不意剿局败坏如此，使我无面目再见皇上！”

万元吉安慰说：“请使相宽心养病。军事上重作一番部署，尚可转败为胜。”

嗣昌从床上坐起来，拥着厚被，身披重裘，浑身战抖不止，喘着气说：“我今日患病沉重，颇难再起，行辕诸事，全仗吉仁兄悉心料理，以俟上命。”

万元吉赶快说：“大人何出此言？大人不过是旅途劳累，偶感风寒，并非难治重病。行辕现在有两位高明医生，且幕僚与门客中也颇有精通医道的人，今晚请几位进来会诊，不过一两剂药就好了。”

杨山松也劝他说：“大人纵不自惜，也需要为国珍重，及时服药。”

嗣昌摇摇头，不让他再谈治病的话，叹口气说：“闯贼自何处奔入河南，目前尚不清楚。他以屡经败亡之余烬，竟能死灰复燃，突然壮大声势，蹂躏中原，此人必有过人的地方，万万不可轻视。今后国家腹心之患，恐不是献贼，而是闯贼。请吉仁兄即代我向平贼将军发一紧急檄文，要他率领刘国能等降将，以全力对付闯贼。”

万元吉答应照办，又向他请示几个问题。他不肯回答，倒在床上，挥手叫元吉、山松和仆人们都退了出去。

过了好久，杨嗣昌又命仆人将万元吉叫去。万元吉以为督师一定有重要话讲，可是等候一阵，杨嗣昌在军事上竟无一句吩咐，只是问道：

“去年我到夔州是哪一天？”

万元吉回答说：“是十月初一。”

杨嗣昌沉默片刻，说道：“前年十月初一，我在襄阳召开军事会议，原想凭借皇上威灵，整饬军旅，剿贼成功。不料封疆大吏、方面镇帅，竟然处处掣肘，遂使献贼西窜，深入四川。我到夔州，随后又去重庆，觉得军事尚有可为。不料数月之间，局势败坏至此！”

万元吉说：“请大人宽心。军事尚有挽救机会，眼下大人治病要紧。”

杨嗣昌沉默。

万元吉问道：“要不要马上给皇上写一奏疏，一则为襄阳失陷事向皇上请罪，二则奏明下一步用兵方略？”

杨嗣昌在枕上摇摇头，一言不答，只是滚出了两行眼泪。过了片刻，他摆摆手，使万元吉退出，同时叹口气说：

“明日说吧！”

万元吉回到自己屋中，十分愁闷。他是督师辅臣的监军，杨嗣昌在病中，行辕中一切重大事项都需要由他做主，然而他心中很乱，没有情绪去管。他认为目前最紧迫的事是杨嗣昌上疏请罪，可是他刚才请示“使相大人”，“使相”竟未点头，也不愿商量下一步追剿方略，什么道理？

他原是永州府推官，与杨嗣昌既无通家之谊，也无师生之缘，只因杨嗣昌知道他是个人才，于去年四月间向朝廷保荐他以大理寺评事衔作督师辅臣的监军。他不是汲汲于利禄的人，只因平日对杨嗣昌相当敬佩，也想在“剿贼”上为朝廷效力，所以他也乐于担任杨嗣昌的监军要职。如今尽管军事失利，但是他回顾杨嗣昌所提出的各种方略都没有错，毛病就出在国家好像一个人沉疴已久，任何名医都难措手！

他在灯下为大局思前想后，愈想愈没有瞌睡。去年十月初一督师辅臣到夔州的情形又浮现在他的心头。

去年夏天，杨嗣昌驻节夷陵，命万元吉代表他驻夔州就近指挥川东战事。当张献忠和罗汝才攻破土地岭和大昌，又在竹囷坪打败张令和秦良玉，长驱奔往四川腹地的时候，杨嗣昌离开夷陵，溯江入川，希望在四川将张献忠包围歼灭。十月一日上午，杨嗣昌乘坐的艨艟大船在夔州江边下锚。万元吉和四川监军道廖大亨率领夔州府地方文武官吏和重要士绅，以及驻军将领，早已在江边沙滩上肃立恭候。万元吉先上大船，向杨嗣昌禀明地方文武前来江边恭迎的事。三声炮响过后，杨嗣昌在鼓乐声中带着一大群幕僚下了大船。恭候的文武官员和士绅们都跪在沙滩上迎接。杨嗣昌只对四川监军道和夔州知府略一拱手，便坐上绿呢亮纱八抬大轿。军情紧急，不能像平日排场，只用比较简单的仪仗执事和香炉前导。总兵衔中军官全副披挂，骑在马上，背着装在黄缎绣龙套中的尚方宝剑，神气肃敬威严。数百步骑兵明盔亮甲，前后护卫。幕僚们有乘马的，有坐轿的，跟在督师的大轿后边。一路绣旗迎风，刀枪映日，鸣锣开道，上岸入城。士民回避，街巷肃静。沿街士民或隔着门缝，或从楼上隔着窗子，屏息观看，心中赞叹：

“果然是督师辅臣驾到，好不威风！”

杨嗣昌到了万元吉替他准备的临时行辕以后，因军务繁忙，传免了地方文武官员的参见。稍作休息之后，他就在签押房中同万元吉密商军情。参加这一密商的还有一位名叫杨卓然的亲信幕僚。另外，他的长子杨山松也坐在一边。一位中军副将带着一群将校在外侍候，不许别的官员进去。杨嗣昌听了万元吉详细陈述近日的军情以后，轻轻地叹口气，语气沉重地说：

“我本来想在夔、巫之间将献贼包围，一鼓歼灭，以释皇上西顾之忧。只要献贼一灭，曹贼必会跟着就抚，十三年剿贼军事就算完成大半。回、革五营，胸无大志，虽跳梁于皖、楚之间，时常攻城破寨，实则癣疥之疾耳。待‘曹操’就抚之后，慑之以大军，诱之以爵禄，可不烦一战而定。不料近数月来，将愈骄，兵愈惰，肯效忠皇上者少，不肯用命者多。而川人囿于地域之见，不顾朝廷剿贼大计，不顾本督师通盘筹划，处处阻挠，事事掣肘，致使剿贼方略功亏一篑。如今献、曹二贼逃脱包围，向川北狼奔豕突，如入无人之境，言之令人愤慨！我已将近日战事情况，据实拜疏上奏。今日我们在一起商议二事，一是议剿，二是议罚。剿，今后如何用兵，必须立即妥善筹划，以期失之东隅，收之桑榆。罚，几个违背节制的偾事将吏，当如何斟酌劾奏，以肃国法而励将来，也要立即议定。这两件事，请二位各抒高见。”

万元吉欠身说：“使相大人所谕议战议罚两端，确是急不容缓。三个月来，卑职奉大人之命，驻在夔州，监军剿贼，深知此次官军受挫，致献、曹二贼长驱西奔，蜀抚邵肇复[①]与几位统兵大将实不能辞其咎。首先以邵抚而论，应请朝廷予以重处，以为封疆大吏阻挠督师用兵方略因致败事者戒。卑职身在行间，闻见较切，故言之痛心。”

杨卓然附和说：“邵抚不知兵，又受四川士绅怂恿，只想着画地而守，使流贼不入川境，因而分兵扼口，犯了兵法上所谓‘兵分则力弱’的大忌，致有今日的川东溃决。大人据实奏劾，实为必要。”

杨嗣昌拈须沉默片刻，又说：“学生深受皇上知遇之恩，畀以督师剿贼重任。一年来殚精竭虑，惟愿早奏肤功，以纾皇上宵旰之忧。初到襄阳数月，鉴于以前剿抚兼失，不得不惨淡经营，巩固剿贼重地，站稳自家脚跟。到今年开春以后，一方面将罗汝才与过天星诸股逼入夔东，四面大军围剿；另一方面，将献贼逼入川、陕交界地方，阻断其入川之路，而责成平贼将军在兴安、平利一带将其包围，克日进剿，遂有玛瑙山之捷。”他喝了一口茶，接着说，“十余年来，流贼之所以不可制者以其长于流，乘虚捣隙，倏忽千里，使官军追则疲于奔命，防则兵分而势弱，容易受制于敌。到了今年春天，幸能按照预定方略，步步收效，官军在川、楚一带能够制贼而不再为贼所制。可恨的是，自玛瑙山大捷之后，左昆山按兵不动，不听檄调，坐视张献忠到兴、归山中安然喘息，然后来夔东与‘曹操’合股。倘若左昆山在玛瑙山战后乘胜进兵，则献贼不难

①邵肇复——邵捷春字肇复。

剿灭；纵然不能一鼓荡平，也可以使献贼不能与曹贼合股。献、曹不合，则‘曹操’必随惠登相等股投降。如曹贼就抚，则献贼势孤，剿灭自然容易。今日追究贻误戎机之罪，左昆山应为国法所必究。其次，我曾一再檄咨蜀抚邵肇复驻重兵于夔门一带，扼守险要，使流贼不得西逃，以便聚歼于夔、巫之间。不料邵肇复这个人心目中只有四川封疆，而无剿贼全局，始尔使川军分守川、鄂交界的三十二隘口，妄图堵住各股流贼突破隘口，公然抵制本督师用兵方略。当各股流贼突破隘口，流窜于夔、巫与开县之间时，邵肇复不思如何全力进剿，却将秦良玉与张令调驻重庆附近，借以自保。等大昌失守，张令与秦良玉仓卒赶到，遂致措手不及，两军相继覆没，献、曹二贼即长驱入川矣。至于秦军开县噪归，定当从严处分，秦督郑大章[①]实不能辞其咎。学生已经驰奏皇上，想圣旨不日可到。今日只议左帅与邵抚之罪，以便学生即日拜表上奏。”

万元吉和杨卓然都很明白杨嗣昌近来的困难处境和郁闷心情，所以听了他的这一些愤慨的话，丝毫不觉得意外，倒是体谅他因自家的辅臣身份，有些话不肯明白说出。他们心中明白，督师虽然暗恨左良玉不听调遣，但苦于“投鼠忌器”，在目前只能暂时隐忍，等待事平之后再算总账。万元吉向杨嗣昌欠身说：

“诚如使相大人所言，如行间将帅与封疆大吏都遵照大人进兵方略去办，何能大昌失陷，川军覆没，献、曹西窜！然今日夔东决裂，首要责任是在邵抚身上。左帅虽常常不奉檄调，拥兵观望，贻误戎机，然不如邵抚之罪责更重。窃以为对左帅议罪奏劾可以稍缓，再予以督催鼓励，以观后效。今日只奏邵肇复一人可矣。”

杨卓然说：“万评事所见甚是。自从在川、楚交界用兵以来，四川巡抚与川中士绅鼠目寸光，全不以大局为念，散布流言蜚语，对督师大人用兵方略大肆攻击，实在可笑可恨……”

杨嗣昌冷然微笑，插话说：“他们说我是楚人，不欲有一贼留在楚境，所以尽力将流贼赶入四川。他们独不想我是朝廷辅臣，奉旨督师，统筹全局，贵

---

①郑大章——郑崇俭字大章。

在灭贼，并非一省封疆守土之臣，专负责湖广一地治安，可以以邻为壑，将流贼赶出湖广境外即算大功告成。似此信口雌黄，实在无知可笑之至。”

杨山松愤愤地咕哝说：“他们还造谣说大人故意将四川精兵都调到湖广，将老弱留在四川。说这种无中生有的混话，真是岂有此理！”

杨卓然接着他刚才的话头说：“邵巡抚一再违抗阁部大人作战方略，贻误封疆，责无旁贷，自应从严劾治，不予姑息。其余失职川将，亦应择其罪重者明正典刑，以肃军律。”

杨嗣昌向万元吉问：“那个失守大昌的邵仲光逮捕了么？”

万元吉回答：“已经逮捕，看押在此，听候大人法办。”

杨嗣昌又问：“二位对目前用兵，有何善策？”

万元吉说：“如今将不用命，士无斗志，纵有善策，亦难见诸于行，行之亦未必有效。以卑职看来，目前靠川军、秦军及平贼将军之兵，都不能剿灭献、曹。数月前曾建立一支人马，直属督师行辕，分为大剿营与上将营。后因各处告警，分散调遣，目前所剩者不足一半。除留下一部分拱卫行辕，另一部分可以专力追剿。猛如虎有大将之才，忠勇可恃。他对使相大人感恩戴德，愿出死力以报。他的长子猛先捷也是弓马娴熟，颇有胆勇。请大人畀以‘剿贼总统’名号，专任追剿之责。如大人不以卑职为驽钝，卑职拟请亲自率领猛如虎、猛先捷及楚将张应元等，随贼所向进兵，或追或堵，相机而定。左、贺两镇之兵，也可调来部分，随卑职追剿，以观后效。”

杨嗣昌点头说：“很好，很好。既然吉仁兄不辞辛苦，情愿担此重任，我就放心了。”

又密议很久，杨嗣昌才去稍事休息，然后接见在夔州城中等候请示的文武大员。当天下午，杨嗣昌即将失陷大昌的川将邵仲光用尚方剑在行辕的前边斩首，跟着将弹劾邵捷春的题本拜发。第三天，杨嗣昌率领大批幕僚和护卫将士乘船向重庆出发，而督师行辕的数千标营人马则从长江北岸的旱路开赴重庆。……

已经三更以后了。杨山松突然来到，打断了万元吉的纷纷回忆。让杨山松坐下之后，他轻轻问道：

“大公子不曾休息？”

山松回答：“监军大人，今晚上我怎么能休息啊！”

“使相大人服药以后情况如何？睡着了么？”

“我刚才去看了看，情况不好，我很担忧。”

“怎么，病势不轻？”

“不是。服过药以后，病有点轻了，不再作冷作热了，可是，万大人！……”

万元吉一惊，忙问：“如何？使相有何言语？”

“他没有什么言语。听仆人说，他有时坐在案前沉思，似乎想写点什么，却一个字也没有写。有时他在屋中走来走去，走了很久。仆人进去劝他上床休息，他不言语，挥手使仆人退出。仆人问他要不要吃东西，他摇摇头。仆人送去一碗银耳汤，放在案上，直到放冷，他不肯动口。万大人，家严一生经过许多大事，从没有像这个样子。我刚才亲自去劝他，走到窗外，听见他忽然小声叫道，‘皇上！皇上！’。我进去以后，他仿佛没有看见我，又深深地叹口气。我劝他上床休息，苦劝一阵，他才和衣上床。他心上的话没对我讲出一句，只是挥手使我退出。万大人，愚侄真是为家大人的……身体担心。怎么好呢？”

万元吉的心中一惊。自从他做了杨嗣昌的监军，从杨嗣昌的旧亲信中风闻前年杨嗣昌出京时候，皇帝在平台赐宴，后来皇上屏退内臣，君臣单独密谈一阵，声音很低，太监们但听见杨嗣昌曾说出来“继之以死”数字。他今天常常想到这个问题，此时听了杨山松说的情形，实在使他不能放心。他问道：

“我如今去劝一劝使相如何？”

山松说：“他刚刚和衣躺下，正在倦极欲睡，万大人不必去了。明天早晨，务请婉言劝解家严，速速打起精神，议定下一步剿贼方略，为亡羊补牢之计。至于个人之事，只能静待皇命。据愚侄看，一则圣眷尚未全衰，二则封疆事皇上也早有洞鉴，纵然……”

万元吉不等杨山松说完，赶快说道：“眼下最迫之事不是别的，而是请使相向皇上上疏请罪，一则是本该如此，二则也为着对付满朝中哓哓之口，先占一个地步。”

杨山松猛然醒悟：“是，是。我竟然一时心乱，忘了这样大事！”

“我们应该今夜将使相请罪的疏稿准备好，明早等他醒来，请他过目，立即缮清拜发，万万不可耽误。”

“是，是。请谁起草？”

万元吉默思片刻，决定命仆人去将胡元谋从床上叫起来。这位胡元谋是杨嗣昌的心腹幕僚之一，下笔敏捷，深受嗣昌敬重。过了不久，胡元谋来到了。万元吉将意思对他一说，他说道：

“今晚我的心上也一直放着此事，只因使相有病，未曾说出，等待明日。既然监军大人吩咐，我马上就去起草。”

万元吉说：“我同大公子今夜不睡觉了，坐在这里谈话，等阁下将稿子写成后，我们一起斟酌。”

胡元谋走了以后，杨山松命人将服侍他父亲的家奴唤来，询问他父亲是否已经睡熟，病情是否见轻。那家奴说：

“回大爷，你离开不久，老爷将奴才唤去，命奴才倒一杯温开水放在床头的茶几上。老爷说他病已轻了，很觉瞌睡，命奴才也去睡觉，到天明后叫醒他行贺朔礼。天明以前，不许惊醒了他。奴才刚才不放心，潜到窗外听了一阵，没有听见声音。谢天谢地，老爷果然睡熟了。”

杨山松顿觉欣慰，命家奴仍去小心侍候，不许惊醒老爷。家奴走后，他对万元吉说：

“家严苦衷，唯有皇上尚能体谅，所以他暗中呼喊‘皇上！皇上！’”

万元吉说：“在当朝大臣中能为朝廷做事的，也只有我们使相大人与洪亨九两位而已。三年前我在北京，遇到一位永平举人，谈起使相当年任山、永巡抚时的政绩，仍然十分称颂。人们称颂使相在巡抚任上整军经武，治事干练勤谨，增修山海关南北翼城，大大巩固了关门防守。人们说可惜他在巡抚任上只有两年就升任山西、宣大总督，又一年升任本兵，然后入阁。倘若皇上不看他是难得人才，断不会如此接连提升，如此倚信。你我身在行间，看得很清。今日从关内到关外，大局糜烂，处处溃决，岂一二任事者之过耶？拿四川剿局说，献、曹进入四川腹地之后，逼入川西，本来围堵不难。可是，左良玉的人马最多，九檄而九不至，陕西也不至，可用以追贼之兵惟猛如虎数千人而已。猛帅名为'剿贼总统'，其实，各省将领都不归他指挥。最后在黄陵城堵御献、曹之战，他手下只有一二千人，安能不败！"

万元吉说到这里，十分愤激。当时他奉命督率猛如虎等将追赶张献忠和罗汝才，刚到云阳境内就得到黄陵城的败报，一面飞报从重庆乘船东下的杨嗣昌，一面派人去黄陵城收拾溃散，寻找幸未阵亡的猛如虎，一面又乘船急下夔州，企图在夔州境内堵住张献忠出川之路。他虽然先一日到了夔州，可是手中无兵可用，徒然站在夔州背后的山头上望着张献忠和罗汝才只剩下的几千人马，向东而去。他亲自写了一篇祭文，祭奠在黄陵城阵亡的将士，放声痛哭。如今他同杨山松谈起此事，两个人不胜感慨，为杨嗣昌落到此日失败的下场不平。

他们继续谈话，等待胡元谋送来疏稿，不时为朝政和国事叹息。

已经打过四更了。开始听见了报晓的一声两声鸡叫，随即远近的鸡叫声多了起来。只是天色依然很暗，整个行辕中十分寂静。

因为杨嗣昌后半夜平安无事，万元吉和杨山松略觉放心。再过一阵，天色稍亮，杨山松就要去向父亲问安，万元吉也要去看看使相大人能不能主持贺朔，倘若不能，他自己就要代他主持。

胡元谋匆匆进来。他代杨嗣昌向皇上请罪的疏稿已经写成了。

万元吉将疏稿接到手中，一边看一边斟酌，频频点头。疏稿看到一半，忽听小院中有慌乱的脚步声跑来，边跑边叫，声音异乎寻常：

"大公子！大公子！……"

杨山松和万元吉同时向院中惊问："何事？何事惊慌？"

侍候杨嗣昌的家奴跑进来，跪到地上，禀报杨嗣昌已经死了。万元吉和杨山松不暇细问，一起奔往杨嗣昌住的地方。胡元谋赶快去叫醒使相的几位亲信幕僚，跟着前去。

杨山松跪在父亲的床前放声痛哭，不断用头碰击大床。万元吉的心中虽然十分悲痛，流着眼泪，却没有慌乱失措。他看见杨嗣昌的嘴角和鼻孔都有血迹，指甲发青，被、褥零乱，头发和枕头也略有些乱，断定他是服毒而死，死前曾很痛苦，可能吃的是砒霜。他命奴仆赶快将使相嘴角和鼻孔的血迹揩净，被、褥和枕整好，向周围人们嘱咐：“只云使相大人积劳成疾，一夕病故，不要说是自尽。”又对服侍杨嗣昌的奴仆严厉吩咐，不许乱说。然后，他对杨山松说道：

“大公子，此刻不是你哭的时候，赶快商量大事！”

他请胡元谋留下来寻找杨嗣昌的遗表和遗言，自己带着杨山松和杨嗣昌的几位亲信幕僚，到另一处房间中坐下。他命人将服侍杨嗣昌的家奴和在花厅小院值夜的军校叫来，先向家奴问道：

“老爷死之前，你一点儿也没有觉察？”

家奴跪在地上哭着回话：“奴才遵照老爷吩咐，离开老爷身边。以为老爷刚刚睡下，不会有事，便回到下房，在灯下蒙眬片刻，实不敢睡着。不想四更三点，小人去看老爷，老爷已经……”

万元吉转问军校：“你在院中值夜，难道没有听见动静？”

军校跪在地上回答：“回大人，在四更时候，小人偶然听见阁老大人的屋中有一声呻吟，床上似有响动，可是随即就听不见了，所以只以为他在床上翻身，并不在意，不想……”

万元吉心中明白，杨嗣昌早已怀着不成功则自尽的定念，所以在出川时就准备了砒霜，而且临死时不管如何痛苦，不肯大声呻唤。杨嗣昌对他有知遇之恩，他也深知杨嗣昌的处境，所以忽然禁不住满眶热泪。但是他忍了悲痛，对地上的军校和奴仆严厉地说：

“阁老大人一夕暴亡，关系非轻。你们二人不曾小心侍候，罪不容诛。本监军姑念尔等平日尚无大过，暂免深究。只是，你们对别人只说使相是夜间病故，不许说是自尽。倘若错说一字，小心你们的狗命。下去！”

军校和家奴磕头退出。

杨山松哭着向大家问：“家严尽瘁国事，落得如此结果，事出非常，应该如何料理善后？”

幕僚们都说出一些想法，但万元吉却不做声，分明是在等待。过了一阵，胡元谋来了。万元吉赶忙问道：“胡老爷，可曾找到？”

胡元谋说：“各处找遍，未见使相留有遗表遗言。”

万元吉深深地叹口气，对大家说："如使相这样大臣，临死之前应有遗表留下，也应给大公子留下遗言，对家事有所训示，给我留下遗言，指示处分行辕后事。他什么都未留下，也没有给皇上留下遗表。使相大人临死之前的心情，我完全明白。"他不觉流下热泪，随即接着说："如今有三件事必须急办。第一，请元谋兄代我拟一奏本，向皇上奏明督师辅臣在军中尽瘁国事，积劳成疾，不幸于昨夜病故。所留'督师辅臣'银印、敕书①一道、尚方剑一口，业已点清包封，恭送荆州府库中暂存。行辕中文武人员如何安置，及其他善后事宜，另行奏陈。第二，'督师辅臣'银印、敕书、尚方剑均要包好、封好，外备公文一件，明日派官员恭送荆州府衙门存库，候旨处理。第三，在沙市买一上好棺木，将督师辅臣装殓，但是暂不发丧，等候朝命。目前如此处理，各位以为然否？"

大家纷纷表示同意。万元吉将各事匆匆作了嘱咐，使各有专人负责，然后回到自己住处，吩咐在大厅前击鼓鸣钟，准备贺朔。他在仆人服侍下匆匆梳洗，换上七品文官②朝服，走往前院大厅。

在督师辅臣的行辕中，五品六品的幕僚都有。万元吉虽只是七品文官，却位居监军，类似幕僚之长，位高权重，所以每当杨嗣昌因故不能主持贺朔礼时，都由监军代行，习以为常。在乐声中行礼之后，万元吉以沉痛的声音向众文武官员宣布夜间使相大人突然病故的消息。由于大部分文武官员都不住在徐家花园，所以这消息对大家竟如晴天霹雳。有的人同杨嗣昌有乡亲故旧情谊，有的跟随杨嗣昌多年，有的确实同情杨嗣昌两年辛劳，尽忠国事，与熊文灿绝不相同，不应该落此下场，一时纷纷落泪，甚至有不少人哭了起来。

---

①敕书——皇帝命杨嗣昌为"督师辅臣"的任命书，用的皇帝敕书形式。

②七品文官——万元吉原为永州府推官，为七品文官，后被推荐为大理寺评事，获得中央文臣职衔，但官阶仍是七品。按官场习俗，七品官只能称老爷，但因他职任督师辅臣的监军，故在小说中写人们称他大人。

十一

困厄中的崇祯皇帝

第 33 章

崇祯自从接到杨嗣昌从云阳发出的紧急奏疏，说他正在出川途中，以后没有再接到他的消息。他想，虽然张献忠回到湖广，但是人数已经不多，只要杨嗣昌回到襄阳，重新部署围剿，战局是有办法的，所以他将注意力集中在开封的守城战事上。

在召对群臣的第五天，崇祯忽然接到从开封来的一封没有贴黄的十万火急的军情密奏。他登时面色如土，手指打颤，不愿拆封。一些可怕的猜想同时涌现心头，甚至将平日要作中兴英主的念头登时化为绝望，望着空中，在心中自言自语说：

“天呀！天呀！叫我如何受得了啊！”

过了片刻，他慢慢地恢复了镇静，仗着胆子先拆开河南巡按高名衡的密奏，匆匆看了“事由”二句，不敢相信，重看一遍，嘴角闪出笑意，将全文看完，脸上恢复了血色。由于突然的激动，手指颤抖得更凶，一个宫女低头前来往宣德香炉中添香，不敢仰视他的脸孔，只看见他的手指颤抖得可怕，生怕皇上拿她发泄心中暴怒，会将她猛踢一脚，吓得心头紧缩，脸色煞白，小腿打颤，背上冒出冷汗。崇祯没有看她，赶快拆开周王的奏本，看了一遍，脸上显出了笑容。他这才注意到十四岁的宫女费珍娥已添毕香，正从香炉上缩回又白又嫩的小手，默默转身，正要离开，才发现这宫女长得竟像十六岁姑娘那么高，体态苗条，穿着淡红色罗衣，鬓上插一朵绒制相生玫瑰花，云鬟浓黑，脖颈粉白。他正在为开封的事儿满心高兴，突然将费珍娥搂到怀里放在腿上，在她的粉颈上吻了一下，又在她的颊上吻了一下，大声说：

“好啊！开封无恙！”

忽然想起来周王奏疏中有几句还没看清，他将费珍娥猛地推开，重看奏疏，然后提起朱笔在纸上写了上谕："著[①]将河南巡抚李仙风立即逮京问罪，巡按御史高名衡守城有功，擢升巡抚，副将陈永福升为总兵，其子守备陈德升为游击，祥符知县王燮升为御史，其余立功人员分别查明，叙功升赏。"他又俯下头去，用朱笔圈着高名衡奏疏中的重要字句，特别在奏疏中写到李自成如何猛攻开封七日夜，人马损失惨重，又如何将李自成射瞎左眼，等等字句旁边，密密画圈，还加眉批："开封文武群臣及军民士庶，忠勇可嘉。"那个刚在他的面前红袖添香，被他一时高兴而搂入怀中，连吻两下的稚年宫女仍立在他的身边，但分明被他忘到九霄云外。

崇祯时代，全部宫女大约有几千人，能够挑选到皇上、皇后、太子、长平公主、皇贵妃和贵妃这几处宫中服侍的，大约有三四百人。这三四百人中，多数是粗使的宫女，能够有幸运被皇帝看见的是极少数。这很少数比较幸运的宫女无不希望偶然意外地得到皇上的垂青，会有个"出头之日"。但费珍娥的年纪还小，入宫只有两年，对这样突如其来的事情毫无思想准备。她被皇上搂到怀中时，十分惊慌，害羞，心头狂跳，但是不敢挣扎，心情紧张得几乎连呼吸也停止了。当她被皇上推开以后，踉跄两步才站稳身子，一时茫然失措，不知道是否应该走开。她还不懂得如何获得宠幸，只是害怕不得"圣旨"便擅自跑掉会惹皇上生气，祸事临头。过了片刻，她明白皇上专心处理军国大事，不再要她，才想着应该离开。但她刚走两三步，忽然转回身来，扑通跪下，向没有注意她的皇上叩了个头，然后站起，不敢抬头，胆怯地揭起帘子，匆匆走掉。

费珍娥低着头回到乾清宫背后的小房中，仍然腿软，心跳，脸颊通红，眼睛浸满泪水，倒在榻上，侧身面向墙壁，不好意思见人说话。窗外传过来三四个宫女的笑语声。她害怕她们进来，赶快将发烧的脸孔埋在枕上。笑语渐渐远了，却有人掀帘进来，到她的榻边坐下，并且用手轻轻扳她的肩膀，要扳转她的身子。她只好转过来身子，但不肯睁开眼睛。一个十分熟悉的声音凑近

①著——从前公文中的命令语。这以下几句话是撮述崇祯对有关衙门下的命令。

她的耳边说：

“珍娥，我都知道了。”

费珍娥的脸又红了，一直红到耳后。因为已经知道是乾清宫管家婆魏清慧坐在身边，便睁开泪眼，小声哽咽问：

“大姐，您看见了？”

魏宫人点头说：“我正要去问皇爷要不要吃燕窝汤，隔帘子缝儿看见了，赶快退回。珍娥，说不定你快有出头之日了。”

费珍娥颤声说：“大姐，我害怕。我怎么办？”

“你等着。皇爷既然看上了你，你就有出头之日了。不像我，做一个永远不见天日的老都人，老死宫中。”

“可是大姐，您才二十一岁呀，还年轻呢。皇爷平日也很看重您，他发脾气的时候只有您敢去劝他。”

“唉，二十一岁，在皇爷的眼中就算老了。我生的不算丑，可是在都人中并不十分出色。皇爷看重我，只是因为我能为他管好乾清宫这个家。另外，我小心不得罪人，又不受宠，别人没谁嫉妒我。你生成一副好人品，年纪又嫩，正是稚年玉貌，像一个刚要绽开的花骨朵。但愿你的八字好，有个好命。”

“我怕，大姐。宫中的事儿很可怕，祸福全没准儿。”

“今天的事，你千万莫让别的都人知道。万一招人嫉妒，或者都人们将风儿吹进皇后、皇贵妃的耳朵里……”

话未说完，后角门外有太监高声传呼：“皇后娘娘驾到！”魏清慧立刻跳起，率领现在乾清宫正殿背后的全体宫女前去跪迎。

皇后听乾清宫的太监告她说开封已经解围，特来向皇帝贺喜。坐下以后，崇祯很高兴地将开封的战事经过以及李自成被“射瞎”左眼，“狼狈溃逃”的消息，对皇后说了一遍。周后听得十分激动，眼睛闪着泪花说：

“皇上，开封获此大捷，看来天心已回，国运要转好了。”

“我正要往奉先殿告慰二祖列宗在天之灵，你来得好，就陪我一起去吧。”

他们乘龙、凤辇到奉先殿上了香，叩了头，告慰了祖宗，然后到交泰殿盘桓片刻。在闲谈中崇祯问到长平公主媺娖[①]近日读书有无长进。皇后回答说也有长进，只是几个陪她读书的小都人都不够聪明，也很贪玩。想挑一个肯读书的、聪明伶俐的都人给媺娖，尚未挑选到。

崇祯没有再问公主读书的事，自己回到乾清宫去。将近黄昏时候，曹化淳进来奏事。崇祯带着很难得的笑容，向他问道：

"曹伴伴，开封来的捷音，京师士民们都知道了么？"

曹化淳赶快回答："回皇爷，这好消息已经传遍了五城。皇爷住在深宫，自然听不到皇城外的鞭炮之声。"

"什么鞭炮之声？"

"在京城有许多河南的官宦、巨商，也有平民之家。今日一听说汴梁城打败流贼的好消息，都放鞭炮祝贺。听说很多人到正阳门关帝庙还愿，拥挤不堪。"

崇祯笑着点头，但是在心中叹道："要是洛阳能像开封这样坚守就好了！"

今日晚膳，崇祯觉得胃口稍好。皇后差宫女送来几样小菜，使他更觉满意。他要了宫中所酿的陈年长春露酒，色如朝霞，味醇而香，用白玛瑙杯连饮几杯。慈宁宫两位太妃因听说开封告捷，也差宫女送来几样小菜，并劝皇上努力加餐，莫多为国事忧愁。崇祯命管家婆魏清慧去慈宁宫代他叩谢，并启禀太妃们他今晚吃得很好，请两位老娘娘不必挂念。过了一阵，魏宫人回来复命。崇祯仍在饮酒，侧头向她问道：

"两位太妃还有什么话说？"

魏宫人跪下回奏："两位太妃老娘娘听奴婢启禀皇爷今晚饮了长春露酒，越发高兴。刘太妃娘娘说，'皇上平日很少饮酒，今晚饮几杯长春露酒是个吉兆：国运从此逢春了'。"

崇祯笑着说："惠康昭太妃说得好，再斟一杯。"

晚膳后，崇祯靠在东暖阁的御榻上，想着李自成经此挫折，河南局面可

---

①媺娖——音měi chuò。这是长平公主的小名，意为美好，修整。

以缓和一时，四川战事虽有黄陵城之挫，但未闻张献忠出川后有何警报，看来湖广尚无大险，目前必须抽出手来，挽救关外危局。他明白祖大寿守锦州，事关辽东大局。如今锦州被围日久，粮草极度困难。万一祖大寿献出锦州投降，关外就不堪设想了。想到这里，他从榻上下来，到御案前坐下，猜想关外方面今日会有何奏报。他刚吃一口茶，一个太监因知他晚膳时心情喜悦，就趁着这时候捧着一个放有各宫妃嫔牙牌的黄锦长方盒跪到他的面前，虽未言语，却是宫中祖传规矩，意思是请他选定一位娘娘，好赶快传知她沐浴梳妆，等候宣召前来养德斋或皇上"临幸"她的宫中。崇祯望一眼那两行牙牌，竟没有一个称心的。田妃有病，回避房事，使他心中觉得惘然。忽然想到费珍娥，他的心中不免一动，随即眼前浮出一个快要长成的苗条身影，细嫩的颈后皮肤，白里透红的脸颊，还有那明亮的眸子，朱唇微启时露出的整齐洁白的牙齿……他还没有完全决定，恰巧文书房太监送来一封十万火急的机密文书。他一看见高名衡的密奏，想道：莫非李自成已经伤重毙命？又想，如是"闯贼"伤重毙命，正可露布以闻①，用不着机密文书。莫非李自成被官军追击，有意投降，尚难断定，高名衡先来一封飞奏，请示方略？他心中充满希望，一边拆文书一边对手捧牙牌锦盒的太监说：

"你等一等，莫急。"

崇祯拆开高名衡的急奏一看，突然像当头顶打个炸雷，浑身一震，面色如土，大声叫道："竟有此事！竟有此事！"随即放声大哭，声达殿外。乾清宫中所有较有头脸的太监和宫女都奔了来，在他的面前跪了一片。大家都不知皇上如此痛哭为了何事，只是劝他不要哭伤身体。崇祯痛哭不止，连晚膳时所吃的佳肴美酒都呕吐出来。魏清慧看皇上今晚哭得特别，无人能够劝止，便偷偷离开众人，往坤宁宫启奏皇后。当走出暖阁时，她听见皇帝忽然哭着说：

"我做梦也不曾想到！不曾想到！"接着又连声问道："杨嗣昌，杨嗣昌，你在哪里？"

---

①露布以闻——意思是公开告捷，不用密奏。古时有一种向朝廷告捷的办法是将捷书写在帛上或木板上，用竿子挑着，故意使沿路的人们都能看见，叫做露布。"布"是布告的意思。

一连几天，崇祯总在流泪，叹气，有时站在母亲的画像前抽泣。虽然他每日仍是黎明即起，在乾清宫院中虔敬拜天，然后上朝，但上朝的时间都很短，在上朝时常显得精神恍惚，心情急躁。他一直感到奇怪：张献忠怎么会神出鬼没地回到湖广，袭破襄阳，杀了襄王？更奇怪的是：这一重大消息首先是由住在开封的高名衡来的密奏，随后由逃出来的襄王的次子福清王来的奏报，竟然没有杨嗣昌的奏报！杨嗣昌现在哪儿？

有一天正在午膳，他忽然痛心，推案而起，将口中吃的东西吐出，走回暖阁，拍着御案，在心中悲痛地说：

"襄、洛据天下形胜之地，而襄阳位居上游，对东南有高屋建瓴之势。宪王[①]为仁宗爱子，徙封于襄[②]，作国家上游屏藩，颇有深意。襄阳失陷，陪京[③]必为震动！"过了一阵，他更加悲观自恨，又在心中说道："朕为天下讨贼，不意在半月之内，福王和襄王都死于贼手。这是上天厌弃我家，翦灭我朱家子孙，不然贼何能如此猖狂！"

到了三月上旬，他仍得不到杨嗣昌的奏报，而锦州的危机更加紧迫。偏偏在这种内外交困的日子里，他又病了，一直病了十天左右，才能继续上朝。在害病的日子里，皇后和袁妃每天来乾清宫看他。田妃因她自身的病忽轻忽重，不能每天都来。太子、永王、定王、十三岁的长平公主，按照古人定省之礼，每天来两次问安。其他许多妃嫔每日也按时前来问安，却不能同他见面。有一次长平公主前来问安，他问了她的读书情况，随即用下巴向一个在旁服侍的宫女一指，对公主说：

"这个小都人名叫费珍娥，认识字，也还聪明。我将她赐给你，服侍你读书。她近来服侍我吃药也很细心。等过几天我不再吃药，就命她去你身边。"

长平公主回头看费珍娥一眼，赶快在父亲面前跪下叩头，说道：

---

①宪王——襄藩第一代国王，明仁宗的第五子，名瞻善，谥为宪王。被张献忠杀死的是第七代襄王。

②徙封于襄——第一代襄王先封在长沙，改封襄阳。

③陪京——指南京。

“谢父皇恩赏!”

费珍娥一时感到茫然，不知如何是好。魏清慧轻轻地推她一下，使眼色叫她赶快谢恩。她像个木头人儿似的跪下向皇上叩头，又向公主叩头，却说不出感恩的话。长平公主临走时候，望着她说：

“等过几天以后，你把自己的东西收拾收拾，到我的宫里去吧。”

到了三月二十日，崇祯的病已经痊愈几天了。他后悔说出将费珍娥赐给长平公主的话，所以暂时装作忘了此事。他正在焦急地盼望杨嗣昌的消息，忽然接到万元吉的飞奏，说杨嗣昌于三月丙子朔天明之前在沙市病故，敕书、印、剑均已妥封，暂存荆州府库中。第二天，崇祯又接到新任河南巡抚高名衡的飞奏，说杨嗣昌在沙市“服毒自尽，或云自缢”。崇祯对杨嗣昌又恨又可怜，对于以后的“剿贼”军事，更觉束手无策。同陈新甲商量之后，他下旨命丁启睿接任督师。他心中明白，丁启睿是个庸才，不能同杨嗣昌相比。但是他遍观朝中大臣，再也找不出可以代他督师的人。

在杨嗣昌的死讯到达北京之前，已经有一些朝臣上本弹劾他的罪款，多不实事求是，崇祯都不理会。杨嗣昌死的消息传到北京以后，朝臣中攻击杨嗣昌的人更多了，弹劾的奏本不断地递进宫中。

崇祯想着杨嗣昌是他力排众议，视为心膂的人，竟然糜饷数百万，剿“贼”无功，失守襄阳，确实可恨。他一时感情冲动，下了一道上谕：“辅臣杨嗣昌二载瘁劳，一朝毕命。然功不掩过，其议罪以闻!”许多朝臣一见这道上谕，越发对杨嗣昌猛烈攻击，说话更不实事求是，甚至有人请求将杨嗣昌剖棺戮尸。崇祯看了这些奏疏，反而同情杨嗣昌。他常常想起来前年九月在平台为杨嗣昌赐宴饯行，历历如在目前。那时候杨嗣昌曾说如剿贼不成，必将“继之以死”的话，余音犹在他的耳边。他最恨朝廷上门户之争，党同伐异，没有是非，这种情况如今在弹劾杨嗣昌的一阵风中又有了充分表现。他很生气，命太监传谕六部、九卿、科、道等官速来乾清宫中。当他怀着怒气等候群臣时候，看见费珍娥又来添香。他似乎对他曾经搂抱过她并且吻过她的脖颈和脸颊的事儿完全忘了，瞥她一眼，随便问道：

“你还不去长平公主那里么?”

费珍娥一惊，躬身问道：“皇爷叫奴婢哪一天去？”

崇祯再没有看她，心不在焉地说：“现在就去好啦。”

费珍娥回到乾清宫背后的小房中，默默地收拾自己的东西，含着汪汪眼泪，连自己也说不清心中的怅惘滋味。管家婆走到她的身边，轻声问道：

“你现在就走么？”

珍娥点点头，没有做声，因为她怕一说话就会止不住哽咽。清慧搂住她的脖子说：

“别难过，以后我们会常见面的。这里的姐妹们对你都很好，你得空儿可以来我们这儿玩。”

珍娥只觉伤心，思路很乱，不能说话，而且有些心思也羞于出口。她平日对这座雄伟而森严的乾清宫感到像监狱一样，毫无乐趣，只是从皇上那次偶然对她表示了特殊的感情后，她一面对这事感到可怕，感到意外，同时也产生了一些捉摸不定的幻想。她本来不像一般年长的宫女那样心事重重，在深宫中看见春柳秋月，鸟鸣花开，都容易引起闲愁，暗暗在心中感伤，潜怀着一腔幽怨无处可说，只能在梦中回到无缘重见的慈母身边，埋头慈母的怀中（实际是枕上）流泪；自从有了那次事情，她的比较单纯也比较平静的少女心灵忽然起了变化，好像忽然混沌开了窍，又好像一朵花蕾在将绽未绽时忽然滴进一珠儿朝露，射进了春日的阳光，吹进了温暖的东风，被催得提前绽开。总之，她突然增长了人生知识，产生了过去不曾有过的心事；交织着梦想、期待、害怕、失望与轻愁。为着改变自己和家人的命运，她多么希望获得皇上的“垂爱”！她想如果她的命好，真能获得皇上喜欢，不仅她自己在宫中会有出头之日，连她的半辈子过着贫寒忧患生活的父母，她的一家亲人，都会交了好运，好似俗话所说的“一步登天”。自从怀着这样的秘密心事，每次轮到她去皇帝身边服侍，她总是要选最美的一两朵花儿插在云髻或鬓上，细心地薄施脂粉，有时故意不施脂粉，免得显不出自己脸颊的天生美色：白嫩中透出桃花似的粉红。她还不忘记将皇上最喜欢的颜色衣裙，放在熏笼上熏过，散出淡淡的清幽芳香。如果是为皇上献茶，穿衣，她还要临时将一双洁白如玉的小手用皇后赏赐的龙涎香熏一熏。不料崇祯再没有对她像那次一样特别“垂爱”。有一次崇祯午睡醒来，她在养德斋中服侍，屋中没有别的太监，也没有别的宫女。当崇祯看她一眼时，她的脸刷地红了（一般时候，宫女在皇帝面前是不会这样的）。她不敢抬头。当她挨近皇帝胸前为皇帝的黄缎暗龙袍扣左上端的空心镂花赤金扣时，她以为皇上会伸手将她搂住，心情十分紧张，呼吸困难，分明听见自己心跳的声音。但是皇上又一次没有理她。当皇上走出养德斋时，回头望她一眼，露出笑容。她以为皇上要同她说话，赶快走上一步，大胆地望着皇上的眼睛。不料崇祯自己伸手将忘在几上的十来封文书拿起来，走了出去，并且深深地叹口气说：

“真是国事如焚！”

她独自在养德斋整理御榻上的凌乱被褥，心绪很乱，起初懵懂，后来渐渐明白：皇帝刚才的笑容原是苦笑。她想着，皇上也喜欢她有姿色，只是他日夜为国事操劳发愁，没有闲心对她“垂爱”。她恨“流贼”，尤其恨李自成，想着他一定是那种青脸红发的杀人魔王；她也恨张献忠，想着他的相貌一定十分凶恶丑陋。她认为是他们这班扰乱大明江山的“流贼”使皇上每日寝食不安，心急如焚，也使她这样容貌出众女子在宫中没有出头的日子。她恨自己没有生成男子，不能够从军打仗，替皇上剿灭“流贼”。

当崇祯在病中对长平公主说要将她赐给公主时，她虽然暗中失望，但仍然希望皇上会再一次对她“垂爱”，改变主意。如今一切都完了，再莫想会有出头之日了。但是这种心事，这种伤感，她只能锁在心里，沉入海底，连一个字也不能让别人知道！

魏清慧似乎明白了她深藏的心事，趁房中没人，小声说道：

“珍妹，你还小，这深宫里的事儿你没有看透。若是你的命不好，纵然被皇上看重，也是白搭。虽然我们的皇上是一位励精图治的好皇上，不似前朝常有的荒淫之主，可是遵照祖宗定制，除皇后和东西宫两位娘娘外，还有几位妃子、许多选侍、嫔、婕妤、美人、淑女等等名目的小娘娘。不要说选侍以下的人，就拿已经封为妃子的人来说，皇上很少到她们的宫里去，也很少宣召她们来养德斋，不逢年过节朝贺很难见到皇上的面。你也读过几首唐人的宫怨诗，可是，珍妹，深宫中的幽怨，苦情，诗人们何曾懂得？何曾写出来万分之一！要不是深宫幽怨，使人发疯，何至于有几个宫女舍得一身剐，串通一气，半夜里将嘉靖皇爷勒死？[①]你年纪小，入宫只有两年，这深宫中的可怕事儿你知道的太少！”她轻轻地叹息一声，接着说：“我们的皇上是难得的圣君，不贪色，可是他毕竟是一国之主。这一两年，或因一时高兴，或因一肚皮苦恼无处发泄，也私‘幸’了几个都人。这几个姐妹被皇上‘幸’过以后，因为没有生男育女，就不给什么名分。说她们是都人又不是都人，不明不白。有朝一日，宫中开恩放人，别的都人说不定有幸回家，由父母兄长择配，这几位都人就不能放出宫去……”

珍娥听得出神，忽然问：“为什么？”

“为什么？……这不用问！就为着她们曾经近过皇上的御体，蒙过‘恩幸’，不许她们再近别的男人。所以，我对你说过，倘若一个都人生就的命不好，纵然一时蒙恩侍寝，也不一定有出头之日，说不定会有祸事落到头上。”她用沉痛的悄声说：“我们不幸生成女儿身，又不幸选进宫中。我是两年前就把宫里的诸事看透了。我只求活一天对皇上尽一天忠心，别的都不去想。倘若命不好，蒙皇上喜欢，就会招人嫉妒，说不定会给治死，纵然生了个太子也会给人毒死[②]。所好的，从英宗皇爷晏驾以后，受恩幸的娘娘和都人都不再殉葬[③]啦。珍妹，你伤心，是因为你不清楚深宫中的事，做一些镜花水月的梦！你到公主身边，三四年内她下嫁出宫，你到驸马府中，倒是真会有出头之日。”

魏清慧说了这一番话，就催促费珍娥快去叩辞皇上。她带着珍娥绕到乾清宫正殿前边，看见崇祯已经坐在正殿中央的宝座上，殿里殿外站了许多太

---

①将嘉靖皇爷勒死——嘉靖二十一年，明世宗有一晚宿在曹妃的宫中，宫女杨金莲等，等他睡熟，将他勒死。丝绳不是死结，嘉靖得不绝气。同伙宫女张金莲害怕，跑去告诉皇后方氏，率宫女、太监来救。随后逮捕了杨金莲等宫女和王宁嫔、曹妃，凌迟处死。她们的家人也被冤杀了十余人。曹妃实际不知此谋。

②给人毒死——明宪宗时万贵妃专宠，后宫有娠者迫使堕胎。有纪姓宫女本是广西贺县（今贺州市）土官女，在战争中被俘，没入后宫，看管库房，偶被宪宗遇见，加以奸污。怀孕后伪装有病，谪居安乐堂。生子，潜养西宛。六年之后，宪宗一日梳头，见白发，感叹年老无子。太监趁机说出这个孩子。宪宗命人取来，立为太子，纪氏移居永寿宫，不久暴死。

③殉葬——明朝行殉葬制，至英宗临死时遗诏废除，从此终止了这一野蛮制度。明成祖死后，殉葬的妃子和宫女达十六人之多。

监，分明要召见群臣，正在等候，而朝臣们也快到了。

崇祯平日在乾清宫召见群臣，常在东暖阁或西暖阁，倘若离开正殿，不在暖阁，便去偏殿，即文德殿或昭仁殿。像今日这样坐在正殿中央宝座上召见群臣却是少见，显然增加了召见的严重气氛。魏清慧不敢贸然进去。在门槛外向里跪下，说道：

“启奏皇爷，费珍娥前来叩辞！”说毕，起身退立一旁。

随即，费珍娥跪下叩了三个头，颤声说：“奴婢费珍娥叩辞皇爷。愿陛下国事顺心，圣躬康泰。万岁！万岁！万万岁！”

崇祯正在看文书，向外瞟一眼，没有做声，又继续看文书。这时一大群朝臣已经进了乾清门，躬身往里走来。费珍娥赶快起身，又向皇帝躬身一拜，随魏宫人转往乾清宫正殿背后，向众姐妹辞行。

崇祯从文书上抬起头来，冷眼看着六部、九卿、科、道等官分批在宝座前三尺外行了常朝礼，分班站定以后，才慢慢地说：

“朕今日召你们来，是要说一说故辅臣杨嗣昌的事。在他生前，有许多朝臣攻击他，可是没有一个人能为朕出一良谋，献一善策，更无人能代朕出京督师。杨嗣昌死后，攻击更烈，都不能设身处地为杨嗣昌想想。”他忍不住用鼻孔冷笑一声，怒气冲冲地接着说，“杨嗣昌系朕特简，用兵不效，朕自鉴裁。况杨嗣昌尚有才可取，朕所素知。你们各官见朕有议罪之旨，大肆排击，纷纭不已，殊少平心之论。姑不深究，各疏留中，谕尔等知之！下去吧！”

众官见皇帝震怒，个个股栗，没人敢说二话，只好叩头辞出。他们刚刚走下丹墀，崇祯又命太监将几位阁臣叫回。阁臣们心中七上八下，重新行礼，俯伏地上，等候斥责。崇祯说道：

“先生们起来！”

阁臣们叩头起身，偷看崇祯，但见他神情愁惨，目有泪光。默然片刻，崇祯叹口气说：

“朕昨夜梦见了故辅臣杨嗣昌在这里向朕跪下叩头，说了许多话，朕醒后都记不清了。只记得他说，‘臣鞠躬尽瘁，死而后已。朝中诸臣不公不平，连章见诋，故臣今日归诉皇上’。朕问他：‘所有的奏疏都不公平么？某人的奏疏似乎也有些道理吧？'嗣昌摇头说，'亦未然。诸臣住在京城，全凭意气，徒逞笔舌，捕风捉影，议论戎机。他们并未亲历其境，亲历其事，如何能说到实处'！朕问他，'眼下不惟中原堪忧，辽东亦岌岌危甚，卿有何善策？'，嗣昌摇头不答。朕又问话，忽来一阵狂风，窗槅震动，将朕惊醒。"说毕，连声叹气。

众阁臣说一些劝慰的话，因皇上并无别事，也就退出。

转眼到了四月上旬，河南和湖广方面的战事没有重大变化。李自成在伏牛山中操练人马，暂不出来，而张献忠和罗汝才被左良玉追赶，在湖广北部东奔西跑。虽然张、罗的人马也破过几个州、县城，但是经过洛阳和襄阳接连失守之后，像这样的事儿在崇祯的心中已经麻木了。局势有一点使他稍微宽心的是：李自成和张献忠都不占据城池，不置官吏，看来他们不像马上会夺取天下的模样。他需要赶快简派一位知兵大臣任陕西、三边总督，填补丁启睿升任督师后的遗缺。考虑了几天，他在大臣中实在找不到一个可用的统兵人才，只好在无可奈何中决定将傅宗龙从狱中放出，给他以总督重任，使他统率陕西、三边人马专力"剿闯"。主意拿定之后，他立即在武英殿召见兵部尚书。

自从洛阳和襄阳相继失守之后，陈新甲尽量在同僚和部属面前保持大臣的镇静态度，照样批答全国有关兵事的各种重要文书，处事机敏，案无留牍，但心中不免怀着疑虑和恐惧，觉得日子很不好过，好像有一把尚方剑悬在脖颈上，随时都可能由皇上在一怒之间下一严旨，那尚方剑无情地猛然落下，砍掉他的脑袋。听到太监传出皇上口谕要他赶快到武英殿去，皇上立等召见。他马上命仆人帮助他更换衣服，却在心中盘算着皇上召见他为着何事。他的心中七上八下，深怕有什么人对他攻击，惹怒了皇帝。匆匆换好衣服，他就带着一个心腹长班和一个机灵小厮离开了兵部衙门。他们从右掖门走进紫禁城，穿过归极门（又名右顺门），刚过了武英门前边的金水桥，恰好遇见一个相识的刘太监从里边出来，对他拱手让路。他赶快还礼，拉住刘太监小声问道：

"刘公，圣驾还没来到？"

刘太监向里边一努嘴，说："皇上处分事儿性急，已经在里边等候多时了。"

“你可知陛下为着何事召见？”

“尚不得知。我想横竖不过是为着剿贼御虏的事。”

“皇上的心情如何？”

“他总是脸色忧愁，不过还好，并无怒容。”

陈新甲顿觉放心，向刘太监略一拱手，继续向北走去。刘太监向陈新甲的长班高福使个眼色。高福暂留一步，等候吩咐，看刘太监的和善笑容，心中已猜到八九。刘太监小声说：

“你回去后告你们老爷说，里边的事儿不必担忧。如有什么动静，我会随时派人告你们老爷知道。还有，去年中秋节借你们老爷的两千银子，总说归还，一直银子不凑手，尚未奉还。昨日舍侄传进话来，说替我在西城又买了一处宅子，已经写下文约，尚缺少八百两银子。你回去向陈老爷说一声，再借给我八百两，以后打总归还。是急事儿，可莫忘了。”

高福连说：“不敢忘，不敢忘。”

“明日我差人到府上去取。”刘太监又说了一句，微微一笑，匆匆而去。

高福在心中骂了一句，赶快追上主人。陈新甲被一个太监引往武英殿去，将高福和小厮留在武英门等候。

崇祯坐在武英殿的东暖阁中，看见陈新甲躬身进来，才放下手中文书。等陈新甲跪下叩头以后，他忧虑地说道：

“丁启睿升任督师，遗缺尚无人补。朕想了数日，苦于朝中缺少知兵大臣。傅宗龙虽有罪下在狱中，似乎尚可一用。卿看如何？”

陈新甲正想救傅宗龙出狱，趁机说道：“宗龙有带兵阅历，前蒙陛下识拔，授任本兵。偶因小过，蒙谴下狱，颇知悔罪。今值朝廷急需用人之际，宗龙倘荷圣眷，重被简用，必能竭力尽心，上报皇恩。宗龙为人朴实忠诚，素为同僚所知，亦为陛下所洞鉴。”

崇祯点头说：“朕就是要用他的朴忠。”

陈新甲跪在地上略等片刻，见皇帝没有别事“垂问”，便叩头辞去。崇祯就在武英殿暖阁中立即下了一道手谕，释放傅宗龙即日出狱，等候召见，随即又下旨为杨嗣昌死后所受的攻击昭雪，称赞他“临戎二载，屡著捷功；尽瘁殒身，勤劳难泯。”在手谕中命湖广巡抚宋一鹤派员护送杨嗣昌的灵柩回籍，赐祭一坛。他又命礼部代他拟祭文一道，明日呈阅。

第二天，崇祯在文华殿召见陈新甲和傅宗龙。当他们奉召来到时候，崇祯正在用朱笔修改礼部代拟的祭文。将祭文改完放下，他对身边的太监说：

“叫他们进来吧。”

等陈新甲和傅宗龙叩头以后，崇祯命他们起来，仔细向傅宗龙打量一眼，看见他入狱后虽然两鬓和胡须白了许多，但精神还很健旺，对他说道：

“朕前者因你有罪，将你下狱，以示薄惩。目今国家多故，将你放出，要你任陕西、三边总督。这是朕的特恩，你应该知道感激，好生出力剿贼，以补前愆。成功之后，朕当不吝重赏。”

傅宗龙重新跪下叩头，含着热泪说：“严霜雨露，莫非皇恩。臣到军中，誓必鼓励将士，剿灭闯贼，上慰宸衷，下安百姓；甘愿粉身碎骨，不负皇上知遇！”

崇祯点头说：“很好。很好。你到西安之后，估量何时可以带兵入豫，剿灭闯贼？”

“俟臣到西安以后，斟酌实情，条奏方略。”

崇祯心中急躁，下意识地将两手搓了搓，说道：“如今是四月上旬。朕望你赶快驰赴西安，稍事料理，限于两个月之内率兵入豫，与保督杨文岳合力剿闯。切勿在关中逗留过久，贻误戎机。”

傅宗龙怕皇帝突然震怒，将他重新下狱，但又切知两月内决难出兵，只得仗着胆子说：

“恐怕士卒也得操练后方好作战。”

崇祯严厉地看他一眼，说：“陕西有现成的兵马。各镇兵马，难道平时就不操练么？你不要等李自成在河南站稳脚跟，方才出兵！”

傅宗龙明知各镇练兵多是有名无实，数额也都不足，但看见皇上大有不耐烦神色，只好跪地上低着头不再说话。崇祯也沉默片刻，想着傅宗龙已被他说服，转用温和的口气说：

“汝系知兵大臣，朕所素知。目前东虏围困锦州很久，朕不得不将重兵派出关外。是否能早日解锦州之危，尚不得知。河南、湖广、山东等省局势都很不好，尤以河南、湖广为甚，连失名城，亲藩殉国。卿有何善策，为朕纾忧？”

傅宗龙叩头说：“微臣在狱中时也常常为国家深忧。虽然也有一得愚见，但不敢说出。”

崇祯的眼珠转动一下，说：“苟利于国，不妨对朕直说。”

傅宗龙说：“目前内剿流贼，外御强虏，两面用兵，实非国家之福。朝中文臣多逞空言高论，不务实效，致有今日内外交困局面。如此下去，再过数年，国家局势将不堪设想。今日不是无策，惟无人敢对陛下言之耳。”

崇祯心动，已经猜中，赶快说：“卿只管说出，毋庸避讳。”

“陛下为千古英主，请鉴臣一腔愚忠，臣方敢说出来救国愚见。”

“卿今日已出狱任事，便是朕股肱大臣。倘有善策，朕当虚怀以听。倘若说错，朕亦决不罪汝。”

傅宗龙又叩了头，低声说：“以臣愚见，对东虏倘能暂时议抚，抚为上策。只有东事稍缓，方可集国家之兵力财力痛剿流贼。”

崇祯轻轻地啊了一声，仿佛这意见并不投合他的心意。他疑惑是陈新甲向傅宗龙泄露了消息或暗嘱他作此建议，不由地向站在旁边的陈新甲望了一眼。沉默片刻，崇祯问道：

“你怎么说对东虏抚为上策？不妨详陈所见，由朕斟酌。”

傅宗龙说：“十余年来，内外用兵，国家精疲力竭，苦于支撑，几乎成为不治之症。目今欲同时安内攘外，纵然有诸葛孔明之智，怕也无从措手。故以微臣愚昧之见，不如赶快从关外抽出手来，全力剿贼。俟中原大局戡定，再向东虏大张挞伐不迟。”

崇祯说：“朕已命洪承畴率大军出关，驰援锦州。目前对东虏行款，示弱于敌，殊非朕衷。你出去后，这‘议抚’二字休对人提起。下去吧！”

等傅宗龙叩头退出以后，崇祯向陈新甲问道：“傅宗龙也建议对东虏以暂抚为上策，他事前同卿商量过么？”

陈新甲跪下说：“傅宗龙今日才从狱中蒙恩释放，臣并未同他谈及关外之事。”

崇祯点点头，说：“可见凡略明军事的人均知两面作战，内外交困，非国家长久之计。目前应催促洪承畴所率大军火速出关，驰救锦州。不挫东虏锐气，如何可以言抚？必须催承畴速解锦州之围！”

陈新甲说：“陛下所见极是。倘能使锦州解围，纵然行款，话也好说。臣所虑者，迁延日久，劳师糜饷，锦州不能解围，反受挫折，行款更不容易。况国家人力物力有限，今后朝廷再想向关外调集那么多人马，那么多粮饷，不可得矣。”

崇祯脸色沉重地说：“朕也是颇为此忧。眼下料理关外军事，看来比豫、楚还要紧迫。”

“是，十分紧迫。”

崇祯想了想，说：“对闯、献如何进剿，卿下去与傅宗龙仔细商议，务要他星夜出京。”

“是，遵旨！”

陈新甲退出后，崇祯觉得对关内外军事前途，两无把握，不禁长叹一声。他随即将礼部代拟而经他略加修改的祭文拿起来，小声读道：

> 维大明崇祯辛巳十四年四月某日，皇帝遣官赐祭故督师辅臣杨嗣昌而告以文曰：
>
> 呜呼！惟卿志切匡时，心存报国；入参密勿，出典甲兵。方期奏凯还朝，图麟铭鼎[①]。讵料谢世，赍志渊深。功未遂而劳可嘉，人云亡而瘁堪悯。爰颁谕祭，特沛彝章[②]。英魂有知，尚其祗服！

崇祯放下祭文，满怀凄怆。想着国家艰难，几乎落泪。他走出文华殿，想步行去看田妃的病，却无意向奉先殿的方向走去。身边的一个太监问道：

---

①图麟铭鼎——意思是永记功勋。铭鼎是指上古时将功劳铭刻（铸）在鼎和其他铜器上。图麟是指像汉宣帝时将功臣像画在麒麟阁上。

②特沛彝章——杨嗣昌督师无功，因而自尽，本来不当“谕祭”，但这是特殊降恩（特沛），按照大臣死后的常规（彝章）办理。

"皇爷，上午去了一次奉先殿，现在又去么？"

崇祯心中恍惚，知道自己走错了路，回身停步，想了一下，决定不去承乾宫，转向坤宁宫的方向走去。但到了交泰殿，他又不想往坤宁宫了，便在交泰殿中茫然坐了一阵，在心中叹息说：

"当年杨嗣昌也主张对东虏暂时议抚，避免两头用兵，内外交困，引起满朝哗然。如今杨嗣昌已经死去，有用的大臣只剩下洪承畴了。关外事有可为么？……唉！"

第二天早朝以后，傅宗龙进宫陛辞。崇祯为着期望他能够"剿贼"成功，在平台召见，照例赐尚方剑一柄，说几句勉励的话。但是他很明白傅宗龙和杨文岳加在一起也比杨嗣昌的本领差得很远，这使他不能不心中感到空虚和绝望。召见的时间很短，他便回乾清宫了。

他坐在乾清宫东暖阁省阅文书，但心中十分烦乱，便将司礼监掌印太监王德化叫来，问他近日内操[①]的事儿是否认真在办，内臣们在武艺上是否有长进。这所谓内操，就是抽调一部分年轻的太监在煤山下边的大院里操练武艺和阵法。崇祯因为一心想整军经武，对文臣武将很不相信，所以两三年前曾经挑选了很多年轻体壮的太监进行操练。朝臣们因鉴于唐朝宦官掌握兵权之祸，激烈反对，迫使崇祯不得不将内操取消。近来因洛阳和襄阳相继失守，他一则深感到官军多数无用，缓急时会倒戈投敌，亟想亲手训练出一批家奴，必要时向各处多派内臣监军。另外在他的思想的最深处常常泛起来亡国的预感，有时在夜间会被亡国的噩梦惊醒，出一身冷汗。因为有此不祥预感，更思有一群会武艺的家奴，缓急时也许有用。在半月之前，他密谕王德化瞒着外廷群臣，恢复内操，而使杜勋等几个做过监军的亲信太监在王德化手下主持其事。为着避免朝臣们激烈反对，暂时只挑选五百人集中在煤山院中操练，以后陆续增加人数。现在王德化经皇帝一问，不觉一怔。他知道杜勋等主持的内操有名无实，只图领点赏赐，但是他决不敢露出实话，赶快躬身回奏：

①内操——崇祯十五年（1642年），崇祯挑选了一大批年轻力壮的太监，在景山北边和寿皇殿前边的院中操练，称为内操。

“杜勋等曾经奉皇爷派出监军，亲历戎行，也通晓练兵之事。这次遵旨重办内操，虽然日子不久，但因他们认真替皇爷出力办事，操练颇为认真，内臣们的武艺都有显著长进。”

崇祯欣然微笑，说：“杜勋们蒙朕养育之恩，能够为朕认真办事就好。明日朕亲自去看看操练如何？”

王德化心中暗惊，很担心如果皇上明日前去观操，准会大不满意，不惟杜勋等将吃罪不起，连他也会受到责备。但是他没有流露出任何不安神情，好像是喜出望外，躬身笑着说：

“杜勋们知道皇爷忧劳国事，日理万机，原不敢恳求皇爷亲临观操。如今皇爷既有亲临观操之意，这真是莫大恩幸。奴婢传旨下去，必会使众奴婢们欢呼鼓舞。但是圣驾临幸，须在三天之后，方能准备妥当。”

崇祯说：“朕去煤山观操，出玄武门不远便是，并非到皇城以外，何用特做准备！”

“虽说煤山离玄武门不远，在清禁之内，但圣驾前去观操，也需要几件事做好准备。第一，因圣驾整年旰食宵衣，不曾出去，这次观操，不妨登万岁山一览景物。那条从山下到山顶的道路恐怕有的地方日久失修。即令无大损坏，也得仔细打扫；还有，那路边杂草也需要清除干净。第二，寿皇殿①和看射箭的观德殿虽然并无损坏之处，但因皇爷数载不曾前去，藻井②和画梁上难免会有灰尘、雀粪等不洁之物，须得处处打扫干净。那观德殿看射箭用的御座也得从库中取出，安设停当。第三，皇爷今年第一次亲临观操，不能没有赏赐。该如何分别赏赐，也得容奴婢与杜勋等商议一下，缮具节略，恭请皇爷亲自裁定，方好事先准备。还有，第四，圣驾去万岁山观操，在宫中是件大事，必须择个吉日良辰，还要择定何方出宫吉利。这事儿用不着传谕钦天监去办，惊动外朝。奴婢司礼监衙门就可办好。请皇爷不用过急，俟奴婢传谕准备，择定三四天后一个吉日良辰，由内臣扈驾前去，方为妥帖。”

---

①寿皇殿——明代寿皇殿旧址在景山东北，清乾隆朝移建今址，正对景山中峰。寿皇殿东为永寿殿（清改名永恩殿）。再东为观德殿。

②藻井——有彩绘装饰的天花板。

崇祯听了，觉得很有道理，心中称赞王德化不愧是司礼监掌印太监，办事小心周密。他没有再说二话，只是眼神中含着温和微笑，轻轻点头，又将下巴一摆，使王德化退出。

王德化退出乾清宫以后，来不及往值房中看一眼，赶快出玄武门，一面骑马回厚载门内的司礼监衙门，一面派人进万岁山院中叫杜勋速去见他。

不过一顿饭时候，一个三十多岁、高挑身材、精神饱满、没有胡须的男子在司礼监的大门外下马，将马缰和鞭子交给一个随来的小答应，匆匆向里走去。穿过三进院子，到了王德化平时起坐的厅堂。一个长随太监正在廊下等他，同他互相一揖，使眼色让他止步，转身掀帘入内。片刻之间，这个太监出来，说道：

"请快进去，宗主爷有话面谕。"

高挑身材的太监感到气氛有点严重，赶快躬身入内，跪到地上叩头，说道：

"门下杜勋向宗主爷叩头请安！"

王德化坐在有锦缎围幛的紫檀木八仙桌边，低着头欣赏一位进京述职的封疆大吏赠送他的北宋院画真迹的集锦册页，慢慢地抬起头，向杜勋的脸上冷淡地看一眼，低声说：

"站起来吧。"

杜勋又叩了一次头，然后站起，垂手恭立，对王德化脸上的冷淡和严重神色感到可怕，但又摸不着头脑。

王德化重新向画上看一眼，合起装潢精美的册页，望着杜勋说："我一手保你掌管内操的事儿，已经半个月啦。你小子不曾认真做事，辜负我的抬举，以为我不知道么？"

杜勋大惊，赶快重新跪下，叩头说："回宗主爷，不是门下不认真做事，是因为人都是新挑选来的，马匹也未领到，教师人少，操练还一时没有上道儿。"

"闲话休说。我没有工夫同你算账。今日我倘若不替你在皇爷前遮掩，想法救你，哼，明日你在皇爷面前准会吃不了兜着走！你以为皇爷不会震怒？”

杜勋面如土色，叩头说：“门下永远感激宗主爷维护之恩！皇上知道操练得不好么？”

“还不知道。可是他想明日上午驾临观德殿前观操。到那时，内操不像话，骗不过他，你做的事儿不是露了馅么？你心里清楚，当今可不像天启皇爷那样容易蒙混！”

杜勋心中怦怦乱跳，问道：“圣驾是不是明日一定亲临观操？”

“我已经替你支吾过去啦。可是，再过三天，圣驾必将亲临观操。只有三天，你好好准备吧。可不要使皇爷怪罪了你，连我这副老脸也没地方搁！”

杜勋放下心来，说道：“请宗主爷放心。三天以后皇上观操，门下一定会使圣心喜悦。”

“别浪费工夫，快准备去吧。”

杜勋从怀中掏出一个红锦长盒，打开盖子，里边是一个半尺多长的翡翠如意，躬着身子，双手捧到王德化的面前，赔笑说：“这是门下从一个古玩商人手中买来的玩意儿，特意孝敬宗主爷，愿宗主爷事事如意。以后遇见名贵的字画、古玩、玉器，再买几样孝敬。”

王德化随便看一眼，说：“你拿回去自己玩吧，我的公馆里已经不少了。”

杜勋嘻嘻笑着说：“宗主爷千万赏脸留下，不然就太亏门下的一番孝心了。”

王德化不再说话，重新打开桌上的册页。杜勋将翡翠如意小心地放到桌上，又跪下叩个头，然后退出。王德化没有马上继续看北宋名画，却将翡翠如意拿起来仔细观看，十分高兴。想到皇帝观操的事，他在心里说：

“再过三天，杜勋这小子大概会能使皇上满意的。”

三天过去了。在观操的早晨，崇祯刚交辰牌时候就把杜勋召进宫来，亲自询问准备情况。杜勋跪下去分条回奏，使崇祯深感满意，在心中说：

“杜勋如此尽忠做事，日后在缓急时必堪重用！”

辰时三刻，崇祯从乾清宫出发。特意乘马，佩剑，以示尚武之意。骑的是那匹黄色御马吉良乘，以兆吉利。一群太监手执黄伞和十几种仪仗走在前边，马的前后左右紧随着二十个年轻太监，戎装佩剑。依照灵台占卜，“圣驾”出震方吉利，所以崇祯不能径直穿过御花园，出玄武门前去观操，而只能绕道出东华门，沿玉河东岸往北，然后转向西行。夹道每十步有一株槐树，绿叶尚嫩，迎风婆娑，使崇祯大有清新之感，但同时在心中叹息说：

“年年春光，我都没福享受！”

倘若只为登万岁山观赏风景，应该直往西走，进北上东门①，向北进万岁门②。今天是为观操而来，所以转过紫禁城东北角走不远就向北转，到山左里门下马。王德化、曹化淳率领一群较有头面的太监和主持内操的大太监杜勋等都在门外跪迎。崇祯在上百名太监簇拥中到了观德殿，坐在阶上设好的御座上，背后张着伞扇。王德化和曹化淳等大太监侍立两旁。等他稍事休息，喝了一口香茶，杜勋来到他的面前跪下，叩了一个头，问道：

“启奏皇爷，现在就观看操练么？”

崇祯轻轻点头，随即向万岁山的东北脚下望去，看见在广场上有五百步兵盔甲整齐，列队等候。杜勋跑到阵前，将小旗一挥，鼓声大作，同时步兵向皇帝远远地跪下，齐声山呼：“皇上陛下万岁！万岁！万万岁！”这突然的鼓声和山呼声使万岁山树林中的梅花鹿有的惊窜，有的侧首下望，而一群白鹤从树枝上款款起飞，从晴空落下嘹亮叫声，向琼华岛方向飞去。山呼之后，杜勋又挥动小旗，步兵在鼓声中向前，几次依照小旗指挥变化队形，虽不十分整齐，但也看得过去。一会儿，响了锣声，步兵退回原处，重新列队如前。杜勋又将小旗一挥，二十五名步兵从队中走出，到离皇帝三十步外停住，分成五排，每排五人，操练单刀。随后又换了二十五人，操练剑法。又换了二十个人在皇帝面前表演射艺，大体都能射中靶子。射箭完毕，杜勋又来到崇祯面前跪下，说道：

---

①北上东门——万岁山（清代改名景山）在明代围墙南面有房屋，道路傍着玉河，很窄。出万岁门，南边有一门名北上门，为万岁山的前门，左边是北上东门，右边是北上西门。1927年以后，故宫博物院为便利交通，修建东西马路，拆除北上东门和北上西门，独留北上门，脱离景山整体，成了神武门的外门。新中国成立后，北上门妨碍交通，亦被拆除。

②万岁门——又称万岁山门，清代改称景山门，现为景山公园正门。

“启奏皇爷，奴婢奉旨掌管内操，未曾将事做好，实在有罪。倘若天恩宽宥，奴婢一定用心尽力，在百日之内为皇帝将这五百人练成一支精兵。”

崇祯说：“你只要为朕好生做事，朕日后定会重用。”

“奴婢谢恩！”杜勋边说边赶快伏地叩头。

杜勋刚从地上起来，王德化躬身向崇祯轻声说：“皇爷，可以颁赏了。”崇祯点点头。王德化向身后的一个太监使个眼色，随即发出一声传呼：

“奏乐！……颁赏！”

在乐声中，太监们代皇上颁发了三百两银子，二十四绸缎，另外给杜勋赏赐了内臣三品冠服和玉带，其余几个管内操的太监头儿也都有额外赏赐。杜勋等在乐声中向皇帝叩头谢恩。全体参加内操的太监一齐跪下叩头谢恩。又是一阵山呼万岁。

王德化向崇祯躬身问道：“皇爷，永寿殿[①]牡丹、芍药正开，恭请御驾赏玩。”

崇祯看过操以后起初还觉满意，此刻又莫名其妙地感到空虚，看花的兴趣索然。他抬头望一眼林木茂密的万岁山，说道：

“上山去看看吧。”

一个御前太监回头向背后呼唤：“备辇伺候！”

崇祯上了步辇，由四个太监抬着，往西山脚下走。曹化淳因东厂有事，在崇祯上辇后对王德化说明，请德化替他奏明皇上，便走出山左里门，扳鞍上马。忽然杜勋追了出来，傍着马头，满脸赔笑，小声说：

“东主爷要回厂去？幸亏东主爷从东厂借给我十来个会射箭的，获得圣心欢喜。今晚我到东主爷公馆里专诚叩谢。”

曹化淳笑着说：“你出自宗主王老爷门下，我同他是好兄弟，遇事互相关照，自然不会使你小子倒霉。这叫做瞒上不瞒下，瞒官不瞒私。使皇上圣心喜欢，大家都有好处。在皇上面前操练，不过是应个景儿。可是你以后也得小心，要提防他万一心思一动，突然驾临。你不认真操练几套应景本领，到那时

---

①永寿殿——明代景山有寿皇殿、永寿殿、观德殿三殿。其中永寿殿前边有牡丹圃。

就不好办啦，小子！”

“是，是。”杜勋躬身叉手齐额，送曹化淳策马而去。

万岁山在明代遍植松、柏，也有杂树，十分葱茏可爱。山下边周围栽了各种果树，所以又叫做百果园。崇祯坐在辇上，沿着新铺了薄薄黄沙的土磴道，一路欣赏山景，直到中间的最高处下辇。当时山上还没有一个亭子[①]，中间最高处有石刻御座，两株松树在高处虬枝覆盖，避免太阳照射。今天石座上铺有黄缎绣龙褥子。但是他没有坐下，立在石座前边，纵目南望，眼光越过玄武门钦安殿[②]、坤宁宫、交泰殿、乾清宫、中极殿、皇极殿、午门、端门、承天门、大明门、正阳门，直到很远的永定门，南北是一条笔直的线。紫禁城内全是黄色的琉璃瓦，在太阳下闪着金光。正阳门外，人烟稠密，沿大街两旁全是商肆。他登极以来，只出过正阳门两次。如今这繁华的皇都景色，使他很想再找一个题目出城看看。永定门内大街左边约二里处，有一片黑森森的柏林，从林杪露出来一座圆殿的尖顶，引起他的回想和感慨。他曾经祭过祈年殿，却年年灾荒，没有过一个好的年景，使他再也没有心思重去。他转向西方望去，想到母亲就埋在西山下边，不禁心中怅然。他又转向西北望，逐渐转向正北，想看出来这一带的“王气”是否仍旺。但是拿不准，只见重山叠嶂，自西向东，苍苍茫茫，宛如巨龙，依然如往年一样。他忽然想到这万岁山本是他每年重阳节率后妃们登高的地方，可是因为国事太不顺心，往往重阳节并不前来，只偕皇后和田、袁二妃在堆绣山[③]上御景亭中吃蟹小酌，观看菊花，作个点缀。去年因为杨嗣昌将张献忠逼入四川，军事有胜利之望，而李自成销声匿迹，满朝都认为不足为患，他才带着后、妃、太子、皇子和公主们来万岁山快乐半天。不意今年春天局势大变，秋后更是难料，加之田妃患病，分明今年的重阳不会再有兴致来登高了。明年，后年，很难逆料！想到这里，几乎要怆然泪下。

他无心继续在山顶盘桓，不乘辇，步行沿着山的东麓下山，随时北顾，

---

①亭子——明代煤山上没有亭子，有些书中所记错误。山上的五个亭子始建于清乾隆十五年。大概为建五个亭子，增土筑成五个山峰。

②钦安殿——在坤宁宫的背后，旁边是御花园。

③堆绣山——坤宁宫后御花园中的假山。

见杜勋仍在用心指挥操练。他在心里说："如果将领们都能像杜勋这样操练人马，流贼何患不能剿灭！"下到山脚，那里有一棵槐树①，枝叶扶疏，充满生意。他停下来，探手攀一下向北伸的横枝，只比他的头顶略高。北边还有一棵较小的槐树，绿荫相接。他想，如果一两年后国家太平，田妃病愈，春日和煦，他偕田妃来这两棵树下品茗下棋，该多快活！但是他在心中说："这怕是个空想！"他心中越发怆然，对身边的太监吩咐：

"辇来！"

崇祯回到宫中，换了衣服，洗了脸，看见御案上有新到的军情文书，又想看又不愿看，犹豫一阵，决定暂时不看，在心中感慨地说："反正是要兵要饷！"他因为昨夜睡得很晚，今日黎明即起，拜天上朝，刚才去万岁山院中观德殿前观操，又在山顶盘桓一阵，所以回来后很觉疲倦。午膳时候虽然遵照祖宗传下的定制，在他的面前摆了几十样荤素菜肴，另外还有中宫和东、西宫娘娘们派宫女送来的各种美味，每日变换名堂，争欲使他高兴。然而他由于心中充满怅惘悲愁情绪，在细乐声中随便吃了一些，便回养德斋休息去了。

他的精神还没有从洛阳和襄阳两次事变的打击下恢复过来。尤其是洛阳的事情更使他不能忘怀。他在两个宫女的服侍下脱下靴、帽、袍、带，上了御榻，闭目午睡。忽然想到李自成破洛阳的事，心中一痛，睁开双眼，仰视画梁，深深地叹口长气，发出恨声。魏清慧轻脚轻手地揭起黄缎帘子进来，看见崇祯的悲愤和失常神情，感到害怕，站在御榻前躬身低眉，温柔地低声劝道：

"皇爷，请不要多想国事，休息好御体要紧。"

崇祯挥手使她出去，继续想着福王的被杀。虽然在万历朝，福王的母亲郑贵妃受宠，福王本人也被万历皇帝钟爱，几乎夺去了崇祯父亲的太子地位，引起过持续多年的政局风波，但是崇祯和福王毕竟是亲叔侄，当年的"夺

①槐树——相传崇祯吊死在这棵树的横枝上。"文化大革命"中，这棵槐树被红卫兵锯掉。

嫡"[①]风波早成了历史往事，而不久前的洛阳失守和福王被杀却是崇祯家族的空前惨变，也是大明亡国的一个预兆，这预兆没人敢说破，却是朝野多数人都有这个想法，而且像乌云一样经常笼罩在崇祯的心上。现在他倚在枕上，默思很久，眼眶含着酸泪，不让流出。

想了一阵中原"剿贼"大事，觉得傅宗龙纵然不能剿灭李自成，或可以使中原局势稍得挽回；只要几个月内不再糜烂下去，俟关外局面转好，再调关外人马回救中原不迟。这么想着，他的心情稍微宽松一点，开始蒙眬入睡。

醒来以后，他感到十分无聊。忽然想起来今年为着洛阳的事，皇后的生日过得十分草草，连宫中的朝贺也都免了。虽然这是国运不佳所致，但他是一国之主，总好像对皇后怀着歉意。漱洗以后，他便出后角门往坤宁宫去。

周后每见他面带忧容，自己就心头沉重，总想设法儿使他高兴。等崇祯坐下以后，她笑着问：

"皇上，听奴婢们说，圣驾上午去万岁山院中观看内操，心中可高兴么？"

崇祯心不在焉地微微点头。

周后又笑着说："妾每天在佛前祈祷，但愿今年夏天剿贼胜利，局势大大变好，早纾宸忧。皇上，我想古人说'否极泰来'，确有至理。洛阳和襄阳相继失陷就是'否极'，过此就不会再有凶险，该是'泰来'啦。"

崇祯苦笑不语，那眼色分明是说："唉，谁晓得啊！"

周后明白他的心情，又劝说："皇上不必过于为国事担忧，损伤御体。倘若不善保御体，如何能处分国事？每日，皇上在万机之暇，可以到各宫走走，散开胸怀。妾不是劝皇上像历朝皇帝那样一味在宫中寻欢作乐，是劝陛下不要日夜只为着兵啊饷啊操碎了心。我们这个家里虽然不似几十年前富裕强盛，困难很多，可是在宫中可供皇上赏心悦目的地方不少，比如说……"

崇祯摇头说："国事日非，你也知道。纵然御苑风景如故，可是那春花秋月，朕有何心赏玩！"

---

①夺嫡——按封建宗法制度，嫡子立为太子，有承继皇位的合法资格。立庶子，不立嫡子，由庶子夺取太子地位，叫做夺嫡。

"皇上纵然无心花一天工夫驾幸西苑，看一看湖光山色，也该到各处宫中玩玩。六宫[①]妃嫔，都是妾陪着皇上亲眼挑选的，不乏清秀美貌的人儿，有的人儿还擅长琴、棋、书、画。皇上何必每日苦守在乾清宫中，看那些永远看不尽的各种文书？文书要省阅，生涯乐趣也不应少，是吧？"

崇祯苦笑说："你这一番好心，朕何尝不明白？只是从田妃患病之后，朕有时离开乾清宫，也只到你这里玩玩，袁妃那里就很少去，别处更不想去。朕为天下之主，挑这一副担子不容易啊！"

周后故意撇开国事，接着说："皇上，妾是六宫之主，且与皇上是客、魏[②]时的患难夫妻，所以近几年田妃特蒙皇上宠爱，皇上也不曾薄待妾身。六宫和睦相处，前朝少有。正因为皇上不弃糟糠，待妾恩礼甚厚，所以妾今日才愿意劝皇上到妃嫔们的宫中寻些快乐，免得愁坏了身体。皇上的妃嫔不多，可是冷宫不少。"

"这都因国事日非，使朕无心……"

"皇上可知道承华宫陈妃的一个笑话？"

崇祯摇头，感到有趣，笑看皇后。

周后接着说："承华宫新近添了一个小答应，名叫钱守俊，只有十七岁。他看见陈妃对着一盆牡丹花坐着发愁，问，'娘娘为何不快活了？'，陈妃说，'人生连天也不见，有甚快活？'，守俊说，'娘娘一抬头不就看见天了？'，陈妃扑哧笑出来，说，'傻子！'。"

崇祯听了，忍不住笑了起来。但随即敛了笑容，凄然说道："这些年，我宵衣旰食，励精图治，不敢懈怠，为的是想做一个中兴之主，重振国运，所以像陈妃那里也很少前去。不料今春以来，洛阳和襄阳相继失陷，两位亲王被害。这是做梦也不曾想到的事！谁知道，几年之后，国家会变成什么局面？"他不再说下去，忽然喉头壅塞，滚出热泪。

---

①六宫——六宫一词，最早见于《周礼》。据说帝王除后以外，还有各种名目的妃子、妻妾，总数共一百二十人，分属六宫。但后世"六宫"一词只是泛指后妃全体，数目实际没有那样多。

②客、魏——天启的乳母客氏和太监魏忠贤。

周后的眼圈儿红了。她本想竭力使崇祯快活，却不管怎样都只能引起皇上的伤感。她再也找不到什么话可说了。

一个御前太监来向崇祯启奏：兵部尚书陈新甲在文华殿等候召见。崇祯沉默片刻，吩咐太监去传谕陈新甲到乾清宫召对。等到他的心中略觉平静，眼泪已干，才回乾清宫去。

陈新甲进宫来是为了援救锦州的事。他说援锦大军如今大部分到了宁远[①]一带，一部分尚在途中，连同原在宁远的吴三桂等共有八个总兵官所率领的十三万人马，刷去老弱，出关的实有十万之众。他认为洪承畴应该赶快出关，驰往宁远，督兵前进，一举解锦州之围。崇祯问道：

"洪承畴为何仍在关门[②]逗留？"

"洪承畴仍以持重为借口，说要部署好关门防御，然后步步向围困锦州之敌进逼。"

"唉，持重，持重！……那样，何时方能够解锦州之围？劳师糜饷为兵家之大忌，难道洪承畴竟不明白？"

陈新甲说："陛下所虑甚是。倘若将士锐气消磨，出师无功，殊非国家之利。"

崇祯说："那个祖大寿原不十分可靠。倘若解围稍迟，他献出锦州投降，如何是好？"

"臣所忧者也正是祖大寿会献城投敌。"

崇祯接着说："何况这粮饷筹来不易，万一耗尽，再筹更难。更何况朝廷亟待关外迅速一战，解了锦州之围，好将几支精兵调回关内，剿灭闯献。卿可将朕用兵苦心，檄告洪承畴知道，催他赶快向锦州进兵。"

"是，微臣遵旨。"

"谁去洪承畴那里监军？"

"臣部职方司郎中张若麒尚称知兵，干练有为，可以前去总监洪承畴之军。"

---

①宁远——今辽宁省兴城。
②关门——指山海关，当时的习惯用词。

"张若麒如真能胜任，朕即钦派他前去监军。这一二日内，朕将颁给敕书，特恩召对，听他面奏援救锦州方略。召对之后，他便可离京前去。"

陈新甲又面奏了傅宗龙已经星夜驰赴西安的话，然后叩头辞出。他刚走出乾清门，曹化淳就进来了。

曹化淳向崇祯跪下密奏："奴婢东厂侦事人探得确凿，大学士谢升昨日在朝房中对几个同僚言说皇爷欲同东虏讲和。当时有人听信，有人不信。谢升又说，这是'出自上意'，又说是'时势所迫，不得不然'。今日朝臣中已有人暗中议论，反对同鞑子言和的事。"

崇祯脸色大变，怒气填胸，问道："陈新甲可知道谢升在朝房信口胡说？"

"看来陈尚书不知道。奴婢探得陈尚书今日上朝时并未到朝房中去。下朝之后，差不多整个上午都在兵部衙门与众官会商军事，午饭后继续会议。"

"朝臣中议论的人多不多？"

"因为谢升是跟几个同僚悄声私语，这事儿又十分干系重大，所以朝臣中议论此事的人还不多，但怕很快就会满朝皆知，议论开来。"

崇祯的脸色更加铁青，点头说："朕知道了。你出去吧。"

曹化淳退出后，崇祯就在暖阁中走来走去，心情很乱，又很恼恨。他并不怀疑谢升是故意泄露机密，破坏他的对"虏"方略，但是他明白谢升如此过早泄露，必将引起朝议纷纭，即使他落一个向敌求和之名，也使日后时机来到，和议难以进行。他想明日上朝时将谢升逮入诏狱，治以妄言之罪，又怕真相暴露。左思右想，他终于拿定主意，坐在御案前写了一道严厉的手谕，说：大学士谢升年老昏聩，不堪任使，着即削籍。谢升应即日回山东原籍居住，不许在京逗留。此谕！每于情绪激动时候，他处理事情的章法就乱。他没有考虑谢升才五十几岁，算不得"年老昏聩"，而且突然将一位大学士削籍，必然会引起朝野震动，就命太监将他的上谕立即送往内阁了。接着，他传谕今晚在文华殿召见张若麒，又传谕兵部火速探明李自成眼下行踪，布置围剿。命太监传谕之后，他颓然靠在椅背上，发出一声长叹，随即喃喃地自言自语：

"难！难！这大局……唉！洪承畴，洪承畴，为什么不迅速出关？真是可恼！……"

十二

辽海崩溃

第 34 章

在山海卫城西门外大约八里路的地方，在官马要道上，有一个小小的村庄，叫做红瓦店。这里曾经有过一个饭铺，全部用红瓦盖的屋顶。虽然经过许多年，原来的房子已被烧毁，后来重盖的房子，使用旧红瓦只占了一部分，大部分用的是新的和旧的灰瓦，可是这个村庄仍旧叫做红瓦店，早已远近闻名，而且这个地名已载在县志上了。从红瓦店往北去，几里路之外，是起伏的群山，首先看见的是二郎山，从那里越往北去，山势越发雄伟。在两边的大山之间有一道峡谷。沿着峡谷，要经过大约二十里曲折险峻的山路，才能到达九门口。九门口又名一片石，为防守山海关侧翼的险要去处。从红瓦店往南望，几里外便是海边。当潮水退的时候，红瓦店离海稍远，但也不过几里路。就在这海与山之间，有一大片丘陵起伏的宽阔地带，红瓦店正在这个地带的中间。自古以来，无数旅人、脚夫，无数兵将，从这里走向山海关外，走往辽东去，或到更远的地方。有些人还能够重新回来，有些人一去就再也不回来了。特别从天启年间以来，关外军事情况发生了巨大变化，有很多很多的将士，从这里出去，就死在辽河边上，死在宁、锦前线，而能够回来的也多是带着残伤和消沉情绪。红瓦店这个村庄被过往的人看做是出关前一个很重要的、很有纪念意义的打尖地方。不管是从北京来，从永平来，从天津来，陆路出关，都需要经过红瓦店，在这里停停脚，休息休息，再赴山海关，然后一出关就属于辽东了。

这天早晨，东方才露出淡青的曙色，树梢上有疏星残月，从谁家院落中传出来鸡啼、犬吠。惨淡的月色照着红瓦店的房子和大路，街外的大路上流动着朦胧的晓雾。很多很多运送粮食和各种辎重的马车、骡子、骆驼，从这里往山海关去。骆驼带着铜铃铛，一队一队，当啷、当啷的铃声传向旷野，慢吞吞地往东去。瘦骨嶙嶙的疲马，面有菜色的赶车人，也在早晨的凉风和薄雾中，同样接连不断地往前走。有时候从晓雾中响起一下清脆的鞭声，但是看不见鞭子，只看见鞭上的红缨在黎明的熹微中一闪。鞭声响过，红瓦店村中，这里那里，又引起一阵犬吠，互相应和。

一会儿，天渐渐大亮了。公鸡虽然已经叫了三遍，现在还在断断续续地叫个不停。在南边的海面上，有一阵乳白色的晓雾好像愈来愈重，但过了不久，一阵凉风吹过，雾又消散了，稀薄了，露出没有边际的海的颜色。海色与远方的天色、云色又混到一起，苍苍茫茫，分不清楚哪是海，哪是云，哪是天空。在这海天苍茫、分不清楚的地方，逐渐地出现了一行白色的船帆。这船帆分明在移动，一只接着一只，也许几十只，也许更多。偶尔曙色在帆上一闪，但又消失，连船队也慢慢地隐进晓雾里边。

这时，从山海关西环城中出来了一小队骑马的人，中间的一位是文官打扮。当他快到红瓦店的时候，在马上不断地向西张望，显然是来迎候一位要紧的人。他策马过了石河的长桥，奔往红瓦店街中心来。

当这一小队人马来到红瓦店街上的时候，街旁的铺板门已经陆续打开，有的店家已经在捅炉子，准备给过往行旅做饭。这位官员下马后，并不到小饭铺中休息，却派出一名小校带领两名骑兵继续往西迎去。在街南边有平日号的一处民宅，专为从京城来的官员休息打尖之处，俗称为接官厅。这位穿着五品补服的官员到接官厅前下马，进去休息。他是河南人，姓李，名嵩，字镇中，原是一个候补知府，如今则是蓟辽总督洪承畴的心腹幕僚，今晨奉洪承畴之命来这里迎接一位深懂得军事、胸有韬略的朋友。当下他在接官厅里打了一转，仍不放心，又走出院子，站在土丘上张望片刻，然后才回进厅来，吩咐准备早饭，并说总督大人的贵客将到，须得准备好一点。

过了大约一刻钟，一阵马蹄声来到接官厅大门外停下。李镇中赶快站起来，不觉说道："来了！"他正要出迎，却有一个军官匆匆进来，几个亲兵都留在大门外。一看不是客人，李镇中不觉一笑，说：

"原来是张将军！"

这位张将军和洪承畴是福建同乡，新来不久，尚没有正式官职，暂时以游击衔在中军副将下料理杂事。他同李镇中见过礼后，坐下问道：

“客人今天早晨能赶到么？”

李嵩说：“他是连夜赶路，按路程说，今早应该赶到才是。”

“制台大人急想同这位刘老爷见面，所以老先生走后不久，又差遣卑将赶来。制台大人吩咐，如果刘老爷来到，请在此稍作休息，打尖之后，再由老先生陪往山海关相见。卑将先回去禀报。”

“怎么要刘老爷先进城去？制台大人不是在澄海楼等候么？”

“制台大人为选定明日一早出关，今日想巡视长城守御情况，所以决定一吃过早饭就到山海关城内，等见了刘老爷之后，即便出关巡视。”

李嵩感叹说：“啊，制台为国事十分操劳，一天要办几天的事啊！”

张将军又问道：“这位刘老爷我没有见过，可是听制台大人说，目前局面，战守都很困难，有些事情想跟刘老爷筹划筹划。这刘老爷究竟是怎样一个人物，老先生可知道么？”

李嵩慢慢地说：“我也只见过一面。听说，此人在关外打了二十年的仗，辽阳一仗[①]几乎全军覆没。他冲出重围，仍在辽东军中，总想有所作为。不意又过数年，局面毫无转机，他忿而回到关内。从此以后，他对辽东事十分灰心，在北京每与人谈到辽事，不免慷慨流涕。他曾屡次向朝廷上书，陈述救辽方略，但是朝廷并不采纳。朝廷上的门户之争是那么激烈，他已经看透，无能为力，后来就隐居在西山一个佛寺里边，听说是卧佛寺，在那里注释兵法。我们总督大人离北京以前，偶然到卧佛寺去，遇见了这位刘老爷，平日已闻其名，一谈之下，颇为倾心。此后就几次约他到北京城内公馆里住下深谈，每次都谈到深夜。总督大人几次请刘老爷来军中赞画军务。这位刘老爷执意不肯，说是他已经年过花甲，对国家事已经灰心。最近因为咱们大人就要出关，去解锦州之围，特意写了一封十分恳切的书信派人送往刘老爷处，邀他务必来山海关一晤，商谈今后的作战方略。刘老爷这才答应前来。几天前已经从北

①辽阳一仗——此事发生在明熹宗天启元年三月。明军先失沈阳，继失辽阳。

京起身了，天天向这里赶路，前天到了永平，听说我们大人明天就要离开山海关，就只好日夜兼程。”

“哦！原来是这么重要啊，难怪总督大人今天天不明就起来，连连问派人去迎接没有。我们说，李老爷已经去了。立刻又派我来，真是巴不得马上跟他见面。”

正说着，外面又是一阵马蹄声。他们停了谈话，侧耳谛听。李嵩向仆人说：

“快看看！是不是客人到了？”

一月以前，洪承畴从永平来到山海关，他的行辕就扎在山海关城外靠着海边的宁海城中。这里是长城的尽头，宁海城就紧挨着长城的东端。它一边临海，一边紧靠长城，是为防守长城和山海关而建立的一个军事堡垒。洪承畴因为山海关城内人马拥挤，所以将行辕移出来，设在宁海城中。现在宁海城的民房都占尽了，官房也占尽了，仍然不够住，又在城内城外搭起了许多军帐。他的制标营有两千五百名骑兵和步兵，大都驻扎在宁海城内外，也有一部分驻扎在山海关的南翼城。他自己近来不住在他的制台行辕，却住在澄海楼中。这澄海楼建筑在海滩的礁石上，没有潮水的时候，楼下边也有水，逢到涨潮，兼有东风或南风，更是波涛汹涌，拍击石基，飞溅银花。然而波涛声毕竟不像城内人喊马嘶那么嘈杂，也不是经常都有，所以他喜欢这个地方多少比较清静，且又纵目空旷，中午也很凉爽。从澄海楼到宁海城相隔大约不到半里路，有桥梁通到海岸。桥头警戒很严，五步一岗，十步一哨。在澄海楼的东边、南边、西边，不到五十丈远，有一些带着枪炮和弓弩的船只拱卫着这个禁区。更远处约摸有一二里路，又是好多船只保卫着澄海楼向海的三个方面。

半个月来，从洪承畴的外表上看不出有什么变化，他照旧治事很勤谨，躬亲簿书，每日黎明即起，半夜方才就寝，但他的心中却埋藏着忧虑和苦闷。他之所以离开行辕，住在澄海楼，也可能与他的内心苦闷有关。但是他自己不肯泄露一点心思，仅是幕僚中有人这么猜想罢了。

那天五更时候，从海面上涌来的一阵阵海涛，拍打着澄海楼的石基，澎湃不止。洪承畴一乍醒来，知道这正是涨潮时候，而且有风。但睡意仍在，没有睁开眼睛。他忽然想着几桩军戎大事，心中烦恼，就不能再睡了。赶快穿衣起来之后，他不愿惊动仆人，轻轻开门走出，倚着栏杆，向海中望。海面上月色苍茫，薄雾流动，海浪一个接着一个，真是后浪推前浪，都向着澄海楼滔滔涌来，冲着礁石，打着楼基。在海边有很多渔船，因为风浪刚起，还没有起锚出海。警戒澄海楼的几只炮船，在远处海面上随着灯火上下。在这几只炮船外面，可以看见向辽东运送军粮的船队，张满白帆，向着东北开去。这时宁海城和榆关城中号角声起，在号角声中夹着鸡鸣、犬吠、马嘶。大地渐渐地热闹起来了。

洪承畴凭着栏杆望了一阵，感到一身寒意，便退回屋中，将门关上，坐在灯下，给住在京城的家中写信。

一个面目姣好、步态轻盈的仆人，只有十八九岁，像影子似的一闪，出现在他的背后，将一件衣服披到他的背上。他知道这是玉儿，没有抬头，继续将信写完。

玉儿替他梳了头，照料他洗过脸，漱了口。他又走出屋去，凭着栏杆闲看海景。

这时太阳刚刚出来，大得像车轮，红得像将要熔化的铁饼，开始一闪，从海面上露出半圆，随即很快上升，最后要离开海面时，似乎想离开又似乎不肯完全离开，艳红色的日边粘在波浪上，几次似乎拖长了，但终于忽然一闪，毅然离开海面，冉冉上升。

洪承畴正在欣赏海面的日出奇景，忽然听见附近几丈外泼剌一声，银光一闪，一条大鱼跳出海面又落入水中，再也不曾露出来一点踪迹。洪承畴重新将眼光转向刚升起的红日和远处的孤立礁石姜女坟，以及绕过姜女坟东去的隐约可见的点点白帆。

洪承畴看了一阵海景，又想起了未来的军事，感慨地长嘘一声。他知道兵部要派一个张若麒来到他的身边，作为监军，这使他的心事更加沉重。他想着这次统兵援锦，不知能否再回山海关内，能否再从澄海楼上眺望这山海关外的日出景色，不禁心中怆然。

他重新走回屋中，吩咐玉儿替他焚香。然后他将昨夜由幕僚们准备好的奏疏，用双手捧着放在香炉后边，跪下去叩了头。刚刚起身，中军副将陈仲才进来，向他躬身说道：

"禀大人，黎明以前，李赞画已去红瓦店迎候刘先生。题本今早就拜发么？"

洪承畴说："题本刚已拜过，立即同咨文一起发出。"

桌上放着的洪承畴给皇帝的题本和送给兵部的咨文，内容都是报道他对山海关防御已经部署就绪，择定明日出关，迅赴宁远，力解锦州之围。中军副将拿起来两封公文，看见果然都已经封好，注了"蓟密"二字，盖了总督衙门的关防。他又将洪承畴已经写好的家书也拿起来，正要退出，洪承畴慢慢说道：

"我吃过早饭要去城中，接见本地官绅，然后出关巡视几个要紧地方的防御部署。你火速再派张将军去红瓦店迎候刘先生，请刘先生在红瓦店稍事休息，打尖之后，径到城内同我相见，不必来澄海楼了。"

"是！马上就派张将军骑马前去。"

洪承畴心事沉重，背抄着手，闲看楼上的题壁诗词。在众多的名人题壁诗词中，他最喜爱一首署款"戎马余生"的《满江红》，不禁低声诵读：

北望辽河，
凝眸久，
壮怀欲碎。
沙场静，
但闻悲雁，
几声清唳。
三十年间征伐事，
潮来潮落楼前水。
问荒原烈士未归魂，
凭谁祭？

封疆重，
如儿戏。
朝廷上，
纷争炽。
叹金瓯残缺，
效忠无计。
最痛九边传首[1]后，
英雄抆[2]尽伤心泪。
漫吟诗慷慨赋从军，
君休矣！

这首词，他每次诵读都觉得很有同感，其中有几句恰好写出了他的心事。遗憾的是，自从驻节澄海楼以来，他曾经问过见闻较广的几位幕僚和宾客，也询问过本地士绅，都不知道这个"戎马余生"是谁。

他正在品味这首词中的意思，仆人来请他下楼早餐。洪承畴每次吃饭，总在楼下开三桌。同他一起吃饭的有他的重要幕僚、清客，前来求他写八行书荐举做官的一些赋闲的亲故和新识。虽然近来宾客中有人害怕出关，寻找借口离开的不少，但是另有人希望获得军功，升官较易，新从北京前来。洪承畴在吃饭时谈笑风生，谁也看不出他竟是心事沉重。早饭一毕，他就吩咐备马进城。

洪承畴还没有走到山海关南门，忽然行辕中有飞骑追来，请他快回行辕接旨。洪承畴心中大惊，深怕皇上会为他未能早日出关震怒。他决定派一位知兵的幕僚和一位细心的将军代他巡视山海关近处的防御部署，并且命人去城中知会地方官绅都到行辕中等候接见，随即策马回澄海楼去。

尽管洪承畴官居蓟辽总督，挂兵部尚书和都察院右都御史衔，分明深受

①九边传首——熊廷弼在天启年间任辽东经略，颇有才干，懂军事，不得展其所长，且受排挤陷害，于天启五年（1625年）八月被杀，传首九边示众。

②抆——音wěn。古人诗词中习惯将擦泪写作"抆泪"。

崇祯皇帝的倚重，但每次听说要他接旨都不免心中疑惧，有时脊背上冒出冷汗。他没法预料什么时候皇上会对他猜疑，不满，暴怒，也不能料到什么时候皇上会听信哪个言官对他的攻讦或锦衣卫对他的密奏，使他突然获罪，下入诏狱。现在他怀着忐忑的心情赶回到澄海楼，竭力装得镇静，跪下接了旨，然后叩头起立，命幕僚们设酒宴招待送旨的太监。他自己捧着密旨走进私室。当他拆封时候，手指不禁轻轻打颤。这是皇上手谕，很短。他匆匆看了一遍，开始放下心来，然后又仔细看了一遍。那手谕上写道：

> 谕蓟辽总督洪承畴：汝之兵饷已足，应星夜驰赴宁远，鼓舞将士，进解锦州之围，纵不能一举恢复辽沈，亦可纾朕北顾之忧。勿再逗留关门，负朕厚望。已简派兵部职方司郎中张若麒总监援锦之师，迅赴辽东军中，为汝一臂之助。如何进兵作战，应与张若麒和衷共济，斟酌决定，以期迅赴戎机，早奏肤功。
>
> 此谕！

洪承畴将上谕看了两遍，放在桌上，默默坐下。过了片刻，几位亲信幕僚进来，脸上都带着疑虑神色，询问上谕所言何事。

洪承畴让大家看了上谕，一起分析。因皇上并未有谴责之词，众皆放心。

关于张若麒的议论，前几天已经在行辕中开始了。但那时只是风传张若麒将来，尚未证实。今见上谕，已成事实，并且很快就要到达，大家的议论就更牵涉到一些实际问题。有人知道张若麒年轻，浮躁，喜欢谈兵，颇得兵部尚书陈新甲的信任。但历来这样的人坏事有余，成事不足。可是今天他既是钦奉敕谕，前来监军，就不可轻易对待。还有人已经预料张若麒来到以后，必定事事掣肘，使洪承畴战守都不能自己做主，不禁为援锦前途摇头。

当大家议论的时候，洪承畴一言不发，既不阻止大家议论，也不表露他对张若麒的厌恶之情。他多年来得到的经验是，纵然跟亲信幕僚们一起谈话，有些话也尽可能不出于自己之口，免得万一被东厂或锦衣卫的探事人知道，报进宫去。这时他慢慢走出屋子，凭着栏杆，面对大海，想了一阵。忽然转回屋中，告诉幕僚和亲信将领们说：

“你们各位都不要议论了。皇上对辽东军事至为焦急，我忝为大臣[①]，总督援军，应当体谅圣衷，努力尽职；成败利钝，付之天命。我已决定不待明天，提前于今夜二更出发。”他转向中军副将说：“你传令行辕，做好准备，一更站队，听候号声一响，准在二更时候全部出关。”他又叫一位幕僚立即替他草拟奏稿，口授大意说：“微臣跪诵手诏，深感皇上寄望之殷，振奋无似。原择于明日出关，已有密本驰奏。现乃决定提前于今夜二更出关，驰赴宁远。”

众人听了，尽皆诧异：仅仅提前一夜，何必更改行期？

洪承畴想得很多，用意甚深，但他不便说出。等到大家散后，他对两三个最亲信的幕僚小声说道：

“你们不知，皇上这一封密旨还没有对我见罪，如果再不出关，下一次密旨到来，学生就可能有大祸临头。现有圣旨催促出关，自不宜稍有违误。学生身为总督大臣，必须遵旨行事，为诸将树立表率。虽只提前一夜，也是为大臣尽忠王事应有的样子。”

一位幕僚说：“张若麒至迟明日可到，不妨等他到了一起出关，岂不很好？”

洪承畴笑一笑，轻轻地摇摇头，不愿说话。

另一幕僚说：“这话很是。等一下张监军，也免得他说大人故意怠慢了他。我看这个意见颇佳，幸望大人采纳。”

洪承畴望望左右，知道屋中并无别人，方才说道：“张若麒年轻得意，秉性浮躁，又是本兵大人心腹。皇上钦派他前来监军，当然他可以随时密奏。皇上本来多疑，所以他的密奏十分可怕。如果我等待他来到以后再起身出关，他很可能会密奏说是在他催促之下我才不得已出关的。为防他这一手，我应该先他起身，使他无话可说。我们害人之心不可有，防人之心不可无。”说了以后，轻轻一笑，颇有苦恼之色。

几个亲信都不觉心中恍然，佩服洪承畴思虑周密。有人轻轻叹息，说朝廷事就坏在各树门户，互相倾轧，不以大局为重。

---

①忝为大臣——惭愧地做了朝廷大臣。忝：愧对他人。用为自谦之词。

一个幕僚说："多年如此，岂但今日？"

又一个幕僚说："大概是自古皆然，于今为烈。"

洪承畴又轻轻笑了一声，说："朝廷派张若麒前来监军，在学生已经感到十分幸运，更无别话可说。"

一个幕僚惊问："大人何以如此说话？多一个人监军，多一个人掣肘啊！"

洪承畴说："你们不知，张若麒毕竟不是太监。倘若派太监前来监军，更如何是好？张若麒比太监好得多啊。倘若不是高起潜监军，卢九台不会阵亡于蒿水桥畔。"

大家听了这话，纷纷点头，都觉得本朝派太监监军，确是积弊甚深。张若麒毕竟不是太监，也许尚可共事。

正说着，中军进来禀报：送旨的太监打算上午去山海关逛逛，午后即起身回京，不愿在此久留。洪承畴吩咐送他五百两银子作为程仪。一个幕僚说，这样一个小太监，出一回差，送一封圣旨，一辈子也不一定能见到皇上，送他二百两银子就差不多了。

洪承畴笑一笑，摇摇头说："你们见事不深。太监不论大小，都有一张向宫中说话的嘴。不要只看他的地位高低，须知可怕的是他有一张嘴。"

这时，张游击将军从红瓦店飞马回来，禀报刘先生快要到了。洪承畴点点头，略停片刻，便站起来率领幕僚们下楼，迎上岸去。

这位刘先生，名子政，河南人，已经有六十出头年纪。他的三绺长须已经花白，但精神仍很健旺，和他的年纪似不相称。多年的戎马生活在他的颧骨高耸、双目有神的脸上刻下深深的皱纹，使他看上去显然是一个饱经忧患和意志坚强的人。看见洪承畴带着一群幕僚和亲信将领立在岸上，他赶紧下马，抢步上前，躬身作揖。洪承畴赶快还揖，然后一把抓住客人的手，说道："可把你等来了啊！"说罢哈哈大笑。

"我本来因偶感风寒，不愿离京，但知大人很快要出关杀敌，勉为前来一趟。我在这里也不多留，倾谈之后，即便回京，从此仍旧蛰居僧寮，闭户注书，不问世事。"

“这些话待以后再谈，请先到澄海楼上休息。”

洪承畴拉着客人在亲将和幕僚们的簇拥中进了澄海楼。但没有急于上楼。下面原来有个接官厅，就在那里将刘子政和大家一一介绍，互道寒暄，坐下叙话。过了一阵，洪承畴才将刘单独请上楼去。

这时由幕僚代拟的奏疏已经缮清送来，洪承畴随即拜发了第二次急奏，然后挥退仆人，同刘谈心。

他们好像有无数的话需要畅谈，但时间又是这样紧迫，一时不能细谈。洪告刘说，皇上今早来了密旨，催促出关，如果再有耽误，恐怕就要获罪。刘问道：

“大人此次出关，有何克敌制胜方略？”

洪承畴淡然苦笑，说：“今日局势，你我都很清楚。将骄兵惰，指挥不灵，已成多年积弊。学生身为总督，凭借皇上威灵，又有尚方剑在手，也难使大家努力作战。从万历末年以来，直至今天，出关的督师大臣没有一个有好的下场。学生此次奉命出关，只能讲尽心王事，不敢有必胜之念。除非能够在辽东宁远一带站稳脚跟，使士气慢慢恢复，胜利方有几分希望。此次出兵援锦，是学生一生成败关键，纵然战死沙场，亦无怨言，所耿耿于怀者是朝廷封疆安危耳。此次出关，前途若何，所系极重。学生一生成败不足惜，朝廷大事如果毁坏，学生将无面目见故国父老，无面目再见皇上，所以心中十分沉重，特请先生见教。”

刘子政说：“大人所见极是。我们暂不谈关外局势，先从国家全局着眼。如今朝廷两面作战，内外交困，局势极其险恶。不光关外大局存亡关乎国家成败事大，就是关内又何尝不是如此？以愚见所及，三五年之内恐怕会见分晓。如今搜罗关内的兵马十余万众，全部开往辽东，关内就十分空虚。万一虏骑得逞，不惟辽东无兵固守，连关内也岌岌可危。可惜朝廷见不及此，只知催促出关，孤注一掷，而不顾及北京根本重地如何防守！”

洪承畴叹息说：“皇上一向用心良苦，但事事焦急，顾前不能顾后，愈是困难，愈觉束手无策，也愈是焦躁难耐。他并不知道战场形势，只凭一些塘报、一些奏章、锦衣卫的一些刺探，自认为对战场了若指掌，遥控于数千里之外。做督师的动辄得咎，难措手足。近来听说傅宗龙已经释放出狱，授任为陕西、三边总督，专力剿闯。这个差使也不好办，所以他的日子也不会比学生好多少。”

刘子政感慨地苦笑一下，说：“傅大人匆匆出京，我看他恐怕是没有再回京的日子了。这是他一生最后一次带兵，必败无疑。”

“他到了西安之后，倘若真正练出一支精兵，也许尚有可为。”

“他如何能够呢？他好比一支箭，放在弦上，拉弓弦的手是在皇上那里。箭已在弦，弓已拉满，必然放出。恐怕他的部队尚未整练，就会匆匆东出潼关。以不练之师，对抗精锐之贼，岂能不败？”

洪承畴摇摇头，不觉叹口气，问道：“你说我今天出关，名义上带了十三万军队，除去一些空额、老弱，大概不足十万之众，能否与虏一战？”

刘子政说：“虽然我已经离开辽东多年，但大体情况也有所闻。今日虏方正在得势，从兵力说，并不很多，可是将士用命，上下一心，这跟我方情况大不相同。大人虽然带了八个总兵官去，却是人各一心。虏酋四王子[①]常常身到前线，指挥作战，对于两军情况，了若指掌。可是我方从皇上到本兵，对于敌我双方情况，如同隔着云雾看花，十分朦胧。军旅之事，瞬息万变，虏酋四王子可以当机立断，或退或进，指挥灵活。而我们庙算决于千里之外，做督师者名为督师，上受皇帝遥控，兵部掣肘，下受制于监军，不能见机而作，因利乘便。此指挥之不如虏方，十分明显。再说虏方土地虽少，但内无隐忧，百姓均隶于八旗，如同一个大的兵营，无事耕作，有事则战，不像我们大明，处处叛乱，处处战争，处处流离失所，人心涣散，谁肯为朝廷出力？朝廷顾此不能顾彼，真是八下冒火，七下冒烟。这是国势之不如虏方。最后，我们虽然集举国之力，向关外运送粮食，听说可以勉强支持一年，但一年之后怎么办呢？如果一年之内不能获胜，下一步就困难了。何况海路运粮，路途遥远，风涛险恶，损失甚重。万一敌人切断粮道，岂不自己崩溃？虏方在他的境地作战，没有切断粮道的危险。他不仅自己可以供给粮食，还勒索、逼迫朝鲜从海道替他运粮。单从

①虏酋四王子——指清太宗皇太极，为努尔哈赤第八子，因于努尔哈赤天命元年被封为四大贝勒之一，位居第四，故俗称虏酋四王子。

粮饷这一点说，我们也大大不如虏方。”

洪承畴轻轻点头，说：“先生所言极是。我也深为这些事忧心如焚。除先生所言者外，还有我们今天的将士不论从训练上说，从指挥上说，都不如虏方；马匹也不如虏方，火器则已非我之专长。”

“是啊！本来火器是我们大明朝的利器，可是从万历到天启以来，我们许多火器被虏方得去。尤其是辽阳之役，大凌河之役，东虏从我军所得火器极多。况且从崇祯四年正月起，虏方也学会制造红衣大炮。今日虏方火器之多，可与我们大明势均力敌，我们的长处已经不再是长处了。至于骑兵，虏方本是以游牧为生，又加上蒙古各部归顺，显然优于我方。再说四王子这个人，虽说是夷狄丑酋，倒也是彼邦的开国英雄，为人豁达大度，善于用人，善于用兵。今天他能够继承努尔哈赤的业绩，统一女真与蒙古诸部，东征朝鲜，南侵我国，左右逢源，可见非等闲之辈，不能轻视。”

正谈到这里，忽然祖大寿派人给洪承畴送来密书一封。洪承畴停止了谈话，拆开密书一看，连连点头，随即吩咐亲将好生让祖大寿派来的人休息几天，然后返回宁远，不必急着赶回锦州，怕万一被清兵捉到，泄露机密。刘子政也看了祖大寿的密书，想了一想，说：

“虽然祖大寿并不十分可靠，但这个意见倒值得大人重视。”

洪承畴说：“我看祖大寿虽然过去投降过四王子，但自从他回到锦州之后，倒是颇见忠心，不能说他因为那一次大凌河投降，就说他现在也想投降。他建议我到了宁远之后，步步为营，不宜冒进，持重为上。此议甚佳，先生以为然否？”

“我这一次来，所能够向大人建议的也只有这四个字：持重为上。不要将国家十万之众作孤注一掷……”

刘子政正待继续说下去，中军副将走了进来，说是太监想买一匹战马，回去送给东主爷曹化淳，还要十匹贡缎，十匹织锦，都想在山海关购买。副将说：

“这显然是想要我们送礼。山海关并非江南，哪里有贡缎？哪里有织锦？”

大家相视而笑，又共相叹息。

洪承畴说：“不管他要什么，你给他就是，反正都是国家的钱，国家的东西。这些人得罪不得呀！好在他是个小太监，口气还不算大。去吧！”

副将走后，洪承畴又问到张若麒这个人，说：“刘先生，你看张若麒这个人来了，应该如何对付？”

“这个人物，大人问我，不如问自己。大人多年在朝廷做官，又久历戎行，什么样的官场人物都见过，经验比我多得多。我所担心的只有一事而已。”

“何事？”

“房琯[①]之事，大人还记得么？”

洪承畴不觉一惊，说：“刘先生何以提到此话？难道看我也会有陈陶斜之败乎？”

刘子政苦笑一下，答道：“我不愿提到胜败二字。但房当时威望甚重，也甚得唐肃宗的信任。陈陶斜之败，本非不可避免。只因求胜心切，未能持重，遂致大败。如果不管谁促战，大人能够抗一抗，拖一拖，就不妨抗一抗，拖一拖。”

“对别的皇上，有时可以用‘将在外，君命有所不受’的话抗一抗。可是我们大明不同。我们今上更不同。方面大帅，自当别论；凡是文臣，对圣旨谁敢违拗？”

两人相对苦笑，摇头叹息。

洪承畴又说道：“刘先生，学生实有困难，今有君命在身，又不能久留，不能与先生畅谈，深以为憾。如今只有一个办法，使我能够免于陈陶斜之败，那就是常常得到先生的一臂之助。在我不能决策的时候，有先生一言，就会开我茅塞。此时必须留先生在军中，赞画军务，请万万不要推辞。”说毕，马上起身，深深一揖。

刘子政赶快起身还揖，说道：“辱蒙大人以至诚相待，过为称许，使子政

①房琯——曾做唐肃宗的宰相。至德元载（756年）十月，房率大军与安禄山叛军战于咸阳的陈陶斜，大败。

感愧交并。自从辽阳战败，子政幸得九死一生，杀出重围，然复辽之念，耿耿难忘。无奈事与愿违，徒然奔走数年，辽东事愈不可为，只得回到关内。子政早已不愿再关心国事，更不愿多问戎机。许多年来自知不合于时，今生已矣，寄迹京师僧舍，细注‘兵法’，聊供后世之用。今日子政虽剩有一腔热血，然已是苍髯老叟，筋力已衰，不堪再作冯妇[①]。辱蒙大人见留，实实不敢从命。”

洪承畴又深深一揖，说：“先生不为学生着想，也应为国事着想。国家安危，系于此战，先生岂能无动于衷乎？”

刘子政一听，默思片刻，眼泪刷刷地流了下来，说：“大人！人非草木，孰能无情。国家兴亡，匹夫有责。子政倘无忠君爱国之心，缺少一腔热血，断不会少年从军，转战塞外，出生入死，伤痕斑斑。沈阳沦陷，妻女同归于尽。今子政之所以不欲再作冯妇者，只是对朝政早已看穿，对辽事早已灰心，怕子政纵然得侍大人左右，不惜驰驱效命，未必能补实际于万一！”

洪承畴哪里肯依，苦苦劝留，终于使刘子政不能再执意固辞。他终于语气沉重地说：

“我本来是决意回北京的。今听大人如此苦劝，唯有暂时留下，甘冒矢石，追随大人左右。如有刍荛之见，决不隐讳，必当竭诚为大人进言。”

洪承畴又作了一揖，说：“多谢先生能够留下，学生马上奏明朝廷，授先生以赞画军务的官职。”

刘摇头说：“不要给我什么官职，我愿以白衣效劳，从事谋划。只待作战一毕，立刻离开军旅，仍回西山佛寺，继续注释兵书。”

洪承畴素知这位刘子政秉性倔强，不好勉强，便说：“好吧，就请先生以白衣赞画军务，也是一个办法。但先生如有朝廷职衔，便是王臣，在军中说话办事更为方便。此事今且不谈，待到宁远斟酌。还有，日后如能成功，朝廷对先生必有重重报赏。”

“此系国家安危重事，我何必求朝廷有所报赏。”

---

①再作冯妇——不自量力，重做前事。冯妇是寓言中的人名，寓言故事见于《孟子·尽心章》。

中午时候，洪承畴在澄海楼设便宴为刘子政洗尘。由于连日路途疲乏，又多饮了几杯酒，宴会后，刘在楼上一阵好睡。洪承畴稍睡片刻，便到宁海城行辕中处理要务。等他回到澄海楼，已近黄昏时候。

洪承畴回来之前，刘子政已经醒来，由一位幕僚陪着在楼上吃茶。他看了壁上的许多题诗，其中有孙承宗的、熊廷弼的、杨嗣昌的、张春[①]的，都使他回忆起许多往事。他站在那一首《满江红》前默然很久，思绪潮涌，但是他没有说出这是他题的词。那位陪他的幕僚自然不知。正在谈论壁上题的诗词时，洪承畴带着几个幕僚回来了。洪要刘在壁上也题诗一首。刘说久不做诗，只有旧日七绝一首，尚有意味，随即提起笔来，在壁上写出七绝如下：

跃马弯弓二十年，
辽阳心事付寒烟。
僧窗午夜潇潇雨，
起注兵书《作战篇》[②]。

大家都称赞这首诗，说是慷慨悲凉，如果不是身经辽阳之战，不会有这么深沉的感慨。洪承畴说："感慨甚深，只是太苍凉了。"他觉得目前自己就要出关，刘子政题了此诗，未免有点不吉利，但并未说出口来。

这天晚上，二更时候，洪承畴率领行辕的文武官员、随从和制标营兵马出关。他想到刘子政连日来路途疲劳，年纪也大，便请刘在澄海楼休息几天，以后再前往宁远相会。刘确实疲倦，并患轻微头晕，便同意暂留在澄海楼中。洪承畴又留下一些兵丁和仆人，在澄海楼中照料。

刘子政一直送洪承畴出山海关东罗城，到了欢喜岭上。他们立马岭头，在无边的夜色中望着黑黝黝的人马，拉成长队，向北而去，洪承畴说：

"望刘先生在澄海楼稍事休息，便到宁远，好一起商议戎机。今夜临别之时，先生还有何话见教？"

---

①张春——陕西同州人。崇祯四年八月奉命监总兵吴襄、宋伟两军，驰救大凌河，与清兵激战于长山，兵败被擒，拒不投降，被拘禁多年，至死不屈。

②《作战篇》——《孙子兵法》中的一篇。

刘子政说:“我看张若麒明日必来，一定会星夜追往宁远，大人短时期内务要持重，千万不能贸然进兵。”

洪承畴忧虑地说:“倘若张若麒又带来皇上手诏，催促马上出战，奈何?”

“朝廷远隔千里之外，只要大人同监军诚意协商，无论如何，牢记持重为上。能够与建虏[①]相持数月，彼军锐气已尽，便易取胜。”

“恐怕皇上不肯等待。”

“唉! 我也为大人担忧啊! 但我想几个月之内，还可等待。”

“倘若局势不利，学生唯有一死尽节耳!”

刘子政听了这话，不禁滚出眼泪。洪承畴亦凄然，深深叹气。刘子政不再远送，立马欢喜岭上，遥望大军灯笼火把蜿蜒，渐渐远去，后队的马蹄声也渐渐减弱，终于旷野寂然，夜色沉沉，偶然能听到荒村中几声犬吠。

第 35 章

当傅宗龙和杨文岳两位总督被崇祯督催着向汝宁府地方进兵时，洪承畴也被催逼着向锦州进兵。关外的和关内的两支人马的作战行动都牢牢地受着住在紫禁城内的皇帝控制，而洪承畴比傅宗龙等更为被动，更为不得已将援救锦州的大军投入战斗。

却说七月将尽时候，在宁远城外的旷野里和连绵不断的山岗上，草木已经开始变黄。这里的秋天本来就比关内来得早，加上今年夏季干旱，影响了农事，田园一片荒凉，再加上四处大军云集，骡马吃光了沿官路附近的青草，使秋色比往年来得更早。

一日午后，申末酉初，海边凉风阵阵，颇有关内的深秋味道。虽然只有三四级风，海面上的风浪却是很大。放眼望去，一阵一阵的秋风，一阵一阵的浪涛，带着白色浪尖，不停地向海岸冲来，冲击着沙滩、礁石，也涌向觉华

①建虏——也称东虏。明朝从吉林到辽宁一带建置建州卫、建州左卫、建州右卫，治理军事。清肇祖猛哥帖木耳在永乐时任建州左卫指挥官。明朝人称满洲人为建虏，表示蔑视。

岛[①]，拍击着觉华岛的岸边，飞溅起耀眼的银花。这时候，运粮船和渔船，大部分都靠在觉华岛边的海湾处，躲避风浪，但也有些大船，满载着粮食，鼓满了白帆，继续向北驶去。这些大船结队绕过觉华岛，向着塔山和高桥方面前进，一部分已经靠在笔架山[②]的岸边，正在卸下粮食。

从海边到宁远城，每隔不远，便有一个储存军粮的地方，四围修着土寨、箭楼、碉堡，有不少明军驻守，旗帜在风中飘扬。

洪承畴带着一群将军、幕僚和扈从兵士，立马海边，正回头向觉华岛和大海张望。他们是上午去觉华岛的，刚刚乘船回来，要骑马回城。因为风浪陡起，担心粮船有失，所以立马回顾。望了一阵，他颇为感慨地说：

"国家筹措军粮很不容易，从海路运来，也不容易。现在风力还算平常，海上已经是波涛大作。可见渤海中常有粮船覆没，不足为奇。"

一个中年文官，骑马立在旁边。他是朝廷派来不久的总监军、兵部职方司郎中张若麒。听了洪承畴的话，赶快接着说：

"大人所言极是。正因为军粮来之不易，所以皇上才急着要解锦州之围，免得劳师糜饷。"

候补道衔、行辕赞画刘子政在马上听了张若麒的话，微微冷笑。正要说话，看见洪承畴使个眼色，只得忍住。洪承畴叫道：

"吴将军！"

"卑镇在！"一位只有三十出头年纪的总兵官在马上拱手回答，赶快策马趋前。

洪承畴等吴三桂来到近处，然后态度温和地对他说："这觉华岛和宁远城外是国家军粮屯积重地，大军命脉所在，可不能有丝毫疏忽。后天将军就要前赴松山，务望在明天一日之内，将如何加固防守宁远和觉华岛之事部署妥帖，以备不虞。有的地方应增修炮台、箭楼，有的地方应增添兵力，请照本辕指示去办。只要宁远和觉华岛固若金汤，我军就没有后顾之忧，可以大胆与敌人周旋于锦州城外。"

---

①觉华岛——在宁远东南海中，今写作菊花岛。

②笔架山——在塔山附近海边，落潮时可以与陆地相通，为当时明军储粮重地。

“卑镇一定遵照大人指示去办，决不敢有丝毫疏忽，请大人放心。”

洪承畴望着他含笑点头，说：“月所将军，倘若各处镇将都似将军这样尽其职责，朝廷何忧！”

“大人过奖，愧不敢当。”

在洪承畴眼中，吴三桂是八个总兵中比较重要的一个。他明白吴三桂是关外人，家族和亲戚中有不少人是关外的有名武将。如果他能够为朝廷忠心效力，有许多武将都可以跟着他为朝廷效力；如果他不肯尽心尽力，别的武将自然也就会跟着懈怠。何况他是困守锦州的祖大寿的亲外甥，而祖家不仅在锦州城内有一批重要将领，就在宁远城内也很有根基。想到这里，洪承畴有意要同他拉拢，就问道：

“令尊大人[①]近日身体可好？常有书子来么？”

吴三桂在马上欠身说：“谢大人。家大人近日荷蒙皇上厚恩，得能闲居京师，优游林下。虽已年近花甲，尚称健旺。昨日曾有信来，只说解救锦州要紧，皇上为此事放心不下，上朝时也常常询问关外军情，不免叹气。”

洪承畴的心头猛一沉重，但不露声色，笑着问：“京师尚有何新闻？”

“还提到洛阳、襄阳的失守，以及杨武陵沙市自尽，使皇上有一两个月喜怒无常，群臣上朝时凛凛畏惧，近日渐渐好了。这情况大人早已清楚，不算新闻。”

洪承畴点点头，策马回城。刚走不过两里，忽然驻马路旁，向右边三里外一片生满芦苇的海滩望了一阵，用鞭子指着，对吴三桂说：

“月所将军，请派人将那片芦苇烧掉，不可大意。”

“是，大人，我现在就命人前去烧掉。”

在吴三桂命一个小校带人去烧芦苇海滩时，洪承畴驻马等候。监军张若麒向洪承畴笑着说：

“制台大人久历戎行，自然是处处谨慎，但以卑职看来，此地距离锦州尚远，断不会有敌骑前来；这海滩附近也没有粮食，纵然来到，他也不会到那

---

①令尊大人——此处指吴三桂的父亲吴襄，原为辽东总兵，居住北京。

个芦苇滩去。”

洪承畴说：“兵戎之事，不可不多加小心，一则要提防细作前来烧粮，二则要提防战事万一变化。平日尚需讲安不忘危，何况今日说不上一个安字。”

等芦苇滩几处火烟起后，洪承畴带着一行人马进城。快进城门时，吴三桂对刘子政拱手说道：

“政翁，请驾临寒舍小叙，肯赏光么？”

刘子政拱手赔笑说：“制台大人原是命学生今晚到贵辕拜谒，就明日如何进军松山的事，与将军一谈。俟学生晚饭之后，叩谒如何？”

吴三桂笑道：“何必等晚饭后方赐辉光，难道寒舍连蔬菜水酒都款待不起么？”

张若麒已经接受了吴三桂的邀请，在马上回头说：“政老不必推辞，我们都去吴将军公馆叨扰，请不要辜负吴将军的雅意盛情。借此机缘，你我长谈，拜领明教，幸何如之！”

刘子政知道吴三桂是一个好客的人，看出他颇具诚意，同时也听出来张若麒有意同他谈谈对敌作战的看法。他讨厌这个年轻浮躁、好大喜功的人。怀着一种复杂的心情，他犹豫一下，便请洪承畴的一位幕僚转告制台，说他晚饭时要到吴公馆去，不能在行辕奉陪。

吴三桂的书房虽然比较宽敞，但到底是武将家风：画栋雕梁和琳琅满目的陈设，使人感到豪华有余而清雅不足。书房中也有琴，也有剑，但一望而知是假充风雅。作为装饰，还有两架子不伦不类的书籍，有些书上落满了尘埃，显然是很久没有人翻动。也有不少古玩放在架上，用刘子政的眼光一看，知道其中多数都是赝品，而且有些东西十分庸俗，只有少数几件是真的。倒是有一个水晶山子，里头含着一个水胆，晶莹流动。这样的水晶山子，水胆自然生成，不大容易得到。有几把圈椅蒙着虎皮。几幅名人字画挂在墙上，有唐寅和王冕的画，董其昌的字。当时董其昌的字最为流行，但刘子政看了，觉得好像也不是董其昌的真迹。有一副对联，是吴三桂的一个幕僚写的：

深院花前留剑影

幽房灯下散书声

正看着对联，马绍愉来到了。是吴三桂特意请他来吃晚饭的。

马绍愉原在兵部衙门做一个主事官，和张若麒同在职方清吏司。虽然张若麒是职方郎中[①]，是主管官，马绍愉是他的部属，但是他两个人关系较密，可以无话不谈。自从张若麒受命监军之后，就推荐马绍愉也来军中，为的是一则遇事好一起商量，二则让马绍愉能够乘机立下一点军功，得一条升迁捷径。马绍愉对于车战本来一窍不通，由于张若麒一手保荐，说他可教练兵车，得到皇上钦准，同他一起来到关外赞画军务。他现在什么事也不做，就住在宁远城中，只等锦州解围之后，因军功获得优叙。

当下他同大家寒暄几句，话题就转到那副对联上。张若麒称赞这副对联的对仗工稳，十分典雅。马绍愉随声附和，赞扬不止。他们都是进士出身，又是朝中文官，在吴三桂及其幕僚、清客的眼中，说话较有斤两。吴三桂心中高兴，不住哈哈大笑。有一个幕僚说：

“这副对联恰恰是为我们镇台大人写照。镇台大人不但善于舞剑，也喜欢读书，所以这副对联做得十分贴切。”

吴三桂说：“可惜裱得不好。下次有人进京，应该送到裱褙胡同墨缘斋汤家裱店重新裱一裱。”

于是有人建议最好送胡家裱店，说汤家裱店虽系祖传，但是近来徒有虚名，裱工实际不如胡家。吴三桂点头表示同意。这时他忽然发现刘子政一直笑而不言，仿佛心中并不称赞。他感到有些奇怪，就问道：

“政翁原是方家，请看这对联究竟如何？”

刘子政说：“近世书家多受董文敏[②]流风熏染，不能独辟蹊径。这位先生的书法虽然也是从董字化出，但已经打破藩篱，直向唐人求法，颇有李北海的味道。所以单就书法而言，也算上品。可惜对联中缺少寄托，亦少雄健之气。

①职方郎中——兵部衙门分设四司，其一为职方清吏司，简称职方司，主管官称郎中，正五品。

②董文敏——董其昌谥文敏公。

军门乃当今关外虎将，国家干城。此联虽比吟风弄月之作高了一筹，但可惜文而不武，雅而不雄。”

吴三桂心中不快，勉强哈哈大笑。他每遇文官，必请书写屏联。今日已为张若麒和马绍愉准备了纸墨。现在见刘子政自视甚高，便先请刘写副对联，有意将他一军，使他不要随意褒贬。张若麒和马绍愉在旁催促，目的是想看刘的笑话。张若麒在心中说：

“一个行伍出身的老头子，从军前仅仅是个秀才，过蒙总督器重，不知收敛，处处想露锋芒，未免太不自量！”

刘子政看出来大家是想看他的笑话，特别是张若麒的神情令他极其厌恶。他胸有成竹，有意在这件小事上使张若麒辈不敢对他轻视。于是他摇摇头，淡淡一笑，表示推辞，说他少年从军，读书不多，未博一第，实不敢挥毫露丑，见笑大方。吴三桂说：“请政老随便写一副，留下墨宝，使陋室生辉，也不负此生良遇。”

张若麒也含着讽刺的语意说：“政老胸富韬略，闲注兵书，足见学养深厚，何必谦逊乃尔！”

刘子政不得已又一笑，说：“既然苦辞不获，只好勉强献丑了。”随即略一沉思，挥笔写成一联，字如碗大，铁画银钩，雄健有力，又很潇洒，不带半点俗气。一个幕僚摇头晃脑地念道：

常思辽海风涛急
欲报君王圣眷深

吴三桂大为叫好，众幕僚也纷纷叫好。张若麒心中暗暗吃惊，不敢再轻视刘子政非科甲出身。

吴三桂又请张若麒写副对联。张自知一时想不出这样自然、贴切、工稳、寓意甚佳的对联，只好写副称颂武将功勋的前人对联，敷衍过去。马绍愉坚辞不写，吴三桂也不勉强。

吴三桂问刘子政：“制台大人有何钧谕？”

“事关军机。”

众人一闻此言，自动退出。

张若麒问：“我同马主事也要退出么？”

刘子政说：“大人是钦派监军大臣，马主事赞画军务，自然都无回避之理。”他转过眼睛望着吴三桂，接着说：“制台大人命学生向军门说的是两件事，一是要军门务必留下一位谨慎得力将领，防护粮草；二是请军门奉劝左夫人不要随大军去救锦州。”

吴三桂说：“家舅母一定要去，实在无法劝阻。前天我多说了几句，她就将我痛责一顿，说我不念国家之急，也不念舅父之难。”

大家谈到左夫人，都觉得她在女流中是个了不起的人物。她虽然并不带兵打仗，却是弓马娴熟，性情豪爽，颇有男子气概。几年之前，她知道祖大寿在大凌河作战被俘，投降了满洲，被皇太极放回锦州。祖大寿假装突围逃回，答应将锦州献给清朝。左夫人坚决反对投降，劝祖大寿说：“你既然回来了，投降之事可以作罢。我们死守锦州，你自己向朝廷上表谢罪，把你如何战败被俘，不得已投降建虏，赚回性命，仍然尽忠报国，这一片诚意，如实上奏，听凭皇上处分。事关千秋名节，万万不可背主降敌！”后来祖大寿果然听她的话，将被俘经过上奏皇上。崇祯特意赦免他的罪，仍叫他驻守锦州。这件事在辽东几乎每个人都知道，所以大家谈起左夫人，都带有几分敬意。张若麒和刘子政自从到宁远城以来，也经常远远望见左夫人，虽然年逾五旬，却能开劲弓，骑烈马，每日率领仆婢，出城练习骑射，也知道她家里养了二三百个家丁，成为死士，武艺精强。

张若麒赞同左夫人去，认为援锦必可得胜，此去并无妨碍。刘子政摇头表示不同意，认为援锦胜败现在还看不出来，前路困难甚多，不必让左夫人冒此凶险。张若麒说：

“政老未免过于担忧。我们这一次用兵与往日不同。洪总督久历戎行，对于用兵作战，非一般大臣可比。另外八个总兵官，俱是久经战阵，卓著劳绩。十余万人马，也是早已摩拳擦掌，只待一战。解锦州之围，看来并不如政老所想的那么困难。一旦大军过了松山，建虏见我兵势甚强，自会退去。若不退去，内外夹击，我军必胜。”

刘子政冷冷一笑说："自从万历末年以来，几次用兵，都是起初认为必胜，而最后以失败告终。建虏虽是新兴的夷狄，可是在打仗上请不要轻看。古人说，知己知彼，百战百胜；不知己不知彼，每战必败。我们今日正要慎于料敌，先求不败，而后求胜。我军并非不能打胜，但胜利须从谨慎与艰难中来。"

张若麒力图压服刘子政，便说："目前皇上催战甚急，我们只有进，没有退；只能胜，不能败。只要我军将士上下一心，勇于杀敌，必然会打胜仗。岂可未曾临敌，先自畏惧？政老，吾辈食君之禄，身在军中，要体谅皇上催战的苦心。"

刘子政立刻顶了回去："虽有皇上催战，但胜败关乎国家安危，岂可作孤注一掷！"

"目前士气甚旺，且常有小胜。"

"士气甚旺，也是徒具其表。张大人可曾到各营仔细看看，亲与士卒交谈？至于所谓小胜，不过是双方小股遭遇，互有杀伤，无关大局。今天捉到虏军几个人，明天又被捉去几个人，算不得真正战争。真正战争是双方面都拿出全力，一决胜负，如今还根本谈不到。倘若只看见偶有小胜，只看见抓到几个人，杀掉几个人，而不从根本着眼，这就容易上当失策。"

吴三桂看他们二人你一言，我一语，相持不下，刘子政已经有几番想说出更厉害的话，只是暂时忍住而已，再继续争持下去，必然不欢而散。他赶紧笑着起身，请他们到花厅入席。

在酒宴上，吴三桂有意不谈军事，只谈闲话，以求大家愉快吃酒。他叫出几个歌妓出来侑酒，清唱一曲，但终不能使酒宴上气氛欢乐。于是他挥退了歌妓，叹口气说：

"敝镇久居关外，连一个歌妓也没有好的。你们三位都是从京城来的，像这些歌妓自然不在你们的眼下。什么时候，战争平息，我也想到京城里去饱饱眼福。"

下边幕僚们就纷纷谈到北京的妓女情况。张若麒为着夸耀他交游甚广，谈到田皇亲府上喜欢设酒宴请客，每宴必有歌妓侑酒。马绍愉与田皇亲不认识，但马上接口说：

“田皇亲明年又要去江南，预料必有美姬携回。吴大人将来如去北京，可以到皇亲府上以饱眼福。”

吴三桂笑着说：“我与田皇亲素昧平生，他不请我，我如何好去？”

张若麒说：“这，有何难哉！此事包在我身上。我可以告诉田皇亲设宴相邀，以上宾款待将军。到那时红袖奉觞，玉指调弦，歌喉宛转，眼波传情，恐将军……哈哈哈哈！”

吴三桂也哈哈大笑，举杯敬酒。宾主在欢笑中各饮一杯，只有刘子政敷衍举杯，强作笑容，在心中感叹说：

“唉，十万大军之命就握在这班人的手中！”

吴三桂笑饮满杯之后，忽然叹口气说：“刚才说的话，只能算望梅止渴，看来我既无缘进京，更无缘一饱眼福。”

张若麒问：“将军何出此言？”

吴三桂说：“张大人，你想想，军情紧急，守边任重。像我们做武将的，鏖战沙场才是本分，哪有你们在京城做官为宦的那样自由！”

张若麒说：“此战成功，将军进京不难。”

马绍愉紧接着说：“说不定皇上会召见将军。”

吴三桂不相信这些好听的话，但是姑妄听之，哈哈大笑。

这时忽报总督行辕来人，说制台大人请刘老爷早回，有要事商议。刘子政赶快起身告辞。吴三桂也不敢强留，将他送出二门。席上的人们都在猜测，有人说：

“可能从京城来有紧急文书，不然洪大人不会差人来催他回去。”

张若麒心中猜到，必定是兵部陈尚书得到了他的密书，写信来催洪承畴火速进兵。但他对此事不露出一个字，只是冷言冷语地说：

“不管如何，坐失戎机，皇上决不答应。”

大家无心再继续饮酒，草草吃了点心散席。张若麒和马绍愉正要告辞，被吴三桂留住，邀进书房，继续谈话。

正谈着，左夫人派人来告诉吴三桂，说她刚才已面谒洪制台大人。蒙制台同意，她将率领家丁随大军去解锦州之围。并说已备了四色礼物，送到张大人的住处，交张大人的手下人收了，以报其催促大军援救锦州之情。张若麒表示了谢意。

吴三桂趁此机会，也送了张若麒、马绍愉一些礼物、银子。他们推辞一阵，也都收下。吴三桂平素十分好客，特别是喜欢拉拢从北京来的官僚，所以每逢有京官来此，必邀吃酒，必送礼物，这已成了他的习惯。

第二天早晨，洪承畴偕同总监军张若麒率领大批文武要员和数千名督标营的步骑精兵从宁远出发。吴三桂率领一群文武官员出城送行。

张若麒同马绍愉走在一起。马绍愉不相信能打胜仗，启程之后，转过一个海湾，看见左右并无外人，全是张若麒的心腹随从，就策马向前，与张若麒并马而行，小声嘀咕了一句：

"望大人保重，以防不虞。"

张若麒点点头，心中明白。昨晚从吴三桂的公馆出来后，他们就回到监军驻节宅中作了一番深谈。张若麒的心情轻松，谈笑风生，认为此次进兵，只要鼓勇向前，定能打胜。他好像完全代皇上和本兵说话，对马绍愉说，必须对"东虏"打个大胜仗，才能使朝廷专力剿灭"流贼"。马绍愉认为对"东虏"迟早要讲一个"和"字，目前皇上和本兵力主进兵，目的在能打出一个"和"字，在胜中求和。张同意他的看法，但对胜利抱着较大的侥幸心理。

八位总兵官除吴三桂外，都早已到了高桥和松山一带。吴三桂的一部分人马也到了高桥附近，只是他本人为部署宁远这个军事重地的防守，尚须到明天才能动身。从高桥到松山大约三十里路，众多军营，倚山傍海，星罗棋布。旌旗蔽野，刀枪如林，鼓角互应。自从辽阳战役以后，这是明朝最大的一次出师。刘子政看着这雄壮的军容，心中反而怀着沉重的忧虑。他在马上想到昨晚洪承畴收到的陈新甲的催战书信，深为洪承畴不断受朝廷的逼迫担忧，心中叹息说：

"朝廷别无妙算，唯求侥幸，岂非置将士生命与国家安危于不顾！"

自从来到关外以后，洪承畴驻节宁远，已经来塔山、杏山、高桥[①]和松山一带视察过一次。今天是他将老营推进到松山与杏山之间，顺路再作视察。他最不放心的是高桥到塔山附近屯粮的地方。这里是丘陵地带，无险山峻谷作屏障，最容易被敌人的骑兵偷袭，也容易被骑兵截断大路。他一直骑马走到海边，指示该地守军将领应如何防备偷袭。现在，他立马高处，遥望塔山土城和东边海中的笔架山，又望望海面上和海湾处点缀的粮船和渔船，挥退从人，只留下辽东巡抚邱民仰、监军张若麒和赞画刘子政在身边，口气沉重地说：

"我们奉命援锦，义无反顾，但虏方士气未衰，并无退意，看来必有一场恶战，方能决定胜负。此地是大军命脉所系，不能有半点疏忽。倘有闪失，则粮源断绝，全军必将不战瓦解，所以我对此处十分放心不下。"

邱民仰说："这里是白广恩将军驻地，现有一个游击守护军粮。看来需要再增加守兵，并派一位参将指挥。"

"好，今天就告诉白将军照办。监军大人以为如何？"

张若麒正在望一个海湾处的成群渔船，回头答道："大人所虑极是。凡是屯粮之处，都得加意防守。"

洪承畴本来打算到了松山附近之后，命各军每前进一步都抢先掘壕立寨，步步为营，不急于向锦州进逼，但是昨天晚上他接到兵部尚书陈新甲的密书，使他没法采取稳扎稳打办法。如今想到那封密书中的口气，心中仍然十分不快。

当天晚上，他驻在高桥，与刘子政等二三亲信幕僚密商军事。大家鉴于辽阳之役和大凌河之役两次大败经验，力主且战且守，并于不战时操练人马，步步向锦州进逼。他们认为与敌人相持数月，等到粮尽，清兵必然军心不固，那时全师出击，方可获胜。洪承畴又将陈新甲的催战书子拿出，指着其中一段，命一位幕僚读出。那位幕僚读道：

---

①塔山、杏山、高桥——在宁远和松山之间，都是当时重要的军事据点，而塔山和杏山尤为重要，筑为要塞，称为塔山堡、杏山堡。

近接三协之报，云敌又欲入犯。果尔则内外交困，势莫可支。一年以来，台臺[①]麾兵援锦，费饷数十万而锦围未解，内地又困。斯时台臺滞兵松、锦，徘徊顾望，不进山海则三协虚单，若往辽西则宝山空返[②]，何以副圣明而谢朝中文武诸臣之望乎？主忧臣辱，台臺谅亦清夜有所不安也！

洪承畴苦笑说："我身任总督，挂兵部尚书衔，与陈方垣是平辈同僚，论资历他算后进。在这封书子中，他用如此口气胁迫，岂非是无因？"

一个幕僚说："必定是皇上焦急，本兵方如此说话。另外，张监军并不深知敌我之情，好像胜利如操左券，也会使本兵对解锦州之围急于求成。"

刘子政说："朝廷不明情况，遥控于千里之外，使统兵大员，动辄得咎，如何可以取胜！"

他们密议到深夜，决定给皇上上一道奏本，详陈利害，提出且战且守，逐步向锦州进逼的方略。同时给陈新甲写封长信，内容大致相同。因为刘子政通晓关外形势，且慷慨敢言，决定派他携带奏本和给陈新甲的书信回京，还要他向陈新甲面陈利害。

第二天拂晓，刘子政来向洪承畴辞行。他深知几个总兵官大半怯战，而且人各一心，因此预感到大军前途十分不妙。他用忧虑的目光望着洪承畴说：

"卑职深知大人处境艰难，在军中诸事掣肘，纵欲持重，奈朝中与监军唯知促战何！望大人先占长山地势，俯视锦州，然后相机而动。只要不予敌以可乘之机，稍延时日，敌必自退。但恐大人被迫不过，贸然一战。"

洪承畴苦笑说："先生放心走吧，幸而在我身边监军者尚非中使[③]。"

在刘子政起程回京的第二天，洪承畴又接到催促进兵的手谕。张若麒催战更急，盛气凌人。洪承畴害怕获罪，不得不向清营进逼。

①台臺——"台"字是一般尊敬的称谓。"臺"字是对尚书、总督一级官僚的尊称。洪承畴以兵部尚书衔实任蓟辽总督，所以陈新甲在书信中尊称他台臺。

②宝山空返——意思是本来应该打胜仗却无功而返。这是从"如入宝山空手回"一句成语变化出来的。

③中使——太监。

明军八总兵的人马在洪承畴的指挥下拔营前进。八月初，有五万人过了松山，占领了松山与锦州之间的一带山头。步兵大军在山上树立木城，安好炮架。岭下驻扎的多是骑兵，环绕松山三面，设立营栅。两山之间，共列七处营垒，外边掘了长壕。

洪承畴偕巡抚邱民仰登上松山高处，俯瞰不规则的锦州城。房舍街巷，历历在目。辽代建筑的十三层宝塔，兀立在蓝天下，背后衬着一缕白云。适遇顺风，隐约地传过来塔上铃声。一道称做女儿河的沙河流经松山与锦州之间，曲折如带。包围锦州的清兵都在离城二里以外的地方安营立寨，外掘三重壕沟，以防城内明兵突围。另外，清军面对松山和左边的大架山上也有许多营垒，防御严密，多是骑兵。

仔细观察了一阵，洪承畴看不出清营的弱处何在。正在寻思，忽见一队骑兵约二三百人，拥着一员女将，从山后出来，直驰清营附近，张望片刻，等清兵大队准备冲出时，又迅速驰往别处。如此窥探了三处敌营，方驰返吴三桂的营寨。邱民仰不觉叹道：

"左夫人解救锦州心切，不惜自往察探敌兵虚实。今日上午，我到吴镇营中，她对我说，锦州樵苏断绝，势难久守，请我转恳大人，乘我士气方锐，火速进攻敌垒，内外夹击，以救危城军民。不知大人决定何时进兵？"

洪承畴说："锦州城内不见一棵树木，足见已经薪柴烧尽，恐怕家具门窗也烧得差不多了。解救锦州之围，你我同心。只是遍观敌垒，看不出从何处可以下手。不管如何，明日出兵，以试敌人虚实。"

第二天早晨，明军出动三千骑兵，分为三支，直冲清兵营垒，侦察虚实。马蹄动地，喊杀震天。在松山一带扎寨的各营人马，呐喊擂鼓助威。骑兵冲近清营时，清营三处营门忽开，驰出三支骑兵迎战，人数倍于明军。明骑兵稍事接杀，便向后退，进入步兵营中。清兵气势甚锐，追击不放，打算冲击明军的步兵营。明军故意放清军进来，火炮齐发，箭如雨下。清军死伤很重，赶快退回。

随即清军大队又来，多是骑兵，共约一万余人，从松山的西面向东进攻，争夺松山的高岭。明兵奋勇抵抗，使清军不得前进。明军反攻，也难得手。这时被围困在锦州城中的祖大寿乘机派兵呼噪出城，夹击清兵，但是遇到清兵掘的又宽又深的壕沟，越不过去，有很多人在壕沟外中了炮火弩箭，死伤满地。鏖战多时，锦州明军和松山明军终难会合。祖大寿只得鸣锣收兵回城。在松山西北面激战的明清两军死伤相当，各自收兵。

经过这次接战，洪承畴更确知清军防守坚固，一时难于取胜，与祖大寿在锦州城外会师的希望很难实现。他知道各总兵本来就存心互相观望，不肯向前，倘若原来就不旺盛的明军士气一旦受挫，则各营势必会军心动摇。从几个俘虏口中，他得知清营中传说老憨王①即将由沈阳启程，亲率满、蒙大军前来。他料想未来数日之后必有一场恶战。敌方等到老憨王的援军来到，一定会全力以赴，进行决战；而他麾下诸将恐怕没几个甘心为国家效死疆场。想到这里，他不再希望侥幸胜利，只求避免辽阳之役的那种败局再次出现。

当天晚上，他两次派亲信幕僚去吴三桂营中，劝左夫人速回宁远。因为他担心一旦决战不利，左夫人阵亡或被清兵所俘，祖大寿没有顾恋，就会向敌人献出锦州投降。

第二天上午，洪承畴在松山西南面的老营中召集诸将会议，以尽忠报国勖勉诸将，要大家掘壕固守，等候决战，并将如何保护海边军粮的事，作了认真筹划，特别将保护笔架山军粮的责任交给王朴，守高桥的责任交给唐通，而使白广恩全营驻守松山西麓，以备决战。送出诸将的时候，他将吴三桂叫住，问道：

“月所将军，令舅母已经动身回宁远了么？”

吴三桂回答：“家舅母已遵照大人劝谕，于今早率领奴仆家丁起身，想此时已过高桥了。”

“未能一鼓解锦州之围，使令舅母怆然返回，本辕殊觉内疚！”

“眼下情势如此困难，这也怨不得大人。昨日当敌人大举来犯之时，家舅母率家丁杂在将士中间，亲自射死几个敌人，也算为救锦州出了力量。她说虽未看见锦州解围，也不算虚来一趟。只是今早动身时候，她勒马高岗，

---

①老憨王——又称老憨、喝竿，满洲语音译，指满洲皇帝。北方民族自古称国王为“汗”，转为满洲语的憨、喝竿。

向锦州城望了一阵，忍不住长叹一声，落下泪来，说她今生怕不能同家舅父再见面了。”

洪承畴说：“两军决战就在数日之内。倘若上荷皇上威灵，下赖将士努力，一战成功，锦州之围也就解了。”

吴三桂刚走，张若麒派飞骑送来书信一封，建议乘喝竿未至，以全力进攻清营。洪承畴看过书子，心里说：“老夫久在行间，多年督师。你这个狂躁书生，懂得什么！”但是他的脸上没有露出一点厌恶表情，反而含笑向来人问：

“张监军仍在海边？”

“是，大人，他在视察海运军粮。”

洪承畴笑一笑，说：“你回禀监军大人，这书中的意思我全明白了。”

他希望在决战到来时，各营能固守数日，先挫敌人锐气，再行反攻，于是亲赴各紧要去处，巡视营垒，鼓励将士。

第 36 章

清兵围攻锦州的主帅是多罗[①]睿郡王多尔衮。他是皇太极的异母兄弟。努尔哈赤有十六个儿子，多尔衮排行十四。他今年二十九岁，为人机警果断，敢于任事，善于用兵，深得皇太极的喜爱。皇太极于天聪二年（1628年）征伐察哈尔蒙古族多罗特部，多尔衮十七岁，在战争中立了大功，显露了他智勇兼备的非凡才能。皇太极赐给他一个褒美的称号墨尔根代青[②]，连封爵一起就称做墨尔根代青贝勒[③]。后来晋位王爵，人们称他为墨尔根王。在爱新觉罗氏众多亲王、郡王和贝勒、贝子中，都没有得过这样美称。去年在围困锦州的战

①多罗——满洲语，一种美称，常加在爵号或称号前边，如多罗郡王、多罗格格。

②墨尔根代青——墨尔根，满语为聪明智慧。代青原是蒙古语，意为统兵首领。后来多尔衮汉语称为睿郡王、睿亲王，睿字是墨尔根的汉译。

③贝勒——清朝建国之初，满族贵族的封爵十分简单，贝勒等于王爵，其最贵者称为和硕贝勒。太宗崇德元年（1636年）重定制度，贝勒位在郡王之下，其次序为：亲王、郡王、贝勒、贝子。这种封爵也颁给蒙古贵族。

争中他处事未能尽如皇太极的意，几个月前被降为郡王。他的副手是皇太极的长子肃亲王豪格，也同时降为郡王。

多尔衮从十七岁起就开始领兵打仗，建立战功，二十岁掌清国吏部的事，但以后仍以领兵打仗为主。崇祯十一年八月，他曾率领清兵由墙子岭、青山口打进长城，深入畿辅，在巨鹿的蒿水桥大败明军，杀死卢象升，然后转入山东，破济南，俘虏明朝的宗室德王。十二年春天，他率领饱掠的满洲兵经过天津附近，由青山口出长城。这次侵略明朝，破了明朝的几十座府、州、县城池，俘虏去的汉族男女四五十万。

从去年起，他奉命在锦州、松山、杏山一带与明军作战，围困锦州。今年以来，对锦州的围困更加紧了，同时还要准备抵挡洪承畴统率明朝的援军来到。他和豪格统率的部队以满洲人为主体，包括蒙古人、汉人、少数朝鲜人，大约不到三四万，虽然比较精强，但人数上比明朝的援军差得很远。他不曾直接同洪承畴交过手，只晓得洪承畴在明朝任总督多年，较有战争阅历，也很有威望，非一般徒有高位和虚名的大臣可比。他还知道洪承畴深受南朝皇帝的信任，如今兵力也雄厚，粮草也充足，这些情况都是当年的卢象升万万比不上的。

最近以来，他一直注视着明朝援军的动向，知道明军在向松山一带集结，已经基本完成。这几天又哄传洪承畴已从宁远来到松山，决心与清军决战，以解锦州之围。他感到不可轻敌。为了探听明军虚实，他几次派出小规模的骑兵和步兵向松山附近的明军进行试探性的攻击，结果互有杀伤，清军没有占到什么便宜。

这天，他把豪格叫到帐中，屏退闲人，商议对明军作战的事。

豪格比多尔衮小两岁。他虽然是皇太极的长子，但满洲制度不像汉族那样“立嗣以嫡，无嫡立长”，将来究竟谁是继承皇位的人，完全说不定，因此豪格在多尔衮面前没有皇储的地位，而只能以侄子和副手的身份说话。虽然他内心对多尔衮怀有忌妒和不满情绪，但表面上总是十分恭敬，凡事都听多尔衮的。他两人都喜爱吸旱烟，都有一根很精致名贵的旱烟袋，平时带在腰间。这时他们一边吸烟一边谈话，毡帐中飘散着灰色的轻烟和强烈的烟草气味。

他们从几天来两军的小规模接触谈起，一直谈到今后的作战方略，商量了很久。尽管他们都有丰富的作战经验，一向不把明军放在眼里，可是这一次情况大大不同，因此对于这一仗到底应该怎么打，他们的心中都有些捉摸不定。

多尔衮说："几天来打了几仗，双方都只出动了几百人，昨天出得多一点，也不过一两千人。可以看出，南军的士气比往日高了，像是认真打仗的样儿。南朝的兵将，从前遇到我军，有时一接仗就溃了，有时不等接仗就逃了，总是避战。这一次不同啦，好像也能顶着打。豪格，你说是么？"

豪格说："叔王说的是，昨天我亲自参加作战，也感到这次明军确非往日可比。"

"你估计洪承畴下一步会怎样打法？"

"我还不十分看得清楚。叔王爷，你看呢？"

多尔衮说道："依我看啊，洪承畴有两种打法，可是我拿不准他用哪一种。一种是稳扎稳打的办法，就是先占领松山附近的有利地势，这一点他们已经做到啦。现在从松山到大架山，已经布满了明朝的人马。倘若明军在占领有利地势后，暂时不向锦州进逼，只打通海边的运粮大道，从海上向困守在锦州的祖大寿接济粮食，这样，锦州的防守就会格外坚固，松山一带的阵地也会很快巩固起来。那时，我们腹背受敌，很是不利。我担心洪承畴会采用这种打法。他不向我们立即猛攻，只是深沟高垒，与我们长期相持，拖到冬天，对我们就……就很不利了。"

说到这里，多尔衮向豪格望了一会儿，看见豪格只是很注意地听着，没有插话，他继续说下去：

"围攻锦州已经一年，我军士气不比先前啦。再拖下去，士气会更加低落。我们的粮食全靠朝鲜接济，如今朝鲜天旱，听说朝鲜国王李倧不断上表诉苦，恳求减免征粮。辽东这一带也是长久干旱，自然不会供应大军粮草，如到冬天，朝鲜的粮食接济不上来，辽东本地又无粮草，如何能够对抗明军？我担心洪承畴在打仗上是个有经验的人，看见从前明军屡次贸然进兵吃了败仗，会走这步稳棋。”

豪格问道：“叔王刚刚说洪承畴可能有两种打法，另一种是怎样打法呢？”

多尔衮说：“另一种打法就是洪承畴倚仗人马众多，依靠松山地利，全力向我们猛攻，命祖大寿也从锦州出来接应。”

“我看洪承畴准是这么打法。”

“你怎么能够断定？”

“他现在兵多粮足，当然巴不得鼓足一口气儿为锦州解围，把祖大寿救出。听说南朝钦派一位姓张的总监军随军前来，催战很急。”

多尔衮摇头说：“我担心洪承畴阅历丰富，是一个很稳重的人。”

“不，叔王爷。不管洪承畴多么小心稳重，顶不住南朝皇帝一再逼他。他怕吃罪不起，只好向我进攻，决不会用稳扎稳打的办法。你等着瞧，他会向我军阵地猛冲猛打，妄想一战成功。”

多尔衮笑道：“你这么说还有点道理。要是洪承畴这样打法，我就不怕了。”

豪格轻轻摇头说：“他就是这样打，我也担心哪！他现在确实人马多，不同往日。叔王爷担心他稳扎稳打，我倒担心他现在拼命猛攻，祖大寿又从锦州出来，两面夹攻我军。”

多尔衮将白铜烟袋锅照地上磕了两下，磕净灰烬，说道：“你只看到他们人马多，这一次士气也比往日高，可是你忘了，我们的营垒很坚固，每座营寨前面都挖有很深的壕沟。如果我们坚守，他想攻过来同祖大寿会师很不容易。只要我们坚守几天，憨王爷再派一支人马来援，我们就必然大胜，洪承畴就吃不消了。”

豪格想了一下，笑着点头，说：“叔王爷说的有理。既然他会全力猛攻，我看现在只能一面坚守，一面派人速回盛京①，请求憨王爷赶快增援。”

“这是最好的主意。我们如有一二万人马前来增援，就完全可以打败洪

①盛京——沈阳。清太祖努尔哈赤自辽阳迁都于此，改称盛京。

承畴。”

商量已定，他们就立即派出使者，奔赴盛京求援。

几天以后，盛京的援兵来到锦州城外，却只有几千人。老憨王皇太极派了一名内院学士名叫额色黑的，来向他们传达口谕，说道：

“敌人若来侵犯啊，你们两个王爷可不要同敌人大打，只看准时机把他们赶走就算了。明军要是不来侵犯啊，你们千万不要轻动。你们要守定自己的阵地，不要随随便便出战。”

多尔衮这时明白了皇太极是在等待时机，以便一战把洪承畴消灭在松山附近。同时他也明白，皇太极是要亲自前来对付洪承畴，所以只给他派来几千援兵，又一再叮嘱他“坚守”。这不禁使他暗暗失望。

多尔衮是这么一个人，他有极大的野心，远非一般将领可比。首先，他希望从他的手中为清国征服邻国，扩充疆土，恢复大金朝[①]盛世局面。这样的雄心，在他年纪很轻的时候就已经有了，当他还只有二十二岁的时候，皇太极曾经问他：现在我国又想出兵去征服朝鲜，又想征服明国，又想平定察哈尔，这三件大事，你看应该先做哪一件？多尔衮毫不犹豫地回答说：

“憨王，我看应该先征服明国为是。我们迟早要进入关内，要恢复大金朝的江山，这是根本大计。”

皇太极笑着问：“如何能征服明国？”

他胸有成竹地回答说：“应该整顿兵马，赶在庄稼熟的时候，进入长城，围困北京，将北京周围的城池、堡垒，屯兵的地方，完全攻破。这样长期围困下去，一直等待他力量疲惫，我们就可以得到北京。得到了北京，就可以南下黄河。”

皇太极当时虽然没有采纳他的意见，却很赏识他这恢复金朝盛世局面的宏图远略。皇太极曾经让他的懂得满文的汉人大臣，也就是一些学士们，将“四书”和《三国演义》翻译成满文。在满文的《三国演义》印出来后，他特地先赐给多尔衮一部，要多尔衮好好读《三国演义》，学习兵法韬略，借此也

①大金朝——满族是我国女真族的后裔，所以努尔哈赤初建国号称金（史称后金），后改为清。清与金音相近。清太宗时的最大野心是恢复金朝局面，尚非完全征服明朝。

表示了他对多尔衮的特别看重。从那时起又过了两年，由于多尔衮战功卓著，便晋封为墨尔根代青贝勒，后来晋爵亲王。因为这时汉族的制度和文化已大量被满族学习采用，所以多尔衮的封号用汉文写就成了睿亲王。就在这一年，皇太极让多尔衮随着他带兵侵略朝鲜，占领了朝鲜的江华岛，俘虏了逃避在岛上的王妃和世子，迫使朝鲜国王李倧投降。班师回来的时候，皇太极命多尔衮约束后军，带着作为人质的朝鲜国王的世子李溰[①]、另一个儿子李淏[②]和几个大臣的儿子返回盛京。在这一次战役中，多尔衮为清国建立了赫赫战功，那时他才二十五岁。

他曾经多次入侵明朝，深悉明朝政治和军事的腐败情况，也知道洪承畴目前虽然兵力强盛，但士气不能持久，所以他想只要再给他二万精兵，他就能够打败洪承畴的援锦之师。倘若由他一手指挥人马夺取这一重大胜利，他就将为国家建立不朽的功勋。因此想到皇太极将要亲自率军前来，他不免感到失望和不快。尽管如此，他表面上仍然装作没有领会憨王的用意，又将豪格叫到帐中，商议如何再请求憨王增兵。

豪格虽然不希望多尔衮独自立下大功，但也不希望他父亲皇太极亲自前来指挥战争。他希望能让他和多尔衮一起来指挥这一战争，打败明朝的十三万援兵，建立大功，恢复亲王称号。他们两人都互相提防，没有说出各自的真心话，不过却一致认为，只要有了援军，打败明军不难。援军也不需要太多，只要再增加两万人马就够了。经过一番商议，他们就又派使者去盛京，请求憨王派和硕郑亲王济尔哈朗率盛京一半人马来援。济尔哈朗的父亲是努尔哈赤的兄弟，他和皇太极、多尔衮是从兄弟。多尔衮认为，如果派济尔哈朗来，仍然只能做他的副手，而不会夺去他的主帅地位。所以他才提出了这一建议。

多尔衮今天忙碌了大半天，感到困乏。从一清早起，他就到各处巡视营

---

①溰——音wāng。

②淏——音hào。

垒，又连续传见在松山、锦州一带的各贝勒、贝子、固山额真[①]，以及随军前来的重要牛录章京[②]等领兵和管事首领，当面指示作战机宜，刚才又同豪格议论很久，如今很需要休息一阵，再去高桥一带视察。他吩咐戈什哈[③]，除非有紧急重要的事儿，什么人也不要前来见他。自从他明白老憨王皇太极可能亲自来指挥作战，他的心中忽然产生了极其隐秘的烦恼。他本来想躺下去睡一阵，但因为那种不能对任何人流露的烦恼，他的睡意跑了，独自坐在帐中，慢腾腾地吸着烟袋。

他对皇太极忠心拥戴，同时也十分害怕。皇太极去年对他的处罚，他表面上心悦诚服，实际内心中怀着委屈。当时因许多人马包围锦州，清兵攻不进去，明兵无力出击，成了相持拖延局面。他同诸王、贝勒们商议之后，由他做主，向后移至距城三十里处驻营，又令每一旗派一将校率领，每一牛录[④]抽出甲士五人先回盛京探家和制备衣甲。皇太极大怒，派济尔哈朗代他领兵，传谕严厉责备，问道："我原来命你们从远处步步向锦州靠近，将锦州死死围困。如今啊你们反而离城很远扎营，敌人必定会多运粮草入城，何时能得锦州？"多尔衮请使者代他回话："原来驻扎的地方，草已经光了。是臣倡议向后移营，有草牧马，罪实在臣。请老憨王治罪！"皇太极又派人传谕："我爱你超过了所有子弟，赏赐也特别厚。如今你这样违命，你看我应如何治你的罪？"多尔衮自己说他犯了该死的罪。皇太极将他和豪格降为郡王，罚了他一万两银子，夺了他两牛录的人。这件事使多尔衮今天回想起来还十分害怕。他不免猜想：是不是会有人在老憨的身边说他的坏话，所以老憨要亲来指挥作战？……

一个四十多岁的、多年服侍他的叶赫族包衣[⑤]罗托进来，跪下一只腿问道："王爷，该用饭了，现在就端上来么？"

多尔衮问道："朝鲜进贡的那种甜酒还有么？"

---

①固山额真——管理一旗的长官，入关后改用汉语名都统。

②牛录章京——原称牛禄额真，清太宗崇德八年（1643年）改称牛录章京，汉译"佐领"。

③戈什哈——简称戈什，即侍从护卫人员。

④牛录——满洲基本户口和军事组织单位，每牛录三百人。

⑤包衣——满语"包衣阿哈"的简称，即家奴。

包衣罗托说："王爷，您忘了？今日是大妃[①]的忌日。虽说已经整整满十五年啦，可是每逢这一天，您总是不肯喝酒的。"

多尔衮的心中一动，说道："这几天军中事忙，你不提起，我真的忘了。不要拿酒吧，罗托！"

罗托见多尔衮脸色阴沉，接着劝解说："王爷那时才十四岁，这十五年为我们大清国立了许多汗马功劳。大福晋[②]在天上一定十分高兴，不枉她的殉葬尽节。王爷，这岁月过得真快！"

多尔衮说："罗托，你还不算老，变得像老年人一样啰唆！"

罗托退出以后，多尔衮磕去了烟灰，等待饭菜上来。十多年来，他一则忙于为清国南征北战；二则朝廷上围绕着皇太极这位雄才大略的统治者勾心斗角；三则他自已不到二十岁就有了福晋和三位侧福晋，很少再想念母亲，只在她的忌日避免饮酒。今日经罗托提起，十五年前的往事又陡地涌上心头。那一年是天命[③]十一年，他虚岁十四岁。太祖努尔哈赤攻宁远不克，人马损失较重，退回盛京时半路患病，死在浑河船上。他临死前将大妃纳喇阿巴亥召去，遗命大妃殉葬。回到盛京后，大妃不愿死。可是皇太极已经即位憨王，催促她赶快自尽。她拖延了一两天，被逼无奈，只好自尽。在自尽之前，她穿上最好的衣服，戴了最名贵的首饰，人们很少看见她那样盛装打扮。她要看一看她的三个儿子：阿济格、多尔衮、多铎。皇太极答应了她的要求，命他们三人去见母亲，并且面谕他们劝母亲赶快自尽。他们到了母亲面前，不敢不照憨王的意思说话，可是他们的心中惨痛万分。特别是多尔衮同多铎的年纪较小，最为母亲钟爱。她一手拉着多尔衮，一手拉着多铎，痛哭不止。他们也哭，却劝母亲自

---

①大妃——多尔衮的生母，姓纳喇，名阿巴亥，原为蒙古族，后为叶赫部。她是努尔哈赤的皇后纳喇氏的侄女。皇后死后，她被立为大妃。当时制度草创，大概都按满洲语称福晋，所谓后、妃这种名号，都是稍后时代加上去的。大妃的地位仅次于皇后，也算正妻，高于所谓侧妃和庶妃。

②大福晋——大妃。福晋称呼类似汉语的夫人，一般满洲贵族的妻子都可称福晋。后来学习汉族文化，封建等级制度严密化，皇帝的妻妾称后妃，亲王、郡王的正妻称福晋，妾是侧福晋。这制度一直延续到清亡。

③天命——清太祖的年号。天命十一年为明天启六年（1626年）。

尽。在他们的思想中，遵照憨王的遗命殉葬，不要违抗，是天经地义的道理。但是他们又确实爱母亲，可怜母亲，不忍心母亲自尽。所以从那时以后，多尔衮当着别人的面，不敢流露思念母亲的话，怕传到皇太极的耳朵里，但是最初两三年，他在暗中却哭过多次，在夜间常常梦见母亲。

饭菜端上来了。多尔衮为着要赶往高桥一带去察看明军营垒，不再想这段悲惨的往事，赶快吃饭。可是不知怎么，他想到皇太极近来的身体不好，说不定在几年内会死去。他心中闲想：他会要哪位妃殉葬呢？他会要谁继他为憨王呀？他决不会使豪格和其他诸子袭位。如今最受宠的是关雎宫宸妃和永福宫庄妃。宸妃生过一个儿子，活到两岁就死了。庄妃生了一个儿子，名叫福临，今年五岁，最受憨王喜爱，可能憨王临死时会让这个小孩子承袭皇位。……他没有往下多想，只觉得这件事太渺茫了。但是他不希望豪格袭位；倘若豪格袭位，他的处境就十分危险了。

忽然，他的眼前现出来庄妃的影子，不觉从眼角露出一丝似有若无的笑意。他认为她确实生得很美，看来十分端庄，却在一双眼睛中含有无限情意。他又想到豪格的福晋，她也很美，神态不像庄妃高贵，眉眼却像庄妃……

他正在胡思乱想，一位侍从官员进来，打千①禀道：

“王爷，憨王派三位官员前来传谕！”

自从七月下旬以来，皇太极就把自己的注意力集中在锦州战场，原来打算要去叶赫地方打猎，也只好取消了。他几乎每天都接到从围困锦州的军中送来的密报，对于洪承畴统率的明军如何向松山附近集中，兵势如何强盛，他都完全清楚。但是他不急于向锦州战场增援，也不向多尔衮等宣示他的作战方略。沈阳城中，表面平静，实际上逐日在增加紧张。不断地有使者带着他的密旨（多是口谕），夜间或黎明从盛京出发，分赴满洲和蒙古各部，调集人马。

他所任用的统兵作战的满族亲贵，都是富有朝气的年轻人，起小就在战

①打千——满洲风俗，男子向人请安行礼的一种姿势，名叫打千，即左膝前屈，右腿后弯，上体稍向前俯，右手伸直下垂。

争生活中锻炼，不打仗的时候，就借助大规模的围猎练习骑射和指挥战争。这些分领八旗的年轻贵族，从亲王、郡王到贝勒、贝子，在重大事情上没有人敢向他隐瞒实情。有时倘若有小的隐瞒，事后常有人向他禀报，他就分别轻重处罚。他一贯赏罚分明，使人心服。他很欣赏多尔衮的统兵作战才能，几个月前将多尔衮降为郡王，只是对其围困锦州不力暂施薄罚，打算不久后军事胜利，仍恢复多尔衮的亲王爵位。他很重视这一仗，希望这一仗能够按照他的想法打胜，为下一步进兵长城以南扫清障碍。如果能够活捉洪承畴，那就更使他称心如愿。

近来，由于明军的大举援救锦州，在沈阳城中引起来很大震动。民间有不少谣言说南朝的兵力如何强大，准备的粮饷如何充足，还说洪承畴是一个如何有阅历、有韬略的统兵大臣，如何得南朝皇帝的信任和众位大将的爱戴，不可等闲视之。在朝臣中，也有许多满汉官员担心洪承畴倘若将锦州解围，从此以后，辽河以西就会处处不得安宁。皇太极对于盛京臣民的担心和各种谣言都很清楚。有一次上朝时，他对群臣说：

“我所担心的不是洪承畴率领十三万人马全力来救锦州，倒是担心他不肯将全部人马开来。他将人马全部开来，我们就可以一战成功，叫南朝再也没力量派兵来山海关外，连关内也从此空虚！”

这种充满自信的语言决不是故意对群臣鼓气，而确是说出了他的真正想法。皇太极的这种气概是在长期的战争和胜利中形成的。从三十六岁起他继承皇位，一直不停顿地开疆拓土，创建大业，一个胜利接着一个胜利。他的父亲努尔哈赤以十三副甲起事，凭着血战一生，将满洲的一个小小的部落变成辽河流域的统治民族，草创了一个兵力强盛的小小王国，不愧为当时我国北部众多文化落后的游牧部落中“应运而生”的杰出人物，这个“运”就是历史所提供的各种条件。皇太极发扬了努尔哈赤的杰出特点，而在政治才能和军事才能两方面更为成熟。他不断招降和重用汉人协助他创建国家的工作，积极吸收高度发达的汉族封建文化为他所用。他继承努尔哈赤已经开始的各种具有远见的措施，努力发展生产。在他的统治时期，已经使他所属的游牧部落在辽河流域定居下来，变成以农业经济为主体，同时还发展了各种战争和生活所需的手工业，包括制造大炮的手工业在内。当然，在发展农业和手工业方面，要大量依靠俘虏的、掳掠的、投顺的和原来居住在辽河流域的汉人来贡献生产知识、经验和劳力，并且要将一部分家庭奴隶解放为农业生产力。从努尔哈赤晚年开始，经过皇太极统治的十六年，不过三十年的时间，满族社会以极快的速度从奴隶制演变为封建制，这是历史上罕见的进步。在军事上，他征服和统一了蒙古族的各个分散部落。居住在我国东北直到黑龙江以北的众多少数民族部落，都在开始叫后金国、后来改称大清国的统一之下，成为一个新的女真民族又称做满洲民族。他又派兵侵入朝鲜，迫使朝鲜脱离了同明朝的密切关系，成为清国的臣属，为清国提供粮食和其他物资，有时还被迫支付人力。这对朝鲜来说是侵略和压迫，但对清国来说，却巩固了他进行扩张战争所处的地位。当时清国所取得的成功，正如皇太极自己所夸耀的："自东北海滨，迄西北海滨，其间使犬使鹿之邦，及产黑狐黑貂之地，不事耕种、渔猎为生之俗，厄鲁特部落，以至斡难河源①，远迩诸国，在在臣服。"②这样，他对明朝来说是一个崛起的强敌和大患；对以满族为主体的东北少数民族来说，是一个推动社会发展的杰出人物；对朝鲜来说是一个侵略者；对伟大中国的整体发展来说，则有不可磨灭的贡献。现在他刚刚五十岁，虽然已经发胖，也开始有了暗病，有时胸闷，头晕，但从外表看，精力十分健旺，满面红光，双目有神。因为他正处在一生事业接近高峰的时候，因此无论在行动上，谈话中，他都表现出信心十足、踌躇满志。

当他得到多尔衮和豪格的驰奏，知道洪承畴亲率八个总兵官已经全部到达松山一带，越过了大架山，占据松山，正在向锦州进逼时，他认为时机已到，再不亲自前去，多尔衮等可能吃亏。于是他决定八月十一日，率领新召集到盛京的三万人马启程，星夜驰赴松山一带。

一个小小的意外发生了，就是他突然患了流鼻血的病症，流得特别多。尽

---

①斡难河——黑龙江上源。

②"自东北海滨……在在臣服。"——这段话系崇祯七年六月，皇太极致明国皇帝书中语。

管后妃们和王公大臣们为他求过神，许过愿，萨满[①]们也天天跳神念咒，他自己又服了几种草药，但流血仍然不止。本来选定八月十一日是个出征吉利的日子，却不能动身，只好推迟三天。十四日仍不行，又推迟到十五日。由于前方军情紧急，他不能再推迟了，不得已带兵启程。这天辰牌时候，皇太极带着随征的诸王、贝勒、大臣等出了盛京的抚近门[②]，走进堂子，在海螺和角声中行了三跪九叩头礼，然后率领三万大军启程，向锦州进发。

随行的人除满、蒙诸王、贝勒和满汉大臣、医生和萨满之外，还有朝鲜国王的世子、大公、质子[③]以及他们的一群陪臣和奴仆。每次举行较大规模的打猎，皇太极总是命朝鲜世子等奉陪。这一次去同明军决战，他也要带着他们，目的是让将来要继承朝鲜国王位的李溰及其左右臣仆，亲眼看看他的烜赫武功。

他最宠爱的关雎宫宸妃博尔济吉特氏[④]独蒙特许，骑马送他出京，陪他走了一天的路程，晚上住宿在辽河西岸的一个地方，照料他服下汤药。第二天，宸妃又送他上马走了很远，才眼泪汪汪地勒转马头，在婢女和护卫的簇拥中返回沈阳。

皇太极的鼻血还没有完全止住，但不像前几天流得那么凶了。流的时候就用一个盘子在马上接住，继续行军。这样又断断续续流了三天，才完全病愈。他的精神开始好起来，心情愉快。为着赶路，晚上宿营很迟。那天晚上，诸王、贝勒、大臣照例到御帐中向他请安，祭神，看萨满跳神念咒，然后坐下来共议军国大事，主要是对明军的围攻之策。皇太极笑道：

---

①萨满——又译作“萨玛”，即巫。有男女两种，宫中多用女巫。这是很多民族共有的巫风。中国从殷代就很盛行。屈原的《九歌》就是为男觋女巫们写的祭神舞蹈歌词。

②抚近门——盛京内城东门之一，即南边的东门。

③质子——清太宗于天聪十年十二月率师侵略朝鲜，次年正月迫使朝鲜国王李倧投降，使李倧的三个儿子即世子李溰、凤林大君李淏、麟坪大君李濬以及几个大臣的儿子作为人质，长期住在沈阳（凤林大君和麟坪大君可以轮换回国）。朝鲜大臣们送到沈阳的儿子被称为质子。

④博尔济吉特氏——皇太极的妻子中有三个姓博尔济吉特的，都出自蒙古科尔沁贝勒一家。皇后博尔济吉特氏是姑母，两个侄女都是皇太极的妃子。这个早死的博尔济吉特氏是顺治生母的姐姐，死后追封为元妃。

“我但恐敌人听说我亲自来到，会从锦州和松山一带悄悄逃走。倘蒙上天眷佑，敌兵不逃，我必令你们大破此敌，好像放开猎犬追逐逃跑的野兽一样。获胜很容易，不会叫你们多受劳苦。我那些已经决定的攻战办法，你们都知道，可千万不要违背，不要误事，好生记着！”

随他出征的多罗武英郡王阿济格、多罗贝勒多铎等一齐向他奏道：

“请憨王慢慢儿走，让臣等先赶往松山。”

皇太极摇摇头说：“行军打仗嘛，为的是克敌制胜，越是神速越好。我若是有翅膀能飞啊，就要飞去，怎么要我慢走！”

一连走了几天。八月十九日黄昏，皇太极到了松山附近的卧龙山①。他打算在卧龙山休息半夜，再继续前进，插到明军背后，将他的御营摆在塔山北边不远的高桥。这样，就将十万明军的退路截断了。这是很大胆的一着。决定之后，他就派遣内院大学士刚林②、学士罗硕③去见多尔衮和豪格，传达他的口谕：“我马上就要到了。可令我以前派去的固山额真拜尹图、多罗额驸④英俄尔岱带的兵，还有科尔沁土谢图亲王的兵、察哈尔琐诺木卫察桑等带的兵，先到高桥驻营。等我到的时候，就可以把松山、杏山一起合围。”于是刚林等人骑马出发了。

围困锦州的诸王、贝勒、大臣和将士们听说老憨王御驾亲来，勇气陡然大增，到处一片欢呼。但多尔衮和豪格对于憨王驻兵高桥一事却很不放心，因此又让刚林等第二天返回戚家堡向憨王奏陈他们的意见，说：

“现在圣驾已经来到，臣等勇气倍增，唯有勇跃进击，为国家建立大功。靠着皇上天威，臣等决不害怕敌人。可是军中形势，不得不对皇上说清楚。目前明朝新来的人马众多，臣等几个月来围困锦州，屡经攻战，将士也有不少损伤。现在皇上说要先在高桥驻营，使臣等不敢放心。倘若敌兵为我们逼迫得紧，约会锦州、松山的兵内外夹攻，协力死战，万一我军有失，就不好办了。不

①卧龙山——在锦州城东南，松山东侧，仅一河（小凌河）之隔。
②刚林——姓瓜尔佳氏，隶满洲正黄旗，崇德间授国史院大学士。
③罗硕——姓栋鄂氏，隶满洲正白旗。
④多罗额驸——多罗是一美称，额驸是驸马。

如皇上暂且驻在松山、杏山之间，不要驻到高桥，这样就安全了。只要憨王万安，臣等作战也会有更大的勇气。”

皇太极听了，觉得他们的话有道理，就决定把他的御营驻在松山、杏山之间。随即又派刚林等去告诉多尔衮和豪格：

“我若在松山、杏山之间驻营，敌人一定很快就要逃走，恐怕不会俘虏、斩获得那么多。既然你们劝我不驻在高桥，也只好如此吧。”

之后，他就继续率领大军进发，往松山、杏山之间前去。沿路的诸王、贝勒、将士们看见他前边的简单仪仗队和前队骑兵，知道是憨王经过，人人欢跃，远近发出来用满洲语呼喊“万岁”的声音。

八月二十日凌晨，洪承畴还不知道皇太极已经来到。他继续指挥明军向北猛攻，企图与锦州守军会师。松山东南隔着妈妈头山、小凌河口的滨海一带是接济军粮的地方，前天他已经在妈妈头山和滨海处增添了三千守兵。昨天张若麒自请偕马绍愉等驻守海边，保护粮运。洪承畴欣然同意，额外拨给二百精兵作为他的护卫。送他走的时候，洪承畴拉着他的手，嘱咐说：

“张监军，风闻虏酋将至，援兵也已陆续开到。我军既到此地，只能鼓勇向前，不能后退一步。稍微后退，则军心动摇，敌兵乘机猛攻，我们就万难保全。我辈受皇上知遇，为国家封疆安危所系，宁可死于沙场，不可死于西市。大军决战在即，粮道极为重要，务望先生努力！”

今天黎明时候，洪承畴用两万步骑兵分为三道，向清兵营垒进攻。祖大寿在锦州城内听见炮声和喊杀声，立即率两千多步兵从锦州南门杀出，夹击清军。但清营壕沟既深，炮火又猛，明军死伤枕藉，苦战不得前进。洪承畴害怕人马损失过多，只好鸣锣收兵。祖大寿也赶快携带着受伤的将士退回城内。清军并不乘机反攻，只派出零股游骑在明军扎营的地方窥探。下午酉时刚过，洪承畴正在筹划夜间如何骚扰清营，忽然接到紧急禀报，说是数万清兵已经截断了松山、杏山之间的大道，一直杀到海边，老憨王的御营也驻在松、杏之间的一座小山坡上。没有一顿饭的时候，又来一道急报，说是有数千敌骑袭占高桥，使杏山守军陷于包围，塔山也情势危急。大约一更时候，洪承畴得到第三次急报：清兵包围塔山，袭占了塔山海边的笔架山，将堆积在笔架山上的全部军粮夺去，而且派兵驻守。这一连串的坏消息使洪承畴几乎陷于绝望。但是他努力保持镇静，立即部署兵力，防备清兵从东边、西边、南边三面围攻松山。同时他召集监军张若麒和八位总兵官来到他的帐中开紧急会议，研究对策。张若麒借口海边吃紧不来。诸将因笔架山军粮被敌人夺去，松、杏之间大道被敌人截断，高桥镇也被敌人占领，多主张杀开一条血路，回宁远就粮。洪承畴派人飞马去征询监军意见，旋即得到张若麒的回书，大意说：

“我兵连胜，今日鼓勇再胜，亦不为难。但松山之粮不足三日，且敌不但困锦，又复困松山。各帅既有回宁远支粮再战之议，似属可允，望大人斟酌可也。”

接到这封书信以后，洪承畴同总兵、副将等继续商议。诸将的意见有两种：或主张今夜就同清兵决战，杀回宁远；或主张今夜休兵息马，明日大战。最后，洪承畴站起来，望一眼背在中军身上的用黄缎裹着的尚方剑，然后看着大家，声色严重地说道：

“往时，诸君俱曾矢忠报效朝廷，今日正是时机。目前我军粮尽被围，应该明告吏卒，不必隐讳，使大家知道守亦死，不战亦死，只有努力作战一途。若能拼死一战，或者还可侥幸万一，打败敌人。不肖决心明日亲执桴鼓，督率全军杀敌，作孤注一掷，上报君国。务望诸君一同尽力！”

决定的突围时间是在黎明，为的是天明后总兵官和各级将领容易掌握自己的部队，也容易听从大营指挥，且战且走。关于行军路线、先后次序、如何听从总督旗号指挥，都在会议中做了决定。洪承畴亲口训示诸将：务要遵行，不得违误。

诸将辞出后，洪承畴立即派人飞骑去接张若麒和马绍愉速回行辕，以便在大军保护下突围。他又同辽东巡抚邱民仰和几个重要幕僚继续商议，估计可能遇到的各种困难情况，想一些应付办法。正在商议之间，忽然听见大营外人喊马嘶，一片混乱。洪承畴大惊，一跃而起，急忙向外问道：

“何事？何事？……”

片刻之间，这种混乱蔓延到几个地方，连他的标营寨中也开始波动，人声嘈杂，只是尚未像别处那样混乱。中军副将陈仲才突然慌张进帐，急急地说：

“请诸位大人赶快上马，情势不好！”

洪承畴厉声问道：“何事如此惊慌？快说！”

陈仲才说：“大同总兵王朴贪生怕死，一回到他的营中就率领人马向西南逃跑。总兵杨国柱见大同人马逃走，也率领他自己的人马跟着逃跑。现在各营惊骇，势同瓦解。情势万分危急，请大人赶快上马，以备万一。”

洪承畴跺脚说：“该杀！该杀！你速去传下严令，各营人马不许惊慌乱动，务要力持镇静，各守营垒。督标营全体将士准备迎敌，随本督在此死战。总兵以下有敢弃寨而逃者，立斩不赦！”

“是，遵令！”陈仲才回身便走。

辽东总兵曹变蛟带着一群亲兵骑马奔来，到洪承畴帐前下马，匆匆拱手施礼，大声说：

“请大人立刻移营！敌人必定前来进攻大营。请大人速走！”

洪承畴问：“现在留下未逃的还有几营？”

曹变蛟回答：“职镇全营未动。王廷臣一营未动。白镇一营未动。其余各镇有的已逃，有的很乱，情况不完全清楚。”

“吴镇一营如何？”

“吴镇营中人喊马嘶，已经大乱。”

一个将领跑到帐前，接着禀报：“禀制台大人，杨国柱的逃兵冲动吴营，吴镇弹压不住，被左右将领簇拥上马，也向西南逃去。”

忽然，从敌军营中响起来战鼓声，角声，海螺声。接着，有千军万马的奔腾声，喊杀声。大家都听出来：一部分敌人在追赶逃军；一部分敌人正向松山营寨冲来。曹变蛟向洪承畴催促说：

“请大人火速移营，由职镇抵挡敌军。”

洪摇摇头，说：“刻下敌人已近，不应移动一步。倘若移动一步，将士惊慌，互相拥挤践踏，又无堡寨可守，必致全军崩溃。”他向侍立身后的几个中军吩咐：“速去传谕未逃的各营将士，严守营垒，准备迎敌。敌人如到近处，只许用火器弓弩射死他们，不许出寨厮杀。敌退，不许追赶。有失去营寨的，总兵以上听参，总兵以下斩首！”

他又转向曹变蛟，说：“曹将军，你随我作战多年，为朝廷立过大功。今日尚未与敌交战，王朴、杨国柱先逃，累及全军，殊非我始料所及。我们以残缺之师，对气焰方张之敌，必须抱必死之心，与虏周旋，方能保数万将士之命。倘若不利，你我当为皇上封疆而死，鲜血洒在一处，决不苟且逃生！”

“请大人放心。变蛟只能作断头将军，一不会逃，二不会降！”

“敌人已近，你赶快回营去吧！”

那天夜里，清兵听见明军营中人喊马嘶，乱糟糟的，知道发生了变故，但没有料到有一部分人马已经开始逃跑。多尔衮正在诧异，随即得到探报，知道确实有一部分明军已经向西南逃走，而且逃走的还不止一起，而是两起，后面还有人马在跟着。由于月色不明，没法知道人数多少。他判断洪承畴会随在这两批人马后边突围，一定还有很多人马断后。他同豪格略作商议，使豪格率领少数骑兵追赶和截杀已经逃走的明军，他自己亲率两万名步骑兵向洪承畴的大营进攻，希望趁洪承畴开始出寨的混乱时候一举将明军的主力击溃。

由于王朴、杨国柱、吴三桂等已经各率所部弃寨逃走，洪承畴的总督大营暴露在敌人面前，因此清兵毫无阻拦地来到了洪承畴寨外的壕沟前边。看见寨中灯火依旧，肃静无哗，没有一点准备要逃走的模样，多尔衮感到十分奇怪，不敢贸然进攻，只派出六七百步兵试着越过壕沟，而令骑兵列队壕外，以防明军出寨厮杀。

数百步兵刚刚爬过壕沟，寨中突然擂响战鼓，喊杀声起，炮火与弓弩齐射。清兵退避不及，纷纷倒下。有些侥幸退回到壕沟中的，又被壕沟旁边堡垒中投出的火药包烧伤。多尔衮看见洪承畴大营中戒备甚严，想退，又不甘心马上就退，于是继续挥动步兵分三路进攻，企图夺占一二座堡垒，打开进入大寨的口子。几千名骑兵立马壕外射箭，掩护进攻。

顷刻之间，明军情况变得十分危急。洪承畴和邱民仰一起奔到寨边，亲自督战。他们左右的亲兵和奴仆不断中箭倒地。

有一个亲将拉洪承畴避箭。他置之不理，沉着地命令向清兵开炮。

明军向敌人密集处连开三炮，硝烟弥漫。清兵死伤一片，多尔衮赶快下令撤退。

这时曹变蛟和王廷臣各派来五百射手和火炮手支援大营。大营已经转危为安，情况看来十分稳定。洪承畴拂去袍袖上的沙尘，望着部将们说：

"几次清兵入关，所到之处好像没有一座城池能够坚守的。其实仔细一想，凡是愿意坚守的城池，清兵总是避过。他能破的都是那些不肯坚守的城池。地方守土官畏敌如虎，城池也就很轻易地丢掉了。刚才这一仗，如果我们畏惧不前，自己惊慌，就会不堪设想。"

众将说："仰赖大人指挥若定，将士们才能够人人用命。"

这时，有人上前禀报说，马科和唐通两总兵在战事紧张时也跟在吴三桂等后面逃跑了。洪承畴听了，什么话也没有说，只吩咐大家做好向松山堡撤退的准备。有人站得离他较近，在暗夜中看出他的脸色很苍白，眉宇间交织着愤怒和愁闷。

天明时，有几起溃逃的人马又跑了回来，说昨夜五个总兵的人马逃跑后，前有皇太极的伏兵截击，后有多尔衮的部队追杀，起初明军还能支持，后来越逃越惊慌，越惊慌越乱，几乎成了各自逃生。他们看见有灯光的地方就避开，以为没有灯光的地方就是生路，其实没有灯光的地方偏偏有清方的伏兵。遇着伏兵，只要呐喊一声，明军就鸟惊兽窜，毫无抵抗。逃了半夜，有很多人被杀、被俘，但几个总兵官总算都各自率领一部分人马冲了出去。他们这几起人马未能冲破清兵包围，所以又跑了回来。

洪承畴立即下令总督标营和曹变蛟、王廷臣、白广恩三位总兵的大部分人马撤退到松山堡外，分立十来个营寨，赶筑堡垒、炮台，外边掘了壕沟。而在原来的驻守处留下曹变蛟的一部分人马，死守营寨，与松山堡互为掎角。逃回的几起人马由曹变蛟等收容在自己营里。退到松山堡外的人马连同原来驻守松山的和留驻笔架山的加在一起，共约三四万人。

这一天，洪承畴派出许多游骑，又放出许多细作，去侦察敌情。下午，游骑和细作陆续回来，知道吴三桂等率的人马虽然有很大损失，但尚有数万之众，都已退到杏山寨外扎营。清兵将他们包围起来，并不敢猛烈进攻。倒是那些溃散的人马，有的跑到海边，被清兵到处搜杀，死伤甚惨。海边情况也很混乱，已经被清兵插进去一支骑兵，攻占了妈妈头山，把海岸和松山隔断。

洪承畴急于要知道张若麒是否平安，但人们都说“不知道”，只知道海边死了很多人。洪承畴心中非常担忧。他想，现在人马已经跑走那么多，损失这么重，如果钦派的张若麒再有好歹，如何向皇上交代？但事已如此，也只好听之任之。现在唯有赶快想办法，让大军不再遭受损失，平安退回宁远。

当晚，他吩咐松山附近的驻军饱餐一顿。一更以后，他派曹变蛟、白广恩率领二万多人马，向驻在松山和杏山之间的清兵大营，也就是皇太极的御营，突然猛攻。他想，清兵得了胜利后，正在追击搜抄那些逃散的明军，御营里的人马不会很多。如果突然攻进皇太极的营寨，那些逃在杏山附近的明军听见清兵御营中喊杀声起，一定会回过来两面夹击。只要松山、杏山这两股兵联成一气，就可以打败清兵。他亲自送白广恩和曹变蛟出发，把许多希望都寄托在这一仗上。

不久以后，只听见清营那边杀声震天，火光突起，他又派出一支人马前往增援。但是杀到半夜，白广恩、曹变蛟又率兵纷纷退回松山堡下。原来皇太极一到松、杏之间扎下御营，就将御营周围的炮台、壕沟筑得十分坚固，而且把精兵都摆在御营周围，有的在明处，有的在暗处，先立于不败之地。因此曹变蛟、白广恩前去劫营，反而吃了不小亏，混战半夜，只好退回。最可恨的是，吴三桂等五个总兵官，听见杀声突起，不仅没有率师来跟曹变蛟等合手，反而惊慌逃窜，直往高桥奔走，遭到高桥一带清兵的截杀，四下溃散。吴三桂等总兵官只带着少数亲随和很少的骑兵冲杀出来，逃往宁远。

洪承畴得到这些战报后，知道打通杏山这条路已经不可能了。现在聚集在松山周围的人马还相当多，如果都留在此地，粮食马上会吃光；如果都走，松山堡必然失守；松山堡失守，锦州也跟着完了。这天后半夜，他把重要武将包括总兵、副将、参将和道员以上的文官都召集到他的帐中，向大家说：

“不肖奉皇上之命，率八总兵官，将近十万人，号称十三万，来援救锦州，不意有今日之败！现在，如果我们大家都留驻此地，粮食马上要吃尽；如果都走，松山必然失守。我想来想去，今夜乘敌人不备，可以马上突围，但不能全走。我身为总督大臣，奉命援救锦州，大功未就，应该死守松山孤城，等候朝命。倘无援兵前来，不肖当为封疆而死。你们各位将领中，王总兵随我留下，其余人马都由白总兵、曹总兵率领，四更突围出去。到宁远以后，整编人马，等待皇上再派援军，回救松山、杏山，进解锦州之围。”

大家一听说洪承畴要留下，纷纷表示反对。都说：“大人身系国家安危，万不可留驻此地。宁肯我们留下，也要请大人今夜突围。”

洪承畴心里早已明白，如果他自己突围，纵然能够保全数万军队，也必然会被崇祯杀掉。与其死于国法，不如死于此地。但这种想法，他不愿说出来，只说道：

“我以十万之众来救锦州，丧师而回，有何面目再见天子？我决意死守此地！你们各位努力，归报天子，重整人马，来救锦州。倘若我在这里，能使松山坚持数月，必可等待诸君再来，内外夹击。只要诸君再来，解锦州之围仍然有望。”

众人见他主意坚定，不好再劝。只有曹变蛟站出来说：

“大人！我看还是让白将军一个人回去，我和王将军一起留下，随大人死守松山。”

“不必了，有一个总兵官随我留在这里就可以了。”

“大人，不然。战争之事，吉凶难说。如果只有一个大将留在这里，万一失利，或有死伤，就一切都完了。如果我同王总兵两人留在大人左右，即使有一个或死或伤，尚有一人可以指挥作战。请大人万万俯允！卑职追随大人多年，今日松山被困，决不离开大人！”

洪承畴未即答言，邱民仰又站起来说：“我也是封疆大吏，奉皇上旨意，随大人来救锦州。今日情况如此，民仰愿随大人死守松山，决不离开松山一步。”

还有许多文职道员、幕僚也都纷纷恳求，愿随洪承畴死守松山。洪承畴非常感动，想了片刻，说：

“目前情况这样紧急，不能争执不休。需要出敌不意，该走的人马四更必须出发。现在就请白将军率松山人马的三分之二突围出去，为国家保存这点力量。留下三分之一，由王将军、曹将军率领，随我死守松山，等待朝廷援军再来。”他又同意邱民仰和少数文官、幕僚也一起留下，而让其他文职官员和幕僚们一起随白广恩突围。

这样决定之后，他就根据敌人白天分布的情况，指示白广恩离开松山后，不要走敌人多的地方，可以走一条叫做国王碑的道路直往西去，远远地绕过高桥。他一再嘱咐白广恩，撤退时一定不要乱；几万人的部队，只要自己不乱，敌人必不敢贸然来攻；纵然来攻，也难得逞。

他又同几位总兵、副将、参将等官员一起，把留下来的部队人数合计了一下。知道松山堡内原有两三千驻军，为首的是副将夏承德，另外还有一位总兵官，是祖大寿的堂兄弟，名叫祖大乐，人马已经没有了，只有几百亲兵随在身边。洪承畴把松山的粮食和人马通盘计算一下，决定让白广恩带走更多的人马，只留下万把人防守松山，这万把人也包括夏承德的人马在内。

四更时候，洪承畴亲自送白广恩出发，又一再叮嘱他路上避免与敌作战，不要使人马溃散，回到宁远后，别的总兵官的人马，仍让他们回去归队，留下自己的人马，等候朝廷命令。

白广恩率着人马出发后，洪承畴又派出少数骑兵追随在后边，看他们能否平安突围，直到得知他们确已顺利突围出去，他才放下心来。随即他又同邱民仰、曹变蛟、王廷臣等商谈了一阵，决定让邱民仰带着少数标营人马和一些文职人员驻在松山堡内，他自己率领其余人马留驻城外，在一些重要地方扎下营寨，准备抵御清兵。现在解救锦州之围的希望已经化为泡影，他所期待的只是朝廷能够重整人马前来援救，但这种期待，在他自己看来也很渺茫。他在心中叹息说：

“朝廷怎能重新征召一支大军？从何处再征到众多粮饷？唉，望梅止渴！”

张若麒三四天前来到海边以后，并没有立即过问保护粮运的事。他干的第一件事是同马绍愉一起，找到一条很大的渔船，给了渔民一些粮食和银子，派几个亲信兵丁和家奴驻守船上，以备万一。早在他以前盛气凌人地催促洪承畴进攻的时候，他已经暗暗地同马绍愉商定，要从海上找一条退路。前晚，当他获知笔架山的军粮被夺，明军准备退回宁远的消息后，他更确信这条渔船就是他的救命船。昨天，当战事开始紧张起来，清兵攻夺笔架山以北的三角山时，他不是派兵抵抗，而是同马绍愉和一些亲信随从迅速登上了船，等待起锚。

那些溃逃到海边的部队和原来在海岸上保护粮运的部队，在清兵的猛攻下，纷纷往海滩败退。洪承畴派给张若麒的二百名护卫，也站在离渔船十几丈远的沙滩上，保卫着渔船。当清兵进行最后冲击的时候，明军继续往水边退去。因为正是潮落的时候，渔船起了锚，随着落潮向海里退去，但并没有撑起布帆。船，仍然在海上逗留着。而士兵们，不管是溃败下来的，还是保护张若麒的，也都跟着向水中一步一步地退。但是他们越退水越大，沙越软，行动也越是困难。

清兵骑在马上，直向退走的明军射箭。明军也用箭来回射。后半夜潮水涨了，涨得很快，加上风力，渐渐地漫到人的大腿上，又很快地漫到腰部，还继续往上涨，并且起了风浪。清兵趁这个时候，又猛烈地射箭。明军起初还回射，后来人站不稳了，弓被水浸湿了，弓弦软了，松了，箭射不出来了，纵然射出来，也射不很远。清兵的箭像飞蝗般地射过来，许多人已经中箭，漂浮在海面，有的淹死，有的呼救。一些将领还在督阵，预备向岸上冲去，但是已经不可能了。尽管在平时，这些将领和士兵之间有许多不融洽的事情，特别是有些将领侵吞了士兵的军饷，可是到了这个时候，这一切都忘记了，大家想的是如何共同逃命，如何不要被清兵杀死。还有些将领平时对士兵多少有些感情，这时士兵就成排成排地站在他们前面，企图用自己的身体挡住清兵射来的箭，保护自己的长官。许多士兵在将领前面一排一排地倒下去，被水冲走，而最后将领们也中箭身亡，漂浮海面。

张若麒直到最后潮水完全涨起的时候，才下令把船上的几个布帆完全撑起来，乘着风势，扬帆而去。有些士兵和将领多少识些水性，看见张若麒的渔船经过，一面呼救，一面游过去，但张若麒全然不理。有些人被海浪猛然推到船边，赶紧用手攀援船舷，一面呼救，一面往上爬。船上的亲随都望着张若麒。张若麒下令用刀剑向那些人的头和手砍去。霎时间船上落了许多手指头，还落下一些手。船就在漂荡的死尸和活人中冲开了一条路，直向东南驶去。

张若麒坐在船舱里，想着既然笔架山的军粮被夺，那里很可能会有清兵的船只，得绕过去才好。果然到拂晓时，他遥见笔架山插着清军的旗帜，也有船只停在那里。于是他吩咐渔船继续往东，深入海中，远远地绕过笔架山，然后再转向宁远方向驶去。他也准备着，如果宁远和觉华岛也已经被清兵占领，他就漂渡渤海，到山东登州上岸。他一面向着茫茫大海张望，一面已经打好一个腹稿，准备一到岸上，不管是在宁远，还是在登州，立刻向皇帝上一道奏本，把这一次失败的责任完全推到洪承畴身上，痛责洪承畴不听他的劝告，未能在皇太极到来之前，全力向清军进攻，坐失战机，才有此败。

这时，在夜晚发生过战斗的海边，潮水还在继续往上涨，由于风势，有些死尸已经开始向岸上冲来。后来，当潮水又退下去的时候，在海边，在沙滩上，几乎到处都是七横八竖的死尸。另外也有很多死尸又随着潮水退去，远远望去，好像一些漂浮在水面的野鸭子，这里一片，那里一团，在阳光下随着浪潮漂动。

清兵已经从海边退走，海滩上一片寂静，只偶尔有白鹤和海鸥飞来，盘旋一阵，不忍落下，发出凄凉叫声，重向远处飞去。

岸上，仍不时地有飞骑驰来，察看一番。他们是洪承畴派来打探张若麒的情况的。他们不知道张若麒已经乘着渔船平安逃走，疑心他也许是不幸被俘，也许是为保护粮草阵亡。

第 37 章

八月二十二日黄昏以后，月亮还没有出来，松山堡周围一片昏黑，只有明军的营垒中有着灯火。炮声停止了。喊杀声没有了。偶尔有几匹战马在远处发出单调的嘶鸣。一切都显得很沉寂，好像战事已经过去。

洪承畴自从送走白广恩后，一直忙于部署松山堡的防务，打算长期坚守下去。他表面仍然很平静，说话很温和，但内心十分苦闷，感到前途茫茫。就在这种心境中，他忽然得到一个消息，使他的眼前一亮，登时生出来不小希望。原来将近黄昏时候，有人向他禀报，说虏酋四王子刚刚移营到松山堡附近，离城不过四五里路。他的御营在中间，两边又各扎了两营人马，一个营是镶黄旗，另一个营是正黄旗。都是刚刚安下营寨，还来不及挖壕筑垒。

现在天色越来越暗。洪承畴想，马上派人去清营劫寨，倘能得手，将虏酋活捉或杀死，整个战局就会大大改观。于是他马上派人将邱民仰、曹变蛟、王廷臣找来，商议劫营之事。大家认为，自从丧师以来，又经过第一次劫营失败，老憨绝对料不到明军以现在的残师会去劫营。如果现在迅速出兵，乘其不备，很可能得手。这是出奇制胜的一着棋，但要胆大心细，准备劫营不成能够全师而回。当下王廷臣要求派他前去，曹变蛟也要求前去。

洪承畴考虑了一阵，决定让王廷臣留守松山堡，而派随他转战多年，富有经验的曹变蛟前去劫营。但是目前松山堡的人马实在太少，那天从松山和大架山两处撤退时，留下了几千人马和十几门红衣大炮在几座营寨中，以便与松山堡互为掎角，抗击清兵。现在如果不把这两支人马调回，则劫营的兵力太单薄；如果调回，红衣大炮又一时来不及撤运。

洪承畴又同大家略一商量，决定还是立即将大架山的人马撤回，速去劫营，以求必胜，红衣大炮来不及撤运就扔掉算了。

大架山的人马撤回后，曹变蛟让大家饱餐一顿，立即出发。他自己率领精兵居中，一个参将带着人马在左边，一个参将带着人马在右边，另外一个游击率领一支人马在后，准备接应。曹变蛟命令大家不准举火，不准喧哗，在秋夜的星光下悄无声息地迅速向敌营奔去。

清兵营中正在休息，中间御营还在为胜利跳神。曹变蛟命两个参将各率人马去劫镶黄旗和正黄旗两座营寨，他自己率着精兵直往御营冲来。等到清兵发觉，大喊“明军劫寨！”曹变蛟早已挥动大刀，在喊杀声中冲进敌营。明军见人就杀，距离稍远的就用箭射。清兵一时惊恐失措，纷乱已极，有的进行没有组织的抵抗，有的大呼奔跑，有的拼命奔往老憨的御帐外边“保驾”。

皇太极正在御帐观看跳神，一听到明军劫寨，赶紧指挥他的御前侍卫，守住御帐前边，拼死抵抗。可是曹变蛟的人马来势极猛，皇太极的侍卫纷纷死伤。左右一些清兵将领看见御帐遭到猛烈冲击，赶快来救，但都被曹变蛟的人马杀败。眼看御帐已经无法守住，皇太极只得由侍卫们保护着，且战且退，等待两边的营寨前来救援。但这时镶黄旗和正黄旗的营寨也正受到明军两个参将的冲杀，特别是距离最近的正黄旗，受到的袭击格外猛烈，陷于一片混乱，无法分出兵力去援救御营。

皇太极周围的侍卫死伤越来越多，处境越来越危急，有时明兵冲到他的面前，逼得他自己也不得不挥剑砍杀，将突来的明兵杀退。正在抵挡不住之时，他忽然看见一个大汉，骑在马上，大呼着向他冲来。他知道这就是明军的主将，立刻吩咐左右侍卫，一齐向这个大汉射箭。

这个大汉正是曹变蛟，已经负伤，正在流血。他忽然发现了皇太极，不觉眼睛一亮，骂了句："休想逃走！"便不顾一切地直往前冲，要将敌酋生擒或杀死。当他冲到离皇太极只有三四丈远的时候，被一支箭射中右肩，落下马来。

明军赶紧救起曹变蛟，停止了冲击，迅即向外撤退，昏暗中只听见短促而紧急的口令："出水！快出水！"这时曹变蛟因两次负伤流血过多，已经昏迷不醒。明军冲出皇太极御营，进攻镶黄旗和正黄旗的两支人马也先后来到，汇合一起，向着松山堡退去。

皇太极因事出意外，惊惶初定，又不知明军究竟有多少，不敢派兵追击。他下令连夜整顿御营，同时调集人马在御营前驻扎，加强戒备，以防明军再一次前来劫营。

曹变蛟被抬回松山后，经过急救，慢慢醒来。他的伤势很重，但性命还不要紧。经此劫营不成，洪承畴已经不再幻想改变局面。他吩咐把曹变蛟送到松山堡内，好好医疗。过了几天，他为着避免损失，将大部分人马移驻到城内，一部分留驻城外的堡垒里边，准备从此受清军的围困，拼死固守，等待朝廷援兵。

经过一夜整顿，皇太极的御营前面又扎了一个营垒，在营垒前挖了两道壕沟，布置了不少火器，又为御营修筑了简单的土围墙和堡垒。由于昨夜清兵损失并不很大，而明军倒是大将曹变蛟身负重伤，所以第二天皇太极就断定洪承畴在松山不再会有所作为，他继续派骑兵到杏山周围，到处搜剿逃出来的明军，并继续派人在塔山、高桥一带埋伏，准备随时堵截明军。对于松山的敌人，他暂时不去进攻，只派大军四面包围，监视起来，还在重要的道路上掘了很深很宽的壕沟，使明军不能够再向清兵袭击。同时，明军在大架山的空寨和没有运走的红衣大炮也都落到清兵的手中。

皇太极十分得意，连着几天在松、杏和高桥之间一面打猎，一面搜剿逃匿的明军，在山野中又获得许多明军遗弃的甲胄、军器和马匹。到二十九日，这一次战役基本上结束了。

皇太极命内院学士替他草拟一份告捷敕谕，然后命学士罗硕、笔帖式石图等拿到盛京宣布。这敕谕是用满文写的，同时译成蒙文和汉文各誊写了一份。原来起草的稿子中，写道明军损失甚重，死伤一万余人，溃败十万人；清兵死伤两三千人；另外还写了他们获得的马匹、骡子、骆驼、甲胄、大炮和兵器的数目。皇太极看后十分不满，就亲自在满文的敕谕上重新写定，并要学士们用满、蒙、汉三种文字重新誊抄一遍。经过他的改定，就变成了明军十三万人马全部被击溃，杀死五万余人，只剩下万余人退守松山堡中，清兵则仅仅在一夜间误伤了八人。因为他要炫耀自己的武功，因此就把战果尽量地夸大，而不管这样的夸大是否合理。就这样，敕谕发到了盛京，通报整个大清国，包括蒙古在内。他又命人把敕谕用汉文再誊一份，送给朝鲜国王。在发出敕谕的同时，他又命人在御帐前面的东南角上立起神杆，他亲率诸王、贝勒、贝子和满洲大臣们对着神杆祭天，感谢皇天保佑他获得了大捷。

又过了几天，他把御营移到了松山堡北面的一座小山上，离松山堡不过数里路，从那里可以俯看城内的动静。他命令每天向松山堡内开炮，松山也照样向他这边打炮。他想进攻松山，又怕一时难以得手，因为松山堡的守卫很严密，城外还有几营明军。他终于放弃了立即攻破城池的想法，而准备将洪承畴长期围困下去。

他的心情始终很不正常。一方面由于胜利来得太快、太大，使他忽然觉得进入关内、占领北京、恢复金太宗[①]的事业的抱负即将实现，因而激动不已。另一方面，也许是曹变蛟劫营给他造成的惊恐太大，事隔多日，回想起来还感到可怕。这两种感觉混合在一起，就使他的心绪烦乱，夜晚常常要做些奇怪的梦。

一天夜间，他梦见自己正在指挥军队列阵，突然有一只坐山雕从天上飞下来，飞下地后就一直向着他面前走来，他连发两箭都没有射中。旁边一个大将又递给他一支箭，他才射中。他正要命人将死雕取过来看个究竟，低头一看，忽又发现一条青蛇正从马蹄旁经过，跑得非常快，于是他赶紧策马去追，却怎么也追不上。仔细看去，才发现那条蛇还长着许多脚，所以跑得那么快。他正在着急，忽见天上飞下一只鹳来，猛地一嘴啄在蛇头上，蛇才动得慢了。鹳又继续一嘴一嘴地啄蛇，蛇一动也不动了。他感到很奇怪，因想这大概是专门吃蛇的鸟，所以蛇看见它就害怕，不敢抗拒。正在胡思乱想，忽然惊醒。

第二天，他就把内院大学士[②]范文程、希福、刚林召进御帐，将自己的梦说给他们，然后问道：

“你们看，这是吉兆呀还是凶兆？”

大家纷纷说，这是吉兆，是大吉之兆。

皇太极问：“吉在何处？”特别望着范文程加问一句：“你要好生替我圆梦，不要故意将好的话说给我听！”

在汉人的文臣中，范文程最被信任，许多极重要的军国大计都同他秘密商议，听从他的意见。范是沈阳人，是宋朝范仲淹的后裔，相传他的祖先在明武宗时曾做过兵部尚书。他为人颖敏机警，沉着刚毅，少年时喜欢读书，爱好

---

①金太宗—— 金朝第二代皇帝，本名完颜吴乞买，汉名改为完颜晟。在位十二年（1123~1135年），对于扩大金朝的武功和版图起了重大作用。在他统治时期，灭了辽国，臣服了西夏和高丽，占领中原，俘虏了北宋的徽、钦二帝，一度打到杭州，迫使宋天子称为侄皇帝，贡纳岁币，处于臣服地位。皇太极曾命汉族文臣将《金史》中的《太宗本纪》译为满文，供他阅读。

②内院大学士——清初因国家草创，未设内阁，将内阁和翰林院的政务合在一起，称为内院，又称内三院，包括内国史院、内秘书院、内宏文院，各设大学士一人掌管。

所谓“王霸大略”[1]。清太祖于天命三年[2]占领抚顺时候，范文程二十二岁，是沈阳县的秀才，到抚顺谒见努尔哈赤，愿意效忠。努尔哈赤因见他身材魁梧，相貌堂堂，谈话颇有识见，又知道他是明朝的大臣之后，遂将他留下，并对诸贝勒说：“他是有名望的大臣后代，你们要好生待他！”范文程看清楚明朝的政治腐败，军力不振，努尔哈赤必将蚕食辽东和蒙古各地，兴国建业，所以他不像当时一般汉族读书人一样存着民族观念，而是考虑他自己如何能够保全他的家族和建立富贵功名。他竭智尽忠，为爱新觉罗家族驰驱疆场，运筹帷幄，比有些满洲贵族还要卖力，还要有用。皇太极继位后对他极其信任，言听计从。每次商议政事，皇太极总是向大臣们问：“范章京[3]知道么？”倘若他感到王、公、大臣们商议的结果不能使他满意或尚不能使他拿定主意，便问道：“为什么不同范章京商议？”如果大家说范章京也是这样意见，他便点头同意。以清国皇帝名义下的重要文件，如给朝鲜和蒙古各国[4]的敕谕，都交给范文程视草[5]。起初皇太极还将稿子看一遍，后来不再看稿，对范说：“你一定不会有错。”现在皇太极很担心他的梦不吉利，所以希望有学问又忠诚的范文程如实地替他圆梦。

范文程在乍然间也没法回答，但是他转着眼珠略想一下，俨然很有把握地回答说：“啊，陛下此梦确实做得非常好。雕为猛禽之首，显然指的就是明军统帅。陛下两箭不中而第三箭射中，说明洪承畴在这次战役中虽然侥幸不死，困守松山，将来必定难逃罗网，不是被我军所杀，就是被我军所俘。”

皇太极听了高兴，说道：“我宁愿他被捉住，可不愿他死掉。”忽然想起这梦还只圆了一半，便又问道：“可是那条青蛇又是什么意思呢？”

“那条青蛇即指仓皇逃窜的明军，虽然跑得快，但因陛下早在要道埋下

---

①王霸大略——关于建立王业和霸业的重大问题。略是方略、计谋。

②天命三年——明万历四十六年，即1618年。

③章京——满洲语的音译，各级负责的官员都可以称做章京。

④各国——清朝建国初期，对“国家”的概念很宽泛，常常将散居东北的小部落和蒙古各部落也看成国。

⑤视草——唐宋以来，皇帝所下诏、敕，交翰林院官员审定草稿，称做视草，后来也包括代皇帝起草。

伏兵，所以仍被截住，一举歼灭。那只鹳便是陛下的伏兵。”

皇太极又问：“可是蛇为什么有脚呢？”

希福赶快解释说：“明军吓破了胆，没命地逃，都恨不得多生几只脚出来啊！”

众人听了都笑起来。皇太极更加高兴，随即命萨满跳神，感谢皇天赐此吉祥之梦。

就在当天夜里，他又做了一个梦，梦见他的父亲努尔哈赤命四个人捧着玉玺给他，他双手接住。玉玺很重，刚一接住，他便醒了。

于是他又将大学士范文程、希福、刚林等叫进御帐，要他们圆梦。他们都说，这个梦再明白不过。玉玺乃天子之宝，太祖皇爷把玉玺授给皇上，皇上将来必然进入关内，建立大清朝一统江山无疑。

皇太极越发高兴。连着两天，他不断地赏赐这一个，赏赐那一个，连朝鲜国来的总兵官和一些武将也受到他的特别赏赐。然而万万没有料到，就在他万分高兴之时，九月十二日那一天，从盛京来了两个满洲官员，一个叫满笃里，一个叫穆成格，向他禀告说关雎宫宸妃患病，病势不轻。皇太极一听，非常焦急，立刻召集诸王、贝勒、贝子、公、固山额真等前来，告诉他们，宸妃得病，他自己要马上回盛京探视。随即布置一部分人在多罗安平贝勒杜度、多罗饶余贝勒阿巴泰、固山额真谭泰等的率领下继续围困锦州，一部分人在多罗贝勒多铎、多罗郡王阿达礼、多罗贝勒罗洛宏等的率领下围困松山，还有一部分人分别驻守杏山、高桥等地。布置一毕，他就让大家退去，自己独坐御帐，想着宸妃的病情，感到无限忧虑。当天晚上，他辗转反侧，一夜没有睡好。

十三日一早，他就动身奔赴盛京。一连走了四天，来到一个地方住下。当夜一更时候，盛京又有使者来到，报说宸妃病危。皇太极无心再睡，立即吩咐启程。他一面心急如焚地往盛京赶路，一面遣大学士希福、刚林、梅勒章京[①]

①梅勒章京——满洲八旗封爵名号，约等于副将或副都统一级的武将。顺治年间定为世职。

冷僧机、启心郎[1]索尼等先飞驰赶回盛京问候，一有消息，立即回报。将近五更时，希福等从盛京返回，说是宸妃已死。皇太极一闻噩耗，登时从马上滚下来，哭倒在地。随行的诸王、贝勒赶忙上前解劝。皇太极哭了一阵，在左右的搀扶下又骑上马向盛京奔去。

到了盛京，进入关雎宫，一见宸妃的遗体，他又放声痛哭，几乎哭晕过去。王、公、大臣们都劝他节哀，说："国家事重，请陛下爱惜圣体。"哭了很久，他才慢慢地勉强止住哭泣，筹备埋葬之事。又过了几天，宸妃已经埋毕。他亲到坟上哭了一场，奠了三杯酒。

从此他心情郁闷，时常想着宸妃生前的种种好处。想到这么一个温柔体贴的妃子，又是那样美貌，竟然只活了三十三岁，便已死别，这损失对他说来简直是无法补偿。虽然不久前他刚刚在对明朝作战中获得大胜，但也不足以消释他内心的悲哀。同时他觉得自己的身体仿佛也没有先前那么好，心口有时隐隐作痛。

王、公、大臣们看到皇太极这样郁郁寡欢，都非常担心，联名上了一个满文奏折，大意说：

> 陛下万乘之尊，中外仰赖，臣庶归依。今日陛下过于悲痛，大小臣工皆不能自安。以臣等愚见，皇上蒙天眷佑，底定天下，抚育兆民，皇上一身关系重大。况今天威所临，大功屡捷；松山、锦州之克服，只是指顾间事。此正国家兴隆，明国败坏之时也。皇上宜仰体天意，善保圣躬；无因情牵，珍重自爱……

这是存档的汉文译本，文绉绉的，有些删节。皇太极当时看的是满文本，比这啰唆，也比这质朴得多，所以更容易打动他的心。他把奏折看了几遍，虽然觉得很有道理，但他心中的痛苦仍然一时不能消除。于是他决定出去打猎，借以排遣愁闷。谁知出了沈阳城后，无意间又经过宸妃墓前，登时触动他的心弦，又哭了一阵，哭声直传到陵园外边。哭毕，奠了酒，才率领打猎的队伍

[1]启心郎——清初因满洲诸王、贝勒掌管部、院事，设启心郎掌校理汉文册籍并备咨询。

继续前进。自从宸妃死后，她的音容始终萦绕在他的心头，不能淡忘，直到一年后他死的时候，那“悼亡”的悲痛依然伴随着他。

刘子政带着洪承畴给皇帝的一封奏疏和给兵部尚书陈新甲的一封密书，离开了松山营地后，一路上风餐露宿，十分辛苦。到了山海关后，他就因劳累和感冒病了起来。虽然病势不重，但毕竟是上了年纪的人，又加上心情忧闷，所以缠磨几天，吃了几剂汤药，才完全退烧。他正要赶往北京，忽然听到风传，说洪总督率领的援锦大军在松山吃了败仗，损失惨重。这传闻使他不胜震惊和忧虑，不能不停下来听候确讯。连着三四天，每天都有新的传闻，尽是兵败消息。到了第五天，山海关守将派出去的塘马自宁远回来，才证实了兵败的消息是真。除关于洪承畴的下落还传说纷纭外，对大军溃败的情况也大致清楚了。刘子政决定不去北京，只派人将洪承畴给皇帝的奏疏和给陈新甲的书信送往京城，他自己也给一位在朝中做官的朋友写了一封信，痛陈总监军张若麒狂躁喜功，一味促战，致有此败。

他想，既然援锦大军已溃，他赶回北京去就没有必要了。为着探清洪承畴的生死下落，他继续留在山海关。山海关的守将和总督行辕在山海关的留守处将吏，都对他十分尊敬。他仍然住在澄海楼，受到优厚款待。山海关守将和留守处的将吏们每日得到松锦战事消息都赶快告诉他，每一个消息都刺痛他的心，增添他的愤慨和伤心，也增添他对国事的忧虑和绝望。白天，他有时在澄海楼等候消息，或倚着栏杆，凝望着大海沉思，长嘘，叹息。有时他到山海关的城楼上向北望。有时出关，立马在欢喜岭上，停留很久。有时他到城中古寺，同和尚了悟闲话，一谈就是半天。但每天晚上，他仍然在灯下注释《孙子兵法》，希望能早一点将这一凝结着多年心血的工作搞完。

又过了十天，许多情况更清楚了。他知道洪承畴并没有死，也不肯突围出来，退守松山堡中待援，被清兵四面围困。八位总兵有六位突围而归，只有曹变蛟和王廷臣留在洪的身边。他心中称赞洪的死守松山，说道：“这才是大臣临危处变之道。到处黄土埋忠骨，何必自陷国法，死于西市！”后来他听说有塘马从宁远来到，急急地赶赴北京，并听说是宁远总兵吴三桂向兵部衙门送递塘报，还带有吴三桂和张若麒的两封急奏。对于吴三桂的奏本他不大去想，而对于张若麒的奏本想得较多，忿忿地说：

"皇上就相信这样的人，所以才是非不明，如坐鼓中！"

一连数日，都是阴云低垂，霜风凄厉。刘子政心中痛苦，命仆人替他置办了简单的祭品，准备到欢喜岭上威远堡的城头上向北遥祭在松、锦一带阵亡的将士。主管总督行辕留守事宜的李嵩，就是春天到红瓦店迎接他的那位进士出身的文官，洪承畴的亲信幕僚，知道刘子政有遥祭阵亡将士之意，正合他的心愿，就同刘子政商量，改为公祭，交给行辕留守处的司务官立即准备。刘子政原想他私自望北方祭奠之后，了却一件心事，再逗留一二日便离开山海关往别处去，如今既然改为公祭，隆重举行，他也满意。在威远堡城中高处，临时搭起祭棚，挂起挽联，哀幛，布置了灵牌，树起了白幡，准备了两班奏哀乐的吹鼓手。除留守处备办了三牲[①]醴酒等祭品之外，刘子政自己也备了一份祭品，另外山海关镇衙门、榆关县衙门，还有其他设在山海关的大小文武衙门都送来了祭品。商定由李嵩主祭，刘子政读祭文。刘子政连夜赶写好祭文，将稿子交李嵩和两三位较有才学的同僚们看了看，都很赞赏，只是李嵩指着祭文中的有些字句说：

"政老，这些话有违碍么？"

刘子政说："镇中先生，数万人之命白白断送，谁负其咎？难道连这些委屈申诉的话也不敢说，将何以慰死者于地下？我看不用删去。祭文读毕，也就焚化，稍有一些胆大的话，只让死者知道，并不传于人间，有何可怕？"

李镇中一则深知刘子政的脾气很倔，二则他自己也对援锦大军之溃深怀愤慨，而且他的留守职务即将结束，前程暗淡，所以不再劝刘子政删改祭文，只是苦笑说：

"请政老自己斟酌。如今朝廷举措失当的事很多，确实令志士扼腕！"

临祭奠的时候，各衙门到场的大小文武官员和地方士绅共有二三百人，其余随从兵丁很多，都站在祭棚外边。当祭文读到沉痛的地方，与会的文武官

---

①三牲——牛、羊、猪。

员和士绅们一齐低下头去，泣不成声。读毕，随即将祭文烧掉。回关时候，有些文官和本地士绅要求将这篇打动人心的祭文抄录传诵，刘子政回答说祭文已经焚化，并未另留底稿。大家知道他说的是实话，也谅解他焚稿的苦衷，但没人不感到遗憾。

山海卫城内的士绅们，近来都知道刘子政这个人，对他颇有仰慕之意。但因为他除了同了悟和尚来往之外，不喜交游，所以只是仰望风采，无缘拜识。经过这次在威远堡遥祭国殇，才使大家得到了同他晤面的机会。虽然大家不曾同他多谈话，但是都看出来他是一个慷慨仗义、风骨凛然的老人。

三天以后的一个上午，有本地举人佘一元等三个士绅步行往澄海楼去拜望这位老人。他们正在走着，忽然前边不远处有人用悲愤的低声朗诵：

赵括①虚骄而临戎兮，
长平一夕而卒坑。
宋帝②慷慨而授图兮，
灵州千里而血腥。
悲浮尸之散乱兮，
月冷波静而无声。
恨胡骑之纵横兮，
日惨风咽而……

这声音忽然停住，似乎一时想不起来以下的词句。佘一元等的视线被一道短墙隔断，认为这墙那边行走的人必是刘子政在回忆烧掉的祭文稿子。迨过了短墙，两路相交，佘一元等才看见原来是山海关镇台衙门的李赞画在此闲步，背后跟着一个仆人。大家同李赞画都是熟人，且素知李赞画记性过人，

①赵括——战国时秦攻赵，相持于长平（今山西省晋城高平市西北）。赵王以赵括代廉颇为将，大败。赵兵四十万，投降后为秦兵活埋。

②宋帝——北宋皇帝遣将出征，常从宫中授给阵图，要将帅依图作战，借以遥控。灵州即今宁夏灵武，为宋朝西北军事重镇，宋真宗咸平五年（1002年）为西夏攻陷。

喜读杂书[①]，对刘子政亦颇仰慕。互相施礼之后，佘一元笑着问道：

“李老爷适才背诵的不是刘老爷的那篇祭文么？”

李赞画说：“是呀，可惜记不全啦。我为要将这篇祭文回忆起来，两天来总在用心思索。刚才衙门无事，躲出城外，在这个清静地方走走，看能不能回忆齐全。不行，到底不是少年时候，记性大不如前，有大半想不起来。如此佳文，感人肺腑，不得传世，真真可惜！诸位驾往何处？”

佘一元说：“弟等要去澄海楼拜望政老，一则想得见祭文原稿，二则想听他谈一谈援锦大军何以溃败如此之速，今后关外局势是否仍有一线指望。”

李赞画说：“啊呀，我也正有意去拜望政老请教。他说底稿已经烧掉，我总不信。既然你们三位前去拜访，我随你们同去如何？”

佘一元等三个人一齐说：“很好，很好。”

他们一起步行到了宁海城，先拜见主管留守事务的李镇中。李镇中同他们原是熟人，看了名刺，赶快将他们请进客厅坐下。当李镇中知道他们的来意之后，不胜感慨地说：

“真不凑巧，诸公来迟一步！政老因援锦大军溃败，多年收复辽左之梦已经全破，于昨日上午先将他的仆人打发走，昨晚在了悟和尚处剃了发，将袍子换为袈裟，来向我们辞行并处置一些什物。我们一见大惊，但事已无可挽回。大家留他在澄海楼又住了一夜，准备今日治素席为他饯行。政老谈起国事，慷慨悲歌，老泪纵横。今日清早，不辞而别，不知往哪里去了。可惜你们来迟一步！”

大家十分吃惊，一时相顾无言。李镇中接着说：

“近几天来，政老常说他今日既然不能为朝廷效力疆场，他年也不愿做亡国之臣。”

大家都明白他对国事灰心，但没有料到他竟会毅然遁入空门，飘然而去。

佘一元说：“世人出家为僧，也有种种。常言道，有因家贫无以为生而幼

①杂书——明、清科举盛行时代，读书人将五经、四书等直接与考试有关的书籍之外的一切书籍视为杂书，各种学问称为杂学。

年送到寺中为僧的叫做饿僧，有因幼年多病而送入寺中为僧的叫做病僧，另外还有愤僧、悲僧、情僧、逃僧等等，各种原因不同。真正生有慧根，了然彻悟，一心想做阿罗汉的，并不很多。政老大概算是愤僧了。请问李老爷，传闻政老有《孙子新注》一稿，倘能传之人间，必有裨于戎事。此稿现在何处？”

李镇中摇头说：“可惜！可惜！此稿已经被政老暗中撕毁，投入大海了！”

“投入大海？！……镇老何不劝阻？”

“不知他什么时候就已经投进大海。今早有人从海滩上拾到半页，显然是涨潮时偶然漂回岸边。弟已命贱仆将此半页稿子晾干，珍藏勿失。另外颇值珍视的是，今早政老走后，同僚们在澄海楼上看见他新填《贺新郎》一阕，留题柱上，旁边挂着他多年佩在腰间的那把宝剑。”

佘一元等一听说刘子政临走时在柱上留词一首，都要去亲眼看看，抄录下来。李镇中带他们下到海边，过了浮桥，登上高楼。他们经李镇中一指，果然看见一根柱子上题有一首《贺新郎》，墨色甚新。佘一元抢前一步，赶快念道：

海楼空挥泪。
叹三番雄师北伐[①]，
虎头蛇尾。
试问封疆何日复，
怕是而今已矣！
念往事思如潮水。
数万儿郎成新鬼，
决天河莫洗神州耻。
戎幕策，
剩追悔。

①三番雄师北伐——这是指明对清作战较重大的三次溃败：一次是万历四十七年（1619年）杨镐出师大败。第二次是天启元年（1621年）袁应泰正议三路出师，清兵先进攻，攻陷沈阳、辽阳。第三次即崇祯十四年（1640年）洪承畴援锦之役。

残秋岭上曾遥祭。
雾沉沉风号雁唳，
此情谁会？
塞外双城[①]犹死守，
望断天涯日暮。
欲解救睢阳[②]无计。
休论前朝兴亡事，
最伤心弱宋和金史。
千古恨，
《黍离》[③]耳！

佘一元读时，大家跟着他读，反复读了几遍，琢磨着每句含义，每个人都对“戎幕策，剩追悔”六个字暗中猜解。李镇中明白这六字所指何事，却不肯说出。大家正在议论，忽然起了狂风，天地陡暗，海涛汹涌，冲击着澄海楼的根基。大家停止谈话，奔出屋子，抓紧栏杆，向翻滚着白浪的茫茫大海张望，都觉得这座建筑在礁石上并以大石为根基的澄海楼在风浪中不住摇动。

---

①双城——指锦州和松山。
②睢阳——今河南商丘市睢阳区。唐朝安史之乱时，张巡在此死守，不获救援，城破被杀。
③《黍离》——《诗经》中一个篇名，写周大夫看见西周故宫长满庄稼，兴起亡国之痛。

十三

洪承畴被俘降清

第 38 章

崇祯十五年二月十八日晚上，月亮刚升上皇极殿的琉璃觚棱[①]。

崇祯皇帝心烦意乱，六神无主，勉强耐下心看了一阵文书，忽然长嘘一口闷气，走出乾清宫，在丹墀上徘徊。春夜的寒意侵人肌肤，使他的发涨的太阳穴有一点清爽之感，随即深深地吸了一口凉气，又徐徐地将胸中的闷气呼出。他暗数了从玄武门上传过来的云板[②]响声，又听见从东一长街传来的打更声，更觉焦急，心中问道："陈新甲还未进宫？已经二更了！"恰在这时，一个太监轻轻地走到他的身边，躬身说道：

"启奏皇爷，陈新甲在文华殿恭候召见。"

"啊……辇来！"

上午，陈新甲已被崇祯帝在乾清宫召见一次，向他询问应付中原和关外的作战方略。陈新甲虽然精明强干，无奈明朝十多年来一直陷于对内对外两面作战的困境，兵力不足，粮饷枯竭，将不用命，士无斗志，纪律败坏，要挽救这种危局实无良策，所以上午召见时密议很久，毫无结果。崇祯本来就性情急躁，越是苦无救急良策就越是焦急得坐立不安，容易在宫中爆发脾气，吓得乾清宫中的太监们和宫女们一个个提心吊胆，连大气儿也不敢出。晚膳刚过，他得到在山海关监军的高起潜来的密奏，说洪承畴在松山被围半年，已经绝粮，危在旦夕，并说风传清兵一旦攻破松山，即将再一次大举入关，围困京城。虽然松山的失陷已在崇祯的意料之内，但是他没有料到已经危在旦夕，更没有料到清兵会很快再次南来，所以高起潜的密奏给他的震动很大，几乎

①觚棱——宫殿转角处的瓦脊。

②云板——乐器的一种。明代在紫禁城的玄武门上，以鼓声报时，云板声报刻。

对国事有绝望之感。高起潜在密奏中提到这样一句："闻东虏仍有议和诚意。倘此事能成，或可救目前一时之急。国事如此，惟乞皇爷圣衷独断。"崇祯虽然不喜欢对满洲用"议和"一词，只许说"议抚"或"款议"，但是他的心中不能不承认实是议和，所以在今晚一筹莫展的时候并没有因为高起潜的用词不当生气。关于同满洲秘密议和的事，他本来也认为是目前救急一策，正在密谕陈新甲暗中火速进行，愈快愈好，现在接到高起潜的密奏，不觉在心中说道："起潜毕竟是朕的家奴，与许多外廷臣工不同。他明白朕的苦衷，肯替朕目前的困难着想！"他为辽东事十分焦急，不能等待明天，于是命太监传谕陈新甲赶快入宫，在文华殿等候召对。

崇祯乘辇到了文华殿院中。陈新甲跪在甬路旁边接驾。崇祯将陈新甲看了一眼，不禁想起了杨嗣昌，心中凄然，暗想道："只有他同新甲是心中清楚的人！"龙辇直到文华前殿的阶前停下。皇帝下辇，走进东暖阁，在御座上颓然坐下，仿佛他感到自己的心情和身体都十分沉重，没有精力支持。陈新甲跟了进来，在他的面前跪下，行了常朝礼，等候问话。崇祯使个眼色，太监们立即回避。又沉默片刻，他忧郁地小声说：

"朕今晚将卿叫进宫来，是想专商议关外的事。闯、曹二贼猛攻开封半个多月，因左良玉兵到杞县，他害怕腹背受敌，已经在正月十五日撤离开封城下，据地方疆吏奏称是往西南逃去。左良玉在后追剿，汪乔年也出潼关往河南会剿。中原局势眼下还无大碍，使朕最为放心不下的是关外战局。"

陈新甲说："关外局势确实极为险恶。洪承畴等被围至今，内无粮草，外无救兵，怕不会支持多久。祖大寿早有投降东虏之意，只是对皇上畏威怀德，不肯遽然背叛，尚在锦州死守。倘若松山失陷，祖大寿必降无疑。松、锦一失，关外诸城堡难免随之瓦解。虏兵锐气方盛，或蚕食鲸吞，或长驱南下，或二策同时并行，操之在彼。我军新经溃败，实无应付良策。微臣身为本兵，不能代陛下分忧，实在罪不容诛。"

崇祯问道："据卿看来，松山还能够固守多久？"

"此实难说。洪承畴世受国恩，又蒙陛下知遇，必将竭智尽力，苦撑时日，以待救援。且他久历戎行，老谋深算，而曹变蛟、王廷臣两总兵又是他的旧部，肯出死力。以微臣看来，倘无内应，松山还可以再守一两个月。”

崇祯问：“一两个月内是否有办法救援？”

陈新甲低头无语。

崇祯轻轻叹了口气，说：“如今无兵驰往关外救援，只好对东虏加紧议抚，使局势暂得缓和，也可以救洪承畴不致陷没。”

陈新甲说：“上次因虏酋对我方使臣身份及所携文书挑剔，不能前去沈阳而回。如今马绍愉等已经准备就绪，即将动身，前往沈阳议抚。全部人员共九十九人，大部分已经暗中分批启程，将于永平会齐，然后出关。”

“马绍愉原是主事，朕念他此行劳苦，责任又重，已擢升他为职方郎中，特赐他二品冠服，望他不负此行才好。”

陈新甲赶快说：“马绍愉此去必要面见虏酋，议定而归，暂纾皇上东顾之忧，使朝廷得以专力剿灭流贼。”

崇祯点头，说：“卿言甚是。安内攘外，势难兼顾。朕只得对东虏暂施羁縻之策，先安内而后攘外。朕之苦衷，惟卿与嗣昌知之！”

陈新甲叩头说：“皇上乃我朝中兴英主，宏谋远虑，自非一班臣工所能洞悉。然事成之后，边境暂安，百姓得休养生息，关宁铁骑可以南调剿贼。到那时，陛下之宏谋远虑即可为臣民明白，必定众心咸服，四方称颂。”

崇祯心中明白陈新甲只是赞助他赶快议和，渡过目前危局，至于这件事是否真能使“众心咸服，四方称颂”，他不敢奢望，所以他听了陈的话以后，脸上连一点宽慰的表情也没有，接着问道：

“天宁寺[①]的和尚也去？”

陈新甲回奏：“天宁寺和尚性容，往年曾来往于辽东各地，知道虏中情形。且东虏拜天礼佛，颇具虔诚，对和尚与喇嘛亦很尊重，所以命性容秘密随往。”

崇祯又问：“马绍愉何时离京？”

陈新甲说：“只等皇上手诏一下，便即启程，不敢耽误。”

①天宁寺——在北京广宁门外，相传创建于隋朝，原名弘业寺；唐开元年间改名天王寺；明正统年间始改名天宁寺，为京师名刹之一。

“这手诏……”

“倘无陛下手诏，去也无用。此次重去，必须有皇上改写一道敕书携往，方能使虏酋凭信。”

崇祯犹豫片刻，只好说：“好吧，朕明日黎明，即命内臣将手诏送到卿家。此事要万万缜密，不可泄露一字。缜密，缜密！”

陈新甲说：“谨遵钦谕，绝不敢泄露一字。”

“先生请起。”

陈新甲叩头起立，等候皇上问话。过了一阵，崇祯忽然叹道：“谢升身为大臣，竟然将议抚事泄于朝房，引起言官攻讦，殊为可恨。朕念他平日尚无大过，将他削籍了事。当时卿将对东虏暗中议抚事同他谈过，也是太不应该的。不过，朕对卿恩遇如故，仍寄厚望。既往不咎，以后务必慎之再慎。”

一听皇帝提到谢升的事，陈新甲赶快重新跪下，伏身在地。他对于崇祯的多疑、善变、暴躁和狠毒的秉性非常清楚，尽管他得到皇帝倚信，却无时不担心祸生不测。他明白皇上为什么这时候对他提到谢升，感到脊背发凉，连连叩头，说：

“谢升之事，臣实有罪。蒙皇上天恩高厚，未降严谴，仍使臣待罪中枢，俾效犬马之劳。微臣感恩之余，无时不懔懔畏惧，遇事倍加谨慎。派马绍愉出关议抚之事，何等重要，臣岂不知？臣绝不敢泄露一字，伏乞陛下放心。”

崇祯说：“凡属议抚之事，朕每次给你下的手谕，可都遵旨立即烧毁了么？”

“臣每次跪读陛下手诏，凡是关于议抚的，都当即亲手暗中烧毁，连只字片语也不敢存留人间。”

崇祯点头，说：“口不言温室树①，方是古大臣风。卿其慎之！据卿看来，马绍愉到了沈阳，是否能够顺利？”

“以微臣看来，虏方兵力方盛，必有过多要求。”

---

①口不言温室树——西汉时长乐宫中有温室殿。孔光是汉成帝的大臣，为人十分周密谨慎，每次回家休息，兄弟妻子在一起闲话，一句不谈及朝中政事。或有谁问他：“温室殿院中种的是什么树？”他默然不应，或答以他语。

“只要东虏甘愿效顺，诚心就抚，能使兵民暂安，救得承畴回来，朕本着怀柔①远臣之意，不惜酌量以土地与金银赏赐。此意可密谕马绍愉知道。”

“是，是。谨遵钦谕。”

崇祯又嘱咐一句：“要救得洪承畴回来才好！”

召对完毕，陈新甲走出文华门，心中七上八下。他深知道皇上对东虏事十分焦急，但是他不能够预料这议和事会中途有何变化。忽然想起来昨日洪承畴的家人到他的公馆求见，向他打听朝廷是否有兵去解救松山之围，于是他的耳边又仿佛听见了皇上的那一句忧心忡忡的话：

“要救得洪承畴……”

同一天晚上，将近三更时候。

洪承畴带着一名中军副将、几名亲兵和家奴刘升，登上了松山北城。松山没有北门，北门所在地有一座真武庙，后墙和庙脊早已被清兵的大炮打破，有不少破瓦片落在真武帝的泥像头上。真武帝脚踏龟、蛇，那昂起的蛇头也被飞落的瓦片打烂。守北城的是总兵曹变蛟的部队。将士们看见总督大人来到，都赶快从炮身边和残缺的城垛下边站立起来。洪承畴挥手使大家随便，用带着福建口音的官话轻声说：“赶快坐下去，继续休息。夜里霜重风冷，没有火烤，你们可以几个人膀靠膀，挤在一起坐。”看见将士们坐了下去，他才抬起头来，迎着尖利的霜风，向城外的敌阵望。

几乎每夜，洪承畴都要到城上巡视。往年带兵打仗，他都是处于顺境，和目前完全两样，这使他不能不放下总督大臣的威重气派，尽力做到平易近人，待士兵如对子弟。长久被围困于孤城之内，经历了关东的严冬季节，改变了他在几十年中讲究饮食的习惯。他熟知古代名将的所谓“与士卒同甘苦”是非常可贵的美德，能获得下级将官和广大士卒的衷心爱戴，但是他从来不能做到，也从来没有身体力行的打算。被围困在这座弹丸孤城以后，特别是自经严冬以来，城中百姓们所有的猪、羊、牛、驴和家禽全都吃光，军中战马和骡子也

①怀柔——招来远方异域，使之归附，古人把这种政策叫做“怀柔”。

快杀完，粮食将尽，柴草已完，他大致上过着“与士卒同甘苦”的生活。如今在他的身上还保持着大臣的特殊地方，主要是多年养成的雍容、儒雅和尊贵气派，以及将领们在他的面前还没有失去敬意。另外，他平生爱好清洁，如今虽受围困，粮尽援绝，短期内会有破城的危险，别的文武大官都无心注意服饰，但是他的罩袍仍然被仆人洗得干干净净。别的官员们看见他这一点都心怀敬意，背后谈论他不愧是朝廷大臣，单从服饰干净这一点也可以看出来他身处危城，镇静如常，将生死置之度外。今晚城上将士们看见总督大人神情仍然像过去一样安闲，对目前的危急局势就感到一点安心。曹变蛟的部队过去在明军中比较精锐，又因为完全是从关内来的，全是汉人，所以处此危境，都抱着一个血战至死的决心。这种最简单的思想感情压倒平日官兵之间的深刻矛盾，连他们同洪承畴之间的关系也变得亲近起来。

一连几天，敌营都很平静，没有向街上打炮。这平静的局面使洪承畴觉得奇怪，很不放心。他猜想，清兵可能正在做重大准备，说不定在两三天内会对松山城进行猛攻。如今敌人对松山城四面层层包围，城中连一个细作也派不出去，更没有力量派遣人马进袭敌营，捉获清兵，探明情况。城中不仅即将断粮，连火药也快完了，箭也快完了。倘若敌人猛力攻城，要应付也很吃力。他没有流露自己心中的忧虑，继续望敌营。在苍茫的月光下，他望不见敌营的帐篷和营地前边的堡垒、壕沟，但是他看见二三里外，到处都有火光。有很长一阵，他默默地向北凝望。大约有四里远近，横着一道小山，山头上火光较多。小山北边，连着一座高山，火光很少，山影昏暗，望不清楚。这浅山和高山实际是一座山，就是松山；松山堡就因为这座山而得名。登上那座高山，锦州城全在眼底。今夜因洪承畴预感到情况十分危急，所以望着这一带山头更容易逗起来去年兵败的往事，仍然痛心，不禁在心中感慨地说：

“唉，我可以见危授命，死不足惜，奈国家大局何！”

他正要向别处巡视，曹变蛟上城来了。曹变蛟驻在不远地方，听说总督上了北城，匆忙赶来。洪承畴见了他，说道：

“你的病没好，何必上城来？”

曹变蛟回答说：“听说大人来到北城，卑镇特来侍候。患了几天感冒，今日已见好了。”

洪承畴向曹变蛟打量一眼，看清楚他的脸上仍有病容，说道：“你赶快下城，不要给风吹着。明天上午你去见我，有话面谈。城上风紧，快下城吧。”

“是，是，我就下城。明天上午到大人行辕，听大人吩咐。大人，你看，那个火光大的地方就是虏酋四王子去年扎营的地方，现在是敌军攻城主帅豪格在那里驻扎。就是那座小山头①！去年八月，四王子驻西南那座山下，立营未稳，卑镇已经杀进虏酋老营，不幸身负重伤，只好返回。过几天，四王子就移驻这座小山上，我军就无力去摸他的老营了。要是那一次多有一千精兵前去，截断敌人救兵，活捉老憨这个鞑子，死也瞑目。如今，嗨！”曹变蛟向洪承畴叉手行礼，车转身，走下城头。

洪承畴走到真武庙前，向沉默的全城看看，又看看东、南两面山头和山下的敌营火光。城内全是低矮的、略带弧形屋顶的灰白色平房，还有空地方的旧军帐，在月色下分不清楚，一片苍茫。他随即转往西城巡视。西门外地势比较开阔、平坦。北往锦州和南往杏山、塔城、宁远，都得从西门出去。由总兵王廷臣陪着，他站在西城头上看了一阵，望着原野上火光不多。但目前已经无力突围了。

走下寨墙，他回到坐落在西街向左不远的一家民宅中。这里从围城时起就成了他的行辕。他的枣骝马拴在前院的马棚里。马棚坐西向东，月光照在石槽上和一部分马身上。在被围之前，洪承畴很爱惜他的骏马，曾在一次宴后闲话时对左右幕宾们说过一句话：“骏马、美姬，不可一日或离。”掌牧官为这匹马挑选最好的马夫，喂养得毛色光泽，膘满体壮。行辕中有两位会做诗的清客和一位举人出身的幕僚曾专为这一匹骏马赋诗咏赞；还有一位姓曹的清客原是江南画师，自称是曹霸②之后，为此马工笔写真，栩栩如生，堪称传神，上题《神骏图》。但现在，这马清瘦得骨架高耸，腰窝塌陷，根根筋骨外露。

---

①小山头——皇太极在松山的小山头上驻扎的地方有几块大石头，如今当地人称那个地方为憨王殿。当时必有较大的黄毡帐篷，称为殿，实际上应该称为帐殿，就是古书上说的黄幄。

②曹霸——唐开元、天宝年间的著名画家，尤长于画马。因为他做过左武卫将军，故又被称为曹大将军。

洪承畴顺便走进马棚，看看他的往日心爱之物。那马无精打采地垂头立在空槽边，用淡漠的眼光望望他，好像望一个陌生的人，随即又将头垂了下去。洪承畴心中叹息，走出马棚后回头对掌牧官说：

“不如趁早杀了吧，让行辕的官兵们都吃点马肉。”

掌牧官回答说：“为老爷留下这匹马以备万一。只要我和马夫饿不死，总得想办法让它活着。”

洪承畴刚回到后院上房，巡抚邱民仰前来见他。邱是陕西渭南县人，前年由宁前兵备道升任辽东巡抚，驻节宁远城中。洪承畴奉命援锦州，他担负转运粮饷重任。去年七八月间大军溃败时他同洪承畴在一起，所以同时奔入松山城中。洪承畴知道今夜邱巡抚来见他必有要事商量，挥手使左右亲随人一齐退出。他隔桌子探着身子，小声问道：

“长白兄，可有新的军情？”

邱民仰说：“今日黄昏，城中更加人心浮动，到处有窃窃私语，并有流言说虏兵将在一二日破城。谣言自何而起，尚未查清。这军心不稳情况，大人可知道？”

洪承畴轻轻点头，说：“目前粮草即将断绝，想保军心民心稳固，实无善策。但学生所忧者不在虏兵来攻，而在变生肘腋。”

“大人也担心城中有变？”

“颇为此事担忧。不过，两三日内，或不要紧。”

邱民仰更将头向前探去，悄声问：“大人是担心辽东将士？”

洪承畴点点头。

邱问：“有何善策？”

洪承畴拈须摇头，无可奈何地说：“目前最可虑的是夏承德一支人马。他是广宁①人，土地坟墓都在广宁。他的本家、亲戚、同乡投降建虏的很多；手下将士也多是辽东一带人，广宁的更居多数。敌人诱降，必然从他身上下手。自从被围以来，我对他推心置腹，尽力笼络，可是势到目前，很难指望他忠贞

---

①广宁——今辽宁省北镇。金和清为广宁府，明为广宁卫。

不变，为国捐躯。另外，像祖大乐这个人，虽然手下的人马早已溃散，身边只有少数家丁和亲兵相随；可是他还是总兵身份，又是祖大寿的兄弟，在辽东将领中颇有声望。他们姓祖的将领很不少，家产坟墓在宁远，处此关外瓦解之时，难免怀有二心。夏承德虽非他的部将，可是他二人过往较密，互为依托，使我不能不疑。足下试想，外无救兵，内无粮草，将有二心，士无斗志，这孤城还能够支撑几日？”

邱叹道：“大人所虑极是。目前这孤城确实难守，而夏某最为可虑。我们既无良法控驭，又不可打草惊蛇，只好听其自然。”

洪说：“打草惊蛇，不惟无益，反而促其速降，献出城池。我打算明日再召祖大乐、夏承德等大将前来老营议事，激之以忠义，感之以恩惠，使此弹丸孤城能够为朝廷多守几日。倘若不幸城陷，我身为大臣，世受国恩，又蒙今上知遇，畀以重任，唯有以一死上报皇恩！”

邱民仰站起来说：“自从被围之后，民仰惟待一死。堂堂大明封疆大臣，断无偷生之理。民仰将与制台相见于地下，同以碧血上报皇恩，同作大明忠魂！”

洪承畴说：“我辈自幼读圣贤书，壮年筮仕[①]，以身许国，杀身成仁，原是分内之事。”

将邱民仰送走之后，洪在院中小立片刻，四面倾听，听不到城内外有什么特别动静。他回到屋里，和衣就寝，但是久久地不能入睡。虽然大臣为国死节的道理他很清楚，也早已将生死置之度外，但此刻他的心情仍不免有所牵挂。原来心中感到丢不下的并不是老母年高，也不是他的夫人，更不是都已经成人的子女（他明白，当他为国殉节以后，皇上会对他的家人特降隆恩，厚赐荫封）。倒是对留在北京公馆中的年轻貌美的小妾陈氏，尚不能在心中断然丢下。他凝望着窗上月色，仿佛看见了她的玉貌云鬟，美目流盼，光彩照人。他的心头突然一动，幻影立刻消失，又想到尽节的事，不觉轻叹一声。

---

①筮仕——开始做官。

就在这同日下午，将近黄昏时候，清朝皇帝皇太极从叶赫[①]回到了盛京。他是在十三天前去叶赫打猎的。虽然不是举行大的围猎，却也从八旗中抽了两千骑兵，另外有三百红甲和白甲巴牙喇[②]在皇帝前后护卫。去的时候，皇太极出盛京小北门，直奔他的爱妃博尔济吉特氏即关雎宫宸妃的坟墓看了看，进入享殿中以茶、酒祭奠，并且放声痛哭，声达殿外；过了一阵才出来重新上马，往叶赫进发。今日回来，又从宸妃的坟墓经过，下马徘徊片刻，不胜怅惘哀思。到了城外边，两千随驾打猎骑兵各回本旗驻地，留下诸王、贝勒、贝子、公和固山额真等亲贵以及巴牙喇，护驾进城。进了地载门，清帝命朝鲜世子回馆所[③]休息。于是随驾出猎的朝鲜世子李溰、次子凤林大君李淏，几位朝鲜大臣质子，以及朝鲜世子和大君的大小侍臣下马谢恩，等清帝过去稍远，重新上马，和奴仆共一百多人，由武功坊穿文德坊，回大南门内的馆所。皇太极一行到了大清门[④]外下马，被跪在御道两侧的亲贵和文武大臣们迎进宫院。他的眉毛上和皮靴上带着征尘，先到崇政殿接受亲贵和群臣朝见。人们望见他的眼皮松弛，眼睛里流露着疲倦神情。因为宸妃之死，他的心中常常痛苦和郁闷，只好借打猎消愁。这次去叶赫地方打猎，本来预定二十天，携带了足够的粮食和需要物品。但是他一离开盛京往北，就挂心着锦州等地的战事消息，尤其挂心的是围攻松山的军情。四天前他在围场中接到了指挥松锦一带清兵的多罗肃郡王豪格等的飞骑密奏，说明朝守松山的副将夏承德在夜间将一个姓蔺的卖豆腐的人缒下城墙，传出愿意投降的意思，此事正在暗中接头，数日内可见分晓。接到密奏之后，他匆匆停了打猎，驰回盛京。等朝见礼毕，他用满洲语向王、公、大臣们问道：

“松山有消息么？”

内院大学士范文程跪下去用满洲话回答：“松山方面尚无奏报。”

皇太极不再问话，暗中担心夏承德献城投降的事会遇到波折。他吩咐诸

---

①叶赫——在今辽宁省开原旧城东北，吉林省四平市之南。

②巴牙喇——巴牙喇是满洲语，为皇帝的亲军，比较精锐。各固山额真之下也有巴牙喇。清朝入关之后，巴牙喇成为护军之前身。

③馆所——简称馆，俗称高丽馆。

④大清门——盛京的皇宫大门。

亲王、郡王、贝勒、贝子和公们都留下，等一会儿到清宁宫去，随即走下御座，往后宫去了。

后宫的规模很小，和并不壮观的崇政殿合在一起，是一个简单而完整的建筑群，还不如江南大官僚地主的府第富丽堂皇。原来，爱新觉罗·努尔哈赤这一家族只是中国境内女真民族中的一个部落，尽管从永乐年间以来就不断接受明朝封号，但是力量衰微，从努尔哈赤的兴起到现在也只不过三十多年的历史。从辽阳迁都沈阳，改称盛京，也只有十七年，宫殿建筑的简陋正是反映着一个文化落后的民族正当国家草创时期的特色。在较早时候，满洲人不懂得应该把这一较大的建筑群称做王宫或皇宫。他们一代代和汉族接触，认为管理国家事务和统治百姓的地方叫做衙门，而这一建筑群要比一般州、县衙门占地要大，权力要大，所以就叫它为“大衙门”。然而在汉族文臣的影响下，所有主要建筑都仿照汉族的宫殿取了名称。

这座建筑群的第一道大门名叫大清门，是仿照北京的大明门，内宫的大门名叫凤凰楼，是来自唐朝的丹凤楼。凤凰楼进去是一座简单的天井院落，既无雕梁画栋，也无曲槛回廊。坐北向南的主要建筑是皇帝和皇后居住和祭神的地方，名叫清宁宫，好像北京的坤宁宫。东边两座厢房叫做关雎宫、永福宫，西边两座厢房叫做麟趾宫、衍庆宫。这四座宫住着皇太极的四个有较高地位的妃子，其余的那些所谓“侧妃”和“庶妃”都挤在别处居住。

这清宁宫俗称中宫，东首一间占全宫四分之一的面积，是皇帝和皇后住的地方，又分前后两间，各有大炕。其余四分之三的面积是祭神的地方。宫门开在东南角。南北各有两口很大的铁锅，一年到头煮着猪肉。接着大锅是大炕。按照满洲风俗：神位在西边，坐人处南边为上，北边为下。南炕上的鹿角圈椅是准备皇上坐的，北炕上的鹿角圈椅是准备皇后坐的。靠西山墙的大炕是供神的地方，摆着祭神用的各种法物。山墙上有一块不大的木板，垂着黄绸帷幔，名叫神板。神板前边的炕上设有连靠背的黑漆座，上边坐着两个穿衣服的木偶，据说是蒙古神祇。神板两边墙上悬挂着彩色画轴：释迦牟尼像、文殊菩萨像、观世音像、七仙女像（即吞朱果的仙女佛库伦[1]在中间，两个姐姐和别的仙女夹在左右），另外还有枣红脸、眯缝双眼的关法玛[2]像。各神像画轴，不祭祀的时候都卷起来，装进黄漆或红漆木筒。墙上还挂着一支神箭，箭头朝下，尾部挂着一缕练麻；另一边挂着盛神索[3]的黄色高丽布袋。清宁宫门外东南方不远处有一个石座，遇到祭天的日子，前一日在上边竖着一根一丈三尺长的木杆，称做神杆，上有木斗。今日不祭天，所以石座空立，并无神杆。

当皇太极穿过凤凰楼，走进后宫时候，各宫的妃子都在两边向他屈膝恭迎，而永福宫庄妃的身边有一个五岁的男孩，也就是他的最小和最钟爱的儿子，汉语名叫福临[4]。皇太极因为心中有事，只向他看一眼就走过去，被皇后迎进清宁宫了。

太阳完全落去。清宁宫点了许多蜡烛。有的牛油烛有棒槌那么粗，外边涂成红色。香烟，烛烟，灶下的木柴烟，从大肉锅中冒出的水蒸气，混合一起，使清宁宫中的气氛显得朦胧、神秘、庄严。皇太极已经听皇后说今日挑选的两头纯黑猪特别肥大，捆好前后腿，抬进清宁宫扶着它们朝着神案，用后腿像人一样立着。等萨满跳神以后，将热酒灌进它的耳朵，它挣扎动弹，摇头摆耳，可见神很高兴领受。皇太极正在期待松山的好消息，听了皇后这么一说，心中也觉高兴。他洗过手，同皇后从东间走出来，开始夕祭[5]。夕祭的时间本来应该在日落之前，因为等候皇帝打猎回来，今日举行迟了。

他面向西，对着神像跪下行礼。然后皇后行礼。他们行礼以后，在大炕上的鹿角圈椅中坐下。五岁的福临也被叫来行礼。随后，萨满头戴插有羽毛的神

---

①佛库伦——满洲人传说长白山下有池名布尔湖里。一日天女姊妹三人，大的叫恩古伦，二的叫正古伦，小的叫佛库伦，到池中洗澡。洗毕，有神鸟衔朱果放在佛库伦衣上。佛库伦将朱果含在口中，不觉入腹，生一男孩就是满洲人的始祖。

②关法玛——关老爷。法玛是满洲语老爷的意思。

③神索——用黄、绿色棉线捻成绳索二条，夹系各色绸片，代表幸福。经过求福祭祀，萨满将一条神索给皇帝悬挂，一条给皇后悬挂。过了三天，夕祭之后，皇帝、皇后将神索解下，交萨满放回袋中。

④福临——后来的顺治皇帝。

⑤夕祭——清宁宫每日祭神二次，分朝祭、夕祭。北京的坤宁宫是按照满洲祭神需要而改造和布置的。

帽，腰部周围系着腰铃，摇头摆腰，手击皮鼓，铃声鼓声一时俱起，边跳边唱诵祝词[①]：

上天之子。年锡之神。安春。阿雅喇。穆哩。穆哩哈。纳丹。岱珲。纳尔珲。轩初。恩都哩。僧固。拜满。章京。纳丹。威瑚哩。恩都。蒙鄂乐。喀屯。诺延。……

萨满诵祝至紧处，若癫若狂。诵得越快，跳得越甚，铃声和鼓声越急。过了一阵，诵祝将毕，萨满若昏若醉，好像神已经凭到她的身上，向后踉跄倒退，又好像站立不住，要向后倒。两个宫中婢女从左右将她扶住，坐在椅子上。她忽然安静，装做瞑目闭气的样儿。婢女们悄悄地替她去了皮鼓、神帽、腰铃，不许发出一点响声。又过片刻，萨满睁开眼睛，装做很吃惊的神情，分明她认为对着神座和在皇上、皇后面前坐都是大大无礼。她赶快向神叩头，又向皇上、皇后叩头，然后恭敬退出。

皇太极和皇后博尔济吉特氏又向诸神行礼，然后命人传谕在外等候的亲王、郡王、贝勒、贝子和公等进来。

今晚被叫进来的都是贵族中较有地位的人。他们鱼贯而入，先向神行礼，再向皇帝和皇后行礼。御前侍卫给每人一块毡，让他们铺在地上。他们在毡上坐下以后，侍卫在每人面前放一盘白肉、一杯酒、一碗白米饭、一碗肉汤。当时关外不产大米，大米是向朝鲜国李氏朝廷勒索来的。各人从自己的腰间取出刀子，割吃盘中猪肉。虽然贵族们将皇帝赐吃肉看成莫大荣幸，但是又肥又腻的白猪肉毕竟难吃。幸而御前侍卫们悄悄地在每位大人面前放一小纸包的盐末，让他们撒在肉上，自然他们事后得花费不少赏银。

吃肉完毕，贵族们怀着幸福的心情谢恩退出。皇太极同皇后回到住宿的东间屋中。他本来出外打猎十几天，感到疲倦，应该早点睡觉；但是正要上炕，忽然从松山送来了豪格的紧急密奏，说夏承德投降献城的事已经谈妥，定于十八日五更破城。皇太极突然跳起，连声叫道：“赛因！扎奇赛因！”（“好！

---

①祝词——满洲人早期用的祭神祝词和祷词，许多话到乾隆年间已经没人懂得。

好哇！”）他立刻发出训示：破城之后，如洪承畴被捉到，无论如何要留下他的性命，送来盛京。对其他明朝大批文武官员的处置他来不及思考，要豪格等待他以后的上谕。飞使出发以后，他仍然很不放心。因为飞使需要两天的时间才到达松山军营，万一洪承畴被杀，那就太可惜了。

将近三更时候，防守松山南城的明军副将夏承德亲自照料，将他的弟弟夏景海和他的十七岁的儿子夏舒缒下城去。几天前由那个卖豆腐的老蔺向清营暗通了声气之后，就由夏景海三次夜间出城，与清营首脑直接谈判投降条件和献城办法。清方害怕万一中计，要夏承德送出亲生儿子作为人质。现在距约定向清兵献城的时间快要到了。

夏景海护送侄儿夏舒下城之后，过了城壕不远，向一个石碑走去。清营的一个牛录额真带领四个兵在石碑旁边等候，随即护送他们到三里外的多铎①营中。多罗肃郡王豪格、多罗郡王阿达礼②，还有罗洛宏③等，都在多铎营中等候。夏舒叔侄向满洲郡王和贝勒等跪下叩头，十分恭敬，深怕受到疑惑，使投降事遭到波折。多铎询问了夏舒的年龄、兄弟行次，并无差误；又将一个去年八月被俘投降的明兵叫来。他原在夏承德的部下，见过夏舒，证明确系夏副将的次子。随即他们被带进另一座毡帐，派几名清兵保护，给他们东西吃。正是三更时候，清军开始行动。

清兵原来在城壕外不远处准备了云梯和登城的将士，现在趁着天上起云，月色不明，左翼云梯一架和右翼云梯一架走在前边，八旗云梯八架紧紧跟随。十架云梯静悄悄地靠上南城。夏承德和他手下的守城将士探头向下望望，没有做声。清军总怕中计，事前挑选了两名不怕死的勇士，靠好云梯以后，首先爬上城头。他们回身望下边一招手，众人才利用十架云梯鱼贯上城，迅速地上去了一千多人，占领了夏承德防守的南城和东城的一小段，而大部队还在

①多铎——努尔哈赤第十五子，后封豫亲王。清朝入关后担任从潼关进攻李自成和从扬州下江南的统帅。

②阿达礼——代善（努尔哈赤第二子）的孙子。他的父亲名叫萨哈，是代善的第三子。皇太极死后，他与其叔硕托阴谋拥护多尔衮继承皇位，同被处死。

③罗洛宏——或译作罗洛浑，代善的孙子，岳托的长子。

继续上城。曹变蛟和王廷臣的守城部队开始察觉，但由于在城上的人数不多，又都长期饥饿，十分虚弱，在匆忙中奋起抵抗，经不住清兵冲杀。东城很快地被清兵占领，而东门和南门也被打开，准备好的两支清兵蜂拥入城。曹变蛟和王廷臣听见城头喊杀声起，赶快上马，率领各自的部下进行巷战，同时通知洪承畴速从西门逃走。

洪承畴听见杀声陡起，知道清兵入城，赶快骑上瘦骨嶙嶙的坐骑，在一群亲兵、亲将、幕僚和家丁的簇拥中奔到街上，恰遇着曹变蛟和王廷臣派来的人催他从西门逃走。他早已考虑过临危殉节的问题，所以这时候确实将生死置之度外，还能够保持镇静。他问道："邱抚台现在何处？"左右不能回答，但闻满城喊杀之声。他在行辕大门外的街心立马片刻，向东一望，看见曹变蛟正在拼死抵抗清兵。他知道自己未必能够逃走，要自刎的念头在他的心上一闪。忽然王廷臣来到他的面前，大声说：

"制台大人快出西门！西门尚在我们手中，不可耽误。我与曹帅在此死战迎敌，请大人速走！"

洪说："我是国家大臣，今日唯有与诸君死战到底，共殉此城！"

"大人为国家重臣，倘能逃出，尚可……"

王廷臣的话未说完，看见曹变蛟已抵敌不住，清兵从几处像潮水般杀来，同时西城上也开始混乱。他大叫一声："大人快走！"随即率领随在身边的将士向来到近处的一股敌兵喊杀冲去。洪承畴立马的地方也开始混乱，他被身边的亲兵亲将簇拥着向西门奔去，幕僚多被冲散。有一股清兵突然从一条胡同里冲出来，要去夺占西门。洪承畴的一个亲将带领十几个弟兄冲了上去，同时王廷臣的一部分将士也赶快迎击敌人，在西门内不远处发生混战。仆人刘升见主人的马很不得力，就在马屁股上猛拍一刀。

把守西门的将士看见总督来到，赶快打开西门，让洪承畴出城。他们不再去关闭西门，也向前来夺占西门的清兵杀去，投入附近街上的混战漩涡。

出松山城西门几丈远，地势猛然一低，形成陡坡①。洪承畴从西门奔出

①陡坡——松山城西门外的陡坡地形一直保持到新中国建立初未改。公社化以后因为要通汽车，才将高处铲低，低处垫高，变成缓坡。

后，不料瘦弱的枣骝马在奔下陡坡时前腿一软，向下栽倒，将他跌落地上。仆人刘升把他从地上搀起，刚刚跑了几步，那埋伏在附近的清兵呐喊而出，蜂拥奔来，砍死刘升，将他捉获，并杀散了保护他突围的少数将士。敌人当时就认出他来，用满洲语发出胜利的欢叫：

"捉到了！捉到了！洪承畴捉到了！"

第 39 章

二月二十一日午后不久，突然盛京八门击鼓，声震全城，距城十几里全都听见。随即全城军民人等，都知道松山城已于十九日黎明前攻破，俘获了洪承畴等明朝的全部文武大员。

皇太极在接到围守松山的多罗肃郡王豪格、多罗郡王阿达礼、多罗贝勒多铎、罗洛宏等自军中来的联名奏报以后，立即将赍送奏报的一个为首官员名叫安泰的叫进清宁宫问话，同时命人传谕八门擂鼓，向全城报捷。他详细询问了夏承德的投降和破城经过，将送来的满文奏报重看一遍，心中感到满意。他原来担心洪承畴会在混战中被杀或在城破时自尽，现在知道不但洪承畴被活捉了，而且明朝的辽东巡抚邱民仰，总兵王廷臣、曹变蛟、祖大乐，游击祖大名、祖大成，总兵白广恩的儿子白良弼等，全被活捉。清兵入城后杀死明朝兵备道一员、副将十员、游击以下和把总以上官一百余员，以及士兵三千零六十三名。这些官员和士兵都在城破后进行巷战，英勇不屈；后来巷战失败，溃散到各处住宅，继续进行零星抵抗，坚不投降。有一部分人身带重伤，被俘之后，仍然骂不绝口，直到被杀。另外有一千多城中百姓包括少年儿童因同明军一起抵抗，也被杀死，但奏报中只是轻描淡写地提到一笔，另外提到俘获了妇女幼稚一千二百四十九口。皇太极用朱笔抹去了满文奏报中关于明朝军民进行巷战和坚不投降的情况，然后问道：

"洪承畴捉获之后，有意降么？"

安泰回答说："憨王！你不用想他投降，那是决不会的！奴才听说他被捉到以后，把他拉到多罗肃郡王爷的面前，他很傲慢，是个硬汉，宁死不跪；也不答话，只是乱骂。那个姓邱的巡抚、姓王的总兵、姓曹的总兵，也都跟他一样，在王爷前毫不怕死，骂不绝口。这两个总兵都是受了几处重伤，倒在地上，才被捉到的。还听说那个曹总兵原就有病，马也无力，马先倒下，他又步战了多时才倒了下去。”

皇太极挥手使跪在面前的安泰退出宫去，心里说道：“幸而明朝的武将不都像王廷臣和曹变蛟一样！”

关于如何处置洪承畴等人，在皇太极的心中一时不能做最后决定。倘若照他原来想法把洪承畴留下，那么邱民仰和王廷臣、曹变蛟等人怎么处置？他召见了范文程等几位大臣，也没有一致主张，于是他暂且派人传谕松山诸王：将俘获之物酌量分赐将士，一应军器即于松山城内收贮，洪承畴等人暂羁军中候命。

到了三月初四，皇太极得到围攻杏山的多罗武英郡王阿济格自军中来的奏报，知道明朝派来的议和使者即将来到，杏山和锦州很快就会投降，他想着只有留下洪承畴最为有用，便派人往谕驻在松山的多罗肃郡王豪格、多罗郡王阿达礼、多罗贝勒多铎等：将明总督洪承畴和祖大寿的堂兄弟祖大乐解至盛京；将明巡抚邱民仰、总兵王廷臣和曹变蛟处死；将祖大寿的另外两个堂兄弟祖大名、祖大成放回锦州，同他们的妻子完聚，并劝说祖大寿赶快投降。果然到了三月初十，祖大寿献出锦州投降，杏山也跟着投降，只有塔山一城不降，经过英勇苦战失守，全城军民包括妇女在内，几乎全部战死或被俘后遭到残杀。

三月十日，虽然锦州投降的奏报尚未来到盛京，但是皇太极知道锦州已经约定在初十投降，他谕令朝廷即做准备，择定明日去堂子①行礼，感谢上天。十一日辰刻，陈设卤簿，鼓吹前导，皇太极率领礼亲王代善②、多罗饶余贝勒阿巴泰③、朝鲜世子、大君和文武诸臣，出了抚近门，前往坐落在大东门内

①堂子——满族皇帝祭天的地方。
②代善——努尔哈赤的次子，皇太极的哥哥。
③阿巴泰——努尔哈赤的第七子。

偏南的一座庙院。到了堂子的大门外边，汉族大臣、朝鲜国的世子、大君和他们的陪臣以及满族的一般文武官员都不能入内，只有被皇帝许可的少数亲贵和满族大臣进去陪祭。这是保存满族古老风俗和原始宗教最浓厚的一座庙宇，因为汉族和一般臣民不能进去一看，所以被认为是满洲宗教生活中最为神秘的地方，连敬的什么神也有各种猜测和传说。其实，如今清朝皇帝率领少数满族亲贵们进去的地方只有两座建筑，一座四方形的建筑在北边，名叫祭神殿，面向南，是皇帝祭堂子时休息的地方，并且存放着祭神的各种法物；另一座建筑在南边，面向北，圆形，名叫圜殿，就是所谓堂子。祭堂子就是在圜殿里边，而里边既不设泥塑偶像，也没有清宁宫那些神像挂图。圜殿的南院，正中间有一个竖立神杆的石座，其后又是石座六行，为皇子、王、贝勒等致祭所用。

皇太极在祭神殿稍作停留，祭堂子的仪式开始了。满洲和蒙古的海螺和画角齐鸣，那些从汉族传进来的乐器备而不用。皇太极在海螺和画角声中进入圜殿，由鸣赞官赞礼，面向南行三跪九叩头礼，少数陪祭的满族亲贵大臣分左右两行俯首跪在他的后边。虽然使用鸣赞官赞礼和三跪九叩头都是接受汉族文化的影响，但面向南祭神却保持着长白山满洲部落的特殊习俗，不但和汉族不同，也不同于一般女真族的习俗①。在他行礼之后，四个男萨满头戴神帽，身穿神衣，腰间挂着一周黄铜腰铃，一边跳舞，一边用满洲语歌唱古老的祝词，同时或弹三弦，或拍神板，或举刀指画，刀背上响动着一串小铃，十分热闹而节奏不乱。

拜过堂子，皇太极走出圜殿，为着他的武功烜赫，又一次获得大捷，面向南拜黄龙大纛。虽然皇家的旗纛用黄色，绣着龙形图案，是接受的汉族影响，但祭旗纛不用官员鸣赞，仍用萨满祝祷，也是一代代传下来的满族旧俗。

祭拜完毕，皇太极仍由仪仗和鼓吹前导，返回宫中。朝鲜国世子和大君在进入抚近门后，得到上谕，就返回他们的馆所去了。

---

①一般女真族的习俗——金朝是面向东祭神。

第二天，多罗饶余贝勒阿巴泰率领固伦额驸祈他特[1]、巴牙思护朗[2]、朝鲜国世子李溰以及满洲、蒙古、汉人诸臣上表祝贺大捷，汉文贺表中称颂皇太极“圣神天授，智勇性成，运伟略于寰中，奏奇勋于阃外”。过了四天，洪承畴解到盛京，被拘禁在大清门左边不远的三官庙[3]中。皇太极一面命文臣们代他拟出诏书，满、蒙、汉三种文字并用，将松、锦大捷的武功大加夸张，传谕朝鲜国王李倧和蒙古各部的王和贝勒知道，一面命汉族大臣设法劝说洪承畴赶快投降。但是两天之后，劝说洪承畴投降这一着却失败了。洪承畴自进入盛京以后就不断流泪，不断谩骂，要求赶快将他杀掉。过了三天，洪就绝食了。皇太极在清宁宫心中纳闷，如何能够使洪承畴不要绝食，也不要像张春那样宁教羁留一生，也坚不投降。用什么法儿使洪承畴这个人回心转意？

洪承畴在两三个月前就断定朝廷再也无力量派兵为松、锦解围，松山的失陷分明难免，而他的尽力坚守也只是为朝廷尽心罢了。由于他心知孤城不能久守，所以早已存在城亡与亡的决心。当城上和街上喊声四起的片刻间，他正要悬梁自尽，不意稍一犹豫，竟被一群亲将拥出行辕，推扶上马，后来又在亲兵亲将的簇拥中冲出西门。在马失前蹄之前，他也曾在刹那间产生一线希望：倘能逃出，就奔回山海关收集残众，继续同敌人周旋。被俘之后，他深深后悔松山失陷时不曾赶快自尽，落得像今天这样身为俘囚，只有受辱一途。在被解来沈阳之前，他同邱民仰曾被关押在一座帐篷里边，二人都能将生死置之度外，以忠义相勉。过了一段日子，三月初，在豪格派一满洲将领来宣布清朝皇帝上谕，要将洪承畴解往盛京和将邱民仰处死时候，邱民仰镇定如常，徐徐地对清将说：

“知道了。”转回头来对洪淡然一笑，说：“制台大人，民仰先行一步。大

---

①固伦额驸祈他特——蒙古科尔沁部达尔汗亲王的从子，清太宗皇太极的女婿。按清制：皇后所生的女儿称固伦公主，驸马称额驸。

②巴牙思护朗——蒙古科尔沁部土谢图汗巴达礼的儿子，也是固伦额驸，皇太极的女婿。

③三官庙——清朝入关后改建为太庙。

人此去沈阳，必将与文文山[1]前后辉映，光照史册。民仰虽不能奉陪北行，大骂虏廷，但愿忠魂不灭，恭迎大人于地下。”

洪承畴说：“我辈自束发受书，习知忠义二字。身为朝廷大臣，不幸陷于敌手，为国尽节，分所当然。况学生特荷皇上知遇，天恩高厚，更当以颈血洒虏廷，断无惜死之理。”

邱民仰不顾清将催促，扶正幞头，整好衣襟，向西南行了一跪三叩头礼，遥辞大明皇帝，起来又向洪承畴深深一揖，然后随清将而去。洪承畴目送着邱民仰被押走以后，心中赞道：

“好一个邱巡抚，临危授命，视死如归，果然不辱朝廷，不负君国！”

洪承畴被解往盛京途中，清将为怕他会遇到悬崖时从马上栽下自尽，使他坐在一辆有毡帏帐的三套马轿车上边。车前，左边坐着赶车马的士兵，右边坐着负责看守他的牛录额真。车前后走着大约三百名满洲骑兵，看旗帜他明白这是正黄旗的人马。洪承畴并不同那位牛录额真和赶车的大兵说话，而他们也奉命不得对他无礼。多半时候，洪承畴闭起眼睛，好像养神，而实际他的脑海中无一刻停止活动，有时像波浪汹涌，有时像暗流深沉；有时神驰故国，心悬朝廷，有时又不能不考虑着到了沈阳以后的事，不禁情绪激昂。当然他也不时想到他的家庭、他的母亲（她在他幼年就教育他“为子尽孝和为臣尽忠”的道理）、他的夫人和儿女等等亲属。特别奇怪的是，他在这前往沈阳赴死的途中，不仅多次想到他的一个爱妾，还常常想到两个仆人，一个是在松山西门外被清兵杀死的刘升，另一个是去年八月死于乱军之中的玉儿。每次心头上飘动玉儿的清秀姣好的面孔和善于体贴主人心意的温柔性情，不禁起怅惘之感。然而这一切杂念不能保持多久，都被一股即将慷慨就义的思想和感情压了下去。

他自从上了囚车就已经在心中决定：到了沈阳以后，如果带他到虏酋四王子面前，他要做到一不屈膝，二不投降，还要对虏酋破口大骂，但求速杀。他想象着虏酋可能被他的谩骂激怒，像安禄山对待张巡那样，打掉他的牙

①文文山——文天祥号文山。

齿，割掉他的舌头，然后将他杀掉。他想，倘若那样，壮烈捐躯，也不负世受国恩，深蒙今上知遇。他又想到，也许虏酋并不马上杀他，也不逼迫他马上投降，而是像蒙古人对待文天祥那样，暂时将他拘禁，等待很久以后才将他杀掉。如果这样，他也要时时存一个以死报国的决心，每逢朔、望，向南行礼，表明他是大明朝廷大臣。有时他睁开忧愁的眼睛，从马头上向前望去，看见春色已经来到辽东，河冰开始融化，土山现出灰绿，路旁向阳处的野草有开始苏醒的，发出嫩芽，而处处柳树也在柔细的枝条上结满了叶苞，有的绽开了尖尖的鹅黄嫩叶。洪承畴经过漫长的秋天和冬天被围困，忽然看见了大地的一些春色，在心头上便生出来一缕生活的乐趣，但是这种乐趣与他所遭遇的军败身俘，即将慷慨殉节的冷酷现实极不调和，所以片刻过去，便觉得山色暗淡，风悲日惨，大地无限凄凉。他再一次闭起眼睛，在心中叹道：

“这辽阔的祖宗山河，如今处处破碎，一至于此！”

锦州城已经投降，再也听不见双方的炮声。当锦州投降之前，清朝大队人马不敢从离城两三里以内的大路经过，害怕城上打炮，也害怕误中地雷。如今押解洪承畴的三百骑兵和一辆马车从小凌河的冰上过去，绕过锦州继续前进。因为知道是经过锦州，正是他曾经奉命率大军前来援救的一座重要城池，所以他不能不睁开眼睛一望。他望见了雄峙的不规则的城墙，稍微被炮火损伤的箭楼，特别使他注目的是那座耸立云霄的辽代八角古塔，层层飞檐，历历入目。忽然，一阵冷风吹过，传来隐约的铃声。他怔了一下，随即明白了这是从塔上来的铃声，觉得一声声都含着沧桑之悲。

过了锦州，囚车继续向前奔驰。他的心情十分单调、忧闷，总是想起来邱民仰临刑前的镇定神态和对他说的几句话，也时时在心中以文天祥自诩。他在最苦闷时就默诵文天祥的《过零丁洋》[①]诗，越默诵心中越充满了慷慨激情。他虽然不是诗人，但正如所有生活在唐、宋以来的读书人一样，自幼就学习做诗，以便应付科举，并且用诗来从事交际应酬，述志言情。因此，对于做

---

①《过零丁洋》——零丁洋在今广东中山南。文天祥被元兵所俘，舟过零丁洋，做七律一首，慷慨悲壮，末二句为：“人生自古谁无死，留取丹心照汗青。”

诗一道，他不惟并不外行，而且对比较难以记熟的诗韵，他也能不翻阅韵书而大体不致有误。默诵了几遍《过零丁洋》诗以后，他趁着囚车无事，感情不能抑制，在心中吟成了《囚车过锦州》七律一首：

万里愁云压槛车[①]，
封疆处处付长嘘。
王师已丧孤臣在，
国土难全血泪余。
浊雾苍茫就死地，
慈颜凄惨倚村闾。
千年若化辽东鹤[②]，
飞越燕山恋帝居。

从松山出发走了四天，望见了沈阳城头。自从望见沈阳以后，他的心情反而更加镇定，只有一个想法："我是天朝大臣，深蒙皇上知遇，任胡虏百般威逼利诱，决不辱国辱身！"他判定皇太极定会将他暂时拘留，不肯杀害，命大臣们向他轮番劝降，甚至会亲自劝他，优礼相加。他也明白，自来临阵慷慨赴死易，安居从容就义难，所以必须死得愈快愈好。为着必须赶快为国尽节，他决定一俟到了沈阳拘留地方，必须采取三项对策：一是谩骂，二是不理，三是绝食。这么想过之后，他在心中冷笑说：

"任你使尽威逼利诱办法，休想我洪某屈膝！"

皇太极并不急于看见洪承畴，也不同意有些满、汉大臣建议，将洪杀掉。他吩咐将洪拘留在大清门外的三官庙中，供用好的饮食，严防他自尽，同时叫汉人中的几个文武官员轮流去劝洪投降。三天以后，他知道劝说洪承畴投降的办法行不通，不管谁去同洪谈话，洪或是谩骂，或是闭目不理，一言不答，还

①槛车——古代押解犯人的车子，四面有围栏。此处借用。

②辽东鹤——古代神话：有个辽人名叫丁令威，学道千年，化为白鹤，飞返家乡，后又飞到天上。

有时说他不幸兵败被擒，深负他的皇上知遇之恩，但求速速杀他。他在提到他的皇上时，往往痛哭流涕，悲不自胜，而对劝降的汉人辱骂得特别尖刻。这时，有人建议皇太极将洪杀掉，为今后不肯投顺的明臣作个鉴戒。皇太极对这样的建议一笑置之，有时在心中骂道："蠢材！"到第四天洪承畴因见看守很严，没有机会自缢，开始绝食了。不管给他送去什么美味菜肴，他有时仅仅望一眼，有时连望也不望。经过长期围困，营养欠缺，他的身体本来就很虚弱，所以到第五天，绝食仅仅一天多，他的精神已经显得相当委顿，躺在炕上不起来了。

洪承畴一连绝食三天，使皇太极十分焦虑。在他继承努尔哈赤的皇位以来，已经使草创的满洲国家大大地向前发展。他用武力征服了朝鲜，又用文武两种手段臣服了蒙古各部，下一步目标就是将他的帝国版图扩展到长城以内，直到黄河流域，全部恢复金朝极盛时期的规模。努尔哈赤所建立的国号本来是后金，到皇太极崇德元年（1636年）改国号为大清。清与金音相近，却避免刺伤汉人的民族感情。就此一事，也可以说明他的用心之深。为着这一宏图远略，他十分需要吸收汉族的文化和人才。凭着自己以往的经验，他深知明朝的武将容易招降，唯独不容易使文臣投降。过去他曾经收降了耿精忠和尚可喜，目前收降了祖大寿等一大批从总兵、副将到参、游的明朝将领，而且还在加紧招降明朝的宁远总兵吴三桂。他已经给驻守锦州诸王、贝勒们下一道密谕，叫他们速从祖大寿部下挑选一些忠实可靠、有父母兄弟在宁远的人，放回宁远。祖大寿是宁远人，如今他的妻子也在宁远。祖氏家族活着的武将共有三个总兵官，从副将到参、游有十几人，全部降顺，所以从他们部下放一批人回宁远，对招降吴三桂和吴的部将大有作用。他打算过不久就亲自给吴三桂送去劝降诏谕，也叫祖大寿等新旧降顺的武将，都给吴三桂去信劝降，看来吴三桂的归顺只是迟早的事。可是倘若没有明国的重要文臣投降，要恢复金朝的旧业就不容易。何况，倘若洪承畴为明国绝食尽节，受到明朝朝廷褒扬和全国赞颂，会大大鼓励明朝的文臣与大清为敌，而光靠兵力决不能征服和治理明朝的土地、人民。他在清宁宫中越想越焦急，感到对洪承畴无计可施。尽管近来他的身体不如以前，今天又感到胸口很闷，有时胸口左侧有些疼痛，应该躺下去休息或叫萨满来跳神念咒才是，但是他忍着病痛不告诉任何人。晚上，约摸已经一更天气，他命人去叫内院大学士范文程来见。

自从努尔哈赤开始建国不久，就注意招降和任用一些汉人为他工作。到了皇太极继位，更重视使用有才能的汉人。今晚因洪承畴已经绝食三天，躺在炕上等死，精神很是委顿，所以皇太极考虑汉人中文武群臣只有范文程可以解此难题，便连夜将他叫进清宁宫来。

当时清朝的君臣礼节远不像入关以后完全学习汉人，搞得那么森严和繁琐。皇太极等范文程叩头以后，命他在对面坐下，用满洲语忧虑地问道：

"洪承畴坚不归降，已经绝食三天啦。你看这事怎办？"

范文程立即起身用流利的满洲语答道："请陛下不必过于焦虑。洪承畴虽然身体原就虚弱，今又绝食三日，情况不佳，但他每日饮开水数次，看来一两天内尚不至绝命。以臣看来劝他回心转意，尚非毫无办法。"

皇太极问道："别人都去劝说他投降，你为何不去劝他？"

范文程说："前几天凡是去劝他的都被他无礼谩骂，臣因此违背陛下旨意，未曾前去。"

皇太极心中不快，问道："为着国事，你何必计较他骂你几句？"

范文程躬身微笑说："臣为陛下开拓江山，不辞粉身碎骨，自然不在乎洪承畴的辱骂。但臣是清国大臣，暂不见他，也不受他的辱骂与轻视，方能留下个转圜余地。据微臣看来，这转圜的时候快到了。"

"倘若你能使洪承畴回心转意，归我朝所用，正是我的心愿。我近来常读大金太宗的本纪，想着建立太宗的事业不难，要紧的是善于使用人才。洪承畴在明国的大臣中是很难得的人才，只是明国皇帝不善使用，才落到兵败被俘的下场。如今他已绝食三天，你怎么知道他能够回心转意？"

范文程回答说："陛下用兵如神，臣即以用兵的道理为陛下略作剖析。洪承畴原来确不愿降顺我国，他必然会将他解来盛京看成是最后一战。古人论作战之道，曾说临阵将士常常是一鼓作气，再而衰，三而竭。洪承畴初到盛京，对前去劝降的我国大臣或是肆口谩骂，或是闭目不理，其心中惟想着慷慨就义，以完其为臣大节，名垂青史，流芳百世。这是他一鼓作气。后来明白陛下不肯杀他，他便开始绝食。但绝食寻死比自缢、吞金难熬百倍，人所共知。正因绝食十分难熬，所以洪承畴绝食到第二天，便一日饮水数次，今日饮水更多。往日有满人进去照料，洪偶尔一顾，目含仇恨之色。今日偶尔一顾，眼色已经温和，惟怕不给水饮。这是再而衰了。此时……"

皇太极赶快问："此时就能劝说他回心转意么？"

范文程摇头说："此时最好不要派人前去劝说。此时倘若操之过急，逼他投降，或因别故激怒了他，他还会再鼓余勇，宁拼一死。"

"那么……"

"以臣愚见，此时应该投之以平生所好，引起他求生之念。等他有了求生之念，心不愿死而自己不好转圜，然后我去替他转圜，劝他投降，方是时机。"

"你知道他平生最好的是什么？金银珠宝，古玩玉器，锦衣美食，我什么都肯给他，决不吝惜。"

范文程微笑摇头。

皇太极又问："他多年统兵打仗，可能像卢象升一样喜爱骏马？"

范文程又微笑摇头。

皇太极默思片刻，焦急地说：

"范章京，到底这个人平生最爱好的是什么？"

范文程回答说："松山被俘的文武官员中，不乏洪承畴的亲信旧部，有一些甘愿投降的来到盛京。臣从他们的口中，得知洪承畴平生只有一个毛病，就是好色。他不但喜爱艳姬美妾，也好男风。"

"什么？"

范文程尽力将男风一词用满语解释得使皇太极明白，然后接着说："近世明国士大夫嗜好男风不但恬不为耻，反以为生活雅趣，在朋友间毫不避忌。福建省此风更盛，甲于全国。洪是福建人，尤有此好。他去年统兵出关，将一俊仆名唤玉儿的带在身边，八月间死于乱军之中。自那时起，洪氏身处围城之中，无从再近美女、佼童。目前洪深为绝食所苦，生死二念必然搏斗于心中。此时如使他一见美色，必为心动，更会起恋生怕死之念。到那时，为他转圜，就很容易，如同瓜熟蒂落。"

皇太极问："美女可有？"

"臣今日正在派人暗中物色，尚未找到。此时并非将美女赏赐洪承畴，侍彼枕席，仅是引动他欲生之念耳。"

皇太极说："盛京中满汉臣民数万家，美女不会没有。另外有朝鲜国王去年贡来的歌舞女子一队，也有生得不错的。"

范文程说："有姿色的女子虽不难找，但此事绝不能使臣民知道，更不能使朝鲜知道。此系一时诱洪承畴不死之计，倘若张扬出去，传之属国，便有失上国体统。"

"何不挑一妓女前去？使一妓女前去，也不会失我清国体统。"

"臣也想到使用妓女。但思洪承畴出身名族，少年为宦，位至尚书，所见有姿色女子极多。盛京妓女非北京和江南的名妓可比，举止轻佻，言语粗俗，只能使洪承畴见而生厌。"

皇太极说："洪承畴在松山被围日久，身体原已虚弱，经不起几天绝食。明日一定得想出办法使他回心转意，不然就迟误了。"

范文程躬身回答："臣要尽力设法，能够不拖过明天最好。"

皇太极沉吟片刻，叫范文程退了出去，然后带着疲倦和忧虑的神色又坐了片刻，想起了庄妃博尔济吉特氏。自从她的姐姐关雎宫宸妃死后，在诸妃中算她生得最美，最得皇太极宠爱。她能说汉语，略识汉字，举止娴雅，温柔中带着草原民族的刚劲之气，所以近来皇太极每次出外打猎总是带她一道。今夜皇太极本来想留在清宁宫住，但因为心中烦闷，中宫皇后对他并没有什么乐趣，便往庄妃所住的永福宫去。

上午，天气比较温和，阳光照射在糊着白纸的南窗上。洪承畴从昏昏沉沉的半睡眠状态醒来，望望窗子，知道快近中午，而且是好晴天。他向窗上凝望，觉得窗上的阳光从来没有这样可爱。他想到如今在关内已是暮春，不禁想到北京的名园，又想到江南的水乡，想着他如今在为皇上尽节，而那些生长在江南的人们多么幸福！今天，他觉得身体更加衰弱，精神更加委顿，大概快要死了。昨天，他还常常感到饥肠辘辘做声，胃中十分难熬，但今天已经到第四天，那种饥饿难熬的痛苦反而减退，而最突出的感觉是衰弱无力，经常头晕目眩。他平日听说，一般强壮人饿六天或七天即会饿死，而他的身体已经在围困中吃了亏，如今可能不会再支持一二日了。于是他在心中轻轻叹道：

"我就这样死去么？"

因为想着不久就要饿死，他的心中有点怆然，也感到遗憾。但是一阵眩晕，同时胃中忽然像火烧一般的难过，使他不能细想有什么遗憾。等这阵眩晕稍稍过去，胃中也不再那么难过，他又将眼光移到窗上。他多么想多看一眼窗上的阳光！过了一阵，他听见窗外有轻轻的脚步声和人语声，但很久不见有人进来。他想从他绝食以后，头一天和第二天都有几个清朝大臣来劝他进食，他都闭目不答。昨天也有三个大臣来到他的炕边劝说，他依然闭目不答。过去三天，每次由看管他的虏兵送来饭菜，比往日更丰美，他虽然饥饿难熬，却下狠心闭目不看，有时还瞪目向虏兵怒斥："拿走！赶快拿走！"他很奇怪：为何今日没有虏兵按时给他送来肴馔，也不来问他是不是需要水喝？为何再没有一个人来劝他进食？忽然他的心中恍然明白，对自己说：

"啊，对啦，虏酋已经看出我坚贞不屈，对大明誓尽臣节，不再打算对我劝降了。"

他想着自己到沈阳以来的坚贞不屈，心中满意，认为没辜负皇上的知遇之恩，只要再支持一二日，就完了臣节，将在青史上留下忠义美名，传之千秋，而且朝廷一定会赐祭，赐谥，立祠，建坊，厚荫他的子孙。想着想着，他不禁在心中背诵文天祥的诗句：

读圣贤书，
所学何事？
而今而后，
庶几无愧！

背诵之后，他默思片刻，对自己已经做到了"无愧"感到自慰。他想坐起来，趁着还剩下最后的一点精力留下一首绝命诗，传之后世。但他刚刚挣扎坐起，又是一阵眩晕，使他马上靠在墙上。幸而几天来他都是和衣而卧，所以背靠在炕头墙壁上并不感到很冷，稍有一股凉意反而使他的头脑清爽起来。挨炕头就是一张带抽屉的红漆旧条桌，上有笔、墨、纸、砚，每日为他送来的肴馔也是摆在这张条桌上。他瞟了一眼，看见桌上面有一层灰尘，纸、砚上也有灰尘，不觉起一股厌恶心情。他平生喜欢清洁，甚至近于洁癖。倘若在平时，他一定会怒责仆人，然而今天他只是淡漠地看一眼罢了。他不再打算动纸、笔，将眼光转向别处。火盆中尚有木炭的余火，但分明即将熄灭。他想着自己的生命正像这将熄的一点余火，没人前来过问。他想到死后，尽管朝廷会给他褒荣，将他的平生功绩和绝食殉国的忠烈宣付国史，但是他魂归黄泉，地府中一定是凄凉、阴冷，而且是寄魂异域，可怕的孤独。他有点失悔早入仕途，青云直上，做了朝廷大臣，落得这个下场。忽然，从陈旧的顶棚上落下一缕裹着蛛网的灰尘，恰落在他的被子上。他看一眼，想着自己是快死的人，无心管了。

洪承畴胡乱地想着身后的事，又昏昏沉沉地进入半睡眠状态。他似乎听见院中有满洲妇女的小声说话，似乎听见有人进来，然而他没有精神注意，没有睁开眼睛，继续着半睡眠状态，等候死亡。好像过了很久，他的精神稍稍好了一些，慢慢地睁开眼睛，感到奇怪，不相信这是真的，心中自问："莫非是在做梦？"他用吃惊的眼光望了望两个旗装少女，一高一低，容貌清秀，静静地站立在房门以内，分明是等候着他的醒来。看见他睁开眼睛，两个女子赶快向他屈膝行礼，而那个身材略高的女子随即走到他的炕边，用温柔的、不熟练的汉语问道："先生要饮水么？"

洪承畴虽然口干舌燥，好像喉咙冒火，但是决心速死，一言不答，也避开了她的眼睛，向屋中各处望望。他发现，地已经打扫干净，桌上也抹得很净，文房四宝重新摆放整齐，火盆中加了木炭，有了红火。他的眼光无意中扫到自己盖的被子上，发现那一缕裹着尘土的蛛网没有了。他还没有猜透这是什么意思，立在炕前的那个女子又娇声说道：

"这几天先生吃了大苦，真正是南朝的一大忠臣。先生纵然不肯进食，难道连水也不喝一口么？"

洪承畴断定房酋已对他无计可施，只好使用美人计。他觉得可笑，干脆闭起了眼睛。过了一阵，洪承畴听见两个满洲女子轻轻地走了，才把眼睛睁开。盆中的木炭已经着起来，使他感到暖烘烘的；他的心上还留有她们的影子，那种有礼貌的说话态度和温柔的眼神使他的心头上感到了一股暖意。自从被俘以来，那些看守他的清兵，有时态度无礼，有时纵然不敢过分无礼，但也使他起厌恶之感。今天是他第一次看见了不使他感到厌恶的人。他知道清宫中没有宫女，只有宫婢，猜想她们定然是虏酋派来的宫婢，但仔细一想，又不像是用美人计诱他复食。这两个女子并没有劝他复食，只是简单地劝他饮水，也不多劝，而且丝毫没有在他的面前露出故意的媚态。他心中暗问：

"这是什么意思？下边还有什么文章？"

他虽然猜不透敌人的用意，却断定必有新的文章要做。想着自己已经衰弱不堪，再撑一二日便可完成千秋大节，决不能堕入敌人诡计，在心中冷笑说：

"哼，你有千条计，我有一宗旨，唯有绝食到底而已！"

为着不使自己中了敌人的美人计，他拿定主意：倘再有女人进来，他便破口谩骂，叫她们立刻滚出屋子。

忽然，房门口脚步响动，他看见刚才那个身材稍矮而面孔特别白嫩的宫婢掀开门帘，带一个美丽的满洲少妇进来，后边跟随着刚才那个身材稍高的苗条宫婢，捧着一把不大的暖壶。洪承畴本来准备辱骂的话竟没有出口；想闭起眼睛，置之不理，但是一股强烈的好奇心使他不能不注视着在面前出现的事情，特别有一股不可抗拒的力量使他要看看进来的满洲少妇。虽然这进来的少妇也是宫婢打扮，却带着一种高贵神气，并不向他行屈膝礼，直接脚步轻盈地走到他的炕前，用不很纯熟的汉语说道：

"先生为明国大臣，不幸兵败被俘，立意为明国皇上尽忠，绝食而死，令我十分钦敬，特意送来温开水一壶，请先生喝了，减少口干之苦。"她亲手接过暖壶，送到洪的面前，又说："这温开水不能救先生的命，只能略减临死前的痛苦，请赶快喝下去吧。"

洪承畴坚决不理，闭起双眼。房间里片刻寂静。一股名贵脂粉的异香和女人身上散出的温馨气息扑入他的鼻孔，一直沁入心肺。他心中奇怪："她不像宫婢。这是谁？”随即告诫自己：“不要理她！不要堕入虏酋诡计！”忽然他又听见那清脆而温柔的声音问道：

“先生不是要做南朝的忠臣么？”

洪承畴不说话，也不睁眼。那富有魅力的声音又说：

“我愿意帮助先生成为南朝忠烈之臣，所以特来劝先生饮水数口，神志稍清，以便死前做你应做的事。先生为何如此不懂事呀？”

洪承畴睁开双眼，原想用怒目斥骂她快滚出去，不料当他的眼光碰到她的眼光，并且望见她的眼神和嘴角含着高贵、温柔又略带轻视的笑意时，他的心中一动，眼睛中的怒气突然全消，不自觉换成了温和神色。这位满洲女子接着说道：

“不是今天，便是明天，你为南朝尽节的时刻就到。倘不投降，必然饿死，或是被杀，决不能再活下去。你是进士出身，又是大臣，不应该在糊涂中死去。我劝你喝几口水，方好振作精神，趁现在留下绝命诗或几句什么话，使明国朝野和后世都知道你是如何为国尽节。说不定还有重要的事儿在等待着你，需要你坚强起来。快喝水吧，先生！”

洪承畴迟疑一下，伸出苍白的、衰弱的、微微打颤的双手，接着暖壶，喝了一口，咽下喉咙，立时感到无比舒服。他又喝了一口，忽然一怔，想吐出，但确实口渴，喉干似火，十分难过，终于咽下，然后将壶推出。满洲女子并不接壶，微笑问道：

“先生为何不再饮了？”

洪承畴简单地说：“这里有人参滋味。我不要活！”

满洲女子嫣然一笑，在洪的眼睛中是庄重中兼有妩媚。他不愿堕入计中，回避了她的眼睛，等待她接住暖壶。她并不接壶，反而退后半步，说道：

“这确是参汤，请先生多饮数口，好为南朝尽节。听说憨王陛下今日晚上或明日就要见你。倘若先生执意不降，必然被杀。你到了憨王陛下面前，如果十分衰弱无力，别人不说你是绝食将死，反而说你是胆小怕死，瘫软如泥，连话也不敢大声说。倘若喝了参汤，有了精力，就可以在憨王面前慷慨陈词，劝两国罢兵修好，也是你替南朝做了好事，尽了忠心。听说南朝议和使者一行九十九人携带敕书，几天内就会来到盛京。你家皇上如不万分焦急，岂肯这样郑重其事？再说，倘若你不肯投降被杀，临死时没有一把精力，如何能步往刑场，从容就义？”停一停，她看出洪承畴对她的话并无拒绝之意，接着催促说：“喝吧，莫再迟疑！”

洪承畴好像即将慷慨赴义，将人参汤一饮而尽 ，还了暖壶，仰靠壁上，闭了眼睛，用斩钉截铁的口气说道：

“倘见老憨，唯求一死！”

他听见三个满洲女子开始离开他的房间，不禁将眼睛偷偷地睁开一线缝儿，望一望她们的背影。等她们完全走出以后，他才将眼睛完全睁开，觉得炕前似乎仍留下脂粉的余香未散。他心中十分纳罕，如在梦中，向自己问道：

“这一位丽人是谁？”

他感到确实有了精神，想着应该趁此刻写一首绝命诗题在墙上，免得被老憨一叫，跟着被杀，在仓猝间要留下几行字就来不及了。但是他下炕以后，心绪很乱，打算写的五言八句绝命诗只想了开头三句便不能继续静心再想。在椅子上坐了一阵，他又回到炕上，胡思乱想，直到想得疲倦时蒙眬入睡。

直到下午很晚时候，没有人再来看他，好像敌人们都将他遗忘了。自从被俘以来，他总是等待着速死，总是闭目不看敌人，或以冷眼相看。现在没有人来看他，他的心中竟产生寂寞之感。到了申牌时候，他心中所称赞的那个“丽人”又带着上午来的两个宫婢飘然而至。她用温和的眼光望着，分明给他的心头上带来了一丝温暖。但是他没有忘记他自己是天朝大臣，即将为国尽节，所以脸上保持着冷漠神色。那位神态尊贵的满洲少妇从宫婢手中接过暖壶，递到洪承畴的面前，嘴角含着似有似无的微笑，说道：

“先生或生或死，明日即见分晓，请再饮几口参汤。”

洪承畴一言不发，捧过暖壶，将参汤一饮而尽。满洲少妇感到满意，用眼色命身边的一个宫婢接住暖壶。她的眼神中多了几分嘲讽的味道，但是她的神态是庄重的、含蓄的，丝毫没有刺伤洪承畴的自尊心。她问道：

“憨王陛下实在不愿先生死去。先生有话要对我说么？”

洪承畴回答说：“别无他言，惟等一死。”

她微笑点头，说："也好。这倒是忠臣的话。"随即又说："先生既然神志已清，我以后不再来了。从今晚起，将从汉军旗中来一个奴才服侍你，直到你为南朝慷慨尽节为止。"

洪承畴问道："你是何人？"

满洲女子冷淡地回答："你不必多问，这对你没有好处。"

望着这个神气高贵的女子同两个宫婢走后，洪承畴越发觉得奇怪。过了一阵，他想着这个女子可能是宫中女官，又想着自己可能不会被杀，所以老憨命这三个宫中女子两次送来参汤救他。但是明天见了老憨，他决不屈膝投降，以后的事情如何？他越想越感到前途茫然，捉摸不定。他经此一度绝食，由三个女子送来参汤救命，希望活下去的念头忽然兴起，但又不能不想着为大臣的千秋名节，皇上的知遇之恩，以及老母和家人的今后情况。他左思右想，心乱如麻，不觉长叹。过了一阵，他感到精神疲倦，闭起眼睛养神。刚刚闭起眼睛，便想起劝他喝参汤的"丽人"。他记起来她的睛如点漆、流盼生光的双目，自从督师出关以来，他没有看见过这样的眼睛。他记起来当她向他的面前送暖壶时，他用半闭的眼睛偷看到她的藏在袖中的一个手腕，皮肤白嫩，戴着一只镂花精致、嵌着几颗特大珍珠的赤金镯子。他想着满洲女子不缠足，像刚才这个"丽人"，步态轻盈中带着矫健，不像近世汉族美人往往是弱不禁风，于是不觉想起曹子建形容洛神的有名诗句："翩若惊鸿，宛若游龙。"他正在离开死节的重大问题，为这个"丽人"留下的印象游心胡想，忽闻门帘响动，随即看见一个姣好的面孔一闪，又隐在帘外。门外有一阵细语，然后有一个满洲仆人装束的青年进来。

进来的青年仆人不过十八九岁，身材苗条，带有女性的温柔和腼腆表情。他走到洪承畴的炕前跪下，磕了一个头，起来后垂手恭立，躬身轻叫一声："老爷！"说的是北方普通话，略带苏州口音，也有山东腔调。洪承畴将他浑身上下打量一眼，问道："你是唱戏的？"

"是的，老爷。"

"你原来在何处唱戏？"

"小人九岁时候，济南德王府派人到苏州采买一班男孩和一班女孩到王府学戏，小人就到了德王府中。大兵[①]破济南，小人被掳来盛京，拨在汉军旗固山额真府中。因为戏班子散了，北人也不懂昆曲，没有再唱戏了。”

洪承畴又将他打量片刻，看见他确实眉目清秀，唇红齿白，眼角虽然含笑，却分明带有轻愁。又仔细看他脸颊白里透红，皮肤细嫩，不由地想起来去年八月死于乱军中的玉儿。他又问：“你是唱小旦的？”

“是，老爷。老爷的眼力真准！”

“你来此何事？”

“这里朝中大人要从汉人中挑选一个能够服侍老爷的奴才，就把小人派来了。”

洪承畴叹息说：“我是即将就义的人，说不定明天就不在人间，用不着仆人了。”

“话不能那样说死。倘若老爷一时不被杀害，日常生活总得有仆人照料。况且老爷是大明朝的大臣，纵然明日尽节，在尽节前也得有奴仆照料才行。像大人这样蓬头垢面，也不是南朝大臣体统。大人不梳头，恐怕虱子、虮子长了不少。奴才先替大人将头发梳一梳如何？”

洪承畴的头皮早已痒得难耐，想了一下，说：“梳一梳也好。倘若明日能得一死，我还要整冠南向，拜辞吾君。你叫什么名字？”

“小人贱姓白，名叫如玉。”

洪承畴“啊”了一声，心上起一阵怅惘之感。

如玉出去片刻，取来一个盒子，内装梳洗用具。他替洪承畴取掉幞头、网巾，打开发髻，梳了又篦，篦下来许多雪皮、虱子、虮子。每篦一下，都使洪承畴产生快感。他心中暗想：倘若不死，长留敌国，如张春那样，消磨余年，未尝不可。但是他忽然在心中说：

“我是大明朝廷重臣，世受国恩，深蒙今上知遇，与张春不同。明日见了虏酋，惟死而已，不当更有他想。”

如玉替他篦过头以后，又取来一盆温水，侍候他洗净脸和脖颈上的积

---

①大兵——指清兵。清兵于崇祯十一年十月第三次入长城南侵，深入畿辅、山东，于次年正月破济南，掳德王。

垢。一种清爽之感，登时透入心脾。如玉又出去替他取来几件干净的贴身衣服和一件半旧蓝绸罩袍，全是明朝式样的圆领宽袖，对他说：

"请老爷换换内衣，也将这件罩袍换了。这件罩袍实在太脏，后襟上还有两块血迹。"

洪承畴凄然说："那是在松山西门外我栽下马来时候，几个亲兵亲将和家奴都抢前救护，当场被虏兵杀死，鲜血溅在我这件袍子上。这是大明朝忠臣义士的血，我将永不会忘。这件罩袍就穿下去吧，不用更换。我自己也必将血洒此袍，不过一二日内之事。"

"老爷虽如此说，但以奴才看来，老爷要尽节也不必穿着这件罩袍。老爷位居兵部尚书兼蓟辽总督，身份何等高贵，鲜血何必同亲兵家奴洒在一起？请老爷更换了吧。听说明日内院大学士范大人要来见老爷。老爷虽为俘囚，衣着上也不可有失南朝大臣体统。"

"不是要带我去面见老憨？"

"小人听说范大人来见过老爷之后，下一步再见憨王。"

"你说的这位可是范文程？"

"正是这位大人，老爷。他在憨王驾前言听计从，在清国中没有一个汉大臣能同他比。明日他亲自前来，无非为着劝降。同他一见，老爷生死会决定一半。务请老爷不要再像过去几天那样，看见来劝降的人就破口大骂或闭起眼睛不理。"

洪承畴严厉地看仆人一眼，责斥说："你休要多嘴！他既是敌国大臣，且系内院学士，我自有应付之道，何用尔嘱咐老爷！"

"是，是。奴才往后再不敢多言了。"

如玉侍候他换去脏衣，并说今晚将屋中炭火弄大，烧好热水，侍候他洗一个澡。洪承畴没有做声，只是觉得这个仆人的温柔体贴不下死去的玉儿。过一会儿，如玉将晚饭端来，是用朝鲜上等大米煮的稀饭，另有两样清素小菜。洪承畴略一犹豫，想着明日要应付范文程，跟着还要应付虏酋四王子，便端起碗吃了起来。他一边吃一边想心思，心中问道：

"对着范文程如何说话？"

第 40 章

民间有句俗话：祸不单行。这不是迷信，常常是各种具体因素在同一个时间内，促成不同的倒霉事同时出现。从表面看来是偶然，实际一想也并不偶然。崇祯连做梦也不会想到，在同一天里，他在乾清宫中接到了两封飞奏：上午收到河南巡抚高名衡奏报，陕西、三边总督汪乔年在襄城兵败，李自成于二月十七日攻破襄城，将汪乔年捉到，杀在城外。下午收到宁远总兵吴三桂的飞奏，说松山城于二月十九日失守，洪承畴生死不明，传闻死于巷战之中，又云自尽。

几天以前，崇祯知道左良玉同李自成在郾城相持，汪乔年要到襄城和左良玉夹击李自成。没有料到，他会失败这么快，竟然死了。不明白：左良玉到哪里去了？汪乔年的人马到哪里去了？在襄城一战溃散了么？倘若在往年，他得到这奏报会十分震惊，震惊后会到奉先殿痛哭一阵。然而自从杨嗣昌死后，他在内战中已经习惯于失败的打击，只觉得灰心，愁闷，忧虑，而不再哭了。几个月前得到在项城城外傅宗龙的被杀消息，他也没有落泪。另外，傅宗龙和汪乔年这两个总督，在他的心目中的分量较轻，压根儿不能与杨嗣昌、洪承畴二人相比。

当得到吴三桂的飞奏后，他却哭了。他立刻命陈新甲设法查清洪承畴的生死下落，他自已也给吴三桂下了手谕，要他火速查清奏明。

自从松山失守的消息传到北京后，北京朝野就关心着洪承畴的下落，一时间传说不一。有的说他在松山失守时骑马突围，死于乱军之中。有的说他率领曹变蛟和王廷臣诸将进行巷战，身中数伤，仍然督战不止，左右死伤殆尽，他正要自尽，敌人拥到，不幸被俘，以后生死不明。过了几天，又有新消息传到北京，说邱民仰、曹变蛟和王廷臣都被杀了，其余监军道员十余人、大小将领数百人，有的战死，有的被俘后遭到杀害，而洪承畴被俘后一看见“敌酋”就骂不绝口，但求速死，已经被解往沈阳。

朝廷命宁远总兵吴三桂“务将洪承畴到沈阳就义实情，探明驰奏”，同时崇祯也叫在山海关监军的高起潜探明洪承畴是否果真不屈，已经就义。

到了四月下旬，吴三桂和高起潜的奏报相继来到，而洪承畴在北京的公馆中得到的消息更快。首先是洪承畴老营中的一个士兵，被俘后从沈阳逃了回来，说他临逃出沈阳时确实在汉人居民中哄传洪承畴绝食身死，是一个大大的忠臣。随后高起潜密奏，说闻洪承畴确实自缢未遂，继以绝食，死在沈阳。

吴三桂给兵部衙门的一封秘密塘报说，洪承畴确实到沈阳后，对劝降的满洲官员骂不绝口，每次提到皇上知遇之恩，便痛哭流涕，唯求速杀。塘报最后说：

> 闻洪总督已绝食数日，一任敌人百般劝诱，只是不理，闭目等死。虏方关防甚严，不许消息外传。洪总督是否已死，传说不一。一俟细作续探真确，当再飞报。须至塘报者！[①]

京师士民连日来街谈巷议，都认为洪承畴必死无疑。那班稍有历史知识的人们都把他比做当今张、许[②]；甚至少年儿童，也都知洪承畴是一位为国尽节的大忠臣。朝廷之上，纷纷议论，都是赞许的话。有的人在朝房中说："唉，当世劳臣[③]，强敏敢任，志节之坚，殉国之烈，孰如洪氏！"那些平日弹劾过他的言官，或因门户之见平日喜欢说他短处的同僚，这时都改变腔调，异口同声地说：

"古人说盖棺论定，洪亨九大节无亏，可谓死得其所！"

恰在这时候，洪府的管事家人陈应安等因京师朝野如沸，洪府故旧门生都在关心朝廷荣典，大少爷尚未回京，事情不能再等，便共同给皇帝上了一道奏本，陈述洪承畴确已就义，其中有这样感人的话：

---

①须至塘报者——这是明代塘报最后一句话，成为定式。它的原意是对办理和递送塘报的官员说的。

②张、许——张巡和许远。唐朝安禄山叛乱时，二人坚守睢阳，被围数月，城陷被执，骂贼不屈而死。

③劳臣——为国事辛苦有功的臣。

去岁八月战溃，家主坐困松城。城中粮绝，杀马饷兵，忍饥苦守。不意逆将夏承德暗投胡虏，开门献城。家主犹督兵巷战，大呼杀敌，血染袍袖；迨家主身负重伤，左右死亡枕藉，乃南向叩头，口称“天王圣明，臣力已竭”。被执之后，骂不绝口，唯求速死。后以虏兵防守甚严，自缢不成，绝食毕命。从来就义之烈，未有如臣家主者也！

崇祯皇帝将这道奏本看了两遍，深深地叹了口气。乾清宫的管家婆魏清慧轻轻地掀开半旧绣龙黄缎门帘，走进暖阁，本来有事要向他启奏，但是看见他在御案前神色愁惨，双眉紧皱，热泪盈眶，便吓得后退半步，不敢做声，也不敢退出。过了片刻，崇祯转过头来，望她一下，问道：

“你去承乾宫刚回来？”

魏清慧躬身回答：“是，皇爷，奴婢刚从承乾宫回来。”

“田娘娘今日病情如何？”

“田娘娘仍然每日下午申时以后便发低烧，夜间经常咳嗽，痰中带血。她自觉浑身无力，不思下床。她经常想着自己的病症不会治好，又思念五皇子，心中总是郁郁寡欢，还时常流泪。这样一天一天下去，病情只有加重的份儿。”

崇祯骂道：“太医们每日会诊，斟酌药方，竟然如此无能，全是饭桶！”

魏宫人说：“太医们虽然悉心为田娘娘治病，巴不得田娘娘凤体早日痊愈，早宽圣心。可是他们只能在行经、清脾、润肺、化痰、止咳上用心思，能够用的药都用了，无奈对田娘娘的病都无效应。如今田娘娘的病确实不轻，经血已经有几个月不来了，人也一天比一天消瘦。以奴婢看来，不能专靠太医，也需要祈禳祈禳才是。”

崇祯点点头，用眼色命宫女退出。随即一个御前太监进来，启奏说兵部尚书陈新甲奉召进宫，在乾清门外等候召对。崇祯忧郁地问道：

“那个张真人还在京么？”

御前太监回奏：“听说张真人因奏恳皇上特降隆恩，按照衍圣公为例，将真人改为二品俸禄，并在京城中赐官邸一处。此事尚未蒙皇爷恩准，所以仍留京师，住在长春观中，未曾回龙虎山去。”

崇祯说：“他请求的这两件事，朕已批示礼部衙门详议。后据礼部衙门复奏，本朝无此故事，碍难同意。礼部衙门的意思很是，张真人为何还在京城滞留？唉，且不管这些小事，你今日替朕传旨，命张真人就在长春观中建醮，为皇贵妃的病虔心祈禳。你再传谕僧道录司，京师各有名寺观，都要为皇贵妃诵经祈禳三日。南宫中的僧道，还有英华殿、大高玄殿等地方，不管是名德法师，或是习道礼佛宫女，从明天起都为皇贵妃诵经祈禳七天。”

太监叩头说：“遵旨！”

崇祯想着国事和家事如此不幸，不禁摇头叹气，随即命传谕陈新甲进来。他近来因为对李自成作战着着失败，已经对这位兵部尚书很不满意，只是遍观朝臣，没有一个比陈新甲做事更干练的人，加之同“东虏”秘密议和的事正在依靠此人，所以他的不满意并没有表露出来。等陈新甲进来行过一跪三叩头礼以后，他望着跪在地上低头等待问话的兵部尚书问道：

“洪承畴为国尽节的事，卿可有别的消息？”

陈新甲回答说：“臣部别无新的塘报。洪宅家人陈应安昨日曾到臣部见臣，说洪承畴确已慷慨尽节，言之确凿，看来颇似可信。”

崇祯说：“朕也见到陈应安等奏本，所以将卿叫进宫来商量。既然洪承畴为国尽节，实为难得的忠烈之臣，朝廷应予褒荣，恤典从优。卿可知道洪承畴在京城有何亲人？他的儿子现在何处？”

陈新甲说：“洪承畴长子原在京城，一个月前因事离京。昨天据陈应安等对臣面禀，彼已星夜赶回，大约一二日内即可来到。洪家在京城如何发丧成服[①]，如何祭奠，如何受吊，都已准备就绪，只等洪承畴的长子回京主持。”

崇祯的思想已经转往别处，沉默片刻，突然发问：“马绍愉是否已经到了沈阳？”

“按日期算，如今可能已到沈阳。”

崇祯叹息说：“目前流贼未灭，中原糜烂。长江以北，遍地蝗旱为灾，遍地

---

①发丧成服——向亲友宣布丧事，开始穿孝。服指丧服。

饥民啸聚，遍地流贼与土寇滋扰。凡此种种，卿身当中枢重任，知之甚悉。虏势方张，难免不再入塞。内外交困，如之奈何！”

陈新甲知道皇上要谈论议和的事，赶快叩头说：“微臣身为本兵，不能为陛下安内攘外，实在罪该万死。然局势演变至今，只能对东虏暂时议抚，谋求苟安一时，使朝廷全力对付中原危局，剿灭闯贼。舍此别无善策。马绍愉已去沈阳，必能折冲虏廷①，不辱使命。望皇上放心等候，不必焦虑。”

“朕所担心者虏事未缓，中原已不可收拾。”

“河南方面，微臣已遵旨檄催各军驰赴援剿。至于东虏方面，只怕要求赏赐过奢。臣已密嘱马绍愉，在虏酋面前既要宣扬皇上德威，启其向化之心，也要从我国目前大局着想，不妨稍稍委曲求全。臣又告他说，皇上的意思是只要土地人民不损失过多，他可以在沈阳便宜行事；一旦有了成议，火速密报于臣，以释圣念。”

崇祯心情沉重地说：“但愿马绍愉深体朕之苦衷，将抚事办妥；也望虏酋不要得寸进尺，欲壑无厌，节外生枝。朕欲为大明中兴之主，非如宋室怯懦之君。倘虏方需索过多，朕决不答应。只要土地人民损失不多，不妨速定成议，呈朕裁定，然后载入盟誓，共同遵守，使我关外臣民暂解兵戎之苦。”

陈新甲说：“是，是。皇上圣明！”

“马绍愉如有密报来京，万不可泄露一字。”

“是，是。此等事自当万分机密。”

“朕已再三嘱咐，每次给卿手谕，看后即付丙丁②。卿万勿稍有疏忽！”

陈新甲说：“臣以驽钝之材，荷蒙知遇之恩，惟望佐皇上成为中兴英主，所以凡是皇上此类密旨，随看随焚，连一字也不使留存于天壤之间。”

“先生出去吧。关外倘有消息，即便奏朕知道！”

陈新甲连声说“是”，随即叩头辞出。

几天以后，礼部关于洪承畴的各项褒忠荣典已经题奏皇帝，奉旨火速赶

---

①折冲虏廷——在敌方朝廷上进行外交谈判。

②即付丙丁——立即用火烧掉。按五行说法，丙丁是火。

办。这些荣典事项，包括赐谥忠烈，赠太子太保，赐祭九坛，在京城和洪的福建家乡建立祠堂。礼部与工部会商之后，合奏皇帝，京城的祠堂建立在正阳门月城中的东边。明朝最崇奉关羽，敕封协天大帝，全国到处有关帝庙，建在正阳门月城中的西边的关帝庙在京城十分有名。如今奉旨在月城中的东边建一“昭忠祠”，分明有以洪氏配关羽的意思。

祭棚搭在朝阳门外、东岳庙附近，大路北半里远的一片空地上，坐北朝南。面对东关大路，贫民房舍拆除许多，很是宽大。临大路用松柏枝和素纸花扎一牌坊，中间悬一黄绸横幅，上书“钦赐奠祭”。牌坊有三道门，中门是御道，备皇帝亲来致祭，所以用黄沙铺地。从牌坊直到一箭之外的祭棚，路两旁竖着许多杆子，挂着两行白绸长幡和中央各衙门送的挽联。路两旁三丈外搭了四座白布棚，每边两座，三座供礼部主祭官员及各衙门陪祭官员临时休息之用，一座供洪氏家人住宿休息。还有奏乐人们的小布棚，设在祭棚前边，左右相对。其余执事人员，另有较小布棚两座，都在祭棚之后。祭棚门上悬一黄缎匾额，四边镶着白缎，上有崇祯御笔亲题四个大字“忠魂不朽”。祭棚内就是灵堂，布置得十分肃穆庄严。灵堂内正中靠后设一素白六扇屏风，屏风前设有长几，白缎素花围幛，上放洪承畴的灵牌，恭楷写着“故大明兵部尚书、蓟辽总督、太子太保、赐谥忠烈、洪公之灵位”。前边，左右放着一对高大的锡烛台，中间是一个白铜香炉。紧挨灵几，是一张挂有白围幛的供桌。灵堂四壁，挂着挽幛、挽联。灵堂门外和松柏枝牌坊的门两旁都有对联，全是写在白绸子和细白葛布上。所有对联和挽联，都称颂洪氏忠君爱国，壮烈捐躯。京城毕竟是文人荟萃的地方，遇到皇帝为殉国大臣赐祭的难得机会，各大小衙门，各洪氏生前故旧，以及并无一面之缘的朝中同僚，有名缙绅，都送挽联，自己不会做挽联的就请别人代做，各逞才思，各显书法，真是琳琅满目，美不胜收。且看那牌坊中门的一副楹联，虽然不算工稳，却写出了当时的朝野心情：

十载汗马，半载孤城，慷慨忠王事，
老臣命绝丹心在
千里归魂，万里悲风，挥涕悼元老，

圣主恩深恤典隆

如今且放下朝阳门外的“赐祭”地方不去详述，让我的笔尖转到热闹非常的正阳门。在正阳门月城内，正在日夜动工，为洪承畴修建祠堂。这项工程，由礼部衙门参酌往例，议定规制，呈请皇帝钦定，批交工部衙门遵办，然后由工部衙门的营缮清吏司[①]掌管施工，限期建成。该司原有工役多调作别用，乐得将工程交给最有面子和愿意出较多回扣的包工商人承建，趁机伙同分肥。尽管层层剥削，木匠和泥瓦匠仅仅至于不饿着肚皮，大批徒工是白干活儿，但是大家干活的劲头从来没有这样高过。洪氏的“壮烈殉国”的传说深深地打动了大家的心，连平日喜欢偷懒的人也不好意思偷懒了。由于这祠堂是皇帝“敕建”的，又是建在正阳门的月城之内，所以每天前来观看的人很多。有些人看过后心情激动，回去后吟诗填词，一则颂扬洪氏忠义，一则借以寄慨。据说有许多佳作，都是有名气的文人写的，后来都自已烧掉稿子，不曾有一篇收入文集，甚至对曾经做过这样的诗词也讳莫如深。

五月初四按历书是黄道吉日，也是择定的昭忠祠正厅上梁的日子。上午巳时整，正阳门月城中放了一阵鞭炮，随即奏起鼓乐，工部衙门营缮司派一位七品文官行礼上香，另一位八品官员跪读了上梁文，然后焚化。尽管有五城兵马司派兵丁弹压，驱赶拥挤的人群，但看的人还是将路边围得水泄不通。许多上了年纪的人，想着从前几个经营辽东的大臣，如王化贞、熊廷弼、袁崇焕三个人，都落个被朝廷诛戮的下场，如今洪承畴却是困守孤城，城破被擒，骂敌不屈，绝食而死，忍不住小声议论，赞叹不止。

当昭忠祠上梁时候，崇祯皇帝正在平台召见群臣。他坐在御座上，脸色忧愁，眉头紧皱，白眼球因过分熬夜而网着血丝。臣工们看见他的双脚在御案下不住踩动，知道他常常因心情焦急上朝时都是这样，所以大家捏了一把汗，屏息无语，等候问话。他将御案上的一叠军情文书拿起来又放下，轻声叫道：“陈新甲！”

兵部尚书陈新甲立刻答一声，走到御案前跪下去叩了个头。但崇祯没有马

---

①营缮清吏司——简称营缮司，掌管修建宫殿、陵寝、城郭、牌坊、祠庙等事项。

上问话，又叫了礼部尚书和工部尚书到面前跪下。有几件要紧事情他都要向大臣们询问，但是他的心中很乱，一时不知道先问哪一桩好。停了片刻，他又将户部尚书也叫到面前跪下。他将御案上的文书看了一眼，然后向陈新甲问道：

“自从汪乔年在襄城兵败以后，两个月来闯贼连破豫中、豫东许多州、县，连归德府也破了，风闻就要去围攻开封。卿部有何援剿之策？”

陈新甲叩头说：“臣已檄催丁启睿、杨文岳两总督统率左良玉等总兵，大约有二十万之众，合力援剿，不使流贼窥汴得逞。”

崇祯对丁启睿、杨文岳的才干并不相信，也不相信左良玉会实心作战，叹口气，又问道：

“倘若援剿不利，还有兵可以调么？”

陈新甲回答说：“陛下明白，目前兵、饷两缺，实在无兵可调。倘若万不得已，只好调山西总兵刘超、宁武总兵周遇吉驰援河南。另外，陛下将孙传庭从狱中放出，命他总督陕西、三边军务。他已经于一个月前到了西安，正在征饷集粮，加紧练兵。倘若能在短期内练成数万精兵，也可救援开封。”

崇祯转向新任户部尚书傅淑训问道：“筹饷事急，卿部有何善策？”

傅淑训战战兢兢地回答说：“目前处处灾荒，处处战乱，处处残破，处处请赈、请饷，处处……”

崇祯几年来听熟了这样的话，不愿听下去，向工部尚书刘遵宪问：“为洪承畴设祭的地方可完全布置就绪？”

刘遵宪回答：“前几天就已经完全就绪。因为陛下将亲临赐祭，又将附近几家贫民破旧房屋拆除，加宽御道，铺了黄沙。”

崇祯又问：“命卿部在正阳门月城中为洪承畴修建祠堂，工程进行如何？”

“工程进展甚速，今日已上梁矣。”

崇祯转向礼部尚书：“明日开祭，烦卿代朕前去。数日之后，朕必亲临致祭。子曰‘祭如在’。《礼记》云‘祭祀主敬’。望卿与陪祭诸臣务须斋戒沐浴，恪尽至诚，献飨致祭，感格忠魂。昨日朕看到承畴的儿子所刻承畴行状[①]，对承畴殉国经过叙述较详。朕看了两遍，深为感动。”崇祯热泪盈眶，喉头壅塞，停了片刻，接着说：“朕为一国之主，没有救得承畴，致有今日！……”

皇帝突然热泪奔流，泣不成声。大臣们都低下头去，有的也陪着皇帝落泪。过了一阵，崇祯揩干眼泪，向大家问道：

“你们还有什么话需要面奏？”

礼部尚书林欲楫赶快奏道：“臣部代陛下所拟祭文，已进呈两日，不知是否上合圣心？如不符圣心，如何改定，伏乞明谕。”

崇祯说：“朕心中悲伤，几乎将此事忘了！卿部所拟祭文，用四言韵语，务求典雅，辞采亦美，然不能将朕心中欲说的话说得痛快，实为美中不足。朕今日将亲自拟一祭文，交卿明日使用。”

林欲楫叩头说：“臣驽钝昏庸，所拟祭文未能仰副圣衷，殊觉有罪。陛下日理万机，旰食宵衣，焦劳天下，岂可使陛下为此祭文烦心？臣部不乏能文之士，请容臣部另拟一稿，进呈御览。”

崇祯说：“不用啦。承畴感激朕知遇之恩，临难不苟，壮烈殉国，志节令名光照史册。朕为他亲拟祭文，以示殊恩，也是应该的。”

陈新甲说：“陛下为忠臣亲拟祭文，实旷代所未有之殊恩，必能使天下忠君爱国的志士咸受鼓舞。”

崇祯没再说话，起驾回乾清宫去了。

二更过后，崇祯坐在乾清宫的御案前改定祭文。当时，翰林中有不少能文之士，宫内秉笔太监也有一两个可以代为拟稿的，但是他平日不大相信别人，习惯于“事必躬亲”，尽管他要处理许多重要文书，还是亲自动笔写祭文稿子。晚饭前他已经将稿子写成，晚饭后因东厂提督太监曹化淳进宫来向他禀奏一些事情，包括一些朝臣的家庭阴私琐事。通过曹化淳当面密奏，他知道洪家所刻的洪承畴行状在京城散发极广，有些人与洪家毫无瓜葛，没有资格

---

①行状——叙述死者爵里和一生行事的文字。

收到行状，也要想法借到一份，誊抄珍藏。曹化淳还说，京师臣民因听说皇上将亲写祭文并将亲临东郊致祭，人人为之感动，口称圣明，都说有这样圣君，故有洪承畴那样忠臣。崇祯平时自认为是英明之主，对曹化淳并不完全相信，唯独今晚对他的密奏句句信以为真。曹化淳走后，他本来已很疲倦，但不肯休息，将祭文稿摊在御案上进行最后修改。他首先默诵一遍，精神集中，心情激动，疲倦全消。

这篇祭文不长，在下午写成后就经过两遍修改，所以现在只改了几个字，便成定稿。对着这篇改定的祭文稿子，他噙着两眶热泪，用悲痛的低声读了一遍：

维大明崇祯十五年五月，皇帝遣官致祭于故兵部尚书、都察院右都御史、蓟辽总督洪承畴之灵前而告以文曰：

呜呼！劫际红羊[①]，祸深黄龙[②]。安内攘外，端赖重臣。昊天不吊[③]，折我股肱。朕以薄德，罹此蹇剥[④]，临轩洒涕，痛何如之！

曩者青犊[⑤]肆虐于中原，铜马[⑥]披猖于西陲，乃命卿总督师旅，扫荡秦、蜀。万里驰驱，天下知上将之辛劳；三载奋剿，朝廷纾封疆之殷忧。方期贼氛廓清，丽日普照于泾、渭；讵料虏骑入犯，烽火遍燃于幽、燕。畿辅蹂躏，京师戒严。朕不得已诏卿勤王，星夜北来。平台召见，咨以方略。蓟辽督师，倚为干城。海内板荡[⑦]，君臣共休戚之感；关外糜烂，朝野乏战守之策。卿受命援锦，躬亲戎行；未建懋功，遽成国殇。呜呼痛哉！

自卿被围，倏逾半载。孤城远悬，忠眸难望一兵之援；空腹坚守，赤心惟争千秋之节。慷慨誓师，将士闻之而气壮；擂鼓督战，夷狄对之而胆

---

①红羊——迷信所谓红羊劫，谓国家遭受厄运。

②黄龙——黄龙府，在今吉林省农安县，金初国都。今吉林全境及辽宁省北部均其辖地。

③昊天不吊——上天不肯怜悯。

④罹此蹇剥——遭到倒霉运气。《易经》中蹇卦和剥卦都不吉利。罹音lí。

⑤⑥青犊、铜马——王莽时两支农民起义军名称。此处泛作农民起义军的代称。

⑦板荡——《板》和《荡》都是《诗·大雅》的篇名，本是写周厉王无道的诗，后世引申沿用，成为世乱的代词。

寒。大臣如此勇决，自古罕有。睢阳义烈①，堪与比拟。无奈壮士掘鼠，莫救三军饥馁，叛将献城，终至一朝崩解。然卿犹督兵巷战，狂呼杀敌；弱马中箭，继以步斗；手刃数虏，血满袍袖；两度负伤，仆而再起；正欲自刎，群虏涌至，遂致被执。当此时也，战鼓齐喑，星月无光，长空云暗，旷野风悲，微雨忽零，淅沥不止，盖忠贞格于上苍，天地为之愁惨而陨泣！

闻卿被执之后，矢志不屈，蓬头垢面，骂不绝口。槛车北去，日近虏庭，时时回首南望，放声痛哭。迨入沈阳，便即绝食。虏酋百般招诱，无动卿心。佳肴罗列于几上，卿惟目闭而罔视；艳姬侍立于榻前，卿惟背向而怒斥。古人云：慷慨赴死易，从容就义难。慷慨与从容，卿兼而有之矣。又闻卿绝食数日，气息奄奄，病不能兴，鼓卿余力，奋身坐起，南向而跪，连呼“陛下！陛下！”，气噎泪流，欲语无声，倒地而死，目犹不瞑。君子成仁，有如是耶？呜呼痛哉！

年余以来，迭陷名城，连丧元臣，上天降罚，罪在朕躬。建祠建坊，国有褒忠之典；议谥议恤，朕怀表功之心。卿之志节功业，已饬宣付史馆。呜呼！卿虽死矣，死而不朽。死事重于泰山，豪气化为长虹；享俎豆②于百世，传令名于万年。魂其归来，尚飨！

崇祯将祭文改好之后，又忍不住反复小声诵读，声调凄苦，热泪双流。关于洪承畴如何进行巷战，负伤被俘，以及如何绝食而死，他都是采自洪家所刻的行状，不过在他的笔下写得特别富于感情。祭文中有些话因为有“潜台词”，在执笔者自己诵读时，比旁人更为感动。对于那些打动自己感情的段落，他往往在诵读时满怀酸痛，泣不成声。

玄武门鼓打三更了。一个宫女用托盘端来一碗银耳汤和一碟虎眼窝丝糖放在他的面前，躬身轻声说道：

“皇爷，已经三更啦。请用过点心就休息吧，明日一早还要上朝呢。”

崇祯叫一个太监将祭文送到司礼监值房中连夜誊缮，天明时送交礼

---

①睢阳义烈——唐张巡与许远共守睢阳，对抗安禄山，殉国甚烈。

②俎豆——俎（zǔ）和豆都是古代祭祀用的器皿，引申为祭祀之意。

部。喝了银耳汤，便去养德斋就寝。但是刚刚睡熟不久，就做了一个凶梦，连声呼叫：

"嗣昌！承畴！……"

他一乍惊醒，尚不知是真是幻，倾听窗外，从乾清宫正殿檐角传过来铁马丁冬。一个值夜太监匆忙进来，躬身劝道：

"皇爷，您又梦见洪承畴和杨嗣昌啦。这两位大臣已经为国尽忠，不可复生。望皇爷不要悼念过甚，致伤圣体。"

崇祯叹息一声，挥手命太监退出。

在洪承畴开始吃东西的第二天，范文程到三官庙中看他。范文程同他谈了许多关于古今成败的道理，说明明朝种种弊政，必然日趋衰亡，劝他投降。但是他很少回答；偶尔说话，仍然说他身为明朝大臣，决不投降，唯求速死。为着保持大臣体统，他对范文程来时不迎，去时不送。范文程对他的傲慢无礼虽不计较，但心中很不舒服。同他见面之后，范文程去清宁宫叩见皇太极，面奏劝说洪承畴投降的结果。

皇太极问道："洪承畴仍求速死，朕自然不会杀他。你看，他会在看守不严的时候用别的法儿自尽么？"

范文程说："请陛下放心。以臣看来，洪承畴不会死了。以后不必看守很严，让他自由自在好了。"

皇太极面露笑容，问道："你怎么知道他不会再自尽了？"

"洪承畴被俘之后，蓬头垢面，确有求死之心。昨晚稍进饮食，即重有求生之意。今日臣与他谈话时虽然他对臣傲慢无礼，仍说受南朝皇帝深恩，唯愿速死，但适有梁上灰尘落在他的袍袖上，他立刻将灰尘掸去。洪承畴连袍袖上的清洁尚如此爱惜，岂有不自惜性命之理？"

皇太极哈哈大笑，说："好，这话说得很是！"想一想，又说："他一定会降，但不要逼他太紧，不要催他剃头。缓些日子不妨。"

几天以后，洪承畴已有愿意投降表示。清朝政府就给他安置到有两进院落的宅子里，除曾在三官庙中陪伴他的颇为温柔体贴、使他感到称心的姣仆白如玉仍在身边外，又给他派来两个仆人、一个马夫、一个管洗衣做针线的女仆、一个很会烹调的厨师，还有一个管做粗活的仆人。一切开销，都不用他操心。日常也有官员们前来看他，但他因身份未定，避免回拜。他有时想起老母和家中许多亲人，想起故国，想起祖宗坟墓，尤其想到崇祯皇帝，心中感到惭愧、辛酸，隐隐刺痛。但是近来在平常时候，有满洲官员们前来看他，他倒是谈笑自若，没有忧戚外露。有时忠义之心，忧戚之感，重新扰乱他的心中平静，但是他强颜为欢，不想在满洲臣僚面前流露这种心情。他对于饮食逐渐讲究，对于整洁的习惯也几乎完全恢复。

几天前他风闻张存仁曾经给清国老憨上了一道奏本，建议将祖大寿斩首，将他留用。随后有人将张存仁原疏的抄件拿给他看，关于留用他的话是这么说的：

> 洪承畴虽非挺身投顺，皇上留之以生，是生其能识时势也。……洪承畴既幸得生，必思效力于我国，似不宜久加拘禁。应速令剃发，酌加任用，使明国之主闻之寒心，在廷文臣闻之夺气。盖皇上特为文臣归顺者开一生路也。且洪承畴身系书生，养于我国，譬如孤羊在槛阱之中，蝇飞无百步之力耳。纵之何所能？禁之何所用？此恩养之不宜薄者也。

张存仁的这几句话，充分说明了清方必欲使他投降的深心，就是要他为明朝文臣树立一个投降清朝后受到优养和重用的榜样。他对自己自幼读圣贤之书，受忠义之教，落到这个下场，感到羞耻，不禁发出恨声，不断长叹。然而奇怪的是，这时如果他有心自尽，很容易为国“成仁”，然而他根本不再有自尽的想法了。

今天午饭后不久，正当崇祯在乾清宫为洪承畴写祭文的时候，范文程差一位秘书院的官员前来见洪，告他说明天上午皇上要在大政殿召见他同祖大寿等，请他今天剃头，并说一应需用衣帽，随后送到。虽然这是洪承畴意料中必有的事，却仍然不免在心中猛然震动。这位官员向他深深作揖致贺，说他必受到皇上重用。他赶快还礼，脸上的表情似笑似哭，喃喃地不能回答出一句囫囵的话。刚送走这位官员，就有人送来了衣、帽、靴、鞋，并来了一个衣服整洁、梳着大辫子的年轻剃头匠。那剃头匠向洪承畴磕了个头，说：

“大学士范大人命小人来给大人剃头。”

洪承畴沉默片刻，将手一挥，说道：“知道了。你出去等等！”

剃头匠退出之后，洪承畴坐在椅子中穆然不动，过了好长一阵，仍然双眼直直地望着墙壁。虽然他已经决定投降，但剃头这件事竟给他蓦然带来很深的精神痛苦。这样的矛盾心情和痛苦，也许像祖大寿一类武将们比较少有。他在童年时候就读了《孝经》，将“身体发肤，受之父母，不敢毁伤”的话背得烂熟。如果是为国殉节，这一句古圣贤的话就可以不讲，而只讲“尽忠即是尽孝”。但如今他是做叛国降臣，剃头就是背叛了古圣先王之制，背叛了华夏之习，背叛了祖宗和父母。一旦剃头，生前何面目再见流落满洲的旧属？死后何面目再见祖宗？然而他心中明白：既然已经投降，不随满洲习俗是不可能的，在这件事情上稍有抗拒，便会被认为怀有二心，可能惹杀身之祸。他正在衡量利害，白如玉来到他的身边，凑近他的耳朵低声说：

“老爷，快剃头吧。听说范大人马上就要来到，与老爷商量明日进见憨王的事。”

洪承畴嗯了一声，点一下头。白如玉掀开一半帘子，探出头去，将手一招。随即满洲剃头匠把盆架子搬了进来，放在比较亮的地方。这架子，下边是木架子，有四条腿，都漆得红明红明的；上边放着铁炉，形似罐子，下有炉门，燃着木炭，上边接一个约有半尺高的黄铜围圈。他端来盛有热水的、擦得光亮的白铜脸盆，放在黄铜围圈上。脸盆背后的朱红高架旁挂着荡刀布，中间悬着一面青铜镜。剃头匠本来还有一只特制的凳子，同盆架子合成一担，可以用扁担挑着走。因为洪承畴的屋中有更为舒服的椅子，所以不曾将那只凳子搬进屋来。剃头匠将一把椅子放在盆架前边，请洪承畴坐上去，俯下腰身，替他用热水慢慢地洗湿要剃去的头发和两腮胡须。洪承畴对剃头的事完全陌生，只好听从剃头匠的摆布。洗过以后，剃头匠将盆架向后移远一点，取出刀子，在荡刀布上荡了几下，开始为洪剃头。刀子真快，只听刷刷两下，额上的头发已经去了一片，露出青色的头皮。洪承畴在镜中望见，赶快闭了眼睛。剃头匠为他剃光了脑壳下边的周围头发，剃了双鬓和两腮，又刮了脸，也将上唇和下颌的胡须修剃得整整齐齐，然后将洪承畴留下的头发梳成一条辫子，松松地盘在头上。洪对着铜镜子看看，觉得好像比原来年轻了十年，但不禁心中一酸，赶快将眼光避开镜子，暗自叹道：

“从此‘生为别世之人，死为异域之鬼！①’。”

洪承畴正要起身，剃头匠轻声说：“请老爷再坐一阵。”随即这个年轻人用两个大拇指在他的两眉之间轻巧地对着向外按摩几下，又用松松的空拳轻捶两下，转到他的背后，轻捶他的背脊和双肩。捶了一阵，又蹲下去捶他的双腿，站起来捶他的两只胳膊。剃头匠的两只手十分轻巧、熟练，时而用实心拳，时而用空心拳，时而一空一实，时而变为窝掌，时而使用拳心，时而变为竖拳。由于手势变化，快慢变化，使捶的声音节奏变化悦耳，被捶者身体和四肢感到轻松、舒服。洪承畴以为已经捶毕，不料剃头匠将他右手每个指头拉直，猛一拽，又一屈，使每个指头发出响声，然后将小胳膊屈起来，拉直，猛一拽，也发出响声。再将小胳膊屈起来，冷不防在肘弯处捏一下，使胳膊猛一酸麻，随即恢复正常，而酸麻中有一种特殊快感。他将洪的左手和左胳膊，同样地摆弄一遍。剃头匠看见洪承畴面露微笑，眼睛半睁，似有睡意，知道他感到舒服，便索性将他放倒椅靠背上，抱起他的腰举一举，使他的腰窝和下脊骨也感到柔和，接着又扶着坐直身子，在他肩上轻捶几下，冷不防用右手大拇指和食指在他的下颏下边按照穴位轻轻一捏。洪承畴蓦然昏晕，浑身一晃，刹那苏醒，顿觉头脑清爽，眼光明亮。剃头匠又替他仔细地掏了耳朵，然后向他屈了右膝打千，赔笑说：

“老爷请起。过几天小人再来给老爷剃头刮脸。”

洪承畴刚起身，白如玉就将一个红纸封子赏给剃头匠。剃头匠接到手里，猜到是一两银子，赶快向洪承畴跪下叩头，说：

“谢老爷的赏！要不是老爷今日第一次剃头，小人也不敢接赏。这是讨个吉利，也为老爷恭喜。老爷福大命大，逢凶化吉；从此吉星高照，前程似锦；沐浴皇恩，富贵无边。”

---

①生为……之鬼——出自西汉投降匈奴将领李陵的《答苏武书》。此书可能是伪托。

白如玉等剃头匠走后，用一绸帕将剃下来的长发和以后不会再用的网巾包起来，放进洪承畴床头的小箱中，然后侍候主人更换了衣服。洪承畴平日认为自己生长在“衣冠文物之邦”，很蔑视满洲衣帽，称之为夷狄之服。他常骂满洲人的帽子后边拖着豚尾，袍袖作马蹄形，都是自居于走兽之伦。现在他自己穿戴起来，对着镜子看看，露出一丝苦笑，正要暂时仍旧换上旧服，外边仆人来禀：内院大学士范大人驾到。洪承畴赶快奔出二门外相迎，心里说：

“幸好换上了满洲衣帽！”

洪承畴本来要迎出大门，但看见范已经进到大门内，就抢到范的面前深深作了一揖，说道：“辱承枉顾，实不敢当！”范文程赶快还揖，赔笑说：“九老是前辈，今后领教之处甚多，何必过谦。”并肩走到二门阶下，洪又作了一揖，说声“请！”范还了一揖，登阶入门。到了上房阶下，洪又同样礼让；上了台阶以后，到门口又作揖，让范先走一步，到了上房正间，洪又作揖，请范在东边客位坐下，自己在西边主位坐下。仆人献茶以后，洪承畴稍微欠欠身子，赔笑说：

“学生以戴罪之身，未便登门拜谒，务请大人海涵。”

范文程说：“不敢，不敢。老先生来到盛京，朝野十分重视。皇上恩情隆渥，以礼相待，且推心置腹，急于重用。明日召见之后，老先生即是皇清大臣，得展经纶[①]矣。”

随即他将明日朝见的礼节向洪承畴嘱咐一番。正说话间，一个仆人匆匆进来，向洪承畴禀道：

“请老爷赶快接旨！”

洪承畴不知何事，心中怦怦乱跳，赶快奔出迎接。范文程趁此时避立一边。那来的是一位御前侍卫，手捧黄缎包袱，昂然走进上房，正中面南而立。等洪承畴跟进来跪在地上，他用生硬的汉语说：

“皇上口谕，洪承畴孤身在此，衣物尚多未备，朕心常在念中。目前虽然

---

①经纶——治国的学问、本领。

已交五月，但关外还会有寒气袭来。今赐洪承畴貂皮马褂一件，以备不时御寒之需。”

跪在地上的洪承畴呼叫：“谢恩！”连叩了三个头，然后双手捧接包袱，恭敬地起身，将包袱放在八仙桌后的条几正中间，又躬身一拜。

御前侍卫没有停留，随即回宫。洪承畴送走了御前侍卫，回进上房，对范文程说：

“皇上真乃不世[1]之主也！”

这天晚上，洪承畴的心情极不平静，坐在灯下很久，思考明天上午跪在大清门外如何说自己有罪的话，然后被引到大政殿前跪下，大清皇帝可能问些什么话，他自己应该如何回答。虽然他做官多年，身居高位，熟于从容应对，但是明天是以降臣身份面对新主，不能说半句不得体的话，更不能有说错的话。当他在反复考虑和默记一些重要语言时候，虽然不知崇祯皇帝正在反复诵读修改好的祭文而哽咽、饮泣，终至俯案痛哭，但是他明白大明皇帝和朝野都必以为他已慷慨尽节，所以他的心中自愧自恨。白如玉每到晚上就薄施脂粉，在他们这种人叫做“上妆”，别人也不以为奇。这时他轻轻地来到洪承畴的身边，小声说：

“老爷，时候不早了，您快上床休息吧，明日还要上朝哩。”

洪承畴长叹一声，在白如玉的服侍下脱衣上床。但是他倚在枕上，想起来一件心事，便打开床头小箱，取出那张在“槛车”上写的绝命诗稿，就灯上烧了，又将包着网巾和头发的小包取出，交给如玉，说道：

“你拿出去，现在就悄悄烧掉。”

如玉说：“老爷，不留个念物么？”

洪承畴摇摇头，语气沉重地说：“什么念物！从此以后，同故国、同君亲、同祖宗一刀两断！过去种种譬如昨日死！”

当白如玉回到床边坐下时，洪承畴已经将灯吹熄，但仍旧倚在枕上胡思乱想。如玉知道他的心中难过，小声劝慰说：

---

①不世——非常的、少有的。

“老爷，大清皇上很是看重您，今日赏赐一件貂皮马褂也是难得的恩荣。老爷应该高兴才是。”

洪承畴紧抓住白如玉的一只柔软的手，小声说：“玉儿，你不懂事。旧的君恩未忘，新的君恩又来，我如何能不心乱如麻？”

“是的。老爷是读书人，又做过南朝大臣，有这种心情不奇怪。”沉默一阵，如玉又说：“过几天，老爷可奏准皇上，暗中差人回到南朝，让家中人知道您平安无恙。”

“胡说！如今全家都以为我已尽节，最好不过。倘若南朝知我未死，反而不妙。从前张春被俘之后，誓死不降，被南朝称为忠臣，遥迁[①]右副都御史，厚恤其家。后来张春写信劝朝廷议和，本是好意，却惹得满朝哗然，就有人劾他降敌，事君不忠。朝廷将张春二子下狱，死在狱中。我岂可稍不小心，连累家人？”

白如玉又说：“听说老夫人住在福建家乡，年寿已高，倘若认为老爷已尽节死去，岂不伤心而死？”

“不，你不知道老夫人的秉性脾气。老夫人知书明理，秉性刚强。我三岁开始认字，就是老夫人教的。四岁开始认忠孝二字，老夫人反复讲解。倘若她老人家知道我兵败不死，身事二主，定会气死。唉，唉！……”

洪承畴想着老母，不禁抽泣。过了一阵，他轻轻推一推白如玉，意思是要他到小炕上去睡。白如玉用绸汗巾替他揩去脸上的纵横泪痕，站起来说：

“事已至此，请老爷不必过分为老夫人难过。好生休息一夜，明日要起早梳洗穿戴。第一次见大清皇上，十分要紧！”

第 41 章

次日五月端阳，辰牌时候，正当北京城朝阳门外，明朝的礼部尚书林欲楫

---

①遥迁——升官叫做迁。因张春被满洲所俘，所以给他升官叫做遥迁。

代表崇祯皇帝，偕同兵部尚书陈新甲和文武百官，在庄严悲凄的哀乐声中向洪承畴的灵牌致祭时候，在北京东北方一千四百七十里的沈阳城中，举行隆重的受降仪式，一时间八门击鼓，大清门外响起来一阵鼓声和号角之声。然后从大清门内传出来一派皇帝上朝的乐声。随着乐声，满、汉群臣，在盛京的蒙古王公，作为人质的朝鲜世子和大君兄弟二人以及世子的几位陪臣，都到了大政殿前，向坐在大政殿内的清朝皇帝皇太极行礼，然后回到平日规定的地方，只有满、蒙王公和朝鲜世子、大君可以就座，其余都肃立两行。大清门外，跪着以明朝蓟辽总督洪承畴为首的松、锦降臣，有总兵祖大寿、董协、祖大乐，已经革职的总兵祖大弼，副将夏承德、高勋、祖泽远等，低着头等候召见。当时清朝的鸿胪寺衙门尚未成立，有一礼部汉人官员向大清门的降臣们高声传宣：

“洪承畴等诸文武降臣朝见！”

洪承畴叩头，高声奏道：“臣系明国主帅，　将兵十三万来到松山，欲援锦州。曾经数战，冒犯军威。圣驾一至，众兵败没。臣坐困于松山城内，粮草断绝，人皆相食。城破被擒，自分当死。蒙皇上矜怜，不杀臣而恩养之。今令朝见。臣自知罪重，不敢遽入，所以先陈罪状。许入与否，候旨定夺。”

礼部官将洪承畴请罪的话用满语转奏清帝之后，皇太极用满语说了几句话。随即那位礼部官高声传谕：

“皇上钦谕，洪承畴所奏陈的话很是。然彼时尔与我军交战，各为其主，朕岂介意？朕所以宥尔者，是因为朕一战打败明国十三万人马，又得了松、锦诸城，全是天意。天道好生，能够恩养人便合天道，所以朕按照上天好生之心意行事，留下你的性命。尔但念朕的养育之恩，尽心图报，从前冒犯之罪，全都宽释不问。从前在阵前捉到张春，也曾好生养他。可惜他既不能为明国死节，也不能效力事朕，一无所成，白白死去。尔千万莫像他那样才是！”

洪承畴伏地叩头说：“谨遵圣谕！”

祖大寿接着高声奏道：“罪臣祖大寿谨奏！臣的罪与洪承畴不同。臣有数罪当死。往年被陛下围困于大凌河，军粮吃尽，吃人，快要饿死，无计可施，不得已向皇上乞降。蒙皇上不杀，将臣恩养，命臣招妻子、兄弟、宗族来降，遣往锦州。臣到锦州之后，不惟背弃洪恩，而且屡次与大军对敌。今又在锦州被围，粮食已尽，困迫无奈，方才出城归顺。臣罪深重，理应万死！”

随即礼部官员传出皇帝口谕：“祖大寿所陈，也算明白道理。尔之背我，一则是为尔主，一则是为尔的妻子、宗族。可是得到你以后决不杀你，朕早就怀有此心了。朕时常对内院诸臣说，‘祖大寿必不能杀，后来再被围困时仍然会俯首来降。只要他肯降，朕就会始终待以不死’。以前的事儿你已经追悔莫及，也就算啦。”

明朝副将祖泽远也跪在大清门外奏道：“罪臣祖泽远伏奏皇帝陛下，臣也是蒙皇上从大凌河放回去的，臣的罪与祖大寿同，也该万死！”

皇太极命礼部官员传谕：“祖泽远啊，你是个没有见识的人。你蒙朕放走后之所以不来归降，也只是看着你的主将祖大寿行事罢了。往日朕去巡视杏山，你不但不肯开门迎降，竟然明知是朕，却特意向我打炮，岂不是背恩极大么？尔打炮能够伤几个人呀？且不论尔的杏山城很小，士卒不多，就说洪承畴吧，带了十三万人马，屡次打炮，所伤的人究竟有多少？哼哼！……朕因尔背恩太甚，所以才说起这事。朕平日见人有过，明言晓谕，断不念其旧恶，事后再加追究。岂但待你一个人如此？就是地位尊于你的祖大寿，尚且留养，况尔是个小人，何用杀你！你正当少壮之年，自今往后，凡遇战阵，为朕奋发效力就好啦。”

祖泽远和他的叔父祖大乐都感激涕零，同声说道：“皇上的话说得极是！”

文武新降诸臣都叩头谢恩，然后起立，进入大清门，到了崇政殿前，在鼓乐中行了三跪九叩头的朝见大礼。乐止，皇太极召洪承畴、祖大寿、祖大乐、夏承德、祖大弼五人进入殿内。等他们重新叩头毕，清帝命他们坐于左侧，赐茶，然后靠秘书院的一位官员翻译，向洪承畴问道：

“我看你们明主，对于宗室被俘，置若罔闻；至于将帅率兵死战，或阵前被擒，或势穷力竭，降服我朝，必定要杀他们的妻子，否则也要没入为奴。为什么要这样？这是旧规么？还是新兴的办法？”

洪承畴明白清帝所问的是出于传闻之误，只好跪下回答说：“昔日并无此例。今因文臣众多，台谏[①]纷争，各陈所见以闻于上，遂致如此。”

皇太极接着说：“今日明国的文臣固然多，遇事七嘴八舌议论，可是在昔日，文臣难道少么？究竟原因只在如今君暗臣蔽，所以枉杀多人。像这种死战被擒的人，还有迫不得已才投降了的人，岂可杀戮他们的老婆孩子？即令他们身在敌国，可以拿银子将他们赎回，也是朝廷应该做的事，何至于将他们的老婆孩子坐罪，杀戮充军？明国朝廷如此行事，无辜被冤枉滥杀的人也太多啦。”

洪承畴显然被皇太极的话打动了心事，流着眼泪叩头说：“皇上此谕，真是至圣至仁之言！”

这一天，降将祖大寿等献出了许多珍贵物品，有红色的和白色的珊瑚树，有用琥珀、珊瑚、珍珠等做的各种数珠，还有珠箍、珠花、沉香、玉带、赤金首饰、玉壶，以及用玉、犀牛角、玻璃、玛瑙、金、银制成的大小杯盘和各种精美银器；皮裘一类有紫貂、猞猁狲、豹、天马皮等，另有倭缎、素缎、蟒衣，各种纱、罗、绸、缎衣料，黄金和白金，氆氇和毡毯、红毡帐房，骏马、雕鞍、宝弓和雕翎箭，虎皮和豹皮，精巧的琉璃灯和明角灯，各种名贵瓷器，各种精工细木家具，镀金盔甲，镶嵌着宝石的苗刀，等等。皇太极命洪承畴和祖大寿等坐在大清门外，将降将们献的东西看了一遍。洪承畴因为是仓猝中突围被俘，所以无物可献。但是心中明白，皇太极是要他看一看祖大寿等许多将领的降顺诚心，意不在物。

看过贡献的名贵东西之后，有官员传出上谕：“祖大寿等所献各物，具见忠心。朕一概不纳，你们各自带回去吧。”祖大寿等降将赶快跪在地上再三恳求说：“皇上一物不受，臣等实切不安。伏望稍赐鉴纳！”皇太极念他们十分诚恳，命内务府酌收一二件，其余一概退还。

大政殿前击鼓奏乐，皇太极起身还宫。礼部官吩咐洪承畴和祖大寿等下去休息，但不能远离。过了半个时辰，宫中传出上谕，赐洪承畴、祖大寿等宴于崇政殿，命多罗贝勒多铎、固山贝子博洛、罗托、尼堪，以及内大臣图尔格

①台谏——泛指谏官。明代的都察院在东汉和唐、宋称为御史台，或称宪台，故谏官称为台谏。

等作陪。宴毕，洪承畴等伏地叩头谢恩，退出大清门外。忽然，皇太极又命大学士希福、范文程、刚林、学士罗硕等追了出来，向洪承畴和祖大寿等传谕：

“朕今日召见你们，并未服上朝的衣冠，又不亲自赐宴，并不是有意慢待你们，只是因为关雎宫敏惠恭和元妃死去还不满周年的缘故。”

洪承畴和祖大寿等叩头说：“圣恩优异，臣等实在愧不敢当，虽死亦无憾矣！”

回到公馆，洪承畴的心中一直没法平静。从昨天起，他剃了头，改换了满洲衣帽；从今天起，他叩见了清国皇帝，正式成了清臣。虽然皇太极用温语慰勉，并且赐宴，但是是非之心和羞耻之念还没有在他的身上完全消失，所以他不免暗暗痛苦。这天下午，有几位内院官员前来看他，祝贺他深蒙皇上优礼相待，必被重用无疑。他强颜欢笑，和新同僚们揖让周旋，还说了多次感激皇恩的话。到了晚上，当白如玉服侍他脱衣就寝时候，看见他郁郁寡欢，故意偎在他的胸前，轻声问道：

“老爷，从今后您会建大功，立大业，吉星高照，官运亨通。为何又不高兴了？是我惹老爷不如意么？是我……”

洪承畴叹了口气，几乎说出来自己是“赧颜苟活”，但是话到口边就赶快咽了下去。在南朝做总督的那些年月，他常常小心谨慎，深怕自己的左右有崇祯皇帝的耳目，将他随便说的话报进东厂或锦衣卫，转奏皇上；如今来到北朝，身居嫌疑之地，他更得时时小心。尽管这个白如玉是他的爱仆，同床而眠，但是他也不能不存戒心，心中的要紧话决不吐露。白如玉等不到主人回答，体会到主人有难言心情，便想拿别的话题消解主人的心中疙瘩，说道：

“老爷，听说朝廷要另外赏赐您一处大的公馆和许多东西，还要赏赐几个美女，要您快快活活地替皇上做事。听说老爷您最喜欢美女……”

忽然有守门仆人站在房门外边叫道：“启禀老爷，刚才内院差人前来知会，请老爷明日辰牌以前到大清门外等候，大衙门中有事。”

洪承畴一惊，从枕上抬起头问：“宫中明日可有何事？”

“内院的来人不肯说明，只传下那一句话就走了。”

洪承畴不免突然生出许多猜疑，推开白如玉，披衣坐起。

第二天辰时以前，洪承畴骑马到了大清门外。满、汉官员已经有一部分先到，其余的不过片刻工夫也都到了。鼓声响后，礼部官传呼：满、蒙诸王、贝勒、贝子、公、内院大学士和学士、六部从政等都进入大清门，在大政殿前排班肃立，朝鲜国的世子、大君和陪臣也在大政殿前左边肃立。礼部官最后传呼洪承畴和祖大寿一族的几位投降总兵官也进入大清门内，地位较低的群臣仍在大清门外肃立等候。洪承畴刚刚站定，凤凰楼门外又一次击鼓，清国皇帝皇太极带着他的只有五岁的儿子福临，由一群满族亲贵组成的御前侍卫扈从，走出凤凰门，来到大政殿。他没有走进殿内，侍卫们将一把鹿角圈椅从殿中搬出来放在廊檐下。他坐在圈椅中，叫福临站在他的右边。大政殿前文武群臣，包括朝鲜国的世子和大君等，一齐随着礼部官的鸣赞向他行了一跪三叩头礼。他用略带困倦的眼睛向群臣扫了一遍，特别在洪承畴的身上停留一下，眼角流露出似有若无的一丝微笑，然后对大家说了些话，一位官员译为汉语：

“洪承畴和祖大寿等已经归降，松山、锦州、杏山、塔山四城都归我国所有。感谢上天和佛祖保佑我国，又一次获得大捷。上月朕已经亲自去堂子祭天。今日朕要率领你们去实胜寺烧香礼佛。明国朝政败坏，百姓到处作乱，眼看着江山难保。我国国势日强，如日东升，战无不胜，攻无不克。上有上天和佛祖保佑，下有你们文武群臣实心做事，朕不难重建大金太宗的伟业。今去烧香礼佛，你们务须十分虔诚。午饭以后，你们仍来大政殿前，陪洪承畴观看百戏。朕也将亲临观看，与你们同乐。”

洪承畴伏地叩头，流着泪，且拜且呼：“感谢皇恩！万岁！万岁！万万岁！”

皇太极望着洪承畴诚心感激，心中欣慰，又一次从眼角露出微笑。随即他率领满、蒙贵族和各族文武大臣，骑马往盛京西城外的实胜寺烧香礼佛。他和满、蒙大臣都按照本民族习俗脱掉帽子，伏地叩头，而汉族大臣和朝鲜国世子、大君及其陪臣则按照儒家古制，行礼时冠带整齐。在这个问题上，皇太极倒是胸襟开阔，并不要求都遵守满洲风俗。礼佛完毕，回到城中，时届正午，皇太极自回皇宫。满、蒙、汉各族文武大臣和朝鲜世子等将他送至大清门外，一齐散去，各回自己的衙门或馆舍。

午后不久，朝中各族文武大臣，满、蒙贵族，朝鲜国世子、大君和陪臣，都到了大清门内，按照指定的地方坐下，留着中间场子。洪承畴虽然此时尚无官职，却被指定同内三院大学士坐在一起。大家坐定不久，听见凤凰门传来咚咚鼓声，又赶快起立，躬身低头，肃静无声。忽然，洪承畴听见一声传呼："驾到！"他差不多是本能地随着别人跪下叩头，又随着别人起身，仍然不敢抬头。在刹那间，他想起来被他背叛的故君，不免心中一痛，也为他对满洲人跪拜感到羞耻。但是他的思想刚刚打个回旋，又听见一声传呼："诸臣坐下！"因为不是传呼"赐坐"，所以群臣不必谢恩。洪承畴随着大家坐下，趁机会向大政殿前偷瞟一眼，看见老憨已经坐在正中间，左右坐着两个女人。当时清朝的朝仪远不像迁都北京以后学习明朝旧规，变得那么繁杂和森严，所以大臣们坐下去可以随便看皇帝，也可张望后、妃。但洪承畴一则尚不习惯清朝的仪制，二则初做降臣尚未泯灭自己的惭愧心理，所以低着头不敢再向大政殿的台阶上观看，对皇帝和后、妃的脸孔全未看清。

大政殿院中，锣鼓开场，接着是一阵热闹的器乐合奏，汉族的传统乐器中杂着蒙古和满洲的民族乐器。乐止，开始扮演"百戏"，似乎为着象征皇帝的"圣躬康乐"，第一个节目是舞龙。这个节目本来应该是晚上玩的，名叫"耍龙灯"。如今改为白天玩耍，龙腹中的灯火就不用了。洪承畴自幼就熟悉这一玩耍，在军中逢到年节无事，也观看士兵们来辕门玩耍狮子和龙灯。现在他是第一次在异国看这个节目，仍然感到兴趣，心中愁闷顿消。锣鼓震耳，一条长龙鳞爪皆备，飞腾跳跃，或伸或屈，盘旋于庭院中间，十分活泼雄健。但是他偶然觉察出来，故国的龙啊，不管是画成的、雕刻的、泥塑的、纸扎的、织的、绣的、玩的布龙灯，那龙头的形状和神气全是敦厚中带有庄严，不像今天所看见的龙头形象狞猛。他的心中不由地冒出一句评语："夷狄之风！"然而这思想使他自己吃了一惊。自从他决意投降，他就在心中不断告诫自己：要竭力泯灭自己的故国之情，不然就会在无意中招惹大祸。他重新用两眼注视舞龙，特别是端详那不住低昂转动的龙头，强装出十分满意的笑容，同时在心中严重地告诫自己说：

"这不是'胡风'，而是'国俗'！要记清，要处处称颂'国俗'！满洲话是

‘国语’，满洲的文字是‘国书’。牢记！牢记！”

接着一个节目是舞狮子。他从狮子头的形状也看出了狞猛的“国俗”。他不敢在心中挑剔，随着左右同僚们高高兴兴地欣赏“狮子滚绣球”。他开始胆大一些，偷眼向大政殿前檐下的御座张望，看见皇帝坐在中间，神情喜悦。他不必偷问别人，偷瞟一眼就心中明白：那坐在皇帝左边的中年妇女必是皇后，坐在右边的标致少妇必是受宠的永福宫庄妃。他继续观看玩狮子，心中又一次感叹清国确是仍保持夷狄之俗，非礼乐文明之邦。按照大明制度，后妃决不会离开深宫，连亲信大臣也不能看见。即令太后因嗣君年幼，偶尔临朝，也必须在御座前三尺外挂起珠帘，名曰“垂帘听政”。她能够在帘内看见群臣，臣下看不见她，哪能像满洲这样！他不敢多想，心中警告自己务要称颂“国俗”，万不可再有重汉轻满的思想，致惹杀身之祸。

以下又扮演了不少节目，有各种杂耍、摔跤、舞蹈。洪承畴第一次看见蒙古的男子舞蹈，感到很有刚健猛锐之气，但他并不喜爱；满洲的舞蹈有的类似跳神，有的模拟狩猎，他认为未脱游牧之风，更不喜欢。后来他看见一队朝鲜女子进场，身穿长裙，脚步轻盈，体态优美，使他不觉入神。他还看见一个身材颀长的美貌舞女在做仰身旋体动作时，两次偷向坐在西边的朝鲜国世子送去眼波，眼中似乎含泪。他的心中一惊，想道：“她也有故国之悲！”等这一个节目完毕，这个朝鲜女子的心思不曾被清朝皇帝和众臣觉察，洪承畴才不再为她担心。

朝鲜的舞蹈显然使皇太极大为满意，吩咐重来一遍。趁这机会，洪承畴略微大胆地向大政殿的前檐下望去，不期与永福宫庄妃的目光相遇。庄妃立刻将目光转向重新舞蹈的朝鲜女子，似乎并没有看见他，神态十分高贵。洪承畴又偷看一眼，却感到相识，心中纳罕。过了片刻，他又趁机会偷看一眼，忽然明白：就是她曾到三官庙用人参汤救活了他！他在乍然间还觉难解，想着清主不可能命他的宠妃去做此事，但是又一想，此处与中朝①不同，此事断无可疑。他再向庄妃偷看一眼，看见虽然装束不同，但面貌和神态确实是她，只是

---

①中朝——洪承畴思想中的“中朝”指明国的朝廷，不是一般意义的“朝廷之中”。

那眼神更显得高傲多于妩媚，庄重多于温柔，唯有眼睛的明亮光彩、俊俏和聪颖，依然如故。洪承畴想着自己今生虽然做了降臣，但竟然在未降之时承蒙清主如此眷顾，如此重视，如此暗使他的宠妃两次下临囚室，亲为捧汤，柔声劝饮，这真是千载罕有的恩幸，真应该感恩图报。然而他又一想，清主命庄妃做此事必然极其秘密，将来如果由他泄露，或者他对清朝稍有不忠，他将必死无疑；而且，倘若清主和庄妃日后对此事稍有失悔，他也会有不测之祸。这么一想，他不禁脊背上冒出冷汗，再也不敢抬头偷望庄妃了。

洪承畴庆幸自己多年身居猜疑多端之朝，加之久掌军旅，养成了处事缜密的习惯，所以一个月来，他始终不打听给他送人参汤的女子究系何人。尽管白如玉服侍他温柔周到，夜静时同他同床共枕，小心体贴，也可以同他说一些比较知心的私话，然而他一则常常提防这个姣仆是范文程等派到他身边的人，可能奉命侦伺他的心思和言行，二则他对妓女和娈童一类的人向来只作为玩物看待，认为他们是生就的杨花水性[①]，最不可靠，所以闭口不向白如玉问及送人参汤的女子是谁，好像人间从不曾发生过那回事儿。

洪承畴继续观看扮演，胡思乱想，心神不宁。后来白日西沉，“百戏”停止，全体文武众臣只等待跪送老憨回宫，但是鼓声未响，大家肃立不动。忽然，皇太极望着洪承畴含笑说了几句话，侍立一侧的一位内院官员翻译成汉语传谕：

“洪承畴，今日朕为你盛陈百戏，君臣同乐，释汝羁旅之怀。尔看，尔在本朝做官同尔在南朝做官，苦乐如何？”

洪承畴伏地叩头谢恩，哽咽回答：“臣本系死囚，幸蒙再生。在南朝，上下壅塞，君猜臣疑；上以严刑峻法待臣下，臣以敷衍欺瞒对君父。臣工上朝，懔懔畏惧，唯恐祸生不测，是以正人缄口，小人逞奸，使朝政日益败坏，不可收拾。罪臣幸逢明主，侧身圣朝，如枯草逢春，受雨露之滋润，蒙日光之煦照，接和风之吹拂。今蒙皇上天恩隆渥，赐观‘百戏’，臣非木石，岂能不感激涕零。臣本驽钝，誓以有生之年，为陛下效犬马之劳，纵粉身碎骨，亦所不辞！”

①杨花水性——或作水性杨花。杨花随风飘荡，流水随地流动，在封建士大夫眼中比喻妇女中轻薄易变、感情不专的品性。

谁也不知道洪承畴的话是真是假，但是看见他确实呜咽不能成声，又连连伏地叩头。皇太极含笑点头，对他说了几句慰勉的话，起身回宫。

洪承畴回到公馆，在白如玉的服侍下更了衣帽。晚饭他吃得很少，只觉得心中很乱，无情无绪，仿佛不知道身在何地。临就寝时候，白如玉见他心情稍好，轻声对他说：

"老爷，南朝的议和使臣快到啦。"

洪的心中一动，沉默片刻，问道："何时可到？"

"听说只在这近几天内。为首的使臣是兵部职方司郎中马绍愉大人，老爷可认识么？"

洪承畴不想说出马绍愉曾同张若麒在他的军中数月，随便回答说："在北京时他去拜见过我，那时他还没有升任郎中。我同他只有一面之缘，并无别的来往。"

白如玉又问："他来到盛京以后，老爷可打算见他么？"

"不见。不见。"

洪承畴忽然无意就寝，将袖子一甩，走出房门，在天井中徘徊。白如玉跟了出来，站在台阶下边，想劝他回屋去早点安歇，但是不敢做声。他习惯于察言观色，猜度和体会主人心思，如今他侍立阶下，也在暗暗猜想。他想着主人的如此心思不安，可能是担心这一群议和使臣会将主人的投降禀报南朝，连累洪府一门遭祸？也许洪怕同这一群使臣见面，心中自愧？也许洪担心两国讲和之后，那边将他要回国，然后治罪？也许他亲见清国兵强势盛，想设法从旁促成和议，以报崇祯皇帝对他的知遇之恩？也许是他既然投降清国，希望和议不成，好使清兵去攻占北京？……

白如玉猜不透主人的心事，不觉轻轻地叹了口气。庭院中完全昏暗。他抬头向西南一望，一线月芽儿已经落去。

北京朝廷每日向洪承畴的灵牌致祭，十分隆重。第一天由礼部尚书主祭，以后都由侍郎主祭。原定要祭九坛，每日一坛，已经进行到第五天。每日前往朝阳门外观看的士民像赶会一样，人人称赞洪承畴死得重于泰山，十分哀荣。

从昨天开始，哄传钦天监择定后天即五月十一日，上午巳时三刻，皇帝将亲临致祭，文武百官陪祭。这是极其少有的盛事，整个北京城都为之沸腾起来。随着这消息的传出，顺天知府、同知等官员偕同大兴知县，紧急出动，督率兵役民夫，将沿路街房仔细察看，凡是破损严重，有碍观瞻的，都严饬本宅住户连夜修缮；凡墙壁和铺板上有不雅观的招贴，都得揭去，用水洗净。当时临大街的胡同口都放有尿缸，随地尿流，臊气扑鼻。各地段都责成该管坊巷首事人立即将尿缸移到别处，铲去尿泥，填上新土。掌管五军都督府的成国公①朱纯臣平日闲得无事可干，现在要趁此机会使皇上感到满意，就偕同戎政大臣②，骑着骏马，带着一大群文官武将，兵丁奴仆，前呼后拥，从东华门外向东沿途巡视，直到朝阳门外二里远的祭棚为止，凡是可能躲藏坏人的地方都一一指点出来。他同戎政大臣商定，从京营中挑选三千精兵，从后天黎明起沿途“警跸”。至于前后扈驾，祭棚周围侍卫，銮舆仪仗，全是锦衣卫所司职责，锦衣卫使吴孟明自有安排。吴孟明还同东厂提督太监曹化淳商量，双方都加派便衣侦探，当时叫做打事件番子，在东城和朝外各处旅栈、饭馆、茶肆、寺庙等凡可以混迹不逞之徒的场所，严加侦伺防范。另外，大兴县从今天起就号了几百辆骡、马大车，不断地运送黄沙，堆在路边，以备十一日黎明前铺在路上。工部衙门正在搭盖御茶棚，加紧完工，细心布置，以备皇上休息。

今天是五月初十。崇祯皇帝为着明天亲去东郊向洪承畴致祭，早朝之后就将曹化淳和吴孟明召进乾清宫，询问他们关于明日一应所需的法驾、卤簿以及扈驾的锦衣卫力士准备如何。等他们作了令他满意的回奏以后，他又问道：

“近日京师臣民对此事有何议论？”

曹化淳立刻奏道：“近来京师臣民每日纷纷议论，都说洪承畴是千古忠臣，皇爷是千古圣君。”

---

①成国公——朱勇是明成祖的开国功臣，封为成国公，永乐四年卒于军中。世袭至最后一代成国公名朱纯臣，甲申三月降李自成，随后被杀。

②戎政大臣——五军都督府例由一位勋臣掌管，但这种人多系纨绔子弟，不练达政务，所以朝廷另派一位兵部侍郎协理戎政，简称戎政大臣或戎政侍郎。

崇祯点点头，忽然叹口气说："可惜承畴死得太早！"

吴孟明说："虽然洪承畴殉国太早，不能为陛下继续效力，可是陛下如此厚赐荣典，旷世罕有，臣敢信必有更多如洪承畴这样的忠烈之臣闻风而起，不惜肝脑涂地，为陛下捍卫江山。"

曹化淳接着说："奴婢还有一个愚见。洪承畴虽然尽节，忠魂必然长存，在阴间也一样不忘圣恩，想法儿使东虏不得安宁。"

崇祯沉默片刻，又叹口气，含着泪说："但愿承畴死而有灵！"

一个长随太监进来，向崇祯启奏：成国公，礼、兵、工三部尚书和鸿胪寺卿奉召进宫，已经在文华殿中等候。崇祯挥手使吴孟明和曹化淳退出，随即乘辇往文华殿去。

今天的召见，不为别事，只是崇祯皇帝要详细询问明白，他亲临东郊致祭的准备工作和昭忠祠的修建情况。倘若是别的皇帝，一般琐细问题大可不问，大臣们对这样事自然会不敢怠忽。但是他习惯于事必躬亲，自己不亲自过问总觉得不能放心，所以于国事纷杂的当儿，硬分出时间来召见他们。他问得非常仔细，也要大臣们清楚回奏。有些事实际并未准备，他们只好拿谎话敷衍。他还问到洪氏祠堂的石碑应该用什么石头，应该多高，应该命谁撰写碑文。礼部尚书林欲楫很懂得皇上的秉性脾气，跪下回答说：

"洪承畴为国捐躯，功在史册，流芳百世，永为大臣楷模。臣部曾再三会商，拟恳皇上亲撰碑文，并请御笔亲题碑额。既是奉饬建祠树碑，又是御撰碑文，御题碑额，故此碑必须选用上等汉白玉，毫无瑕疵，尤应比一般常见石碑高大。"

崇祯问："如何高大？"

礼部尚书回奏："臣与部中诸臣会商之后，拟定碑身净高八尺，宽三尺，厚一尺五寸，碑帽高三尺四寸，赑屃[①]高四尺。另建御碑亭，内高二丈二尺，台高一尺八寸，石阶三层。此系参酌往例，初有此议，未必允妥，伏乞圣裁！"

崇祯说："卿可题本奏来，朕再斟酌。"

---

①赑屃——音bì xì，驮石碑的龟，有耳朵。传说中龙生九子之一，最有力气。

召对一毕，崇祯就乘辇回乾清宫去。最近，李自成在河南连破府、州、县城，然后由商丘奔向开封。崇祯心中明白，这次李自成去攻开封，人数特别众多，显然势在必得；倘若开封失守，不惟整个中原会落入“流贼”之手，下一步必然东截漕运，西入秦、晋，北略畿辅，而北京也将成孤悬之势，不易支撑。他坐在辇上，不知这一阵又有什么紧急文书送到乾清宫西暖阁的御案上，实在心急如焚。等回到乾清宫，在御案前颓然坐下，他一眼就看见果然有一封十万火急文书在御案上边。尽管这封文书照例通政司不拆封，不贴黄，但是他看见是宁远总兵吴三桂来的飞奏，不由地心头猛跳，脸上失色。他一边拆封一边心中断定：必是“东虏”因为已经得了松、锦，洪承畴也死了，乘胜进兵。他原来希望马绍愉此去会有成就，使他暂缓东顾之忧，专力救中原之危，看来此谋又成泡影！等他一目数行地看完密奏，惊惧的心情稍释，换成一种混合着恼恨、失望、忧虑和其他说不清的复杂心情。他将这密奏再草草一看，用拳头将桌子猛一捶，恨声怒骂：

“该死！该杀！”

恰巧一个宫女用双手端着一个嵌螺朱漆梅花托盘，上边放着一杯新贡来的阳羡春茶，轻脚无声地走到他的身边，蓦吃一惊，浑身一震，托盘一晃，一盏带盖儿的雨过天晴暗龙茶杯落地，哗啦一声打成碎片，热茶溅污了龙袍的一角。那宫女立刻跪伏地上，浑身颤栗，叩头不止。崇祯并不看她，从龙椅上跳起来，脚步沉重地走出暖阁，绕着一根朱漆描金云龙的粗大圆柱乱走几圈，忽然又走出大殿。他在丹墀上徘徊片刻，开始镇静下来，在心中叹息说：“我的方寸乱了！”恰在这时，王承恩拿着一叠文书走进来。看见皇上如此焦灼不安，左右侍候的太监都惶恐屏息，王承恩吓了一跳，不敢前进，也不敢退出，静立于丹墀下边。崇祯偶然转身，一眼瞥见，怒目盯他，叫道：

“王承恩！”

王承恩赶快走上丹墀，跪下回答：“奴婢在！”

崇祯说：“你快去传旨，洪承畴停止祭祀，立刻停止！”

“皇爷，今天上午已祭到五坛了。下午……”

“停！停！立即停祭！”

“是。奴婢遵旨！”

“向礼部要回朕的御赐祭文，烧掉！”

“是，皇爷。”

“洪承畴的祠堂停止修盖，立即拆毁！”

“是，皇爷。”

崇祯向王承恩猛一挥手，转身走回乾清宫大殿，进入西暖阁。王承恩手中拿着从河南来的十万火急的军情文书，不敢呈给皇上，只好暂带回司礼监值房中去。崇祯重新在龙椅上颓然坐下，长叹一口气，又恨恨地用鼻孔哼了一声，提起朱笔在一张黄色笺纸上写道：

> 谕吴孟明：着将洪承畴之子及其在京家人，不论男女老少，一律逮入狱中，听候发落，并将其在京家产籍没。立即遵办，不得姑息迟误！

他放下笔，觉得喉干发火，连喝了两口茶。茶很烫口，清香微苦，使他的舌尖生津，头脑略微冷静。他重新拿起吴三桂的密疏，一句一句地看了一遍，才看清楚吴三桂在疏中说他差人去沈阳城中，探得洪承畴已经停止绝食，决意投敌，但是尚未剃发，也未受任官职，并说“虏酋”将择吉日受降，然后给他官做。崇祯在心中盘算：洪承畴既不能做张巡和文天祥，也不能做苏武，竟然决意投敌，实在太负国恩，所以非将洪承畴的家人严加治罪不足以泄他心头之恨，也没法儆戒别人。但是过了片刻，崇祯又一转念：如今“东虏”兵势甚强，随时可以南侵。倘若将洪氏家人严惩，会使洪承畴一则痛恨朝廷，二则无所牵挂，必将竭力为敌人出谋献策，唆使“东虏”大举内犯，日后为祸不浅，倒不如破格降恩，优容其家，利多害少。但是宽恕了洪的家人，不能够释他的一腔恼恨。有很长一阵，他拿不定主意，望着他写给吴孟明的手谕出神。他用右手在御案上用力一拍，忽地站起，推开龙椅，猛回身，却看见几尺外跪着刚才送茶的宫女。原来当他刚才走出乾清宫时，“管家婆”魏清慧赶快进来，将地上收拾干净，另外冲了一杯阳羡春茶，放在御案，而叫获罪的宫女跪远一点，免得正在暴怒的皇上进来时会一脚踢死了她。这时崇祯才注意到这个宫女，问道：

“你跪在这儿干吗？”

宫女浑身哆嗦，以头触地，说：“奴婢该死，等候皇爷治罪。”

崇祯严厉看她一看，忽然口气缓和地说：“算啦，起去吧。你没罪，是洪承畴有罪！”

宫女莫名其妙，不敢起来，继续不住叩头，前额在地上碰得咚咚响，流出血来。但崇祯不再管她，焦急地走出大殿。看见承乾宫掌事太监吴祥在檐下恭立等候，他问道：

“你来何事？田娘娘的病好些么？”

吴祥跪下回答：“启奏皇爷，娘娘的病并不见轻，反而加重了。”

崇祯叹口气，只好暂将洪承畴的问题撂下，命驾往承乾宫去。

为洪承畴扮演“百戏”之后，不过几天工夫，除赐给洪承畴一座更大的住宅外，还赐他几个汉族美女，成群的男女奴婢，骡、马、雕鞍、玉柄佩刀，各种珍宝和名贵衣物。洪承畴虽然尚无职衔，但他的生活排场俨然同几位内院大学士不相上下。皇太极并不急于要洪承畴献“伐明”之策，也不向他询问明朝的虚实情况，暂时只想使洪承畴生活舒服，感激他的恩养优渥。洪承畴天天无事可干，惟以下棋、听曲、饮酒和闲谈消磨时光。原来他担心明朝的议和使臣会将他的投降消息禀报朝廷，后来将心一横，看淡了是非荣辱之念，抱着听之任之的态度。范文程已经答应不令南朝的议和使臣见他，使他更为安心。

以马绍愉为首的明国议和使团，于初三日到塔山，住了四天，由清国派官员往迎；初七日离塔山北来，十四日到达盛京。当时老憨皇太极不在盛京。他保持着游牧民族的习惯，不像明朝皇帝那样将自己整年、整辈子关闭在紫禁城中，不见社会。皇太极主持了洪承畴一群人的投降仪式之后，又处理了几项军政大事，便于十一日午刻，偕皇后和诸妃骑马出地载门，巡视皇家草场，看了几处放牧的牛、马，还随时射猎。但是在他离开盛京期间，一应军国大事，内院大学士们都随时派人飞马禀奏。关于款待明朝议和使臣的事，都遵照他的指示而行。五月十四日上午，几位清国大臣出迎明使臣于二十里外，设宴款待。按照双方议定的礼节：开宴时，明使臣向北行一跪三叩礼，宴毕，又照样儿行礼一次。这礼节，明使臣只认为是对清国皇帝致谢，而清方的人却称做“谢恩”。明使臣被迎入沈阳，宿于馆驿。皇太极又命礼部承政满达尔汉[①]、参政阿哈尼堪[②]、内院大学士范文程、刚林、学士罗硕同至馆驿，宴请明国议和使臣。明使臣仍遵照初宴时的规定行礼。宴毕，满达尔汉等向明使臣索取议和国书。马绍愉等说他们携来崇祯皇帝给兵部尚书陈新甲敕谕一道，兵部尚书是钦遵敕谕派他们前来议和。满达尔汉等接过崇祯给陈新甲的敕谕，看了一下，说他们需要进宫去奏明皇上知道，然后决定如何开议。说毕就离开馆驿。

第二天上午，辽河岸上，小山脚下，在一座黄色毡帐中，皇太极席地而坐，满达尔汉、范文程和刚林坐在左右，正在研究明使臣马绍愉携来的崇祯敕书。皇太极不识汉文，满达尔汉也只是略识一点。他们听范文程读了敕书，又跟着用满洲语逐句译出。那汉文敕书写道：

> 谕兵部尚书陈新甲：昨据卿部奏称，前日所谕休兵息民事情，至今未有确报。因未遣官至沈，未得的音。今准该部便宜行事，遣官前往确探实情具奏。特谕！

皇太极听完以后，心中琢磨片刻，说：“本是派使臣前来求和，这个明国皇帝却故意不用国书，只叫使臣们带来他给兵部尚书的一道密谕，做事太不干脆！这手谕可是真的？”

范文程用满语回答：“臣昨日拿给洪承畴看过，他说确系南朝皇帝的亲笔，上边盖的‘皇帝之宝’也是真的。”

皇太极笑了一笑，说：“既是南朝皇帝亲笔，盖的印信也真，就由你和刚林同南朝使臣开议。刚林懂得汉语，议事方便。哼，他明国皇帝自以为是天朝，是上天之子，鄙视他人。上次派来使者也是携带他给兵部尚书的敕书一道，那口气就不像话，十分傲慢自大……”他望着范文程问：“你记得今年三月

①满达尔汉——姓纳喇，满洲正黄旗人。
②阿哈尼堪——姓富察，满洲镶黄旗人。

间，他的那敕书上是怎么说的？还记得么？”

范文程从护书中取出一张纸来，说道：“臣当时遵旨将原件退回驻守锦州、杏山的诸王、贝勒，掷还明使，却抄了一张底子留下。那次敕书上写道，‘谕兵部尚书陈新甲，据卿部奏，辽沈有休兵息民之意，中朝未轻信者，亦因从前督、抚各官未曾从实奏明。今卿部累次代陈，力保其出于真心。我国家开诚怀远，似亦不难听从，以仰体上天好生之仁，以复还我祖宗恩义联络之旧。今特谕卿便宜行事，差官宣布，取有的确音信回奏’！”范文程随即将后边附的满文译稿念了一遍，引得皇太极哈哈大笑。

满达尔汉也笑起来，说：“老憨，听他的口气，倒好像他明国打败了我国，是我国在哀怜求和！”

皇太极说：“上次经过我的驳斥①，不许使者前来。南朝皇帝这一次的敕书，口气老实一点，可是也不完全老实。我们且不管南朝皇帝的敕书如何，同南朝议和对我国也有好处。我的破南朝之策，你们心中明白。你们留下休息，明日随我一起回京。”

两天以后，即五月十六日，皇太极偕皇后、诸妃、满达尔汉和范文程等进盛京地载门，回到宫中。第二天，围攻松山和锦州的诸王、贝勒等都奉召回到盛京。皇太极亲自出城十里迎接，见面时，以多罗饶余贝勒阿巴泰为首，一个一个轮流屈一膝跪在他的面前，抱住他的腰，头脑左右摆动两下，而他则松松地搂抱着对方的肩背。行毕这种最隆重的抱见礼，一起回到京城，先到堂子祭神，然后他自己回宫，处理紧要国事。

目前首要的大事是如何对明国议和问题。关于议和的事，有一群满、汉大臣，以从前降顺的汉人、现任都察院参政祖可法、张存仁为首，主张拒绝南朝求和，趁此时派大军“南伐”，迫使崇祯逃往南京，纳贡称臣，两国以黄河为界。

皇太极不同意他们的建议。他有一个进入关内、重建金太宗勋业的梦

①我的驳斥——三月十六日，皇太极针对崇祯给陈新甲的敕谕，也给驻军锦州、杏山的诸王、贝勒等一道长的敕谕，对崇祯敕谕的态度、口气和内容痛加驳斥，盛称清国的强盛，提出应该议和的道理。敕谕最后说：“朕以实意谕尔等知之，尔等其传示于彼。”

想，也有切实可行的步骤，但不肯轻易说出。想了一想，他指示范文程和刚林等同南朝使臣们立即开议，随时将开议情况报告给他，由他亲自掌握。

他回到盛京以后，就听说满族王公大臣中私下抱怨他对洪承畴看待过重，赏赐过厚。他听到有人甚至说："多年汗马功劳，为皇上负伤流血，反而不如一个被活捉投降的南朝大臣。"驻军锦州一带的诸王、贝勒等回来以后，这种不满的言论更多了，其中还有些涉及庄妃化装宫婢去三官庙送人参汤的话。皇太极必须赶快将这些闲话压下去。一天，在清宁宫早祭之后，皇太极留下一部分满族王公、贝勒赐吃肉。这些人都有许多战功，热心为大清开疆拓土，巴不得赶快囊吞半个中国。吃过肉，皇太极向他们问：

"我们许多年来不避风雨，甘冒矢石，几次出兵深入明国境内，近日又攻占松山、锦州、杏山、塔山四城，究竟为的什么？"

众人回答说："为的是想得中原。"

皇太极点头笑着说："对啦。譬如一群走路的人，你们都是瞎子，乱冲乱闯。如今得了个引路的人，我如何能够不心中高兴？如何不重重地赏赐他，好使他为我效力？洪承畴就是个顶好的引路人，懂么？"

众人回答："皇上圣明！"

皇太极哈哈大笑，挥手使大家退出。

当五月初四日崇祯在乾清宫流着泪为洪承畴亲自撰写祭文的时候，李自成和罗汝才率领五十万人马杀向开封，前队已经到了开封城外。这个消息，过了整整十天才飞报到京。现在是五月十五日的夜晚，明月高照，气候凉爽宜人。但是崇祯的心中非常烦闷，不能坐在御案前省阅文书，也无心往皇后或任何妃子的宫中散心解愁，只好在乾清宫的院子里久久徘徊。有时他停步长嘘，抬头看一看皇极殿高头的一轮皓月；更多的时候是低垂着头，在漫长的汉白玉甬路上从北走到南，从南走到北，来回走着，脚步有时很轻，有时沉重。几个太监和宫女在几丈外小心伺候，没有人敢轻轻儿咳嗽一声。

他很明白，李自成这次以五十万之众围攻开封，分明是势在必得，不攻下开封决不罢休。尽管他和朝臣们都只说李自成是凶残流贼，并无大志，攻开封不过想掳掠“子女玉帛”，但是他心中清楚，李自成士马精强，颇善于收揽民心，这次攻开封可能是想很快就建号称王。想到这个问题，他不禁脊背发凉，冒出冷汗。

他的心情愈想愈乱，不单想着中原战局，而且田妃的十分瘦弱的病容也时时浮在他的眼前。

田妃的病一天重似一天，眼看是凶多吉少，大概挨不过秋天。今天下午，他带着皇后和袁妃到承乾宫看了田妃，传旨将太医院的官儿们严厉切责，骂他们都是白吃俸禄的草包，竟没有回春之术。当时太医院尹带着两个老年的著名太医正在承乾宫后边的清雅小屋中吃茶翻书，商酌药方，听到太监口传圣旨切责，一齐伏地叩头，浑身颤栗，面无人色。崇祯在返回乾清宫的路上，想着已经传谕全京城的僧、道们为田妃建醮诵经，祈禳多次，全无影响，不觉叹了口气，立即命太监传谕宣武门内的西洋教士率领京师信徒，从明天起为田妃祈祷三日；宫女中也有少数信天主教的，都有西洋教名，也传谕她们今晚斋戒沐浴（他以为天主教徒做郑重的祈祷也像佛、道两教做法事，需要斋戒沐浴），从明日黎明开始为田妃天天祈祷，直到病愈为止。此刻他彷徨月下，从田妃的病势沉重想到五皇子的死，忍不住叹息说：

“唉，国运家运！……”

看见曹化淳走进乾清门，崇祯站住，问道：“曹伴伴，你这时进宫，有事要奏？”

曹化淳赶快走到他的面前，跪下叩头，尖声说道：“请皇爷驾回暖阁，奴婢有事回奏。”

崇祯回到乾清宫的东暖阁，颓然坐下。近来他专在西暖阁批阅文书，东暖阁只放着他偶尔翻阅的图书和一张古琴，作为他烦闷时的休息地。曹化淳跟着进来，重新在他的面前跪下叩头。他打量了曹化淳一眼，心中七上八下，冷淡地说：“说吧，曹伴伴，不要隐瞒。”

曹化淳抬起头来说：“今日下午，京师又有了一些谈论开封军情的谣言。奴婢派人在茶馆、酒楼、各处闲杂人聚集地方，暗中严查，已经抓了几十个传布流言蜚语的人，仍在继续追查。”

“横竖开封被围，路人皆知。又有了什么谣言？”

“奴婢死罪，不敢奏闻。”

崇祯的心头一震，脸色一寒，观察曹化淳神色，无可奈何地说：“你是朕的家里人，也是朕的心腹耳目。不管是什么谣言，均可直说，朕不见罪。”

曹化淳又叩个头，胆怯地说：“今日下午，京师中盛传李自成将要攻占开封，建立国号，与皇爷争夺天下。”

崇祯只觉头脑轰了一声，又一次冷汗浸背。这谣言同他的担心竟然完全相合！他竭力保持镇静，默然片刻，说道：

“朕已饬保督杨文岳、督师丁启睿以及平贼将军左良玉，统率大军星夜驰援开封，合力会剿，不使闯贼得逞。凡是妄谈国事，传布谣言的，一律禁止。倘有替流贼散布消息，煽惑人心的，一律逮捕，严究治罪。你东厂务须与锦衣卫通力合作，严密侦伺，不要有一个流贼细作混迹京师。剿贼大事，朕自有部署，不许士民们妄议得失。”

“奴婢领旨！”

崇祯想赶快改换话题，忽然问道：“对洪承畴的事，臣民们有何议论？”

曹化淳一则最了解皇帝的性格和心思，二则皇帝身边的太监多是他的耳目，所以他知道崇祯曾有心将洪承畴的全家下狱，妇女和财产籍没，随后回心一想，将写好的手谕焚去的事。洪宅因害怕东厂和锦衣卫敲诈勒索，已经暗中托人给他和吴孟明送了贿赂。听皇上这么一问，他趁机替洪家说话：

“洪承畴辜负圣恩，失节投敌，实出京师臣民意外。臣民们因见皇爷对洪家并不究治，都说皇爷如此宽仁，实是千古尧、舜之君，洪承畴猪狗不如。”

崇祯叹息说：“洪承畴不能学文天祥杀身成仁，朕只能望他做个王猛①。”

曹化淳因为职司侦察臣民，又常常提防皇上询问，对京城中稍有名气的官

①王猛——南北朝时人，以汉族人事前秦苻坚（氐族）为丞相，颇受倚信，曾劝苻坚不要图晋。

员，不管在职的或在野的，全都知道，不仅记得他们的姓名，还能够说出每个人的籍贯、家世、某科进士出身。唯独这个王猛，他竟然毫无所知。趁着皇上没有向他询问王猛的近来情况，他赶快奏道：

“皇爷说的很是，京城士民原来对洪承畴十分称赞，十分景仰，如今都说他恐怕连王猛也不如了。老百姓见洪家的人就唾骂，吓得他家主人奴仆全不敢在街上露面，整天将大门紧闭。老百姓仍不饶过，公然在洪家大门上涂满大粪，还不断有人隔垣墙掷进狗屎。”

崇祯喜欢听这类新闻，不觉露出笑容，问道：“工部将齐化门外的祭棚拆除了么？”

“启奏皇爷，不等工部衙门派人拆除，老百姓一夜之间就去拆光了。那些挽联、挽幛，礼部来不及收走的，也被老百姓抢光了。”

“没有兵丁看守？”

“皇爷，人家一听说他辜负皇恩，投降了鞑子，兵丁们谁还看守？再说，兵丁看见众怒难犯，乐得顺水推舟，表面做个样子，吆喝弹压，实际跟着看看热闹。听说洪承畴的那个灵牌，还是一个兵丁拿去撒了尿，掷进茅厕坑中。”

崇祯说：“国家三百年恩泽在人，京师民气毕竟可用！那快要盖成的祠堂拆毁了么？”

“没有。前门一带的官绅士民因见那祠堂盖得宽敞华美，拆了可惜，打算请礼部改为观音大士庙。”

崇祯正要询问别的情况，忽然司礼监值班太监送进来两封十万火急的军情密奏。他拆开匆匆一看，明白是开封周王和河南巡抚高名衡的呼救文书。他一挥手使曹化淳退出，而他自己也带着这两封文书往西暖阁去，在心中叫苦说：

“开封！开封！……”